DICTIONNAIRE ICONOGRAPHIQUE

DES

CHAMPIGNONS SUPÉRIEURS

(HYMÉNOMYCÈTES)

QUI CROISSENT EN EUROPE, ALGÉRIE & TUNISIE

SUIVI

DES TABLEAUX DE CONCORDANCE

(POUR LES HYMÉNOMYCÈTES)

DE BARRELIER, BATSCH, BATTARRA, BAUHIN,
BOLTON, BULLIARD, KROMBHOLZ, LETELLIER, PAULET, P[
SCHÆFFER ET SOWERBY

PAR

MAURICE C. DE LAPLANCHE

DE LA SOCIÉTÉ MYCOLOGIQUE DE FRANCE

PARIS

LIBRAIRIE DES SCIENCES NATURELLES

PAUL KLINCKSIECK, 52, RUE DES ÉCOLES

1894

a.

DICTIONNAIRE ICONOGRAPHIQUE

DES

CHAMPIGNONS SUPÉRIEURS

(HYMÉNOMYCÈTES)

DICTIONNAIRE ICONOGRAPHIQUE

DES

CHAMPIGNONS SUPÉRIEURS

(HYMÉNOMYCÈTES)

QUI CROISSENT EN EUROPE, ALGÉRIE & TUNISIE

SUIVI

DES TABLEAUX DE CONCORDANCE

(POUR LES HYMÉNOMYCÈTES)

DE BARRELIER, BATSCH, BATTARRA, BAUHIN,
BOLTON, BULLIARD, KROMBHOLZ, LETELLIER, PAULET, PERSOON,
SCHÆFFER ET SOWERBY

PAR

MAURICE C. DE LAPLANCHE

DE LA SOCIÉTÉ MYCOLOGIQUE DE FRANCE

AUTUN

DEJUSSIEU PÈRE ET FILS
IMPRIMEURS-LIBRAIRES
4, GRANDE RUE

PARIS

P. KLINCKSIECK
LIBRAIRIE DES SCIENCES NATURELLES
52, RUE DES ÉCOLES

1894

PRÉFACE

—·—

La facilité avec laquelle les plantes phanérogames peuvent être conservées dans des herbiers a certainement beaucoup contribué à la vulgarisation de l'étude de la botanique (phanérogamique) et à son rapide avancement. Il n'en est malheureusement pas de même pour les cryptogames : la conservation convenable en est très difficile et devient presque impossible pour les champignons.

Voilà pourquoi quelques mycologues ont eu l'idée de se composer en manière d'herbier des collections de planches empruntées à diverses publications. Mais quand on veut trouver le dessin d'un champignon donné, quel est l'ouvrage qu'il faut consulter ?

Voilà l'idée mère de ce Dictionnaire que nous offrons aujourd'hui à nos collègues.

En somme j'ai fait pour les champignons (Hyménomycètes) ce que Pritzel a fait pour tous les phanérogames.

J'ai eu l'heureuse chance d'avoir à ma disposition à peu près tous les ouvrages français et étrangers où se trouvent des dessins de champignons supérieurs. Le présent travail ne comprend que les Hyménomycètes. Je n'y citerai pas les planches trop mauvaises ou douteuses; car il m'est avis qu'il vaut mieux ne pas voir le dessin d'une plante que d'en voir une représentation fausse.

Certains ouvrages ont même été omis à dessein : tel est, par exemple, celui intitulé *Raynaldi Fungorum agri historia* (Faventiæ, 1759). On peut voir dans ces figures tout ce que l'on veut; c'est du reste un livre presque introuvable; je ne le connais qu'à la bibliothèque du Muséum.

Je cite à peu près toutes les espèces connues jusqu'à ce jour, et donne d'abord le nom de celui qui les a décrites.

Toutes les fois que je le puis, je cite Fries, notre grand maître à tous, et dont l'ouvrage *(Hymenomycetes Europæi)* est la plus répandue de toutes les monographies. Puis je donne, par ordre alphabétique, les noms des *Icones* parues pour chaque espèce.

Beaucoup de champignons n'ont pas encore été figurés; peut-être cet ouvrage donnera-t-il à nos habiles dessinateurs l'idée de représenter quelques espèces nouvelles ? Je n'avais pas à adopter de classification, puisque je suivais l'ordre alphabétique. Pourtant, il m'a fallu faire un choix, admettre certains noms génériques et en rejeter d'autres : je n'en ai point créé de nouveaux ; c'est bien déjà quelque chose ! Mais, par exemple, pour les Polypores, il fallait bien adopter une division. Je maintiens les seuls sous-genres *Polyporus str. s., Polystictus, Poria* et *Fomes.* Je crois que, dans ces quatre divisions, on peut faire entrer toutes ces espèces si différentes. Évidemment je ne vais pas contenter tout le monde ; mais on me saura gré d'avoir voulu avant tout être simple. J'ai attribué aux planches de Gillet les numéros que l'auteur a lui-même donnés dans sa liste publiée en 1891[1]. Il serait bon que chacun des possesseurs de cet ouvrage en numérotât ainsi les planches, pour éviter à l'avenir toute confusion.

Je n'ai pas cité les planches ou figures ne donnant que des détails anatomiques. Cela m'aurait entraîné trop loin et serait sorti un peu du cadre de l'ouvrage. Pour compléter ce Dictionnaire, mais dans un ordre d'idées inverses, je donne les tableaux de concordance des nomenclatures contenues dans les ouvrages les plus connus et le

1. C. Gillet, *Hyménomycètes.* — Numéros d'ordre des planches parues jusqu'en 1890. — Alençon, 1891.

plus souvent cités. Ces tableaux sont appelés à rendre des services. Je n'ai établi la concordance que pour les Hyménomycètes seulement. (Les numéros des planches n'en représentant pas ne sont même pas cités.)

Si j'ai pu mener à bonne fin ce travail quelque peu long et parfois ingrat, c'est que j'ai été encouragé et surtout bien aidé par d'aimables et savants collègues. Que MM. Barla, Boudier, Dufour, Patouillard, Rolland, Saccardo, etc., etc., reçoivent ici tous mes remerciements pour leurs gracieuses collaborations et leurs bienveillants conseils. Je dois surtout particulièrement remercier mon ami le docteur Gillot, qui a bien voulu se charger de la fastidieuse besogne de revoir toutes les épreuves d'imprimerie, d'y signaler les erreurs ou les omissions. Si l'ouvrage vaut quelque chose, c'est à tous ces concours qu'il le devra, je ne me le dissimule pas.

Malgré cela, il y aura des fautes que je serais heureux que l'on me signalât; mais si ce que j'ai fait donne à d'autres l'idée de faire mieux, je me trouverai déjà bien récompensé.

Maurice C. de LAPLANCHE.

GENRES & NOMBRES DES ESPÈCES

CONTENUES DANS L'OUVRAGE

Amanita	54 espèces.	Ditiola	6 espèces.
Annularia	5 »	Eccilia	15 »
Apyrenium	2 »	Entoloma	61 »
Armillaria	40 »	Exidia	20 »
Arrhenia	5 »	Exobasidium	7 »
Auricularia	5 »	Favolus	2 »
Bolbitius	16 »	Femsjonia	1 »
Boletus	150 »	Fistulina	1 »
Calocera	15 »	Flammula	56 »
Cantharellus	45 »	Fomes	57 »
Ceriomyces	9 »	Galera	30 »
Chitonia	2 »	Gomphidius	6 »
Cladoderis	1 »	Grandinia	13 »
Claudopus	11 »	Guepinia	6 »
Clavaria	122 »	Hebeloma	50 »
Clitocybe	178 »	Hericium	4 »
Clitopilus	25 »	Hexagona	3 »
Collybia	129 »	Hirneola	2 »
Coniophora	25 »	Hydnum	133 »
Coprinus	121 »	Hygrophorus	104 »
Corticium	127 »	Hymenula	12 »
Cortinarius	329 »	Hypholoma	44 »
Craterellus	16 »	Hypochnus	56 »
Crepidotus	24 »	Inocybe	140 »
Cyphella	63 »	Irpex	24 »
Dacrymyces	33 »	Kneiffia	8 »
Dædalea	21 »	Laccaria (v. Clitocybe)	

Lactarius	94 espèces.		Pluteus	39 espèces.
Lentinus	39 »		Polyporus	181 »
Lenzites	21 »		Polystictus	51 »
Lepiota	95 »		Poria	94 »
Leptonia	38 »		Porothelium	6 »
Locellina	2 »		Psalliota (Pratella)	40 »
Marasmius	96 »		Psathyra	39 »
Merulius	27 »		Psathyrella	33 »
Microcera	1 »		Psilocybe	59 »
Montagnites	3 »		Pterula	3 »
Mucronella	5 »		Radulum	16 »
Mycena	151 »		Russula	111 »
Næmatella	7 »		Schizophyllum	4 »
Naucoria	86 »		Schulzeria	2 »
Nolanea	53 »		Sistotrema	5 »
Nyctalis	10 »		Solenia	21 »
Odontia	17 »		Sparassis	3 »
Ombrophila	4 »		Stereum	57 »
Omphalia	90 »		Stropharia	41 »
Panæolus	27 »		Thelephora	40 »
Panus	21 »		Trametes	31 »
Paxillus	23 »		Tremella	35 »
Peniophora (v. Corticium)	15 »		Tremellodon	2 »
Phlebia	7 »		Tricholoma	178 »
Pholiota	78 »		Trogia	1 »
Pistillaria	42 »		Tubaria	18 »
Platygloea	4 »		Typhula	42 »
Pleurotus	103 »		Volvaria	15 »
Pluteolus	2 »		Xerotus	3 »

Récapitulation : 112 genres et 4751 espèces.

AVIS

Il y a plus d'un an que ce Dictionnaire est sous presse : des difficultés typographiques en ayant retardé l'apparition, je me vois forcé au dernier moment de publier un long *Addenda*.

L'ouvrage n'y perdra rien, au contraire, puisque cela me permet de citer beaucoup de choses nouvelles; notamment des planches supplémentaires de Gillet, des dessins de Lucand, une plus grande partie des *Champignons des Alpes-Maritimes* de Barla (en cours de publication), et enfin les *Hymenomycetes*, de Britzelmayr, qui viennent d'être terminés. [1]

J'engage donc très fort ceux qui se serviront de cet ouvrage, à toujours consulter l'*Addenda* mis à la suite et qui pour plus de commodité est établi dans la même forme que le corps du Dictionnaire.

M. C. L.

---

1. Pour ce dernier travail, il eût fallu en faire la concordance complète : la besogne est très compliquée, je n'en ai pas le temps. Je laisse à l'auteur l'entière responsabilité de ses déterminations.

TABLE DES ABRÉVIATIONS

A

Ach. .... Acharius, *Descriptio fungorum* in *Actis Academiæ Holmiensis.*

Alb. et Schw......... Albertini et Schweiniz, *Conspectus fungorum*, Lipsiæ, 1805, avec 12 pl. col.

Allesch. Sûdbay. pilz . Allescher, *Verzeichniss in Südbayern beobachter Pilze*, München, 1886-91.

Ann. N. H........... *Annals and Magazine of natural history*, 1837 et seq.

Ann. sc. nat. .... Annales des sciences naturelles (Botanique), Paris, 1834-93.

Assoc. fr. av. sc. ..... Association française pour l'avancement des sciences.

B

Badh .... *The esculent mushrooms of England*, 1847, avec 21 pl. — Badham et Currey : *A treatise on the esculent funguses*, London, 1863, avec 12 pl. col.

Bagl. cens. F. Lig. ... Baglietto, *Primo censimento dei funghi della Liguria*, Firenze, 1886.

Bail. .... Th. Bail, *Die Wichtigsten Sætze d. neuern mykologie*, mit. col. taf. Jena, 1861.

Barla. .... Barla, *Champignons de la province de Nice*, Nice, 1859, avec 48 pl. col.

Barla, Ch. A.-Mar.... Barla, *Flore mycologique illustrée. Les Champignons des Alpes-Maritimes*, Nice, 1890 et seq.

Barrel. plant. . . . .   Jacques Barrelier, *Plantæ per Galliam, His-paniam et Italiam observatæ*, Paris, 1714, avec fig.

Batsch. . . . .   Batsch, *Elenchus fungorum*, Halæ, 1783-89, avec 42 pl. col.

Battar. ou Batt. . . . . . .   Battarra, *Fungorum agri Ariminensis his-toria*, Faventiæ, 1759, avec 40 pl.

Bauh. . . . .   Bauhin et Cherler, *Historia plantarum uni-versalis*, Ebroduni, 1650, avec fig.

Beck, Flor. von Hernst   G. Beck, *Flora von Hernst Prachstausg.*

Beck, Zur. pilz Nied..   G. Beck, *Zur Pilzflora Niederœsterreichs*, Wien, 1883-1889.

Bel, Champ. Tarn . . . .   Jules Bel, *Champignons du Tarn*, Paris, 1889, avec 32 pl. col.

B. et Br. Ann. nat. hist.   Berkeley and Broome, *Annals of natural history*, 1837-92.

Berg. Pyr. . . . .   Bergeret, *Flore des Basses-Pyrénées*, Pau, 1803, avec fig.

Berk. Mag. zool. bot..   Berkeley, *Magazine of zoology and botany*, London, 1837 et seq.

Berk. Outl. . . . .   M.-J. Berkeley, *Outlines of British Fungo-logy*, London, 1860, avec 24 pl. col.

Berk et Br. . . . .   Berkeley and Broome, *List of fungi from Bris-bane*, London, 1878-87, 3 parties, avec fig.

Berl. . . . .   Berlese, *Malattie del gelso et Fungi moricoli*, Padova, 1889, avec 71 pl. col.

Bern. Champ. Roch...   Bernard, *Champignons des environs de la Rochelle*, Paris, 1882, avec 56 pl. col.

Bocc. Mus. . . . .   Boccone, *Museo di piante rare della Sicilia etc.*, Venezia, 1697, avec fig.

Bolt. . . . .   Bolton, *History of funguses*, Halifax, 1788-1791, avec 182 pl. col.

Bomm. et Rouss. Fl. myc. Brux.   Bommer et Rousseau, *Florule mycologique des environs de Bruxelles*, Gand, 1885, avec fig.

Bong. . . . .   Bongard H.-G., *Descriptio plantarum nova-rum*, Petropoli, 1839, avec 22 pl.

Bonord. . . . . Bonorden, *Handbuch der allgemeine myco-
logie, etc.*, Stuttgart, 1851, avec 12 pl.

Borsz. Fung. ingr. . . . . Borszezow, *Fungi ingrici novi*, Petropoli,
1857, avec 8 pl. col.

Bot. centr. . . . . Voyez Centralblatt.

Bot. Zeit. . . . . *Flora oder Allgemeine botanische Zeitung*,
édité par K. Gœbel, Marburg, 1817-93. —
Zetung botanische, rédigé par H.-V. Solms-
Laubach et J. Wortmann, Leipzig, 1832-93.

Boud. . . . . Boudier *in variis*.

Boyer, Champ. . . . . Léon Boyer, *Champignons comestibles et
vénéneux de la France*, Paris, 1891, avec
50 pl. col.

Bref. Unters. . . . . O. Brefeld, *Untersuchungen aus dem Gesam-
mtgebiete der mykologie*, Leipzig, 1888,
avec 16 pl. col. — *Botanische untersuchun-
gen über Schimmelpilze*, Leipzig, 1872-
1888, avec 35 pl. col.

Bres. fung. Trid. . . . . . Bresadola, *Fungi Tridentini*, Tridenti, 1883-
1892, avec 150 pl. col.

Brig. Neap. . . . . V. Briganti, *De fungis regni Neapolitani*,
1824-51, avec 46 pl.

Britz . . . . Britzelmayr, *Die hymenomyceten Augsburg*.
— *Hymenomyceten aus Südbayern*. —
Leucospori und Hyporhodii. — *Dermini
und Melanospori, Boleti* etc., avec 360 pl.
col., Augsburg, 1879-93. — *Ext. Bericht
der natur historischen vereins in Augs-
burg*, 1879-92.

Britz. Bot. Centr. (extr.) M. Britzelmayr, in Augsburg. *Materialen
zur Beschreibung der hymenomyceten*, in
Botanische Centralblatt, 1893, n°ˢ 15-17,
Separat-Ahdruck.

Brond. . . . . L. de Brondeau, *Cryptogames de l'Agenais*,
Agen, 1828-30, avec 11 pl. col.

Brot. Phyt. . . . . Brotero, *Phytographia Lusitanica*, 2 vol.,
Lisbonæ, 1816-27, avec 181 pl.

DICT. ICON.   *b*

Bull. . . . .   Bulliard, *Champignons de la France*, Paris, 1791, avec 60? pl. col.

Bull. soc. myc. Fr. . . .   Bulletin de la Société Mycologique de France, 1885-93, avec pl.

Buxb. cent. . . . .   Buxbaum, *Plantarum minus cognitarum centuriæ*, Petropoli, 1728-40, avec fig.

C

Cald. in Erb. critt. ital.   Caldesi in *Erbario della societa crittogamica italiana*, Genova, 1860.

Centralb. . . . .   Centralblatt, *Botanisches. Referirendes organ für das Gesammtgebiet der Botanik*, publié par O. Uhlworun et C. Kohl, Cassel, 1880-93.

Ces. ou Cesat. . . . .   Cesati in *Commentario et Erbario della societa crittogamica italiana*, Genova, 1860.

Cesati Bot. Zeit. . . . . . .   Cesati in *Botanische Zeitung (Flora)*, Marburg, avec fig.

Cheval. Par. . . . .   F. Chevallier, *Flore générale des environs de Paris*, Paris, 1826-27, avec 18 pl.

Clus. Pern. g. . . . .   Clusius, *Rariarum plantarum historia*, 1601 : *Perniciosi fungi*, etc.

Comes Fung. Nap. . . .   Comes, *Fungi del Napolitano*, Napoli, 1778, avec fig.

Cooke. . . . .   Cooke, *Illustrations of the British fungi*, London, 1880-90, avec 1174 pl. col.

Cooke-Berkl. . . . .   Cooke et Berkeley, *les Champignons*, Paris, 1878, avec 109 fig.

Cooke Grev. . . . .   Cooke in *Grevillea*, passim.

Cooke Syst. Ind. . . . . .   Cooke, *Illustrations of the British fungi*, *Systematic Index*, en tête des volumes.

Cord. ou Corda. . . . . . .   Corda, *Anleitung zum studium der mycologie*, Prague, 1842, avec 8 pl. — *Icones fungorum hucusque cognitorum*, Pragæ, 1837-54, avec 64 pl.

Cordier .... F.-S. Cordier, *les Champignons*, Paris, 1876,
avec 60 pl. col.

Cramer in Rabenh. Cramer in Rabenhorst, *Fungi Europæi ex-*
Fung. Eur. *siccati*.

Crouan Finist........ Crouan, *Florule du Finistère*, Brest, 1867,
avec 32 pl.

Cur. ou Curr. .... Currey, *Linnæan Society, transactions of*
botany, London, 1791-1875, avec 1200 pl.
Notes on British fungi, London, 1863-64,
avec fig.

Curt. Lond.......... Curtis, *Flora Londinensis*, in-fol. Londini,
1817-28, avec 214 pl.

Czern. .... Czerniaïew, *Nouveaux Cryptogames de*
l'Ukraine, Moscou, 1845, avec fig. in *Bul-*
letin des sciences naturelles de Moscou.

D

De Not. ou Not....... G. de Notaris, in *Commentarii soc. critt.*
Ital. et in variis.

Descourt............ Descourtilz, *Champignons comestibles, sus-*
pects et vénéneux, Paris, 1827, avec 10 pl.
col.

Desmaz. Ann. sc. nat. Desmazières, in *Annales des sciences natu-*
relles.

Dicks. .... I. Dickson, *Fasciculi Plantarum cryptoga-*
micarum Britanniæ, Londini, 1785-1801,
avec 12 pl.

Dict. sc. nat......... *Dictionnaire des sciences naturelles*, publié
sous la direction de G. et F. Cuvier, 60 vol.,
Paris, 1816-23, avec pl. col.

Doas. et Pat......... Doassans et Patouillard, *Champignons figu-*
rés et desséchés, Paris, 1882.

Dʳ Lorins. .... Dʳ Lorinser, *Schwæmme*, Wienn, 1889, avec
22 pl. col.

Duby Bot. Gal....... Duby, *Botanicon Gallicum*, Paris, 1828-30.

DICT. ICON. *b*

Dufour Atl. champ....   L. Dufour, *Atlas des champignons*, Paris, 1891, avec 80 pl. col.

Dur. et Lév. Expl. Alg.   Durieu et Léveillé, *Exploration en Algérie*, *Cryptogamie*, 1847-49, avec fig.

Dur. et Mont........   Durieu et Montagne, *Flore d'Algérie*, 1ʳᵉ partie, *Cryptogamie*, Paris, 1847-49, avec fig.

E

Ehrenb. Sylv. Berol...   C.-G. Ehrenberg, *Sylvæ mycologicæ Berolinenses*, Berolini, 1812, avec fig.

Éloffe Champ........   Éloffe, *les Champignons*, Paris, s. d. avec 12 pl. col.

Engl. Bot...........   Sowerby and Smith, *English Botany*, London, 1832-46, avec 2774 pl.

Escul. fung. Badh.....   Badham David, *A treatise on the esculent funguses of England*, London, 1863, avec 12 pl. col.

Exp. sc. Alg. ....   Expédition scientifique d'Algérie.

F

Favre-Guil. Neuch....   Favre-Guillarmot, instituteur à Neuchâtel, *Champignons comestibles*, Neuchâtel, 1861, avec 41 pl. col.

Flora..............   *Flora* oder *Allgemeine botanische Zeitung*, publié par K. Gœbel, Regensburg, 1818-93.

F. Austr. ....   Wettstein, *Fungi novi Austriaci*, Wien, 1886, avec 2 pl.

Fl. Bat. ....   *Flora Batavia* of *Afbeelding en Beschrijving van Nederlandsche Gwassen*, Amsterdam, 1800-68, édité par Jankops etc., 13 vol. avec 1040 pl. col.

Fl. Dan.............   *Flora Danica*, sive OEder, *Icones plantarum sponte nascentium in regnis Daniæ et Norwegiæ* etc., Havniæ, 1761-1876.

Fl. myc. Nederl......	Oudemans, *Flore mycologique van Nederland*, la Haye, 1807, avec fig.
Fr. Epicr.	Fries Elias, *Epicrisis systematis mycologici*, Upsaliæ et Lundæ, 1836-38.
Fr.Hym.Eur. ou F.H.E.	Fries Elias, *Hymenomycetes Europæi*, Upsal, 1874.
Fr. Icon.	Fries Elias, *Icones Hymenomycetum*, Holmiæ, 1877, avec 200 pl. col.
Fr. Sverig. atl. Svamp.	Fries, *Sveriges atliga svampar*, Stockholm, 1861, avec 17 pl.
Fuck.Symb.m.Nachtrg.	Fuckel, *Symbolæ mycologicæ*, Wiesbaden, 1869-70, avec 6 pl. col.

G

Gauthier Champ.	Gauthier, *les Champignons considérés dans leurs rapports avec la médecine*, etc., Paris, 1884, avec fig.
Geyl. in Bot. Zeit.....	Geyler in *Botanische Zeitung (Flora)*, Wein, 1842 et suiv. avec fig.
Gillet ou Gill........	Gillet, *Champignons de France, Hyménomycètes*, Alençon, 1874-93, avec 560 pl. col. Publication continuée *(Suites)*, par fascicules de planches non numérotées. *Tableaux analytiques*, Alençon, 1884.
Gillot et Lucand......	Dr X. Gillot et capit. L. Lucand, *Catalogue raisonné des Champignons supérieurs (Hyménomycètes) des environs d'Autun*, Autun, 1891, avec 6 pl. col.
Gonn. et Rabenh......	Gonnermann et Rabenhorst, *Mycologia Europæa*, Dresden, 1869-72, avec 60 pl. col.
Gotthold Hahn	Gotthold Hahn, *Der Pilz-Sammler*, Gera, 1883, avec 23 pl. col.; 2ᵉ édit. du même ouvrage, Gera, 1890, avec 32 pl. col.
Grev. ou Grevil.......	Grevillea, *A quartely record of cryptogamic botany,* edited by Cooke, London, 1872-93.

Grev. Scot. . . . .   R.-K. Greville, *Scottish cryptogamic flora*, Edinburg, 1823-29, avec fig.

Grogn. . . . .   Grognot aîné, *Plantes cryptogames cellulaires du département de Saône-et-Loire*, Autun, 1863.

Guil. et Forq. . . . .   Guillaud, Forquignon et Merlet, *Champignons du sud-ouest*, Bordeaux, 1884, avec figures.

H

Hartig. Baumkr. . . . . . .   R. Hartig, *Lehrbuch der Baumkrankheiten*, Berlin, 1882.

Harz. Bot. Centr. . . . . .   Harzer, *Centralblatt botanische*, Cassel, 1839 et suiv. avec fig.

Harz. . . . .   Harzer, *Naturgetreue albidungen der vorzüglichsten pilze*, Dresden, 1842-45, avec 80 pl. col.

Hazl. Comm. . . . .   Hazslinszky, *Commentarius in icones select. Hymenomycetum Hungariæ*, Eperies, 1884 et *in variis*.

Hedw. . . . .   Hedwigia, *Ein Notizblatt für Kryptogamische studien nebst refert für kryptogamische literatur*, rédigé par Rabenhorst et le docteur G. Winter, Dresden, 1852-92.

Hedw. fil. Obs. . . . .   R.-A. Hedwig filius, *Observationum botanicorum fascic. I*, Lipsiæ, 1802, avec 11 pl. col.

Henn. Berl. hym. . . . . .   P. Hennings, *Die in der umgeb. Berlins bisher beob. hymenomyceten*, Berlin, 1889,

Henning Zwei. hym. . . .   E. Henning, *Uber zweiweniger bekannte Hymenomyceten*, Cassel, 1886.

Heufler . . . .   Von Heufler, *Specimen floræ cryptogamæ vallis Arpasch Carpatæ Transilvanæ*, Vienne, 1853, avec 7 pl. col.

Hoffm. Fl. ger........   G. Hoffmann, *Deutschlands flora*, Erlangen, 1791-95, avec 14 pl. col.

Hoffm. Icon. ....   H. Hoffmann, *Icones analyticæ fungorum*, Giessen, 1861-65, avec 24 pl. col.

Hoffm. Nomencl. .....   G. Hoffmann, *Nomenclator fungorum*, Berlin, 1789-90, avec fig.

Hoffm. Subt. ....   G.-F. Hoffmam, *Vegetabilia in Hercyniæ subterraneis collecta, iconibus et descriptionibus illustrata*, Norimbergiæ, 1797-1811, avec 18 pl. col.

Hogg et Johnst. ......   Hogg, *Observations on the vegetable parasites*, London, 1866, avec fig.

Holms. ou Holm. ot...   Holmskiold, *Beata ruris otia fungis Danicis impensa*, Havniæ, 1790-99, avec pl. col.

Howse in Grevill. ....   Howse in *Grevillea*, passim.

Hummer.............   Paul Hummer, *Praktifiches pilzbuch*, Hanover.

Huss. ....   Hussey, *Illustrations of British mycology*, London, 1847-55, avec 140 pl. col.

I

Inz. ....   G. Inzenga, *Funghi Siciliani*, Palerme, 1869-1879, avec 18 pl. col.

Isis ....   Isis, *Allgemeine deutsche naturhistorische Zeitung*, Dresden et Leipzig, 1848-58.

J

Jacq. austr. ....   Jacquin, *Flora austriaca*, Viennæ, 1773-78, avec pl. col.

Jacq. Coll. ....   Jacquin, *Collectanea ad botanicam et hist. nat. spectantia*, Vindobonæ, 1786-96, avec 106 pl. col.

Jacq. Misc. . . . . Jacquin, *Miscellanea austriaca ad botanicam,*
etc., *spectantia,* Vindobonæ, 1778, avec
21 pl. col.

Jungh. . . . . F. Junghuhn, in *Linnea,* V, 1830.

K

Kalchbr. Hung. . . . . . . Kalchbrenner et Schulzer, *Icones selectæ*
ou Kalch. *Hymenomycetum Hungariæ,* Pest, 1873-
1877, avec 40 pl. col.

Kalchbr. Sziber. Gomb. Kalchbrenner, *Sziberiai es Delamerikai*
Gombak, Budapest, 1878, avec fig.

Kalchbr. Wint. Pilz. . . Kalchbrenner in Winter, *Deutsch. flora,* etc.
(voyez Winter).

Karst. Hattsv. . . . . P.-A. Karsten, *Rysslands, Finlands och*
den Scandinav. halfons Hattsvampar (Aga-
ricinæ), Helsingforsiæ, 1879-82.

Karst. Hedw. . . . . P.-A. Karsten, in *Hedwigia.*

Karst. Icon. select. . . . P.-A. Karsten, *Icones selectæ hymenomy-*
cetum Fenniæ, Helsingforsiæ, 1885-92,
avec pl. col.

Karst. Myc. Fen. . . . . . P.-A Karsten, *Mycologia Fennica,* Helsing-
forsiæ, 1871-79.

Karst. Symb. . . . . P.-A Karsten, *Symbolæ ad mycologiam*
fennicam, Helsingforsiæ, 1871-82.

Klotzch. Fl. Bor. . . . . . J.-F. Klotzch, *Flora Borussica,* Berlin,
1833-41, avec fig.

Knapp. Journ. bot. . . . Knapp, in *Journal botanic,* London, 1830.

Krapf. . . . . Karl von Krapf, *Ausführliche Beschreibung*
der in unterœsterreich. . . . . Schwæmme,
Wien, 1782, avec 17 pl. col.

Krombh. . . . . Krombholz, *Naturgetreue abbildungen und*
Beschreibungen der Schwæmme, Pragues,
1831-47, avec 78 pl. col.

Kunze . . . . Kunze und Schmidt, *Mykologische Hefte,*
nebst einem *allgemein botanischen An-*
zeiger, Leipzig, 1817-23, avec 4 pl.

L

Lamb. Fl. myc. belg. . E. Lambotte, *Flore mycologique belge*, avec
    suppléments, Bruxelles, 1880-89.

Lanzi Fung. rom. . . . . Lanzi, *Funghi della provincia di Roma*,
    Roma, 1878, avec fig.

Larb. . . . . G. Larber, *Sui funghi saggio generale, con
    descrizione dei funghi mangerecci*, Bas-
    sano, 1829, avec fig.

Lasch. . . . . Lasch, in *Linnæa, Journal für botanik*, Halle,
    1826-66 ; in *Botanische Zeitung*, Marburg.

Lenz. . . . . H.-O. Lenz, *Nutzliche, schadliche, ver-
    dachtige Schwæmme*, Gotha, 1879, avec
    20 pl. col.

Letell. . . . . J.-B. Letellier, *Figures de champignons*,
    servant de supplément aux planches de
    Bulliard, Paris, 1829-42, avec 107 pl. col.
    — *Avis au peuple sur les grandes ressem-
    blances et les petites différences qui exis-
    tent entre les champignons vénéneux et
    alimentaires*, Paris, 1841, avec 16 fig. col.

Lév. . . . . J.-H. Léveillé, *Iconographie des Champi-
    gnons*, Paris, 1855, avec 217 pl. col.
    (Paulet, 3ᵉ édit.)

Leuba Champ. com. . . Leuba, *Champignons comestibles et espèces
    vénéneuses*, Paris, 1890, avec fig.

Lib. . . . . Libert, *Plantæ cryptogamicæ in Arduenna*,
    Paris, 1830-37, avec fig.

Linn. . . . . Linnæa, *Ein journal für die botanik in
    ihrem ganzen Umfange*, fondé par von
    Schlechtendal, Berlin, 1826-92.

Linn. soc. . . . . *Transactions of the Linnæan society*, Lon-
    dres 1791-1875.

Lorin. OEst. bot. Zeit.. Lorinser, in *OEsterreichische botanische
    Zeitschrift*, Wein, 1850 et suiv.

Lucand .... Capitaine Lucand, *Champignons de la France*, suites à Bulliard, Autun, chez l'auteur, 375 planches à la main en cours de publication.

Lucand et doct. Gillot, *Catalogue raisonné des champignons de Saône-et-Loire*, in *Bulletins de la Société d'histoire naturelle d'Autun*, 1889-91, avec 6 pl. col.

Ludw. Hedw. .... Ludwig in *Hedwigia*.

M

Malb. et Let. Champ. Norm. — Malbranche et Letendre, *Champignons nouveaux ou peu connus de Normandie*, 1873-87, avec pl., in *Bull. soc. amis sc. nat. de Rouen.*

Manc. .... V. Mancini, in *Sylloge* passim ; — et Cuboni, *Synopsis mycologiæ Venetæ*, Patavii, 1886.

Mass. .... G. Massee, *Monograph of Thelephoreæ*, London, 1888-89, avec fig. et in *Grevillea* passim.

Mém. soc. méd. Par. . Mémoire de la société de médecine de Paris.

Mich. ou Michel. ..... Michelia, *Commentarium mycologiæ italicæ*, édité par P.-A. Saccardo, Patavii, 1877-80.

Mich. Nov. gen....... ou Mich. gén. — P.-A. Micheli, *Nova plantarum genera*, Florentiæ, 1729, avec 108 tab.

Mont. .... C. Montagne, *Sylloge generum specierumque cryptogamarum*, Paris, 1856 ; et *Exploration en Algérie*.

Morett. Bot. ital. ..... Moretti, *Botanico italiano*, Pavia, 1826, avec 3 pl.

Moyen Tr. élém. champ. Moyen, *les Champignons, Traité élémentaire et pratique de mycologie*, Paris, 1889. avec fig.

Muller et Busch. ..... O. Muller, *Cryptogamenflora Deutschlands*, Gera, 1875, mit 12 taf.

N

Nees syst. . . . . C.-G. Nees von Esenbeck, *Das system der Pilze und Schwæmme*, Wurzburg, 1816, mit 46 col. taf.

Not. ou de Not. . . . . . . G. de Notaris, in *Commentarii soc. critt. ital. et in variis.*

Noulet et Dass. . . . . . . Noulet et Dassier, *Traité des Champignons*, Paris, 1838, avec fig.

N. G. Bot. ital. . . . . . . *Nuovo giornale botanico italiano*, dir. da O. Beccari, T. Caruel, de Notaris, etc., Firenze e Pisa, 1869-85, avec pl.

O

OEst. bot. Zeitsch. . . . . Zeitschrift, *Œsterreichische botanische*, rédigé par Wettstein, Wien, 1850-93.

Opatowsky, Bolet. . . . . Opatowsky, *Commentatio historico-naturalis de familia fungorum Boletoideorum*, Berlin, 1836, avec 1 tab. col.

Otto Werberbauer . . . Otto Werberbauer, *Die Pilze Nord-Deuschlands*, Breslau, 1873-75, avec 18 pl. col.

Oudem. . . . . Oudemans, *Flora mycologica van Nederland*, avec suppléments, la Haye, Amsterdam, 1867-87, avec fig.

P

Pall. . . . . Pallas, *Flora Rossica*, Petropoli, 1784-1815, avec fig.

Pall. Rus. Reis. . . . . . . Pallas, *Reise durch verschiedne provinzen des Russischen*, Saint-Pétersbourg, 1771-76, avec fig.

Pass. et Beltr. F. sic..	Passerini et Beltrani, *Fungi Siculi novi,* Roma, 1882, avec fig.
Pat.................	Patouillard *in variis.*
Pat. Tab............	Patouillard, *Tableaux analytiques,* Paris, 1883-89, avec 700 fig.
Paul................	J.-J. Paulet, *Traité des Champignons,* Paris. 1793, avec fig. (voyez Léveillé).
Peck	Peck, *News species of fungi in bull. Torrey botanical club,* New-York, 1883-85.
Peck, Rep...........	C.-H. Peck, *Annual reports, of the state botanish of the st. museum,* New-York, Albany, 1870-71.
Penz. Ozon. e Copr...	Penzig, *Sui rapporti generalici tra Ozonium e Coprini,* Padova, 1880, avec fig.
Pers. Com. de fung...	Persoon, *Commentatio de fungis clavariæformibus,* Lipsiæ, 1797, avec 4 planches coloriées.
Pers. Comm.........	Persoon, *Commentarius Schæfferi fungorum* etc., Erlangæ, 1800.
Pers. Ic. et desc......	Persoon, *Icones et Descriptiones fungorum,* Paris, 1793, 14 pl. col.
Pers. Icon. pict.......	Persoon, *Icones pictæ rariorum fungorum,* Paris, 1803-6.
Pers. Myc. Eur.......	Persoon, *Mycologia Europæa,* Erlangæ, 1822-28, avec 30 fig.
Pers. Obs.	Persoon, *Observationes mycologicæ,* Lipsiæ. 1796, 12 pl. col.
Pers. Syn.	Persoon, *Synopsis fungorum,* Gottingæ, 1801, avec 5 pl.
Pers. Tr.	Persoon, *Traité sur les champignons comestibles,* Paris, 1819, avec 4 pl.
Phœb. ou Phœbus	Dʳ Phœbus, *Deutslands kryptogamische,* Berlin, 1838, avec 9 pl.
Phill...............	W. Phillips, *New and rare british fungi,* in *Grevillea,* VI, VII et variis.
Plum. Filic.	Plumier, *Filicetum americanum...,* Paris, 1703, avec fig.

Poll. .... Pollini, *Flora Veronensis*, Veronæ, 1822-24, avec 12 tab. et *in variis*.

Price .... Price, *Illustrations of the fungi...*, London, 1864-65, avec fig.

Purton, Surgeon bot. descript. Th. Purton, *A botanical description of British plants...* Stralford upon Avon, 1817-21, avec 34 pl. col.

Q

Quél. .... Quélet, *Champignons des Vosges et du Jura*, et plusieurs suppléments dans le Bull. de la Soc. bot. de France et dans les comptes rendus de l'Assoc. française, pour l'avancement des sciences.

Quél. Ench. .... Quélet, *Enchiridion fungorum...*, Paris, 1886.

Quél. Champ. Norm... Quélet et Le Breton, *Champignons de Normandie*, Rouen, 1880, avec 3 pl. color.

R

Rab. ou Raben. ...... Rabenhorst, *Deutschlands cryptogamen flora*, *I Pilze*, Leipziæ, 1844, avec nombreuses fig. et *in variis*.

Raji, Syn. .... Raii, *Synopsis methodica stirpium Britanniæ*, London, 1690, avec pl.

Romell F. exs. Scand. L. Romell, *Fungi Scandinaviæ exsiccati et Fungi aliquot novi in Suecia lecti*, Stokholm, 1889.

Roq. .... Roques, *Histoire des champignons comestibles et vénéneux*, Paris, 1876, avec 24 pl. col.

Rostk. .... J.-F. Rostkovius in Sturm, *Deutschlands flora*, 1844, avec fig.

Rost. Fung. Groënl. ... E. Rostrup, *Fungi Groenlandiæ*, Copenhague, 1888.

Roth. Cat. .... A.-G. Roth, *Catalecta botanica*..., Lipsiæ, 1797-1805, avec 28 pl. et *in variis*.

Roumeg. Crypt. illustr. C. Roumeguère, *Cryptogamie illustrée*, Paris, 1870.

Roze et Rich. Atl..... Richon et Roze, *Atlas de champignons*, Paris, 1888.

S

Sacc. Syll. ou Saccardo P.-A. Saccardo, *Sylloge fungorum* avec supplément, Patavii, 1877-92.

Sacc. et Cub......... Saccardo et Cuboni, in *Sylloge*.

Sacc. M. S.......... P.-A. Saccardo, *Mycologiæ Venetæ specimen*, Patavii, 1873.
et M. V. Ven. spec.

Sacc. Mich. .... Voyez Michelia.

St-Amans Fl. ag...... Saint-Amans, *Flore agenaise*, Agen, 1821, avec figures.

Saund. et Sm........ Saunders et G. Smith, *Mycological illustrations*, London, 1871, avec planches coloriées.

Saut. .... A.-E. Sauter, *Die pilze Herzogthumes*, Salzburgs, 1880 et *in variis*.

Schæff. .... Schæffer, *Fungorum qui in Bavaria et circa Ratisbonam nascuntur icones*. Erlangæ, 1800, avec 330 pl. col.

Schm. .... E. Schmidel, *Icones plantarum* etc....., Erlangæ, 1793-99.

Schnizl. .... Schnizlein et Frickhinger, *Iconographia familiarum plantarum naturalium*....., Erlangæ, 1843-70.

Schrad.............. Schrader, *Spicilegium floræ Germanicæ*, Hannover, 1794, avec fig.

Schrœt. Pilz. Schles. . J. Schrœter, *Die pilze Schlesiens*, Breslau, 1885-89.

Schulz. in Centralb. . . . Schulzer in *Centralblatt*.

Schulz. in Hedw . . . . . . Schulzer in *Hedwigia*.

Schulz. Verhandb. Herm. S. Schulzer, v. Müggenburg, *Noch einmal über J, v. Lerchenfeld mycol. Bermerk* Hermannstadt, 1884.

Schulz. in Thüm. M. U. Voyez Thümen.

Scop. . . . . Scopoli, *Flora carniolica*, Vindobonæ, 1772, avec 66 tab. et *in variis*.

Schum. Saell. . . . . Schumacher, *Enumeratio plantarum in partibus Saellandiæ*, Schubothe, 1801-3.

Sec. ou Secr. . . . . Secretan, *Mycographie suisse*, Genève, 1833.

Seem. Journ. . . . . B. Seeman, *Journal of botany*, London, 1863-71. — Nouvelle série éditée par J. Britton, 1872 et seq.

Seyn. Fist . . . . Jules de Seynes, *Fistulines*.

Seyn. Montp . . . . id. *Flore mycologique de la région de Montpellier*, Paris, 1863, avec fig.

Sicard, Hist. nat. champ. Sicard, *Histoire naturelle des champignons*, Paris, 1884, avec 75 pl. col.

Sm. . . . . Smith *in variis*.

Sorok M. . . . . N. Sorokin, *Mycologica*, Kazan, 1872 et *in variis*.

Sow. . . . . J. Sowerby, *English fungi*, London, 1797-1809, avec 440 tab. color.

Speg. in Michelia . . . . . C. Spegazzini, in *Michelia et variis*.

Steinh. Anal. agar. . . . J. Steinhaus, *Analystische agariceen studien*, Dresden, 1888.

Steinheim in Isis. . . . . C. Steinheim, *Ueber Dædalea in Isis*, 1831.

Sterb. . . . . Franciscus van Sterbeek, *Theatrum fungorum*, Antwerpen, 1712, avec fig.

Stev. et Sm. . . . . J. Stevenson, *Hymenomycetes Britannici*, Edinburgh, 1886, with 112 illustr. et *in variis*.

Sturm. . . . . J. Sturm, *Deutschlands flora*, 1798-1848, et *Deutschlands pilze*, Nuremberg, 1821-1851, avec 60 pl.

Sverig. atl. svamp. ....   Fries, *Sveriges atliga svampar*, Stockholm,
                       1861, avec 17 planches.
Sv. bot. ....   *Svensk botanik*, 1802, avec figures.
Swz. ou Sw. ....   Swartz, *Weterau akademi handlungen*, 1808-
                       1810.

T

Tab. anal. Gill. ......   Gillet, *Tableaux analytiques*, Alençon, 1884.
Thum. Bayreuther Pilze   Voyez Thümen *in variis*.
Thum. M. U. ....   Von Thumen, *Mycotheca universalis*, 1876
                       et seq.; et *Diagnosen* in *Flora*, 1876-82.
Tode ....   H.-I. Tode, *Fungi Mecklenburgenses*, Lune-
                       burgi, 1790, avec 17 pl.
Torr. bot. club. ......   *Bulletin of the Torrey botanical club, a
                       monthly journal of botany*, édité par N.
                       Britton, New-York, 1874-93.
Tourn. Inst. ....   Pitton de Tournefort, *Institutiones rei her-
                       bariæ*, Lyon, 1719 avec fig.
Tr. Wool. club. ......   *Transactions of the Woolhope club*, London,
ou Wool. club.   1877 et suiv.
Trat. Aust. ....   L. Trattinik, *Fungi austriaci*, Wien, 1804-6,
                       avec 18 tab. col.
Tratt. Essb. Schw. ...   L. Trattinik, *Die Essbaren Schwæmme*,
                       Wien, 1830, avec 30 tab. col.
Trog. in Winter pilz fl.   Trog in *Deutsch. flora* du docteur Winter
                       et *in variis*.
Tul. . ...   Louis-René Tulasne, *Fungi hypogæi*, Paris,
                       1851, avec figures.
Tul. Carpol. ....   Charles Tulasne, *Selecta fungorum carpo-
                       logia*, Paris, 1861-65, avec pl.

V

Vaill. ou Vaill. par. ...   S. Vaillant, *Botanicon Parisiense*, Leyde,
                       1727, avec 32 pl.

Ventur.............. Venturi, *Miceti dell'agro Bresciano*, Brescia, 1845, avec 64 tab. col. ; et *Studi micologici*, Brescia, 1842, 13 tab. col.

Vittad. .... Vittadini, *Descrizione dei funghi mangerecci*, Milano, 1835, avec 44 tab. col. ; et *Amanitarum illustratio*, avec fig.

Viv. Ital. .... Viviani, *Funghi d'Italia*, Genova, 1834-38, avec 60 tab. col.

Vogl. anal. agar...... Voglino, *Observationes analyticæ in fungos*
ou Vogl. Obs. agar. *agaricinos Italiæ super.*, Venezia, 1886, et Pisa, 1887, avec 3 pl.

W

Wahlnb. sv. bot. ..... Wahlenberg in *Svensk botanik*.

Wallr. Fl. crypt: ..... Wallroth, *Flora cryptogamica*, Norimbergæ, 1833, avec fig.

Weinm. Ross........ Weinmann, *Hymeno- et gasteromycetes* in *imperio Rossico observ.*, Petropoli, 1836, avec figures.

Werb. Otto .... Werberbauer Otto, *Die pilze Nord-Deutschlands*, Breslau, 1873-75, avec 18 planches coloriées.

West. .... Westendorp, *Description de quelques cryptogames inédits ou nouveaux des Flandres*, I-IX, Bruxelles, 1851-66.

Wettst. Fung. austr... Wettstein, *Fungi novi Austriaci*, Vienne, 1886, avec fig.

Wettst. Vorarb. Steir. Wettstein, *Vorarbeiten zu einer Pilz flora der Steiermark*, Wien, 1885.

Willd. Ber. .... Wildenow, *Floræ Berolinensis prodromus...* Berolini, 1787, avec fig.

Wint. Pilz. fl......... Dr G. Winter, *Deutschl. flora. Die Pilze Deutschlands , Œsterreiches und der Schweiz*, Leipsig, 1887.

Wool. cl............   *Transactions of the Woolhope club,* London,
ou Tr. Wool. club.   1867 et suiv.

Worth. Smith in Seem.   Voyez Seem. Journ.
Journ.

Wulf. in Jacq. Coll. ..   Wulfen in Jacquin, *Collectanea ad bot. et hist. nat. spectantia,* Vindobonæ, 1786-96, avec 106 pl. col.

Z

Zeit. ....   Voyez *Botanische Zeitung* et *Flora.*

Zeitschr............   Zeitschrift, voyez *Œsterreichische botanische.*

DICTIONNAIRE ICONOGRAPHIQUE

DES

CHAMPIGNONS SUPÉRIEURS

DICTIONNAIRE ICONOGRAPHIQUE

DES

CHAMPIGNONS SUPÉRIEURS

(HYMÉNOMYCÈTES)

—◆—

AMANITA

Adnata. Fr. Hym. Eur. p. 28 [1].
Cooke, t. 35.
Saunders et Sm. t. 20.

Amici. Gillet.
Gillet, t. 522.

Arida. Fr. Hym. Eur. p. 25.
Fr. Icon. t. 12, f. 2.
Paulet, t. 150, f. 3 et 151.
f. 2 (confondue avec
A. *vaginata*).

Aspera. Fr. Hym. Eur. p. 24.
Bolton. t. 139.
Boud. Bull. Soc. bot. Fr.
1881, t. 2, f. 6.
Cooke, t. 10.
Gillet, t. 17.

Lucand, t. 326 (var.)
Noulet et Dass. Champ.
t. 34.
Pat. Tab. 607.
Vittadini, t. 43.

Aureola. Fr. Hym. Eur. p. 20.
Expéd. sc. Alg. t. 30, f. 2.
Kalchbr. Hung. t. 1, f. 1.
Paulet, t. 152, fig. 1.

Baccata. Fr. Hym. Eur. p. 28.
Mich. Nov. gen. t. 8, f. 4.

Bresadolæ. Saccardo, Agar. p. 25.

Cæsarea. Fr. Hym. Eur. p. 17.
Bull. t. 120.
Bel ,Champ. du Tarn, t. 9.
Barla, Champ. Nice, t. 1.
Bauhin, cap. xxiii, p. 831.

1. C'est toujours la 2° édition des Hyménomycètes de Fries qui est citée,

Boyer, Champ. com. t. 1.
Cordier, t. 1.
Dict. sc. nat. t. Champi-
gnons.
Dufour, Atl. champ. t. 2.
Dr Lorins, t. 6, f. 3.
Eloffe, Champ. t. 4, f. 4, 5.
Favre-Guil. Neuchâtel, I,
t. 17.
Gonn. et Rabenh. t. 3.
Gotthold-Hahn. f. 1, 1re éd.
Gauthier, Champ. t. 5,
f. 2, 3.
Gillet, t. 4.
Harz, t. 80.
Krombh. t. 8, f. 1-12.
Leuba, Champ. com. t. 1.
Moyen, Tr. élém. champ.
t. 1, f. 1.
Noulet et Dass. Champ.
t. 1 et t. 36.
Paul. Champ. t. 154.
Roumeg. Crypt. ill. f. 109.
Rolland. Bull. Soc. myc.
Fr. 1890, t. 12, f. 1.
Roze et Rich. Atl. t. 2.
Schæff. t. 95, f. 1 et 7.
Sicard, Hist. nat. champ.
t. 3, f. 8, 9.
Viviani, t. 30.
Vitt. Fung. Mang. t. 1.

Cariosa. Fr. Hym. Eur. p. 24.
Gonn. et Rab. t. 9, f. 2.
Krombh. t. 29, f. 1-5.
Lucand, t. 126.

Cinerea. Bres. Fung. Trid. p. 7.
Bres. Fung. Trid. t. 1.

Coccola. Fr. Hym. Eur. p. 18.
Batt. t. 4, D.
Britz. Leucospori, f. 259.
Lanzi, Fung. romani, t. 2.

Cygnea. Fr. Hym. Eur. p. 27.
Kalchbr. Fung. Hung.
t. 1, f. 2.
Paulet, t. 150, f. 3 et 151,
f. 2 (confondue avec
Arida).

Echinocephala. Fr. H. E. p. 22.
Gillet, t. 13.
Lucand, t. 176.
Paulet, t. 163, f. 3.
Quélet, Jur. t. 1, f. 1.
Soc. méd. Paris, t. 16, f. 4.

Eliæ. Fr. Hym. Eur. p. 25.
Quélet, Fung. Jur. t. 22,
f. 1.

Excelsa. Fr. Hym. Eur. p. 21.
Bolton, t. 47 (mauvais
dessin).
Barla, Champ. Nice, t. 7,
f. 4-8.
Cooke, t. 7.
Gonn. et Rab. t. 1 et t. 8,
fig. (sans verrues).
Gillet, t. 11.
Krombh. t. 29, f. 14-17
(très bon dessin).

Letell. t. 640.
Paulet, t. 159.

Gemmata. Fr. Hym. Eur. p. 28.
Gillet, t. 26.
Paulet, t. 158, f. 3.
Soc. méd. Paris, 1776,
t. 15, f. 3.

Godeyi. Gillet, Hym. p. 51.
Gillet, t. 21.

Insidiosa. Let. s. R. t. 531.
(Aminatopsis.)

Junquillea. Tab. an. Gillet, p. 6.
Lucand, t. 76.
Quélet, Soc. bot. 1876,
t. 3, f. 10.
Patouillard, Tab. 302.

Leccina. Fr. Hym. Eur. p. 26.
Britz. Leucospori, f. 127.

Leiocephala. Fr. Hym. E. p. 28.

Lenticularis. Fr. Hym. E. p. 26.
Cooke, t. 17 (Lepiota).
Fries, Icon. t. 13.
Gillet, t. 46 (Lepiota).
Price, f. 88.

Lepiotoides. B.S. myc. 2, p. 193.
Patouillard, Tab. 606.

Magnifica. Fr. Hym. Eur. p. 25.
Cooke, t. 34.
Fl. Dan. t. 2146 & 2148, f. 1.

Mappa. Fr. Hym. Eur. p. 19.
Bull. t. 577, f. D, G, H, M.
Bernard, Champ. la Roch.
t. 1, f. 2, 3.
Bel, Champ. du Tarn, t. 11.
Britz. Leucospori, f. 119
et 123 (var).
Curtis-Lond. t. 32.
Cordier, t. 3, f. 1.
Cooke, t. 4.
Dufour, Atl. champ. t. 4.
Eloffe, Champ. t. 4, f. 8
et t. 5, f. 1 (var).
Fl. Dan. t. 2143.
Gillet, t. 15 (venenosa) et
t. 521 (var).
Gonn. et Rab. t. 9, f. 1 et
t. 11, f. 1.
Krombh. t. 28, f. 11 et 12.
Lucand, t. 51 (venenosa).
Leuba, Champ. com. t. 5.
Moyen, Tr. élém. champ.
t. 2, f. 1 (var. virescens).
Nees, Syst. f. 165.
Price, f. 66.
Pers. Champ. com. t. 2.
Paulet, t. 158.
Rolland, Bull. Soc. myc.
Fr. 1889, I. t. 3, f. 3 et
t. 4, f. 1 (var.)
Roze et Rich. Atl. t. 11 (var.)
Schæff. t. 241.
Sowerby, t. 286.
Sicard, Hist. nat. champ.
t. 5, f. 15.
Vittadini, t. 11.

Megalodactyla. Fr. II. E. p. 25.
Cooke, t. 11.

Muscaria. Fr. Hym. Eur. p. 20.
Bolt. t. 46 (mauv. dessin).
Bel, Champ. Tarn, t. 12.
Britz, Leucospori, f. 124.
Barla, Champ. Nice, t. 2
et t. 3 (var.)
Boyer, Champ. com. t. 2.
Bauhin, cap. XLI, p. 841.
Clus. Pern. g. XIII, 4.
Cooke, t. 117.
Cordier, t. 2.
Dict. sc. nat. t. Champ.
Dufour, Atl. champ. t. 3.
Dr Lorins, t. 6, f. 1.
Eloffe, Champ. t. 4, f. 6, 7.
Favre-Guill. Neuchâtel,
I. t. 19.
Fr. Sverig. atl. o. gift.
Svamp. t. 1.
Greville, t. 54.
Gotthold-Hahn, f. 4 (mau-
vais coloris) 1re édit. et
f. 3, 2e édit.
Gonn. et Rab. t. 7, f. 2 et
t. 10, f. 2.
Gillet, t. 8 (var.)
Gauthier, Champ. t. 6,
f. 1 et 2.
Harz. t. 1.
Hussey, t. 1.
Hoffm. Ic. t. 1.
Krombh. t. 9.
Leuba, Champ. com. t. 2.

Moyen, Tr. élém. champ.
t. 1, f. 2.
Noul. & Dass. Champ. t. 35.
Paulet, t. 157.
Phœbus, t. 2.
Rose et Rich. Atl. t. 1.
Rolland, Bull. Soc. myc.
Fr. 1890, t. 12, f. 2.
Roumeg. Crypt. ill. f. 113.
Sv. Bot. t. 108.
Schæff. t. 27 et 28 (var.)
et 258.
Sterb. t. 28, f. A, C.
Sturm. t. 54.
Sicard, Hist. nat. champ.
t. 2, f. 7.
Vittadini, t. 5.
Viviani, t. 29 et 26.

Nitida. Fr. Hym. Eur. p. 24.
Battav. t. 6, f. B.
Cooke, t. 70.
Fr. Icon. t. 12, f. 1.
Gillet, t. 19.
Paulet, t. 162.
Soc. méd. Paris, t. 16, f. 1.

Ovoidea. Fr. Hym. Eur. p. 18.
Bull. t. 364.
Brig. Néap. t. 1.
Bern. Champ. Roch. t. 24,
f. 1.
Barla, Champ. Nice, t. 6
(var.)
Dufour, Atl. champ. t. 1.
Gillet, t. 7.
Leuba, Champ. com. t. 3.

Roze et Rich. Atl. t. 4.
Roumeg. Crypt. ill. f. 106.
Sicard, Hist. nat. champ.
t. 4, f. 11.
Vittadini, t. 2.
Viviani, t. 34.

Pantherina. Fr. Hym. Eur. p. 21.
Britz. Leucospori, f. 125.
Barla, Champ. Nice, t. 7,
f. 1-3.
Boyer, Champ. com. t. 4.
Clus. Pern. g. VII, 2.
Cooke, t. 6.
Cordier, t. 3, f. 2.
Dr Lorins, t. 7, f. 1.
Eloffe, Champ. t. 5, f. 7.
Fl. Dan. t. 1911, f. 2 (sujet jeune).
Favre-Guill. Neuchâtel,
I, t. 21.
Gillet, t. 10.
Gauthier, Champ. t. 6, f. 3.
Gotthold-Hahn. f. 3, 1re
édit. et f. 4, 2e édit.
Krombh. t. 29, f. 10-13.
Lucand, t. 226.
Leuba, Champ. com. t. 8.
Letell. t. 639.
Moyen, Tr. élém. champ.
t. 2, f. 2.
Paulet, t. 160, f. 2.
Pat. Tab. 502.
Roze et Rich. t. 5, f. 5-8.
Rolland, Bull. Soc. myc.
Fr, 1890, t. 11, f. 3,

Roumeg. Crypt. ill. f. 111.
Schæff. t. 90.
Sterb. t. 16, F, G.
Vittadini, t. 39.
Viviani, t. 26.

Persoonii. Fr. Hym. Eur. p. 25.
Paulet, t. 141 (incomplet).

Phalloïdes. Fr. Hym. Eur. p. 18.
Barla, t. 4.
Bolt. t. 48.
Bel, Champ. Tarn, t. 10.
Bernard, Champ. Roch.
t. 1, f. 1.
Bull. t. 2.
Britz. Leucosp., f. 121 (var.)
Boyer, Champ. com. t. 6.
Cooke, t. 2.
Cordier, t. 4.
Dr Lorins, t. 6, f. 2.
Dufour, Atl. champ. t. 4.
Fl. Dan. t. 1246.
Fl. Bat. t. 829.
Gillet, t. 3 (var.)
Gonn. et Rab. t. 10, f. 1.
Gotthold-Hahn, f. 2 et f. 3
(var.) 1re édit. et f. 1 et
2, 2e édit.
Gauthier, Champ. t. 7,
f. 1, 2, 3, 4 (var.)
Harz. t. 5.
Hummet, t. 3, f. 16.
Inzeng. Sic. t. 2.
Krombh. t. 28, f. 1-12 et
t. 69, f. 10-17 et t, 1, f, 6,

Leuba, Champ. com. t. 4.
Price, fig. 28.
Paul. Champ. t. 155, f. 1, 2.
Phœbus, t. 1.
Rolland, Bull. Soc. myc.
Fr. 1889, I. t. 4, f. 2.
Roumeg. Crypt. illust. f.
119 et 124.
Roze et Rich. Atl. t. 13,
f. 1-5.
Sicard, Hist. nat. champ.
t. 5, f. 14.
Schæff. t. 20.
Sturm, t. 55.
Vaill. Par. t. 14, f. 5.
Viviani, t. 15.
Vittad. t. 17.

Porphyria. Fr. Hym. Eur. p. 19.
Alb. Schwein, t. 11, f. 1.
Fl. Dan. t. 2145.
Gillet, t. 5.
Gonn. et Raben. t. 8, f. 2.
Pat. Tab. 304.

Prætoria. Fr. Hym. Eur. p. 26.
Schæff. t. 245.

Recutita. Fr. Hym. Eur. p. 19.
Berk. Outl. t. 3, f. 3.
Bull. t. 577, f. E, F.
Fl. Dan. t. 1958 (var.)
Gonn. et Rab. t. 2.
Krombh. t. 29, f. 6-9 (var.)
Sicard, Hist. nat. champ.
t. 4, f. 13.

Roseola. Stein. Anal. Agar. p. 6.
Stein. Anal. agar. t. 2, f. 3.

Rubescens. Fr. Hym. Eur. p. 23.
Bolton. t. 27, A.
Bull. t. 316.
Bernard, Champ. de la
Roch. t. 4, f. 1.
Britz. Leucospori, f. 126.
Boyer, Champ. com. t. 3.
Cooke, t. 1163 et 9.
Clus. Pern. g. VII, 3.
Dr Lorins, t. 7, f. 2.
Dufour, Atl. champ. t. 5.
Escul. fung. engl. Ba-
dham, t. 11, f. 3, 4, 5.
Fr. Atl. Sv. t. 74.
Fl. Dan. t. 2140.
Gillet, t. 16.
Gonn. et Rab. t. 5.
Gotthold-Hahn, f. 6 (mau-
vais coloris) 1re édit. et
f. 5, 2e édit.
Huss. I, t. 23.
Krombh. t. 10, f. 1-5 et t.
1, f. 7 et 8.
Letellier, t. 677.
Leuba, Champ. com. t. 7.
Moyen, Tr. élém. champ.
t. 2, f. 3 (var. *genuina*).
Patouillard, Tab. 303.
Paulet, t. 161.
Rolland, Bull. Soc. myc.
Fr. 1890, t. 11, f. 2.
Roze et Rich. Atl. t. 6.
Roumeg. Crypt. ill. f. 169.

Sicard, Hist. nat. champ.
t. 3, f. 10.
Soc. méd. Paris, 1776, t.13.
Schæff. t. 91 et 261.
Vittadini, t. 41.
Viviani, t. 22 et 27.

Scobinella. Fr. Hym. Eur. p. 26.

Solitaria. Fr. Hym. Eur. p. 22.
Bull. t. 48.
Batt. t. 6 (sujet sans ver-
rues.)
Cooke, t. 939.
Eloffe, t. 5, f. 3.
Gillet, t. 14 (var. *pellita*.)
Paulet, t. 156 bis.
Pat. Tab. 301.

Spissa. Fr. Hym. Eur. p. 23.
Cooke, t. 69.
Gonn. et Rab. t. 7, f. 3.
Gillet, t. 20.
Krombh. t. 29, f. 1-5 (très
bonne figure.)
Lucand, t. 26.
Pat. Tab. 305.
Roze & Rich. t. 5, f. 1, 2, 3, 4.

Strangulata. Fr. Hym. Eur. p. 27.
Berkl. Outl. t. 3, f. 6.
Cooke, t. 13.
Fries, Icon. t. 11.
Gillet, t. 25.
Lucand, t. 151.
Pat. Tab. 401.
Price, f. 112.
Saund et Sm. t. 40.

Strobiliformis. Fr. H. E. p. 21.
Bull. t. 593.
Berkl. Outl. t. 3, f. 1
(jeune sujet).
Bernard, Champ. Roch.
t. 2, f. 1.
Cooke, t. 8 et 277.
Gillet, t. 12.
Paulet, t. 162.
Quélet, Jura, t. 1, f. 1.
Soc. méd. Paris, t. 16, f. 2.
Sicard, Hist. nat. champ.
t. 4, f. 12.
Vittadini, t. 9.
Ventur. t. 4.

Tenuipes. Dur. et Léveillé, Expl. alg.
Dur. et Léveillé, Explor.
alg. t. 30, f. 4.

Urceolata. Fr. Hym. Eur. p. 27.
Viviani, t. 14, f. 1-4.

Vaginata. Fr. Hym. Eur. p. 27.
Bull. t. 98 et 512.
Barla, t. 5.
Bolton, t. 49 et 38, f. 1 (var.)
Batsch, f. 79 (var.)
Bernard, Champ. Roch.
t. 4, f. 2 ; t. 1, f. 4 (var.);
t. 2, f. 2.
Bel, Champ. du Tarn, t.13.
Britz. Leucospori, f. 128.
Boyer, Champ. com. t. 5.
Cooke, t. 12 et 940 (var.)
Cordier, t. 5, f. 1 et 2 (var.)
Dufour, Atl. champ. t. 6.

Eloffe, Champ. t. 5, f. 4.
Fl. Dan. t. 1014 & 2142 (var.)
Gotthold-Hahn, f. 7 (mauvaise figure) 1re édit.
et f. 6, 2e édit.
Gonn. et Rab. t. 7, f. 1.
Gillet, t. 22, 23 (var.) et 24 (var.)
Grevil. Scot. t. 18 (var.)
Gauthier, Champ. t. 4, f. 2, 3 (var.)
Husssey, II, t. 34.
Krombh. t. 1, f. 1-5 et t. 10, f. 6-9 et t. 30, f. 13, 14.
Leuba, Champ. com. t. 6.
Moyen, Tr. élém. champ. t. 3, f. 1 (var. *levida*.)
Noul. et Dass. Champ. t. 38, f. A, B.
Pat. Tab. 201.
Roze et Rich, t. 19, f. 4-9 et t. 8, f. 1, 2, 3 (var.)
Schæff. t. 85, 86, 244, 245 et 95 (var.)
Sterb. t. 20.
Sicard, Hist. nat. champ. t. 6, f. 18-20 (5 var.)
Vittadini, t. 16.
Ventur. t. 5.

Valida. Fr. Hym. Eur. p. 23.
Krombh. t. 1, f. 7, 8.

Vapida. Fr. Hym. Eur. p. 26.
Ne doit être qu'une variété de *lenticularis*.

Verna. Fr. Hym. Eur. p. 18.
Bull. t. 108.
Bauhin, cap. VIII, p. 826.
Cooke, t. 3.
Dufour, Atl. champ. t. 1.
Eloffe, Champ. t. 5, f. 2.
Gonn. et Rab. t. 11, f. 2.
Noulet et Dass. Champ. t. 37.
Paulet, t. 156, f. 3, 4.
Pat. Tab. 101.
Rolland, Bull. Soc. myc. Fr. 1887, I, t. 7.
Roumeg. Crypt. ill. f. 112.
Roze et Rich. Atl. t. 13, f. 6-9.
Vittad. t. 44.

Vernalis. Gillet, tab. anal. p. 6.
Doas et Pat. t. 29.
Gillet, t. 9.
Pat. Tab. 501.

Virescens. Gillet, Hym. p. 46.
Gillet, t. 18.
Gonn. et Rab. t. 4.
Krombh. t. 1, f. 6.
Viviani, t. 22, f. 1.

Virosa. Fr. Hym. Eur. p. 18.
Cooke, t. 1.
Fr. Atl. sv. t. 81.
Gillet, t. 6.
Roze et Rich. Atl. t. 3.
Sverig. Atl. och. gift. Svamp. t. 84.

ANNULARIA

Alutacea. Fr. Hym. Eur. p. 185.

Fenzlii. Fr. Hym. Eur. p. 185.
Gillet, t. 257.
Kalch. Hung. t. 10, f. 1.

Lævis. Fr. Hym. Eur. p. 184.
Bern. Champ. Roch. t. 5,
f. 1-2.
Krombh. t. 26, f. 16, 17.
Pat. Tab. 426.

Scitula. Massee, in Grevil. XV, p. 63.
Cooke, t. 927.

Xanthogramma. F. H. E. p. 185
Cesati, Comm. crypt. ital.
I, t. 3, f. 1.

APYRENIUM

Armeniacum. Fr. H. E. p. 700.
Berkl. et Br. t. 2, f. 2.

Lignatile. Fr. Hym. Eur. p. 700.
Grev. t. 276.

ARMILLARIA

Albosericea. Fr. Hym. Eur. p. 42.
Brig. Néap. t. 4, f. 1, 2.

Ambrosii. Br. Fung. Tr. p. 27 et 100.
Bres. Fung. Trid. t. 31.

Aurantia. Fr. Hym. Eur. p. 41.
Barla, Champ. Nice, t. 13,
f. 1, 10.
Cooke, t. 33.
Fries, Icon. t. 26, f. 1.
Gillet, t. 51.
Roumeg. Crypt. illustr.
f. 107.
Schæffer, t. 37.

Bulbiger. Fr. Hym. Eur. p. 40.
Cooke, t. 20.
Dufour, Atl. champ. t. 8.
Fries, Icon. t. 26, fig. 2.
Gillet, t. 48.
Gotthold-Hahn, f. 12, 1re
édit. et f. 11, 2e édit.
Klotzch. Fl. bor. t. 373.
Lucand, t. 177.
Pat. Tab. 613.

Caligata. Fr. Hym. Eur. p. 41.
Barla, Champ. Nice, t. 9
et t. 10 (var.), f. 4-7.
Gillet, t. 49.
Pat. Tab. 306.
Roze et Rich. Atl. t. 24,
f. 8-12.
Viviani, Fung. ital. t. 35.

Cingulata. Fr. Hym. Eur. p. 42.
Bern. Roch. t. 56, f. 4.
Fries, in Linnæa, 1831,
t. 10.

Citri. Fr. Hym. Eur. p. 46.
Inzenga, Sic. t. 3, f. 1.

Cœruleo-viridis. F. Il. E. p. 43.
Brigant, t. 3, f. 1, 2.

Constricta. Fr. Hym. Eur. p. 42.
Batt. t. 7, f. B.
Cooke, t. 46.
Fries, Icon. t. 18, f. 1.
Gillet, t. 47.

Dehiscens. Fr. Hym. Eur. p. 42.
Viv. t. 49.

Denigrata. Fr. Hym. Eur. p. 45.
Fries, Icon. t. 20.

Focalis. Fr. Hym. Eur. p. 40.
Batt. t. 8.
Cooke, t. 245 et 31 (var.)
et 1165 (var.)

Fracida. Fr. Hym. Eur. p. 47.
Batt. t. 7, f. E.
Fl. Dan. t. 600.

Griseofusca. Fr. Hym. Eur. p. 45.

Hæmatites. B. et Br. A. n. h. n. 1635
Bres. Fung. Trid. t. 107.
Cooke, t. 45.

Imperialis. Fr. Hym. Eur. p. 43.
Britz. Leucospori, f. 138.
Fries, Icon. t. 17.
Gillet, t. 55.

Jasonis. Cooke, Ind. syst. VIII, p. 2.
Cooke, t. 955.

Laqueata. Fr. Hym. Eur. p. 46.
Batt. t. 10, f. C.
Fries, Icon. t. 18, f. 2.

Laricina. Fr. Hym. Eur. p. 44.
Berkl. Outl. t. 4, f. 1.
Bolt. t. 19.

Laschii. Fr. Hym. Eur. p. 43.
Fries, Icon. t. 19, f. 1.

Luteovirens. Fr. Hym. Eur. p. 41.
Krombh. t. 25, f. 8-14.

Megalopus. Br. F. Tr. p. 43 et 101
Bres. Fung. Trid. t. 47.

Mellea. Fr. Hym. Eur. p. 44.
Bull. t. 377 et 540, f. 3.
Boyer, Champ. com. t. 8.
Battar. t. 11, B-F.
Bolton, t. 136, 140, 141.
Batsch. f. 7.
Britz. Leucospori, f. 137.
Barla, Champ. Nice, t. 11.
Cordier, t. 8.
Cooke, t. 32.
Dr Lorins, t. 7, f. 4.
Dufour, Atl. champ. t. 7.
Eloffe, Champ. t. 8, f. 2
(mauvaise figure).
Escul. Fung. engl. Badham. t. 9, f. 3.
Fl. Dan. t. 1013.
Fr. Atl. svamp. t. 36.
Fl. Batt. t. 824.

Fabre-Guill. Neuchâtel,
II, t. 3.
Grev. t. 332.
Gotthold-Hahn, f. 11, 1re
édit. et f. 10, 2e édit.
Gonn. et Rabenh. IV,
t. 3 d.
Gillet, t. 54.
Hoffmann, Ic. t. 21, f. 1.
Krombh. t. 43, f. 2-6 et
t. 1, f. 13.
Leuba, Champ. com. t. 10.
Moyen, Tr. élém. champ.
t. 3, f. 3.
Noulet et Dass. Champ.
t. 22 et 23 (mauvais
coloris) et t. 33.
Roze et Rich. Atl. t. 24,
f. 1-3.
Sicard, Hist. nat. champ.
t. 9, f. 28.
Schæff. t. 74 et 72 (var.)
Sowerb. t. 101.
Vittad. Fung. mang. t. 3.
Viviani, t. 51.

Milla, Fr. Hym. Eur. p. 44.
Sowerb. t. 184.

Morio. Fr. Hym. Eur. p. 45.
Batt. t. 10, f. F.
Paul. Champ. t. 144, f. 1-7.

Mucida. Fr. Hym. Eur. p. 46.
Cooke, t. 16.
Fl. Dan. t. 773 et 1130 et
1372 (var.)

Gillet, t. 56.
Harz. t. 35.
Lucand, t. 58.
Price, t. 14, f. 91.
Paul. t. 139 bis.
Pat. Tab. 402.
Quélet, t. 2, f. 1.
Saund. et Sm. t. 5.
Sicard, Hist. nat. champ.
t. 9, f. 29.
Tratt. austr. t. 27.

Phœnicea. Fr. Hym. Eur. p. 40.

Pinetorum. Gillet, Hym. p. 79.
Gillet, t. 53.
Lucand, t. 101.

Pleurotoides Fr. Hym. E. p. 46.
Bull. Soc. hist. n. Autun,
1889, t. 1, f. 1.
Fr. Icon. t. 19, f. 2.
Lucand, t. 77.
Lucand et Gillot, Catal.
champ. t. 1, f. 1.

Ramentacea. Fr. Hym. E. p. 42.
Bull. t. 595, f. 3.
Cooke, t. 71.
Gillet, t. 52.
Krombh. t. 25, f. 21-25.
Sicard, Hist. nat. champ.
t. 9, f. 30.

Rhagadiosa. Fr. Hym. Eur. p. 44.
Batt. t. 10, f. D.
Krombh. t. 25, f. 30-33.

DICT. ICON.   3

Robusta. Fr. Hym. Eur. p. 41.
Batsch. f. 75 et 17.
Barla, Ch. Nice, t. 10, f. 1-3.
Britz. Leucospori, f. 261.
Bern. Champ. Roch. t. 53,
f. 1.
Cooke, t. 96 (var.)
Dufour, Atl. champ. t. 8
(var.)
Gillet, t. 50.
Krombh. t. 25, f. 15-20 et
t. 71, f. 1-4.
Lucand, t. 227.
Roze et Rich. Atl. t. 24,
f. 4-7.

Scruposa. Fr. Hym. Eur. p. 42.
Paul. Champ. t. 51, f. 3-4.
id. id. t. 94, f. 1-4
(sans anneau).

Squamea. Barla, Champ. supp. p. 2.
Barla, Flor. myc. t. 17.

Subcava. Fr. Hym. Eur. p. 46.
Cooke, t. 47.
Schum. Fl. Dan. t. 1843.

Tumescens. Fr. Hym. Eur. p. 43.
Viviani, t. 31.

Verrucipes. Fr. Hym. Eur. p. 43.
Bres. Fung. Trid. t. 108.
Fr. in Quélet. Jur. II,
t. 2, f. 1.
Karst. Icon. Fen. II, t. 1,
f. 31.

Viviani. Fr. Hym. Eur. p. 45.
Viviani, t. 6.

ARRHENIA

Auriscalpium. Fr. H. E. p. 462.

Cupularis. Fr. Hym. Eur. p. 462.
Lapp. t. 30, f. 2.

Fimicola. Fr. Hym. Eur. p. 462.

Mesopoda. S. in Hedw. 1876, 152.

Tenella. Fr. Hym. Eur. p. 462.
Fl. Dan. t. 1295, f. 2.

AURICULARIA

Bresadolæ. Sch. Hed. 1885, p. 148

Lobata. Fr. Hym. Eur. p. 646.
Brefeld. Unters. t. 4, f. 1, 2.
Mag. nat. Vidensk, 1827.

Mesenterica. Fr. Hym. E. p. 646.
Bolt. t. 172.
Bull. t. 290.
Brefeld. Unters. t. 4, f. 10,
11.
Doas. et Pat. t. 74.
Gillet, t. 494.
Otto Werberbauer, t. 7,
f. 2.
Michel, t. 66, f. 1.
Quélet, Jura, t. 20, f. 3.
Sowerb. t. 290.
Sicard, Hist. nat. champ.
t. 57, f. 291.

Schulzeri. Q. et B. Hed.1885,p.148.

Syringæ. Fuck. S. myc. app. II, p. 9.

BOLBITIUS

Apicalis. Fr. Hym. Eur. p. 334.
  Cooke, t. 720, f. B.

Boltonii. Fr. Hym. Eur. p. 333.
  Bolt. t. 149.
  Cooke, t. 689.

Bulbillosus. Fr. Hym. Eur. p. 334.

Conocephalus. Fr. H. E. p. 334.
  Bull. t. 563, f. 1.
  Cooke, t. 1160.
  Gillet, t. 380.
  Sicard, Hist. nat. champ.
    t. 22, f. 101.

Contribulans. Br. D. et M. p. 184.
  Britz. Derm. et Mel. f. 94.

Fragilis. Fr. Hym. Eur. p. 334.
  Bolt. t. 65.
  Bern. Champ. Roch. t. 32,
    f. 2.
  Cooke, t. 720, f. A.
  Hoffm. Ic. t. 21, f. 2.
  Roumeg. Crypt. illustr.
    f. 198.
  Sowerb. t. 96.

Grandiusculus. C. et M. g. 18,53
  Cooke, t. 1159.

Hydrophilus. Fr. H. E. p. 333.
  Bull. t. 511.
  Cooke, t. 605, f. B ?
  Gillet, t. 379.
  Pat. Tab. 353.
  Saund. et Sm. t. 24.
  Sicard, Hist. nat. champ.
    t. 34, f. 179.

Luteolus. Fr. Hym. Eur. p. 335.
  Quélet, Jura. t. 9, f. 3.

Ozonii. Schulz. in Rev. myc. V, p. 243.

Purifluus. Fr. Hym. Eur. p. 335.

Pusillus. Fr. Hym. Eur. p. 335.
  Borsz. Fung. ingric. t. 1,
    f. 1.

Rivulosus. B. et Br. Ann. nat. H.
                                n. 1773.
  Cooke, t. 928, f. B.

Tener. Fr. Hym. Eur. p. 335.
  Berkl. Outl. t. 12, f. 2.
  Britz. Melanospori, f. 86.
  Cooke, t. 691.
  Fr. Icon. t. 139, f. 4.
  Sicard, Hist. nat. champ.
    t. 22, f. 100 et 105.

Titubans. Fr. Hym. Eur. p. 334.
  Bull. t. 425, f. 1.
  Britz. Melanospori, f. 87.
  Cooke, t. 690.
  Gillet, t. 380.
  Pat. Tab. 657.

Sowerb. t. 128.
Sicard, Hist. nat. champ.
t. 42, f. 221.

Vitellinus. Fr. Hym. Eur. p. 333.
Cooke, t. 928.
Quélet, Jura. t. 9, f. 3.

BOLETUS

Æstivalis. Fr. Hym. Eur. p. 510.
Hussey, II, t. 25.
Hogg. et Johnst. t. 13.
Paulet, t. 1700 (mauvais
dessin).
Sverig. Atl. svamp. t. 43.

Ætnensis. Fr. Hym. Eur. p. 511.
Insenga, Sic. II, t. 5, f. 2.

Albus. Gillet, Revue myc. 1881, p. 5.
Eloffe, Champ. t. 2, f. 6.
Gillet, t. 420.

Alneti. Fr. Hym. Eur. p. 519.
(Gyrodon.)

Alutarius. Fr. Hym. Eur. p. 516.
Britz. Bolet. f. 28.
Rostk. t. 42.

Amarellus. Quél. 11, suppl. p. 12.
Barla, t. 32, f. 5-10.

Amœnus. Thün. Bayr. Pilze. p. 30.

Appendiculatus. F. H. E. 505.
Britz. Bol. f. 13.

Bern. Champ. Roch. t. 48,
f. 1.
Lucand, t. 323.
Pat. Tab. 664.
Rotsk. t. 26.
Schæff. t. 130.

Aquosus. Fr. Hym. Eur. p. 520.
Krombh. t. 76, f. 18, 19.

Armeniacus. Quél. 18, suppl.
1884, p. 5.
Quélet, 13, suppl. t. 8, f. 11.

Asprellus. Fr. Hym. Eur. p. 514.
Batt. t. 30, f. C.
Krombh. t. 4, f. 26, 27.

Aurantiporus. Howse. in Grevil.
XII, p. 43.

Badius. Fr. Hym. Eur. p. 499.
Bull. Soc. myc. fr. VIII,
t. 3. f. 3.
Fl. Bat. t. 804.
Gillet, t. 437.
Klotzch. bor. t. 379.
Krombh. t. 36, f. 12-18.
Lenz. f. 35.
Lucand, t. 122.
Rostk. t. 5.
Rose et Rich. Atl. t. 55,
f. 14-16.
Sverig. Atl. svamp. t. 50.

Barlæ. Fr. Hym. Eur. p. 504.
Barla, t. 32, f. 1-4.

Bellini. Inz. Fung. Sic. II, p. 25.
Inzenga, Fung. Sicil. II,
t. 6, f. 1-7.

Boudieri. Quél. soc. bot. Fr. 1878.
Pat. Tab. 130.
Quélet, Bull. soc. bot. fr.
1878, t. 3, f. 3.

Bovinus. Fr. Hym. Eur. p. 499.
Britz. Bolet. f. 5.
Bull. soc. myc. fr. VIII,
t. 5, f. 2.
Dufour, Atl. champ. t. 63.
Dr Lorins, t. 4, f. 3.
Fl. Dan. t. 1018.
Gotthold-Hahn, f. 87, 1re
édit. et f. 115, 2e édit.
Gonn. et Rab. VII, t. 2,
f. 11.
Gillet, t. 576.
Hussey, I, t. 34.
Krombh. t. 75, f. 1-6.
Klotzsch. Bor. t. 378.
Lenz. f. 38.
Lucand, t. 235.
Moyen, Tr. élém. champ.
t. 11, f. 3.
Rostk. t. 13.

Bresadolæ. Quél. in F. Tr. p. 13.
Bres. Fung. Trid. t. 14.

Bullatus. Br. Hym. Südb. IV, 159.
Britz. Hym. Südb. IV,
f. 12, 30.

Calopus. Fr. Hym. Eur. p. 506.
Britz. Bolet. f. 14.
Harzer, t. 69.
Krombh. t. 37, f. 1-7.
Lucand, t. 170.
Rostk. t. 27.
Roze et Rich. Atl. t. 60,
f. 1-4.
Sverig. Atl. svamp. t. 69.
Saund. et Sm. t. 14.
Schæff. t. 315.

Carnosus. Fr. Hym. Eur. p. 520.
Rostk. t. 14.

Castaneus. Fr. Hym. Eur. p. 517.
Bull. t. 328.
Barla, t. 32, f. 11-15.
Gillet, t. 422.
Krombh. t. 4, f. 28-30.
Pat. Tab. 356.
Roze et Rich. Atl. t. 56,
f. 11-13.
Sicard, Hist. nat. champ.
t. 52, f. 275.

Cavipes. Fr. Hym. Eur. p. 520.
(Boletinus).
Gillet, t. 448.
Roll. Bull. soc. myc. 1888,
t. 21.

Chrysenteron. Fr. H. E. p. 502.
Bull. t. 490, f. 3, M.
Bel, Champ. Tarn. t. 4.
Britz. Bolet. f. 10.
Bernard, Champ. Roch.
t. 50, f. 2.

Cordier, apud Sturm. 19,
t. 1.
Cordier, t. 38, f. 1.
Dufour, Atl. champ. t. 60
(mauvais coloris).
Eloffe, Champ. t. 3, f. 3.
Gillet, t. 444.
Krombh. t. 76, f. 15-17.
Leuba, Champ. com. t. 29.
Pat. Tab. 671.
Quélet, t. 16, f. 4.
Roze et Rich. Atl. t. 55,
f. 17-19.

Cinnamomeus. F. H. E. p. 505.
Rostk. t. 9.

Citrinus. Fr. Hym. Eur. p. 507.
Venturi, t. 59, f. 1 (f. 2.
singularité).

Clavicularis. Gillet, C. Fr. p. 644.

Collinitus. Fr. Hym. Eur. p. 498.
Dufour, Atl. champ. t. 63.
Gotthlod-Hahn, f. 117, 2e
édit.
Krombh. t. 76, f. 10, 11.
Lucand, t. 240.
Roumeg. Crypt. illust. f.
117.

Concretus. D. et Lév. Expl. alg.
Léveillé, Expl. alg. t. 32,
f. 3.

Crocipodius. Fr. H. E. p. 520.
Letell. t. 666.

Cruentus. Fr. Hym. Eur. p. 507.
Venturi, t. 43, f. 34.

Cyanescens. Fr. H. Eur. p. 517.
Bull. t. 369.
Barla, t. 37.
Eloffe, Champ. t. 3, f. 5.
Gillet, t. 421.
Harz. t. 71.
Krombh. t. 35, f. 7-9.
Letell. t. 654.
Rostk. t. 44.
Roze et Rich. Atl. t. 59
f. 10-14.
Sverig. Atl. svamp. t. 80.
Saund. et Sm. t. 47 (var.)
Sicard, Hist. nat. champ.
t. 52, f. 276.

Dentatus. Rostk. D.C. Fl. p. 85.
Rostk. D.C. Fl. t. 25.

Dubius. Alleseh. Sud bayr. Pilz. p. 78.

Duriusculus. Fr. H. Eu. p. 515.
Gillet, t. 427.

Edulis. Fr. Hym. Eur. p. 508.
Bull. t. 60, 494.
Bull. soc. myc. fr. VIII,
t. 2, f. 2.
Barla, t. 34.
Bel, Champ. Tarn. t. 2.
Britz. Bolet. t. 17.
Boyer, Champ. com. t. 43.
Cordier, t. 34.

Dict. hist. nat. d'Orbigny, t. 7.
Dufour, Atl. champ. t. 55.
Dʳ Lorins, t. 4, f. 4.
Escul. fung. engl. Badh. t. 3, f. 1, 2.
Eloffe, Champ. t. 2,f.1,2,3.
Favre-Guill. Neuchatel. I, t. 37.
Gonn. et Rab, VII, t. 1.
Gotthold-Hahn, f.88(mauvais coloris) et f. 109, 2ᵉ édit.
Gillet, t. 441.
Gauthier, Champ. t. 2,f. 2.
Hummer, t. 2, f. 8.
Hussey, I, t. 81.
Harz. t. 40 et 41.
Krombh. t. 31.
Lenz. f. 34.
Leuba, Champ. com, t. 30.
Müller et Busch, t. 2, f. 3 et 4 (var.)
Noulet et Dass. Champ. t. 2 et t. 3.
Rostk. t. 37.
Roze et Rich. Atl. t. 61 (type et var.)
Roumeg. Crypt. ill. f. 213.
Sverig. Atl. svamp. t. 13.
Sowerb. t. 111 et t. 419.
Sv. Bot. t. 197.
Schæff. t. 134 et 135.
Sicard, Hist. nat. champ. t. 50.
Trattinick. austr. f. 34.

Vittad. t. 22.
Venturi, t. 8.
Viviani, t. 25.

Elation. Fr. Hym. Eur. p. 502.

Elegans. Fr. Hym. Eur. p. 497.
Bull. t. 332.
Britz. Bolet. f. 2.
Dʳ Lorins, t. 3, f. 7.
Gonn. et Rab. t. 5, f. 2.
Gotthold-Hahn, f.79 (mauvais coloris), 1ʳᵉ édit. et f. 118, 2ᵉ édit.
Grev. t. 183.
Hussey, II, t. 12.
Krombh. t. 34, f. 1-10.
Leuba, Champ. com. t. 33, f. 4-7.
Moyen, Tr. élém. champ. t. 11, f. 1.
Price, f. 110.
Sverig. Atl. svamp. t. 76.
Venturi, t. 47, f. 1, 2.

Eriophorus. Rostk. D.C. Fel. p.75.
Rostk. D.C. Fl. t. 20.

Erythropus. Fr. Hym. Eur. p. 511.
Barla, t. 33, f. 6, 7.
Fl. Dan. t. 1792 (var.)
Harzer, t. 56.
Letellier, t. 612.
Noulet et Dass. Champ. t. 5. A.
Phœbus, t. 8, f. 5, 6, 7.
Roze et Rich. Atl. t. 60, f. 14-16.

Farinaceus. Fr. Hym. Eur. p. 520.

Felleus. Fr. Hym. Eur. p. 516.
Bull. t. 379.
Bull. soc. myc. Fr. VIII,
t. 2, f. 4.
Britz. Bolet. f. 27.
Dufour, Atl. champ. t. 54
(mauvais coloris).
Eloffe, Champ. t. 3, f. 6.
Gillet, t. 423.
Gotthold-Hahn, f. 106, 2ᵉ
édit.
Krombh. t. 74, f. 1-7.
Pat. Tab. 674.
Rostk. t. 43.
Roze et Rich. Atl. t. 57,
f. 1-3.
Sverig. Atl. svamp. t. 52.
Sicard, Hist. nat. champ.
t. 51, f. 272.

Filiæ. Gillet, Tab. anal. p. 143.
(Girodon.)
Gillet, t. 419.

Flavidus. Fr. Hym. Eur. p. 498.
Krombh. t. 4, f. 35-37.
Lucand, t. 23.
Pers. Myc. Eur. 2. t. 20.
f. 1-3.
Rostk. t. 2 (var.)
Venturi, t. 47, f. 1-3 (var.)

Flavus. Fr. Hym. Eur. p. 497.
Bolton, t. 169.
Bres. Fung. Trid. t. 132.

Britz. Bolet. f. 3.
Boyer, Champ. com. t. 46.
Dufour, Atl. champ. t. 53
(type et var.)
Gillet, t. 432.
Gotthold-Hahn, f. 120, 2ᵉ
édit.
Klotzset. dans Linn. VII,
t. 198.
Lucand, t. 47.
Leuba, Champ. com. t. 34,
f. 1-4.
Pat. Tab. 662.
Pers. Myc. Eur. t. 20, f. 1-3.
Roze et Rich. Atl. t. 55,
f. 1-6.
Sowerby, t. 265.

Floccopus. Fr. Hym. Eur. p. 513.
(Strobilomyces.)
Chevall. Par. t. 6, f. 10.
Fl. Dan. t. 1252.
Roumeg. Crypt. illust. f.
147.

Floccosus. Rostk.
Pat. Tab. 665.
Kostkovins, t. 39.

Fragrans. Fr. Hym. Eur. p. 509.
Gillet. t. 574.
Krombh. t. 75, f. 15-21.
Vittad. t. 19.
Venturi, t. 53, f. 3-5.

Friesii. Fr. Hym. Eur. p. 514.
Inzeng. II, t. 1.

Fucescens. Fr. Hym.Eur. p. 520.

Fuligineus. Fr. Hym. Eur. p. 514.
Britz. Bol. f. 24.

Fulvidus. Fr. Hym. Eur. p. 517.
Inzeng. Sicil. II. t. 3, f. 11.
Rostk. t. 45.

Fuscus. Rostk. D.C. Fl. p. 59.
Rostk. D.C. Fl. t. 12.

Fusipes. Fr. Hym. Eur. p. 500.
(*Gyrodon.*)
Lucand, t. 274.

Gentilis. Quél. Ass. fr. 1883.
Quél. Assoc. fr. 1883, t. 6,
f. 13.

Gilletii. Sacc. et Cub.

Granulatus. Fr. Hym. Eur. 498.
Barla, t. 31, f. 4-12.
Bull. Soc. myc. fr. VIII,
t. 4, f. 3.
Britz. Bolet. f. 4.
Bernard, Champ. Roch.t.
44, f. 2 et t. 45 f. 1.
Boyer, Champ. com. t. 47.
Cordier, t. 35, f. 1.
Dict. hist. nat. d'Orbigny,
t. 8.
Dufour, Atl. champ. t. 64.
Dʳ Lorins, t. 4, f. 2.
Gonn. et Rab. VII, t. 6, f. 1.
Gillet, t. 434.
Gotthold-Hahn, f. 91, 1ʳᵉ
édit. et f. 116, 2ᵉ édit.

Krombh. t. 34, f. 11-14.
Lenz. f. 31.
Letell. t. 604.
Lucand, t. 149.
Leuba, Champ. com. t. 33,
f. 1-3.
Moyen, Tr. élém. champ.
t. 11, f. 4.
Pat. Tab. 355.
Rostk. t. 3.
Roze et Rich. Atl. t. 56,
f. 6-10.
Schæff. t. 123.
Sverig. Atl. svamp. t. 23.
Sowerb. t. 420.

Guttatus. Fr. Hym. Eur. p. 501.
Britz. Bolet. f. 8.

Hieroglyphicus. Fr. Hym. Eur.
p. 521.
Rostk. t. 29.

Impolitus. Fr. Hym. Eur. p. 509.
Gillet, t. 447.
Harz. t. 51.
Krombh. t. 74, f. 8-11.
Letell. t. 614.
Lucand, t. 324.
Rostk. t. 36.
Sverig. Atl. svamp. t. 42.
Schæff. t. 108.

Labyrinthicus. Fr. H. Eur. p.519.
(*Gyrodon.*)

Lævis. Fr. Hym. Eur. p. 516.

Lambottei. Sacc. et Cub.

Lanatus. Rostk. D.C. Fl. p. 77.
Rostk. D.C. Fl. t. 21.

Lanzii. Inz. Fung. Sic. II, p. 54.
Inzenga, Fung. Sicil. II,
t. 10, f. 11.

Laricinus. Fr. Hym. Eur. p. 513.
Britz. Bolet. f. 22.
Hussey, I. t. 25.

Lateritius. Bres. et Schulz. in Hedw.
1885, p. 14.

Leucopus. Fr. Hym. Eur. p. 512.

Lilaceus. Fr. Hym. Eur. p. 505.
Rostk. t. 46.

Lividus. Fr. Hym. Eur. p. 519.
(*Gyrodon.*)
Bull. t. 490, f. 2.
Gillet, t. 418.
Letellier, t. 606.
Lucand, t. 299.

Lorinseri. Beck. Flor. von. Hernst.
p. 195.
Beck. Flor. von. Hernst.
t. 3, f. 1, a. b.

Lupinus. F . Hym. Eur. p. 510.
Krombh. t. 38, f. 7-10.
Letell. Hist. fr. 32.
Letell. t. 678??
Roze et Rich. Atl. t. 60,
f. 11-13.
Sowerb. t. 250 (var.)

Luridiformis. Fr. H. Eur. p. 512.
Britz. Bol. f. 20.
Rostk. t. 35.

Luridus. Fr. Hym. Eur. p. 511.
Barla, t. 33, f. 1-5.
Berkl. Outl. t. 15, f. 5.
Bull. Soc. myc. fr. VIII,
t. 3, f. 2.
Bull. t. 100 et 490, f. 1.
Bolt. t. 85.
Bel, Champ. Tarn. t. 3.
Britz. Bolet. f. 19.
Bern. Champ. Roch. t. 56,
f. 5.
Boyer, Champ. com. t. 45.
Cordier, t. 36, f. 1.
Dr Lorins, t. 5, f. 3.
Dufour, Atl. champ. t. 56.
Escul. fung. engl. Bad-
ham. t. 6, f. 3, 4, 5.
Eloffe, Champ. t. 2, f. 4.
Fabre-Guill. Neuchâtel.
II, t. 23.
Gotthold-Hahn,f. 90(mau-
vais coloris) 1re édit. et
f. 107, 2e édit.
Grev. t. 121.
Gillet, t. 438.
Krombh. t. 38, f. 11-17.
Letellier, t. 612.
Moyen, Tr. élém. champ.
t. 12, f. 2.
Noulet. et Dass. Champ.
t. 4 (var.)
Pat. Tab. 672.

Phœbus, t. 7.
Roumeg. Crypt. illustr.
f. 115.
Roze et Rich. Atl. t. 57,
f. 4-6.
Rostk. t. 31.
Schæff. t. 107 (mauvais
coloris.)
Sverig. Atl. svamp. t. 12.
Sicard, Hist. nat. champ.
t. 53, f. 275 (bis).

Luteus. Fr. Hym. Eur. p. 497.
Barla, t. 31, f. 1-3.
Bernard. Champ. Roch.
t. 55, f. 2.
Britz. Bolet. f. 1.
Bull. Soc. myc. fr. VIII,
t. 5, f. 1.
Cordier, t. 35, f. 2.
Dufour, Atl. champ. t. 54.
Fabre-Guil.Neuchâtel,II,
t. 21.
Fl. Dan. t. 1135.
Harz. t. 6.
Hummer, t. 2, f. 7.
Gillet, t. 433.
Gonn. et Rab. VII, t. 6,
f. 2 et t. 4 (var.)
Gotthold-Hahn, f. 78, 1re
édit. et f. 110, 2e édit.
Klotzsch. Fl. Bor. t. 377.
Krombh. t. 33.
Lucand, t. 199.
Muller et Busch. t. 1, f. 5.
Rostk. dans Sturm, 4, t. 1.
DICT. ICON.

Roze et Rich. Atl. t. 56,
f. 1-5.
Schæff. t. 114.
Sicard, Hist. nat. champ.
t. 54, f. 277.
Sverig. Atl. svamp. t. 22.

Macrocephalus. Leuba,
Champ. com.
Leuba,Champ. com. t. 35.

Messanensis. Inzeng. Fung. Sic.
II, p. 13.
Inzenga, fung. Sicil. II,
t. 3, f. 11³.

Meyeri. Fr. Hym. Eur. p. 512.
Rostk. t. 34.

Mitis. Fr. Hym. Eur. p. 499.
Britz. Bol. f. 6.
Krombh. t. 36, f. 8-11.
Lucand, t. 297.
Rostk. t. 4.

Mougeotii. Quélet, 15, sup. p. 4.
(Gyrodon.)
Quélet, 15, suppl. t. 9, f. 6.

Obsonium. Fr. Hym. Eur. p. 509.
Krombh. t. 76, f. 12-14.
Lucand, t. 296.
Paulet, t. 171, f. 2, 3.
Rostk. t. 30.

Œrcus ou Æreus. Fr. H. E.
p. 508.
Bull. t. 385 (var.)
Bull. Soc. myc. fr. VIII,
t. 2, f. 3.

3*

Bel, Champ. Tarn, t. 1.
Boyer, Champ. comest.
t. 42.
Dʳ Lorins, t. 4, f. 7.
Dufour, Atl. champ. t. 56.
Eloffe, Champ. t. 2, f. 5.
Gauthier, Champ. t. 2, f. 3.
Gillet, t. 442.
Krombh. t. 36, f. 1-7.
Moyen, Tr. élém. champ.
t. 12, f. 1.
Quélet, t. 16, f. 2.
Rostk. t. 15.

Olivaceus. Fr. Hym. Eur. p. 506.
Rostk. t. 32.
Schæff. t. 105.
Venturi, t. 36, f. 3, 4.

Oudemansi. Fr. Hym. Eur. p. 500.
(Gyrodon.)
Fl. Batt. t. 936.

Pachypus. Fr. Hym. Eur. p. 506.
Britz. Bolet. f. 15.
Dʳ Lorins, t. 5, f. 1.
Gillet, t. 439.
Gotthold-Hahn, f. 83, 1ʳᵉ
édit. (mauvais dessin).
Inzeng. Fung. Sic. t. 10,
f. 4 (var.)
Krombh. t. 35, f. 13-15
(f. 10-12 var.)
Lenz. f. 60.
Letell. t. 641.
Leuba, Champ. com. t. 31.
Lucand, t. 73.
Roq. t. 8, f. 2 (var.)

Rostk. t. 24?
Roze et Rich. Atl. t. 59,
f. 1-3.
Saund. et Sm. t. 17 (var.
blanche).
Sverig. Atl. svamp. t. 68.
Venturi, t. 64, f. 1, 2.

Pannosus. Rostk. D. C. Fl. p. 79.
Rostk. D. C. Fl. t. 22.

Panormitanus. Fr. Hym. Eur.
p. 512.
Inzenga, Sic. II, t. 5, f. 1.

Parasiticus. Fr. Hym. Eur. p. 505.
Bull. t. 451, f. 1.

Perniciosus. Fr. H. Eur. p. 507.
Vent. t. 50, f. 1, 2.

Pinicola. Fr. Hym. Eur. p. 510.
Fl. Dan. t. 1296.
Venturi, t. 46.

Piperatus. Fr. Hym. Eur. p. 500.
Barla, t. 32, f. 5-10.
Batsch, f. 128.
Britz. Bolet. f. 7.
Bull. t. 451, f. 2.
Corda dans Sturm, XI,
t. 60.
Dufour, Atl. champ, t. 60.
Eloffe, Champ. t. 2, f. 7.
Fl. Dan. t. 1850, f. 2.
Gillet, t. 435.
Gotthold-Hahn, f. 82, 1ʳᵉ
édit. et f. 114, 2ᵉ édit.

Krombh. t. 37, f. 16-20.
Pat. Tab. 673.
Rostk. t. 6.
Roze et Rich. Atl. t. 55, f.
11-13.
Sowerb. t. 34.
Sverig. Atl. svamp. t. 67.

Placidus. Fr. Hym. Eur. p. 518.
(Gyrodon.)

Plorans. Rolland. Soc. myc. fr., 1889,
p. 169.
Rolland, Bull. Soc. myc.
fr. 1889, t. 14 bis, f. 1.

Porphyrosporus Fr. H. Eur.
p. 514.
Britz. Bolet, f. 23.
Gillet, t. 426.
Sowerb. t. 421?
Sterb. t. 3.

Pruinatus. Fr. Hym. Eur. p. 504.
Bull. t. 493, f. B. C.
Schæff. t. 133?
Sicard, Hist. nat. champ.
t. 53, f. 276 bis.

Pulchellus. Fr. Hym Eur. p. 497.
Fr. Icon. t. 178, f. 1.

Pumilus. Winter. Dic. Pilze, p. 480.

Purpurascens. Fr. H. E. p. 504.
Rostk. t. 8.

Purpureus. Fr. Hym. Eur. p. 511.
Barla, t. 33, f. 8-10.

Clus. Pern. gen. XIX, spec.
3, avec dessin.
Gauthier, Champ. t. 3, f. 2.
Krombh. t. 37, f. 12-15.
Roze et Rich. Atl. t. 60,
f. 17-19.
Saund. et Sm. t. 43, f. 1. 4.
Sverig. Atl. svamp. t. 41.

Pusio. Hows. in B. et Br. ann. et
H. n. 1798.

Queletii. Schulz. in Hedw. 1885,
p. 143.

Radicans. Fr. Hym. Eur. p. 503.
Dufour, Atl. champ. t. 61.
Gotthold-Hahn, f. 81, 1re
édit. et f. 110, 2e édit.
Opatowsky, Bolet. t. 1.
Quélet, Jura, t. 16, f. 3.

Radicans. Krombh. nat. albd.
Krombh. t. 48, f. 1-6.

Radicatus. Fr. Hym. Eur. p. 621.
Quélet, t. 16, f. 3.

Regius. Fr. Hym. Eur. p. 508.
Britz. Bolet. f. 16.
Dr Lorins, t. 4, f. 5.
Gotthold-Hahn, f. 89, 1re
édit.
Krombh. t. 7.

Reticulatus. Gillet, Tab. anal.
p. 147.
Bull. Soc. myc. fr. VIII,
t. 2, f. 1.

Gillet, t. 440.
Roze et Rich. Atl. t. 58
(type et var.)
Schæff. t. 108.

Rimosus. Fr. Hym. Eur. p. 507.
Vent. t. 64, f. 3, 4.

Roseus. Wint. Die Pilze. p. 478.
Rostk. t. 48.

Rostkowii. Fr. Hym. Eur. p. 521.
Rostk. t. 18.

Rubellus. Fr. Hym. Eur. p. 518.
Krombh. t. 36, f. 21-24.

Rubescens. Fr. Hym. Eur. p. 518.
(Gyrodon.)
Rostk. t. 19.

Rubiginosus. Fr. H. E. p. 521.
Gillet, t. 443.
Pat. Tab. 663.
Rostk. t. 7 (monstre).
Saund. et Sm. t. 43, f. 5, 6.

Rubinus. Fr. Hym. Eur. p. 504.
Worth. Smith. in Seem.
Journ. 1868, t. 75, f. 1-4.

Rugosus. Fr. Hym. Eur. p. 516.
Rostk. t. 41.
Sowerb. t. 420.

Rutilus. Fr. Hym. Eur. p. 500.

Sanguineus. Fr. Hym. E. p. 500.
Gillet, t. 436.
Léveill. dans Paulet, t.
181, f. 3-4.

Lucand, t. 24.
Roze et Rich. Atl. t. 59,
f. 4-6.
Sowerby, t. 225.

Satanas. Fr. Hym. Eur. p. 510.
Bull. Soc. myc. fr. VIII,
t. 3, f. 1.
Cordier, t. 36, f. 2.
Dr Lorins, t. 5, f. 2.
Dufour, Atl. champ. t. 57.
Fl. Batav. t. 1040.
Gauthier, Champ. t. 3, f. 1.
Gotthold-Hahn, f. 80 (mau-
vaise figure), 1re édit. et
f. 108, 2e édit.
Huss. I, t. 7.
Inzeng. Sic. II, t. 9, f. 2.
Krombh. t. 38, f. 1-6.
Lenz. f. 31.
Lucand, t. 171.
Noulet et Dass. Champ.
t. 5, B.
Phœbus, t. 8, f. 1, 2.
Quélet, t. 15, f. 1.
Rocq. t. 6.
Roze et Rich. Atl. t. 57,
f. 7-9.
Viviani, t. 40.

Scaber. Fr. Hym. Eur. p. 515.
Barl. t. 35, f. 6-12.
Bull. t. 132 et 236 (var.) et
489.
Bull. Soc. myc. fr. VIII,
t. 4, f. 1 et f. 2 (v. Auran-
tiacus).

Bolt. t. 86 (var.)
Bel. Champ. Tarn, t. 5.
Britz. Bolet, f. 26.
Boyer, Champ. comest.
 t. 44 (var.)
Bauhin, cap. xxix, p. 833.
Cordier, t. 37, f. 1 et 37,
 f. 2 (var.)
Dr Lorins, t. 4, f. 6.
Dufour, Atl. champ. t. 59.
Eloffe, Champ. t. 3, f. 1
 (mauvais dessin).
Escul. fung. engl. Bad-
 ham, t. 6, f. 1-2.
Fl. Dan. t. 833 (var.)
Gotthold-Hahn, f. 77, 1re
 édit, et f. 104, 2e édit.
Gonn. et Rab. VII, t. 3.
Gillet, t. 430 et 431 (var.)
Harzer, t. 2.
Krombh. t. 35, f. 1-6 (var.)
Leuba, Champ. com. t. 32
 (var. aurantiacus).
Lucand, t. 298 (var.)
Moyen. tr. élém. champ.
 t. 13, f. 1 (var. aurantia-
 cus) et f. 2 (var. fuscus.)
Muller et Busch. t. 1, f. 3.
Noulet et Dass. Champ.
 t. 6 et t. 7 (var.)
Rostk. t. 40 et 48 (var.)
Roze et Rich. Atl. t. 54,
 f. 1-3 et t. 60, f. 5-10 (var.
 nigrescens).
Sicard. Hist. nat. champ.
 t. 51, f. 271.

Sow. t. 175.
Sverig. Atl. svamp. t. 14.
Schæff. t. 104 (var.)
Vittad. t. 28.
Vent. t. 9 et 10.

Schoberi. Flor. m. Nederl. IX, p. 18.

Schulzeri. Quélet, in Hedw. 1885,
 p. 143.

Sericeus. Fr. Hym. Eur. p. 509.
 Krombh. t. 76, f. 6-9.
 Mich. t. 68, f. 2.

Siculus. Inzeng. fung. Sicil. II, p. 57.
 Inzeng. Fung. Sic. II, t. 10,
 f. 2.

Sistotrema. Fr. Hym. Eur. p. 519.
 (Gyrodon.)
 Quélet, Jura, t. 15, f. 2.
 Rostk. t. 11 (mauvais co-
 loris).

Slavonicus. Sacc. et Cub.

Sordarius. Fr. Hym. Eur. p. 512.
 Gillet, t. 575? (rubeolarius
 Secr.)
 Rostk. t. 33.
 Sv. Bot. t. 246.

Spadiceus. Fr. Hym. Eur. p. 503.
 Britz. Bol. f. 29.
 Krombh. t. 36, f. 19-20.
 Quélet, Jura, t. 15, f. 3.
 Schæff. t. 126.

Sphærocephalus. Fr. Hym. E.
p. 496.
Barla, t. 36.

Squalidus. Fr. Hym. Fur. p. 501.
Rostk. t. 17?

Squamulosus. Fr. H. E. p. 521.
Rostk. t. 47.

Striæpes. Fr. Hym. Eur. p. 502.
Batta, t. 29, C.
Britz. Bol. f. 9.

Strobilaceus. Fr. H. E. p. 513.
(*Strobilomyces.*)
Britz. Bolet. f. 21.
Dicks. Crypt. Brit. t. 3, f. 2.
Dufour, Atl. champ. t. 52.
Gillet, t. 425.
Gotthold-Hahn, f. 103, 2ᵉ
édit.
Krombh. t. 74, f. 12, 13 et
t. 4, f. 31-34.
Pers. Myc. Eur. 2, t. 19.
Pat. Tab. 675.
Quélet, t. 16, f. 1.
Rostk. t. 28.
Roze et Rich. Atl. t. 53.
Scop. Ann. soc. hist. nat.
IV, t. 1, f. 1.
Vent. t. 43, f. 1, 2.

Subtomentosus. F. H. E. p. 503.
Bolt. t. 84 (f. du milieu).
Bull. t. 393 (excepté B. C.)
Battav. t. 30, f. F.
Britz, Bolet. f. 11.

Cordier, t. 38, f. 2.
Dʳ Lorins, t. 4, f. 1.
Dufour. Atl. champ. t. 62
(type et var.)
Fl. Dan. t. 1074.
Gonn. et Rab. VII, t. 5, f. 1.
Gotthold-Hahn, f. 84 (var.)
f. 85 (var.) 1ʳᵉ édit, f. 111
et 112 (var.) 2ᵉ édit.
Krombh. t. 37, f. 8-11 et
t. 48 (var.) f. 1-8 et t. 76,
f. 115.
Lucand, t. 98 (var.)
Moyen, Tr. élém. champ.
t. 11, f. 2.
Price, f. 2.
Pat. Tab. 670.
Rostk. t. 12, 20, 21, 22, 25
(var.)
Roze et Rich. Atl. t. 59,
f. 7-9.
Sicard. Hist. nat. champ.
t. 52, f. 273.
Schæff. t. 112.
Viviani, t. 37.
Vent. t. 50, f. 3 (var).

Sulphureus. Fr. Hym. Eur. p. 502.

Tessellatus. C. Champ. fr. p. 636.
Gillet, t. 429.

Testaceus. Gil. Champ. fr. p. 644.

Torosus. Fr. Hym. Eur. p. 507.
Rostk. t. 28 (??)

Tridentinus. Bres. Fung. T. p. 13.
Bres. Fung. Trid. t. 13.

Tumidus. Fr. Hym. Eur. p. 501.

Umbrinus. Fr. Hym. Eur. p. 505.
Fr. Icon. t. 178, f. 2.

Vaccinus. Fr. Hym. Eur. p. 508.
Britz. Bolet. f. 18.
Fl. Dan. t. 1792.
Sverig. Atl. svamp. t. 51.

Variecolor. Fr. Hym. E. p. 506.
Berkl. et Br. t. 13, f. 3.

Variegatus. Fr. Hym. E. p. 501.
Bull. Soc. myc. fr. VIII,
t. 5, f. 3.
Dufour, Atl. champ. t. 61.
Gillet, t. 445.
Gotthold-Hahn, f. 86, 1re
édit. et f. 113, 2e édit.
Harzer, t. 15.
Krombh. t. 34, f. 15-18 et
t. 75, f. 7-14.
Lenz. f. 39.
Lucand, t. 48.
Pat. Tab. 669.
Rostk. t. 16.
Roze et Rich. Atl. t. 55,
f. 7-10.
Sverig. Atl. champ. t. 66.
Schæffer, t. 115.

Versicolor. Fr. Hym. Eur. p. 504.
Gillet, t. 446.
Pat. Tab. 669.
Rostk. t. 10.

Versipellis. Fr. Hym. Eur. p. 515.
Batt. t. 30, f. A.

Britz. Bolet. f. 25.
Dufour, Atl. champ. t. 58.
Eloffe, Champ. t. 3, f. 2
(mauvais coloris).
Gillet, t. 428.
Gotthold-Hahn, f. 76, 1re
édit. et f. 105, 2e édit.
Gauthier, Champ. t. 2, f. 1.
Krombh. t. 32.
Pat. Tab. 666-667 (var.)
Quélet, Jura, t. 17, f. 1.
Rostk. t. 39.
Roze et Rich. t. 54, f. 4-9.
Schæff. t. 103.
Sterb. t. 18.
Sowerb. t. 110.

Viscidus. Fr. Hym. Eur. p. 513.
Fr. Icon. t. 178, f. 3.
Gillet, t. 424.
Leuba, Champ. com. t. 34,
f. 5-7.

Viscosus. Fr. Hym. Eur. p. 499.
Ventur. t. 53, f. 1-2.

Volvatus. Fr. Hym. Eur. p. 518.
(Gyrodon.)
Pers. Myc. Eur. 2, t. 17, f. 1.

CALOCERA

Cornea. Fr. Hym. Eur. p. 680.
Batsch. f. 161.
Bull. t. 463, f. 4.
Bref. Unters. VII, t. 11,
f. 14-17.

Britz.Hym.südb.V,trem. f. 3.

Doas et Pat. t. 80.

Fl. Dan. t. 1305, f. 2.

Gillet, t. 500.

Pat. Tab. 156.

Sowerb. t. 40.

Sicard, Hist. nat. champ. t. 64, f. 327.

Cornigera. Beck. Pilze. Niederost. p. 41.

Corticalis. Fr. Hym. Eur. p. 680. Batsch. f. 162.

Furcata. Fr. Hym. Eur. p. 680. Britz.Hym.südb.V,trem. f. 2. Fl. Dan. t. 1305, f. 1.

Glossoides. Fr. Hym. Eur. p. 681.

Gracillima. Fr. Hym. Eur. p. 681.

Hypnophila. Sauter. Flor. 1841, p. 317.

Lauri. Fr. Hym. Eur. p. 680.

Palmata. Fr. Hym. Eur. p. 680. Bref. Unters. VII, t. 11, f. 19-20. Sicard, Hist. nat. champ. t. 57, f. 290.

Striata. Fr. Hym. Eur. p. 681. Bref. Unters. VII, t. 11, f. 18. Hoffm. Germ. t. 7, f. 1.

Stricta. Fr. Hym. Eur. p. 680. Bonord. f. 255. Scop. Ann. hist. nat. IV, t. 1, f. 50.

Tuberosa. Fr. Hym. Eur. p. 680. Sowerb. t. 199.

Unicolor. Fr. Hym. Eur. p. 681.

Viscosa. Fr. Hym. Eur. p. 680. Bonord. f. 257. Bref. Unters. VII, t. 11, f. 6-13. Britz. Hym. südb.V,trem. f. 1. Doas et Pat. f. 93. Dufour, Atl. champ. t. 75. Gillet, t. 500. Gotthold-Hahn, f. 102, 1re édit. et f. 145, 2e édit. Pers. comm. t. 1, f. 5. Quél. t. 21, f. 5. Schæff. t. 174. Sowerb. t. 199.

CANTHARELLUS

Albidus. Fr. Hym. Eur. p. 457. Cooke, t. 1107. Fl. Dan. t. 1293, f. 1.

Amethysteus. Quél. Ass.F. 1882, p. 11.

Applicatus. Fr. Hym. Eur. p. 461. Léveill. in. Ann. scienc. nat. 1843, t. 7, f. 2.

Aurantiacus. Fr. Hym. E. p. 455.
Berkl. Outl. t. 14, f. 1.
Batsch. f. 37.
Bull. t. 505, f. 2.
Bern. Champ. Roch. t. 53,
f. 6.
Britz. IV, Canth. f. 3.
Cordier, t. 32, f. 2.
Cooke, t. 1104.
Dr Lorins, t. 8, f. 7.
Dufour, Atl. champ. t. 20.
Eloffe, Champ. t. 11, f. 8.
Gillet, t. 141.
Gotthold-Hahn, f. 73, 1re
édit. et f. 101, 2e édit.
Lucand, t. 67.
Leuba, Champ. com. t. 28.
Noulet et Dass. Champ.
t. 11, f. B.
Purton-Surgeon, Bot. des-
crip. III, t. 10.
Pat. Tab. 649.
Phœbus, t, 6, f. 15-17.
Roze et Rich, Atl. t. 49,
f. 16-19.
Rolland, Bull. Soc. myc.
Fr. 1889, I, t. 1, f. 3.
Sverig. Atl. svamp. t. 79.
Sowerby, t. 413.
Schæff. t. 206??
Sicard. Hist. nat. champ.
t. 48, f. 256.
Wulf. Jacq. c. II, t. 14, f. 3.

Brachypodes. Fr. H. E. p. 456.
Chev. Par. t. 37, f. 2, 3.

Brownii. Fr. Hym. Eur. p. 456.
Cooke, t. 1106.

Bryophilus. Fr. Hym. Eur. p. 460.
Nees, Syst. f. 237.
Pers. Obs. I, t. 3, f. 1.

Campanulatus. F. H. E. p. 461.
(Phlebophora.)

Carbonarius. Fr. H. Eur. p. 456.
Cooke, t. 1105.
Léveill. Ann. sc. nat. 1841,
t. 14, f. 2.
Lucand, t. 45.
Saund. et Sm. t. 1.

Cibarius. Fr. Hym. Eur. p. 455.
Bull. t. 505, f. 1 et t. 62.
Barla, t. 28, f. 7-15.
Batsch, f. 37 et 120.
Bel, Champ. Tarn, t. 27.
Britz. IV, Canthar. f. 1.
Boyer, Champ. com. t. 40.
Bolt. t. 62.
Bauhin., cap. XXVII, p. 832.
Cooke, t. 1103 et 1131 (var.)
Cordier, t. 32, f. 1.
Dr Lorins, t. 8, f. 6.
Dufour, Atl. champ. t. 11,
f. 7.
Eloffe, Champ. t. 11, f. 7.
Escul. Fung. engl. Bad-
ham, t. 8, f. 1.
Favre-Guill. Neuchâtel, I,
t. 35.
Fl. Dan. t. 264.

Gotthold-Hahn, f. 72, 1re édit. et f. 102, 2e édit.

Gauthier , Champ. t. 4, f. 1.

Gillet, t. 143 et 142 (var.)

Grev. scot. t. 258.

Harzer, t. 18.

Leuba, Champ. comest. t. 27.

Krombh. t. 45, f. 1-11.

Moyen, Tr. élém. champ. t. 8, f. 3.

Muller et Busch. t. 1, f. 1.

Noulet et Dass. Champ. t. 11, f. A.

Roumeg. Crypt. ill. f. 130.

Rolland, Bull. Soc. myc. Fr. 1889, I, t. 5, f. 2.

Roze et Rich. Atl. t. 50, f. 5-9.

Sverig. Atl. svamp. t. 7.

Sowerb. t. 46.

Schæff. t. 82.

Sicard, Hist. nat. champ. t. 48, f. 254.

Vittad. t. 25, f. 1.

Cinereus. Fr. Hym. Eur. p. 458.
Bull. t. 465, f. 2.
Bolt. t. 34.
Cooke, t. 1110.
Gillet, t. 145.
Krombh. t. 45, f. 12.
Pat. Tab. 652.

Coriaceus. Fr. Hym. Eur. p. 705.

Crassipes. Dufour, Rev. gén. bot. 1891, p. 357.

Dufour, Rev. gén. bot. 1891, t. 13.

Crucibulum. Fr. Hym. E. p. 461.

Cupulatus. Fr. Hym. Eur. p. 458.
Bull. t. 601, f. 3.
Cooke, t. 1110.
Pers. Syn. t. 5, f. 2.
Pat. Tab. 242 et 243 (var.)
Quélet, Jura, t. 13, f. 1.

Devexus. Fr. Hym. Eur. p. 459.
Cooke, t. 1150.

Fascicularis. Fr. H. Eur. p.459.
Strauss. in Sturm. Heft. 33.

Friesii. Fr. Hym. Eur. p. 455.
Britz. IV, Canth. f. 2.
Cooke, t. 1131.
Krombh. t. 46, f. 3-6.
Paul. t. 51. f. 3-4.
Pat. Tab. 324.
Quél. Jura, t. 23, f. 2.

Glaucus. Fr. Hym. Eur. p. 460.
Batsch. f. 123.
Cooke, t. 1115.
Holmsk. Ot. 2, t. 23.

Hougtoni. Phil. in. Grevil. V, p. 8.
Cooke, t. 1107.

Hygrophanus. F. II. E. p. 459.

Infundibuliformis. Fr. Hym. Eur. p. 458.
Bull. t. 461.
Batsch. f. 35.
Bres. Fung. Trid. t. 97 (var.)
Britz. IV, Canth. f. 5.
Bern. Champ. Roch. t. 43, f. 1.
Cooke, t. 1109.
Fl. Dan. t. 1617.
Gotthold-Hahn, f. 75, 1ʳᵉ édit. (mauvais coloris.)
Krombh. t. 46, f. 7-9.
Lucand, t. 295.
Sowerb. t. 47.
Vaill. t. 12, f. 9, 10.

Juranus. Quél. 16, suppl. p. 3.
Quél. 16, suppl. t. 21, f. 8.

Leucophæus. F. II. E. p. 458.
Cooke, t. 1111.
Nouel. Mém. soc. Lill. 1831, t. 1, f. 2, 3.

Lobatus. Fr. Hym. Eur. p. 461.
Bolt. t. 177.
Britz. Cant. f. 6.
Cooke, t. 1112.
Fl. Dan. t. 1077.
Pat. Tab. 13.

Longipes. Lambotte, Fl. myc. Bel. p. 335.

Lutescens. Fr. Hym. Eur. p. 457.
Bull. t. 473, f. 3.

Muscigenus. F. Hym. E. p. 460.
Bull. t. 288 et 498, f. 2.
Bern. Champ. Roch. t. 43, f. 9.
Britz. IV, Canth. f. 8.
Bolt. t. 177.
Cooke, t. 1115.
Nees, Syst. f. 236.
Pat. Tab. 12.
Quélet, Jura, t. 13, f. 2.
Sicard, Hist. nat. champ. t. 48, f. 257.

Muscorum. Fr. Hym. Eur. p. 461.
Britz. Canth. f. 7 et Leucosp. f. 118.
Roth. in Ust. ann. 1, t. 1, f. 4.

Ochraceus. Gill. Tab. anal. p. 35.

Odorus. Wellst. F. nov. austr. p. 5.
Wellst. F. nov. austr. t. 1, f. 10-14.

Olidus. Quélet, Ench. p. 138.
Quél. Jura, III, t. 1, f. 2.

Papyraceus. Dur. et Lév. Exp. alg.
Léveillé, exp. alg. t. 31, f. 3.

Polycephalus. Bres. Fung. Trid. p. 57.
Bres. Fung. Trid. t. 67.

Ramosus. Fr. Hym. Eur. p. 459.
Kalchbr. Ic. t. 27.

Reflexus. Fr. Hym. Eur. p. 459.

Retirugus. Fr. Hym. Eur. p. 460.
Berkl. Outl. t. 14, f. 2.
Bull. t. 498, f. 1.
Cooke, t. 1112.
Eloffe, Champ. t. 11, f. 11.
Gillet, t. 146.
Sowerb. t. 348.

Rufescens. Fr. Hym. Eur. p. 456.
Paul. t. 37, f. 2, 3.
Quélet, Bull. Soc. bot. Fr.
1876, t. 3.

Spathulus. Fr. Hym. Eur. p. 460.

Stevensoni. B. et Br. Ann. hist.
nat. n° 1422.
Cooke, t. 111.

Subdenticulatus. Mont. Pl.
cell. Cent. 9, p. 15.

Tubæformis. F. H. Eur. p. 457.
Batt. t. 23, f. 1.
Britz. IV, Canth. f. 4.
Cooke, t. 1108.
Dittm. apud Sturm. t. 30.
Dufour, Atl. champ. t. 21.
Fl. Dan. t. 2080, f. 1 (jeune
sujet).
Gillet, t. 144.
Gotthold-Hahn, f. 100, 2e
édit.

Krombh. t. 4, f. 8-10.
Pers. Ic. t. 6, f. 1.

Turrisii. Inzeng. Fung. Sic. II, p. 30.
Inzenga, Fung. Sicil. II,
t. 7, f. 3.

Umbonatus. Fr. Hym. Eur. p. 457.
Cooke, t. 1106.
Hoffm. Ic. t. 22, f. 2.
Lucand, t. 68.
Wulf. in Jacq. coll. 2,
t. 16, f. 1.

CERIOMYCES

Albus. (Polyporus, Ptychogaster Sacc.)
Corda, Icon. t. 12, f. 90.
Tul. Ann. sc. nat. 1872,
t. 12, f. 1-4.

Alveolatus. Boud. Bull. Soc. myc.
(Ptychogaster.) 1888, p. 55.
Boud. Bull. Soc. myc. 1888,
t. 3.

Aurantiacus. P. Tab. an. n. 458.
(Ptychogaster.)
Pat. Tab. 458.
Rev. myc. 1885, f. 10.

Citrinus. Boud. Journ. bot. 1987, p. 8.
Boud. Journ. bot. 1887, t. 1,
f. 1.

Fici. Pat. mission Tunis. Champ.
(Ptychogaster.)
Pat. miss. Tunis. Champ.
t. 2, f. 2, a, b.

Fischeri. Corda, in Sturm. D. C. F. p. 133.
Corda, in Sturm. D. C. F. t. 61.

Hepaticus. (v. Sacc. Syll. Fung. IV, 4849 et 6421.)

Rubescens. Boud. Journ. bot. 1887, f. 10.
Boud. Journ. bot. 1887, t. 1, f. 2.

Terrestris. Sacc. F. V. ser. V, p. 167.

CHITONIA

Coprina. Fr. Hym. Eur. p. 278.
Expéd. scient. alg. t. 51, f. 7.

Rubriceps. Cooke et Mass. grev. XV, p. 65.
Cooke, t. 967.

CLADODERRIS

Minima. B. et Br. Ann. nat. hist. n° 1692.

CLAUDOPUS

Byssisedus. Fr. Hym. E. p. 214.
Cooke, t. 344.
Gillet, t. 287.
Pers. Icon. descr. t. 14, f. 4.
Pers. Obs. t. 5, f. 8, 9.
Pat. Tab. 432.

Defluens. Fr. Hym. Eur. p. 214.
Cooke, t. 344.
Hoffmann, Anal. t. 15, f. 2.
Pers. Myc. Eur. t. 24, f. 5.
Pat. Tab. 431.
Roumeg. Crypt. illust. p. 182.

Inæquabilis. Sacc. M. S. p. 26.
Saccardo, M. S. t. 6, f. 5-8.

Klukii. Blonski. Hedw. 1889, p. 281.

Macrosporus. Pat. Tab. anal. n° 433.
Pat. Tab. 433.

Peteauxii. Q. 13, sup. 1884, f. 4.
Quélet, 13, suppl. t. 8, f. 9.

Sphærosporus. Pat. Tab. anal. n° 226.
Pat. Tab. 226 (est une var. de variabilis.)

Translucens. F. H. Eur. p. 213.
Britz. Hypor. f. 78.

Variabilis. Fr. Hym. Eur. p. 213.
Berkl. Outl. t. 10, f. 1.
Bull. t. 152.
Bern. Champ. Roch. t. 24, f. 5.
Britz, Hypor. f. 41.
Bolton, t. 72, f. 2.
Cooke, t. 344.
Fl. Dan. t. 1556.
Gillet, t. 286.

Hussey, I, t. 50.
Hoffm. Anal. t. 22, f. 3.
Pers. Obs. t. 5, f. 12.
Pat. Tab. 225 et 226 (var.)
Pers. Myc. Eur. t. 26, f.
10-11.
Roumeg. Crypt. ill. f. 228.
Sowerb. t. 97.
Sicard, Hist. nat. champ.
t. 24, f. 123.

Zahlbruckneri. Berck. Zur. Pilz.
Nied. p. 85.
Berck. Zur. Pilz. Niede-
rest. t. 15, f. 3.

CLAVARIA

Abietina. Fr. Hym. Eur. p. 671.
Britz. Hym. südb. V, clav.
f. 15.
Fl. Dan. t. 20, 30, f. 2.
Grev. Scot. t. 117.
Gillet, t. 512.
Pat. Tab. 566.

Aculina. Quél. Assoc. Fr. 1880.
Pat. Tab. 570.
Quél. Assoc. Fr. 1880, t. 8,
f. 11.

Acuta. Fr. Hym. Eur. p. 679.
London, f. 6176.
Sowerb. t. 333.

Affinis. Pat. Tab. anal. n. 470.
Pat. Tab. 470.

Afflata. Fr. Hym. Eur. p. 670.

Alpina. Saut. Fl. Pilze. p. 317.

Amethystina. F. H. E. p. 667.
Bull. t. 496, f. 2
Britz. Hym. südb. V. clav.
f. 40.
Cordier, t. 46, f. 3.
Eloffe, Champ. t. 12, f. 2.
Escul. Fung. engl. Ba-
dham, t. 5, f. 2.
Nees, Syst. f. 151.
Sicard, Hist. nat. champ.
t. 61, f. 315.

Anomala. Fr. Hym. Eur. p. 673.
Schæff. t. 289, f. 1 et 326.

Apiculata. Fr. Hym. Eur. p. 673.
Jungh. Linn. V, t. 7, f. 3.

Arctata. Britz. Hym. Südb. clav.
p. 286.
Britz. Hym. südb. clav.
t. 6.

Ardenia. Fr. Hym. Eur. p. 677.
Sowerb. t. 215.

Argillacea. Fr. Hym. Eur. p. 675.
Britz. Hym. südb. V, clav.
f. 30 (var.) et 32.
Fries, Obs. t. 5, f. 3.
Fl. Dan. t. 1852, f. 2 et
t. 1966, f. 2.
Fl. Bat. t. 814, f. 2.
Gillet, t. 505 (var.)

Gotthold-Hahn, f. 111, 1ʳᵉ
édit.
Harz. t. 7, f. 1-7.
Pers. comm. t. 1, f. 4.
Pat. Tab. 587.
Schmied. Ic. t. 15.

Asterospora. P.T. anal. n.568.
Pat. Tab. 568.

Aurea. Fr. Hym. Eur. p. 670.
Bull. t. 222.
Britz. Hym. südb. V, clav.
f. 14.
Dʳ Lorins, t. 2, f. 1.
Escul. Fung. engl. Ba-
dham, t. 5, f. 2.
Gillet, t. 510.
Krombh. t. 53, f. 5-7.
Leuba, Champ. com. t. 41.
Otto, Werberbauer, t. 11,
f. 1.
Roze et Rich. Atl. t. 66,
f. 3-4.
Schæff. t. 285 et 287.

Austrea. Britz. Hym. Südb. clav.
p. 289.
Britz. Hym. südb. clav.
t. 27.

Bessonii. Pat. Tab. anal. n. 359.
Pat. Tab. 359.

Bizzozeriana. Sacc. Mich. I,
p. 436.

Bothrytes. Fr. Hym. Eur. p. 667.
Barla, t. 40, f. 1-3.

Britz. Hym. südb. V, cl.
f. 2.
Cordier, t. 47, f. 2.
Corda, Ic. V, f. 75.
Dʳ Lorins, t. 3, f. 1.
Dufour, Atl. champ. t. 68,
f. 150.
Fl. Dan. t. 1303.
Gillet, t. 507.
Gotthold-Hahn, f. 104, 1ʳᵉ
édit. et f. 137, 2ᵉ édit.
Holmsk. II.
Harz. t. 67.
Hummer, t. 1, f. 3.
Jacqu. Coll. II, t. 13.
Krombh. t. 53, f. 1-3.
Leuba, Champ. com. t. 40.
Moyen, Tr. élém. champ.
t. 16. f. 3.
Otto Werberbauer, t. 1,
f. 3.
Quél. t. 21, f. 4.
Rose et Rich. Atl. t. 67,
f. 1-3.
Sicard, Hist. nat. champ.
t. 61, f. 317.
Schæff. t. 176.
Sverig. Atl. svamp. t. 35.

Brachiata. Fr. Hym. Eur. p. 677.
Kalchbr. Icon. hung. t. 35,
f. 7.

Bresadolæ. Quél. Flor. myc. p. 458.
Bres. Fung. Trid. t. 146,
f. 2.

Brunandii. Quél. Assoc. F. 1884 p. 7.
Quél. Assoc. Fr. 1884, t. 8,
f. 14.

Bulbosa. Fr. Hym. Eur. p. 674.

Byssiseda. Fr. Hym. Eur. p. 673.
Fl. Dan. t. 1967, f. 1 (var)
Holmsk. I.
Pers. comm. cl. t. 3, f. 7.
Pat. Tab. 567.

Canaliculata. Fr. H. E. p. 678.
Bull. t. 496, f. L. M.
Quél. t. 21, f. 1.
Sicard, Hist. nat. champ.
t. 62, f. 319.

Candida. Fr. Hym. Eur. p. 679.

Carnea. Wal. Fl. crypt. germ. II,
p. 541.

Cervina. Worth. Smith. Journ. bot.
1873.
Worth. Smith. Journ. bot.
1873 t. 130, f. 9.

Cinerea. Fr. Hym. Eur. p. 668.
Bull. t. 354 (forme bi-
zarre).
Bolton, t. 113.
Cordier, t. 46, f. 2.
Dufour, Atl. champ. t. 68.
Escul. Fung. engl. Ba-
dham, t. 5, f. 5.
Gotthold-Hahn, f. 106, 1re
édit. et f. 140, 2e édit.

Grev. Scot. t. 64 et 321.
Krombh. t. 53, f. 9-10.
Leuba, Champ. comest.
t. 43, f. 5-6.
Letell. t. 708, f. 1.
Pat. Tab. 154.
Sicard, Hist. nat. champ.
t. 62, f. 320.

Citrina. Quél. Bull. Soc. bot. F. 1876.

Pat. Tab. 586.
Quél. Bull. Soc. bot. Fr.
1876, t. 3, f. 14.

Compressa. Schræf. et Pilze.
Schles. p. 447.

Condensata. Fr. H. Eur. p. 672.
Bres. Fung. Trid. t. 101.
Schæff. t. 177.
Sowerb. t. 157.
Sicard, Hist. nat. champ.
t. 61, f. 316.

Contorta. Fr. Hym. Eur. p. 677.
Fl. Dan. t. 1852.

Coralloïdes. Fr. H. E. p. 668.
Eloffe, Champ. t. 12, f. 1.
Escul. Fung. engl. Bad-
ham, t. 5, f. 3.
Holmsk. I.
Krombh. t. 53, f. 4 (var.)
Noulet et Dass. Champ.
t. 39.
Sverig. Atl. Svamp. t. 92,
f. 4, 5.
Sowerb. t. 278.

Cordinalis. Boud. et Pat. Journ.
bot. mor. 1888.
Boud. et Pat. Journ. bot.
mor. 1888.

Corrugata. Fr. Hym. Eur. p. 671.
Britz. Hym. südb.V, clav.
f. 17.

Crassa. Britz. Hym. Südb. c. p. 286.
Britz. Hym. südb. clav.
t. 39.

Crispula. Fr. Hym. Eur. p. 673.
Bull. t. 358, f. 1, a, b.
Ehremb. Nov. act. nat. cur.
X, t. 14.
Sicard. Hist. nat. champ.
t. 62, f. 321.

Cristata. Fr. Hym. Eur. p. 668.
Britz. Hym. südb.V, clav.
p. 7.
Fl. Dan. t. 1304, f. 2.
Grev. t. 190.
Hummer, t. 1, f. 2.
Krombh. t. 53, f. 11-13
(var.) et t. 5, f. 14-15.
Letell. t. 708, f. 2.
Otto-Werberbauer, t. 10,
f. 4.
Pat. Tab. 37 et 261 (var.)
Pers. comm. t. 2, f. 4.
Schæff. t. 170.
Sverig. Atl. svamp. t. 92,
f. 1-3.
Sicard. Hist. nat. champ.
t. 61, f. 314.

Crocea. Fr. Hym. Eur. p. 671.
Britz. Hym. südb. V, clav.
f. 24.
Pers. Icon. t. 11, f. 6.

Curta. Fr. Hym. Eur. p. 668.
Fr. Icon. t. 199, f. 2.

Delicata. Fr. Hym. Eur. p. 670.

Dendroidea. Fr. H. Eur. p. 673.
Fr. Icon. t. 200, f. 1.

Dichotoma. Gillet, C. Fr. p. 766.
Leuba, Champ. com. t. 43,
f. 1-4.

Dissipabilis. Britz. Hym. Südb.
clav. p. 289.
Britz. Hym. südb. clav.
t. 28.

Distincta. Britz. Hym. Südb. clav.
p. 289.
Britz. Hym. südb. clav.
f. 31.

Epichnoa. Fr. Hym. Eur. p. 670.
Fr. Icon. t. 199, f. 3.

Epiphylla. Quél. Ass. Fr. 1883.
Pat. Tab. 259.
Quél. Ass. 1883, t. 6. f. 15.

Ericetorum. (Pers.) Pat. Tab. a.
n. 585.
Pat. Tab. 585. .

Falcata. Fr. Hym. Eur. p. 678.
Pers. comm. t. 1, f. 3.
Pat. Tab. 41 (var.) et 258.

Fastigiata. Fr. Hym. Eur. p. 667.
Bull. t. 358, f. D. E.
Dufour, Atl. Champ. t. 69.
Fl. Dan. t. 836, f. 2.
Gotthold-Hahn, f. 141, 2ᵉ
édit.
Holmsk. I.
Pers. comm. t. 4, f. 5.
Raji. Syn. t. 8, f. 4.

Fennica. Fr. Hym. Eur. p. 672.
Bres. Fung. Trid. t. 28.

Fistulosa. Fr. Hym. Fur. p. 677.
Fl. Dan. t. 1256 et 1100,
f. 3.
Holmsk. I.
Krombh. t. 5, f. 19.

Flaccida. Fr. Hym. Hym. p. 671.
Britz. Hym. sübd. V, clav.
f. 21.
Fr. Icon. t. 199, f. 4.
Pat. Tab. 39.

Flava. Fr. Hym. Eur. p. 666.
Barla. t. 40, f. 5.
Bel, Champ. Tarn. t. 8.
Britz. Hym. südb V, cl.
f. 1.
Bauhin, cap. xxxix, f. 837.
Cordier, t. 46, f. 1,

Dr Lorins, t. 2, f. 7.
Dufour Atl. champ. t. 69.

Favre-Guill. Neuchâtel I,
t. 45.
Gotthold-Hahn, f. 103, 1ʳᵉ
édit. et f. 138, 2ᵉ édit.
Moyen, Tr. élém. champ.
t. 16, f. 2.
Roze et Rich. Atl. t. 67,
f. 4-7.
Schæff. t. 175.
Sverig. Atl. svamp. t. 26.
Sicard, Hist. nat. champ.
t. 61, f. 318.
Vent. t. 41, f. 4.

Flavipes. (Pers.) Pat. Tab. anal.
n. 586.
Pat. Tab. 586.

Formosa. Fr. Hym. Eur. p. 671.
Batsch. f. 48.
Barla, t. 40, f. 4? (var.)
Corda, Ic. III, f. 136.
Dufour, Atl. champ. t. 69.
Gillet, t. 511.
Gotthold-Hahn, f. 105, 1ʳᵉ
édit. et f. 139, 2ᵉ édit.
Harzer, t. 7 (fig. inf.)
Holmsk. I, 13.
Krombh. t. 54, f. 21, 22.
Otto-Verberbauer, t. 10,
f. 2.
Pers. Ic. et Descr. t. 3, f. 5.
Roze et Rich. Atl. t. 66,
f. 1, 2.

Formosula. Britz. Hym. Südb. clav. p. 287.
Britz. Hym. südb. clav.
t. 18.

Fragilis. Fr. Hym. Eur. p. 675.
Bull. t. 463, f. 1.
Barla, t. 41, f. 14-16.
Bolt. t. 111, f. 1.
Britz. Hym. sübd. V, clav.
f. 33.
Fl. Dan. t. 775, f. 2.
Gillet, t. 504.
Holmsk. I.
Mich. t. 87, f. 6, 10 et 13.
Pat. Tab. 468.
Sowerb. t. 90, 252 et 253
(mélangés avec *inæ-qualis*).
Vaill. t. 5, f. 5.

Fruticum. Karst. M. F. IX, p. 55.

Fumosa. Fr. Hym. Eur. p. 676.
Britz. Hym. südb. V, clav.
f. 34.
Krombh. t. 53, f. 18.

Fuscata. Fr. Hym. Eur. p. 678.
Bat. t. 1, f. 1.

Fusiformis. Fr. Hym. E. p. 674.
Bolt. t. 110.
Britz. Hym. sübd. V, clav.
f. 26.
Eloffe, Champ. t. 12, f. 3.
Gillet, t. 506.
Pat. Tab. 565.

Sowerb. t. 234 et 235.

Geoglossoides. Boud. et Pat.
Bull. soc. myc. Fr. 1892, p. 43.
Boud. et Pat. Bull. soc.
myc. Fr. 1892, t. 6, f. 1.

Gracilis. Fr. Hym. Eur. p. 672.

Gregalis. Britz. Hym Südb. clav. p. 286.
Britz. Hym. südb. clav.
t. 5.

Grisea. Fr. Hym. Eur. p. 672.
Barla, t. 42, f. 1, 2 et
f. 3-13.
Britz. Hym. südb. V, clav.
f. 22.
Otto-Werberbauer, t. 11,
f. 2.

Inæqualis. Fr. Hym. Eur. p. 674.
Bull. t. 264.
Fl. Dan. t. 873, f. 1 et 1783,
f. 2.
Fl. Bat. t. 814, f. 1.
Grev. t. 37.
Hussey, I, t. 18.
Krombh. t. 53, f. 19, 20.
Pat. Tab. 40.
Pers. comm. t. 1, f. 3.
Sowerb. t. 353 et 253 (mé-langé avec *fragilis*).
Sv. Bot. 504, f. 4.
Sicard, Hist. nat. champ.
t. 63, f. 325.
Vaill. t. 7, f. 5.

Incarnata. Fr. Hym. Eur. p. 678.

Juncea. Fr. Hym. Eur. p. 677.
Bull. t. 463, f. 2 (var.)
Fl. Dan. t. 1257.
Gillet, t. 502.
Michel, t. 87, f. 7.
Pat. Tat. 469.
Sicard, Hist. nat. champ.
t. 63, f. 326.

Krombholzii. Fr. H. E. p. 669.
Bull. t. 496, f. 3.
Britz. Hym. südb. V, clav.
f. 11.
Gillet, t. 509.
Krombh. t. 53, f. 14-17 et
54, f. 18-20.

Kunzei. Fr. Hym. Eur. p. 669.

Bull. t. 358, f. C.
Britz. Hym. südb. V, clav.
f. 12.
Otto-Werberbauer, t. 10,
f. 5.

Ligata. Britz. Hym. südb. clav. p. 290.
Britz. Hym. südb. clav.
t. 37.

Ligula. Fr. Hym. Eur. p. 676.
Britz. Hym. südb. V, clav.
f. 35.
Bolt. t. 110.
Dufour, Atl. champ. t, 69.
Fl. Dan. t. 837.

Gotthold-Hahn, f. 112, 1re
édit. (mauvais dessin)
et f. 144, 2e édit.
Jacq. Mic. II. t. 2, f. 2.
Krombh. t. 54, f. 12.
Otto-Verberbauer, t. 11,
f. 4.
Schmied. Ic. t. 5, f. sup.
Sv. Bot. t. 504, f. 3.
Schæff. t. 171.

Lilacina. Fr. Hym. Eur. p. 667.
Britz. Hym. südb. V, cl.
f. 3 et 4.
Schæff. t. 172.

Longipes. Karst. Myc. Fenn. XI,
p. 70.

Luticola. Fr. Hym. Eur. p. 678.

Macrorhiza. F. H. Eur. p. 677.
Swartz. dans Vet. Ak.
Handl. 1811, t. 6, f. 1.

Macrospora. Britz. Hym. Südb.
clav. p. 287.
Britz. Hym. südb. clav.
t. 9.

Microscopica. Malbr. et Sacc.
Mich. II. p. 42.

Minor. Fr. Hym. Eur. p. 684.
Lév. Ann. sci. nat. 1843,
t. 7, f. 2.

Mucida. Fr. Hym. Eur. p. 679.
Fl. Dan. t. 1376.
Pers. comm. t. 2, f. 3.

Muscoïdes. Fr. Hym. E. p. 667.
Bull. t. 495, f. O. Q.
Britz. Hym. südb. V, clav.
f. 41.
Bern. Champ. Roch. t. 42,
f. 3.
Bolt. t. 112, f. 2 et t. 114.
Fl. Dan. t. 775, f. 2.
Gillet, t. 508.
Gotthold-Hahn, f. 107, 1re
édit.
Holmsk. I.
Krombh. t. 53, f. 22, 23.
Pat. Tab. 564.
Schæff. t. 173.
Vaill. Par. t. 8, f. 4.

Nigrita. Fr. Hym. Eur. p. 676.
Bres. Fung. Trid. t. 67.

Obecta. Britz. Hym. Südb. p. 288.
Britz. Hym. südb. clav.
t. 19.

Odorata, K. M. Fenn. 29, p. 103.

Palmata. Fr. Hym. Eur. p. 672.

Paludicola. Fr. Hym. E. p. 678.

Paradoxa. Fr. Hym. Eur. p. 676.

Patouillardii. Bres. Fung. Trid.
(suppl.)
Bres. Fung. Trid. t. 146,
f. 1.

Pellucida. Britz. Hym. Südb. clav.
p. 290

Britz. Hym. südb. clav.
f. 38.

Pistillaris. Fr. Hym. Eur. p. 676.
Bull. t. 244.
Balt. t. 3, A. (var. alba.)
Batsch. f. 46.
Britz. Hym. südb. V, clav.
f. 36.
Bern. Champ. Roch. t. 47,
f. 3.
Chev. Par. t. 8, f. 2.
Corda, dans Sturm. II, t.
58, et Icon. V, f. 76.
Dr Lorins, t. 2, f. 6.
Dufour, Atl. Champ. t.
70.
Eloffe, Champ, t. 12, f. 4.
Fl. Dan. t. 1255.
Favre - Guil. Neuchâtel,
II, t. 33.
Gillet, t. 503.
Gotthold-Hahn, f. 110, 1re
édit. et f. 143, 2e édit.
Holmsk. f. 12, Ic.
Krombh. t. 54, f. 1-11.
Klotzsch. Bor. t. 395 (var.)
Moyen, Tr. élém. Champ.
t. 16, f. 4.
Otto-Werberbauer, t. 11,
f. 3.
Pat. Tab. 260.
Pers. Myc. Eur. t. 15,
f. 1-3 (var.)
Quélet, t. 21, f. 2.
Roumeg. Crypt. ill. f. 136,

Sicard, Hist. nat. Champ.
t. 62, f. 322.
Sowerb. t. 277.
Schæff. t. 290.
Sv. Bot. t. 504, f. 1.
Ventur. t. 41, f. 1-2.

Platyceras. Vivian. Fung. ital.
Viviani, Fung. ital. t. 54.

Prætervisa. Britz. Hym. Südb.
clav. p. 289.
Britz. Hym. südb, clav.
t. 29.

Puchella. Boud. Bull. Soc. myc. Fr.
1887, II, p. 146.
Boud. Bull. Soc. myc. F.
1887, II, t. 13, f. 2.

Purpurea. Fr. Hym. Eur. p. 674.
Fl. Dan. t. 837, f. 2.

Pyxidata. Fr. Hym. Eur. p. 669.
Fl. Dan. t. 1304, f. 1.
Pers. comm. t. 1, f. 1.

Rosea. Fr. Hym. Eur. p. 674.
Dalm. dans Sv. Bot. t. 558.
Fr. Obs. 2, t. 5, f. 2.
Krombh. t. 53, f. 21.

Rufa. Fr. Hym. Eur. p. 674.
Fl. Dan. t. 775, f. 1.

Rufescens. Fr. Hym. Eur. p. 670.
Britz. Hym. südb. V, clav.
f. 16.
Schæff. t. 288.

Rufoviolacea. F. H. E. p. 672.
Barla, t. 42, f. 3-13.

Rugosa. Fr. Hym. Eur. p. 669.
Bolt. t. 115.
Bull. t. 448, f. 2.
Britz. Hym. südb. V, clav.
f. 8.
Escul. Fung. engl. Ba-
dham, t. 5, f. 6.
Fl. Dan. t. 1301.
Gillet, t. 509.
Grev. t. 328.
Krombh. t. 54, f. 13-17.
Pat. Tab. 38.
Quélet, t. 20, f. 5.
Schæff. t. 291.
Sowerb. t. 278 (f. infer.)
Vaill. Par. t. 8, f. 2.

Sculpta. Beck. Zur. Pilze, Nied. V,
p. 75.
Beck. Zur. Pilze, Nied. V,
t. 15, f. 1.

Setosa. Balb. et Nocca. Fl. Tic. II,
p. 345.
Balb. et Nocca. Fl. Tic. II,
t. 22, f. 2.

Similis. Boud. et P. T. anal. n. 686.
Boud. Journ. Bot. mor.
1888.

Spathuliformis. Bres. in. litt.

Spinulosa. Fr. Hym. Eur. p. 671.

Britz. Hym. südb. V, clav. f. 20.
Krombh. t. 53, f. 8.
Pers. Obs. 2, t. 3, f. 1.

Striata. Fr. Hym. Eur. p. 675.
Pers. Ic. descr. t. 3, f. 5.

Stricta. Fr. Hym. Eur. p. 673.
Berkl. Outl. t. 18, f. 5.
Britz. Hym. sübd. V, clav. f. 25.
Dufour, Atl. Champ. t. 69.
Fl. Dan. t. 1302, f. 1.
Gillet, t.....?
Gotthold-Hahn, f. 108, 1re édit. (mauvais dessin), et f. 142, 2e édit.
Krombh. t. 54, f. 23.
Otto-Werberbauer, t. 10, f. 3.
Pers. Comm. t. 4, f. 1.
Schæff. t. 286.

Subtilis. Fr. Hym. Eur. p. 669.
Britz. Hym. südb. V, clav. f. 13.
Pers. Comm. t. 1, f. 2 et t. 4, f. 2.

Suecica. Fr. Hym. Eur. p. 672.
Britz. Hym. südb. V, cl. f. 23.

Tenacella. Fr. Hym. Eur. p. 675.
Pers. Comm. t. 3, f. 5.

Tenuipes. Fr. Hym. Eur. p. 678.
Berkl. et Br. t. 9, f. 2.

Testaceo-flava. Bres. F. Trid. p. 61.
Bres. Fung. Trid. t. 69.

Trichomorpha. F. H. p. 679.

Umbraticola. Leuba, Champ. c.
Leuba, Champ. com. t. 42.

Umbrina. Fr. Hym. Eur. p. 668.
Berkl. Outl. t. 18, f. 4.

Uncialis. Fr. Hym. Eur. p. 679.
Grev. t. 98.

Unistirpis. Britz. Hym. Südb. cl. p. 287.
Britz. Hym. sübd. clav. t. 10.

Vermicularis. F. H. E. p. 675.
Fl. Dan. t. 1966, f. 1 et 775, f. 2.
Mich. t. 87, f. 12.
Quélet, Jura, t. 21, f. 3.
Swartz. dans Vet. Ak. Handl. 1811, t. 6, f. 2.

Virgata. Fr. Hym. Eur. p. 670.

CLITOCYBE

Absinthiata. Fr. H. Eur. p. 107.

Adsentiens. Karst. Myc. Fenni.
III. p. 53.

Adunata. Fr. Hym. Eur. p. 92.

Aggregata. Fr. Hym. Eur. p. 90.
Britz. Hym. Augsb. I, t. 6,
f. 1 et Leucospori, f. 191.
Cooke, t. 182.
Lucand, t. 276.
Schæff. t. 305 et 306.

Alpicola. Beck. Zur. Pilz. Nied. V,
p. 86.
Beck. Zur. Pilz. fl. Nied.
V, t. 15, f. 11.

Amara. Fr. Hym. Eur. p. 83.
Cooke, t. 134.
Eloffe, Champ. t. 6, f. 7.
Pat. Tab. 618.
Quél. Jura, II, t. 2, f. 5.

Amarella. Fr. Hym. Eur. p. 84.

Ambigua. Karst. Symb. myc. Fenn.
X, p. 57.

Ampla. Fr. Hym. Eur. p. 89.
Britz. Leucospori, f. 278.
Cooke, t. 644.
Fries, Icon. t. 53.

Anapacta, Fr. Hym. Eur. p. 90.
Letell. t. 643.

Angustissima. F. H. E. p. 105
Britz. Leucospori, f. 213.
Cooke, t. 125.
Fr. Icon. t. 59, f. 2.
Gillet, t. 97.

Apala. Comes. Fung. Nap. II, p. 89.
Comes. Fung. Nap. II,
t. 14, f. 1-3.

Applanata. Fr. Hym. Eur. p. 103.
Britz. Leucospori, f. 280.

Apposita. Britz. D. et Mel. p. 189.
Britz. Leucospori, f. 192.

Augeana. Mont. Syll. crypt. p. 336.

Auricula. Fr. Hym. Eur. p. 81.
Bern. Champ. Roch. t. 24,
f. 4.

Bella. Fr. Hym. Eur. p. 107.
Britz. Leucospori, f. 281.
Cooke, t. 183.

Bifurcata. Fr. Hym. Eur. p. 85.

Bourgæi. Mont. Cent. VI, n. 25.

Bresadolæ. Schulz. in Hedw.
1885, p. 133.

Brumalis. Fr. Hym. Eur. p. 103.
Bull. t. 248, A.

Britz. Leucospori, f. 205.
Cooke, t. 114.
Gillet, t. 529.
Sicard, Hist. nat. Champ.
t. 15, f. 64.

Cacabus. Fr. Hym. Eur. p. 98.

Calathus. Fr. Hym. Eur. p. 101.
Buxb. Cent. IV, t. 12, f. 1.
Larbr. t. 11, f. 5.

Candicans. Fr. Hym. Eur. p. 88.
Bull. t. 575, f. E.
Britz. Leucospori, f. 187.
Bolton, t. 17.
Cooke, t. 82.
Fries, Icon. t. 51, f. 3.
Fl. Dan. t. 2021.
Gillet, t. 110.
Saund. et Smith, t. 39, f. 1.

Candida. Bres. Fung. Trid. p. 16.
Bres. Fung. Trid. t. 18.

Cantharelloides. Karst. Symb.
myc. XVII, p. 159.

Cardarella. Fr. Hym. Eur. p. 80.
Batt. t. 16, G.

Catina. Fr. Hym. Eur. p. 99.
Bull. t. 286.
Bern. Champ. Roch. t. 10,
f. 2.
Cooke, t. 111.
Cordier, t. 15, f. 1.

Fries, Icon. t. 51, f. 4.
Moyen, Tr. élém. champ.
t. 5, f. 1.
Sicard, Hist. nat. champ.
t. 16, f. 68.

Cerussata. Fr. Hym. Eur. p. 86.
Bull. t. 118.
Britz. Leucospori, f. 185.
Cooke, t. 121, 122.
Fl. Dan. t. 1796.
Gillet, t. 108.
Lucand, t. 129.

Cervina. Fr. Hym. Eur. p. 97.
Hoffm. Nomencl. t. 2, f. 2.
Nees, Syst. f. 174.

Cinerascens. Fr. Hym. E. p. 100.
Batsch. f. 101.
Cooke, t. 1151.

Clavipes. Fr. Hym. Eur. p. 79.
Bolt. t. 40?
Britz. Leucospori, f. 176.
Cooke, t. 80.
Fries, Icon. t. 47. f. 1.
Gillet, t. 117.
Roze et Rich. Atl. t. 31,
f. 7-10.
Saund. et Smith, t. 31.

Coffeata. Fr. Hym. Eur. p. 89.
Britz. Leucospori, f. 189.
Fries, Icon. t. 54, f. 1.
Lucand, t. 30.
Schæff. t. 64.

Comitialis. Fr. Hym. Eur. p. 80.
  Britz. Leucospori, f. 177.
  Fries, Icon. t. 47, f. 2.

Concava. Fr. Hym. Eur. p. 102.
  Britz. Leucospori, f. 207.
  Fries, Icon. t. 57, f. 2.
  Lucand, t. 253.

Connata. Fr. Hym. Eur. p. 92.
  Bres. Fung. Trid. t. 33 (var.)
  Britz. Leucospori, f. 276.
  Fl. Dan. t. 1908.
  Mich. t. 79, f. 1 (var.)

Conquisita. Dur. et Lév. expl. alg.
  Léveillé, Expl. alg. t. 30,
    f. 5.

Curtipes. Fr. Hym. Eur. p. 81.
  Fr. Icon. t. 48, f. 5.

Cyanophæa. Fr. Hym. Eur. p. 82.
  Britz. Leucospori, f. 181.
  Cooke, t. 264 (var.)
  Gonn. et Rab. t. 17, f. 1.
  Harz. t. 30.

Cyathiformis. Fr. H. E. p. 100.
  Bull. t. 575, f. M, etc.
  Bolton, t. 145.
  Batsch. f. 190.
  Bernard, Champ. Roch.
    t. 10, f. 3.
  Cooke, t. 113.
  Dufour, Atl. champ. t. 16.

Gonn. et Rab. t. 9, f. 1, et
  f. 2 (monstruosité.)
Gillet, t. 94.
Hussey, II, t. 1.
Hoffm. Anal. t. 3, f. 1.
Holmsk. II, t. 41.
Lucand, t. 180 (var.)
Pat. Tab. 207.
Roumeg. Crypt. illustr.
  f. 172.
Roze et Rich. Atl. t. 32,
  f. 17-19.
Sowerb. t. 363.
Vaill. t. 14, f. 1-3.

Dealbata. Fr. Hym. Fur. p. 88.
  Cooke, t. 104 et 173 (var.)
  Gillet, t. 111.
  Hogg. et Johnst. t, 10.
  Lucand, t. 81.
  Sowerb. t. 123.
  Vogl. Obs. agar. t. 1, f. 7
    (var.)

Decastes. Fr. Hym. Eur. p. 90.
  Britz. Leucospori, f. 190.
  Boyer, Champ. com. t. 15.
  Cooke, t. 958.
  Fries, Icon. t. 52.
  Gillet, t. 119.

Decora. Gillet, p. 171 et Fr. H.
  Eur. p. 168.
  Fries, Icon. t. 60, f. 1.

Diatreta. Fr. Hym. Eur. p. 104.
  Britz. Leucospori, f. 211.

Cooke, t. 232.
Lucand et Gillot, Cat.
champ. t. 1, f. 2.
Lucand, t. 181.

Difformis. Fr. Hym. Eur. p. 106.
Brig. Neap. t. 23-26.
Britz. Hym. Augsb. I, t. 7,
f. 4.
Sterb. t. 16.

Difformis. Fr. Hym. Eur. p. 86.
Britz. Leucospori, f. 277.

Ditopa. Fr. Hym. Eur. p. 104.
Britz. Leucospori, f. 210.
Cooke, t. 116.

Dothiophora. Fr. Hym. E. p. 82.
Fr. Icon. t. 48, f. 2.

Ectypa. Fr. Hym. Eur. p. 107.
Cooke, t. 126.
Fries, Icon. t. 59. f. 1.

Effocatella. Fr. Hym. Eur. p. 91.
Viviani, t. 18.
Vittad. t. 16.

Eismondii. Blonski. Hedw. 1889,
p. 291.

Elixa. Fr. Hym. Eur. p. 91.
Bern. Champ. Roch. t. 39,
f. 2.
Cooke, t. 280.
Krombh. t. 72, f. 21-23.
Sowerb. t. 172.

Ericetorum. Fr. Hym. Eur. p. 99.
Bull. t. 551, f. 1, D.
Bres. Fung. Trid. t. 113.
Cooke, t. 138.
Pat. Tab. anal. t. 205.
Sicard, Hist. nat. champ.
t. 13, f. 50.

Evulgata. Britz. D. et Mel. p. 189.
Britz. Leucospori, f. 199.

Expallens. Fr. Hym. Eur. p. 100.
Bull. t. 575, f. F. G. H.
Britz. Leucospori, f. 203.
Bern. Champ. Roch. t. 10,
f. 4.
Cooke, t. 220.
Fries, Icon. t. 56, f. 2 et
f. 3.
Gillet, t. 92.

Flaccida. Fr. Hym. Eur. p. 97.
Batsch. f. 62, 63.
Britz. Hym. Augsb. I, t. 7,
f. 2.
Cooke, t. 84 et 123,
Fl. Batav. t. 1044.
Gotthold-Hahn, f. 34, 1re
édit. et f. 47, 2e édit.
Lucand, t. 151.
Sowerb. t. 185.
Sicard, Hist. nat. champ.
t. 16, f. 69.

Fragrans. Fr. Hym. Eur. p. 105.
Brig. t. 19.
Britz. Leucospori, f. 212.

Cordier, t. 15, f. 2.
Cooke, t. 124.
Gillet, t. 96.
Gotthold-Hahn, f. 33, 1re
  édit. et f. 46, 2e édit.
Hoffm. Anal. t. 3, f. 2.
Krombh. t. 1, f. 34-38.
Letell. t. 658.
Pat. Tab. 405.
Pers. Myc. Eur. III, t. 27,
  f. 5.
Roze et Rich. Atl. t. 32,
  f. 11-13.
Sowerb. t. 10.
Sicard, Hist. nat. champ.
  t. 13, f. 51.

Fritilliformis. Fr. H. E. p. 101.
Larb. t. 20, f. 4.

Fulvonitens. Gil. Tab. anal. 24.
Gillet, t. 95.

Fumosa. Fr. Hym. Eur. p. 91.
Cooke, t. 175 et 645 (var.)
Fr. Icon. t. 54, f. 2.
Favre-Guil. Neuchâtel,
  II, t. 7.
Harz. t. 73.
Letell. t. 669.
Lucand, t. 330.
Pers. Icon. pict. t. 7, f. 3.
Saund et Smith, t. 13 (var.)

Gallinacea. Fr. Hym. Eur. p. 88.
Bolt. t. 4, f. 2.
Britz. Leucospori, f. 188.

Cooke, t. 174.
Huss. I, t. 39.

Gangrenosa. Fr. H. Eur. p. 80.
Batt. t. 20, f. M.

Garidelli. Fr. Hym. Eur. p. 98.
Paul. t. 63, f. 2-4.

Gentianea. Quél. Jur. II, p. 341.
Quél. Jur. II, t. 1, f. 5.

Geotropa. Fr. Hym. Eur. p. 96.
Bull. t. 573, f. 2.
Britz. Leucospori, f. 198.
Cooke, t. 83 et 177 (var.)
Gillet, t. 101.
Grév. Scot. t. 41 (var.)
Hussey, I, t. 66.
Harz. t. 75.
Letell. t. 670.
Paul. t. 112.
Pat. Tab. anal. t. 208.
Sowerb. t. 61.
Sicard, Hist. nat. champ.
  t. 11, f. 38.

Gigantea. Gillet, Hym. 143. (Paxil-
  lus. Fr. Hym. Eur. p. 244.)
Cooke, t. 106.
Gillet, t. 100.
Lucand, t. 82.
Letell. t. 682.
Quél. t. 3, f. 3.
Sowerb. t. 244.
Sverig. Atl. svamp. t. 86.
Sicard, Hist. nat. champ.
  t. 15, f. 60.

Gilva. Fr. Hym. Eur. p. 95.
Britz. Leucospori, f. 197.
Cooke, t. 136.
Fl. Dan. t. 1011.
Lucand, t. 205.
Pat. Tab. 617.

Grumata. Fr. Hym. Eur. p. 108.

Gyrans. Fr. Hym. Eur. p. 106.
Paul. t. 66, f. 3.

Hebepodia. Fr. Hym. Eur. p. 92.
Mich. t. 79, f. 1.

Hirneola. Fr. Hym. Eur. p. 82.
Cooke, t. 246.
Fr. Icon. t. 48, f. 3.
Quélet, Jur. t. 3, f. 2.

Hortensis. Fr. Hym. Eur. p. 90.
Batt. t. 21, D.

Humosa. Fr. Hym. Eur. p. 92.

Incilis. Fr. Hym. Eur. p. 94.
Cooke, t. 281.

Incomta. Fr. Hym. Eur. p. 106.

Inconstans. Karst. Symb. m. F.
29, p. 87.

Indigula. Britz. Der. et Mel. p. 188.
Britz. Leucospori, f. 179.

Infundibuliformis. Fr. Hym.
Eur. p. 93.
Bull. t. 248, f. B. D.

Britz. Hym. Augsburg. I,
t. 8, f. 1 et Leucospori,
f. 194 (var.)
Bern. Champ. Roch. t. 3,
f. 5-6.
Boyer, Champ. com. t. 24.
Berkl. Outl. t. 5, t. 2.
Bolton, t. 34.
Cooke, t. 107 et 646 (var.)
Dufour, Atl. champ. t. 15.
Gillet, t. 107.
Krombh. t. 1, f. 25-28.
Pat. Tab. 311.
Roze et Rich. Atl. t. 32,
f. 14-16.
Saund. et Sm. t. 39 (var.)
Schæff. t. 212.

Inornata. Fr. Hym. Eur. p. 80.
Cooke, t. 246.
Sowerb. t. 342.

Insignis. Gillet, p. 163.
Gillet, t. 114.

Interveniens. Karst. Hattsv. I,
p. 63.

Inversa. Fr. Hym. Eur. p. 96.
Bull. t. 553.
Britz. Leucospori, f. 20.
Boyer, Champ. com. t. 25.
Cooke, t. 137 (lobata).
Dufour, Atl. champ. t. 16
(var.)
Gillet, t. 103.
Lucand, t. 553.

Roze et Rich. Atl. t. 31,
f. 15-18.
Sicard, Hist. nat. champ.
t. 16, f. 67.
Sowerb. t. 186.
Schæff. t. 65.

Isabella. Quél. Assoc. Fr. 1883.
Quél. Ass. Fr. 1883, t. 6,
f. 1.

Laccata. Fr. Hym. Eur. p. 108.
Bull. t. 570, f. 1.
Batt. t. 18, G. I.
Bolt. t. 64 et 63 (var.)
Batsch. f. 99, 100, 92.
Buxb. Cent. IV, t. 30, f. 1.
Britz. Hym. Augsb. I, t. 4,
f. 3.
Bern. Champ. Roch. t. 11,
f. 2.
Cooke, t. 139.
Dufour, Atl. champ. t. 94,
f. 27.
Eloffe, Champ. t. 9, f. 10.
Fl. Dan. t. 1249.
Grev. Scot. t. 249.
Gillet, t. 99.
Gotthold-Hahn. f. 35, 1re
édit. (mauvais dessin)
et f. 45, 2e édit.
Hussey, I, t. 47.
Krombh. t. 43, f. 17-20 et
t. 72, f. 19-20.
Lanzi, Fung. Rom. t. 14
(var.)

Pat. Tab. 104.
Roze et Rich. Atl. t. 34,
f. 11-14.
Sicard, Hist. nat. champ.
t, 13, f. 52.
Schæff. t. 13.
Sowerb. t. 208 et 187.

Lenticulosa. Gillet, Hym. p. 144.
Gillet, t. 106.

Lentiginosa. Fr. H. Eur. p. 95.

Lorinseri. Wint. Pilz. fl. I, p. 862.

Luscina. Fr. Hym. Eur. p. 81.
Pers. M. E. t. 23, f. 3.

Macrophylla. Karst. in Hedw.
1881, p. 177.

Marzuola. Fr. Hym. Eur. p. 93.
Mich. t. 74, f. 9.

Maxima. Fr. Hym. Eur. p. 93.
Buxb. cent. IV, t. 1.
Britz. Hym. Augsb. I, t. 7,
f. 1.
Cooke, t. 135.
Gillet, t. 104.

Membranacea. Fr. H. E. p. 94.
Fl. Dan. t. 1012.
Paul. t. 66, f. 1.
Saund. et Smith, t. 63.

Metachroa. Fr. Hym. Eur. p. 103.
Batsch. 102.

Britz. Leucospori, f. 208.
Cooke, t. 115.
Krombh. t. 2, f. 22.
Pat. Tab. 308.

Mollicula. Britz. Hym. Südb. IV,
p. 147.
Britz. Leucospori, f. 279.

Molybdina. Fr. Hym. Eur. p. 89.
Bull. t. 523.
Sicard, Hist. nat. champ.
t. 14, f. 57.

Monochroa. Lév. Conf. rev. myc.
VI, p. 130.

Mortuosa. Fr. Hym. Eur. p. 105.
Britz. Leucospori, f. 214.
Fries, Icon. t. 59, f. 3.

Neapolitana. Pers. Myc. Eur. III,
p. 73.
Brig. Neap. t. 23-26.
Voyez Cl. catina.

Nebularis. Fr. Hym. Eur. p. 79.
Batsch. f. 193.
Badh. I, t. 9.
Bull. t. 400.
Britz. Leucospori, f. 175.
Bern. champ. Roch. t. 49,
f. 1.
Boyer, Champ. com. t. 26.
Cooke, t. 79.
Dufour, Atl. Champ. t. 15.

Eloffe, Champ. t. 6, f. 9.
Escul. Fung. engl. Ba-
dham, t. 4, f. 2.
Fl. Dan. t. 1734, et t. 1844,
f. 2 (monstruosité).
Gillet, t. 115.
Gonn. et Rab. t. 10, f. 2?
Gotthold-Hahn, f. 49, 2e
édit.
Grev. Scot. t. 9.
Hussey, II, t. 9.
Noulet et Dass. Champ.
t. 20, f. A.
Paul. t. 79, f. 1-5.
Roze et Rich. Atl. t. 31,
f. 7-10.
Sverig. Atl. sv. t. 45.
Sicard, Hist. nat. champ.
t. 17, f. 75.

Nigropunctata. Fr. H. E. p.107.

Nimbata. Fr. Hym. Eur. p. 81.
Batsch. f. 65, 64 (var. al-
ba.)
Britz. Leucospori, f. 180.
Fries, Icon. t. 48, f. 4.

Nubila. Fr. Hym. Eur. p. 104.
Fries, Icon. t. 58, f. 3.

Obbata. Fr. Hym. Eur. p. 101.
Buxb. C. IV, t. 3, f. 1.
Bull. t. 248, f. C.
Cooke, t. 230.
Fries, Icon. t. 57, f. 1.

Sicard, Hist. nat. champ.
t. 13, f. 53.

Obola. Fr. Hym. Eur. p. 104.

Obsoleta. Fr. Hym. Eur. p. 105.
Batsch. f. 103.
Bern. Champ. Roch. t. 11,
f. 4.
Cooke, t. 233.
Fl. Dan. t. 2021.

Obtexta. Fr. Hym. Eur. p. 86.

Ochracea. Gillet, Hym. p. 173.
Gillet, t. 98.

Odora. Fr. Hym. Eur. p. 85.
Bull. t. 556, f. 3.
Britz. Hym. Augsb. I, t. 10,
f. 2.
Cooke, t. 101.
Eloffe, Champ. t. 9, f. 4.
Fr. Sverig. Atl. svamp.
t. 85.
Fl. Dan. t. 1611.
Gillet, t. 113.
Gotthold-Hahn, f. 32, 1re
édit. et f. 48, 2e édit.
Grev. Scot. t. 28.
Krombh. t. 67, f. 20-22.
Leuba, Champ. com. t. 14,
f. 5-7.
Pat. Tab. 404.
Sicard, Hist. nat. champ.
t. 15, f. 65 et 66. (var.)
Sowerb. t. 42.

Odorula. Karst. Hastw. I, t. 81.

Olorina. Fr. Hym. Eur. p. 88.

Opaca. Fr. Hym. Eur. p. 93.
Britz. Leucospori, f. 193.
Cooke, t. 176.
Sowerb. t. 142.

Opala. Fr. Hym. Eur. p. 87.

Opipara. Fr. Hym. Eur. p. 83.
Britz. Leucospori, f. 182
(var.)
Fries, Icon. t. 49, f. 1 (var.)
Schæff. t. 75.

Orbiformis. Fr. Hym. E. p. 103.

Pachyphylla. Fr. H. E. p. 107.
Fries, Icon. t. 60, f. 2.
Pat. Tab. anal. 1.

Pallens. Karst Hedw. 1890, p. 176.

Pantaleucoides. Karst. Symb.
m. F. 16, p. 14.

Papillata. Gill. Champ. Fr. p. 168.
Gillet, t. 97.

Parilis. Fr. Hym. Eur. p. 95.
Cooke, t. 281.
Fr. Icon. t. 48, f. 6.
Pat. Tab. 206.
Pers. M. Eur. 3, t. 26, f. 7
(var. minor.)

Paropsis. Fr. Hym. Eur. p. 98.

Pausiaca. Fr. Hym. Eur. p. 104.
Britz. Leucospori, f. 209.
Fries, Icon. t. 58, f. 2.

Pelletieri. Gillet, Hym. Fr. p. 170.
Gillet, t. 118.

Pergamena. Cooke, t. 643.
Cooke, t. 643.

Pervisa. Britz. D. et Mel. p. 189.
Britz. Derm. et Mel. f. 195.

Phyllophila. F. Hym. Eur. p. 87.
Britz. Hym. Augsb. I, t. 9,
f. 5.
Cooke, t. 81.
Fl. Dan. t. 1847.
Gillet, t. 527.
Letell. 605.

Pithyophila. Fr. H. Eur. p. 87.
Britz. Hym. Augsb. I, t. 7,
f. 3.
Cooke, t. 103.
Gillet, t. 112.

Polia. Fr. Hym. Eur. p. 80.
Britz. Leucospori, f. 178.
Fries, Icon. t. 48, f. 1.

Proxima. Boud. Bull. soc. bot. Fr.
1881, p. 91.
Boud. Bull. soc. bot. Fr.
1881, t. 2, f. 2.
Roze et Rich. Atl. t. 34,
f. 15-18.
Pat. Tab. 616.

Pruinosa. Fr. Hym. Eur. p. 101.
Bull. t. 568, f. 1.
Cooke, t. 231.
Fr. Icon. t. 57, f. 3.
Sicard, Hist. nat. champ.
t. 11, f. 40.

Puellula. Karst. Myc. F. III, p. 52.

Pulla. Gillet, Hym. p. 149.
Gillet, t. 93.

Queletii. Fr. Hym. Eur. p. 102.
Fr. Icon. t. 57, f. 4.
Quélet, Jura, t. 23, f. 1.

Radicellata. Gillet, H. F. p. 171.

Raphaniolens. Karst. Hed. 1890,
p. 176.

Rigidata. Kar. Fragm. myc. IV, p. 1.

Rivulosa. Fr. Hym. Eur. p. 86.
Bern. Champ. la Roch.
t. 4, f. 5.
Batsch. f. 118 (forme anor-
male.)
Cooke, t. 200.

Roseo-maculata. Rab. Wint.
Pilz. fl. I, p. 862.

Sadleri. Cooke, Syst. ind. british.
Fung. p. 13, vol. 1.
Cooke, t. 127.

Sandicina. Fr. Hym. Eur. p. 108.
Guill. et Forq. Champ.
Sud-Est, t. 1, f. 4.

Senilis. Fr. Hym. Eur. p. 98.
  Cooke, t. 110.
  Fr. Icon. t. 56, f. 1.
  Gillet, t. 102.
  Mont. Exp. alg. t. 30, f. 5.

Sinopica. Fr. Hym. Eur. p. 95.
  Britz. Leucospori, f. 196.
  Cooke, t. 647.
  Fr. Icon. t. 55, f. 2 (var.)

Socialis. Fr. Hym. Eur. p. 83.
  Britz. Leucospori. f. 183.
  Cooke, t. 134.
  Fr. Icon. t. 49, f. 2.
  Gillet, t. 528.

Spinulosa. Saund. et Sm. brit.
            Fung. I, p. 84.
  Cooke, t. 177.
  Saund. et. Sm. t. 36.

Splendens. Fr. Hym. Eur. p. 96.
  Cooke, t. 109.
  Fr. Icon. t. 55, f. 1.

Squamulosa. Fr. Hym. E. p. 94.
  Lucand, t. 230.
  Bres. Fung. Trid. t. 112.

Stenophylla. Karst. in Hedw.
            1881, p. 177.

Stygia. Fr. Hym. Eur. p. 106.

Suaveolens. F. Hym. Eur. p. 102.
  Britz. Hym. Augsb. I, t. 6,
  f. 3.

Dufour, Atl. champ. t. 15.
Fl. Dan. t. 1912, f. 1.
Lucand, t. 331.
Roze et Rich. Atl. t. 32,
  f. 8-10.
Sicard, Hist. nat champ.
  t. 15, f. 61.

Subalutacea. F. H. Eur. p. 84.
  Batsch. f. 194.
  Britz. Leucospori, f. 184.

Subinvoluta. F. Hym. E. p. 96.
  Batsch. f. 204.
  Cooke, t. 108.
  Saund. et Sm. t. 36.

Subviscifera. Karst. Hattsv. I,
            p. 65.

Tornata. Fr. Hym. Eur. p. 87.
  Britz. Leucospori, f. 186.
  Cooke, t. 103.
  Fr. Icon. t. 51, f. 1.
  Gillet, t. 109.
  Lucand, t. 231.

Tortilis. Fr. Hym. Eur. p. 109.
  Bolt. t. 41, f. A.
  Eloffe, Champ. t. 6, f. 4??
  Pat. Tab. 105.
  Roumeg. Crypt. illustr.
  f. 134 b.

Trogii. Fr. Hym. Eur. p. 85.
  Cooke, t. 102.

Trullæformis. F. H. E. p. 94.
Kalchbr. Hym. Hung. t. 6.
f. 1 (var.)

Tuba. Fr. Hym. Eur. p. 99.
Cooke, t. 112.
Fr. Icon. t. 51, f. 2.
Paul. t. 65, f. 2-5.

Tuberaster. Brig. jun. com. Fung.
Néap. p. 113.
Brig. jun. comest. Fung.
Neap. t. 14, t. 4.

Tumulosa. Fr. Hym. Eur. p. 91.
Cooke, t. 105.
Kalchbr. Fung. hung. t. 5.

Tyrianthina. F. Hym. Eur. p. 82.
Fl. Dan. t. 1606 (décoloré).

Undulata. Fr. Hym. Eur. p. 82.
Bull. t. 535, f. 2.
Sicard, Hist. nat. champ.
t. 19, f. 88.

Veneris. Fr. Hym. Eur. p. 84.
Gillet, t. 114.

Venustissima. Fr. H. E. p. 84.
Cooke, t. 265.
Fr. Icon. t. 50, f. 2.

Vermicularis. Fr. H. E. p. 98.
Bres. Fung. Trid. t. 49.
Britz. Leucospori, f. 195.
Bern. Champ. Roch. t. 10,
f. 5.

Vernicosa. Fr. Hym. Eur. p. 84.
Cooke, t. 265.
Fr. Icon. t. 50, f. 1.
Sowerb. t. 366 et t. 33 (var.)

Vibecina. Fr. Hym. Eur. p. 102.
Britz. Leucospori, f. 206.
Fr. Icon. t. 58, f. 1.
Lucand, t. 206.

Virens. Saccardo, Agar. p. 152.
Voyez Cl. viridis.

Viridis. Fr. Hym. Eur. p. 85.
Bolt. t. 12.
Bull. t. 176.
Dufour, Atl. champ. t. 16.
Larbr. t. 12, f. 7.
Paul. t. 77, f. 3, 4.

Vulpecula. Fr. Hym. Eur. p. 83.
Kalchbr. (manuscrit).

Xanthophylla. Bres. Fung. Trid.
p. 8.
Bres. Fung. Trid. t. 3.

Zizyphina. Fr. Hym. Eur. p. 97.
Kalchbr. Hung. t. 9, f. 2.
Viviani, t. 21, f. 1-4.

Zygophylla. Cooke, Syst. ind. VIII,
p. 3.
Cooke, t. 948.

CLITOPILUS

Angustus. Fr. Hym. Eur. p. 200.
Fr. Icon. t. 96, f. 3.

Cancrinus. Fr. Hym. Eur. p. 199.
Cooke, t. 501.
Fr. Icon. t. 95, f. 4.

Carneo-Albus. F. H. E. p. 200.
Britz. Hypor. f. 70.
Cooke, t. 324.
Gillet, t. 272.
Kalchbr. Hung. t. 12, f. 2.

Cicatrisatus. Fr. H. E. p. 200.

Concentricus. Gillet, Champ. Fr.
p. 407.

Cretatus. Fr. Hym. Eur. p. 199.
Cooke, t. 375.

Hydroionides. F. H. E. p. 198.
Cesati. Crypt. ital. t. 3,
f. 4.

Ionipterus. Fr. Hym. Eur. p. 155.
Cesati, Crypt. ital. t. 3,
f. 3.

Lentulus. Karst. Hattw. I, p. 270.

Mundulus. Fr. Hym. Eur. p. 198.
Batsch. f, 119.
Battar. t. 16, f. F.
Britz. Hypor. f. 19.
Cooke, t. 375.

Neglectus. Fr. Hym. Eur. p. 200.

Nidus-Avis. Fr. Hym. Eur. p. 200.

Orcella. Fr. Hym. Eur. p. 197.
Bull. t. 573, f. 1 et t. 591.
Batsch. f. 216.
Batt. t. 39, A B?
Boyer, Champ. com. t. 37.
Cordier, t. 12, f. 1.
Cooke, t. 323.
Escul. Fung. engl. Ba-
dham, t. 1, 2.
Gillet, t. 271.
Krombh. t. 58, f. 14-15.
Moyen, Tr. élém. champ.
t. 5, f. 3.
Noulet et Dass. Champ.
t. 13 et 20, B (mauvais
coloris.)
Pat. Tab. 427.
Quélet, t. 5, f. 2.
Rolland, Bull. Soc. myc.
Fr. 1889, I, t. 2, f. 2.
Roze et Rich. Atl. t. 36,
f. 5-14.
Roumeg. Crypt. illustr.
f. 179.
Sverig. ätl. svamp. t. 20.
Sicard, Hist. nat. champ.
t. 28, f. 147.
Vittad. t. 12, f. 2.
Vent. t. 14, f. 1-3.

Popinalis. Fr. Hym. Eur. p. 198.
Cooke, t. 485.
Fr. Icon. t. 96, f. 1.

Prunulus. Fr. Hym. Eur. p. 197.
Berkl. Outl. t. 7, f. 7.
Britz. Hypor. f. 18.
Barla, t. 28, f. 1-6.
Cordier, t. 12, f. 2.
Cooke, t. 322.
Dr Lorins, t. 12, f. 3.
Dufour, Atl. champ. t. 34.
Escul. Fung. engl. Ba-
dham, t. 1, f. 1.
Gillet, t. 270.
Gotthold-Hahn, f. 46 1re
édit. (mauvais coloris)
et f. 66, 2e édit.
Gauthier, Champ. t. 16,
f. 6.
Hummer, t. 2, f. 10.
Hussey, II, t. 47.
Krombh. t. 55, f. 7, 8 et t. 2,
f. 2-6.
Quélet, t. 5, f. 3.
Roze et Rich. Atl. t. 36,
f. 1-4.
Roumeg. Crypt. illustr.
f. 134.
Sverig. ätl. svamp. t. 19.
Schæff. t. 78.
Sowerb. t. 143.
Sicard. Hist. nat. champ.
t. 28, f. 149.

Pseudo-Orcella. F. H. E. p.198.
Fr. Icon. t. 96, f. 2.

Stilbocephallus. B. et Br. Ann.
Hist. nat. n. 1858.

Cooke, t. 324, f. 2, et t. 599
(var.)

Straminipes. Massee Grev. 16,
p. 43.
Cooke, t. 960.

Undatus. Fr. Hym. Eur. p. 199.
Cooke, t. 486.
Fr. Icon. t. 96, f. 4.
Pat. Tab. 428.

Viarum. Fr. Hym. Eur. p. 199.

Vilis. Fr. Hym. Eur. p. 200.
Cooke, t. 487.

COLLYBIA

Accommodans. Schulz. Centralh.
1883, XV, p. 5.

Acervata. Fr. Hym. Eur. p. 122.
Bull. t. 90.
Britz. Leucospori, f. 97.
Cooke, t. 267.
Fr. Icon. t. 64, f. 2.

Gillet, t. 226.
Sicard, Hist. nat. champ.
t. 16, f. 71.

Admissa. Britz. Hyp. et Leuc. p.146.
Britz. Hyp. et Leuc. f. 99.

Ærina. Quélet, quelq. esp. II, p. 2.
Quélet, ass. Fr. 1883, t. 6,
f. 2.

Alumna. Fr. Hym. Eur. p. 117.
Bolt. t. 155.
Fl. Dan. t. 2022, f. 1.

Ambusta. Fr. Hym. Eur. p. 127.
Britz. Leucospori, f. 225.
Cooke, t. 155.
Fries, Icon. t. 70, f. 2.

Aquosa. Fr. Hym. Eur. p. 122.
Bull. t. 17.
Britz. Hym. Augsb. I, t. 8,
f. 3.
Cooke, t. 234.
Fr. Icon. t. 66, f. 2.
Sicard, Hist. nat. champ.
t. 18, f. 81.

Asema. Fr. Hym. Eur. p. 114.

Atramentosa. F. H. E. p. 126.
Kalchbr. t. 6, f. 2.

Atrata. Fr. Hym. Eur. p. 127.
Cooke, t. 155.
Fr. Icon. t. 70, f. 1.
Gillet, t. 225.
Lucand, t. 182.

Aurorea. Fr. Hym. Eur. p. 113.
Larb. t. 12, f. 1.

Butyracea. Fr. Hym. Eur. p. 113.
Bull. t. 572.
Buxb. cent. IV, t, 5, f. 1.
Batt. t. 16, C.
Britz. Hym. Augsb. I, t. 8,
f. 5.

Bern. Champ. Roch. t. 12,
f. 5.
Cooke, t. 143.
Gillet, t. 233.
Pers. Icon. pict. t. 2, f. 1-3.
Sicard, Hist. nat. champ.
t. 15, f. 62.

Cessans. Fr. Hym. Eur. p. 129.

Cinnamomifolia. Gillet, Hym.
Fr. p. 328.

Cirrhata. Fr. Hym. Eur. p. 119.
Batsch, f. 95.
Britz. Hym. Augsb. I, t. 2,
f. 4.
Cooke, t. 144.
Fries, Icon. t. 68, f. 1.
Gillet, t. 542.
Pat. Tab. 526.

Clava. Fr. Hym. Eur. p. 123.
Bull. t. 148, A. C, 569,
f. 1, F.
Cooke, t. 147.
Eloffe, Champ. t. 6, f. 8.
Paul. t. 97, f. 3.
Sicard, Hist. nat. champ.
t. 24, f. 124.
Vaill. Par. t. 11, f. 19-20.

Clusilis. Fr. Hym. Eur. p. 129.
Bull. t. 411, f. 2.
Cooke, t. 247.
Sicard, Hist. nat. champ.
t. 18, f. 80.

Collina. Fr. Hym. Eur. p. 119.
Bull. t. 403, f. A..
Batsch, t. 2, f. 5 a, 5 b.
Cooke, t. 205.
Fl. Dan. t. 1609.
Gillet, t. 229.
Pat. Tab. 314.
Paul. t. 104, f. 7-9.
Schæff. t. 220.
Sicard, Hist. nat. champ.
t. 22, f. 102.

Concolor. Fr. Hym. Eur. p. 111.

Confluens. Fr. Hym. Eur. p. 117.
Batsch, t. 20, f. 104.
Britz. Hym. Augsb. I, t. 9,
f. 4.
Buxb. Cent. IV, t. 20.
Cooke, t. 150.
Fl. Bat. t. 1083.
Pers. Icon. pict. t. 5, f. 1.
Pat. Tab. 634.
Saund. et Smith, t. 30.

Conigena. Fr. Hym. Eur. p. 118.
Britz. Hym. Augsb. I,
t. 1, f. 4.
Buxb. Cent. I, t. 57, f. 2.
Cooke, t. 130.
Fries, Icon. t. 67, f. 3.
Pat. Tab. 107.
Sow. t. 206.

Conocephala. Karst. Hedw. 1889,
p. 363.

Contorta. Fr. Hym. Eur. p. 112.
Bull. t. 36.
Batt. t. 9, f. F.
Eloffe, Champ. t. 9, f. 6.
Paul. t. 50.
Sicard, Hist. nat. champ.
t. 18, f. 82.

Coracina. Fr. Hym. Eur. p. 125.
Cooke, t. 153.
Fr. Icon. t. 69, f. 2.
Gillet, t. 224.

Declinis. Fr. Hym. Eur. p. 116.

Disjungenda. Karst. Symb. Myc.
Fenn.

Distorta. Fr. Hym. Eur. p. 113..
Cooke, t. 282 et 652.
Fr. Icon. t. 63, f. 1.
Gillet, t. 544.
Lucand, t. 9.

Dæmonica. Karst. Kattsv. I, p. 159.

Dryophila. Fr. Hym. Eur. p. 122.
Bull. t. 434.
Boyer, Champ. comest.
t. 39.
Britz. Leucospori, f. 223.
Cooke, t. 204.
Dufour, Atl. champ. t. 13.
Fl. Dan. t. 2019, f. 1.
Gillet, t. 227.
Pat. Tab. 315.
Roze et Rich. Atl. t. 49,
f. 11-15.

Schæff. t. 45.
Sicard, Hist. nat. champ.
t. 16, f. 70.
Sowerb. t. 127.

Elastica. Lasch. in Bot. Zeit. 1857, p. 171.

Elevata. Fr. Hym. Fur. p. 110.

Ephippium. Fr. Hym. Eur. p. 114.

Erosa. Fr. Hym. Eur. p. 129.

Esculenta. Fr. Hym. Eur. p. 121.
Bull. t. 422, f. 2.
Brig. Neap. t. 5, f. 4.
Cooke, t. 152.
Lenz. f. 18.
Dr Lorins, t. 11, f. 6.
Roze et Rich. Atl. t. 48,
f. 10-12.
Schæff. t. 59, f. 5.
Sicard, Hist. nat. champ.
t. 25, f. 134.
Tratt. Essb. Schw. t. F.
Wulf. in Jacq. Coll. II,
t. 14, f. 4.
Vaill. t. 11, f. 16-18.

Eustygia. Cooke, Grev. XIX, p. 40.
Cooke, t. 1185.

Exsculpta. Fr. Hym. Eur. p. 123.
Cooke, t. 268.
Fries, Icon. t. 66, f. 3.

Extuberans. Fr. H. Eur. p. 123.
Batt. t. 28, f. 1.
Fries, Icon. t. 67, f. 1.

Floccipes. Fr. Hym. Eur. p. 116.
Cooke, t. 1168.

Floridula. Fr. Hym. Eur. p. 124.

Fœtidissima. Gillet, Hym. p. 323.
Gillet, t. 228.

Fuliginaria. Fr. H. Eur. p. 127.

Fusipes. Fr. Hym. Eur. p. 111.
Bull. t. 106, 516, f. 2.
Bel, Champ. Tarn. t. 16.
Berkl. Outl. t. 5, f. 5.
Cordier, t. 10.
Cooke, t. 141.
Dufour, Atl. Champ. t.13.
Eloffe, Champ. t. 7, f. 1.
Fl. Dan. t. 1607.
Hoffm. Ic. anal. t. 4.
Krombh. t. 42, f. 9-11.
Lucand, t. 236.
Letell. t. 611, R. (var.)
Leuba, Champ. com. t. 11,
f. 1-2.
Noulet et Dass. Champ.
t. 28.
Pat. Tab. 312.
Price, f. 85.
Rolland, Bull. Soc. myc.
Fr. 1889, I, t. 2, f. 4.
Roze et Rich. Atl. t. 48,
f. 1-5.
Schæff. t. 87, 88.
Sicard, Hist. nat. champ.
t. 10, f. 34.
Sowerb. t. 129.

Gaudialis. Britz. Derm. et Mel. III, p. 190.
Britz. Leucospori, f. 215.

Glacialis. Fr. Hym. Eur. p. 128.
Fr. Icon. t. 71.

Globularis. Fr. Hym. Eur. p. 115.

Gussonei. Fr. Hym. Eur. p. 122.
Inzenga, Sicil. t. 1, f. 2.

Hariolorum. Fr. H. Eur. p. 117.
Bull. t. 585, f. 2.
Britz. Hym. Augsb. I, t. 8, f. 2.
Cooke, t. 150.
Sicard, Hist. nat. champ. t. 20, f. 95.

Humillima. Quél. Assoc. Fr. 1882, p. 389.
Quél. Assòc. Fr. (1882), t. 11, f. 3.

Hydrochroa. (Rabenh.) Wint. Pilz. fl. I, p. 860.

Ignobilis. Karst. Hattsv. I, p. 160.

Impexa. Karst. Hattsv. I, p. 549.

Ingrata. Fr. Hym. Eur. p. 118.
Cooke, t. 283.
Fr. Icon. t. 64, f. 1.

Inolens. Fr. Hym. Eur. p. 126.
Cooke, t. 154.

Fr. Icon. t. 69, f. 4 et 3 (var.)
Lucand, t. 305.

Lacerata. Fr. Hym. Eur. p. 127.
Bres. Fung. Trid. t. 19.
Cooke, t. 269.

Lactea. Quélet, Assoc. Fr. 1880, p. 3.

Lancipes. Fr. Hym. Eur. p. 112.
Krombh. t. 42, f. 6-8.
Paul. t. 48, 49, f. 2.
Sicard, Hist. nat. champ. t. 21, f. 97.

Laxipes. Fr. Hym. Eur. p. 115.
Batt. t. 9, f. 5.
Cooke, t. 184.
Quélet, Jur. II, t. 2, f. 2.

Leucomyosotis. Saccardo. Ag. p. 220.
Cooke, t. 651.

Leucophæta. Fr. H. Eur. p. 111.

Lilacea. Quél. Jur. Vosg. III, p. 434.
Quélet, Jur. et Vosges, III, t. 1, f. 1.

Longipes. Fr. Hym. Eur. p. 110.
Bull. t. 232.
Batt. t. 20, f. A.
Bern. Champ. Roch. t. 11, f. 4.
Cooke, t. 201.
Gillet, t. 235.

Hussey, I, t. 80.
Krombh. t. 1, f. 31.
Larb. t. 16, f. 1.
Lucand, t. 155.
Pat. Tab. 015.
Sicard, Hist. nat. champ.
    t. 19, f. 85.

Loripes. Fr. Hym. Eur. p. 111.

Ludia. Fr. Hym. Eur. p. 124.
Britz. Leucospori, f. 224.
Fries. Icon. t. 68, f. 4.

Lupuletorum. Fr. H. E. p. 118.
Batt. t. 28, f. X.
Britz. Leucospori, f. 220.
Bres. Fung. Trid. t. 130,
    f. 1.

Luteifolia. Gillet, Hym. F. p. 328.

Macilenta. Fr. Hym. Eur. p. 123.
Cooke, t. 268.
Fries, Icon. t. 66, f. 1.

Maculata. Fr. Hym. Eur. p. 112.
Britz. Leucospori, f. 217.
Boud. Bull. Soc. bot.
    Fr. XIX (1872), t. 4 (ano-
    malie).
Cooke, t. 142 et 221 (var.)
    et 949 (var.)
Gillet, t. 231.
Hussey, II, t. 60.
Kalchbr. Ic. t. 36, f. 2(var.)
Lucand, t. 31.
Pat. Tab. 635.
Sowerb. t. 246.

Mendica. (Kalchbr.) Wint. Pilz. fl. I,
    p. 860.

Mephitica. Fr. Hym. Eur. p. 126.

Micheliana. F. H. Eur. p. 124.
Brig. Neap. t. 18, f. 1 ?
Bolt. t. 4, f. 2.
Fries, Icon. t. 68, f. 2.
Mich. Gen. t. 74, f. 3.

Mimica. Sm. in Stev. Brit. Fung. I,
    p. 103.
Cooke, t. 129.

Misera. Fr. Hym. Eur. p. 126.
Fr. Icon. t. 70, f. 4.

Murina. Fr. Hym. Eur. p. 128.
Batsch, t. 5, f. 19, a, b, c, d.
Cooke, t. 1198.

Muscigena. Fr. Hym. E. p. 124.
Cooke, t. 147.
Fl. Dan. t. 2023, f. 1.
Fr. Icon. t. 65, f. 3.
Mich. t. 33, f. 4.

Myosura. Fr. Hym. Eur. p. 118.
Fr. Icon. t. 65, f. 4.

Nigrescens. Quél. Bull. Soc. bot.
    Fr. 1876.
Quél. Bull. Soc. bot. Fr.
    1876, t. 3, f. 11.

Nitellina. Fr. Hym. Eur. p. 120.
Cooke, t. 146.
Fries, Ic. t. 65, f. 1, 2 (var.)

Nummularia. Fr. H. Eur. p. 120.
Bull. t. 56.
Batt. t. 22, A.
Britz. Leucospori, f. 222.
Cooke, t. 151.

Obstans. Britz. Hypor. et Leuc.
p. 146.
Britz. Hypor. et Leuc. f.
100.

Ocellata. Fr. Hym. Eur. p. 123.
Bull. t. 569, f. 1, H.-P.
Cooke, t. 147.

OEdematopoda. F.H.Eur.p.112.
Bull. t. 76.
Batsch. t. 4, f. 15 ?
Pall. Ross. I, t. 9, f. 2.
Schæff. t. 259.
Sicard. Hist. nat. champ.
t. 14, f. 59.

Olivacea. Lambotte. Flor. myc. Belg.
I, p. 107.

Orbicularis. Fr. H. E. p. 118.

Ozes. Fr. Hym. Eur. p. 125.

Phalliodora. F. Hym. E. p. 128.

Phæopodia. Fr. Hym. E. p. 113.
Bull. t. 532, f. 2.
Gillet, t. 232.

Pillodii Quél. Assoc. Fr. 1889, p. 509.
Quélet. Assoc. Fr. 1889,
t. 15, f. 4.

Pithya. Fr. Hym. Eur. p. 135.
Fl. Dan. t. 2141.
Fr. Icon. t. 79, f. 3 (var.)
Jung. Linn. V, t. 6, f. 2.
Pat. Tab. 218 (var.)

Planipes. Fr. Hym. Eur. p. 121.
Brig. t. 16, f. 3, 4.

Platyphylla. Fr. Hym. E. p. 110.
Bull. t. 594.
Buxb. C. IV, t. 18.
Britz. Leucospori, 216.
Cooke, t. 128.
Fr. Icon. t. 61 (var.)
Gillet, t. 237.
Lucand, t. 57.
Pat. Tab. 309.
Paul. t. 97, f. 1, 2?
Roze et Rich. Atl. t. 29,
f. 1-4.
Sterb. t. 16, H.

Plexipes. Fr. Hym. Eur. p. 126.
Batsch. t. 9, f. 40, a, b, c.
Cooke, t. 154.
Fl. Dan. t. 2023, f. 2.

Plumipes. Fr. Hym. Eur. p. 121.
Kalchbr. Icon. t. 6, f. 3.

Prolixa. Fr. Hym. Eur. p. 113.
Cooke, t. 950.
Fl. Dan. t. 1608.

Protracta. Fr. Hym. Eur. p. 128.
Cooke, t. 270.
Fr. Icon. t. 67, f. 2.

Psathyroides. Saccardo, Syll.
V, p. 229.
Cooke, t. 266.

Pulla. Fr. Hym. Eur. p. 114.
Bolt. t. 15 (var.)
Schæff. t. 250.

Putida. Fr. Hym. Eur. p. 125.

Racemosa. Fr. Hym. Eur. p. 119.
Brond. Cr. Ag. t. 6, f. 6, 7.
Nees. f. 190.
Pers. Desc. t. 3, f. 8.
Sowerb. t. 287.

Radicata. Fr. Hym. Eur. p. 109.
Bull. t. 515.
Batsch. t. 2, f. 4 a.
Berkl. Outl. t. 5, f. 4.
Bern. Champ. Roch. t. 11,
f. 3.
Britz. Hym. Augsb. I, t.
10, f. 1.
Cooke, t, 140.
Dufour, Atl. champ. t. 14.
Gillet, t. 234.
Gotthold-Hahn, f. 50, 2e
édit.
Grev. Scot. t. 217.
Hussey, I, t. 15.
Krombh. t. 72, f. 26, 27.
Paul. t. 97 bis, f. 3, 4.
Pat. Tab. 310.
Sowerb. t. 48.

Ramosa. Fr. Hym. Eur. p. 115.
Bull. t, 102.
Paul, t, 111, f, 3,

Rancida. Fr. Hym. Eur. p. 125.
Britz. Leucospori, f. 98.
Cooke, t. 153.
Fries, Icon. t. 69, f. 1.
Gillet, t. 543.
Hoffm. Icon. t. 12, f. 2.
Kalchbr. t. 6, f. 4.
Lucand, t. 130.

Repens. Fr. Hym. Eur. p. 110.
Britz. Hym. Augsb. I, t.
9, f. 1.
Fries, Icon. t. 61.

Retigera. Bres. Fung. Trid. p. 8 et
96.
Bres. Fung. Trid. t. 4.

Rhodella. Pat. Tab. anal. n. 527.
Pat. Tab. anal. t. 527.

Rigidipes. Schulz. Centralb. 1883,
XV, p. 5.

Scorzonerea. Fr. H. E. p. 113.
Batsch. t. 4, f. 14.

Semitalis. Fr. Hym. Eur. p. 110.
Bres. Fung. Trid. t. 34.
f. 1 (var.)
Buxb. Cent. IV, t. 14.
Cooke, t. 292.
Fries, Icon. t. 62, f. 1.

Sobolewski, F, Hym, E, p, 117,

Stevensoni. B. et Br. Ann. nat. hist. n. 1497.
Cooke, t. 145 B.

Stipitaria. Fr. Hym. Eur. p. 116.
Bull. t. 522, f. 1 (var.)
Alb. et Schw. t. 9, f. 6.
Bern. Champ. Roch. t. 10, f. 1.
Britz. Hym. Augsb. I, t. 9, f. 3.
Cooke, t. 149.
Hussey, I, t. 68.
Pat. Tab. 525.

Stolonifera. Fr. Hym. Eur. p. 121.
Cooke, t. 152.
Fl. Dan. t. 2021, f. 2 (var.)

Stridula. Fr. Hym. Eur. p. 114.
Britz. Leucospori, f. 218.
Fries, Icon. t. 62, f. 2.
Lucand, t. 279.

Strumosa. Fr. Hym. Eur. p. 115.

Subatrata. Vogl. Obs. agar. p. 15.
Vogl. Obs. agar. t. 3, f. 10.

Subsimilans. Karst. Hattsv. I, p. 549.

Succinea. Fr. Hym. Eur. p. 120.
Cooke, t. 151.
Fries, Icon. t. 65, f. 3.
Schæff. t. 45.

Tabescens. F. Hym. Eur. p. 111.

Tenacella. Fr. Hym. Eur. p. 121.
Britz. Leucospori, t. 96.
Cooke, t. 549 et 152 (var.)
Gillet, t. 230.
Pers. Icon. pict. t. 1, f. 3, 4.
Schæff. t. 236.

Tesquorum. Fr. H. Eur. p. 128.
Cooke, t. 270.
Fries, Icon. t. 70, f. 3.

Thelephora. Cooke et Mass. Grev. 17, p. 51.
Cooke, Illust. suppl. t. 1167.

Trochila. Fr. Hym. Eur. p. 116.

Tuberosa. Fr. Hym. Eur. p. 119.
Bull. t. 256.
Batsch. f. 93.
Britz. Leucospori, f. 221.
Cooke, t. 144.
Fl. Dan. t. 1613.
Grevil. Scot. t. 23.
Quélet, t. 3, f. 5.

Tylicolor. Fr. Hym. Eur. p. 129.
Cooke, t. 247.

Velutipes. Fr. Hym. Eur. p. 115.
Batsch. t. 22, f. 112, b, c (et f, a variété).
Batt. t. 22, C.
Bolt. t. 135.
Britz. Leucospori, f. 219.

Cooke, t. 184 et 650 (var.)
Curt. Lond. 4, t. 70.
Dufour, Atl. champ. t. 14.
Gillet, t. 238.
Gotthold-Hahn, f. 36 a,
1re édit.
Krombh. t. 44, f. 6-9 et
t. 62, f. 21.
Roumeg. Crypt. illustr.
f. 173.
Sicard, Hist. nat. champ.
t. 14, f. 58.
Sow. t. 145 et t. 384, f. 3.
Tratt. Austr. t. 7.

Ventricosa. Fr. Hym. Eur. p. 120.
Bull. t. 411. f. 1 (B var.)
Cooke, t. 145.
Krombh. t. 3, f. 30-32.
Sicard, Hist. nat. champ.
t. 18, f. 7, 9.

Vertirugis. Fr. Hym. Eur. p. 116.
Cooke, t. 149.

Xanthopa. Fr. Hym. Eur. p. 120.
Batsch. t. 38, f. 209 (var.)
Cooke, t. 203.

Xylophila. Fr. Hym. Eur. p. 114.
Cooke, t. 202.
Fries, Icon. t. 63, f. 2.

CONIOPHORA

Arida. Fr. Hym. Eur. p. 659.
Fr. Icon. t. 199, f. 1.

Atro-Cinerea. Karst. Symb. VIII,
p. 12.
Pat. Tab. 581.

Berkeleyi. Mass. Mon. Thel. p. 135.

Byssoidea. F. H. Eur. p. 659.

Centrifuga. Fr. H. E. p. 658.

Cerebella. Pat. Tab. anal. n. 579.
Pat. Tab. 579.

Cookei. Massee. Mon. Thel. p. 136.

Crocea. Karst. Myc. F. VIII, p. 83.

Eradians. Fr. Hym. Eur. p. 658.

Fulvo-Olivacea. Massee. Mon.
Thel. p. 134.

Fumosa. Fr. Hym. Eur. p. 651.
Fr. Icon. t. 198, f. 3.

Furva. Karst. Myc. Fenn. X, p. 65.

Laxa. Fr. Hym. Eur. p. 659.

Lichenoides. Massee. Mon. Thel.
p. 136.

Lurida. Karst. Symb. VIII, p. 12.

Macra. Karst. Myc. Fenni. X, p. 65.

Membranacea. Cooke, in Grevil.
VIII, p. 88.
Sowerb. t. 214.

Ochracea. Mas. Mon. Thel. p. 137.
Massee. Mon. Thel. t. 47,
f. 13.

Olivacea. Fr. H. Eur. p. 660.

Puteana. Fr. Hym. Eur. p. 657.
Fl. Dan. t. 2035 (mauvais
coloris).
Pat. Tab. 253.

Reticulata. Fr. H. Eur. p. 658.

Stabularis. Fr. Hym. Eur. p. 658.

Subcinnamomea. Karst. Finl.
Basid. p. 436.

Umbrina. Fr. Hym. Eur. p. 658.

Violascens. Fr. Hym. Eur. p. 658.

COPRINUS

Affinis. Karst. Hattsv. I, p. 536.

Albertinii. Karst. Hattsv. I, p. 535.

Albulus. Quél. Assoc. Fr. 1883, p. 501.
Quélet, Assoc. Fr. 1883,
t. 6, f. 11.

Albus. Quél. Assoc. Fr. 1880, p. 664.

Alopecia. Fr. Hym. Eur. p. 327.
Gillet, t. 570.

Alternatus. Fr. Hym. Eur. p. 327.
Cooke, t. 677.
Fl. Dan. t. 1961, f. 1.

Aphtosus. Fr. Hym. Eur. p. 323.
Bolt. t. 26.
Cooke, t. 666.

Aratus. F. Hym. Eur. p. 326.
Cooke, t. 674 et 675.

Arenarius. Pat. mission de Tunisie.
Pat. Mission de Tunisie,
t. 1, f. 2 a.

Astroideus. Fr. Hym. Eur. p. 325.
Hoffm. Nomencl. t. 6, f. 2.
Mich. t. 79, f. 6.

Atramentarius. F. H. E. p. 322.
Bull. t. 164.
Badham, Escul. Fung.
Engl. t. 9, f. 1, 2.
Bern. Champ. Roch. t. 30.
Berkl. Outl. t. 12, f. 1.
Bolt. t. 25 (var.)
Britz. Melanospori, f. 90.
Boyer, Champ. comest.
t. 36.
Cordier, t. 24.
Cooke, t. 662.
Dufour, Atl. champ. t. 47.
Eloffe, Champ. t. 10, f. 9.
Fl. Dan. t. 1370.
Gillet, t. 407.
Gotthold-Hahn, f. 65, 1re
édit. et f. 98, 2e édit.
Klotzch. Fl. Bor. t. 390.
Pat. Tab. 452.
Paule. t. 129 (var.)
Sicard, Hist. nat. champ.
t. 41, f. 215.

Schæff. t. 67 et 68 et 201.
Sow. t. 188.
Vaill. Par. t. 12, f. 10, 11.

Auricomus. Pat. Tab. anal. n. 453.
Pat. Tab. 453.

Boudieri. Quél. Sup. 1877, p. 321.
Britz. Melanospori, f. 124.
Quél. Suppl. 1877, t. 5, f. 4.

Bresadolæ. Schluz. in Hedw. 1885, p. 136.

Britzelmayri. Sacc. et Cub. Syll. Fung. p. 1099.
Britz. Derm. et Mel. f. 129.

Brunaudii. Quél. 17 E suppl. p. 4.
Quél. Assoc. Fr. 1889, t. 15, f. 11.

Bulbillosus. Pat. Tab. anal. n. 658.
Pat. Tab. 658.

Caducus. Harz. Bot. centr. 1889, I, p. 416.

Cineratus. Quélet, Soc. bot. Fr. 1876.
Pat. Tab. 447.
Quél. Soc. bot. Fr. 1876, t. 2, f. 7.

Cinereus. Fr. Hym. Eur. p. 324.
Cooke, t. 671.
Eloffe, Champ. t. 11, f. 3.
Fl. Dan. t. 1495.

Schæff. t. 100.
Sterb. t. 24, f. A, B.
Sicard, Hist. nat. champ. t. 42, f. 225.

Clavatus. Fr. Hym. Eur. p. 321.
Batt. t. 26, f. C.
Britz. Melanospori, f. 131.
Schæff. t. 8.

Comatus. Fr. Hym. Eur. p. 320.
Bull. t. 16 et t. 582, f. 2.
Badham, Escul. Fung. Engl. t. 7, f. 1, 2, 3.
Batt. t. 26, f. B.
Bern. Champ. Roch. t. 28, f. 3, et t. 29, f. 1.
Bolt. t. 44.
Britz. Melanospori, f. 91.
Boyer, Champ. comest. t. 35.
Cooke, t. 658.
Curt. Lond. t. 93.
Dufour, Atl. Champ. t. 46.
Eloffe, Champ. t. 11, f. 5 (mauvais dessin).
Fl. Dan. t. 834.
Favre Guill. Neuchâtel, II, t. 13.
Gillet, t. 406.
Gotthold-Hahn, f. 64, 1re édit. et f. 99, 2e édit.
Grev. t. 119.
Harz. t. 21.
Krombh. t. 30, f. 15-21, t. 3, f. 35.

Klotzch. Bor. t. 389.
Leuba, Champ. comest.
  t. 21, f. 1-4.
Pat. Tab. 448.
Paul. t. 128.
Roze et Rich. Atl. t. 51,
  f. 1-3.
Schæff. t. 46 et 47.
Sverig. Atl. svamp. t. 87.
Sowerb. t. 189.
Sicard, Hist. nat. champ.
  t. 41, f. 214.
Roumeg. Crypt. illustr.
  f. 140.

Conditus. Gillet, Ch. Fr. p. 612.

Congregatus. Fr. H. E. p. 328.
Bull. t. 94.
Cooke, t. 679.
Dufour, Atl. Champ. t. 46.
Gotthold-Hahn, f. 96, 2e
  édit.
Sicard, Hist. nat. champ.
  t. 23, f. 114.

Coopertus. Fr. H. Eur. p. 331.
Sicard, Hist. nat. champ.
  t. 42, f. 222.

Cothurnatus. Godey, in Gillet,
    Champ. Fr. p. 605.
Gillet, t. 410.

Cyclodes Fr. Hym. Eur. p. 329.
Mich. t. 81, f. 4 et fig. 3
  (var.)

Cylindricus. F. Hym. E. p. 322.

Deliquescens. Fr. H. E. p. 327.
Bull. t. 558, f. 1.
Cooke, t. 678.
Eloffe, Champ. t. 10, f. 4.
Klotzsch. Fl. Bor. t. 376.
Sicard, Hist. nat. champ.
  t. 40, f. 212.

Diaphanus. Quél. Champ. Jura,
    p. 322.
Britz. Melanospori, f. 65.
Quél. Bull. Soc. bot. 1877,
  t. 5, f. 7.

Digitalis. Fr. Hym. Eur. p. 327.
Bull. t. 437, f. 2?
Batsch, t. 1, f. 1, a, b.
Fl. Dan. t. 1371.

Dilectus. Fr. Hym. Eur. p. 328.
Fr. Icon. t. 140, f. 2.

Divergens. Britz. Derm. et Mel.
    p. 182.
Britz. Derm. et Mel. f. 64.

Domesticus. Fr. Hym. E. p. 330.
Bern. Champ. Roch. t. 32,
  f. 1.
Cooke, t. 684.
Fr. Icon. t. 140, f. 3.
Gillet, t. 413.

Eburneus. Quél. Ass. Fr. 1883,
    p. 504.
Quél. Ass. Franc. 1883,
  t. 6, f. 10.

Ephemeroides. Fr. H. E. p. 328.
Bull. t. 582, f. 1.
Sicard, Hist. nat. champ.
t. 42, f. 229.

Ephemerus. Fr. Hym. E. p. 331.
Bull. t. 128.
Britz. Melanospori, f. 66.
Cooke, t. 685, f. B.
Eloffe, Champ. t. 11, f. 2,
Fl. Dan. t. 832, f. 2.
Pat. Tab. 449.
Sicard, Hist. nat. champ.
t. 42, f. 224.

Erythrocephalus. Fr. Hym.
Eur. p. 327.
Lév. Ann. sc. nat. 1841,
t. 14, f. 3.

Evanidus. Godey. in Gillet, Ch. Fr.
p. 614.
Gillet, t. 410.

Extinctorius. F. H. Eur. p. 324.
Bull. t. 437, f. 1.
Britz. Melanospori, f. 98
(var.) et 99.
Bolt. t. 24.
Bauhin, cap. XIX, p. 830.
Cooke, t. 668.
Paul. t. 124, f. 7.
Sicard, Hist. nat. champ.
t. 42, f. 219.

Filholi. Pourc. in Roum. Rev. myc. I,
p. 66.

Filiformis. Fr. Hym. Eur. p. 332.
Cooke, t. 686, f. B.

Fimetarius. Fr. Hym. Eur. p. 324.
Bull. t. 68 et t. 88.
Bern. Champ. Roch. t. 31,
f. 1.
Bolt. t. 20 (var.) et t. 44.
Britz. Melanospori, f. 133.
Cooke, t. 669 (var.) et 670
(var.)
Hoffm. Ic. t. 9, f. 2.
Mich. t. 80, f. 2 (var.)
Roumeg. Crypt. illustr.
f. 197.
Schæff. t. 216.
Sicard, Hist. nat. champ.
t. 41, f. 216.
Sowerb. t. 262 (var.) (pour
partie).

Flocculosus. F. H. Eur. p. 323.
Batt. t. 25, f. A.
Cooke, t. 667.

Friesii. Fr. Hym. Eur. p. 331.
Pat. Tab. 446.
Quélet, t. 23, f. 5.

Frustulorum. Sacc. M. ven. Spec.
p. 35.
Sacc. M. Ven. spec. t. 6,
f. 10-14.

Fucescens. Fr. Hym. Eur. p. 322.
Bern. Champ. Roch. t. 31,
f. 2.

Britz. Melanospori, f. 97.
Cooke, f. 653 et 664 (var.)
Klotzch, t. 375.
Paul. t. 125, f. 1.
Pat. Tab. 440.
Schæff. t. 17.

Godeyi. Gillet, Champ. Fr. p. 610.
Gillet, t. 410.

Gonophyllus. Quél. 14e Sup. p. 5.
Pat. Tab. 441.
Quélet, Ann. Soc. nat.
Bord. 1884, t. 1, f. 2.

Hemerobius. F. H. Eur. p. 332.
Britz. Melanospori, f. 85.
Bolt. t. 31.
Cooke, t. 687, f. A.
Fl. Dan. t. 1960, f. 2.
Pat. Tab. 444.
Quélet, Jura. t. 8, f. 4.

Hendersonii. Fr. H. E. p. 329.
Berkl. Outl. t. 24, f. 8.
Cooke, t. 680, f. A.
Lucand, t. 197.
Pers. Myc. Eur. III, t. 26,
f. 1.
Pat. Tab. 659.

Inamænus. Karst. in Grev. 1878,
p. 63.
Karst. Icon. select. f. 4.

Intermedius. Penz. Ozon. e. Copr.
p. 140.
Penz. Ozon. e. Copr. t. 3
et 4.

Lagopides. Karst. Symb. Myc.
Fenn. IX, p. 48.

Lagopus. Fr. Hym. Eur. p. 329.
Britz. Leucospori, f. 103.
Cooke, t. 681.
Lucand, t. 35.
Pat. Tab. 445.
Quélet, Jura, t. 8, f. 6.
Saund. et Sm. t. 19.

Lamottei. Gill. Champ. Fr. p. 603.

Lanatus. Fr. Hym. Eur. p. 330.

Laxus. Bres. et Schulz. in Hedw.
1885, p. 136.

Lerchenfeldii. Schulz. Verhandl.
Herman. 1884.
Schulz. Verhandl. Her-
man. 1884, t. 1, f. 3.

Luxoviensis. Fr. H. E. p. 705.

Macrocephalus. Fr. Hym. Eur.
p. 329.
Cooke, t. 682, f. A.

Macrosporus. Britz. Derm. et
Mel. III, p. 183.
Britz. Melanospori, f. 129.

Marcescens. Karst. Hattsv. I,
p. 537.

Mayri. Allesch. Süedbay. Pilz. p. 102.

Micaceus. Fr. Hym. Eur. p. 325.
Bull. t. 246 et t. 565.

Bel, Champ. Tarn. t. 21.
Britz. Melanospori, f. 102.
Cooke, t. 673.
Corda, apud. Sturm. XI,
t. 49 et 19, t. 2 (var.)
Dufour, Atl. Champ. t. 46.
Eloffe, Champ. t. 11, f. 6
(mauvais dessin).
Fl. Bat. t. 820, f. 3.
Fl. Dan. t. 1143.
Gillet, t. 411.
Gotthold-Hahn, f. 66, 1ʳᵉ
édit. (mauvaise figure)
et f. 97, 2ᵉ édit.
Grev. t. 76 (var.)
Klotzsch. Fl. Bor. t. 376.
Paul. t. 1, 26, f. 3 (var.)
Pat. Tab. 438.
Schæff. t. 66, f. 4-6.
Sicard, Hist. nat. champ.
t. 40, f. 213.
Sowerb. t. 261 (var.)

Miser. Karst. Symb. Fenn. X, p. 61.
Karst. Icon. select. f. 29.

Muralis. Allesch. Süedbay. Pilz. p.
100.

Muscorum. Karst. Hattsv.I,p. 531.

Mycenopsis. Karst. Symb. VIII,
p. 8.

Narcoticus. Fr. Hym. Eur. p. 329.
Batsch. t. 16, f. 77.
Britz. Melanospori, f. 92.
Cooke, t. 680, f. B.
Pers. Myc. Eur. 3, t. 26,
f. 5.

Niveus. Fr. Hym. Eur. p. 325.
Bern. Champ. Roch. t. 31,
f. 3.
Cooke, t. 672, f. B.
Fl. Dan. t. 1671.
Gillet, t. 409.
Pat. Tab. 442.
Paul. t. 125, f. 2.
Sowerb. t. 262.

Nycthemerus. Fr. H. E. p. 330.
Bull. t. 542, f. D.
Cooke, t. 682, f. B.

Oblectus. Fr. Hym. Eur. p. 321.
Bolt. t. 142.
Cooke, t. 661.

Ovatus. Fr. Hym. Eur. p. 320.
Bern. Champ. Roch. t. 29,
f. 2.
Cooke, t. 659.
Pat. Tab. 439.
Roze et Rich. Atl. t. 51,
f. 4-8.
Schæff. t. 7.

Panormitanus. Inz. Fung. Sicil.
II, p. 58.
Inz. Fung. Sic. II, t. 10,
f. 1.

Papillatus. Fr. Hym. Eur. p. 326.
Batsch. t. 17, f. 78.
Cooke, t. 676, f. B.

Patouillardii. Quél. in Pat. Tab.
anal. p. 107.
Pat. Tab. 240.

Pellucidus. Karst. Symb. Myc.
Fenn. X, p. 61.

Phæosporus. Karst. Symb. Myc.
Fenn. VIII, p. 9.

Phyllophilus. Karst. Hattsv. I,
p. 544.

Picaceus. Fr. Hym. Eur. p. 323.
Bull. t. 206.
Cooke, t. 665.
Eloffe, Champ. t. 10, f. 10.
Fl. Dan. t. 1499.
Gillet, t. 408.
Leuba, Champ. com. t. 21.
f. 5-6.
Pat. Tab. 451.
Sicard, Hist, nat. champ.
t. 40, f. 210.
Sowerb. t. 170.

Pilosus. Beck. Pilzfl. Niederost. III,
p. 44.

Platypus. Berk.
Cooke, t. 687, *b*.

Plicatilis. Fr. Hym. Eur. p. 331.
Bull. t. 552, D, E, T.
Bel, Champ. Tarn. t. 21.
Bern. Champ. Roch. t. 31'
f. 4-5.

Britz. Melanospori, f. 105.
Cooke, t. 686, f. A.
Curt. Lond. t. 200.
Fl. Dan. t. 1134.
Gillet, t. 414.
Pat. Tab. 556.
Quélet, Jura, t. 8, f. 8.
Sicard. Hist. nat. champ.
t. 42, f. 226.
Sowerb. t. 364.

Prægnans. Fr. Hym. Eur. p. 321.

Proximellus. Karst. Hattsv I,
p. 544.

Pseudo-Plicatilis. Vogl. Ric.
anal. agar. p. 42.
Vogl. Ric. anal. agar, t.
50, f. 4.

Pyrenæus. Quélet, 16e Suppl. p. 2.
Quél. 16e Suppl. t. 21, f. 6.

Queletii. Schulz. in. Hedw. 1885,
p. 137.

Queletii. Forq. in Bull. soc. bot Fr.
1887, p. XXXI.
Soc. bot. Fr. et Soc. myc.
Sess. cryptog. 1887, t. 1,
f. 1.

Radians. Fr. Hym. Eur. p. 326.
Cooke, t. 676, f. A.
Desmaz. An. sc. nat. 13,
t. 10, f. 1.
Sowerb. t. 145.

Radiatus. Fr. Hym. Eur. p. 330.
Bull. t. 542, f. E-L.

Bern. Champ. Roch. t. 31,
f. 6.
Bolton, t. 39, f. C.
Cooke, t. 683, f. A.
Pat. Tab. 450.
Sicard, Hist. nat. champ.
t. 42, f. 228.

Rapidus. Fr. Hym. Eur. p. 332,
Britz. Melanospori. f. 93.
Pat. Tab. 241.

Roris. Quél. Champ. Jura. p. 322.
Pat. Tab. 443.
Quél. Bull. Soc. bot. Fr.
1877, t. 5, f. 5.

Scauroides. Godey, in Gill. Champ.
Fr. p. 609.

Sceptrum. Fr. Hym. Eur. p. 332.
Jungh. in Linn. V, t. 6,
f. 10.

Schræteri. Karst. Hat. I, p. 543.

Semistriatus. Pat. Tab. anal.
n. 435.
Pat. Tab. 435.

Similis. Fr. Hym. Eur. p. 323.
Bern. Champ. Roch. t. 36,
f. 3.

Soboliferus. Fr. H. Eur. p. 322.
Cooke, t. 848.
Krombh. t. 4, f. 1, 2.

Sociatus. Fr. Hym. Eur. p. 331.

Solifugus. Fr. Hym. Eur. p. 333.

Sororius. Karst. Symb. VIII, p. 9.

Spegazzinii. Karst. Symb. VIII,
p. 5.

Spragueii. Fr. Hym. E. p. 330.
Cooke, t. 683, f. B.

Stellaris. Quél. Champ. Jura, p. 322.
Quél. Bull. Soc. bot. Fr.
1877, t. 5, f. 6.

Stenocoleus. F. H. Eur. p. 321.
Fr. Icon. t. 140, f. 1.

Stercorarius. Fr. H. E. p. 330.
Bull. t. 542, f. M-P.
Cooke, t. 685, f. A.
Sicard, Hist. nat. champ.
t. 41, f. 217.

Sterquilinus. Fr. H. E. p. 321.
Cooke, t. 660.
Michel. t. 80, f. 3.
Pat. Tab. 437.
Quél. t. 9, f. 2.

Sulcato-Crenatus. Steinhaus,
in litt.

Superiusculus. Britz. Derm. et
Mel. p. 183.
Britz. Derm. et Mel. f. 132.

Tardus. Karsten. Hattsv. I, p. 543.
Cooke, t. 719.

Tergiversans. Fr. II. E. p. 325.
Britz. Melanospori, f. 100.

Tigrinellus. Boud. Bull. soc. bot.
Fr. 1885, p. 283.
Boud. Bull. soc. bot. Fr.
1885, t. 9, f. 3.
Gillet, t. 412.
Pat. Tab. 557.

Tomentosus. F. II. E. p. 325.
Bull. t. 138.
Bolt. t. 156.
Britz. Melanospori, f. 90
et 104.
Cooke, t. 672.
Mich. t. 80, f. 6.
Sicard, Hist. nat. champ.
t. 42, f. 220.

Truncorum. Fr. II. Eur. p. 326.
Britz. Melanospori, f. 47.
Schæff. t. 6.

Tuberosus. Quél. Bull. soc. bot.
Fr. 1878, p. 289.
Quélet, Bull. soc. bot.
Fr. 1878, t. 3, f. 2.

Varicus. Fr. Hym. Eur. p. 323.

Velaris. Fr. Hym. Eur. p. 332.
Pat. Tab. 436.
Quél. Assoc. franc. 1882.
t. 11, f. 10.
DICT. ICON.

Velatus. Quél. Bull. Soc. Fr. 1876,
p. 329.
Quél. Bull. Soc. fr. 1876,
t. 2, f. 3.

Velox. Godey, in Gillet, Champ. Fr.
p. 614.
Gillet, t. 410.

CORTICIUM

Adiposum. Pass. et Beltr. Fungi
sic. p. 3.

Æmulans. Karst. Finl. Bas. p. 425.
(Peniophora.)

Alliaceum. Quél. Assoc. fr. 1883,
p. 505.

Amorphum. Fr. Hym. Eur. p. 648.
Doas et Pat. t. 70.
Pat. Tab. 584.

Arachnoideum. F. II. E. p. 649.

Areolatum. Fr. II. Eur. p. 658.

Atrovirens. Fr. Hym. Eur. p. 651.

Aurantiacum. Bres. Fung. Trid.
(suppl.)
Bres. Fung. Trid. t. 144,
f. 2.

Aurantium. Pers. Syn. p. 576.

7

Aurora. Fr. Hym. Eur. p. 657.

Boltonii. Fr. Hym. Eur. p. 647.
Bolton. Fung. t. 166, f. d?

Bupleuri. Roum. Rev. myc. IV, p. 19.

Byssinum. Karst. Fung. Fenn. sib.
p. 137.

Cacao. Karst. Hedw. 1890, p. 271.

Cærulescens. Karst. Hattsv. II,
p. 154.

Cæruleum. Fr. Hym. Eur. p. 651.
Doas et Pat. t. 30.
Gillet, t. 498.
Letell. suppl. t. 630, f. 2.
Pat. Tab. 685.
Roth. Catal. 2, t. 9, f. 2.
Roumeg. Crypt. illustr.
f. 233.
Sowerb. t. 350.

Cæsium. Bres. Fung. Trid. (suppl.)
Bres. Fung. Trid. t. 145,
f. 2.

Calceum. Fr. Hym. Eur. p. 652.
Pat. Tab. 562.

Calotrichum. Karst. Rev. 1888,
p. 73.

Carbonicolum. Pat. Tab. anal.
p. 250.
Pat. Tab. 463.

Carlylei. Massee. Mon. Thel. p. 148.

Cerussatum. Bres. Fung. Trid.
(suppl.)
Bres. Fung. Trid. t. 144,
f. 3.

Ciliatum. Fr. Hym. Eur. p. 653.

Cinctulum. Quél. Assoc. fr. 1882,
p. 401.

Cinereum. Fr. Hym. Eur. p. 654.
Cooke, in Grev. VIII, t.
123, f. 8.
Fr. Icon. t. 198, f. 4.
Pat. Tab. 251.
Sow. t. 388, f. 3.

Cinnamomeum. Fr. Hym. Eur.
p. 650.

Citrinum. Fr. Hym. Eur. p. 655.

Comedens. Fr. Hym. Eur. p. 656.
Nees. Syst. f. 255.

Confluens. Fr. Hym. Eur. p. 655.

Convolvens. Karst. Myc. Fenn. IX,
p. 54.

Corni. Karst. Rev. myc. 1884, p. 214.
(Xerocarpus.)

Corrugatum. F. Hym. E. p. 656.
Grev. t. 234.

Decolorans. Karst. Myc. Fenn. IX,
p. 53.

Evolvens. Fr. Hym. Eur. p. 646.

Farinellum. Karst. Myc. Fenn. p.52.

Flammans. Fr. Hym. Eur. p. 657.

Flaveolum. Massee. Mon. Thel.
p. 150.

Flocculentum. F. H. E. p. 647.

Fugax. Bref. Unters. VIII, p. 6.
Bref. Unters. VIII, t. 1,
f. 3, 4.

Fuscum. Fr. Hym. Eur. p. 651.

Geophilum. Dur. et Mont. Fl. alg.
n. 593.

Giganteum. Fr. Hym. E. p. 648.
Fr. Icon. t. 197, f. 3.
Pat. Tab. 684.

Greschikii. Bres. Rev. myc. 1890,
p. 109.

Guttuliferum. Karst. Finl. Basid.
p. 430.
(Peniophora.)

Helvolum. Karst. Myc. Fenn. X,
p. 64.

Hydnoides Cooke, Massee. Mon.
Thel. p. 154.
(Peniophora.)
Cooke, Massee. Mon. Thel.
t. 47, f. 15-16.

Hypnophilum. Karst. Rev. myc.
1890, n. 7.

Incarnatum. Bref. Unters. VIII,
p. 7.
Bref. Unters. VIII, t. 1,
f. 1-2.

Incarnatum. Fr. Hym. Eur. p. 654.
Britz. Hym. Südb. V, Thel.
f. 19.
Fl. Dan. t. 2035, f. 2.
Gillet, t. 498.
Letell. t. 607, f. 1.

Janthinum. Dur. et Lév. Expl. alg.
Durieu et Léveillé, Expl.
alg. t. 33.

Juniperi. Karst. Hattsv. II, p. 138.

Juniperinum. Fr. H. Eur. p. 648.

Kalchbrenneri. Sacc. Syllog.
Fung, VI, p. 619.

Karstenii Massee. Mon. thel. p. 153.
(Peniophora.)

Lactescens. Fr. Hym. Eur. p. 650.

Lacteum. Fr. Hym. Eur. p. 649.
(Hypochnus.)
Bonord. f. 259.

Læticolor. Karst. Myc. Fenn. IX,
p. 52.

Lævigatum. Fr. H. Eur. p. 656.

Latitans. Karst. Myc. 1888, p. 74.

Letendrei. Rev. myc. VI, 1884, p. 214. (*Xerocarpus*).

Levissimum. Karst. Myc. Fenn. XII, p. 111.

Lilaceum. Rabenh. Bot. Zeit. 1853, p. 235.

Lilacinum. Schroet. Pilz. Schles. p. 397.

Limitatum. F. Hym. Eur. p. 656. (*Peniophora*).
    Cooke, in Grev. VIII, t. 123, f. 7.

Livido-cæruleum. Fr. Hym. Eur. p. 652.

Lividum. Fr. Hym. Eur. p. 652.

Læve. Fr. Hym. Eur. p. 649. (*Hypochnus*).
    Bonord. f. 251.
    Britz. Hym. südb. V, Thel. f. 17.
    Letell. t. 630, f. 1.
    Pat. Tab. 153.

Maculiforme. F. H. E. p. 656.
    Fl. Dan. t. 1738, f. 2.

Marchandii. Pat. Tab. anal. p. 16.
    Pat. Tab. 25.

Martelliana. Bres. Nouv. cont. Fl. Ins. 1890, p. 258. (*Peniophora.*)

Molluginis. Allesch. Südbay. Pilz. p. 50.

Mougeotii. Fr. Hym. Eur. p. 654.

Myxosporum. Karst. Myc. Fenn. IX, p. 53.

Nigrescens. F. Hym. E. p. 656.

Nitidulum. Karst. Myc. Fen. p. 11.

Nudum. Fr. Hym. Eur. p. 655.
    Pat. Tab. 582.

Obscurum. Fr. Hym. Eur. p. 653.

Ochraceum. Fr. H. Eur. p. 652.
    Sicard, Hist. nat. champ. t. 60, f. 312.

Oosporum. Karst. Hedw. 1890, p. 270.

Orbiculare. Dur. et Lév. Expl. alg.
    Durieu et Léveillé, Expl. alg. t. 33, f. 7.

Passerinii. Pas. et Beltr. Fung. sic. n. 4.

Pellicula. Karst. Myc. Fen. p. 5.
    Chev. Paris. I, t. 6, f. 1.

Pertenue. Karst. Hedw. 1890, p. 270.

Pezizoides. Massee. Mon. Thel.
p. 141.
(Peniophora.)
Massee. Mon. Theleph.
t. 47, f. 17-19.

Pinicolum. Tul. Ann. sc. nat.
1872, p. 227.
Tul. Ann. sc. nat. 1872,
t. 10, f. 3-5.

Platoni. Ces. Flora, 1856, p. 374.

Plumbeum. Fr. Hym. Eur. p. 653.

Polygonium. F. Hym. E. p. 655.
Hoffm. D. Fl. 2, t. 6.

Populinum. Fr. Hym. E. p. 648.

Porosum. B. et Br. Ann. nat. hist.
n. 1821.

Prætermissum. Karst. Find.
Basid. p. 423.
(Peniophora.)

Puberulum. Karst. Find. Basid.
p. 427.
(Peniophora.)

Puberum. Fr. Hym. Eur. p. 652.
Bonord. f. 256?
Bres. Fung. Trid. t. 145,
f. 1.
Pat. Tab. 152.

Quercinum. Fr. H. Eur. p. 653.
Bull. t. 436, f. 1.

Cooke, in Grev. t. 125, f.
13.
Grevill. t. 142.
Gillet, t. 499.
Nees. Syst. f. 253.
Pat. Tab. 252.

Quintasianum. Bres. et Roum.
Rev. myc. 1890, p. 36.
Bres. et Roum. Rev. myc.
1890, t. 92, f. 4.

Radiosum. Fr. Hym. Eur. p. 649.
Fr. Icon. t. 198, f. 1.

Roseolum. Karst. Symb. Myc. Fenn.
23, p. 2.

Roseolum. Massee. Mon. Thel. p. 140.
Massee. Mon. Thel. t. 6,
f. 2.

Roseum. Fr. Hym. Eur. p. 650.
Letell. t. 630, f. 3.

Roumegueri. Bres. Fung. Trid.
(suppl.)
Bres. Fung. Trid. t. 144,
f. 1.

Rude. Karts. Myc. Fenn. p. 53.

Rutilans. Bref. Unters. VIII, p. 6.
Bref. Unters. VIII, t. 1,
f. 5-7.

Rutilans. Fr. Hym. Eur. p. 654.

Salicinum. Fr. Hym. Eur. p. 647.

Sanguineum. F. H. Eur. p. 650.
Fr. Icon. t. 190, f. 2.

Sarcoides. Fr. Hym. Eur. p. 647.

Scirpinum. (Thüm.) Winter, Pilze.
p. 340.

Scoticum. Massee. Mon. Thel. p. 152.
(Peniophora.)

Seriale. Fr. Hym. Eur. p. 653.

Sordescens. Karst. Find. Basid.
p. 43.
(Peniophora.)

Sordidum. Karst. Myc. Fenn. X,
p. 65.

Stevensoni. B. et Br. Ann. nat.
hist. n. 1817.
(Hymenochæte.)

Subdealbatum. B. et Br. Ann.
nat. hist. n. 1823.

Subalutaceum. Karst. Myc. Fonn.
X. p. 65.

Subsulphureum. Karst. Symb.
VIII, p. 12.

Subterraneum. Rabenh. Mass.
Mon. Thel. p. 145.

Sulphureum. Fr. Hym. E. p. 650.
Britz. Hym. Südb. V, Thel.
f. 18.
Letell. t. 630, f. 4.
Nees. Syst. fig. 238, B.

Tenue. Pat. Tab. anal. n. 462.
Pat. Tab. 462.

Tephrum. B. et C. Journ. Linn.
soc. X, p. 336.
(Peniophora.)
Cooke, in Grev. VIII, t.
123, f. 6.

Typhæ. Fr. Hym. Eur. p. 657.
Doas. et Pat. t. 50.
Pat. Tab. 578.

Ulmi. Lasch. Bot. Zeit. 1853, p. 235.

Uvidum. Fr. Hym. Eur. p. 657.
Bonord. Handb. f. 255.

Velutinum. F. Hym. Eur. p. 650.
(Peniophora.)
Cooke, in Grevill. VIII,
t. 125, f. 15.

Versiforme. F. Hym. E. p. 647.

Violaceo-lividum. Fr. Hym.
Eur. p. 655.
Pat. Tab. 24.

Violaceum. Bref. Unters. VIII, p. 6.
Bref. Unters. VIII, t. 1, f.
8-10.

Viride. Fr. Hym. Eur. p. 652.

CORTINARIUS

Acutus. Fr. Hym. Eur. p. 398.
Britz. Cortinarii, f. 27, 35.
Cooke, t. 845.
Lucand, t. 345.
Quél. in Grev. t. 84, f. 1, 2
et 112, f. 5.

Affinis. Allesch. Südbay. Pilz. I, p. 98.

Albo-cyaneus. Fr.H.Eur.p. 368.
Cooke, t. 748.
Letell. t. 634.
Pers. Ic. et descr. t. 7, f. 5.

Albo-violaceus. Fr. Hym. Eur. p. 361.
Britz. Cortinarii. f. 53.
Cooke, t. 747.
Dufour, Atl. Champ. t. 58.
Fr. Icon. t. 151, f. 3.
Gillet, t. 321.
Gotthold-Hahn. f. 51, 1re édit. et f. 73, 2e édit.
Lucand, t. 119.

Allutus. F. Hym. Eur. p. 343.
Cooke, t. 752.

Alutipes. Fr. Hym. Eur. p. 354.

Amurceus. Fr. Hym. Eur. p. 353.

Anfractus. Fr. Hym. Eur. p. 341.
Cooke, t. 705.
Quélet in Grev. t. 104, f. 3.

Angulosus. Fr. Hym. Eur. p. 392.
Britz. Cortin. f. 140.
Fr. Icon. t. 162, f. 2.

Annexus. Britz. Hym. Südb. IV, p. 128.
Britz. Hym. Südb. IV, f. 84.

Anomalus. Fr. H. Eur. p. 369.
Bull. t. 431, f. 2.
Britz. Cortin. f. 55.
Cooke, t. 776.
Dufour, Atl. Champ. t. 38 (var.)
Fr. Icon. t. 154, f. 2.
Lucand, t. 243.

Anthracinus. F. H. Eur. p. 370.
Cooke, t. 787.
Lucand, t. 71.
Quél. in Grev. t. 111, f. 1.

Apparens. Britz. Hym. Südb IV, p. 126.
Britz. Hym. Südb. IV, f. 62.

Arenarius. Quél. Bull. Soc. bot. Fr. 1878, p. 288.

Arenatus. Fr. Hym. Eur. p. 365.
Bull. t. 586, f. 1.
Britz. Cortin. f. 12.
Cooke, t. 763.
Gillet, t. 556.
Hussey, I, t. 72.
Sicard. Hist. nat. champ. t. 17, f. 73.

Argentatus. Fr. Hym. E. p. 360.
Cooke, t. 745 et 746 (var.)
Krombh. t. 2, f. 27.
Lucand, t. 15.

Argutus. Fr. Hym. Eur. p. 359.
Britz. Cortin. f. 49.

Fr. Icon. t. 151, f. 2.
Gillet, t. 318.
Lucand. t. 314.

Armeniacus. Fr. H. Eur. p. 387.
Britz. Cortin. f. 113.
Cooke, t. 793.
Dufour, Atl. champ. t. 38.
Gotthold-Hahn. f. 74, 2e
édit.
Gillet, t. 340.
Lucand, t. 30.
Schæff, t. 81.

Armillatus. F. Hym. Eur. p. 378.
Cooke, t. 802.
Fr. Icon. t. 158, f. 1.
Gillet, t. 335.
Gauthier, Champ. t. 14,
f. 4.
Lucand, t. 38.

Arquatus. Fr. Hym. Eur. p. 346.

Arvinaceus. Fr. H. Eur. p. 354.
Cooke, t. 737.
Krombh. t. 73, f. 16-18.

Atrovirens. Fr. H. Eur. p. 349.
Cooke, t. 736.
Kalchbr. t. 19, f. 3.
Quél. in Grev. t. 106, f. 2.

Azureus. Fr. Hym. Eur. p. 368.
Cooke, t. 766.
Krombh. t. 2, f. 25?
Quélet, Champ. Jur. t. 24,
f. 4.

Balaustinus. F. H. Eur. p. 391.
Britz. Cortin. f. 127.
Cooke, t. 794.

Balteatus. Fr. Hym. Eur. p. 337.
Cooke, t. 696.
Fr. Icon. t. 142, f. 2.
Gillet, t. 314.

Benevalens. Britz. Hym. Südb.
IV, p. 130.
Britz. Hym. Südb. IV, f.
126.

Berkeleyi. Berk. Outl. p. 184.
Cooke, t. 706-707.

Bibulus. Quél. Assoc. fr. Reims,
1880, p. 666.
Quél. Ass. fr. Reims,1880,
t. 8, f. 7.

Bicolor. Cooke, Grev. 16, p. 45.
Cooke, t. 871 et 820, B.

Biformis. Fr. Hym. Eur. p. 383.
Britz. Cortin. f. 81.
Bull. t. 544, f. 2.
Cooke, t. 869.

Bivelus. Fr. Hym. Eur. p. 375.
Britz. Cortin. 69.
Cooke, t. 852.
Fr. Icon. t, 156, f. 1.
Krombh. t. 2, f. 23.
Lucand, t. 271.
Letell. t. 689.
Quél. in Grev. t. 111, f. 7.

Blandulus. Britz. Hym. Südb. IV, p. 132.
Britz. Hym. Südb. IV, f. 96.

Bolaris. Fr. Hym. Eur. p. 364.
Cooke, t. 780.
Gillet, t. 322.
Lucand, t. 89.
Pers. Ic. Pict. t. 14, f. 1.
Quél. in Grev. t. 79.

Bovinus. Fr. Hym. Eur. p. 381.
Cooke, t. 822.

Bresadolæ. Schulz. in Hedw. 1885, p. 138.

Brunneo-fulvus. F.H.E. p. 381.
Britz. Cortinarii. f. 101.

Brunneus. Fr. Hym. Eur. p. 381.
Britz. Cortin. f. 109.
Cooke, t. 854 et 868.
Quél. in Grev. t. 113, f. 2.

Bulbosus. Fr. Hym. Eur. p. 375.
Britz. Cortinarii. f. 73.
Cooke, t. 834.
Sowerby, t. 130.

Bulliardi. Fr. Hym. Eur. p. 363.
Bull. t. 431, f. 3.
Batsch. t. 34, f. 197 a.
Britz. Cortin. f. 43.
Cooke. t. 758.
Letell. t. 689 (douteux).

Quél. Jura, t. 9, f. 1.
Sicard. Hist. nat. champ. t. 38, f. 203.

Cærulescens. Fr. H. E. p. 345.
Britz. Cortin. f. 91.
Cooke, t. 721-722.
Gillet, t. 310.
Gotthold-Hahn. f. 68, 2e édit.
Letell. t. 651.
Lucand, t. 142.
Quél. in Grev. t. 105, f. 3.
Schæff. t. 34.
Saund. et Smith. t. 22.
Vent. t. 32, f. 1-3.

Callisteus. Fr. Hym. Eur. p. 363.
Cooke, t. 774 et 964.
Fr. Icon. t. 153, f. 2.
Saund. et Sm. t. 3.

Callochrous. Fr. Hym. Eur. p. 345.
Britz. Cortin. f. 21.
Cooke, t. 713.
Gillet, t. 306.
Quél. in Grevillea. t. 105, f. 1.

Calopus. Karst. in Hedw. 1881, p. 178.
Karst. Ic. Hym. f. 18.

Camphoratus. F. H. E. p. 362.
Cooke, t. 771.

Fr. Icon. t. 452, f. 2.
Gillet, t. 557.
Lucand, t. 143.

Camurus. Fr. Hym. Eur. p. 367.
Bull. t. 431, f. 4.
Cooke, t. 784.
Fr. Icon. t. 154, f. 1.

Candelaris. Fr. Hym. E. p. 388.

Caninus. Fr. Hym. Eur. p. 368.
Buxb. Cent. 4, t. 22.
Bull. t. 544 , f. 1 (dou-
teux.)
Cooke, t. 765.
Gotthold-Hahn. f. 48, 1re
édit. (mauvais dessin)
et f. 76, 2e édit.
Lucand, t. 242.
Quél. in Grev. t. 110, f. 1.
Saund. et Sm. t. 15.
Sicard. Hist. nat. champ.
t. 36, f. 191.

Castaneus. Fr. Hym. Eur. p. 391.
Bull. t. 268.
Britz. Cortin. f. 119.
Cooke, t. 842.
Pat. Tab. 128.
Quél. in Grev. t. 115, f. 3.
Schæff. t. 229 (monstruo-
sité).
Sicard. Hist. nat. champ.
t. 37, f. 196.

Causticus. Fr. Hym. Eur. p. 350.

Centrifugus. F. H. Eur. p. 339.

Cephalixus. Fr. Hym. E. p. 341.

Cinereo-violaceus. Fr. Hym.
Eur. p. 361.
Moyen. Tr. élém. champ.
t. 7, f. 1.
Schæff. t. 3.

Cinnabarinus. F. H. E. p. 370.
Britz. Cortin. f. 61.
Cooke, t. 785.
Fr. Icon. t. 154, f. 4.
Gillet, t. 327.
Lucand, t. 91.
Pat. Tab. 647.
Quél. in Grév. t. 110, f. 4.

Cinnamomeus. F. H. E. p. 370.
Brig. t. 30, f. 1-4 (var.)
Bolton. t. 150 (var.)
Britz. Cortin. f. 66.
Cooke, t. 777, 778, 779
(var.) et t. 780 (var.)
Dufour, Atl. champ. t. 39.
Gillet, t. 328 (var.)
Gotthold-Hahn. f. 52, 1re
édit. et f. 75, 2e édit.
Krombh. t. 71, f. 12-15.
Letell, t. 618 (var.) et t.
652.
Quél. in Grev. t. 111, f. 2.
Sowerb. t. 205 (var.)
Sicard. Hist. nat. champ.
t. 38, f. 198.

Claricolor. Fr. Hym. Eur. p. 336.
Cooke, t. 693.
Fr. Icon. t. 441, f. 2.
Quél. in Grev. t. 102, f. 1.

Cliduchus. Fr. Hym. Eur. p. 340.

Cohabitans. Karst. Hattsv. I. p. 388.

Collinitus. Fr. Hym. Eur. p. 354.
Bull. t. 549, f. A, B, C, et 596, f. 2.
Buxb. Cent. IV, t. 9.
Bern. Champ. Roch. t. 34, f. 3.
Batsch. t. 34, f. 197. b, c, d.
Cooke, t. 738.
Dufour, Atl. champ. t. 36.
Gillet, t. 401.
Gotthold-Hahn. f. 70, 2ᵉ édit.
Krombh. t. 3, f. 4 et f. 5 (var.) et t. 73, f. 16-18.
Sicard. Hist. nat. champ. t. 35, f. 186.
Vent. t. 32, f. 4-6 (anormal.)

Colus. Fr. Hym. Eur. p. 391.
Cooke, t. 795.
Paul. t. 99 (sujet trop grand).

Colymbadinus. F. H. E. p. 372.
Fr. Icon. t. 155, f. 3.

Compar. Fr. Hym. Eur. p. 353.

Concinnus. Karl. Myc. Fenn. III, p. 178.

Consobrinus. Karst. Hattsv. I, p. 327.

Cookei. Quél. in Bull. soc. Bot. Fr. 1878, p. 288.
Cooke t. 840 b.

Corrosus. Fr. Hym. Eur. p. 347.
Britz. Cortin. f. 24.
Cooke, t. 715.

Corruscans. Fr. H. Eur. p. 352.
Cooke, t. 733.

Cotoneus. Fr. Hym. Eur. p. 372.
Cooke, t. 749.
Lucand, t. 344.
Quél. in Grev. t. 111. f. 5.

Crassus. Fr. Hym. Eur. p. 337.
Cooke, t. 695.
Fr. Icon. t. 142, f. 1.

Craticius. Fr. Hym. Eur. p. 364.

Cristallinus. Fr. H. Eur. p. 350.
Batsch. t. 3, f. 11.
Cooke, t. 728.
Lucand, t. 286.
Quél. in Grev. t. 107, f. 3.

Croceo-cæruleus. Fr. Hym. Eur. p. 352.

Cooke, t. 732.
Gillet, t. 315.
Pers. Icon. et descr. II,
t. 1, f. 2.

Croceo-conus. F. H. E. p. 371.
Cooke, t. 780.
Gillet, t. 562.
Quél. in Grev. t. 111, f. 3.

Croceo-fulvus. Fr. H. E. p. 379.
Cooke, t. 1193.

Croceus. Fr. Hym. Eur. p. 371.
Batsch. t. 23, f. 117.
Britz. Cortin. f. 56.
Letell. t. 652.
Schæff. t. 4.

Crocolitus. Quél. Bull. Soc. bot.
Fr. 1878, p. 288.
Quél. et Lebret. Champ.
t. 1, f. 4.

Cumatilis. Fr. Hym. Eur. p. 349.
Cooke, t. 726.
Fr. Icon. t. 146, f. 2.
Gillet, t. 316.
Saund et Sm. t. 22.

Cyanites. Fr. Hym. Eur. p. 360.
Fr. Icon. t. 152, f. 1.
Gillet, t. 320.

Cyanopus. Fr. Hym. Eur. p. 338.
Cooke, t. 699.
Gillet, t. 558.

Quél. in Grevillea. t. 102,
f. 2.
Sowerb. t. 223.

Cypriacus. Fr. Hym. Eur. p. 390.
Britz. Cortin. f. 128.
Kalchbr. t. 21, f. 2.

Damascenus. Fr. H. E. p. 387.
Britz. Cortin. f. 115.
Cooke, t. 856.
Krombh. t. 71, f. 20-23.
Schæff. t. 40 (mauvais
dessin).

Daulnoyæ. Quél. Assoc. fr. 1889,
p. 510.
Lucand, t. 285.

Decipiens. Fr. Hym. Eur. p. 396.
Britz. Cortin. f. 114.
Cooke, t. 798.
Hoffm. Ic. t. 9, f. 2.
Letell. t. 694.
Quél. in Grev. t. 114, f. 3.
Roumeg. Crypt. illustr.
f. 199.

Decolorans. Fr. Hym. E. p. 351
Britz. Cortin. f. 42.
Cooke, t. 730.

Decoloratus. Fr. H. E. p. 351.
Bern. Champ. Roch. t. 34,
f. 2.
Britz. Cortin. f. 30.

Cooke, t. 729.
Gillet, t. 317.
Lucand, t. 69.
Quél. in Grev. t. 107, f. 4.

Decumbens. Fr. II. Eur. p. 366.
Britz. Cortin. t. 11.
Cooke, t. 816.
Quél. in Grev. t. 127, f. 3.

Delibutus. Fr. Hym. Eur. p. 357.
Cooke, t. 743.
Lucand, t. 287.
Quél. in Grev. t. 108, f. 2.

Depexus. Fr. Hym. Eur. p. 373.
Batsch. t. 33, f. 191.
Britz. Cortin. t. 68.

Depressus. Fr. Hym. E. p. 398.
Britz. Cortin. f. 80.
Cooke, t. 860.
Fr. Icon. t. 163, f. 4.

Detonsus. Fr. Hym. Eur. p. 397.
Britz. Cortinarii. f. 105.

Diabolicus. Fr. Hym. E. p. 367.
Cooke, t. 816.

Dibaphus. Fr. Hym. Eur. p. 346.
Cooke, t. 759 (var.).
Saund. et Sm. t. 10.
Quél. in Grev. t. 105, f. 4.

Dilutus. Fr. Hym. Eur. p. 389.
Bolt. t. 10.
Britz. Cortin. f. 118.

Cooke, t. 810.
Lucand, t. 40.
Quél. in Grev. t. 85, f. 2.

Divulgatus. Rritz. Hym. Südb. IV, p. 129.
Britz. Hym. Südb. IV, f. 117.

Dolabratus. Fr. H. Eur. p. 394.
Bull. t. 162?
Britz. Cortin. f. 138.
Cooke, t. 811.

Duracinus. Fr. Hym. E. p. 388.
Britz, Cortin. f. 77.
Cooke, t. 809.
Quél. in Grev. t. 115, f. 1.

Eflictus. Britz. Hym. Südb. IV, p. 124.
Britz. Hym. Südb. IV, f. 37.

Elatior. Fr. Hym. Eur. p. 355.
Cooke, t. 741-742.
Dufour, Atl. champ. t. 37.
Fr. Icon. t. 149, f. 2.
Gotthold-Hahn. f. 71, 2e édit.
Gillet, t. 300.
Lucand, t. 241.
Sowerb. t. 9 (var.)
Saund. et Sm. t. 27.

Elegantior. Fr. Hym. E. p. 348.
Letell. t. 646 (mauvais dessin.)

Elotus. Fr. Hym. Eur. p. 344.
Britz. Cortin. f. 22 et f.
151.
Gillet, t. 554.

Emarginatus. Britz. Hym. Südb.
IV, p. 123.
Britz. Hym. Südb. IV, f.
39.

Emollitus. Fr. Hym. Eur. p. 350.
Britz. Cortin. f. 41.
Cooke, t. 727.

Emunctus. Fr. Hym. Eur. p. 356.
Fr. Icon. t. 148, f. 2.
Gillet, t. 560.
Lucand, t. 270.

Epipoleus. Fr. Hym. Eur. p. 358.
Fr. Icon. t. 150, f. 3.

Erugatus. Fr. Hym. Eur. p. 389.
Britz. Cortinarii, f. 121.

Erythrinus. Fr. Hym. E. p. 396.
Britz. Cortin. f. 147.
Cooke, t. 798.
Quél. in Grev. t. 115, f. 2.

Evernius. Fr. Hym. Eur. p. 377.
Cooke, t. 821 et 866.
Lucand, t. 191.
Quél. in Grev. t. 112, f. 3.
Sow. t. 125 (mauvais dessin).

Evestigiatus. Britz. Hym. Cort.
IV, p. 124.
Britz. Cortinarii, f. 32.

Extricabilis. Britz. Hym. Südb.
IV, p. 622.
Britz, Hym. Südb. IV, f.
15.

Fallax. Quél. Bull. Soc. bot. fr. 1878,
p. 289.

Fasciatus. Fr. Hym. Eur. p. 399.
Britz. Cortin. f. 19.
Cooke, t. 814.
Gillet, t. 342.
Quélet. in Grev. t. 114,
f. 5.
Schæff. t. 223.

Ferrugineus. Fr. H. E. p. 347.

Finitimus. Britz. Hym. Südb. IV,
p. 132.
Britz. Hym. Südb. IV, f.
110.

Firmus. Fr. Hym. Eur. p. 386.
Bull. t. 96 (var. bulb.)
Britz. Cortin. f. 107.
Cooke, t. 792.
Gillet, t. 339.

Fistularis. Britz. Hym. Südb. IV,
p. 132.
Britz. Hym. Südb. IV, f.
99.

Flabellus. Fr. Hym. Eur. p. 384.
Britz. Cortin. f. 2.
Cooke, t. 824.

Flexipes. Fr. Hym. Eur. p. 384.
Britz. Cortin. f. 88.
Cooke, t. 824.
Quél. in Grev. t. 113, f. 3.

Fraudulosus. Britz. Hym. Südb.
IV, p. 122.
Britz. Hym. Südb. IV, f.
18.

Friesii. Bres. et Schulz. in Hedw.
1885, p. 137.

Fucatophyllus. Fr. Hym. Eur.
p. 372.

Fucilis. Britz. Hym. Südb. IV, p. 126.
Britz. Hym. Südb. IV, f. 65.

Fucosus. Britz. Hym. Südb. IV,
p. 126.
Britz. Hym. Südb. IV, f. 74.

Fulgens. Fr. Hym. Eur. p. 347.
Britz. Cortin. f. 33.
Cooke, t. 716.
Gillet, t. 305.
Letell. t. 646?
Lucand, t. 220.
Saund. et Sm. t. 12.

Fulmineus. Fr. Hym. Eur. p. 347.
Bern. Champ. Roch. t. 33,
f. 1.

Britz. Cortin. f. 34.
Cooke, t. 717.
Schæff. t. 24.

Fulvescens. Fr. H. Eur. p. 395.
Britz. Cortin. f. 141.
Quél. in Grev. t. 116, f. 2.

Fundatus. Britz. Hym. Südb. IT,
f. 127.
Britz. Hym. Südb. IV, f. 78.

Fusco-pallens. Fr. Hym. Eur.
p. 383.

Gentilis. Fr. Hym. Eur. p. 380.
Cooke, t. 806.
Fr. Icon. t. 159, f. 2.
Quél. in Grev. t. 84, f. 2.

Germanus. Fr. Hym. Eur. p. 397.
Britz. Cortin. f. 137.
Cooke, t. 844.
Lucand, t. 192 (var.)
Gillot et Lucand, Catal.
t. 3, f. 2.
Quélet. in Grev. t. 114,
f. 2.

Glandicolor. F. H. Eur. p. 382.
Britz. Cortin. f. 102.
Cooke, t. 789.
Lucand, t. 222.

Glaucopus. Fr. Hym. Eur. p. 344.
Batsch. t. 15, f. 73.

Bern. Champ. Roch. t. 32,
f. 3.
Britz. Cortin. f. 23.
Cooke, t. 712.
Dufour, Atl. Champ. t. 36.
Gotthold-Hahn, f. 69, 2e
édit.
Gillet, t. 308.
Quél. in Grev. t. 104, f. 5.
Schæff. t. 53.

Grallipes. Fr. Hym. Eur. p. 355.
Cooke, t. 734.
Saund. et Sm. t. 27.

Helvelloides. Fr. H. E. p. 380.
Cooke, t. 836.
Fr. Icon. t. 159, f. 3.
Krombh. t. 1, f. 30.
Schæff. t. 304.

Helvolus. Fr. Hym. Eur. p. 379.
Bull. t. 531, f. 1.
Britz. Cortin. f. 94.
Cooke, t. 804.

Hemitrichus. F. H. Eur. p. 385.
Britz. Cortin. f. 83.
Cooke, t. 825.
Fr. Icon. t. 160, f. 2.
Gillet, t. 338.
Lucand, t. 164.

Herpeticus, Fr. H. Eur. p. 349.
Cooke, t. 849.

Heterosporus. Bres. Herm. Belk.
Hym. p. 169.

Hinnuleus. Fr. Hym. Eur. p. 380.
Britz. Cortin. f. 98.
Cooke, t. 805.
Gillet, t. 334.
Lucand, t. 163.
Pat. Tab. 648.
Quél. in Grev. t. 113, f. 1.
Sowerb. t. 173.

Hircinus. Fr. Hym. Eur. p. 362.
Bolt. t. 52.
Lucand, t. 221.

Hircosus. Britz. Hym. Südb. IV,
p. 124.
Britz. Hym. Südb. IV, f. 48.

Hœftii. Fr. Hym. Eur. p. 389.
Britz. Cortinarii, f. 123.

Hæmatochelis. Fr. Hym. Eur.
p. 378.
Bull. t. 527, f. 1.
Britz. Cortin. f. 103.
Cooke, t. 803.
Eloffe, Champ. t. 10, f. 2.
Gillet, t. 561.
Hussey, I, t. 19.
Paul. t. 111.
Sicard, Hist. nat. champ.
t. 37, f. 193.

Ianthipes. Fr. Hym. Eur. p. 197.
Lucand, t. 273 (var.)
Quél. in Grev. t. 113, f. 7.

Ignobilis. Karst. Hedw. 1889.
p. 365.

Iliopodius. Fr. Hym. Eur. p. 385.
Bull. t. 586, f. 2, A. B,
t. 578, f. M. N. O. P. et
t. 592. ,
Britz. Cortin. f. 7.
Cooke. t. 839.
Sicard, Hist. nat. champ.
t. 38, f. 201.

Illepidus. Britz. Das genus Cort.
p. 16.
Britz. Cortin. f. 216.

Illibatus. Fr. Hym. Eur. p. 358.

Illuminus. Fr. Hym. Eur. p. 388.
Britz. Cortin. f. 79.
Cooke, t. 841.

Imbutus. Fr. Hym. Eur. p. 390.
Britz. Cortin. f. 125.
Cooke, t. 870.
Quél. in Grev. t. 127, f. 2.

Impennis. Fr. Hym. Eur. p. 376.
Britz. Cortin. f. 82 et 237
(var. *Lucorum*).
Cooke, t. 853.
Fr. Icon. t. 157, f. 2.
Gillet, t. 332.

Inconsequens. Britz. Das genus
Cortin. p. 14.
Britz. Cortin f. 88.

Incisus. Fr. Hym. Eur. p. 384.
Bull. t. 586, f. 2, C. D.
Britz. Cortin. f. 4, 213.
DICT. ICON.

Cooke, t. 807.
Fr. Icon. t. 160, f. 1.
Sicard, Hist. nat. champ.
t. 38, f. 200.

Infractus. Fr. Hym. Eur. p. 341.
Britz. Cortin. f. 192, 241.
Cooke, t. 704.
Lucand, t. 268.
Quél. in Grev. t. 104, f. 3.

Infucatus. Fr. Hym. Eur. p. 372.
Cooke, t. 781.
Fr. Icon. t. 155, f. 2.

Injucundus. F. Hym. Eur. p. 381.
Britz. Cortin. f. 86 et 246.
Cooke, t. 823.

Insignis. Britz. Hym. Südb. IV,
p. 132.
Britz. Hym. Südb. IV, f.
144.

Instabilis. Karst. Symb. Myc. Fen.
29, p. 95.

Intentus. Fr. Hym. Eur. p. 352.
Britz. Cortin. f. 165.
Fr. Icon. t. 147, f. 1.

Interspersellus. Britz. Hym.
Südb. IV, p. 124.
Britz. Hym. Südb. IV, f. 6
et f. 150.

Inurbanus. Britz. Das genus Cortin.
p. 13.
Britz. Cortin. f. 103.

Irregularis. Fr. II. Eur. p. 394.
Bolt. t. 13.
Bull. t. 544, f. 2 (var.)
Britz. Cortin. f. 145.
Sicard, Hist. nat. champ.
t. 38, f. 205.

Isabellinus. Fr. Hym. E. p. 392.
Britz. Cortin. f. 130, 217.
Batsch. t. 4, f. 17.
Cooke, t. 829.
Quél. in Grev. VII t. 114,
f. 1.

Jasmineus. Fr. II. Eur. p. 342.

Jubarinus. Fr. Hym. E. p. 393.
Bull. t. 431, f. 1.
Britz. Cortin. f. 132.
Cooke, t. 797.
Sicard, Hist. nat. champ.
t. 36, f. 190.

Junghuhnii. F. II. Eur. p. 398.
Britz. Cortin. f. 57.
Cooke, t. 846.

Krombholzii. Fr. II. E. p. 395.
Britz. Cortin. f. 137.
Cooke, t. 813.
Krombh. t. 2, f. 31, 32.

Lætior. Karst. Hattsv. I, p. 387.

Laniger. Fr. Hym. Eur. p. 375.
Cooke, t. 800.
Fr. Icon. t. 156, f. 2.
Gillet, t. 330.

Moyen, Tr. élém. champ.
t. 7, f. 2.

Largiusculus. Britz. Das genus
Cort. p. 5.
Britz. Cortin. f. 155.

Largus. Fr. Hym. Eur. p. 339.
Buxb. C. IV, t. 23.
Cooke, t. 701.
Gillet, t. 311.
Lucand, t. 267.
Quél. in Grev. VI t. 103,
f. 1.

Latus. Fr. Hym. Eur. p. 340.
Batsch. t. 32, f. 187 (var.)
Britz. Cortin. f. 8 et 9.
Quél. in Grev. t. 116, f. 1.

Lebretonii. Quél. Champ. Norm.
p. 10.
Quél. Champ. Norm. t. 2,
f. 5.

Legitimus. Britz. Hym. Südb. IV,
p. 123.
Britz. Hym. Südb. IV,
f. 26.

Lepidopus. Cooke, in Grev. 16,
p. 43.
Cooke, t. 850.

Leucophanes. Karst. Symb. VII,
p. 3.

Leucopus. Fr. Hym. E. p. 395.
Bull. t. 533, f. 2.
Britz. Cortin. f. 112, 220.
Cooke, t. 843, f. B.

Licinipes. Fr. Hym. Eur. p. 376.
Bull. t. 600, f. T. U. X.
Britz. Cortin. f. 83.
Cooke, t. 819 (var.)
Sicard, Hist. nat. champ.
t. 38, f. 204.

Lilacinus. Sacc. Mich. II, p. 243.
Bull. t. 578. f. J et L.

Limonius. Fr. Hym. Eur. p. 319.
Cooke, t. 804 f. A.
Fr. Icon. t. 159, f. 1.
Gillet, t. 336.
Holmsk. Ot. II, t. 40.
Lucand, t. 288.
Quél. in Grev. t. 112, f. 4.

Lindtgrenii. Fr. Hym. E. p. 383.
Britz. Cortin. f. 173.

Liquidus. Fr. Hym. Eur. p. 357.
Britz. Cortin. f. 185.
Fr. Icon. t. 149, f. 2.

Liratus. Fr. Hym. Eur. p. 353.
Britz. Cortin. f. 164.

Livido-ochraceus. Fr. Hym. Eur. p. 356.
Cooke, t. 767.

Livor. Fr. Hym. Eur. p. 390.
Britz. Cortin. f. 238.

Lucorum. Fr. Hym. Eur. p. 377.
Cooke, t. 1192.

Lustratus. Fr. Hym. Eur. p. 337.
Batt. t. 7, f. D.

Britz. Cortin. f. 3.
Cooke, t. 799.
Sicard, Hist. nat. champ.
t. 20, f. 93.

Luxuriatus. Britz. Hym. Südb. IV,
p. 131.
Britz. Cortin. f. 143, 249.

Macropus. F. Hym. Eur. p. 374.
Cooke, t. 788.

Maculosus. F. Hym. Eur. p. 352.

Malachius. Fr. H. Eur. p. 361.
Britz. Cortin. f. 169.

Malicorius. Fr. H. Eur. p. 371.
Britz. Cortin. f. 29.
Fr. Icon. t. 155, f. 1.

Melanotus. F. Hym. Eur. p. 365.

Melleopallens. F. H. E. p. 383.
Britz. Cortin. f. 210.

Melleifolius. Britz. Das genus
Cort. p. 10.

Microcyclus. Fr. H. E. p. 376.
Cooke, t. 865.

Miltinus. Fr. Hym. Eur. p. 369.
Cooke, t. 785.
Quél. in Grev. t. 110, f. 3.

Milvinus. Fr. Hym. Eur. p. 399.
Britz. Cortin. f. 166.
Cooke, t. 846.
Quél. in Grev. t. 114, f. 6.

Mucifluus. Fr. Hym. Eur. p. 355.
Britz. Cortin. f. 184, 233.
Cooke, t. 740.
Fr. Icon. t. 148, f. 1.
Quél. in Grev. VI, t. 108,
f. 4.

Mucosus. Fr. Hym. Eur. p. 355.
Bull. t. 549, f. D-F. et
t. 596, f. 1 ?
Cooke, t. 739.
Krombh. t. 3, f. 4-5 et
t. 73. f. 13-15.
Lucand, t. 12.

Multiformis. F. H. E. p. 343.
Britz. Cortin. f. 17.
Cooke, t. 708-709 (var.)
Lucand, t. 219.
Quél. in Grev. VI t. 104,
f. 4.
Sowerb. t. 102.

Multivagus. Britz. Hym. Südb.
IV, p. 131.
Britz. Hym. Südb. IV,
f. 135.

Muricinus. Fr. Hym. Eur. p. 361.
Britz. Cortin. f. 193.
Cooke, t. 815.
Mich. t. 74, f. 1.

Myrtillinus. F. H. Eur. p. 368.
Britz. Cortin. f. 195.
Bolt. t. 147.
Cooke, t. 817.
Quél. in Grev. t. 110, f. 2.

Napus. Fr. Hym. Eur. p. 343.
Britz. Cortin. f. 87.
Cooke, t. 710.

Nemorensis. Fr. Hym. E. p. 339.

Nexuosus. Britz. Hym. Südb. IV,
p. 127.
Britz. Hym. Südb. IV,
f. 92.

Nitidus. Fr. Hym. Eur. p. 356.
Cooke, t. 1191.
Schæff. t. 97.

Nitrosus. Cooke, Grev. XVI, p. 44.
Cooke, t. 837.

Nævosus. Fr. Hym. Eur. p. 357.
Fr. Icon. t. 150, f. 2.

Obtusus. Fr. Hym. Eur. p. 397.
Britz. Cortin. f. 85.
Cooke, t. 845.
Fr. Icon. t. 163, f. 3.
Gillet, t. 341.
Quél. in Grev. t. 129, f. 1.
(var. *Gracilis*).

Ochroleucus. F. H. Eur. p. 366.
Brigant. t. 31, f. 1-4.
Cooke, t. 775.
Gillet, t. 324.
Lucand, t. 14.
Schæff. t. 54.

Ochrophyllus. Fr. H. E. p. 367.

Odorifer. Britz. Hym. Sudb. IV, p. 123.
Britz. Cortin. f. 40 et 149.

Olidissimus. Rip. Bull. soc. bot. Fr. XXIII, 1876, p. 216.

Olivascens. Fr. H. Eur. p. 354.
Batsch. t. 31, f. 185.
Fr. Icon. t. 147, f. 2.
Krombh. t. 71, f. 18, 19.

Oliveus. Quél. Assoc. Fr. cong. de Nancy 1886, p. 486.
Quél. Assoc. Fr. cong. de Nancy 1886, t. 9, f. 4.

Opimatus. Britz. Das genus Cort. p. 8.

Opimus. Fr. Hym. Eur. p. 359.
Britz. Cortin. f. 187 et 50 (var. *Fulvo-brunneus*).
Fr. Icon. t. 151, f. 1.

Orellanus. Fr. Hym. Eur. p. 371.
Bull. t. 598, f. 1.
Britz. Cortin. f. 63.
Cooke, t. 787.
Gillet, t. 325.
Jungh. in Linn. V, t. 6, f. 9.
Lucand, t. 315.
Quél. in Grev. t. 111, f. 4.
Sicard, Hist. nat. champ. t. 36, f. 192.

Orichalceus. F. H. E. p. 348.
Batsch. t. 31, f. 184.
Britz. Cortin. f. 36.

Cooke, t. 754.
Gillet, t. 304.
Lucand, t. 343.
Quél. in Grev. t. 106, f. 1.

Paleaceus. Fr. H. Eur. p. 386.
Britz. Cortin. f. 171.
Cooke, t. 826.
Fr. Icon. t. 160, f. 4.
Gillet, t. 337.
Lucand, t. 72.
Quél. in Grev. t. 113, f. 5 et t. 114, f. 4.

Pansa. Fr. Hym. Eur. p. 344.
Britz. Cortin. f. 16.
Fr. Icon. t. 145, f. 3.
Gillet. t. 307.

Papulosus. Fr. Hym. Eur. p. 352.
Cooke, t. 718.

Paragaudis. F. H. Eur. p. 379.
Britz. Cortin. f. 106.

Pateriformis. Fr. H. E. p. 394.
Britz. Cortin. f. 134.
Cooke, t. 858 (var)

Pavonius. Fr. Hym. Eur. p. 363.

Penicillatus. Fr. H. Eur. p. 365.
Cooke, t. 764.
Quél. in Grev. t. 84, f. 1.

Percomis. Fr. Hym. Eur. p. 340.
Britz. Cortin. f. 154.

Fr. Icon. t. 143, f. 2.
Quélet. in Grev. t. 104,
f. 2.

Percognitus. Britz. Das genus
Cortin. p. 5.

Periscelis. Fr. Hym. Eur. p. 383.
Britz. Cortin. f. 2 et 153.
Cooke, t. 838.

Phæophyllus. Karst. Symb. VII,
p. 3.

Pholideus. Fr. Hym. Eur. p. 364.
Alb. et Schw. t. 12, f. 1.
Britz. Cortin. f. 178.
Cooke, t. 761.
Lucand, t. 90.
Quél. in Grev. t. 117, f. 1.

Phrygianus. Fr. H. Eur. p. 365.
Fr. Icon. t. 153, f. 3.

Plumbosus. Fr. H. Eur. p. 391.

Plumiger. Fr. Hym. Eur. p. 377.
Britz. Cortin. f. 71.
Quél. in Grev. t. 112, f. 1.

Pluvius. Fr. Hym. Eur. p. 359.
Batsch. t. 32, f. 190.
Cooke, t. 769.

Politulus. Britz. Das genus Cortin.
p. 7.

Porphyropus. F. H. E. p. 351.
Cooke, t. 731.

Lucand, t. 269.
Quél. in Grev. t. 104. f. 1.

Præstigiosus. F. H. E. p. 379.

Prasinus. Fr. Hym. Eur. p. 348.
Cooke. t. 735.
Lucand, t. 284.
Schæff. t. 218.

Privignus. Fr. Hym. Eur. p. 388.
Cooke, t. 827.

Psammocephalus. Fr. Hym.
Eur. p. 384.
Bull. t. 531, f. 2.
Cooke, t. 839.

Punctatus. Fr. Hym. Eur. p. 382.
Britz. Cortin. f. 95.
Cooke, t. 855.

Purpurascens. F. H. E. p. 345.
Britz. Cortin. f. 231.
Cooke, t. 723, 724, 725
(var.)
Dufour, Atl. champ. t. 36
(var.)
Gillet, t. 309.
Lucand, t. 36.
Quél. in Grev. t. 105. f. 2.
Quélet, Jura, t. 9, f. 4.

Quadricolor. F. H. Eur. p. 378.
Britz. Cortin. f. 70.
Cooke, t. 820 et 867.
Schæff. t. 303.

Quæsitus. Britz. Hym. Südb. IV, p. 127.
Britz. Hym. Südb. IV, f. 104.

Rapaceus. Fr. Hym. Eur. p. 343.
Britz. Cortin. f. 157.
Fr. Icon. t. 145, f. 1.
Quél. in Grev. t. 104, f. 4.

Raphanoides. F. H. E. p. 373.
Britz. Cortin. f. 75.
Cooke, t. 833.
Mich. t. 75, f. 2?
Quél. in Grev. t. 111, f. 6.

Recensitus. Britz. Hym. Südb. IV, p. 125.
Britz. Hym. Südb. IV, f. 59.
Saund. et Sm. t. 3?

Redactus. Britz. Hym. Südb. IV, p. 130.
Britz. Hym. Südb, IV, f. 120.

Redimitus. Fr. Hym. E. p. 363.
Britz. Cortin. f. 90.
Cooke, t. 773.

Reedii. Fr. Hym. Eur. p. 395.
Cooke, t. 843.
Hussey, II, t. 45.

Refectus. Britz. Hym. Südb. IV, p. 127.
Britz. Cortin. f. 72. 202, 245.

Renidens. Fr. Hym. Eur. p. 392.
Batsch. t. 6, f. 23.
Britz. Cortin. f. 218, 244.
Cooke, t. 782.
Fr. Icon. t. 162, f. 1.
Paul. t. 54, f. 1, 2?

Riculatus. Fr. Hym. Eur. p. 366.
Britz. Cortin. f. 51.

Riederi. Fr. Hym. Eur. p. 339.
Britz. Cortin. f. 10, 13.
Cooke, t. 702.
Quél. in Grev. VI t. 104, f. 1.

Rigens. Fr. Hym. Eur. p. 395.
Britz. Cortin. f. 142.
Cooke, t. 812.

Rigidus. Fr. Hym. Eur. p. 386.
Britz. Cortin. f. 14.
Cooke, t. 791.
Quél. in Grev. t. 113, f. 4.

Rubellus. Cooke, in Grev. XVI, p. 44.
Cooke, t. 835.

Rubricosus. Fr. Hym. Eur. p. 393.
Britz. Cortin. f. 133, 219.
Lucand, t. 92.

Rufo-olivaceus. Fr. Hym. Eur. p. 348.
Gillet, t. 303.

Russus. Fr. Hym. Eur. p. 341.
Cooke, t. 751.
Worth. Sm. in Transact. Cl. 1870, t. 1.

Rusticus. Karst. Myc. Fenn. IX, p. 45.

Saginus. Fr. Hym. Eur. p. 340.
Britz. Cortin. f. 239.
Cooke, t. 703.
Quél. in Grev. VI, t. 92.

Salor. F. Hym. Eur. p. 357.
Britz. Cortin. f. 46.
Cooke, t. 769.
Fr. Icon. t. 150, f. 1.
Quél. in Grev. t. 108, f. 2.

Sanguineus. F. Hym. E. p. 370.
Bolt. t. 36.
Britz. Cortin. f. 20.
Cooke, t. 786.
Gillet, t. 326.
Klotzsch. Bor. t. 385.
Krombh. t. 2, f. 28-30.
Lucand, t. 37.
Quél. in Grev. VII t. 110, f. 5 et t. 115, f. 4.
Sowerb. t. 43.
Wulf. in Jacq. Coll. 2, t. 15, f. 3.

Saniosus. Fr. Hym. Eur. p. 397.
Britz. Cortin. f. 146.
Fr. Icon. t. 163, f. 2.

Saturninus. Fr. Hym. E. p. 390.
Britz. Cortin. f. 53.
Cooke, t. 828.
Fr. Icon. t. 461, f. 2.
Gillet, t. 555 et 563.

Quél. in Grev. VIII t. 128, f. 7.

Scandens. Fr. Hym. Eur. p. 396.
Britz. Cortin. f. 139, 221.
Cooke, t. 830.
Fr. Icon. t. 163, f. 1.
Quél. in Grev. t. 128, f. 4.

Scaurus. Fr. Hym. Eur. p. 349.
Cooke, t. 755.
Fr. Icon. t. 146, f. 1.
Quél. in Grev. t. 109, f. 2.

Sciophyllus. Fr. Hym. E. p. 391.
Britz. Cortin. f. 176.
Fr. Icon. t. 161, f. 3.

Scutulatus. Fr. Hym. E. p. 377.
Cooke, t. 820.
Fr. Icon. t. 158, f. 2.
Gillet, t. 331.
Lucand, t. 120.
Quél. in Grev. t. 112, f. 2.
Sowerb. t. 384, f. 1.

Sebaceus. Fr. Hym. Eur. p. 337.
Britz. Cortin. f. 1.
Cooke, t. 697.
Fr. Icon. t. 143, f. 1.
Grev. t. 83.

Semi-sanguineus. Gill. Hym. p. 484.
Britz. Cortin. f. 25.
Gillet, t. 329.
Quél. in Grev. VII t. III, f. 2.

Separabilis. Britz. Hym. Südb. IV, p. 128.
Britz. Hym. Südb. IV, Cortin. f. 81 et 116.

Serarius. Fr. Hym. Eur. p. 350.

Sobrius. Karst. Hedw. 1890, p. 177.

Sororius. Karst. Symb. Myc. Fenn. IV, p. 175.

Spadiceus. Fr. Hym. Eur. p. 339.
Batsch. t. 4, f. 16.
Fr. Icon. t. 144, f. 2.
Schæff. t. 60?

Spilomeus. Fr. Hym. Eur. p. 369.
Britz. Cortin. f. 235.
Brigant. t. 28, f. 4-6.
Fr. Icon. t. 154, f. 3.

Splendidus. Peck. Bull. Torr. bot. cl. 1483-1885.
Britz. Cortin. f. 234, 240.

Sporadicus. Britz. Hym. Südb. IV, p. 128.
Britz. Hym. Südb. IV, f. 108.

Stemmatus. Fr. Hym. E. p. 385.
Britz. Cortin. f. 212.
Cooke, t. 840.
Fr. Icon. t. 160, f. 3.

Stillatitius. Fr. H. Eur. p. 358.
Cooke, t. 831.

Quél. in Grev. t. 108, f. 4.
Saund. et Smit. t. 3.

Subcarnosus. Britz. Das genus Cort. p. 14.
Britz. Cortin. p. 214.

Subcinnamomeus. Karst. Hedw. 1889, p. 364.

Subferrugineus. Fr. H. Eur. p. 387.
Batsch. t. 31, f. 186 (mauvaise figure).
Britz. Cortin. f. 100.
Cooke, t. 808.
Quél. in Grev. t. 113, f. 6.

Subglobosus. Karst. Hatsv. I, p. 337.

Subinfucatus. Britz. Das genus Cort. p. 11.
Britz. Cortin. f. 67.

Sublanatus. Fr. H. Eur. p. 364.
Cooke, t. 762.
Gillet, t. 323.
Sowerb. t. 224.

Submyrtillinus. Britz. Das genus Cort. p. 10.

Subnotatus. Fr. H. Eur. p. 372.
Bull. t. 600, f. Y, Z.
Britz. Cortin. f. 75.
Cooke, t. 832.
Schæff. t. 240 (monstruosité).

Subpurpurascens. Fr. Hym. Eur. p. 346.
Batsch. t. 16, f. 74.
Cooke, t. 725.

Subsimilis. Fr. Hym. Eur. p. 353.
Fr. Icon. t. 147, f. 3.

Subtortus. Fr. Hym. Eur. p. 342.
Britz. Cortin. f. 158.

Suillus. Fr. Hym. Eur. p. 362.
Britz. Cortin. f. 191.
Fr. Icon. t. 152, f. 3.

Sulfurinus. Quél. Assoc. Fr. 1883, cong. de Rouen, p. 501.

Suratus. Fr. Hym. Eur. p. 356.

Tabularis. Fr. Hym. Eur. p. 366.
Bull. t. 431, f. 5.
Britz. Cortin. f. 58.
Cooke, t. 783.
Sicard, Hist. nat. champ. t. 17, f. 74.

Talus. Fr. Hym. Eur. p. 344.
Britz. Cortin. f. 89, 160.
Cooke, t. 711.
Fr. Icon. t. 145, f. 2.

Testaceo-canescens. Fr. Hym. Eur. p. 374.
Britz. Cortinarii, f. 76.

Testaceus. Cooke. Ill. suppl. et Sacc. Syll. IX p. 120.
Cooke, t. 1190.

Tophaceus. F. Hym. Eur. p. 363.
Britz. Cortin. f. 60 (forme *subfibrosus*).
Cooke, t. 772.
Fr. Icon. t. 153, f. 1.
Lucand, t. 16.
Lucand et Gillot, Catal. champ. t. 3, f. 1.
Quél. in Grev. t. 109, f. 2.

Tortuosus. Fr. Hym. E. p. 389.
Britz. Cortin. f. 124.
Cooke, t. 857.
Fr. Icon. t. 161, f. 1.

Torvus. Fr. Hym. Eur. p. 376.
Bull. t. 600, f. Q, R, S.
Britz. Cortin. f. 93.
Cooke, t. 801.
Fr. Icon. t. 157, f. 1.
Gillet, t. 333 et 333.
Krombh. t. 73, f. 19-21
Lucand, t. 272.
Quél. in Grev. VII t. 117, f. 2.

Traganus. Fr. Hym. Eur. p. 362.
Britz. Cortin. f. 52 et 54.
Cooke, t. 757.
Dufour, Atl. champ. t. 37.
Gotthold-Hahn. f. 49, 1re édit. et f. 72, 2e édit.
Quél. in Grev. VII t. 116, f. 3.
Schæff. t. 56.

Triformis. Fr. Hym. Eur. p. 382.
Britz. Cortin. f. 111.

Cooke, t. 790 (var. *Schæf-feri*).

Schæff. t. 247 ? (sujet bien grand !!)

Triumphans. F. II. Eur. p. 336.
Britz. Cortin. f. 152.
Cooke, t. 692.
Fr. Icon. t. 141, f. 1.
Gillet, t. 313.
Hussey, II, t. 22.
Lucand, t. 342.

Turbinatus. Fr. Hym. E. p. 346.
Bull. t. 110.
Bern. Champ. Roch. t. 34, f. 1.
Britz. Cortin. f. 28.
Cooke, t. 714.
Lucand, t. 239.
Quél. in Grev. t. 107, f. 1.
Sicard, Hist. nat. champ. t. 37, f. 197.
Vent. t. 38, f. 5, 6.

Turgidus. Fr. Hym. Eur. p. 360.
Batt. t. 9, f. C.
Britz. Cortin. f. 242.
Lucand, t. 70.
Quél. in Grev. t. 109, f. 1.

Turmalis. Fr. Hym. Eur. p. 336.
Britz. Cortin. f. 228.
Cooke, t. 694.

Uliginosus. Fr. Hym. E. p. 371.
Britz. Cortin. f. 122.
Cooke, t. 851.

Unimodus. Britz. Hym. Südb. IV, p. 131.
Britz. Hym. Südb. IV, f. 131.
Cooke, t. 859.

Uraceus. Fr. Hym. Eur. p. 313.
Britz. Cortin. f. 129.
Cooke, t. 796.
Fr. Icon. t. 162, f. 3.

Urbicus. Fr. Hym. Eur. p. 375.
Britz. Cortin. f. 31.
Cooke, t. 818.
Letell. t. 617 ?
Quél. in Grev. t. 111, f. 8.

Valgus. Fr. Hym. Eur. p. 373.
Britz. Cortin. f. 194.
Cooke, t. 750.
Sow. t. 224 ?

Variegatus. Bres. Fung. Trid. p. 56-103.
Bres. Fung. Trid. t. 62, 63 (var.)

Variicolor. Fr. Hym. Eur. p. 338.
Britz. Cortin. f. 93.
Cooke, t. 700 et 863 (var.)
Fr. Icon. t. 144, f. 1.
Gillet, t. 312.
Kalchbr. t. 21, f. 1.
Krombh. t. 2, f. 26 (mauvais) et t. 71, f. 16-17.
Lucand, t. 117.
Quél. in Grev. t. 103, f. 2.

Varius. Fr. Hym. Eur. p. 338.
Batsch. t. 5, f. 22.
Britz. Cortin. f. 5.
Cooke, t. 698.
Gillet, t. 559.
Lucand, t. 13.
Schæff. t. 42.

Venetus. Fr. Hym. Eur. p. 374.
Cooke, t. 833.
Fr. Icon. t. 155, f. 4.

Venustus. Karst. in Grev. 1878,
n. 42.

Vespertinus. Fr. H. Eur. p. 353
Britz. Cortin. f. 167.

Vesperus. Britz. Das genus Cort.
p. 17.
Britz. Cortin. f. 24.

Vibratilis. Fr. Hym. Eur. p. 358.
Cooke, t. 744.
Gillet, t. 302.
Quél. in Grev. t. 108, f. 4.
Sicard, Hist. nat. champ.
t. 36, f. 188.

Vinosus. Saccardo, Syll. Fung. p.
930.
Cooke. t. 759.

Violaceo-cinereus. Gillet,
Hym. p. 478.
Lucand, t. 118.
. Roze et Rich. Atl. t. 34,
f. 22-24.
. Schæff. t. 3.

Violaceus. Fr. Hym. Eur. p. 360.
Bull. t. 250.
Britz. Cortin. f. 38.
Cooke, t. 770.
Gillet, t. 319.
Gotthold-Hahn. f. 50, 1re
édit.
Hedw. fil. Obs. t. 4.
Hussey, I, t. 12.
Krombh. t. 2, f. 24-25 et
t. 71, f. 5-9?
Pat. Tab. 127.
Roze et Rich. Atl. t. 34,
f. 19-21.
Sicard, Hist. nat. champ.
t. 36, f. 189.
Sverig. Atl. svamp. t. 58.
Sv. Bot. t. 288.

Visitatus. Britz. Hvm. Südb. IV,
p. 121.
(*Riederi* ex Britz. Das genus
Cort. p. 5.)
Britz. Hym. Südb. IV,
f. 10, 13.

Zinziberatus. F. H. Eur. p. 392.
Britz. Cortinarii, f. 97.

CRATÉRELLUS

Auratus. Quél. Assoc. Fr. 1887,
cong. de Toulouse, p. 588.
Quél. Assoc. Fr. 1887,
cong. de Toulouse, t.
21. f. 7.

Clavatus. Fr. Hym. Eur. p. 632.
Britz. Hym. Südb. V,
Thel. f. 3.
Cordier, t. 45, f. 2.
Dr Lorins, t. 3, f. 2.
Favre, Guil. Neuchâtel,
II, t. 29, f. 2.
Krombh. t. 45, f. 13-17.
Lucand, t. 350.
Leuba, Champ. com. t. 39.
OttoWerberbauer,t.8,f.2.
Pat. Tab. 434 (var.)
Roze et Rich. Atl. t. 50,
f. 10-14.
Schæff. t. 164 et t. 276
(excepté f. 6.)
Sverig. Atl. svamp. t. 91.
Schmid. Icon. 2, t. 60.
Wulf. in Jacqu. Coll. II,
t. 12, f. 3.

Cochleatus. Fr. Hym. E. p. 632.
Schæff. t. 276, f. 4.
Strauss in Sturm. t. 33.

Comperi. Fr. Hym. Eur. p. 630.
Léveillé, in Voy. de Demi-
dof. t. 4, f. 2.

Cornucopioides. F.H.E.p.631.
Bolt. t. 103.
Bull. t. 498, f. 3 et 150.
Britz. Hym. Südb. V, Thel.
f. 1.
Boyer, Champ. comest.
t. 48.
Cordier, t. 45, f. 1.

Doas. et Pat. t. 8.
Dufour, Atl. champ. t. 70.
Fl. Dan. t. 588 et 1260.
Fabre, Guil. Neuchâtel,
II, t. 29, f. 1.
Gillet, t. 492.
Gotthold-Hahn. f. 74, 1re
édit. et f. 135, 2e édit.
Hussey, II, t. 37.
Krombh. t. 46, f. 10-13 et
t. 45, f. 18.
Moyen. Tr. élém. champ.
t. 15, f. 4.
Otto Werberbauer, t. 19,
f. 1.
Pat. Tab. 16.
Roumeg. Crypt. Illust.
f. 150.
Roze et Rich. Atl. t. 52,
f. 1-5.
Schæff. t. 165 et 166.
Sicard, Hist. nat. champ.
t. 48, f. 258.
Schnizl. in Sturm. t. 5.
Sowerb. t. 74.

Crispus. Fr. Hym. Eur. p. 631.
Gillet, t. 493.
Hussey, II, t. 78.
Lucand, t. 294.
Pat. Tab. 15.
Sowerb. t. 75.

Floccosus. Boud. Bull. Soc. bot.
Fr. 1877, p. 308.
Boud. Bull. Soc. bot. Fr.
1877, t. 4, f. 3.

Incarnatus. Quél. Assoc. Fr. 1889,
cong. de Paris, p. 511.
Quél. Assoc. Fr. 1889,
cong. de Paris, t. 15,
f. 13.

Lutescens. Fr. Hym. Eur. p. 630.
Bolt. t. 105, f. 2.
Britz. Theleph., f. 27.
Batsch. t. 9, f. 36.
Otto Werberbauer, t. 8,
f. 1.
Pers. Myc. Eur. t. 13, f. 1.
Furton. Surgeon. bot.
descrip. III, t. 12?
Schæff. t. 157.

Minimus. Saut. Hedw. 1876, p. 152.

Ochreatus. Fr. Hym. Eur. p. 631.
Pers. Myc. Eur. t. 13, f. 2.

Pistillaris. Fr. Hym. Eur. p. 632.
Schæff. t. 169?

Pusillus. Fr. Hym. Eur. p. 632.
Chev. Par. t. 7, f. 8.

Sinuosus. Fr. Hym. Eur. p. 631.
Britz. Hym. Südb. V, Te-
leph. f. 2.
Fr. Icon. t. 196, f. 2.
Pat. Tab. 134.
Sicard, Hist. nat. champ.
t. 48, f. 260.
Vaillant, Par. t. 11, f. 11-
13.

Spatuliformis. Gillet, Tab.
anal., p. 173.

Violaceus. Fr. Hym. Eur. p. 631.

CREPIDOTUS

Alveolus. Fr. Hym. Eur. p. 275.
Britz. Dermini. f. 166.
Cooke, t. 499.
Pers. Myc. Eur. 3, t. 24, f. 3.

Applanatus. Fr. Hym. E. p. 275.
Pers. Obs. I, t. 5, f. 3.

Calolepis. Fr. Hym. Eur. p. 276.
Cooke, t. 499.
Fr. Icon. t. 129, f. 4.

Cesatii. Fr. Hym. Eur. p. 277.

Chimonophilus. F. H. E. p. 276.
Cooke, t. 545.

Croceo-lamellatus. Gillet,
Hym. Fr. p. 557.
Gillet, t. 377.

Epibryus. Fr. Hym. Eur. p. 277.
Batsch. t. 24, f. 122.
Cooke, t. 516, C.

Haustellaris. Fr. H. E. p. 276.
Batsch. t. 24, f. 124 (très
mauvais dessin).
Cooke, t. 515.

Inhonestus. Karst. Symb. Myc.
XVII, p. 160.

Luteolus. Lambotte. Fl. Myc. Belg. I,
p. 181.

Mollis. Fr. Hym. Eur. p. 275.
Brigant. t. 41, f. 6-8.
Batsch. t. 9, f. 38.
Bern. Champ. Roch. t. 26,
f. 1.
Bolt. t. 71, f. 2.
Britz. Dermini. f. 112.
Cooke, t. 498.
Dufour, Atl. Champ. t. 41.
Gillet, t. 378.
Hussey, I, t. 74.
Letell. t. 688.
Lucand. t. 112.
Price, f. 25.
Pat. Tab. 227.
Quél. Jura, I, t. 7, f. 7.
Schæff. t. 213.
Sowerb. t. 98.

Pallescens. Quél. Bull. Soc. bot.
Fr. 1878, p. 287.
Quél. Bull. Soc. bot. Fr.
1878, t. 3, f. 9.

Palmatus. Fr. Hym. Eur. p. 275.
Bull. t. 216.
Venturi, t. 48, f. 1, 2.

Parisotii. Pat. Tab. anal. n. 347.
Pat. Tab. 347.

Pezizoides. F. Hym. Eur. p. 277.
Cooke, t. 516, D.
Nees. Act. Nat. curios. IX,
t. 6, f. 18 (jeune sujet.)
Pers. Myc. Eur. t. 26, f. 9.

Phillipsii. B. et Br. Ann. Hist. nat.
n. 1658.
Cooke, t. 515, C.

Proboscideus. F. H. E. p. 277.
Fl. Dan. t. 1072.

Ralfsii. B. et Br. Ann. Hist. nat.
1883, p. 372.
Cooke, t. 516, b.

Rubi. Fr. Hym. Eur. p. 276.
Berkl. Outl. t. 9, f. 7.
Cooke, t. 515.

Scalaris. Fr. Hym. Eur. p. 276.

Scutellinus. Quél. Ench. p. 109.
Quél. Bull. Soc. bot. Fr.
1878, t. 3, f. 5.

Subinteger. Schulz. in Bot. cen-
tralbl. 1883, p. 4.

Subscalaris. Britz. Hym. Südb.
VIII, p. 8.
Britz. Hym. Südb. VIII,
Dermini, f. 296.

CYPHELLA

Abieticola. Fr. Hym. Eur. p. 706.

Albissima. Pat. Tab. anal. n. 464.
Pat. Tab. 464.

Albo-carmea. Quél. Bull. soc.
bot. Fr. XXV, 1878, p. 290.
Quél. Bull. soc. bot. Fr.;
1878, t. 3, f. 13.

Albomarginata. Pat. Tab. anal. n. 361.
Pat. Tab. 361.
Albo-violascens. Kart. Fung. Fenn. n. 715.
Alb. et Schw. Consp. fung. t. 8, f. 4.
Doas, et Pat. t. 34.
Quél. Jura, III, t. 1, f. 10.

Amorpha. Fr. Elench. I, p. 183.
(Corticium Fr.)
Pat. Tab. 584.

Ampla. Fr. Hym. Eur. p. 662.
Pat. Tab. 254.

Bloxami. B. et Br. Ann. nat. hist. n. 1894.

Brunnea. Phill. Grevill. XIII, p. 49.

Capula. Fr. Hym. Eur. p. 664.
Fl. Dan. t. 1970, f. 3 (var.)
Gillet, t. 488.
Holmsk. II, t. 22.
Nov. Act. Hafn. I, f. 7.
Pat. Tab. 35 et 36 (var. *Flavescens.*)

Catilla. Smith. Journ. bot. 1873, p. 337.
Stev. Hym. Brit. f. 89.

Chromospora. Pat. Tab. ann. n. 32.
Pat. Tab. 32.

Ciliata. Fr. Hym. Eur. p. 663.

Cirsii. Crouan, Finist. p. 61.

Crouani. Pat. Tab. anal. n. 467.
Pat. Tab. 467.

Culmicola. Fr. Hym. Eur. p. 665.

Cuticulosa. Fr. Hym. E. p. 605.
Dicks. Crypt. 3, t. 9, f. 11.

Cyclas. Cooke, Grev. IX, p. 94.

Digitalis. Fr. Hym. Eur. p. 662.
Alb. et Schwein. t. 5, f. 1.
Pat. Tab. 29.
Sicard, Hist. nat. champ. t. 59, f. 306.

Dochmiospora. Fr. Hym. Eur. p. 665.

Dumetorum. Bomm. et Rouss. Fl. myc. Brux. p. 88.

Elegans. Sant. Hedw. 1876, p. 152.

Episphæria. Quél. Hedw. 1885. H. IV.

Eruciformis. Fr. Hym. Eur. p. 662.
Britz. Hym. Südb. V, Thel. f. 22.
Michel, t. 86, f. 16.
Quél. Jura, III, t. 1 f. 12.

Eumorpha. Karst. Hedw. 1890, p. 271.

Faginea. Fr. Hym. Eur. p. 665.
Ann. sc. nat. 1842, t. 17.

Filicina. Fr. Hym. Eur. p. 706.

Ferruginea. Crouan. Finist. p. 61.

Fraxinicola. B. et Br. Ann. nat. Hist. n. 1446.

Friesii. Cronan, Fl. Finist. p. 62.
Crouan, Fl. Finist. suppl. f. 11.

Fulva. Fr. Hym. Eur. p. 662.

Galeata. Fr. Hym. Eur. p. 663.
Fl. Dan. t. 2027, f. 1.
Roumeg. Crypt. illustr. f. 236.

Gibbosa. Fr. Hym. Eur. p. 664.

Gilletii. Pat. Tab. anal. n. 30.
Gillet, t. 488.
Pat. Tab. 30.

Goldbachii. F. Hym. Eur. p. 665.
Corda, in Sturm. t. 63. Pat. Tab. 33.

Grisco-pallida. F. H. E. p. 662.
Pat. Tab. 255 et 583 (var.)

Infundibuliformis. Fr. Hym. Eur. p. 665.
Schæff. t. 277.

Junci. Crouan, Finist. p. 61.

Lacera. Fr. Hym. Eur. p. 664.
Alb. et Schwein. t. 1, f. 5.

Lactea. Bres. Fung. Trid. p. 57.
Bres. Fung. Trid. t. 67.

Læta. Fr. Hym. Eur. p. 664.
Pat. Tab. 362.

Libertiana. Cooke, Grev. 1880, p. 81.

Malbranchei. Pat. Tab. ann. n. 466.
Lev. Champ. Norm. t. 1.
Pat. Tab. 466.

Muscicola. Fr. Hym. Eur. p. 663.
Fl. Dan. t. 2083, f. 2.
Pat. Tab. 31.

Muscigena. F. Hym. Eur. p. 663.
Pers. Myc. Eur. t. 7, f. 6.
Pat. Tab. 466.

Neckeræ. F. Hym. Eur. p. 663.
Bonord. f. 212.

Nivea. Fr. Hym. Eur. p. 665.

Ochroleuca. Fr. H. Eur. p. 662.

Oudmansii. Sacc. Syllog. Fung. VI, p. 681.

Pallida. Fr. Hym. Eur. p. 664.

Perexigua. Pat. Tab. anal. n. 34.
Pat. Tab. 34.

Pimii. Phill. Grevill. XIII, p. 49.

Punctiformis. (Fr.) Karst. Fung. Fenn. p. 174.

Rubi. Fr. Hym. Eur. p. 662.

Solenioides. Karst. Myc. Fenn. III, p. 325.

Straminea. Schroet. Pilz. Scheles. p. 435.

Stupea. B. et Br. Ann. nat. hist. n. 1698.

Sulphurea. Fr. Hym. Eur. p. 665.
Batsch. t. 27, f. 146.
Nees. Syst. f. 295.
Pat. Tab. 256.

Taxi. Fr. Hym. Eur. p. 662.
Ann. scien. nat. 1837, t. 8, f. 10 et 1841, t. 14, f. 6.

Terrigena. Karst. Myc. Fenn. 25, p. 21.

Tuba. Fr. Hym. Eur. p. 664.

Vernalis. Fr. Hym. Eur. p. 663.

Villosa. Quél. Bull. bot. Fr. XXV, 1870, p. 290.
Pat. Tab. 257.
Quél. Bull. Soc. bot. Fr. 1878, t. 3, f. 14.

DACRYOMYCES

Abietinus. Karst. Hedw. 1890, (*Hormomyces*.) p. 271.

Albus. Lib. rev. Myc. II, p. 24.

Cæsius. Fr. Hym. Eur. p. 699.
Britz. Hym. Südb. V, Tremel. f. 13.
De Not. Microm. II, f. 1.

Castaneus. Fr. Hym. Eur. p. 699.

Cerasi. Lib. Rev. myc. II, p. 24.

Cerebriformis. Bref. Unters. VII, p. 153.
Bref. Unters. t. 10, f. 4-8.

Chrysocomus. F. H. E. p. 699.
Bull. t. 376, f. 2.
Bref. Unters. VII, t. 10, f. 12-17.
Britz. Hym. Südb. V, tremel. f. 14.
Gillet, t. 520.
Sowerb. t. 152.

Confluens. Karst. Myc. Fenn. XVIII. p. 83.

Deliquescens. Fr. H. E. p. 698.
Bull. t. 455, f. 3.
Bref. Unters. VII, t. 9.
Bon. Handb. f. 247.
Corda, Icon. II, f. 115.
Gillet, t. 520.

Fragiformis. Fr. H. E. p. 698.
Pers. Icon. Pict. t. 10, f. 1.

Glossoides. Bref. Unters. VII, (*Dacryomitra. Tul.*) p. 162.
Bref. Unters. VII, t. 11, f. 1.

Incarnatus. Karst. Myc. Fenn. XVIII, p. 83.

Levis. Karst. Finl. Basid. p. 458.

Longisporus. Bref. Unters. VII,
p. 158.
Bref. VII, t. 10, f. 18-19.

Lutescens. Bref. Unters. VII,
p. 152.
Bref. Unters. VII, t. 10,
f. 1-3.

Lythri. Desmaz. 14, Notic. p. 190.

Macrosporus. F. H. E. p. 698.
Berkl. et Br. t. 7, f. 1.

Mesentericus. Karst. Finl.Basid.
p. 459.

Microsporus. Karst. Finl. Basid.
p. 459.

Multiseptatus. Beck. Flor.
Hernstein. p. 126.
Beck. Flora von Herns-
tein. t. 1, f. 5.

Ovisporus. Bref. Unters. VII, p. 158.
Bref. Unters. VII, t. 10,
f. 20, 21.

Paradoxus. Karst. Hedw. 1886,
fasc. 6.

Phragmitis. West. Not. 7, p. 13.

Purpureus. Tul. Ann. Sc. nat.
1872, p. 231.

Pusilla. Tul. Ann. Sc. nat. 1872,
(Dacryomitra. Tul.) XV, p. 217.
Tul. Ann. sc. nat. 1872,
XV, t. 11, f. 1, 2.

Radicellatus. Karst. Hedw. 1890,
p. 178.

Roseus. Fr. Hym. Eur. p. 693.

Sebaceus. Fr. Hym. Eur. p. 699.
Berkl. et Br. t. 18, f. 2.

Stillatus. Fr. Hym. Eu.. p. 695.
Berkl. Outl. t. 18, f. 8.
Bref. Unters. VII, t. 10,
f. 9-11.
Britz. Hym. Südb. V, Tre-
mel. f. 12.
Corda, Icon. 11, f. 114?
Gillet, t. 520.
Nees. Syst. f. 90.

Succineus. Fr. Hym. Eur. p. 699.

Syringæ. Fr. Hym. Eur. p. 698.
Fl. Dan. t. 1857, f. 3.

Tremelloides. Karst. Hattsv. II,
p. 241.

Vermiformis. B. et Br. Ann.
nat. Hist. n. 1700.
B. et Br. Ann. nat. Hist.
t. 3, f. 1.

DÆDALEA

Angusta. Fr. Hym. Eur. p. 587.
Sowerb. t, 193.

Aurea. Fr. Hym. Eur. p. 587.
Batt. t. 35, f. F.

Cinerea. Fr. Hym. Eur. p. 588.
  Britz. Hym. Südb. VI,
    Polyp. f. 101.
  Fr. Icon. t. 192, f. 2.

Cinnabarina. Fr. H. E. p. 587.

Confragosa. Fr. H. Eur. p. 587.
  Bolt. t. 160.
  Bull. t. 491, f. A, B.
  Sowerb. t. 193 (var.)??

Ferruginea. Fr. Hym. E. p. 589.
  Fl. Dan. t. 2029.

Inzengæ. Fr. Hym Eur. p. 587.
  Inzeng. Sicil. II, t. 2.

Lassbergii. Allesch. Verz. Südb.
    Pilz. II, p. 23.

Latissima. Fr. Hym. Eur. p. 589.

Orbicularis. Fr. Hym. E. p. 589.

Oudmansii. F. Hym. Eur. p. 588.

Pleuropus. Steinheim. in Isis.
    1831, II, p. 1011.

Pœtschii. Winter. Pilze. p. 400.

Polyzona. Fr. Hym. Eur. p. 588.

Queletii. Schulz. Hedw. p. 145.

Quercina. Fr. Hym. Eur. p. 586.
  Berkl. Outl. t. 19, f. 5.
  Bail, t. 31.
  Bolt. t. 73.
  Bull. t. 352 et 442, f. E,
    F, G.

  Britz. Hym. Südb. V, Po-
    lyp. f. 83.
  Cordier, t. 42, f. 1.
  Dufour, Atl. champ. t. 48.
  Grev. Scot. t. 238.
  Gillet, t. 475 (var.)
  Gotthold-Hahn. f. 128, 2e
    édit.
  Krombh. t. 5, f. 1, 2.
  Pers. Myc. Eur. t. 18,
    f. 1 (var.)
  Schæff. t. 231 (var.)
  Sicard, Hist. nat. champ.
    t. 59, f. 300.
  Sowerb. t. 188.
  Vent. t. 6, f. 1, 2 (var.)

Rugosa. Allesch. Südb. Pilze, p. 61.

Schulzeri. Winter. Pilze. p. 400.

Unicolor. Fr. Hym. Eur. p. 588.
  Bull. t. 591, f. 3.
  Batsch. t. 41, f. 227.
  Bolt. t. 163.
  Britz. Hym. Südb. V, Po-
    lyp. f. 84.
  Bern. Champ. Roch. t. 46,
    f. 1.
  Sowerb. t. 325.

Vermicularis. F. H. E. p. 589.
  Sowerb. t. 424.

Zonata. Fr. Hym. Eur. p. 588.

DITIOLA

Conformis. Karst. Fung. Fenn. n. 629.

Luteo-alba. Q. Enchirid. p. 227. (Voy. *Femsjonia*.)

Paradoxa. Fr. Sysl. Myc. II, p. 171. Hedw. Fil. Obs. Bot. I, t. 9.

Radicata. Fr. Syst. Myc. II, p. 170. Alb. et Schw. consp. t. 8, f. 6. Fl. Dan. t. 1378, f. 2.

Sulcata. Fr. Syst. Myc. II, p. 172. Scop. Pl. Subterr. n. 74, t. 45, f. 2. Tode, Fung. Meckl. t. 4, f. 34.

Volvata. Fr. Sysl. Myc. II, p. 171. Tode, Fung. Meckl. I, t. 4, f. 33, a-h.

ECCILIA

Aca. Smith. in Journ. bot 1875, p. 97. Cooke, t. 613. Smith. in Journ. bot. 1875, t. 161, f. 14-20.

Apiculata. Fr. Hym. Eur. p. 211.

Atrides. Fr. Hym. Eur. p. 212.

Atropuncta. Fr. Hym. E. p. 212. Cooke, t. 343. Gillet, t. 282. Pat. Tab. 223.

Calophylla. Fr. Hym. E. p. 212.

Carneo-grisea. F. H. E. p. 212. Berkl. et Br. t. 13, f. 1. Cooke, t. 380.

Floscula. Smith. Journ. bot. 1875. p. 97. Cooke, t. 613. Smith. Journ. bot. 1875, t. 161, f. 4-9.

Griseo-rubella. F. H. E. p. 212. Britz. Hypor. f. 40. Cooke, t. 613. Fr. Icon. t. 100, f. 4. Gillet, t. 283.

Mougeotii. Fr. Hym. Eur. p. 212. Quél. Jura, t. 6, f. 3. Berl. Fung. Ven. t. 1. f. 2.

Nigella. Quél. Assoc. Fr. 1883, cong. de Rouen. p. 499. Quél. Assoc. Fr. 1883, cong. de Rouen, t. 6, f. 6.

Nigrella. Pers. Syn. p. 463.

Parkensis. Fr. Hym. Eur. p. 211. Cooke, t. 380. Fr. Icon. t. 100, f. 5.

Polita, Fr. Hym. Eur. p. 211.
Fr. Icon. t. 100, f. 3.
Roumeg. Crypt. illustr.
f. 183.

Rhodocylix. Fr. H. Eur. p. 213.
Cooke, t. 343.
Fr. Icon. t. 100, f. 6.
Gillet, t. 285.

Rusticoïdes. Gillet, Hym. p. 425.
Gillet, t. 284.

ENTOLOMA

Accline. Britz. Hypor. p. 136.
Britz. Hypor. f. 44.

Accola. Britz. Hypor. p. 138.
Britz. Hypor. f. 45 et 59.

Ameides. Fr. Hym. Eur. p. 192.
Bern. Champ. Roch. t. 56,
f. 3.
Cooke, t. 341.

Appositinum. Britz. Hym. Südb.
IV, p. 149.
Britz. Hym. Südb. IV, f. 14.

Aprile. Britz. Hym. Südb. IV, p. 149.
Britz. Hym. Südb. f. 63.

Ardosiacum. Fr. Hym. Eur. p. 191.
Bull. t. 348.
Cooke, t. 328.
Eloffe, Champ. t. 9, f. 8.
Sicard, Hist. nat. champ.
t. 27, f. 145.

Batschianum. F. Hym. E. p. 191.
Batsch. t. 5, f. 19.
Britz. Hypor. f. 67.
Cooke, t. 326.

Bloxami. Fr. Hym. Eur. p. 191.
Cooke, t. 327.
Price, f. 89.

Clypeatum. Fr. Hym. Eur. p. 194.
Berkl. Outl. t. 7, f. 6 (var.)
Bull. t. 534.
Batsch. t. 16, f. 76.
Bern. Champ. Roch. t. 17,
f. 3.
Britz. Hypor. f. 77.
Bolt. t. 69.
Buxb. C, 4, t. 6.
Cooke, t. 319.
Dufour, Atl. champ. t. 33.
Gillet. t. 263.
Hussey, II, t. 42.
Pat. Tab. 337.
Quélet, Jura, t. 24, f. 1.
Rolland, Bull. Soc. Myc.
Fr. I, 1889, t. 5, f. 1.

Cookei. Ch. Rich. Descrip. et Dess.
f. 559.
Ch. Rich. Descr. et Dess.
t. 3, f. 10, 11.
Cooke, t. 422, b *(Pluteus.)*

Cordæ. Karst. Hattsv. I, p. 268.

Costatum. Fr. Hym. Eur. p. 196.
Cooke, t. 320.
Lucand, t. 158.

Cudon. Fr. Hym. Eur. p. 191.

Dichroum. Fr. Hym. Eur. p. 194.
Britz. Hypor. f. 14.
Fr. Icon. t. 92, f. 3.

Elaphinum. Fr. Hym. Eur. p. 195.
Britz. IV, f. 71.
Fr. Icon. t. 95, f. 1.

Erophilum. Fr. Hym. Eur. p. 190.
Kalchbr. 12, f. 1 (var.)
Quél. Assoc. Fr. 1884, t. 8,
f. 5 (var.)

Excentricum. Bres. Fung. Trid.
p. 11.
Bres. Fung. Trid. t. 8.

Fertile. Fr. Hym. Eur. p. 193.
Bull. t. 547, f. 1 et 590.
Cooke, t. 316.
Noul. et Dass. Champ.
t. 24.
Sicard, Hist. nat. champ.
t. 27, f. 142.

Griseo-cyaneum. F. H. E.
p. 193.
Cooke, t. 318.
Fr. Icon. t. 94, f. 1.

Helodes. Fr. Hym. Eur. p. 191.
Cooke, t. 339 et 373 (var.)

Holophœum. Bres. et Schulz. in
Hedw. 1885, p. 134.

Illicibile. Britz. Hym. Südb. IV,
p. 149.
Britz. Hym. Südb. IV, f. 65.

Jubatum. Fr. Hym. Eur. p. 193.
Cooke, t. 317.
Fr. Icon. t. 92, f. 1.

Liquescens. Cooke, Handb. 2e
(Pluteus.)   éd. p. 121.
Cooke, t. 581.

Lividum. Fr. Hym. Eur. p. 189.
Bull. t. 382.
Bern. Champ. Roch. t. 5,
f. 5.
Cooke, t. 311 et 469 (var.)
Dufour, Atl. champ. t. 33.
Fr. Icon. t. 90, f. 3.
Gillet, t. 266.
Quél. Vosges et Jura,
t. 6, f. 1.
Rolland, Bull. Soc. myc.
Fr. 1890, t. 11, f. 1.
Roze et Rich. Atl. t. 35,
f. 1-3.
Sicard, Hist. nat. champ.
t. 34, f. 177.

Madidum. Fr. Hym. Eur. p. 192.
Bern. Champ. Roch. t. 17,
f. 1.
Fl. Dan. t. 2148, f. 1.
Fr. Icon. t. 91, f. 3.
Gillet, t. 268.
Lucand, t. 334.

Majale. Fr. Hym. Eur. p. 196.
Britz. Hypor. f. 72 (var.)
Fr. Icon. t. 94, f. 2.
Fabre Guil. Neuchâtel,
II, t. 5.

Necessarium. Britz. Derm. et Mel. III, p. 193.
Britz. Hypor. f. 56.

Nidorosum. Fr. Hym. Eur. p. 196.
Bern. Champ. Roch. t, 15, f. 2.
Britz. Hypor. f. 17 et 48.
Cooke, t. 321.
Fr. Icon. t. 94, f. 3.
Lucand, t. 83.

Nigro-cinnamomeum. Fr. Hym. Eur. p. 195.
Cooke, t. 1153.
Kalchbr. t. 11, f. 1.

Nitidum. Quél. Assoc. Fr. 1882, p. 391.
Britz. Hypor. f. 68.
Fr. Icon. t. 94, f. 4.
Quél. Ass. Fr. 1882, t. 11, f. 8.

Persoonii. Du Port et Cooke, Grev. X, p. 42.
Cooke, t. 315.
Pers. Ic. et Descript. I, t. 6, f. 4.

Phaïocephalum. (Bull.) Quél. Ass. Fr. 1885, p. 446.
Bull. t. 555, f. 1.
Fr. Icon. t. 93, f. 1.
Lucand, t. 281.
Noulet et Dass. Champ. t. 26.

Placenta. Fr. Hym. Eur. p. 190.
Batsch. t. 5, f. 18.

Britz. Hypor. IV, f. 66.
Cooke, t. 314.

Pleropicum. Britz. Hym. Südb. IV, p. 149.
Britz. Hym. Südb. IV, f. 81.
Britz. Hypporh. f. 13.

Pluteoides. Fr. Hym. E. p. 195.
Fr. Icon. t. 91, f. 2.

Porphyrophæum. Fr. Hym. Eur. p. 190.
Bull. t. 555, f. 1.
Britz. Hypor. f. 10.
Fr. Icon. t. 93, f. 1.
Gillet, t. 549.

Prunuloïdes. F. H. E. p. 189.
Britz. Hypor. f. 9.
Cooke, t. 312.
Fr. Icon. t. 91, f. 1.
Gillet, t. 267.
Lucand, t. 32.
Pat. Tab. 336.
Roze et Rich. Atl. t. 35, f. 7-11.

Pyrenaïcum. Quél. Ass. Fr. 1884, p. 279.
Quél. Ass. Fr. 1884, t. 8, f. 5.
(N'est qu'une var. de Ent. Erophilum.)

Quisquiliare. Karst. m. F. III, p. 102.

Repandum. Fr. Hym. Eur. p. 191.
Bull. t. 423. f. 2.
Bres. Fung. Trid. t. 119.
Cooke, t. 313.

Resutum. Fr. Hym. Eur. p. 193.
Cooke, t. 318.
Fr. Icon. t. 92. f. 2.

Rhodopolium. Fr. Hym. E. p.195.
Bolt. t. 6.
Bern. Champ. Roch. t. 17,
f. 4.
Britz. Hypor. f. 15.
Cooke, t. 342.
Fl. Dan. t. 1736.
Gillet, t. 550.
Krombh. t. 55, f. 17-22.
Pat. Tab. 338.
Sicard, Hist. nat. champ.
t. 11, f. 41.

Rozei. Quél. Bull. Soc. bot. Fr. 1876.
Quél. Bull. Soc. bot. Fr.
1876, t. 2, f. 2.

Rubellum. Fr. Hym. Eur. p. 192.

Saundersii. Fr. Hym. E. p. 192.
Cooke, t. 306.
Saund. et Sm. t. 46.

Scabiosum. Fr. Hym. Eur. p. 193.
Batt. t. 9, f. B.

Sericeum. Fr. Hym. Eur. p. 196.
Bull. t. 413, f. 2.
Britz. Hypor. f. 16.
Cooke, t. 320.

Gillet, t. 551.
Roumeg. Crypt. Illustr.
f. 178.
Sicard, Hist. nat. champ.
t. 28, f. 151.

Sericellum. Fr. Hym. Eur. p.194.
Bull. t. 524, f. 2.
Bel. Champ. Tarn, t. 19.
Britz. Hypor. f. 57.
Cooke, t. 307.
Fr. Icon. t. 95, f. 3 (var.)
Quél. Vosges et Jura, t. 5,
f. 5.
Sicard, Hist. nat. champ.
t. 22, f. 111.

Sinuatum. Fr. Hym. Eur. p. 189.
Cooke, t. 310.
Gillet, t. 269.
Saund. et Sm. t. 11.
Sicard, Hist. nat. champ.
t. 26, f. 138 et. t. 27,
f. 144.

Speculum. Fr. Hym. Eur. p. 197.
Batt. t. 20, f. D.-E.
Cooke, t. 308.
Fr. Icon. t. 95, f. 2.

Subrubens. Karst. Hattsv. I, p.263.

Thomsoni. B. et Br. ann. H. N.
n. 1523.
Cooke, t. 374.

Turbidum. Fr. Hym. Eur. p. 195.
Britz. Hypor. f. 7, 8 et 47.
Fr. Icon. t. 93, f. 2.

Venosum. Gillet, Champ. Fr. p.403.

Viridans. Fr. Hym. Eur. p. 192.
Fr. Icon. t. 93, f. 3.

Wynnei. Fr. Hym. Enr. p. 704.
Cooke, t. 688 et 329.

EXIDIA

Albida. Bref. Unters. VII, p. 94.
Bref. Unters. VII, t. 5,
f. 14.
Bull. t. 286, f. A.
Engl. bot. t. 2117.

Corrugativa. Bref. Unters. VII,
p. 93.
Bref. Unters. VII, t. 5,
15-17.

Epapillata. Bref. Unters. VII, p. 85.
Bref. Unters. VII, t. 5, f. 1.
Britz. Hym. Südb. V, Tre-
mel. f. 9.

Friesiana. Karst. Hattsv. II, p. 109.

Glandulosa. Fr. H. Eur. p. 694.
Bull. t. 420, f. 1.
Bern. Champ. Roch. t. 48,
f. 2.
Bref. Unters. t. 5, f. 2-4.
Cordier, t. 48, f. 3.
Engl. bot. t. 2448, 2452.
Fl. Dan. t. 884.
Gillet, t. 515.
Hussey, I, t. 42.

Glauco-pallida. Karst. Flor.
Fenn. IX, 1868, p. 374.

Guttata. Bref. Untersuch. VII, p. 93.
Bref. Unters. VII, t. 5,
f. 12-13.

Guttifera. Wall. Fl. Crypt. Germ.
II, p. 557.
Wall. Flor. Crypt. Germ.
II, t. 2809.

Impressa. Fr. Hym. Eur. p. 694.
Bonord. Handb. t. 12,
f. 244.

Indecorata. Karst. Rev. Myc.
1890, p. 47.

Neglecta. Schroet. Pilze. Schles.
p. 393.

Pezizœformis. Lev. Frag. Mycol.
p. 127.

Pithia. Fr. Hym. Eur. p. 694.

Plicata. Fr. Hym. Eur. p. 694.
Bref. Unters. VII, t. 5, f. 5.
Klotzsch. Bor. t. 475.
Sicard, Hist. nat. champ.
t. 59, f. 305.

Recisa. Fr. Hym. Eur. p. 693.
Bref. Unters. VII, t. 5, f. 19.
Dittm. in Sturm. I, t. 13.
Engl. Bot. t. 1819.

Repanda. Fr. Hym. Eur. p. 694.
Bref. Unters. VII, t. 5. f.
6-11.

Saccharina. Fr. Hym. Eur. p. 694.
Bref. Unters. VII, t. 6, f. 1.

Straminea. Fr. Hym. Eur. p. 693.

Thuretiana. Fr. H. Eur. p. 694.

Truncata. Fr. Hym. Eur. p. 693.
Bref. Unters. VII, t. 5,
f. 18.

EXOBASIDIUM

Fimetarium. Boud. Journ. bot.
1887, p. 331.
(Helicobasidium Pat.)
Boud. Journ. bot. 1887.

Lauri. Geyl. in Bot. Zeit. 1874, p. 322.
Geyl. in Bot. Zeit. 1874,
t. 7.

Ledi. Karst. Grev. 1878, n. 42.

Purpureum. (Tul.) Pat. Tab. anal.
n. 461.
Pat. Tab. 461 et 561 (var.)

Rhododendri. Cramer in Rabenh.
Fung. Eur. n. 1910.
Hartig. Baumkr. f. 31.

Vaccinii. (Wor.) Sacc. Syllog. VI,
p. 664.

Warmingii. Rost. Fung. Groënl.
p. 530.

FAVOLUS

Boucheanus. (V. *Polyporus Boucheanus.*)

Europeus. Fr. Hym. Eur. p. 590.
Bres. Fung. Trid. t. 27.
Batsch. t. 9, f. 34.
Gillet, t. 477.
Lucand, t. 174.
Pat. Tab. 131.
Poll. Pl. nov. f. 2 et 3.

FEMSJONIA

Luteoalba. F. Hym. Eur. p. 695.
Sowerb. t. 114.

FISTULINA

Hepatica. Fr. Hym. Eur. p. 522.
Barla, t 30, f. 4-7.
Bauhin cap. XXII, p. 831.
Bel, Champ. Tarn. t. 6.
Bolt. t. 79.
Britz. Fistulina, f. 1.
Bull. t. 74, 464 et 497.
Cordier, t. 33.
Dr Lorins, t. 5, f. 4.
Dufour, Atl. champ. t. 64.
Eloffe, Champ. t. 3, f. 7.
Escul. Fung. Engl. Badham. t. 12, f. 1, 2.
Favre-Guil. Neuchâtel, I,
t. 39.

Fl. Dan. t. 1039.
Gotthold-Hahn. f. 97, 1ʳᵉ
édit. et f. 130, 2ᵉ édit.
Grev. Scot. t. 270.
Gillet, t. 449.
Hussey, I, t. 65.
Hogg. et Johnston. t. 7.
Krombh. t. 5, f. 9-10 et
t. 47, f. 1-12.
Leuba. Champ. com. t. 29.
Moyen, Tr. élém. champ.
t. 14, f. 1.
Noulet et Dass. Champ.
t. 9.
Rolland, Bull. Soc. Myc.
Fr. 1893, t. 4, f. 1.
Roze et Rich. Atl. t. 52,
f. 6-12.
Roumeg. Crypt. Illustr.
f. 220.
Sverig. Atl. Svamp. t. 25.
Schæff. t. 116-120.
Seyn. Fist. t. 1-6.
Sicard, Hist. nat. champ.
t. 54, f. 278.
Sowerb. t. 58.
Ventur. t. 36, f. 1, 2.

FLAMMULA

Abrupta. Fr. Hym. Eur. p. 245.
Fr. Icon. t. 115, f. 1.

Agardhii. Fr. Hym. Eur. p. 252.

Alnicola. Fr. Hym. Eur. p. 248.
Bull. t. 562 (var.)

Cooke, t. 443.
Gillet, t. 366.
Grevillea, VI, t. 90.
Sicard, Hist. nat. champ.
t. 20, f. 89.

Apicrea. Fr. Hym. Eur. p. 249.
Bull. t. 554, A (B. major.)
Cooke, t. 436.
Sicard, Hist. nat. champ.
t. 31, f. 161.

Astragalina. F. H. Eur. p. 248.
Barla, t. 23.
Cooke, t. 435.
Fr. Icon. t. 117, f. 2.
Roumeg. Crypt. illustr.
f. 188 b.

Austera. Fr. Hym. Eur. p. 249.

Azyma. Fr. Hym. Eur. p. 250.
Bull. t. 530, f. 1.
Batt. t. 23, f. A.
Quél. Vosges et Jura, t. 7,
f. 2.

Bresadolæ. Schulz. in Hedw.
1885, p. 135.
Schulz. in Hedw. t. 4.

Carbonaria. Fr. H. Eur. p. 247.
Britz. Dermini f. 68 pour
partie.
Cooke, t. 442.
Gillet, t. 364.
Lucand, t. 60.
Pat. Tab. 113.

Clitopila. Cooke et Smith. Grev. XIII, p. 59.
Cooke, t. 500.

Conissans. F. Hym. Eur. p. 249.
Bull. t. 178.
Britz. Dermini, f. 134.
Cooke, t. 445.
Sicard, Hist. nat. champ.
t. 31, f. 162.

Cortinata. Fr. Hym. Eur. p. 248.

Cortinella. Fr. H. Eur. p. 248.

Decipiens. Fr. Hym. Eur. p. 245.
Cooke, t. 438.
Worth. Smith. in Seem.
journ. bot. 1869, t. 95,
f. 5-8.

Decussata. Fr. H. Eur. p. 246.
Kalchbr. Icon. t. 15, f. 1.

Delimis. Britz. Derm. et Mel. p. 161.
Britz. Derm. et Mel. f. 68
(gauche).

Deludens. Britz. Derm. et Mel. p. 161.
Britz. Derm et Mel. f. 75.

Filia. Fries, Icon. p. 16.
Cooke, t. 432.
Fr. Icon. t. 117, f. 1.
(C'est une variété de Fusa.)

Filicea. Fr. Hym. Eur. p. 253.
Cooke, in Seem. Journ.
bot. 1863, t. 3, f. 1.
Cooke, t. 450.

Flavida. Fr. Hym. Eur. p. 248.
Britz. Dermini, f. 83.
Bolt. t. 149?
Cooke, t. 444.
Lucand, t. 19.
Schœff. t. 35.
Tratt. Austr. f. 14.

Floccifera. Fr. Hym. E. p. 245.
Berk. et Br. t. 14, f. 1.
Cooke, t. 438.

Fusa. Fr. Hym. Eur. p. 247.
Batsch. t. 32, f. 189.
Bolt. t. 5.
Bull. t. 398.
Britz. Dermini, f. 77.
Cooke, t. 433, t. 432 (var.)
et 434 (var.)
Fr. Ic. t. 117, f. 1 (var.)
Sicard, Hist. nat. champ.
t. 31, f. 160.

Gummosa. Fr. Hym. Eur. p. 247.
Cooke, t. 441.
Fr. Icon. t. 116, f. 2.
Tratt. Austr. f. 38.

Gymnopodia. Fr. H. E. p. 244.
Bull. t. 601, f. 1.
Cooke, t. 431.
Sicard, Hist. nat. champ.
t. 31, f. 163.

Harmoge. Fr. Hym. Eur. p. 251.

Helomorpha. Fr. H. Eur. p. 252.
Britz. Dermini, f. 63.

Cooke, t. 449.
Fr. Icon. t. 120, f. 4.
Lucand, t. 216.

Henningsii. Bress. Henn. Berl:
Hym. p. 171.

Hybrida. Fr. Hym. Eur. p. 250.
Bull. t. 598.
Cooke, t. 615.
Lucand, t. 238.
Sowerb. t. 221.

Inaurata. Smith. in Journ. bot.
1873. p. 336.
Cooke, t. 477.

Inopa. Fr. Hym. Eur. p. 249.
Bolt. t. 148.
Batt. t. 22. C.
Britz. Derm. f. 69.
Cooke, t. 446.
Fr. Icon. t. 118, f. 1.

Juncina. Smith. in Journ. bot. 1873,
p. 336.
Cooke, t. 475.

Lenta. Fr. Hym. Eur. p. 246.
Britz. Dermini. f. 67.
Cooke, t. 439-440.

Limulata. Fr. Hym. Eur. p. 252.
Fr. Icon. t. 119, f. 3.
Gillet, t. 365.

Liquiritiæ. Fr. Hym. Eur. p. 251.
Fr. Icon. t. 119, f. 1.

Lubrica. Fr. Hym. Eur. p. 246.
Fr. Icon. t. 116, f. 1.
Lucand, t. 215.

Lupina. Fr. Hym. Eur. p. 246.
Britz. Dermini, f. 70, 71.

Mixta. Fr. Hym. Eur. p. 246.
Bull. t. 562, f. F. O.
Cooke, t. 474.

Muricella. Fr. Hym. Eur. p. 245.
Fr. Icon. t. 120, f. 1.

Nitens. Cooke et Mass. Grev. 18,
p. 52.
Cooke, t. 1154.

Ochrochlora. F. H. Eur. p. 252.
Cooke, t. 616.
Fr. Icon. t. 120, f. 2.

Paradoxa. Fr. Hym. Eur. p. 244.
Britz. Dermini, f. 65.
Cooke, t. 884.
Kalchbr. Fung. Hung.
t. 16, f. 1.

Penetrans. Fr. Hym. Eur. p. 250.
Britz. Dermini, f. 73 (var).
et 78.
Fr. Icon. t. 118, f. 2.

Phlyctophora. Dur. et Lév.
Expl. Alg.
Lév. Expl. Alg. t. 30, f. 2.

Picrea. Fr. Hym. Eur. p. 251.
Britz. Dermini, f. 120.
Cooke, t. 448.
Fr. Icon. t. 119, f. 2.
Lucand, t. 136.
Pers. Ic. descr. t. 4, f. 7.
Roumeg. Crypt. illustr.
f. 188 a.

Purpurata. Cooke, et Mass. Grev. 18, p. 73.
Cooke, t. 964.

Sapinea. Fr. Hym. Eur. p. 251.
Cooke, t. 447.
Fr. Icon. t. 118, f. 3.
Krombh. t. 2, f. 33, 34.
Pat. Tab. 646.

Sarrazini. Roum. Rev. Myc. V, p. 249.
Roum. Rev. Myc. V, t. 41, f. 22.

Scamba. Fr. Hym. Eur. p. 253.
Britz. Dermini, f. 135 (var.)
Cooke, t. 449.
Fr. Icon. t. 120, f. 3.

Seducta. Britz. Derm. et mel. p. 160.
Britz. Derm. et mel. f. 115.

Spumosa. Fr. Hym. Eur. p. 247.
Cooke, t. 476.
Fr. Icon. t. 116, f. 3.

Stabilis. Fr. Hym. Eur. p. 250.

Studeriana. Fayod. Stud. Kenntn. Schweiz. Pilze. p. 21.
Fayod. Stud. Kenn. Sch. Pilz. t. 1.

Tamnii. Fr. Hym. Eur. p. 244.
Fr. Icon. t. 115, f. 2.
Pat. Tab. 354.

Taraxaci. Fr. Hym. Eur. p. 319.
Krombh. t. 43, f. 1.

Tricholoma. Gillet, Champ. de Fr. p. 531.
Voyez : *Inocybe Tricholoma*.

Vinosa. Fr. Hym. Eur. p. 244.
Bull. t. 54.
Cooke, t. 437.
Descourt, t. 7, f. D.
Gonn. et Rab. t. 9, f. 4.

FOMES

Annosus. Fr. Hym. Eur. p. 564.
Britz. Hym. Südb. V, f. 54.
Fr. Icon. t. 186, f. 2.
Rostk. 4, t. 29.

Applanatus. Fr. H. Eur. p. 557.
Batsch. t. 25, f. 130.
Bull. t. 454, f. C. ?
Britz. Hym. Südb. V, f. 42.
Corda in Sturm. t. 63.
Gillet. t. 466.
Klotzsch. Bor. t. 393.
Quélet, Jura, t. 19, f. 4.
Rostk. 27, t. 9 (forme anormale).

Australis. Fr. Hym. Eur. p. 556.

Carneus. Fr. Hym. Eur. p. 563.
Nees. Nov. act. Nat. curios. XIII, t. 3.

Carnosus. Pat. Bull. Soc. Myc.
1889, p. 66.

Castaneus. Fr. Hym. E. p. 564.
Britz. Hym. Südb. V, f. 62.

Cinnamomeus. F. H. E. p. 561.

Conchatus. F. Hym. Eur. p. 560.
Britz. Hym. Südb. V, f. 52.
Quélet, Jura, t. 17, f. 5.

Connatus. F. Hym. Eur. p. 563.
Batt. t. 37, f. G.
Fr. Icon. t. 185, f. 2.
Gillet, t. 465.
Lucand, t. 325.

Corrugis. Fr. H. Eur. p. 536.

Crassus. Fr. H. Eur. p. 543.

Cryptarum. Fr. Hym. E. p. 566.
Bull. t. 478.
Bolt. t. 165.
Nees. f. 222.
Pers. Myc. Eur. 2, t. 16,
f. 3.

Cytisinus. Fr. Hym. Eur. p. 562.
Sowerb. t. 288.

Deformis. Fr. Hym. Eur. p. 536.
Schæff. t. 264.

Demidoffii. Fr. Hym. E. p. 562.
Leveillé in Demidoff.
exp. t. 3.

Evonymi. Fr. Hym. Eur. p. 560.
Britz. Hym. Südb. V.
f. 49 b.
Kalchbr. Icon. Hung. t.
35, f. 3.

Excavatus. Berk. Ann. N. Hist.
1839, p. 387.

Fomentarius. Fr. Hym. Eur.
p. 558.
Batt. t. 37, f. E.
Bull. t. 491, f. C. D. E. F.
Britz. Hym. Südb. V,
f. 44.
Cordier, t. 40.
Eloffe. Champ. t. 3, f. 11.
Gillet, t. 467.
Lenz. f. 48.
Rostk. 4, t. 52.
Schæff. t. 137 et 138.
Sverig. Atl. svamp. t. 62.
Sowerb. t. 133.

Fraxineus. F. Hym. Eur. p. 563.
Bull. t. 433, f. 2.

Fucatus. Quél. Assoc. Fr. 1886,
(Placodes.) cong. de Nancy, p. 487.
Quél. Assoc. Fr. 1886,
cong. de Nancy, t. 9,
f. 7.

Fuliginosus. F. Hym. E. p. 543.

Fulvus. Fr. Hym. Eur. p. 559.
Britz. Hym. Südb. V,
f. 46.
Fr. Icon. t. 184, f. 3.

Fusco-purpureus. Boud. Bull. Soc. Bot. Fr. 1881, p. 92.
Boud. Bull. Soc. Bot. Fr. 1881, t. 2, f. 3.

Gelsicola. Berl. Malp. 1889, p. 371.
Berl. Malp. 1889, t. 12.

Gelsorum. Fr. Hym. Eur. p. 562.
Batt. t. 37, f. C.

Hippopus. Wild. Bres. Bull. Soc. Myc. 1890, p. 42.

Igniarius. Fr. Hym. Eur. p. 559.
Bull. t. 454 moins. f. C. et E.
Bolton. t. 80.
Britz. Hym. Südb. V, f. 45.
Dufour, Atl. champ. t. 51.
Gillet, t. 468.
Lenz. f. 47.
Mich. t. 62 (var.)
Rostk. 4, t. 54.
Sowerb. t. 132.
Vent. t. 61, f. 4.

Inzengæ. Fr. Hym. Eur. p. 557.
Inzenga, Sic. I, t. 2, f. 1.

Laccatus. Kalchbr. Centralbl. 1885, I, p. 337.

Loniceræ. Fr. Hym. Eur. p. 560.
Mont. in. Ann. scienc. nat. 1836, t. 12, f. 6.

Loricatus. Pers. Myc. Eur. II, p. 86.

Lucidus. Fr. Hym. Eur. p. 537.
(Ganoderma.)
Berkl. Outl. t. 16, f. 2.
Batsch. t. 41, f. 225.
Batt. t. 35, f. D. (var.)
Bull. t. 7 et 459.
Borszozow. in Fung. Ing. t. 7, 8 (forme anormale).
Dufour, Atl. champ. t. 49.
Eloffe, Champ. t. 3, f. 9 (mauvais dessin).
Fl. Dan. t. 1253.
Grev. t. 245.
Gillet, t. 457.
Krombh. t. 4, f. 22-24.
Rostk. t. 13.
Sowerb. t. 134.
Ventur. t. 49.

Marginatus. Fr. H. Eur. p. 561.
Quélet. Vosges et Jura, t. 19. f. 2 (var.)

Mirus. Kalchbr. Sziber. Gomb. p. 13.
Kalchbr. Sziber. Gomb. t. 1, f. 3.

Neesii. Fr. Hym. Eur. p. 564.

Nigricans. Fr. Hym. Eur. p. 558.
Fr. Icon. t. 184, f. 2.
Pat. Tab. 139.
Quél. Vosges et Jura, t. 19, f. 3 (var.)
Rostk. t. 51 (var.)

Obliquus. Fr. Hym. Eur. p. 570.
Fr. Icon. t. 188, f. 1.
Rostk. t. 7...

DICT. ICON.

Obokensis. Pat. Bull. Soc. Myc.
Fr. III, p. 119.
Pat. Bull. Soc. Myc. Fr.
III, t. 9, f. a, b.

Pectinatus. Fr. Hym. Eur. p. 559.
(*Conchatus.*)
Quél. Vosg. et Jura, t. 17,
f. 5.

Pfeifferi. Bres. Pat. Bull. soc. Myc.
1889, p. 70.

Pinicola. Fr. Hym. Eur. p. 561.
Britz. Hym. Südb. V,
f. 53 et 57 (var.)
Doas et Pat. t. 96.
Fl. Dan. t. 953.
Gillet, t. 464.
Lucand, t. 173.
Schæff. t. 262 et 270 (var.)

Populinus. Fr. Hym. Eur. p. 564.

Resinaceus. Boud. et Pat. Bull.
(*Ganoderma.*)   soc. Myc. 1889, p. 72.
Bres. Fung. Trid. t. 137

Ribis. Fr. Hym. Eur. p. 560.
Bull. t. 454, f. E.
Britz. Hym. Südb. V,
f. 48.
Corda in Sturm. XI, t. 62.
Fl. Dan. t. 1790, f. 2.
Rostk. t. 53.

Roburneus. F. Hym. Eur. p. 557.
Fr. Icon. t. 184, f. 1.

Robustus. Karst. Finl. Basid. p. 467.

Roseus. Fr. Hym. Eur. p. 562.
Hoffm. Crypt. t. 7 (forme
anormale).

Rufo-pallidus. F. H. E. p. 561.
Britz. Hym. Südb. V, f. 55.
Fr. Icon. t. 186, f. 1.

Salicinus. Fr. Hym. Eur. p. 560.
Britz. Hym. Südb. V,
f. 50.
Fr. Icon. t. 185, f. 1.
Karst. Icon. t. 5.
Pat. Tab. 141.
Quélet, Vosges et Jura,
t. 17, f. 6.

Stevenii. Fr. Hym. Eur. p. 557.
Léveillé in Exp. Demi-
doff, t. 2.

Tenuis. Karst. Myc. Fenn. XVIII,
p. 81.
Karst. Icon. Select. II,
f. 58.

Thelephoroides. Karst. Myc.
Fenn. XVIII, p. 80.

Ulmarius. Fr. Hym. E. p. 562.
Berkl. t. 16, f. 5.
Lucand, t. 200.
Sowerb. t. 88.

Ungulatus. Sacc. Michelia, I,
p. 539.
Schæff. t. 137.

Variegatus. Fr. Ilym. E. p. 563.
Sowerb. t. 368.

Vegetus. Fr. Ilym. Eur. p. 556.
Fr. Icon. t. 183, f. 3.

GALERA

Algerica. Dur. et Lév. Expl. Alg.
Léveillé, Expl. Alg. t. 31,
f. 1.

Antipa. Fr. Ilym. Eur. p. 268.
Bull. t. 525, f. 1.
Britz. Dermini, f. 98 et
158.
Cooke, t. 463.
Fries, Icon. t. 128, f. 2.
Gillet, t. 374.
Lucand, t. 111.

Apala. Fr. Ilym. Eur. p. 267.
Buxb. C. 4, t. 34, f. 1.
Britz. Dermini, f. 96 (pour
partie) et Melanospori
88 (var.)
Fr. Icon. t. 127, f. 1.

Aquatilis. Fr. Ilym. Eur. p. 270.
Britz. Dermini, f. 109.

Bryorum. Fr. Ilym. Eur. p. 270.
Britz. Dermini, f. 99.
Gillet, t. 376.

Conferta. Fr. Ilym. Eur. p. 268.
Bolt. t. 18.
Cooke, t. 463.

Flexipes. Karst. Myc. Fenn. III,
p. 371.

Hypnorum. F. Ilym. E. p. 270.
Batsch. t. 19, f. 96.
Bull. t. 560, f. 1 C-E. et H.
Britz. Dermini, f. 90.
Cooke, t. 465.
Lucand, t. 61 (var.)
Pat. Tab. 230.
Sow. t. 282.

Lateritia. Fr. Ilym. Eur. p. 267.
Batt. t. 28, T.
Britz. Dermini. f. 96 (pour
partie) et Melanospori,
f. 95.
Cooke, t. 460.
Fl. Dan. t. 1846, f. 2.
Fr. Icon. t. 127, f. 2.

Minuta. Quél. Champ. Jura, p. 438.
Cooke, t. 466.
Quél. Champ. Jura, III,
t. 1, f. 5.

Mniophila. Fr. Ilym. E. p. 270.
Britz. Dermini, f. 102.
Cooke, t. 466.
Mich. t. 80, f. 8.
Schæff. t. 63, except.
f. 4-6.

Mycenopsis. F. II. Eur. p. 271.
Cooke, t. 467.
Fr. Icon. t. 129, f. 1.

Hoffm. Ic. t. 6, a.
Roumeg. Crypt. illustr.
f. 190 a.

Ovalis. Fr. Hym. Eur. p. 268.
Bull. t. 552, f. 1, S. M. I.
Britz. Dermini, f. 91.
Cooke, t. 462.

Pityria. Fr. Hym. Eur. p. 271.

Pubescens. Gillet, Champ. Fr.
p. 553.
Gillet, t. 375.

Pygmæo-affinis. Fr. Hym. Eur.
p. 269.
Cooke. t. 481.
Fr. Icon. t. 128, f. 1.

Rabenhorstii. F. H. Eur. p. 268.

Ravida. Fr. Hym. Eur. p. 271.
Britz. Dermini, f. 103.
Cooke, t. 467.

Rubiginosa. F. Hym. E. p. 269.
Britz. Dermini, f. 101.
Cooke, t. 464.
Fr. Icon. t. 128, f. 3.
Mich. Gen. t. 75, f. 8.

Sahleri. Fr. Hym. Eur. p. 272.
Britz. Dermini, f. 53.
Quél. Vosges et Jura,
t. 23, f. 4.

Siliginea. Fr. Hym. Eur. p. 267.
Cooke, t. 1156.

Spartea. Fr. Hym. Eur. p. 269.
Bolt. t. 51, f. 1.
Cooke, t. 481.

Sphærobasis. Fr. Hym. Eur.
p. 267.

Sphagnorum. F. H. E. p. 270.
Bull. t. 560, f. H.
Britz. Dermini, f. 100.

Spicula. Fr. Hym. Eur. p. 268.
Batsch. f. 92.
Quél. Vosges et Jura,
t. 7, f. 5.

Tenera. Fr. Hym. Eur. p. 267.
Bull. t. 535, f. 1.
Bolt. t. 66, f. 2.
Brigant, t. 19, f. 5-10.
Bern. Champ. Roch. t. 16,
f. 2.
Britz. Dermini, f. 97.
Cooke, t. 461 (type et var.)
Dufour, Atl. champ. t. 41.
Gotthold-Hahn. f. 86, 2e
édit.
Jungh. t. 6, f. 12 (var.)
Schæff. t. 70, f. 6-8.
Sow. t. 33.

Tenuissima. F. H. Eur. p. 271.
Quél. Assoc. Fr. av. sc.
1884, t. 12, f. 8.

Vestita. Fr. Hym. Eur. p. 272.
Bern. Champ. Roch. t. 16,
f. 5.

Britz. Dermini, f. 104.
Quél. Vosges et Jura,
t. 23, f. 3.

Vittiformis. Fr. H. Eur. p. 269.
Britz. Dermini, f. 96 (pour
partie).
Cooke, t. 464.
Schæff. t. 63, f. 4-6.

GOMPHIDIUS

Glutinosus. Fr. Hym. E. p. 399.
Batsch. t. 15, f. 70, 71.
Britz. Hym. IV, Gomphi-
dius, f. 1.
Cooke, t. 879.
Corda, apud. Sturm. XI,
t. 51.
Dufour, Atl. champ. t. 39.
Fl. Dan. t. 1247.
Gillet, t. 405.
Gotthold-Hahn. f. 58, 1ʳᵉ
édit. et f. 87, 2ᵉ édit.
Krombh. t. 62, f. 15-20 et
t. 4, f. 3-4.
Letell. t. 647.
Leuba, Champ. com. t. 20,
f. 4-7.
Lucand, t. 22.
Quél. Vosges et Jura,
t. 10, f. 5.
Roze et Rich. Atl. t. 23,
f. 11-14.

Saund. et Sm. t. 8.
Schæff. t. 36.
Sowerb. t. 7 et 105.

Gracilis. Fr. Hym. Eur. p. 400.
Berkl. Outl. t. 12, f. 7.
Cooke, t. 883.

Maculatus. Fr. Hym. Eur. p. 400.
Cooke, t. 882.
Lucand, t. 346.

Roseus. Fr. Hym. Eur. p. 400.
Britz. Hym. IV, Gomphi-
dius, f. 3.
Cooke, t. 880.
Gillet, t. 403.
Krombh. t. 63, f. 13-17.
Lucand, t. 93.
Nees. Syst. f. 197.
Saund. et. Sm. t. 8.

Testaceus. Fr. Hym. Eur. p. 400.
Britz. Hym. IV, Gomphi-
dius, f. 2.
Sowerb. t. 105.

Viscidus. Fr. Hym. Eur. p. 400.
Bern. Champ. Roch. t. 33,
f. 2.
Britz. Hym. IV, Gomphi-
dius, f. 4.
Cordier, t. 23.
Cooke, t. 881.
Dufour, Atl. champ. t, 39.
Gillet, t. 404.
Gotthold-Hahn. f. 88, 2ᵉ
édit.

Krombh. t. 4, f. 5-7.

Letell. t. 603.

Leuba, Champ. com. t. 20,
f. 1-3.

Lucand, t. 266.

Pat. Tab. 656.

Pers. Ic. t. 13, f. 1-3.

Rose et Rich. Atl. t. 23,
f. 7-10.

Roumeg. Crypt. Illustr.
f. 201.

Schæff. t. 55.

Sicard, Hist. nat. champ.
t. 19, f. 83.

GRANDINIA

Agardhii. Fr. Hym. Eur. p. 626.

Aspera. Fr. Hym. Eur. p. 627.

Corrugata. F. Hym. Eur. p. 625.

Crustosa. Fr. Hym. Eur. p. 627.
Gillet, t. 488.
Nees. Syst. f. 247.

Deflectens. Karst. Myc. Fenn. IX,
p. 50.

Exsudans. Karst. Myc. Fenn. IX,
p. 51.

Granulosa. Fr. Hym. Eur. p. 626.
Britz. Hym. Südb. V,
Hydn. f. 15.

Helvetica. Fr. Hym. Eur. p. 627

Microspora. Karst. Finl. Basid.
p. 365.

Mucida. Fr. Hym. Eur. p. 626.
Fr. Icon. t. 195, f. 3.

Ocellata. Fr. Hym. Eur. p. 626.

Papillosa. Fr. Hym. Eur. p. 626.

Pileata. Saut. in. Hedw. 1876, p. 34.

GUEPINIA

Cyphella. Fr. Hym. Eur. p. 697.
Roumeg. Crypt. illustr.
f. 234.

Femsjoniana. Bref. Unters. VII,
p. 161.
Bref. Unters. VII, t. 11,
f. 3-5.

Helvelloides. Fr. H. E. p. 697.
Bref. Unters. VII, t. 6,
f. 27, 1-7.
Britz. Hym. Südb. V, Tre-
mel. f. 11.
Doas et Pat. t. 44.
Gillet, t. 517.
Jacq. Misc. I, t. 14.
Pat. Tab. 688.
Quél. Vosges et Jura,
t. 20, f. 4.
Tul. Ann. sc. nat. 1872,
t. 10, f. 11-13.

Merulina. Quél. Champ. Jura, p. 119.
Pat. Tab. 62.
Quél. Champ. Jura, t. 20, f. 6.
Sacc. Myc. Ven. t. 8, f. 1.

Peziza. Fr. Hym. Eur. p. 697.
Tul. Ann. sc. nat. 1872, t. 9, f. 1-4.

Tubiformis. Fuck. Symb. Myc. p. 30.

HEBELOMA

Apolectum. Britz. Hym. Südb. IV. p. 156.
Britz. Hym. Südb. IV, t. 174.

Birrum. Fr. Hym. Eur. p. 239.
Gillet, t. 355.

Capniocephalum. Fr. Hym. Eur. p. 242.
Bull. t. 547, f. 2.
Cooke, t. 419.

Circinans. Quél. Assoc. Fr. 1887, cong. de Toulouse, p. 587.
Quél. Assoc. Fr. 1887, cong. de Toulouse, t. 21, f. 3.

Claviceps. Fr. Hym. Eur. p. 238.
Batsch. t. 35, f. 199.
Britz. Dermini. f. 51.

Cooke, t. 410.
Sicard, Hist. nat. champ. t. 21, f. 99.

Crustuliniforme. Fr. Hym. Eur. p. 241.
Batt. t. 47.
Berkl. Outl. t. 9, f. 1 (forme anormale).
Britz. Dermini, f. 113 et 171.
Bull. t. 308, 546.
Cordier, t. 13, f. 1.
Cooke, t. 414 (minor.) et 507.
Dufour, Atl. Champ. t. 40.
Gillet, t. 356-357.
Gotthold-Hahn. f. 80, 2e édit.
Paul. t. 152.
Roze et Rich. t. 27, f. 1-4.
Sicard, Hist. nat. champ. t. 26, f. 137.
Sverig. Atl. svamp. t. 64.

Deflectens. Karst. Hattsv. p. 475.

Diffractum. F. Hym. Eur. p. 242.
Bern. Champ. Roch. t. 18, f. 2.
Britz. Derm. f. 38.
Fr. Icon. t. 114, f. 1.

Elatum. Fr. Hym. Eur. p. 241.
Batsch. t. 32, f. 188.
Bern. Champ. Roch. t. 18, f. 1.

Britz. Dermini, f. 61.
Cooke, t. 962.
Gillet, t. 359.
Gotthold-Hahn. f. 47, 1ʳᵉ
 édit.
Lucand, t. 237.
Saund. et Sm. t. 42, f. 1.

Elatellum. Karst. Symb. Myc. Fenn.
p. 43.
Karst. Icon. Select. t. 14.

Fastibile. Fr. H. Eur. p. 237.
Batt. t. 15, D.
Batsch. t. 33, f. 195.
Britz. Dermini, f. 64.
Cooke, t. 408.
Fr. Icon. t. 111, f. 2.
Krombh. t. 62, f. 3-5 (var.)
Lucand, t. 17.
Paul. t. 53, f. 2 ?
Pat. Tab. 342.
Roze et Rich. t. 23,
 f. 1-3.
Schæff. t. 221.
Saund. et Sm. t. 42,
 f. 3-4.

Firmum. Fr. Hym. Eur. p. 238.
Britz. Dermini, f. 58.
Cooke, t. 409.
Fr. Icon. t. 112, f. 3.
Pers. Icon. descript. t. 5,
 f. 3, 4.
Sicard, Hist. nat. champ.
 t. 35, f. 183.

Glutinosum. F. H. Eur. p. 238.
Britz. Dermini, f. 62.
Cooke, t. 430.
Fr. Icon. t. 112, f. 1.

Holophæum. Fr. H. E. p. 240.
Fr. Icon. t. 113, f. 3.

Ischnostylum. Cooke, in Grev.
XII, p. 98.
Cooke, t. 420.

Longicaudum. Fr. Hym. Eur.
p. 241.
Berkl. et Outl. t. 9, f. 3.
Batt. t. 21, F.
Britz. Dermini, f. 56.
Cooke, t. 415 et 416 (var.)
Gillet, t. 358.
Lucand, t. 88.

Lugens. Fr. Hym. Eur. p. 241.
Britz. Dermini, f. 57.
Sterb. t. 19, H.

Magnimamma. Fr. Hym. E.
p. 243.
Cooke, t. 508.
Fr. Icon. t. 114, f. 2.

Medianum. Britz. Derm. et Mel.
p. 159.
Britz. Derm. et Mel. f. 39.

Mentiens. Karst. in Hedw. 1889,
p. 364.

Mesophæum. F. H. Eur. p. 240.
Britz. Dermini, f. 66, 68,
 88 et 121.

Bern. Champ. Roch. t. 53, f. 4.

Cooke, t. 411 et 412 (minor.)

Hoffm. Icon. t. 6, f. 2.

Lucand, t. 189.

Roumeg. Crypt. illustr. f. 186.

Sowerb. t. 362?

Metratum. Fr. Hym. Eur. p. 238.
Fr. Icon. t. 112, f. 2.

Mussivum. F. Hym. Eur. p. 237.
Britz. Dermini. f. 150.
Cooke, t. 405.
Fr. Icon. t. 111, f. 1.

Nauseosum. Cooke, in Grev. 16, p. 43.
Cooke, t. 963.

Nudipes. Fr. Hym. Eur. p. 242.
Cooke, t. 418.
Kalchbr. t. 14, f. 4.

Odini. Fr. H. Eur. p. 243.
Fr. Icon. t. 114, f. 3.

Petiginosum. Fr. H. E. p. 243.
Britz. Dermini, f. 48.
Cooke, t. 509.
Fr. Icon. t. 114, f. 4.
Lucand, t. 283.
Pers. Ic. descr. t. 1, f. 5?

Punctatum. Fr. Hym. E. p. 239.
Fr. Icon. t. 113, f. 1.

Queletii. Schulz. in Hedw. 1885, p. 134.

Sacchariolens. Quél. Champ. Norm. p. 10.
Bull. Soc. amis des sciences, Rouen, t. 1, f. 2.
Lucand, t. 337.
Quél. Champ. Norm. t. 10, f. 6.

Senescens. B. et Br. Ann. Hist. nat. n. 1941.
Cooke, t. 407.

Sinapizans. Fr. H. Eur. p. 240.
Britz. Dermini, f. 154.
Cooke, t. 413.
Fl. Dan. t. 1497 (var.)
Paul. t. 82.
Saund et Sm. t. 2.

Sinuosum. Fr. Hym. Eur. p. 237.
Batt. t. 16, f. D.
Britz. Dermini, f. 60.
Bull. t. 579, f. 1.
Saund. et Sm. t. 11.

Spoliatum. Fr. Hym. Eur. p. 243.
Britz. Dermini, f. 138.
Fr. Icon. t. 113, f. 2.

Sterile. Fr. Hym. Eur. p. 243.
Jungh. t. 6, f. 8.

Stockesii. Britz. Derm. et Mel. p. 159.
Britz. Derm. et Mel. f. 52, 55.

Strophosum. F. H. E. p. 240.

Subcollariatum. B. et Br.
ann. et Nat. Hist. n. 1492.
Britz. Dermini, f. 168.
Cooke, t. 506 (var.)

Subsaponaceum. Karst.Symb.
Myc. Fenn. XIII, p. 3.

Subtortum. Karst. Bot. centr.
1890, p. 388.

Subzonatum. F. H. Eur. p. 242.

Syrjense. Karst. Hattsv. I, p. 475.

Testacenm. Fr. H. Eur. p. 238.
Batsch. t. 35, f. 198.
Britz. Dermini, f. 153.
Cooke, t. 408.
Klotzsch. t. 387.

Tortuosum. Karst. Hattsv. I,
p. 475.

Truncatum. F. Hym. Eur. p. 242.
Britz. Dermini, f. 54.
Cooke, t. 417.
Schæff. t. 251.

Versipelle. Fr. Hym. Eur. p. 239.
Lucand, t. 214.
Sterb. t. 20, B.

HERICIUM

Alpestre. Fr. Hym. Eur. p. 618.

Echinus. Fr. Hym. Eur. p. 617.

Hystrix. Fr. Hym. Eur. p. 618.
Bocc. Mus. t. 307, f. 1.
Michel. t. 64, f. 1.

Notarisii. Fr. Hym. Eur. p. 617.
Inzeng. Sic. t. 1, f. 1.

HEXAGONA

Marcucciana.

Mori. Fr. Hym. Eur. p. 590.

Nitida. Fr. Hym. Eur. p. 590.
Dur. et Mont. Fl. Alg. Atl.
t. 33, f. 1.

HIRNEOLA

Auricula Judæ. Fr. Hym. Eur.
p. 695.
Bolt. t. 107.
Berkl. Outl. t. 18, f. 7.
Bull. t. 427, f. 2.
Brefeld. Unters. VII, t. 4,
f. 4-9.
Britz. Hym. Südb. V, Tre-
mel. f. 10.
Bauhin. cap. XLIX, p. 841.
Cordier, t. 48, f. 4.
Doas et Pat. t. 76.
Dufour, Atl. champ. t. 76.
Engl. Bot. t. 2447.
Gillet, t. 516.
Hussey, I, t. 53.
Lucand, t. 250 (var.)
Mich. Gen. t. 66, f. 1.

Otto Werberbauer, t. 7, f. 1.

Quélet, Jura, t. 21, f. 6.

Sicard, Hist. nat. champ. t. 60, f. 311.

Nidiformis. F. Hym. Eur. p. 695.

HYDNUM

Aciculare. Sacc. Mich. II, p. 154.

Acre. Quél. Bull. Soc. bot. Fr. XXIV, p. 324.
Lucand, t. 249.
Quél. Bull. Soc. bot. Fr. XXIV, t. 6, f. 1.

Alutaceum. Fr. Hym. E. p. 614.
Fr. Icon. t. 194, f. 1.

Amarescens. Quél. Assoc. Fr. 1882, cong. la Rochelle, p. 399.
Pat. Tab. 145.
Quél. Assoc. Fr. 1882, cong. de la Rochelle, t. 11, f. 14.

Amicum. Quél. Assoc. Fr. 1883, p. 504.
Grevillea, VIII, t. 131, f. 1.
Pat. Tab. 246.
Quél. Assoc. Franç. 1883, t. 6, f. 14.

Anomalum. B. et Br. Ann. nat. hist. n. 1438.
B. et Br. Ann. nat. hist. t. 1, f. 1.

Argutum. Fr. Hym. Eur. p. 616.
Roth. in Ust. Ann. I, t. 1, f. 5.

Aurantiacum. F. H. Eur. p. 603.
Batsch. t. 40, f. 222 (mauvais dessin.)
Bres. Fung. Trid. t. 142.
Fl. Dan. t. 1439.
Gillet, t. 482.

Aureum. Fr. Hym. Eur. p. 613.

Auriculoides. Wettst. Vorarb. Steir. I, p. 33.

Auriscalpium. F. H. E. p. 607.
Britz. Hym. Südb. V, Hydn. f. 10.
Bolt. t. 90.
Bull. t. 481, f. 3.
Curt. Lond. t. 190.
Dufour, Atl. champ. t. 67.
Fl. Dan. t. 1020, f. 1.
Gillet. t. 485.
Krombh. t. 50, f. 15-17.
Pat. Tab. 146.
Schæff. t. 143.
Sicard, Hist. nat. champ. t. 58, f. 299.
Sowerb. t. 267.

Bicolor. Fr. Hym. Eur. p. 615.

Bresadolæ. Quél. in Fung. Trid. p. 14 et 26.
Bres. Fung. Trid. t. 11, f. 2.

Cæruleum. Fr. Hym. E. p. 602.
Bres. Fung. Trid. t. 100.
Fl. Dan. 1374.
Krombh. t. 50, f. 13, 14.

Candicans. Fr. Hym. Eur. p. 606.
Krombh. t. 5, f. 12.

Candidum. Fr. Hym. Eur. p. 601.

Caput-Medusæ. Fr. Hym. Eur. p. 608.
Bull. t. 412.
Eloffe, Champ. t. 11, f. 12.

Caput-ursi. Fr. Hym. Eur. p. 608.
Fr. Icon. t. 7.

Cinereum. Fr. Hym. Eur. p. 604.
Bull. t. 419.
Sicard, Hist. nat. champ.
t. 58, f. 297.
(V. *Hydn. Pocillum.*)

Cinnabarinum. Fr. H. E. p. 615.

Cirratum. Fr. Hym. Eur. p. 609.
Fl. Dan. t. 1789, f. 2.
Sverig. Atl. svamp. t. 71,
f. 1.

Compactum. Fr. H. Eur. p. 603.
Batsch. t. 40, f. 224.
Britz. V, Hydn. f. 7.
Dufour, Atl. Champ. t. 66,
f. 144.
Gotthold-Hahn. f. 133, 2ᵉ
édit.
Krombh. t. 50, f. 12.
Strauss. in Sturm. t. 6.

Schæff. t. 146 (excepté
f. 4 et 7).
Ventur. t. 24, f. 3, 4??

Connatum. Fr. H. Eur. p. 605.
Gillet, t. 483.

Coralloides. Fr. H. Eur. p. 607.
Barrelier, Plant. f. 1266.
Bull. t. 390.
Cordier, t. 44, f. 1.
Dr Lorins, t. 3, f. 4.
Fabre-Guill. Neuchâtel.
II, t. 27.
Krombh. t. 51, f. 4-7.
Leuba, Champ. com. t. 38,
f. 1.
Moyen, Tr. élém. champ.
t. 15, f. 3.
Pat. Tab. 357.
Rich. et Roze, Atl. t. 64,
f. 6-11.
Schæff. t. 142.
Sowerb. t. 252.
Sverig. Atl. svamp. t. 34.

Corrugatum. F. H. Eur. p. 609.
Sverig. Atl. svamp. t. 16.

Crinale. Fr. Hym. Eur. p. 613.
Pers. Myc. Eur. t. 17, f. 3
(var.)

Crinitum. Karst. Myc. Fenn. IX,
p. 50.

Cyathiforme. Fr. H. E. p. 606.
Bull. t. 156.

Britz. Hym. Südb. V,
Hydn. f. 9.
Dufour. Atl. champ. t. 67.
Fl. Dan. t. 1020, f. 2.
Gotthold-Hahn. f. 100, Ire
édit. (mauvais dessin)
et f. 134, 2e édit.
Harzer. t. 3, a.
Schæff. t. 139.
Seem. journ. 1868, t. 76.
Sicard, Hist. nat. champ.
t. 58, f. 294.

Denticulatum. F. II. E. p. 614.
Pat. Tab. 148.

Diaphanum. Fr. II. Eur. p. 616.
Schrad. spic. t. 3, f. 3.

Diversidens. Fr. II. Eur. p. 609.
Krombh. t. 51, f. 8-12.
Sverig. Atl. svamp. t. 71,
f. 2.

Dryinum. Dur. et Lév. Expl. Alg.
Dur. et Lév. Expl. Alg.
t. 32, f. 2.

Durieui. Dur. et Lév. Expl. Alg.
Durieu et Léveil. Expl.
Alg. t. 31, f. 9.

Ebneri. Wettst. Fung. austr. p. 1.
Wettst. Fung. austr. t. 1,
f. 27.

Erinaceum. Fr. Hym. Eur. p. 608.
Bull. t. 34.
Cordier, t. 44, f. 2.

Dr Lorins, t. 3, f. 6.
Dufour, Atl. champ. t. 67.
Eloffe, Champ. t. 11, f. 10.
Gillet, t. 486.
Krombh. t. 51, f. 1-3.
Leuba, Champ. t. 38, f. 2.
Roze et Rich. Atl. t. 64,
f. 1-5.
Vittad. t. 26.

Fasciculatum. Lamb. Fl. Myc.
Belg. I, p. 430.

Fallax. Fr. Hym. Eur. p. 614.
Nees. Syst. f. 230, a.

Farinaceum. Fr. II. E. p. 616.
Fl. Dan. t. 1375.

Fennicum. Karst. Rev. Myc. 1887.
p. 10.

Ferrugineum. Fr. II. E. p. 603.
Bres. Fung. Trid. t. 143.
Bull. t. 409 (var.)
Fr. Icon. t. 4.
Krombd. t. 50, f. 10, 11.
Schæff. t. 271.

Ferruginosum. Fr. Hym. Eur.
(Caldesiella Sacc.)   p. 613.
Nees. Syst. f. 248.
Schrad. Spic. t. 4, f. 2.

Fraceolens. Fr. Hym. E. p. 602
Brot. Phyt. I, t. 35.

Fragile. Fr. Hym. Eur. p. 599.
Berg. Pyr. t. 16.

Paul. t. 34.
Sverig. Atl. svamp. t. 89.

Fulgens. Fr. Hym. Eur. p. 610.
Fr. Icon. t. 10, f. 2.

Fuligineo-album. Fr. Hym. E.
p. 601.
Bres. Fung. Trid. t. 141,
f. 1.
Fr. Icon. t. 3, f. 1.

Fuligineo-violaceum. Fr.
Hym. Eur. p. 602.
Bres. Fung. Trid. t. 139.
Britz. Hydn. f. 6.
Kalchbr. Icon. Hung. t. 35.
f. 2.

Fusco-atrum. Fr. H. E. p. 612.

Fusipes. Fr. Hym. Eur. p. 600.
Pers. Myc. Eur. t. 20,
f. 4-6.

Geogenium. Fr. Hym. E. p. 610.
Britz. Hym. Südb. V,
Hydn. f. 11.
Fr. Icon. t. 8.
Kalchbr. Enum. C. icon.

Gracile. Fr. Hym. Eur. p. 600.

Gracilipes. Karst. Myc. Fenn. IV,
p. 291.

Graveolens. Fr. H. Eur. p. 605.
Fr. Icon. t. 6, f. 1.

Hirtum. Fr. Hym. Eur. p. 612.

Hollii. Fr. Hym Eur. p. 615.

Imbricatum. F. H. Eur. p. 598.
Bail. t. 29.
Barla, t. 38, f. 1-4.
Bolton. t. 88.
Britz. Hym. Südb. V,
Hydn. f. 1.
Dr Lorins, t. 3, f. 3.
Dufour, Atl. champ. t. 66.
Fabre-Guill. Neuchâtel, I,
t. 41.
Fl. Dan. t. 176 et 1500.
Gauthier, Champ. t. 1,
f. 3.
Gotthold-Hahn. f. 98, 1re
édit. et f. 131, 2e édit.
Gillet, t. 578.
Grev. Scot. t. 71.
Harzer. t. 36.
Klotzsch. Bor. t. 462.
Krombh. t. 49.
Leuba, Champ. com. t. 37,
f. 5.
Moyen, Tr. élém. Champ.
t. 15, f. 2.
Nees. Syst. f. 240.
Pat. Tab. 245.
Roze et Rich. Atl. t. 65,
f. 8-11.
Schæff. t. 140.
Sowerb. t. 73.
Sverig. Atl. svamp. t. 33.

Infundibulum. F. H. E. p. 600
Sv. Bot. t. 492.

Italicum. Sacc. Syll. Fung. Hydn.
(*Caldesiella.)*   p. 477.
  Sacc. Fung. Ital. t. 125.

Lævigatum. F. Hym. Eur. p. 599.
  Barla, t. 38, f. 5, 6.
  Bres. Fung. Trid. t. 138.
  Sverig. Atl. svamp. t. 81.

Leoninum. Fr. Hym. Eur. p. 610.

Limonicolor. B. et Br. Ann. nat.
                              hist. n. 1686.
  Bres. Fung. Trid. t. 11,
  f. 2.

Luteolum. Fr. Hym. Eur. p. 607.

Macrodon. Fr. Hym. Eur. p. 615.

Melaleucum. Fr. H. E. p. 606.
  Schæff. t. 272.

Melilotinum. Quél. Bull. soc. bot.
                         Fr. 1878, p. 290.
  Batsch. t. 4, f. 223.
  (Est une var. de Nigrum.)

Melleum. B. et Br. Ann. nat. hist.
                               n. 1436.

Membranaceum. Fr. Hym. E.
                              p. 613.
  Bull. t. 481, f. 1.
  Purton. Surgeon. Bot.
  descrip. III, t. 15.
  Sicard, Hist. nat. champ.
  t. 58, f. 295.
  Sowerb. t. 327.

Minutum. Fr. Hym. Eur. p. 609.
  Fl. Dan. t. 1789, f. 1.

Mirabile. Fr. Hym. Eur. p. 604.
  Fr. Icon. t. 3, f. 2.

Molle. Fr. Hym. Eur. p. 599.
  Fr. Icon. t. 2, f. 1.

Molluscum. Sacc. Syll. Fung.
                       Hydn. p. 460.

Montellicum. Sacc. Mich. I, p. 4.

Mucidum. F. Hym. Eur. p. 616.
  Pat. Tab. 679.

Multiforme. B. et Br. Ann. nat.
                             hist. n. 1687.

Multiplex. F. Hym. Eur. p. 611.
  Fr. Icon. t. 6, f. 2.

Nanum. Sauter. in Hedwigia, 1877,
                              p. 73.

Nigrum. Fr. Hym. Eur. p. 605.
  Batsch. t. 40, f. 223 (var.)
  et t. 10, f. 45.
  Fr. Icon. t. 5, f. 2.
  Gillet, t. 481.
  Lucand, t. 25.
  Pat. Tab. 678.

Niveum. Fr. Hym. Eur. p. 616.
  Nees. Syst. f. 246.
  Pers. Disp. t. 4, f. 6, 7.

Nodulosum. Fr. H. Eur. p. 616.

Occidentale. F. Hym. E. p. 606.
  Paul. t. 32, f. 1, 2.

Ochraceum. Fr. H. Eur. p. 612.
  Sowerb. t. 15.

Omasum. Fr. Hym. Eur. p. 608.

Opalinum. Quél. Assoc. Fr. 1882, cong. de la Rochelle, p. 400.
Quél. Assoc. Fr. 1882, cong. de la Rochelle, t. 11, f. 15.

Orbiculatum. Fr. H. E. p. 611.
Michel. t. 64, f. 3.

Papyraceum. Fr. H. E. p. 612.

Pectinatum. Fr. H. Eur. p. 611.
Michel. t. 64, f. 4.

Pinastri. Fr. Hym. Eur. p. 614.
Pers. Myc. Eur. t. 22, f. 3.

Plumosum. Duby. Bot. Gall. II, p. 778.

Pocillum. Inzenga. Sicil.
Inzeng. Fung. Sicil. t. 5, f. 1-5.
(Est une variété de Hydn. cinereum ?)

Politum. Fr. Hym. Eur. p. 601.
Sverig. Atl. svamp. t. 90.

Puberulum. Beck. Pilz. fl. Niede-roster. p. 42.

Pudorinum. Fr. Hym. E. p. 612.

Pusillum. Fr. Hym. Eur. p. 606.
Paulet, t. 35, f. 4.
Quél. Jur. II, t. 2, f. 5.

Queletii. Fr. Hym. Eur. p. 605.
Quél. Jura, t. 20, f. 2.

Raduloides. Karst. Myc. Fenn. XII, p. 110.

Ramaria. Fr. Hym. Eur. p. 608.
Batt. t. 33, C.

Repandum. Fr. Hym. E. p. 601.
Barla, t. 32, f. 1-9.
Batsch. t. 44, f. 10 et t. 26, f. 136.
Bel. Champ. Tarn. t. 7.
Britz. Hym. Südb. V, Hydn. f. 4.
Boyer, Champ. com. t. 41.
Bolton. t. 89 (var.)
Bull. t. 172.
Cordier, t. 43.
Dr Lorins, t. 3, f. 5.
Dufour, Atl. champ. t. 66.
Escul. Fung. Engl. Bad-ham. t. 8, f. 3-4.
Eloffe, Champ. t. 11, f. 11.
Fabre-Guill. Neuchâtel. I. t. 43.
Fl. Dan. t. 310.
Gillet, t. 480.
Gotthold-Hahn. f. 99, 1re édit. et f. 132, 2e édit.
Grev. Scot. t. 44.
Harzer. t. 23.
Huss. I, t. 16.
Krombh. t. 50, f. 1-9.
Leuba, Champ. com. t. 37, f. 1-4.
Moyen, Tr. élém. champ. t. 15, f. 1.
Muller et Busch. t. 1, f. 4.
Noulet et Dass. Champ t. 10, f. A.

Pat. Tab. 147 (var.)
Rolland, Bull. soc. myc.
Fr. 1893, t. 5, f. 2.
Roze et Rich. Atl. t. 65,
f. 1-4.
Schæff. t. 318 et 141 (var.)
Sowerb. t. 176.
Sverig. Atl. svamp. t. 15.
Sicard, Hist. nat. champ.
t. 58, f. 293.
Vittad. t. 25, f. 2.
Vent. t. 27, f. 4-6 et f. 24.

Rufescens. Fr. Hym. Eur. p. 601.
Bolt. t. 89.
Britz. Hym. Südb. V,
Hydn. f. 5.
Pat. Tab. 147.
Roze et Rich. Atl. t. 65,
f. 5-7.

Scabrosum. Fr. H. Eur. p. 599.
Schæff. t. 271.

Schiedermayeri. Fr. Hym. E.
p. 609.
Kalchbr. Ic. t. 38, f. 4.

Scrobiculatum. Fr. Hym. Eur.
p. 604.
Bull. t. 156.
Britz. Hym. Südb. V,
Hydn. f. 8.
Fries. Icon. t. 5, f. 1.
Mich. gen. t. 72, f. 7.

Septentrionale. F. Hym. Eur.
p. 610.
Fr. Icon. t. 9, et 10, f. 1.
DICT. ICON.

Sepultum. B. et Br. Ann. nat. hist.
n. 1813.

Serpens. Lasch. in Kl. Herb. Myc.
n. 1311.

Setosum. Pers. Myc. Eur. II, p. 213.
(Dryodon.)
Pat. Tab. 679.

Sobolewskii. Fr. H. E. p. 615.

Sordidum. Fr. Hym. Eur. p. 614.

Spadiceum. F. Hym. Eur. p. 603.
Pers. Icon. et descr. t. 9,
f. 1.

Spathulatum. Fr. H. E. p. 614.

Spongiola. Sacc. Mich. II, p. 155.

Squalinum. F. Hym. Eur. p. 612.
Bolt. t. 74.
Ray, Syn. t. 1, f. 5.

Squamosum. Fr. H. Eur. p. 598.
Britz. Hym. Südb. V,
Hydn. f. 2.
Eloffe, Champ. t. 11, f. 9.
Noulet et Dass. Champ.
t. 10, f. B.
Schæff. t. 273.

Stevensoni. B. et Br. Ann. nat.
hist. n. 1437.

Stipatum. Fr. Hym. Eur. p. 617.
Fr. Icon. t. 194, f. 2.

Stohlii. Fr. Hym. Eur. p. 610.

Strigosum. Fr. Hym. Eur. p. 611.
Britz. Hym. Südb. V,
Hydn. f. 12.
Nees. Syst. f. 245.
Pers. Icon. descr. t. 14,
f. 1.

Suaveolens. F. Hym. Eur. p. 602.
Harzer. t. 52.
Quél. Jura et Vosges, t. 20,
f. 1.
Strauss. in Sturm. 33,
t. 7.
Weinm. t. 354.

Subcarnaceum. Fr. Hym. Eur.
p. 615.

Subgelatinosum. Karst. Myc.
Fenn. IX, p. 50.

Subsquamosum. Fr. Hym. E.
p. 598.
Batsch. t. 10, f. 43.
Pers. Myc. Eur. t. 21.
Paul. t. 33, f. 1.

Subtile. Fr. Hym. Eur. p. 617.

Torulosum. F. Hym. Eur. p. 600.
Fr. Icon. t. 2, f. 2.

Udum. Fr. Hym. Eur. p. 615.

Umbellatum. F. Hym. E. p. 607.

Variicolor. Fr. Hym. Eur. p. 613.

Velutinum. Fr. Hym. Eur. p. 604.
Bull. t. 453, f. 2.
Gillet, t. 484.
Mich. gen. t. 72, f. 4.
Pat. Tab. 677.
Schæff. t. 147, f. 2, 3, 4,
5, 6.

Velutipes. Beck, Zur Pilz. Nied.
V, p. 76.
Beck, Zur Pilzf. Nieder. V,
t. 15, f. 10.

Versipelle. Fr. Hym. Eur. p. 599.
Britz. Hym. Südb. V,
Hydn. f. 3.
Fr. Icon. t. 1.

Violascens. Fr. H. Eur. p. 602.
Bres. Fung. Trid. t. 140.
Krombh. t. 5, f. 11.
Paul. t. 35 bis.
Quél. Assoc. Franc. 1887,
t. 21, f. 11.

Viride. Fr. Hym. Eur. p. 614.
Alb. et Schw. t. 6, f. 4.

Weinmanni. Fr. H. Eur. p. 613.
Pers. Myc. Eur. t. 22,
f. 2.

Zonatum. Fr. Hym. Eur. p. 605.
Batsch. t. 40, f. 224.
Gillet, t. 483.
Nees. Syst. f. 242.

HYGROPHORUS

Agathosmus. Fr. H. E. p. 411.
Britz. IV, Hygrophorii,
f. 15.
Boyer, Champ. com. t. 29.
Cooke, t. 913.
Gillet, t. 128.
Gonn. et Rab. t. 11, f. 4.
Lucand, t. 289.
Pat. Tab. 210.

Amœnus. Gillet, Hym. p. 191.
Gillet, t. 134.

Arbustivus. Fr. Hym. E. p. 408.
Bern.Champ.Roch.35,f.1.
Cooke, t. 896.
Gillet, t. 526.
Gillot et Lucand, Catal.
champ. t. 5, f. 4.
Lucand, t. 290.

Aureus. Fr. Hym. Eur. p. 409.
Britz. IV, Hygr. f. 19.
Cooke, t. 896.
Fr. Icon. t. 166, f. 2.
Kalchbr. Ic. t. 26, f. 2.

Bresadolæ. Quél. in Bres. Fung.
Trid. p. 11.
Bres. Fung. Trid. t. 9.
Rev. mycol. 1881, t. 21.

Calophyllus. Karst. in Bres.
Fung. Trid. p. 20.
Bres. Fung. Trid. t. 23.

Calyptriformis. Fr. Hym. Eur.
p. 420.
Cooke, t. 894 et 923 (var.)
Transact. Woolh. club.
t. 21, f. 4-6.

Capreolarius. Fr. H. E. p. 407.
Bres. Fung. Trid. t. 123.
Kalchbr. Ic. t. 18, f. 3.

Caprinus. Fr. Hym. Eur. p. 412.
Cooke, t. 916.
Krombh. t. 72, f. 21-23.

Ceraceus. Fr. Hym. Eur. p. 417.
Britz. Hygr. f. 37.
Cooke, t. 904.
Krombh. t. 3, f. 6, 7.
Lucand, t. 4.
Sowerb. t. 20.
Wulf. in Jacq. Miscell. II,
t. 15, f. 2.

Cerasinus. Fr. Hym. Eur. p. 410.
Cooke, t. 898.

Chlorophanus. Fr. Hym. Eur.
p. 420.
Cooke, t. 909.
Fr. Icon. t. 167, f. 4.
Gillet, t. 139.
Hoffm. Ic. t. 5, f. 1.
Lucand, t. 91.
Pat. Tab. 511.

Chrysodon. F. Hym. Eur. p. 405.
Batsch, t. 38, f. 212.
Britz. IV, Hygroph. f. 3.
Cooke, t. 885.

Gillet, t. 120.
Gonn. et Rab. t. 10, f. 1.

Cinereus. Fr. Hym. Eur. p. 413.
Britz. IV, Hygroph. f. 44.
Fr. Atl. svamp. t. 30 (2e
fig. sup.)
Schæff. t. 307.

Citrino-croceus. Berk. Zur
Pilz. Nieder. V, p. 80.

Clarkii. Fr. Hym. Eur. p. 415.
Cooke, t. 934.

Clivalis. Fr. Hym. Eur. p. 414.
Britz. Hygroph. f. 31.

Coccinellus. Ehrenh. Sylv. Berol.
p. 31.

Coccineus. Fr. Hym. Eur. p. 417.
Bull. t. 570 (f. 2 en partie.)
Batt. t. 19, f. 63.
Britz. IV, Hygroph. f. 29.
Cooke, t. 920.
Dufour, Atl. champ. t. 19.
Eloffe, Champ. t. 10, f. 4.
Fl. Dan. t. 715.
Gauthier, Champ. t. 16,
f. 4.
Gotthold-Hahn. f. 39, ire
édit (mauvaise figure)
et f. 54, 2e édit.
Gillet, t. 133.
Hussey, I, t. 61.
Leuba, Champ. com. t. 16,
f. 1-3.

Price, f. 57.
Schæff. t. 302.
Sowerb. t. 381.

Coibilis. Britz. Hym. Südb. IV,
p. 135.
Britz. Hym. Südb. IV,
f. 16.

Colemannianus. Fr. Hym. Er.
p. 417.
Britz. IV, Hygrop. f. 26.
Bres. Fung. Trid. t. 125.
Cooke, t. 903.

Conicus. Fr. Hym. Eur. p. 419.
Bull. t. 50 et t. 524, f. 36
(var.)
Batsch. t. 7, f. 28.
Bolt. t. 68 (var.)
Bern. Champ. Roch. t. 33,
f. 3, 4.
Britz. IV, Hygroph. f. 35
et 40.
Cooke, t. 908.
Doas et Pat. t. 7.
Dufour, Atl. champ. t. 20.
Fl. Bat. t. 310.
Gauthier, Champ. t. 16,
f. 5.
Gillet, t. 136.
Gotthold-Hahn. f. 55, 2e
édit.
Leuba, Champ. com. t. 16,
f. 4-6.
Schæff. t. 2 et 26 (var.)
Sicard, Hist. nat. champ.
t. 34, f. 178.

Cossus. Fr. Hym. Eur. p. 406.
Bern. Champ. Roch. t. 34,
f, 4.
Cooke, t. 887.
Grevillea, VIII, t. 129, f. 2.
Gonn. et Rabenh. t. 11,
f. 5.
Gillet, t. 257.
Roze et Rich. Atl. t. 39,
f. 15-17.
Sowerb. t. 121.

Discoideus. F. Hym. Eur. p. 408.
Britz. IV, Augsb. Hygro.
f. 25 et 45.
Bern. Champ. Roch. t. 35,
f. 2.
Cooke, t. 912.
Gonn. et Rab. t. 10, f. 4.
Gillet, t. 125.

Distans. Fr. Hym. Eur. p. 415.
Berkl. Outl. t. 13, f. 1.
Cooke, t. 902.

Eburneus. Fr. Hym. Eur. p. 406.
Berkl. Outl. t. 15, f. 4.
Bull. t. 551, f. 2.
Buxb. IV, t. 30, f. 2.
Britz. IV, Hygroph. f. 6.
Bolt. t. 4, f. 2.
Cordier, t. 11, f. 1.
Cooke, t. 886.
Dr Lorins, t. 11, f. 4.
Dufour, Atl. Champ. t. 19.
Eloffe, Champ. t. 7, f. 2.
Gillet, t. 122.

Gotthold-Hahn. f. 37, 1re
édit. et f. 52, 2e édit.
Gonn. et Rab. t. 11, f. 5
(var.)
Krombh. t. 61, f. 11-14.
Leuba, Champ. com. t. 15,
f. 1-5.
Noulet et Dass. Champ.
com. t. 21. f. B.
Roze et Rich. Atl. t. 39,
f. 12-14.
Schæff. t. 39.
Viviani, t. 17.

Erubescens. Fr. Hym. E. p. 407.
Cooke, t. 888.
Kalchbr. Ic. t. 18, f. 2.
Krombh. t. 1, f. 14-15.
Lucand. t. 114.
Letellier, t. 705.
Quél. Vosges et Jura, t. 11,
f. 1.
Sverig. atl. svamp. t. 65.

Facessitus. Britz. Hym. Südb. IV,
p. 135.
Britz. Hym. Südb. IV,
p. 18.

Flavus. Lambotte, Fl. Myc. Belg. I,
p. 296.

Fœtens. Cooke, Syst. Ind. p. 13,
vol. VI.
Cooke, t. 903.
Phill. in Grevill. VII,
t. 121, f. B.

Fornicatus. F. Hym. Eur. p. 414.
Cooke, t. 933.
Krombh. t. 25, f. 4, 5.

Fusco-albus. Fr. H. Eur. p. 410.
Britz. IV, Hygroph. f. 13.
Cooke, t. 899.
Jungh. in Linn. V, t. 6,
f. 1.

Gentilitius. Britz. Hym. Südb. IV,
p. 135.
Britz. Hym. Südb. IV,
f. 32.

Glauconitens. F. H. E. p. 421.
Batsch. t. 33, f. 192.
Britz. IV, Hygroph. f. 38.

Glaucus. Karst. Myc. Fenn. III,
p. 199.

Gliocyclus. F. Hym. Eur. p. 405.
Fr. Icon. t. 165, f. 2.
Kalchbr. Ic. t. 23, f. 2.

Glossatus. Britz. Hym. Südb. IV,
p. 135.
Britz. Hym. Südb. IV, f. 28.

Glutinifer. Fr. Hym. Eur. p. 407.
Bull. t. 258 et 539, f. B.
Cooke, t. 889.
Gillet, t. 124.

Helvella. Boud. in Gill. tab. anal.
p. 33.

Houghtoni. (B. et Br.) Fr. Hym.
E. p. 416.

Cooke, t. 936.
Grevillea, V, t. 78, f. 1.

Hyacinthinus. Quél. Fl. myc.
p. 265.

Hypothejus. F. H. Eur. p. 410.
Alb. et Schw. t. 10, f. 4.
Buxb. Cent. IV, t. 21.
Britz. IV, Hygroph. f. 11.
Cooke, t. 891.
Gonn. et Rab. t. 10, f. 5.
Gillet, t. 126.
Grevillea, VIII, t. 126, f. 2.
Krombh. t. 72, f. 24, 25.
Lucand, t. 3.
Pat. Tab. 510.
Quélet, Jura, t. 10, f. 4
(jeune).
Sowerb. t. 8.

Intermedius. F. H. Eur. p. 419.
Cooke, t. 907.

Irrigatus. Fr. Hym. Eur. p. 416.
Cooke, t. 919.
Fr. Icon. t. 168, f. 3.

Karstenii. Sacc. Syll. Fung. agar.
p. 401.
Karst. Icon. Select. f. 13.

Lacmus. Fr. Hym. Eur. p. 416.
Fl. Dan. t. 1731, f. 1.
Gonn. et Rab. t. 11, f. 1.
Kalchbr. t. 25, f. 3.

Lætus. Fr. H. Eur. p. 417.
Cooke, t. 938.

Fr. Icon. t. 167, f. 2.
Gillet, t. 132.
Kalchbr. t. 26, f. 3.

Latibundus. Britz. Hym. Augs. IV,
p. 134.
Britz. Hym. Augs. IV, f. 14.
Kalchbr. t. 24, f. 1.

Leporinus. Fr. Hym. Eur. p. 412.
Batt. t. 9, f. H.
Cooke, t. 930.
Schæff. t. 313.

Leucophæus. Fr. H. E. p. 408.
Bull. t. 539, f. C.-E.
Britz. Aug. IV, Hygr. f. 7,
et 43 (var.)

Ligatus. Fr. Hym. Eur. p. 405.
Britz. IV, Hygr. f. 1.
Fr. Icon. t. 165, f. 1.

Limacinus. Fr. Hym. E. p. 409.
Britz. IV, Hygroph. f. 8.
Cooke, t. 897.
Gillet, t. 127.
Paul. t. 77. f. 3.
Saund. et Sm. t. 20.
Schæff. t. 312.

Livido-albus. Fr. H. E. p. 412.
Britz. IV. Hygrop. f. 41.
Cooke, t. 915.
Fl. Dan. t. 1907, f. 2 (for-
me allongée).
Lucand, t. 144 (var. *Lu-
candi*.)

Lucandi. Gil. in Rev. myc. 1881, p. 7.
Lucand, t. 144 et Rev.
myc. IV, 1882, t. 27.

Lucorum. Fr. Hym. Eur. p. 409.
Kalchbr. Ic. Hung. t. 19, f. 4.

Melizeus. Fr. Hym. Eur. p. 406.
Fr. Icon. t. 165, f. 3.
Gillet, t. 121.
Pat. Tab. 509.

Mesotephrus. F. H. E. p. 411.
Berkl. Ann. Hist. nat.
XIII, t. 15, f. 1.
Britz. Augs. Hygrop. f. 42.
Cooke, t. 914.

Metapodius. Fr. H. Eur. p. 415.
Bres. Fung. Trid. t. 124.
Cooke, t. 918.
Kalchbr. t. 25, f. 2.

Micaceus. Cooke, Syst. Ind. p. 13,
vol. VI.
Cooke, t. 905.

Miniaceus. Beck, Zur Pilz. Nieder.
V, p. 81.

Miniatus. Fr. Hym. Eur. p. 418.
Britz. IV, Hygrop. f. 27.
Cooke, t. 921.
Fl. Dan. t. 1009.
Harzer. t. 4, f. 1.
Quél. Vosges et Jura, t. 10,
f. 2.
Sicard, Hist. nat. champ.
t. 34, f. 180.

Mucronellus. Fr. H. E. p. 418.
Cooke, t. 937.

Nemoreus. Fr. Hym. E. p. 413.
Britz. Hygroph. f. 21.
Cooke, t. 931.
Gillet, t. 130.
Lucand, t. 258.
Pers. Myc. Eur. III, t. 28,
f. 1, 2.

Nitidus. Fr. Hym. Eur. p. 408.
Britz. Hygroph. f. 17.
Fr. Icon. t. 166, f. 1.
Lucand, t. 317.
Pat. Tab. 211.
Schæff. t. 97 (var. à chair
blanche).

Nitratus. Fr. Hym. Eur. p. 421.
Cooke, t. 925.
Quél. Vosges et Jura,
t. 10, f. 3.

Niveus. Fr. Hym. Eur. p. 414.
Britz. IV, Hygrop. f. 23.
Bauhin, cap. LXX, p. 847.
Cooke, t. 900.
Dufour, Atl. champ. t. 19.
Gonn. et Rab. t. 10, f. 3.
Gotthold-Hahn. f. 53, 2ᵉ
édit.
Krombh. t. 25, f. 1-3 (var).
Pat. Tab. 2.
Schæff. t. 232.

Obrusseus. Fr. Hym. Eur. p. 419.
Battar. t. 19, f. D.

Britz. Hygr. f. 33, 36.
Bern. Champ. Roch. t. 35,
f. 3.
Bolt. t. 68.
Cooke, t. 906.
Lucand, t. 348.

Obscuratus. Karst. in Hedw.
1889, p. 364.

Olivaceo-albus. Fr. Hym. Eur.
p. 410.
Brigant. t. 5, f. 1-3.
Bres. Fung. Trid. t. 92
(var.)
Cooke, t. 890.
Grevillea, V, t. 82, f. 1.
Lucand, t. 316.
Sicard, Hist. nat. champ.
t. 35, f. 187.

Ovinus. Fr. Hym. Eur. p. 415.
Bull. t. 580, f. C.-N.
Cooke, t. 934.
Gonn. et Rab. t. 11, f. 2?
Hussey, II, t. 50.
Sicard, Hist. nat. champ.
t. 17, f. 77.

Penarius. Fr. Hym. Eur. p. 406.
Britz. IV, Hygroph. f. 2.
Cooke, t. 895.
Schæff. t. 238.
Sowerb. t. 71.
Sverig. Atl. champ. t. 48.

Persicinus. Beck, Pilzfl. Nied. IV,
p. 60.

Pertractatus. Britz. IV, Hym. Südb. p. 136.
Britz. IV, Hygroph. f. 39.

Ponderatus. Britz. Hym. Südb. IV, p. 133.
Britz. Hym. Südb. Hygr. IV, f. 4.

Pratensis. Fr. Hym. Eur. p. 413.
Bull. t. 587, f. 1.
Bolt. t. 56.
Brigant. t. 22.
Britz. IV, Hygroph. f. 20 et 22.
Cooke, t. 917 et 932 (var.)
Dufour, Atl. champ. t. 19.
Fl. Dan. t. 1735, f. 1.
Gillet, t. 131.
Gotthold-Hahn. f. 38, 1re édit. (mauvais dessin).
Grev. Scot. t. 91.
Hussey, II, t. 90.
Krombh. t. 43, f. 7-10.
Pers. Myc. Eur. t. 28, f. 1.
Roumeg. Crypt. Illustr. f. 202.
Sowerb. t. 141.
Sverig. Atl. svamp. t. 30.

Psittacinus. Fr. H. Eur. p. 420.
Batt. t. 21, f. E.
Bern. Champ. Roch. t. 35, f. 4.
Britz. IV, Hygroph. f. 34.
Bull. t. 545, f. 1.
Cooke, t. 910.
Gillet, t. 137.

Grev. Scot. t. 74.
Hussey, I, t. 41.
Pat. Tab. 212.
Schæff. t. 301.
Sow. t. 82.
Sicard, Hist. nat. champ. t. 34, f. 176.
Ventur. t. 42, f. 1-3.

Pudorinus. Fr. Hym. Eur. p. 407.
Britz. IV, Hygroph. f. 9.
Boyer, Champ. com. t. 28.
Cooke, t. 911.
Fabre-Guill. Neuchâtel, II, t. 15.
Gonn. et Rab. t. 11, f. 3?
Gillet, t. 123.
Leuba, Champ. com. t. 15. f. 6-8.
Quélet, Jura, t. 11, f. 2.

Pulverulentus. B. et Br. Ann. nat. hist. n. 1767.
Cooke, t. 895.
Quél. et Lebret. Champ. t. 3, f. 9.

Puniceus. Fr. Hym. Eur. p. 419.
Bolton, t. 67, f, 2 (mauvais dessin).
Britz. IV, Hygroph. f. 46.
Boyer, Champ. com. t. 27.
Cooke, t. 922.
Fl. Dan. t. 883.
Sverig. Atl. svamp. t. 77.
Tourn. Inst. t. 327, f. A.
B.

Purpurascens. Fr. Hym. Eur.
p. 407.
Gonn. et Rab. t. 11, f. 3.
Kalchbr. Ic. t. 18, f. 2, 3.

Pustulatus. Fr. Hym. E. p. 411.
Britz. Hygr. f. 12.
Fr. Icon. t. 166, f. 3.
Lucand. t. 115 (var.) et
t. 347.

Queletii. Bres. Fung. Trid. p. 11.
Bres. Fung. Trid. t. 10.
Revue mycol. 1881, t. 22.

Rubescens. Beck, Zur Pilzfl.
Nieder, V, p. 80.

Russo-coriaceus. F. Hym. E.
p. 414.
Cooke, t. 900.
Saund et Sm. t. 28, f. 2.

Schulzeri. Bres. Fung. Trid. p. 55.
Bres. Fung. Trid. t. 67.

Sciophanus. Fr. H. Eur. p. 417.
Batsch. t. 39, f. 215.
Cooke, t. 937.
Fl. Dan. t. 1845, f. 2.
Fr. Icon. t. 167, f. 1.

Secretani. Henning. Zwei Hym.
p. 1.

Spadiceus. Fr. Hym. Eur. p. 420.
Cooke, t. 1161.
Fr. Icon. t. 168, f. 1.
Gillet, t. 135.

Squalidus. F. Hym. Eur. p. 420.

Streptopus. Fr. H. Eur. p. 415.
Pat. Tab. 213.

Sub-purpurascens. Allesch.
Suedb. p. 92.

Subradiatus. Fr. H. E. p. 416.
Britz. Hygr. fig. 22.
Cooke, t. 935.
Gonn. et Rab. t. 11, f. 1.

Syrgensis. Karst. in Hedw. 1889,
p. 364.

Terebratus. Fr. H. Eur. p. 411.
Britz. IV, Hygroph. f. 10.

Tephroleucus. Fr. Hym. Eur.
p. 411.
Batsch. t. 34, f. 196.
Kalchbr. Ic. t, 17, f. 5.

Turundus. Fr. Hym. Eur. p. 418.
Cooke, t. 921 (var.)

Unguinosus. Fr. H. Eur. p. 421.
Cooke, t. 924.
Fr. Icon. t. 168, f. 2.
Gillet, t. 138.

Velutinus. Fr. Hym. Eur. p. 412.
Borsz. Fung. Ingr. t. 1,
f. 2.
Britz. Hygroph. f. 30.
Fr. Icon. t. 167, f. 3.

Ventricosus. Cooke, Syst. Ind.
p. 12, vol. VI.
Cooke, t. 901.

Vignolius. Fr. Hym. Eur. p. 409.

Virgineus. Fr. Hym. Eur. p. 413.
Bull. t. 188.
Batt. t. 12, f. F.
Batsch. t. 3, f. 12 et 35,
f. 200 (diverses formes).
Bern. Champ. Roch. t. 35,
f. 5.
Britz. IV, Hygr. f. 5.
Cordier, t. 11, f. 2.
Cooke, t. 992 et 993 (var.)
Gillet, t. 129.
Gonn. et Rabenh. t. 10,
f. 3.
Grev. Scot. t. 166.
Krombh. t. 25, f. 1-5.
Moyen. Tr. élém. champ.
t. 8, f. 2.
Price. f. 41.
Roze et Rich. Ati. t. 40,
f. 16-19.
Sicard, Hist. nat. champ.
t. 19, f. 86.
Sowerb. t. 32.
Wulf. in Jacq. Miscell. 2,
t. 15, f. 1.

Vitellinus. Fr. Hym. Eur. p. 417.
Britz. Hygr. f. 24.
Cooke, t. 904.
Fr. Icon. t. 167, f. 3.

Wynniæ. Cooke, Syst. Ind. p. 13,
vol. VI.
Cooke, t. 905.
Grevillea, VII, t. 121, f. A.

HYMENULA

Areolata. Fr. Hym. Eur. p. 701.

Arundinis. Fr. Hym. Eur. p. 701.

Ciliata. Fr. Hym. Eur. p. 701.
Corda, Icon. II, f. 110.

Desmazierii. Fr. Hym. E. p. 701.

Georginæ. Fr. Hym. Eur. p. 701.

Linearis. Fr. Hym. Eur. p. 702.

Nigra. Fr. Hym. Eur. p. 701.

Platani. Fr. Hym. Eur. p. 701.
Corda, Icon. III, f. 86.

Punctiformis. Fr. H. E. p. 702.

Rubella. Fr. Hym. Eur. p. 702.
Corda, Icon. III, f. 85.

Umbilicata. Fr. H. Eur. p. 700.

Vulgaris. Fr. Hym. Eur. p. 701.
Corda, Icon. II, f. 111.

HYPHOLOMA

Ælopodum. Fr. Hym. Eur. p. 292.

Appendiculatum. Fr. Hym. E.
p. 296.
Bauhin. cap. XXXIII, p.
835 et 836.
Berkl. Outl. t. 11, f. 3.

Bern. Champ, Roch. t. 23,
f. 4-5.
Boyer, Champ. com. t. 13.
Britz. Melanospori, .. 48.
Bull. t. 392.
Cooke, t. 547.
Gillet, t. 567.
Pat. Tab. 349.
Sicard, Hist. nat. champ.
t. 30, f. 158.
Sowerb. t. 324.

Arridens. Britz. Derm. et Mel.
p. 170.
Britz. Derm. et Mel. f. 108.

Artemisiæ. Fr. Hym. Eur. p. 294.

Assimilans. Britz. Derm. et Mel.
p. 170.
Britz. Derm. et Mel. f. 109.

Britzelmayri. Britz. Derm. et
Mel. p. 152.
Britz. Derm. et Mel. f. 52.

Buxbaumii. Fr. Hym. Eur. p. 292.
Buxb. C. IV, t. 14.

Candolleanum. Fr. Hym. Eur.
p. 295.
Britz. Melanospori, f. 111.
Cooke, t. 546.
Fl. Dan. t. 774.
Pat. Tab, 350.
Saund. et Sm. t. 32 (infer.)

Canofaciens. Cooke?
Grevillea, XIV, p. 1.
Cooke, t, 621.

Capnoides. F. Hym. Eur. p. 291.
Britz. Melanosp. f. 32.
Cooke, t. 559.
Fr. Icon. t. 133, f. 1.
Gillet, t. suppl.

Cascum. F. Hym. E. p. 294.
Cooke, t. 544.
Quélet, Jura, t. 8, f. 2.

Catarium. Fr. Hym. Eur. p. 296.

Coriarium. Fr. Hym. Eur. p. 294.

Coronatum. Fr. Hym. E. p. 295.
Britz. Melanospori. f. 50.
Fr. Icon. t. 134, f. 3.

Dispersum. F. Hym. Eur. p. 292.
Britz. Melanospori. f. 126.
Cooke, t. 586.
Fr. Icon. t. 133, f. 3.
Saund. et Sm. t. 24, f. 1-3.

Egenulum. F. Hym. Eur. p. 296.
Cooke, t. 605.

Elæodes. Fr. Hym. Eur. p. 291.
Bull. t. 30.
Britz. Melanospori. f. 42.
Cooke, t. 562.
Larbr. t. 16. f. 2.
Noul. et Dass. Champ.
t. 29, f. A.
Paul. t. 108.
Roze et Rich. Atl. t. 25,
f. 6-9.
Sicard, Hist. nat. champ.
t. 30, f. 159.

Epixanthum. Fr. II. Eur. p. 291.
　Batt. t. 23, D.
　Britz. Melanospori, f. 41
　　et 113 (var.)
　Cooke, t. 560.
　Fr. Icon. t. 133, f. 2.
　Paul. t. 107.

Fasciculare. Fr. II. E. p. 291.
　Batsch. t. 7, f. 29.
　Bolt. t. 29.
　Britz. Derm. et Mel.
　　f. 15.
　Boyer, Champ. com. t. 11.
　Cooke, t. 561.
　Dr Lorins, t. 8, f. 2.
　Dufour, Atl. champ. t. 45.
　Fl. Dan. t. 2075.
　Gillet, t. 394.
　Gotthold-Hahn. f. 63, 1re
　　édit. (mauvais dessin)
　　et f. 94, 2o édit.
　Grev. Scot. t. 329.
　Hussey, II, t. 45.
　Krombh. t. 44, f. 4-5.
　Pat. Tab. 116.
　Roze et Rich. Atl. t. 25,
　　f. 14-16.
　Roumeg. Crypt. illustr.
　　f. 148.
　Sicard, Hist. nat. champ.
　　t. 21, f. 96 et 98.
　Schulz. Verdandl. Her-
　　mann. 1884, t. 1, f. 2.
　Sowerb. t. 285.
　Schæff. t. 49, f. 1-5.

Gilletii. Fr. Hym. Eur. p. 292.
　Gillet, t. 390.

Hydrophilum. Fr. II. E. p. 333.
(Bolbitius Fr.)
　Bull. t. 511.
　Cooke, t. 605.
　Saund. et Sm. t. 24, f. 4.

Hypoxanthum. Phill. et Plowr.
　　　　　　　　　　in Grev.
　Cooke, t. 543.

Instratum. Britz. Derm. et Mel.
　　　　　　　　III, p. 171.
　Britz. Melanosp. f. 110.
　Cooke, t. 1157.

Intonsum. Fr. Hym. Eur. p. 294.

Lacrymabundum. Fr. Hym.
　　　　　　　　　　Eur. p. 293.
　Bull. t. 525, f. 3.
　Britz. Melanospori, f. 139.
　Cooke, t. 566.
　Fr. Icon. t. 134, f. 1.
　Gillet, t. 391.
　Hoffm. Icon. t. 15, f. 3
　　(forme petite).
　Krombh. t. 3, f. 29.
　Pat. Tab. 117.
　Roumeg. Crypt. illustr.
　　f. 193.
　Saund. et Sm. t. 34, f. 1.

Lanaripes. Fr. Hym. Eur. p. 295.
　Cooke, t. 545.
　Cooke, in Seem. Journ.
　　1866, t. 3, f. 2.
　Cooke, Brit. t. 1, f. 3.

Leucotephrum. Fr. Hym. Eur.
p. 296.
Cooke, t. 548.

Melantinum. F. H. Eur. p. 294.
Britz. Melanospori. f. 138.
Fr. Icon. t. 134, f. 2.

OEdipum. Cooke, in Grev. 1885, p. 1.
Cooke, t. 587, a.

Piluliforme. F. Hym. E. p. 296.
Bull. t. 112.
Sicard, Hist. nat. champ.
t. 23, f. 115.

Populinum. Britz. Hym. Südb. IV,
p. 157.
Britz. Hym. Südb. IV,
f. 43 et 140.

Prescotii. Fr. Hym. Eur. p. 292.

Punctulatum. Fr. H. E. p. 289.
(V. *Stropharia punctu-
lata*.) Kalchbr. Hung.
t. 14, f. 1.

Pyrothricum. Fr. H. E. p. 293.
Bull. t. 525, f. 3.
Britz. Melanospori, f. 48.
Cooke, t. 564.
Holmsk. Ot. II, t. 35.
Krombh. t. 42, f. 12-16.
Sicard, Hist. nat. champ.
t. 30, f. 156.

Silaceum. Fr. Hym. Eur. p. 290.
Batt. t. 22.

Silvestre. Gillet, Champ. F. p. 568.

Storeum. Fr. Hym. Eur. p. 293.
Cooke, t. 543.

Sublateritium. Fr. Hym. Eur.
p. 290.
Boyer, Champ. com. t. 12.
Britz. Melanospori. f. 40.
Cooke, t. 557-558 (var.)
Gillet, t. 393.
Hussey, I, t. 60.
Hedw. Crypt. t. 38.
Krombh. t. 44, f. 1-3.
Lucand, t. 218.
Paul. t. 109 (var.)
Roze et Rich. Atl. t. 25,
f. 10-13.
Schæff. t. 49, f. 6-7 et fig.
4-5 (var.)

Sublentum. Karst. Symb. Myc.
Fenn. X, p. 60.

Subpapillatum. Karst. Hattsv.
I, p. 501.

Transversum. Gillet, Champ.
Fr. p. 571.

Velutinum. Fr. Hym. Eur. p. 293.
Berkl. Outl. t. 11, f. 2.
Britz. Melanospori, f. 44.
Bull. t. 194.
Cooke, t. 563.
Gillet, t. 392.
Inzeng. Fung. Sicil. t. 7,
f. 2.
Lucand, t. 62.

Paulet. t. 55, f. 1 (var.)
Sicard, Hist. nat. champ.
t. 30, f. 157.
Sowerb. t. 41.

Violaceo-atrum. Fr. Hym E.
p. 295.
Letell. t. 701.

HYPOCHNUS

Anthochrous. F. H. E. p. 661.
Pat. Tab. 27.

Argillaceus. Karst. Symb. VIII,
p. 13.

Asperulus.Karst.Finl.Basid.p.441.

Asterophorus. Bonord. Handb.
p. 160.

Aureus. Fr. Hym. Eur. p. 661.

Bagliettoanus. Fr. Hym. Eur.
p. 705.

Bisporus. Schroet. Pilz. Schles.
p. 415.

Brefeldi.Saccardo.Syll.Suppl.p.243.
Bref. Unters. VIII, t. 1,
f. 15-16.

Brunneus. Schroet. Pilz. Schles.
p. 419.

Centrifugus. (Lév.) Tul. Carp. I,
p. 113.
Berkl. Ann. sc. nat. 1844,
t. 9, f. 3.

Chalybæus. Fr. Hym. E. p. 660.

Cinerascens. Karst. Myc. Fenn.
22, p. 2.

Cinereus. Bonord. Handb. p. 159.
Bonord. Handb. f. 249.

Cinnamomeus. Bonord. Handb.
p. 160.

Coronatus. Schroet. Pilz. Schles.
p. 418.

Cucumeris. Franck. in Hedw.1883,
p. 127.

Dendriticus. Walbr. fl. Crypt.
Germ. n. 1983.

Effusus. Bonord. Handb. p. 160.

Epiphyllus. (Pers.)Walr. Fl. crypt.
germ. n. 1982.

Ferrugineus. F. Hym. E. p. 661.
Pat. Tab. 26.

Flavescens.Bonord.Handb.p.160.

Flavus. Bref. Unters. VIII, p. 11.
Bref. Unters. VIII, t. 1,
f. 11-14.

Fucatus. Karst. Finl. Basid. p. 443.

Fuscellus. Schroet. Pilz. Schles.
p. 149.

Fuscus. Karst. Symb. VIII, p. 13.

Fusisporus. Schrœt. Pilz. Schles.
p. 416.

Granulatus. Bonord. Handb. p.160.
Bonord. Handb. f. 257.

Isabellinus. Fr. Hym. E. p. 660.
Pat. Tab. 23.

Lacunosus. Fr. Hym. Eur. p. 661.

Menieri. Pat. Tab. anal. n. 580.
Pat. Tab. 580.

Michelianus. F. H. E. p. 660.
Michel. t. 90, f. 2.

Mollis. Fr. Hym. Eur. p. 660.

Mucidulus. Karst. Myc. Fenn. IX,
p. 54.

Mucidus. Schroet. Pilz. Schles. p.416.

Muscorum. Schræt. Pilz. Schles.
p. 418.

Mustialaënsis. F. H. E. p.705.

Nigrescens. Karst. Hedw. 1889.

Obducens. Karst. Finl. Basid. p.421.
(Tomentella.)

Olivaceus. Sacc. Mich. II, p. 585.

Puniceus. Fr. Hym. Eur. p. 661.

Reticulatus. Wallr. Flor. crypt.
germ. n. 1986.

Sambuci. Fr. Hym. Eur. p. 660.
Grev. Scot. t. 242.

Letell. t. 607, f. 2.
Pat. Tab. 22.

Schrœteri. Sacc. Syllog. Fung. VI,
p. 658.

Serus. Fr. Hym. Eur. p. 659.
Pat. Tab. 151.

Setosus. Schroet. Pilz. Schles. p.418.

Solani. Prilleux et Delacroix. Bull.
Soc. myc. 1891, p. 220.

Sordidus. Schroet. Pilz. Schles.
p. 418.

Strigosus. Wallr. Fl. crypt. germ.
n. 1990.

Subfuscus. Karst. Hattsv, II,
p. 163.

Subterraneus. Harz. Bot. centr.
1889, I, p. 341.

Subtilis. Schroet. Pilz. Schles. p.419.

Sulphurinus. Karst. Finl. Basid.
(Tomentella.)　p. 421.

Tenuis. Bonord. Handb. p. 159.
Bonord. Handb. f. 250.

Typhæ. Fr. Hym. Eur. p. 657.
Pat. Tab. 578.

Violaceus. Schræt. Pilz. Schles.
p. 420.

Violeus. Quél. Assoc. Fr. av. sc. 1882,
p. 401.

INOCYBE

Abjecta. Karst. Hattsv. I, p. 456.

Absistens. Britz. Derm. et Mel. p. 155.
Britz. Derm. et Mel. f. 23.

Adæquata. Britz. Derm. et Mel. p. 154.
Britz. Derm. et Mel. f. 29
et 35 (var.) et 130 (var.)

Adunans. Britz. Derm. et Mel. p. 149.
Britz. Derm. et Mel. f. 124.

Æmula. Britz. Hym. Südb. IV, p. 155.
Britz. Derm. et Mel. f. 28.

Albidula. Britz. Hym. Südb. IV, p. 53.
Britz. Hym. Südb. IV, f. 164.

Albipes. Gillet, Tab. anal. p. 113.

Alienella. Britz. Derm. et Mel. p. 154.
Britz. Derm. et Mel. f. 19.

Analogica. Britz. Hym. Südb. p. 152.
Britz. Hymen. Südb. IV, f. 148.

Asinina. Fr. Hym. Eur. p. 230.
Kalchbr. in litt. ad Fr.

Assimilata. Britz. Hypor. p. 137.
Britz. Hypor. f. 12 et Dermini, f. 175 (pour partie.)

Asterospora. Quél. Bull. Soc. bot. Fr. XXVI, p. 50.

Cooke, t. 385.
Gillet, t. 352.
Pat. Tab. 546.
Quél. et Lebr. Champ. Norm. t. 2, f. 6.

Auricoma. Fr. Hym. Eur. p. 233.
Batsch. t. 5, f. 21.
Britz. Dermini, f. 31.

Bongardii. Fr. Hym. Eur. p. 229.
Bern. Champ. Roch. t. 19. f. 2, 3.
Britz. Derm. f. 26 et 32.
Cooke, t. 381.
Fr. Icon. t. 107, f. 1, 2.
Kalchbr. t. 20, f. 2.
Pat. Tab. 530.

Brunnea. Quél. Champ. Norm. p. 14.
Quél. et Lebr. Champ. Norm. t. 2, f. 7.
Rev. myc. III, 1881, t. 11, f. 11.

Cæsariata. Fr. Hym. Eur. p. 234.
Britz. Dermini, f. 44.
Cooke, t. 388.
Fr. Icon. t. 109, f. 3 (var. *Delecta*).
Pat. Tab. 534.

Calamistrata. F. H. E. p. 227.
Cooke, t. 369.
Fr. Icon. t. 106, f. 2.
Gillet, t. 343.

Calospora. Quél. in Bres. Fung. Trid. p. 19.

Bres. Fung. Trid. t. 21.
Gillet, t. 349.
Pat. Tab. 549.

Capucina. Fr. Hym. Eur. p. 230.
Fr. Icon. t. 108, f. 2.
Pat. Tab. 529.

Carpta. Fr. Hym. Eur. p. 230.
Bres. Fung. Trid. t. 54.
Cooke, t. 426.
Jungh. t. 6, f. 5.

Cincinnata. Fr. Hym. Eur. p. 228.
Bres. Fung. Trid. t. 51, f. 2.
Cooke, t. 425 (f. inf.)
Pat. Tab. 541.
Quél. Jura, I, t. 12, f. 4.

Clarkii. Fr. Hym. Eur. p. 704.
Cooke, t. 429.

Commixta. Bres. Fung. Trid. p. 53.
Bres. Fung. Trid. t. 58.

Conformata. Karst. in Bot. centr. 1890, p. 387.

Confusa. Karst. Symb. myc. Fen. 28, p. 39.

Confusula. Britz. Derm. p. 149.
Britz. Derm. f. 125.

Connexifolia. Gillet, Tab. anal. p. 111.
Gillet, t. 344.

Cookei. Bres. Fung. Trid. (suppl.) p. 17.
Bres. Fung. Trid. t. 121.

Corydallina. Quél. Jura, III, p. 115.
Bull. Soc. bot. Fr. XXIV, 1877, t. 5, f. 10.
Gillet, t. 351.
Pat. Tab. 532 et 533 (var.)

Curreyi. Fr. Hym. Eur. p. 232.
Britz. Dermini. 116 et 151
Cooke, t. 398.
Pat. Tab. 537.

Curvipes. Karst. in Hedw. 1890, p. 176.

Decipiens. Bres. Fung. Trid. (suppl.) p. 13.
Bres. Fung. Trid. t. 118.

Deducta Britz. Derm. et Mel. p. 156.
Britz. Derm. et Mel. f. 30.

Deflectens. Britz. Derm. et Mel. p. 158.
Britz. Derm. et Mel. f. 33.

Deglubens. F. Hym. Eur. p. 230.
Britz. Dermini. f. 24.
Cooke, t. 394.

Delecta. Karst. Hattsv. I, p. 460 (var. de Cæsariata).
Fr. Icon. t. 109, f. 3.

Descissa. Fr. Hym. Eur. p. 233.
Batt. t. 18, F.
Bres. Fung. Trid. t. 122.
Britz. Dermini, f. 149.
Cooke, t. 428.

Destricta. Fr. Hym. Eur. p. 232.
Bull. t. 599.
Britz. Dermini, f. 43.
Cooke, t. 387.
Fr. Icon. t. 108 f. 3.
Sicard, Hist. nat. champ.
t. 35, f. 182.

Devulgata. Britz. Derm. et Mel.
p. 149.
Britz. Derm. et Mel. f. 140.

Dulcamara. Fr. Hym. E. p. 228.
Batt. t. 18.
Bernard, Champ. Roch.
t. 20, f. 4.
Brigant. t. 4, f. 3.
Britz. Derm. f. 25.
Cooke, t. 582.
Pat. Tab. 540.
Pers. Ic. t. 15, f. 1.
Quél. Jur. t. 12, f. 4.

Echinata. Roth. Catal. 2.
Berk. Mag. zool. bot. t. 15,
f. 1.
Brigant. t. 27, f. 1-3.
Cooke, t. 395.
Gillet, t. 389.
Mont. Ann. sc. nat. 1836,
t. 10, f. 3.
Pat. Tab. 341.
Roth. Catal. t. 9, f. 5.
(Voyez *Psalliota echina-
ta*).

Eriocephala. F. H. Eur. p. 237.
Fr. Icon. t. 110, f. 4.

Eutheles. Fr. Hym. Eur. p. 232.
Berkl. et Br. An. nat.
Hist. 1865, t. 8, f. 2.
Cooke, t. 386.
Lucand, t. 361.
Pat. Tab. 554.

Fallaciosa. Britz. Derm. et Mel.
p. 155.
Britz. Derm. et Mel. f. 137.

Fasciata. Cooke et Mass. in Grev. 18,
p. 52.
Cooke, t. 1173.

Fastigiata. F. Hym. Eur. p. 231.
Bern. Champ. Roch. t. 21,
f. 1, 2.
Bres. Fung. Trid. t. 57.
Cooke, t. 383.
Dufour, Atl. champ. t. 40.
Fr. Icon. t. 108, f. 1 (var.)
Gotthold-Hahn. 2e édit.
f. 85.
Pat. Tab. 343.
Roze et Rich. t. 21, f. 9-14.
Schæff. t. 26.

Fibrosa. Fr. Hym. Eur. p. 231.
Bres. Fung. Trid. t. 56.
Cooke, t. 454.
Sowerb. t. 414.
Sicard, Hist. nat. champ.
t. 10, f. 36.

Flocculosa. Fr. Hym. E. p. 229.
Cooke, t. 393.

Fraudans. Britz. Derm. et Mel. p. 157.
Britz. Derm. et Mel. f. 36 et 165.

Fulvella. Bres. Fung. Trid. (suppl.) p. 16.
Bres. Fung. Trid. t. 119, f. 2.

Gaillardii. Gillet, Tab. anal. p. 112.
Gillet, t. 349.
Pat. Tab. 8.

Geophylla. Fr. Hym. Eur. p. 235.
Batsch. f. 106.
Bern. Champ. Roch. t. 18, f. 3.
Britz. Dermini, f. 34.
Bull. t. 522, f. 2 (pour partie.)
Cooke, t. 401.
Dufour, Atl. Champ. t. 40.
Gillet, t. 354.
Gotthold-Hahn, f. 57, 1ʳᵉ édit. et f. 83, 2ᵉ édit.
Pers. Ic. pict. t. 14, f. 2.
Pers. Ic. descrip. t. 1, f. 1.
Pat. Tab. 228 et 544 (var.) et 545 (var.)
Sowerb. t. 124.

Godeyi. Gillet, Hym. Fr. p. 517.
Pat. Tab. 345.

Gomphodes. Kalchbr. in Grev. VIII, p. 152.
Kalchbr. in Grev. VIII, t. 142, f. 8.

Grammata. Quél. Champ. Norm. p. 14.
Britz. Dermini, f. 147.
Quélet et Lebr. Champ. Norm. t. 2. f. 8.
Revue mycol. III, 1881, t. 11, f. 10.

Grata. Fr. Hym. Eur. p. 233.
Bull. t. 522, f. 2 (pour partie.)

Hæmacta. Berk. Cooke in Grev. XI, p. 70.
Cooke, t. 390.

Hirsuta. Fr. Hym. Eur. p. 227.
Bres. Fung. Trid. t. 86, f. 2.

Hirtella. Bres. Fung. Trid. p. 52.
Bres. Fung. Trid. t. 58.

Hiulca. Fr. Hym. Eur. p. 232.
Batt. t. 18. C.
Bres. Fung. Trid. t. 122.
Britz. Dermini, f. 122.
Cooke, t. 397.
Gillet, t. 350.
Kalchbr. t. 20, f. 1.
Pat. Tab. 7.

Hystrix. Fr. Hym. Eur. p. 227.
Cooke, t. 424.
Fr. Icon. t. 106, f. 1.

Imbecillis. Fr. Hym. Eur. p. 236.

Impensibilis. Britz. Derm. et Mel. p. 130.
Britz. Derm. et Mel. f. 126.

Incarnata. Bres. Fung. Trid. p. 49.
Bres. Fung. Trid. t. 53.
Cooke, t. 473.

Inconcinna. Karst. Symb. myc. Fenn. 29, p. 99.

Indissimilis. Britz. Derm. et Mel. p. 157.
Britz. Derm. et Mel. f. 131.

Inedita. Britz. Derm. et Mel. p. 150.
Britz. Derm. et Mel. f. 143.
Britz. Hyporr. f. 27.

Injuncta. Britz. Derm. et Mel. p. 156.
Britz. Derm. et Mel. f. 41.

Insequens. Britz. Derm. et Mel. p. 157.
Britz. Derm. et Mel. f. 50.

Iterata. Britz. Hym. Südb. IV, p. 152.
Britz. Derm. et Mel. f. 142.

Jurana. Pat. Tab. anal. n. 551.
Pat. Tab. 551.

Kalchbrenneri. Hazsl. comm. in Ic. Kalch.
Kalchbr. t. 22, f. 2.

Lacera. Fr. Hym. Eur. p. 229.
Britz. Dermini, f. 132 et 133.
Cooke, t. 593.
Hoffm. Ic. t. 12, f. 1.
Pat. Tab. 531.
Roumeg. Crypt. illustr. f. 185.

Lanuginosa. Fr. Hym. Eur. p. 227.
Bres. Fung. Trid. t. 117.
Bull. t. 370.

Cooke, t. 582.
Kalchbr. Icon. select. t. 22, f. 2.
Krombh. t. 3, f. 9-11.
Pat. Tab. 550.
Pers. Ic. t. 8, f. 4.
Sicard, Hist. nat. champ. t. 35, f. 185.
Vaill. Par. t. 13, f. 4-6.

Leucocephala. Boud. Bull. Soc. bot. Fr. XXXII, p. 282.
Boud. Bull. Soc. bot. Fr. XXXII, 1885, t. 9, f. 1.

Lucifuga. Fr. Hym. Eur. p. 234.
Cooke, t. 429.
Jungh. t. 6, f. 4.
Pat. Tab. 533.
Pers. Icon. Pict. t. 15, f. 2.
Saund. et Sm. t. 21, f. 1-2.
(*Hebeloma.*)

Maculata. Boud. Bull. Soc. bot. Fr. 1885, p. 282.
Boud. Bull. Soc. bot. Fr. 1885, t. 9, f. 2.
Gillet, t. 348.
Pat. Tab. 538.

Mammillaris. Fr. H. E. p. 235.

Margaritispora. Berk. in Handb. Cooke, 2e éd. p. 157.
Cooke, t. 505.

Maritima. Fr. Hym. Eur. p. 229.
Cooke, t. 392.
Fl. Dan. 1846, f. 1 ?

Merletii. Quél. Assoc. Fr. av. sc. 1884, p. 279.
Lucand, t. 362.
Quél. Assoc. Fr. av. sc. 1884, t. 8, f. 7.

Mixtilis. Britz. Hym. Südb. IV, p. 152.
Britz. Derm. et Mel. f. 21.

Mutica. Fr. Hym. Eur. p. 230.
Cooke, t. 382.
Fr. Icon. t. 109, f. 1.

Obscura. Fr. Hym. Eur. p. 231.
Cooke, t. 427.
Fr. Icon. t. 107, f. 3.
Gillet, t. 347.
Lucand. t. 135.
Pat. Tab. t. 542 et 543 (var.)
Saund. et Sm. t. 21, f. inf.

Perbrevis. Fr. Hym. Eur. p. 233.
Britz. Dermini, f. 119.
Cooke, t. 519.
Hoffm. Icon. t. 14, f. 1.
Pat. Tab. 536.
Roumeg. Crypt. illustr. f. 187.

Perlata. Cooke in Grevillea, XV, p. 40.
Cooke, t. 961.

Phæocephala. Fr. Hym. Eur. p. 231.
Bull. t. 555, f. 1.
Cooke, t. 396.

Plumosa. Fr. Hym. Eur. p. 228.
Bolt. t. 33.

Britz. Dermini, f. 129.
Cooke, t. 425.
Lucand, t. 282.

Pollicaris. Karst. Symb. myc. Fenn. XI, p. 68.

Posterulata. Britz. Derm. et Mel. p. 156.
Britz. Derm. et Mel. f. 123.

Præpostera. Britz. Derm. et Mel. p. 156.
Britz. Derm. et Mel. f. 42.

Prætermissa. Karst. Symb. myc. Fenn. p. 3.

Prætervisa. Quél. in Bres. Fung. Trid. p. 35.
Bres. Fung. Trid. t. 38.
Britz. Dermini, f. 160.
Lucand, t. 109.
Pat. Tab. anal. 115.

Proximella. Karst. Symb. myc. p. 44.

Pusilla. Bres. fung. Trid. p. 81.
Bres. Fung. Trid. t. 88.

Pusio. Karst. in Bot. centr. 1890, p. 387.

Pyriodora. Fr. Hym. Eur. p. 228.
Bernard, Champ. Roch. t. 20, f. 3.
Bres. Fung. Trid. t. 52.
Britz. Dermini, f. 163.
Bull. t. 532, f. 1 (var.)
Cooke, t. 472.
Gillet, t. 346.

Pat. Tab. 528.
Sicard, Hist. nat. Champ.
t. 12, f. 46.

Reflexa. Gillet.
Gillet, t. suppl. (sine descript.)

Relicina. Fr. Ilym. Eur. p. 227.

Rennyi. B. et Br. Ann. hist. nat. n. 1761.
Cooke, t. 520.

Rhodiola. Bres. Fung. Trid. p. 80.
Bres. Fung. Trid. t. 87.

Rimosa. Fr. Ilym. Eur. p. 232.
Bull. t. 388.
Batsch. t. 20, f. 107.
Bern. Champ. Roch. t. 19, f. 4.
Britz. Dermini, f. 170.
Cooke, t. 384.
Cordier, t. 13, f. 2.
Dufour, Atl. Champ. t. 40.
Gotthold - Hahn. f. 56, 1re éd. et f. 84, 2e éd.
Grev. Scot. t. 128.
Gillet, t. 353.
Jungh. t. 6, f. 6.
Krombh. t. 44, f. 10-12.
Pat. Tab. 114.
Roze et Rich. t. 21, f. 15-18.
Sowerb. t. 323.
Sicard, Hist. nat. champ. t. 35, f. 184.

Rubescens. Gill. Rev. myc. 1883, p. 31.
Gillet, t. 345.
Pat. Tab. 344 (var.)

Rufo-alba. Pat. Tab. anal. n. 548.
Pat. Tab. 548.

Sambucina. Fr. H. Eur. p. 234.
Britz. Dermini, f. 47.
Cooke, t. 399.
Fr. Icon. t. 109, f. 2.
Gillet, t. 564.
Pat. Tab. 535.

Scabella. Fr. Ilym. Eur. p. 235.
Bres. Fung. Trid. t. 86, f. 1.
Britz. Dermini, f. 161.
Cooke, t. 402.
Fr. Icon. t. 110, f. 1.
Pat. Tab. 229 et 547.

Scabra. Fr. Ilym. Eur. p. 228.
Cooke, t. 391.
Pat. Tab. 539.
Sowerb. t. 207.

Schista. Cooke et Smt. in Handb. 2e éd. p. 154.
Cooke, t. 504.

Servata. Britz. Ilym. IV, p. 154.
Britz. Dermini, f. 37 et 152.

Sindonia. Fr. Ilym. Eur. p. 234.
Batt. t. 18. B.
Britz. Dermini, f. 141.
Cooke, t. 400.
Sow. t. 365.

Squamigera. Britz. Hym. Südb.
IV, p. 153.
Britz. Hym. Südb. IV,
f. 173.

Strigiceps. Fr. Hym. Eur. p. 236.

Subinsequens. Britz. Derm. et
Mel. p. 157.
Britz. Derm. et Mel. f. 49.

Tenebrosa. Quél. Assoc. Fr. av. sc.
1884, p. 279.
Quél. Assoc. Fr. av. sc.
1884, t. 8, f. 8.

Tomentella. Fr. Hym. E. p. 234.
Jungh. t. 6, f. 7.

Transitoria. Britz. Hyporr. p. 137.
Britz. Hyporr. f. 11 et
Derm. f. 175 (pour par-
tie).

Trechispora. Fr. H. E. p. 236.
Britz. Dermini, f. 22.
Berkl. Outl. t. 8, f. 6.
Cooke, t. 403.

Tricholoma. Fr. H. E. p. 236.
Bull. t. 576, f. 1.
Cooke, t. 404.
Gillet, t. 363.
Kalchbr. t. 20, f. 3.
Lucand, t. 213.
Pat. Tab. 552.

Trinii. Fr. Hym. Eur. p. 233.
Bres. Fung. Trid. t. 120.
Cooke, t. 428.

Kalchbr. Icon. t. 20, f. 2.
Pat. Tab. 345.

Turci. Bres. Fung. Trid. p. 47.
Bres. Fung. Trid. t. 51,
f. 1.

Umbratica. Quél. Assoc. Fr. p.
l'av. sc. Rouen, 1883, p. 500.
Quél. Assoc. Fr. av. sc.
Rouen, 1883, t. 6, f. 7.

Umbonata. Quél. Bull. soc. bot.
Fr. XXIII, 1876, p. 330-XLVI.
Quél. Bull. soc. bot. Fr.
XXIII, 1876, t. 2, f. 4.
(Voy. *Stropharia inunc-
ta.*)

Umbrina. Bres. Fung. Trid. p. 50.
Bres. Fung. Trid. t. 55.
Britz. Dermini, f. 162.

Vatricosa. Fr. Hym. Eur. p. 236.
Cooke, t. 403.
Fr. Icon. t. 110, f. 3.
Lucand, t. 110.

Violaceo-fusca. Cooke et Mass.
in Grev. 18, p. 52.
Cooke, t. 1174.

Violascens. Quél. Assoc. Fr. av.
sc. Grenoble, 1885, p. 447.
Quél. Assoc. Fr. av. sc.
Grenoble, 1885, t. 12, f. 6.

Viscosissima. Fr. Ic. sel. p. 9.
Fries, Icon. t. 110, f. 2.

Quél. Assoc. Franç. av. sc. 1876, t. 11, f. 4.

Whitei. B. et Br. Ann. hist. nat. n. 1527.
Cooke, t. 404.

IRPEX

Anomalus. Wettst. Fung. Austr. p. 2.
Wettst. Fung. Austr. t. 1, f. 1-9.

Bresadolæ. Schulz. in Hedw. 1885, p. 146.

Candidus. Fr. Hym. Eur. p. 622.

Canescens. Fr. Hym. Eur. p. 621.
Sicard, Hist. nat. champ. t. 59, f. 303.

Carneo-albus. Fr. H. E. p. 620.

Carneus. Fr. Hym. Eur. p. 622.

Deformis. Fr. Hym. Eur. p. 622.
Roumeg. Crypt. illustr. f. 225.

Fomentarius. Mont. Syll. crypt. n. 570.

Fusco-violaceus. Fr. H. Eur. p. 620.
Britz. Hym. Südb. V, Hydn. f. 13.
Doas. et Pat. t. 62.
Klotzsch. Bor. t. 536.
Wild. in Bot. Mag. IV, t. 2, f. 5.

Glaberrimus. Fr. H. Eur. p. 621.

Heterodon. Sacc. Myc. Ven. spec. p. 59.
Sacc. Myc. Ven. spec. t. 7, f. 16-19.

Hirsutus. Kalchbr. Sziber. Gomb. p. 17.
Kalchbr. Sziber. Gomb. t. 2, f. 1.

Hypogæus. Fuck. Symb. m. Nachtry, II, p. 88.

Johnstonii. Fr. Hym. Eur. p. 621.

Lacteus. Fr. Hym. Eur. p. 621.
Britz. Hym. Südb. V, Hydn. f. 14.
Pat. Tab. 455.

Obliquus. Fr. Hym. Eur. p. 622.
Bolt. t. 167, f. 1.
Doas. et Pat. t. 63.
Revue myc. 1890, t. 109 (térat.)

Paleaceus. Fr. Hym. Eur. p. 620.

Paradoxus. Fr. Hym. Eur. p. 621.
Schrad. Spic. t. 4, f. 1.

Pavichii. Fr. Hym. Eur. p. 621.
Kalchbr. Icon. Hung. t. 37, f. 2.

Pendulus. Fr. Hym. Eur. p. 620.
Alb. et Schwein. t. 6, f. 7.
Schæff. t. 147, f. 1.

Radicatus. Fr. Hym. Eur. p. 619.

Sinuosus. Fr. Hym. Eur. p. 621.

Spathulatus. Fr. H. E. p. 622.
Fr. Icon. t. 194, f. 3.
Schrad. Spic. t. 4, f. 3.

Umbrinus. Fr. Hym. Eur. p. 620.

KNEIFFIA

Breviseta. Karst. in Hedw. 1886,
fasc. VI.

Fragilis. Karst. in Hedw. 1889, p. 26.

Irpecoides. Karst. Finl. Basid.
p. 368.

Setigera. Fr. Hym. Eur. p. 628.
Pers. Myc. Eur. t. 5, f. 4.

Stenospora. Karst. in Hedw. 1886,
fasc. VI.

Subgelatinosa. B. et Br. Ann.
nat. hist. n. 1440.

Subtilis. Karst. in Hedw. 1886, fasc. IV.

Vagans. Karst. in Hedw. 1889, p. 26.

LACCARIA

(Voyez *Clitocybe*.)

LACTARIUS

Acris. Fr. Hym. Eur. p. 428.
Batsch. t. 15, f. 68.
Batt. t. 13. E.
Bolt. t. 60.

Britz. Lact. f. 18.
Cooke, t. 1005.
Lucand, t. 318.
Leuba, Champ. com. t. 25.
Noulet et Dass. Champ.
t. 17, f. A.

Adscitus. Britz. Hym. Südb. IV,
p. 137.
Britz. Hym. Südb. IV,
f. 33 b.

Argematus. Fr. Hym. Eur. p. 427.
Lucand, t. 349.

Aspideus. Fr. Hym. Eur. p. 424.
Cooke, t. 1083.
Krombh. t. 57, f. 7-9 et
t. 58, f. 1-10.
Pico, Mém. Soc. méd.
Par. 1780, t. 12.

Aurantiacus. Fr. H. E. p. 432.
Batt. t. 16. A.
Cooke, t. 1099.
Fl. Dan. t. 1909, f. 2.
Gillet, t. 168.
Lucand, t. 95.

Blennius. Fr. Hym. Eur. p. 425.
Britz. Lact. f. 8.
Cooke, t. 988.
Fl. Dan. t. 1961, f. 2 (var.
Gillet, t. 156.
Krapf. t. 4, f. 11-13.
Krombh. t. 69, f. 7-9.
Lucand, t. 63.
Sterb. t. 5. E.

Camphoratus. Fr. H. E. p. 437.
Barla, t. 20, f. 11-13.
Bernard, Champ. Roch.
t. 38, f. 2.
Bull. t. 567, f. 1.
Cooke, t. 1013, f. a.
Dufour, Atl. champ. t. 24.
Gotthold-Hahn. 2e édit.
f. 12.
Krombh. t. 39, f. 21-24.
Sicard, Hist. nat. champ.
t. 43, f. 234.
Ventur. t. 55, f. 3.

Capsicoides. Fr. II. E. p. 429.
Batt. t. 16, f. B.

Capsicum. Fr. Hym. Eur. p. 428.
Cooke, t. 977.
Kalchbr. t. 26, p. 1.

Chloroides. Fr. II. Eur. p. 430.
Krombh. t. 56, f. 8, 9.

Chrysorrheus. F. II. E. p. 428.
Bolt. t. 144.
Cooke, t. 984.
Gillet, t. 151.
Gotthold-Hahn. f. 18, 1re
édit. et f. 20, 2e édit.
Krombh. t. 12, f. 7-14.
Lucand, t. 5.

Cilicioides. Fr. Hym. Eur. p. 422.
Britz. Lact. f. 2.
Cooke, t. 973.
Krombh. t. 58, f. 11-13
(var.)
Schæff. t. 228.

Cimicarius. (Batsch.) Gillet, Hym.
p. 221.
Batsch. t. 15, f. 69.
Cooke, t. 1013, f. b.
Lucand, t. 64.

Circellatus. Fr. Hym. Eur. p. 426.
Batt. t. 13, D.
Cooke, t. 990.
Sowerb. t. 203.
Ventur. t. 34, f. 4, 5.

Cœrulescens. Dur. et Lév. expl.
alg.
Léveillé, Expl. alg. t. 30,
f. 1.

Conditus. Britz. Hym. Südb. IV,
p. 138.
Britz. Hym. Südb. IV, f. 20.

Controversus. Fr. Hym. Eur.
p. 423.
Barla, t. 18, f. 1, 2.
Batsch. t. 36, f. 201.
Bern. Champ. Roch. t. 36,
f. 1.
Bull. t. 538.
Cooke, t. 1003.
Gillet, t. 160.
Gauthier, Champ. t. 13,
f. 2.
Krombh. t. 56, f. 5-7 (var.)
Pat. Tab. 410.
Roze et Rich. Atl. t. 39,
f. 4-7.
Sverig. Atl. svamp. t. 29.
Vittad. t. 37.
Ventur. t. 51, f. 1-4.

Crampylus. Fr. Hym. Eur. p. 423.
Paul. t. 72, f. 5-6.

Cremor. Fr. Hym. Eur. p. 432.
Cooke, t. 1008 (var. *Pau-
per* Karst.)

Curtus. Britz. Hym. Südb. IV, p. 137.
Britz. Hym. Südb. IV,
f. 12.

Cyathulus. Fr. Hym. Eur. p. 433.
Britz. Lact. f. 11.
Cooke, t. 1002 et 1085.
Quél. Jura, t. 24, f. 5.

Decipiens. Quél. Assoc. Fr. av. sc.
1885, p. 448.
Quél. Assoc. Fr. av. sc.
1885, t. 12, f. 9.

Deliciosus. Fr. Hym. Eur. p. 431.
Barla, t. 19 (var.)
Bauhin, cap. XX, p. 830.
Bern. Champ. Roch. t. 39,
f. 1.
Boyer, Champ. comest.
t. 32.
Britz. Lact. f. 17.
Cooke, t. 982.
Cordier, t. 25, f. 1.
Dufour, Atl. champ. t. 24.
Dr Lorins, t. 8, f. 5.
Escul. Fung. engl. Ba-
dham, t. 5, f. 4.
Fabre-Guil. Neuchâtel, I,
t. 29, et II, t. 19.
Fl. Dan. t. 1751.

Gauthier, Champ. t. 11, f. 1.
Gillet, t. 166.
Gotthold-Hahn, f. 15, 1re
édit. (mauvais coloris),
et f. 20, 2e édit.
Harzer, t. 10.
Hummer, t. 3, f. 12.
Hussey, I, t. 67.
Krombh. t. 11.
Leuba, Champ. com. t. 25.
Letell. t. 633.
Lucand, t. 167.
Moyen, Tr. élém. champ.
t. 9, f. 1.
Noulet et Dass. Champ.
t. 18, f. A.
Revue myc. VII, 1885,
t. 50, f. 1 (térat.)
Rolland, Bull. Soc. myc.
Fr. 1891, t. 2, f. 2.
Roumeg. Crypt. illustr.
f. 132.
Roze et Rich. Atl. t. 38,
f. 1-5.
Schæff. t. 11.
Sicard, Hist. nat. champ.
t. 44, f. 237.
Sv. Bot. t. 173.
Sverig. Atl. svamp. t. 6.
Sowerby, t. 202.
Ventur. t. 55, f. 1, 2 (var.)
Vittad. t. 42.
Viviani, t. 13.

Exsuccus. Smith. in Journ. Bot.
1873, p. 336.

Buxb. cent. IV, t. 4.
Cooke, t. 981.

Fascinans. Fr. Hym. Eur. p. 424.

Flammeolus. Fr. Hym. Eur.
p. 436.
Krombh. t. 39, f. 10, 11.

Flavidus. Boud. Bull. Soc. myc. Fr.
1887, p. 145.
Boud. Bull. Soc. myc. Fr.
1887, t. 13, f. 1.
Gillet, t. 530.

Flexuosus. Fr. Hym. Eur. p. 427.
Cooke, t. 992.
Fr. Icon. t. 169, f. 3 (var.)
Harz. t. 43.
Schæff. t. 235 (var.)

Fuliginosus. Fr. H. Eur. p. 434.
Barla, t. 21, f. 6, 7.
Bern. Champ. Roch. t. 38,
f. 3.
Britz. Lact. f. 33ª et 40.
Bull. t. 567, f. 3.
Cooke, t. 996.
Gillet, t. 165.
Harz. t. 19.
Krombh. t. 14, f. 10-12.
Noulet et Dass. Champ.
t. 18, f. B.
Pat. Tab. 322.

Glyciosmus. Fr. H. Eur. p. 434.
Britz. Lact. f. 29.
Cooke, t. 1011.
Fr. Icon. t. 170, f. 3.

Krombh. t. 39, f. 16-18.
Lucand, t. 260.

Helvus. Fr. Hym. Eur. p 433.
Bres. Fung. Trid. t. 39 et
t. 127.
Britz. Lact. f. 30.
Cooke, t. 994 et 1010
(var. *Tomentosus.*)
Krombh. t. 40, f. 16 et 18
(mauvais dessin).

Hometi. Gillet, Tab. anal. p. 43.
Gillet, t. 532.

Homœmus. Britz. Hym. Südb. IV,
p. 137.
Britz. Hym. Südb. IV, f. 14.

Hysginus. Fr. Hym. Eur. p 426.
Britz. Lact. f. 15.
Cooke, t. 989.
Fr. Icon. t. 169, f. 2.
Krombh. t. 14, f. 15, 16.

Ichoratus. Fr. Hym. Eur. p. 436.
Batsch. t. 13, f. 60.
Britz. Lact. f. 36.
Cooke, t. 1000.

Impolitus. Fr. Hym. Eur. p. 435.

Insulsus. Fr. Hym. Eur. p. 424.
Berk. Outl. t. 13, f. 2.
Cooke, t. 975.
Fabre-Guill. Neuchâtel.
I, t. 31.
Gillet, t. suppl.
Hussey, I, t. 50.

Krombh. t. 12, f. 1-6.
Roze et Rich. Atl. t. 37, f. 10-12.

Involutus. Cooke in Grev. XIX, p. 41.
Cooke, t. 1194.

Jecorinus. Fr. Hym. Eur. p. 433.

Lateripes. Fr. Hym. Eur. p. 438,
Pers. Myc. eur. III, t. 24. f. 1.

Lateritio - roseus. Karst. Symb. Myc. 27, p. 14.

Lignyotus. Fr. Hym. Eur. p. 434.
Britz. Lact. f. 4.
Fr. Icon. t. 171, f. 1.

Lilacinus. Fr. Hym. Eur. p. 435.
Cooke, t. 998, f. a.
Gillet, t. 161.

Luridus. Fr. Hym. Eur. p. 426.
Buxb. C. IV, t. 17, f. 2.
Britz. Lact. f. 13.

Mammosus. Fr. Hym. E. p. 434.
Cooke, t. 995 (var. *Monstrosus* Fr.)
Fr. Icon. t. 170, f. 2.
Mich. t. 80, f. 1.
Quél. Jura, t. 11, f. 6.

Minimus. Fr. Hym. Eur. p. 438.
Cooke, t. 986, f. b.

Mitissimus. Fr. Hym. E. p. 437.
Britz. Lact. f. 35.

Cooke, t. 1001.
Hoffm. Ic. t. 2.
Krombh. t. 39, f. 19, 20.
Lucand, t. 319.
Pat. Tab. 408.
Quél. Jura, t. 11, f. 5.
Sverig. Atl. svamp. t. 78.

Musteus. Fr. Hym. Eur. p. 425.
Britz. Lact. f. 7.

Obliquus. Fr. Hym. Eur. p. 438.
Cooke, t. 1014, f. b.

Obnubilus. Fr. Hym. Eur. p. 438.
Bull. t. 224, f. B.
Cooke, t. 1014, f. a.
Fl. Dan. t. 1674.
Krombh. t. 40, f. 26-29.
Quél. Jura, t. 11, f. 4.
Lucand, t. 193.
Pat. Tab. 120.

OEdematopus. Fr. Hym. Eur. p. 436.
Barla, t. 20, f. 1-3.
Britz. Lact. f. 34.
Schæff. t. 5.
Tratt. Austr. t. 20.

Pallidus. Fr. Hym. Eur. p. 431.
Britz. Lact. f. 28 et 39.
Cooke, t. 1007.
Gillet, t. 169.
Krombh. t. 56, f. 10-12.
Lucand, t. 116.
Quincy in Bull. soc. myc.
Fr. V, 1889, t. 6 (térat.)

Saund. et Sm. t. 16.
Sverig. Atl. svamp. t. 61.

Pannucius. Fr. Hym. Eur. p. 423.
Fl. Dan. t. 1733.

Pergamenus. F. H. Eur. p. 430.
Batsch, t. 13, f. 59.
Britz. Lact. f. 10.
Cooke, t. 978.
Gillet, t. 152.
Krombh. t. 57, f. 1-6.
Lucand, t. 42.

Picinus. Fr. Hym. Eur. p. 435.
Britz. Lact. f. 32.
Cooke, t. 997.
Krombh. t. 40, f. 20-22.

Piperatus. Fr. Hym. Eur. p. 430.
Barla, t. 22, f. 1-5.
Bel, Champ. Tarn. t. 22.
Bern. Champ. Roch. t. 37,
  f. 2.
Bolt. t. 21.
Boyer, Champ. com. t. 30.
Britz. Lact. f. 24.
Bull. t. 200.
Cooke, t. 979.
Cordier, t. 28, f. 1.
Dr Lorins, t. 9, f. 4.
Dufour, Atl. champ. t. 22.
Fabre - Guill. Neuchâtel,
  II, t. 17.
Fl. Dan. t. 1132.
Gotthold-Hahn. f. 19, 1re
  édit. (mauvais dessin)
  et f. 18, 2e édit.

Harzer, t. 39.
Krombh. t. 56, f. 1-4.
Leuba, Champ. com. t. 24.
Moyen, Tr. élém. champ.
  t. 9, f. 3.
Pat. Tab. 119.
Paul. t. 68, f. 3-4.
Roumeg. Crypt. illustr.
  f. 144a (mauvais dessin).
Roze et Rich. Atl. t. 40,
  f. 5-8.
Schæff. t. 83.
Sicard, Hist. nat. champ.
  t. 44, f. 235.
Sverig. Atl. svamp. t. 27.

Plumbeus. Fr. Hym. Eur. p. 429.
Barla, t. 21, f. 1-5.
Britz, Lact. f. 22.
Bull. t. 282, 559, f. 2.
Cordier, t. 25, f. 2.
Dufour, Atl. champ. t. 25
  et t. 26 (var.)
Eloffe, Champ. t. 8, f. 8.
Gotthold-Hahn. 2e édit.
  f. 18.
Krapf. t. 4, f. 1-3.
Roumeg. Crypt. illustr.
  f. 144b.
Sicard, Hist. nat. champ.
  t. 43, f. 230.
Sowerby, t. 245.

Porninsis. Rolland, Bull. Soc. myc.
  Fr. 1889, p. 168.
Rolland, Bull. Soc. myc.
  Fr. 1889, t. 14bis, f. 2.

Pubescens. Fr. Hym. Eur. p. 424.
Cooke, t. 974.
Grevillea, V, t. 76, f. 2.
Krombh. t. 13, f. 1-14
(type et var.)

Pyrogalus. Fr. Hym. Eur. p. 427.
Bull. t. 529, f. 1.
Cooke, t. 993.
Dufour, Atl. champ. t. 26.
Eloffe, Champ. t. 8, f. 10
(mauvaise figure).
Gillet, t. 162.
Gotthold-Hahn, f. 17, 1re
édit. et f. 21, 2e édit.
Krombh. t. 14, f. 1-9.
Noulet et Dass. Champ.
t. 19, f. A.
Pat. Tab. 121.
Roze et Rich. Atl. t. 37,
f. 13-15.
Sicard, Hist. nat. champ.
t. 45, f. 240.

Quietus. Fr. Hym. Eur. p. 431.
Bull. t. 584.
Cooke, t. 983.
Krombh. t. 40, f. 5, 6, 7
et 10, 12 (var.)
Saund et Sm. t. 16.

Repræsentaneus. Britz. Hym.
Südb. IV, p. 136.
Britz. Hym. Südb. IV,
f. 3.

Resimus. Fr. Hym. Eur. p. 422.
Fr. Icon. t. 169, f. 1.

Rigens. Dur. et Lév. Expl. alg.
Léveillé, Expl. alg. t. 31, f. 6.

Roseo-zonatus. Fr. Hym. Eur.
p. 427.
Fr. Icon. t. 169, f. 3.

Rubescens. Bres. Fung. Trid. p. 84.
Bres. Fung. Trid. t. 93.
Britz. Lact. f. 27.

Rubrocinctus. Fr. Hym. Eur.
p. 435.
Fr. Icon. t. 171, f. 2.

Rufus. Fr. Hym. Eur. p. 433.
Britz. Lact. f. 25 (var.)
Cooke, t. 985.
Dr Lorins, t. 9, f. 3.
Dufour, Atl. champ. t. 23.
Favre-Guill. Neuchâtel,
I, t. 33.
Gillet, t. 163.
Gauthier, Champ. t. 12,
f. 1-2.
Gotthold-Hahn. f. 20, 1re
édit. (mauvais coloris)
et f. 15, 2e édit.
Hussey, I, t. 15.
Krombh. t. 39, f. 12-15.
Leuba, Champ. com. t. 23,
f. 6-10.
Lucand, t. 223.
Paul. t. 22 bis.
Rolland, Bull. Soc. myc.
Fr. 1891, t. 2, f. 3.
Roze et Rich. Atl. t. 37,
f. 16-19.

Schæff. t. 73.
Sverig. Atl. svamp. t. 11.

Rutaceus. Lasch. in Bot. Zeit. 1845, p. 65.

Sanguifluus. Fr. H. Eur. p. 431.
Barla, t. 4, f. 24 (var.)
Bres. Fung. Trid. t. 126.
Paul. t. 81, f. 3-5.
Quél. Assoc. Fr. av. sc. 1880, t. 8, f. 8 (var.)

Scoticus. B. et Br. Ann. nat. hist. n. 1783.
Cooke, t. 1004, f. b.

Scrobiculatus. Fr. Hym. Eur. p. 422.
Barla, t. 18, f. 3-6.
Britz. Lact. f. 1.
Cooke, t. 971.
Dr Lorins, t. 9, f. 6.
Dufour, Atl. champ. t. 25.
Gillet, t. 154.
Gotthold-Hahn. 2e édit. f. 24.
Krombh. t. 58, f. 1-6.
Lucand, t. 971.
Pat. Tab. 409.
Schæff. t. 227.

Serifluus. Fr. Hym. Eur. p. 436.
Berkl. Outl. t. 13, f. 4.
Britz. Lact. f. 37.
Cooke, t. 1012.
Krombh. t. 40, f. 15, 17, 18.
Lucand, t. 6.
DICT. ICON.

Ott. ex Krombh. t. 40, f. 15, 16.
Roumeg. Crypt. illustr. f. 91 et 139.

Spinosulus. Quél. et Lebr. Champ. Norm. p. 20.
Cooke, t. 998, f. 6 (var.)
Quél. et Lebr. Champ. Norm. t. 3, f. 10.
Revue myc. III, 1881, t. 11, f. 12.

Squalidus. Fr. Hym. Eur. p. 428.
Cooke, t. 1004 et 1195.
Gauthier, Champ. t. 13, f. 1.
Krombh. t. 40, f. 23-25.

Subdulcis. Fr. Hym. Eur. p. 437.
Barla, t. 20, f. 4-10 et f. 11-13 (var.)
Bern. Champ. Roch. t. 38, f. 1.
Bolton, t. 3.
Britz. Lact. f. 31.
Bull. t. 224, f. A.
Cooke, t. 1002 (var. *Terrei*).
Cordier, t. 26, f. 2.
Dufour, Atl. champ. t. 23.
Gillet, t. 171.
Gotthold-Hahn. f. 21, 1re édit. et f. 13, 2e édit.
Harz. t. 53.
Lenz. f. 11.
Lucand, t. 1002.

13

Leuba, Champ. com. t. 23,
f. 1-5.
Quél. Jura, t. 11, f. 3.
Roumeg. Crypt. illustr.
· f. 141.
Sicard, Hist. nat. champ.
t. 44, f. 238.
Sowerb. t. 204.

Subumbonatus. Fr. Hym. Eur.
p. 437.
Cooke, t. 996.
Gillet, t. 531.
Pat. Tab. 623.

Tabidus. Fr. Hym. Eur. p. 438.
Britz. Lact. f. 38.
Fr. Icon. t. 171, f. 3.
Lucand, t. 214.

Terrei. B. et Br. Ann. nat. Hist
n. 1673.
Cooke, t. 1002.

Theiogalus. F. Hym. Eur. p. 432.
Barla, t. 20, f. 14-16.
Bolt. t. 9 (var.)
Bull. t. 567, f. 2.
Cordier, t. 27, f. 2.
Dufour, Atl. champ. t. 24.
Gillet, t. 164.
Krombh. t. 1, f. 23, 24.
Paulet, t. 71.
Roze et Rich. Atl. t. 37,
f. 7-9.
Sicard, Hist. nat. champ.
t. 43, f. 233.

Tithymalinus. Fr. H. E. p. 436.
Krombh. t. 39, f. 5-9.

Torminosus. Fr. Hym. Eur.
p. 422.
Barla, t. 18, f. 7-10.
Britz. Lact. f. 5.
Bull. t. 529. f. 2.
Cordier, t. 27, f. 1.
Dr Lorins, t. 8, f. 8.
Dufour, Atl. champ. t. 22.
Eloffe, Champ. t. 8, f. 9.
Fl. Dan. t. 1068.
Gauthier, Champ. t. 11,
f. 2 et 3.
Gillet, t. 159.
Gotthold-Hahn. f. 14, 1re
édit. et f. 23, 2e édit.
Harzer, t. 11.
Krombh. t. 13, f. 15-23.
Lucand, t. 972.
Noulet et Dass. Champ.
t. 17, f. B.
Phœbus, t. 5.
Roze et Rich. Atl. t. 37,
f. 1-6.
Schæff. t. 12.
Sicard, Hist. nat. champ.
t. 43, f. 232.
Sverig. Atl. svamp. t. 28.
Sv. Bot. t. 184.
Sowerb. t. 103 (var.)
Ventur. t. 30, f. 2.

Trivialis. Fr. Hym. Eur. p. 426.
Britz. Lact. f. 9.
Cooke, t. 976.
Krombh. t. 14, f. 17, 18.
Lucand, t. 166.

Turpis. Fr. Hym. Eur. p. 423.
Cooke, t. 987.
Dr Lorins, t. 9, f. 2.
Fl. Dan. t. 1913.
Gillet, t. 158.
Gotthold-Hahn. 2e édit.
  f. 22.
Harz. t. 60.
Krombh. t. 69, f. 1-6.
Lucand, t. 41.
Phœbus, t. 6, f. 1, 2, 3.
Roumeg. Crypt. illustr.
  f. 120.
Sverig. Atl. svamp. t. 60.

Umbrinus. Fr. Hym. Eur. p. 429.
Britz. Lact. f. 19.
Cooke, t. 1006.
Paul. t. 69, f. 1-2.

Utilis. Fr. Hym. Eur. p. 425.
Cooke, t. 1084.

Uvidus. Fr. Hym. Eur. p. 426.
Batsch. f. 202.
Bern. Champ. Roch. t. 37,
  f. 1.
Britz. Lact. f. 16.
Cooke, t. 991.
Gillet, t. 157.
Krombh. t. 57, f. 14-16
  (var.)
Pat. Tab. 209.

Vellereus. Fr. Hym. Eur. p. 430.
Barla, t. 22, f. 6-8.
Britz. Lact. f. 26.

Cordier, t. 28, f. 2.
Dr Lorins, t. 9, f. 5.
Dufour, Atl. champ. t. 21.
Gillet, t. 153.
Gotthold-Hahn. 1re édit.
  f. 13, 2e édit. f. 17.
Hussey, I, t. 63.
Klotzsch. in Fl. Bor. t. 469.
Krombh. t. 57, f. 10-13.
Moyen. Tr. élém. champ.
  t. 9, f. 4.
Phœbus, t. 4, f. 3, 4.
Roze et Rich. Atl. t. 39,
  f. 1-3.
Sicard, Hist. nat. champ.
  t. 45, f. 239.
Sowerb. t. 104.

Venustus. Dur. et Lév. Expl. Alg.
Léveillé. Expl. Alg. t. 30,
  f. 3.

Vietus. Fr. Hym. Eur. p. 432.
Britz. Lact. f. 21.
Cooke, t. 1009.
Fr. Icon. t. 170, f. 1.
Gillet, t. 167.
Lucand, t. 96.

Violascens. F. Hym. Eur. p. 429.
Krombh. t. 14, f. 13, 14.
Gillot et Lucand, Cat.
  champ. t. 5, f. 1.
Lucand, t. 259.

Viridis. Fr. Hym. Eur. p. 429.
Britz. Lact. f. 23.

Gauthier, Champ. t. 12,
f. 3.
Krombh. t. 56, f. 8, 9 (var.)
Paul. t. 69, f. 4-5.

Volemus. Fr. Hym. Eur. p. 435.
Barla, Champ. Nice, t. 20,
f. 1-3.
Bel, Champ. Tarn. t. 23.
Boyer, Champ. com. t. 31.
Britz. Lact. f. 6.
Cooke, t. 999.
Cordier, t. 26, f. 1.
Dr Lorins, t. 9, f. 1.
Dufour, Atl. champ. t. 23,
f. 53.
Gillet, t. 170.
Gotthold-Hahn. f. 16, 1re
édit. (mauvais dessin),
et f. 14, 2e édit.
Fl. Bat. t. 874.
Hussey, I, t. 87.
Krombh. t. 39, f. 1-4.
Letell. t. 624.
Leuba, Champ. com.
t. 22.
Lucand, t. 145.
Moyen, Tr. élém. champ.
t. 9, f. 2.
Muller et Busch. t. 2, f. 1,
2.
Pat. Tab. 323.
Rolland. Bull. Soc. myc.
Fr. 1891, t. 2, f. 1.
Roumeg. Crypt. illustr.
f. 142.

Roze et Rich. Atl. t. 38,
f. 6-12.
Sicard, Hist. nat. Champ.
t. 44, f. 236.
Sverig. Atl. svamp. t. 10.
Ventur. t. 34, f. 1-3.

Zonarius. Fr. Hym. Eur. p. 425.
Barla, Champ. Nice, t. 21,
f. 8-12.
Bull. t. 104.
Eloffe, Champ. t. 8, f. 6, 7.
Fl. Bat. t. 825.
Gauthier, Champ. t. 11,
f. 4.
Noulet et Dass. Champ.
t. 19, f. B.
Vaill. Par. t. 12, f. 7.

LENTINUS

Adhærens. Fr. Hym. Eur. p. 483.
Bres. Fung. Trid. t. 131.
Britz. Lent. f. 2.
Kalchbr. Icon. t. 21, f. 3.

Adhæsus. Britz. Hym. Südb. IV,
p. 144.
Britz. Hym. Südb. IV, f. 8.

Auricolor. Fr. Hym. Eur. p. 483.
Brigant. t. 13, f. 1-3.

Auricula. Fr. Hym. Eur. p. 486.
Fr. Icon. t. 175, f. 2.

Bisus. Quél. in Bres. Fung. Trid.
p. 12.
Bres. Fung. Trid. t. 12.

Bresadolæ. Schulz. in Hedw. 1885,
p. 141.

Castoreus. Fr. Hym. Eur. p. 486.
Britz. Lentin. f. 6.
Fr. Icon. t. 176, f. 3.

Cochleatus. Fr. H. Eur. p. 484.
Berkl. Outl. t. 19, f. 4.
Bolt. t. 8.
Britz. Lentin. f. 5.
Cooke, t. 1142.
Gillet, t. 147.
Lucand, t. 293.
Pat. Tab. 126.
Price, f. 125.
Sow. t. 168.

Contiguus. F. Hym. Eur. p. 482.

Contortus. Fr. Hym. Eur. p. 482.
Batt. t. 11, f. A.

Cryptarum. Fr. H. Eur. p. 487.

Degener. Fr. Hym. Eur. p. 482.
Gillet. t. 150.
Lucand. t. 198.
Pat. Tab. 407.

Domesticus. Karst. in Rev. Myc.
1887, IX, p. 9.
Karst. Icon. select. II,
t. 40.

Dunalii. Fr. Hym. Eur. p. 481.
Batt. t. 12, f. A.

Berkl. Outl. t. 15, f. 2.
Cooke, t. 1139.
St Amans. Ag. t. 12.

Fimbriatus. Fr. Hym. E. p. 485.
Currey. Linn. Soc. XXIV,
t. 25, f. 2.
Cooke, t. 1148, A.

Flabelliformis. Fr. Hym. Eur.
p. 487.
Bolt. t. 157.
Cooke, t. 1148, B.
Krombh. t. 42. f. 1, 2.

Friabilis. Fr. Hym. Eur. p. 485.
Batt. t. 21, B.

Gallicus. Quél. Assoc. Fr. av. sc.
1884, p. 280.
Quél. Assoc. Fr. av. sc.
1884, t. 8, f. 10.

Hispidosus. F. Hym. E. p. 485.
Kalchbr. (Icon. ined.
apud Fr.)

Hornotinus. Fr. Hym. E. p. 483.
Britz. Lent. f. 3.

Humescens. Fr. H. Eur. p. 487.

Hygrophanus. Harzer. Bot. cent.
1889, I, p. 378.

Jugis. Fr. Hym. Eur. p. 484.

Leontopodius. Fr. Hym. Eur.
p. 482.

Lepideus. Fr. Hym. Eur. p. 481.
Britz. Lent. f. 1.

Buxb. C. IV, t. 25.
Cooke, t. 1140 et 1141 (monstruosité).
Gillet, t. 148.
Revue myc. 1889, t. 74, f. 1.
Schæff. t. 29, 30.
Sow. t. 382 (monstruosité).

Monardianus. Dur. et Mont. Cent. V, n. 83.
Flor. Alg. ined. atl. t. 20, f. 2.

Omphalodes. Fr. H. E. p. 485.
Fr. Icon. t. 175, f. 1.

Pulverulentus. Fr. Hym. Eur. p. 483.
Britz. Lent. f. 4.

Queletii. Schulz. in Hedw. 1885, p. 141.

Resinaceus. Fr. Hym. E. p. 483.

Scoticus. Fr. Hym. Eur. p. 485.
Cooke, t. 1143.

Sitaneus. Fr. Hym. Eur. p. 482.

Suavissimus. Fr. H. E. p. 486.

Suffrutescens. Fr. Hym. Eur. p. 484.
Fl. Batav. t. 948.
Schæff. t. 248, 249.

Tigrinus. Fr, Hym. Eur, p. 481.
Batsch. f. 27.

Batt. t. 12, f. B.-D.
Bull. t. 70.
Bel, Champ. Tarn. t. 28.
Cordier, t. 16.
Cooke, t. 1138 et 1139.
Eloffe, Champ. t. 10, f. 6.
Gillet. t. 149.
Pat. Tab. 406.
Roze et Rich. Atl. t. 48, f. 13-16.
Sicard, Hist. nat. champ. t. 49, f. 266.
Sowerb. t. 68.

Tomentellus. Karst. Symb. 18, p. 79.

Umbellatus. Fr. H. Eur. p. 484.
Mich. t. 79, f. 3.

Ursinus. Fr. Hym. Eur. p. 486.
Bres. Fung. Trid. t. 66.

Vulpinus. Fr. Hym. Eur. p. 486.
Cooke, t. 1142.
Fr. Icon. t. 176, f. 1.
Krombh. t. 3, f. 19.
Sowerb. t. 361.

LENZITES

Abietina. Fr. Hym. Eur. p. 495.
Britz. Lenz. f. 3.
Bull. t. 442, f. 2 et t. 541, f. 1.
Cooke, t. 1146.
Ventur. t. 60. f. 3-5.

Albida. Fr. Hym. Eur. p. 493.
Fr. Icon. t. 177, f. 1.

Atro - purpurea. Sacc. Myc.
Ven. p. 45.
Sacc. Myc. Ven. t. 6,
f. 15-19.

Betulina. Fr. Hym. Eur. p. 493.
Berkl. Outl. t. 15, f. 3.
Britz. Lenz. f. 1.
Cooke, t. 1145.
Fl. Dan. t. 1555.
Revue myc. 1882, t. 30,
f. 5; 1890, t. 110, f. 408
(var.): 1883, t. 37, f. 4
(monstr.)
Roumeg. Crypt. illustr.
f. 212.
Schœff. t. 57 (var.)
Sicard, Hist. nat. champ.
t. 57, f. 288.
Sowerb. t. 182.

Bresadolæ. Schulz. in Hedw.
1885, p. 142.
Kalchbr. Hung. t. 30, f. 4.

Cinnamomea. Fr. Hym. Eur.
p. 494.
Fr. Icon. t. 177, f. 2.

Faventina. Caldesi in Erb. Critt.
ital. n. 89.

Flaccida. Fr. Hym. Eur. p. 493.
Bolt. t. 158 (var.)
Bull. t. 394.

Cooke, t. 1145.
Dufour, Atl. champ. t. 47.
Gillet, t. 250.

Gigantea. Czern. in Bull. Moscou,
1845, p. 146.

Heteromorpha. Fr. Hym. Eur.
p. 495.
Fr. Icon. t. 177, f. 3.

Labyrinthica. Quél. et Schulz.
in Hedw. 1885, p. 141.

Mollis. Heufler. in Verhandl. d. Zool.
bot. ges. 1868, p. 431.

Pinastri. Fr. Hym. Eur. p. 495.

Queletii. Schulz. in Hedw. 1885,
p. 142.

Reichardtii. Schulz. in Thüm.
M. U. n. 1501.

Sepiaria. Fr. Hym. Eur. p. 494.
Buxb. C. V. t. 6.
Britz. Lenz. t. 2.
Cooke, t. 1146.
Schœff. t. 76.
Sowerb. t. 418.
Vaill. t. 1, f. 1-3.

Sorbina. Karst. Hym. Fenn. enum.
p. 15.

Trabea. Fr. Hym. Eur. p. 494.
Bull. t. 442, f. A. C.
Corda, Ic. V, f. 89.

Tricolor. Fr. Hym. Eur. p. 494.
Bull. t. 541, f. 2.

Variegata. Fr. Hym. Eur. p. 493.
Bull. t. 537, f. I. K. L.

Warnieri. Dur. et Mont. pl. cell.
cent. IX, p. 16.

LEPIOTA

Acutisquamosa. Fr. H. Eur.
p. 31.
Barla, Ch. A.-Mar. t. 12,
f. 4-7.
Britz. Leucospori, f. 130.
Cooke, t. 14.
Gillet, t. 33 et 34 (var.
Strobiliformis).
Hussey, II, t. 5.
Klotsch. Linn. VII, t. 8.
Krombh. t. 29, f. 18-21 et
t. 1, f. 18 et 20.

Alba. Saccardo, Syll. V, p. 37.
(Var. de *Clypeolaria*).
Barla, Ch. A.-Mar. t. 13.
Bres. Fung. Trid. t. 16, f. 1.

Amianthina. Fr. H. Eur. p. 37.
Barla, Ch. A.-Mar. t. 16,
f. 9-11.
Batsch. f. 97.
Bolton. t. 51, f. 2.
Bull. t. 362 et 530, f. 3.
Cooke, t. 213.
Doas et Pat. t. 18.
Fl. Dan. t. 1015.
Grev. Scot. t. 104.
Harz. t. 4, f. 2.

Hoffman. t. 13, f. 1.
Hussey, I, t. 45.
Krombh. t. 1, f. 12.
Pat. Tab. 610.
Sicard, Hist. nat. champ.
t. 18, f. 24.
Sowerb. t. 19.

Arenicola. Menier, Bull. Soc. myc.
Fr. 1889, p. 174.
Menier, Bull. Soc. myc.
Fr. 1889, t. 18.

Augustana. Britz. Derm. et Mel.
p. 185.
Britz. Hyporhodii und
Leucospori, f. 133.

Aureo-floccosa. Henn. Berl.
Hymen. p. 150.

Badhami. Fr. Hym. Eur. p. 31.
Barla, Ch. A.-Mar. t. 12,
f. 8-11.
Cooke, t. 25.
Gillet, t. 32.
Roze et Rich. Atl. t. 23,
f. 4-6.
Saund. et Sm. t. 35, f. 6,7,8.

Biornata. B. et Br. Journ. Linn.
Soc. XI, p. 502.
Cooke, t. 37.

Boudieri. Bres. Fung. Trid. p. 43.
Bres. Fung. Trid. t. 46.

Brebissoni. Godey in Gillet, Ch.
Fr. p. 64.
Gillet, t. 39.

Bresadolæ.Henn.Berl.Hym.p.150.

Bucknalli. B. et Br. Sacc. Syll. V,
p. 50.
Cooke, t. 19.

Carcharias. Fr. Hym. Eur. p. 36.
Barla, Ch. A.-Mar. t. 15,
f. 16-18.
Brig. Neap. t. 27, f. 4.
Britz. Hyporhodii und
Leucospori, f. 135.
Cooke, t. 42.
Harz. t. 44, f. 2 (var.)
Krombh. t. 25, f. 21-25.
Lucand, t. 202.
Pers. Ic. pict. t. 5, f. 1-3.

Carneifolia. Gillet, Champ. Fr.
p. 65.
Gillet, t. 42.

Castanea. Quél. Assoc. Fr. av. sc.
1880.
Quél. Assoc. Fr. av. sc.
1880, t. 8, f. 1.
Lucand, t. 328.

Cepæstipes. Fr. Hym. E. p. 35.
Barla, Ch. A.-Mar. t. 15,
f. 7-11.
Bolt. t. 50? (var.)
Bull. t. 374 (var.)
Cooke, t. 5 et 942 (var.)
Corda, Icon. III, t. 8, f. 122.
Fl. Dan. t. 1798 (variété
naine).
Gillet, t. 35 et 36 (var.
Flammula).

Grev. Scot. t. 333 (var.)
Pat. Tab. 612.
Schnitz, in Sturm. 31, t. 1
(var.)
Sowerb. t. 2.

Cinnabarina. P. H. Eur. p. 36.
Barla, Ch. A.-Mar. t. 16,
f. 1-4.
Cooke, t. 43.
Fl. Dan. t. 1795.
Pat. Tab. 102.

Citrophylla. Berkl. et Br. Journ.
Linn. Soc. XI, p. 509.
Boud. Bull. Soc. myc. Fr.
1893, t. 2, f. 1.
Cooke, t. 639.

Clypeolaria. Fr. Hym. E p. 32.
Barla, Ch. A.-Mar. t. 13,
f. 1-5, 6-11 (var. *Alba*)
et 16-20 (var. *Campa-
netta*, Barla).
Bres.Fung.Trid.t.16(var.)
Britz. Leucospori, fig. 132
et Dermini f. 140 (var.)
Bull. t. 405 et 506, f. 2.
Cooke, t. 38.
Eloffe, Champ. t. 10, f. 5.
Fl. Dan. t. 1732.
Fr. Icon. t. 14, f. 2.
Gillet, t. 40.
Lucand, t. 201.
Noulet et Dass. Champ.
t. 31, f. B.
Pat. Tab. 202.

Paul. t. 136.
Roze et Rich. Atl. t. 21,
f. 1-3.
Sicard, Hist. nat. champ.
t. 8, f. 25.
Sow. t. 14.
Tratt. Austri. t. 26.

Colubrina. Fr. Hym. Eur. p. 34.
Cordier, t. 7.
Krombh. t. 1, f. 10, 11.

Cristata. Fr. Hym. Eur. p. 32.
Barla, Ch. A.-Mar. t. 14,
f. 1-4.
Batsch. f. 205.
Berkl. Outl. t. 3, f. 7.
Bernard, Champ. Roch.
t. 2, f. 4.
Bolton. t. 7.
Britz. Hym. Augsb. I,
t. 1, f. 1.
Cooke, t. 29.
Gotthold-Hahn. 1re édit.
f. 10.
Gillet, t. 523.
Grev. Scot. t. 176.
Hussey, I, t. 48.
Krombh. t. 25, f. 26-30.
Lucand, t. 352.
Pat. Tab. 504.
Price, f. 105.
Roze et Rich. t. 21, f. 4-8.

Delicata. Fr. Hym. Eur. p. 39.
Cooke, t. 118 b.
Fries Icon. t. 15, f. 2.

Demisannula. Fr. Hym. Eur.
p. 38.

Densifolia. Gillet. Champ. de Fr.
p. 68.
Gillet. t. 43.

Denudata. Fr. Hym. Eur. p. 38.

Echinella. Quél. et Bern. Bull.
Soc. myc. 1888, p. 51.
Session. cryptogam. 1887,
t. 1, f. 2.

Emplastrum. Cooke et Mass. in
Grev. XVIII, 18, p. 51.
Cooke, Illustr. suppl.
t. 1164.

Engleriana. Hennings, in Sacc.
Syll. IX, p. 7.

Erminea. Fr. Hym. Eur. p. 33.
Barla, Ch. A.-Mar. t. 14,
f. 5-9.
Cooke, t. 40.
Gillet, t. 38.
Sv. Bot. t. 596, f. 1.

Excoriata. Fr. Hym. Eur. p. 30.
Barla, Ch. A.-Mar. t. 10,
f. 5-8 et f. 9-13 (var.
Montana Q.)
Boyer, Champ. com. t. 7.
Britz. Leucospori, f. 268.
Cooke, t. 23.
Dufour, Atl. champ. t. 7.
Gillet, t. 29.
Krombh. t. 24, f. 24-30 et
t. 1, f. 9.

Letellier, t. 610.
Lucand, t. 52.
Roze et Rich. t. 22, f. 8-10.
Schæff. t. 18-19.
Sicard, Hist. nat. champ.
t. 7, f. 23.
Sverig. Atl. svamp. t. 18.
Ventur. t. 7.
Vittad. Fung. mang. t. 35.
Viviani, t. 49.

Felina. Fr. Hym. Eur. p. 32.
Barla, Ch. A.-Mar. t. 13,
f. 12-15.
Cooke, t. 943.
Pat. Tab. 505.
Quél. Assoc. Fr. av. sc.
1882, t. 11, f. 1.

Flammula.
Gillet, t. 36 (var. de *Ce-pæstipes*).

Forquignoni. Quél. Ass. Fr. av.
sc. Blois, 1884, p. 277.
Bull. Assoc. Fr. avanc.
sc. 1884, t. 8, f. 1.

Friesii. Fr. Hym. Eur. p. 31.
Barla, Ch. A.-Mar. t. 12,
f. 1-3.
Cooke, t. 941.
Gillet, t. 31.
Quél. Jura, t. 1, f. 2.

Furnacea. Fr. Hym. Eur. p. 33.
Gillet, t. 41.
Letell. t. 653.

Georginæ. Saccardo, Syll. V, p. 71.
Cooke, t. 132.
Smith. in Seem. Journ.
Bot. IX, 1871, t. 112.

Glioderma. Fr. Hym. Eur. p. 39.
Cooke, t. 118, a.
Fr. Icon. t. 15, f. 1.

Gracilenta. Fr. Hym. Eur. p. 30.
Barla, Ch. A.-Mar. t. 11,
f. 1-4.
Cooke, t. 28.
Gotthold-Hahn. 2e édit.
f. 8.
Krombh. t. 24, f. 13-14.

Granulosa. Fr. Hym. Eur. p. 36.
Barla, Ch. A.-Mar. t. 16,
f. 5-8.
Batsch. f. 24.
Britz. Hym. Augsb. I, t. 1,
f. 2 et Leucospori, f. 269.
Cooke, t. 18 et 213.
Dufour, Atl. champ. t. 7.
Gillet, t. 44.
Gotthold-Hahn. f. 9, 1re
édit. et f. 9, 2e édit.
Harz. t. 44, f. 1.
Krombh. t. 1, f. 12.
Pat. Tab. 611.
Roumeg. Crypt. illustr.
f. 170.
Sicard, Hist. nat. champ.
t. 24, f. 127.

Helveola. Bres. Fung. Trid. p. 15.

Barla, Ch. A.-Mar. t. 16 bis,
f. 1-9.
Bres. Fung. Trid. t. 16, f. 2.
Pat. Tab. 608.

Hispida. Fr. Hym. Eur. p. 32.
Barla, Ch. A.-Mar. t. 11,
f. 12-15.
Cooke, t. 27.
Fr. Icon. t. 14, f. 1.
Pat. Tab. 503.

Holosericea. Fr. H. Eur. p. 34.
Barla, Ch. A.-Mar. t. 14,
f. 10-13.
Bern. Champ. Roch. t. 2,
f. 3.
Cooke, t. 41.
Gillet, t. 45.
Roze et Rich. Atl. t. 10,
f. 15-17.
Saund. et Sm. t. 23, f. 1,
2, 3, 4.

Ianthina. Cooke, in Grev. 16, p. 101.
Cooke, t. 944.

Ignicolor. Bres. Fung. Trid. (suppl.)
p. 3.
Bres. Fung. Trid. t. 106,
f. 2.

Illinita. Fr. Hym. Eur. p. 39.
Fries. Icon. t. 16, f. 1.
Hoffm. Ic. anal. t. 13.
Pat. Tab. 609.

Inoculata. Fr. Hym. Eur. p. 39.
Batt. t. 27, f. J. K.

Irrorata. Quél. Assoc. Fr. av. sc.
1882, p. 387.
Barla, Ch. A.-Mar. t. 16,
f. 23-30.
Quél. Assoc. Fr. av. sc.
1882, t. 11, f. 2.

Lenticularis. Sacc. Syll. V, p. 69.
Cooke, t. 17.
Gillet, t. 46.
(Voyez *Amanita Lenti-
cularis* Fr.)

Licmophora. B. et Br. Linn.
Journ. IX, p. 50.
Cooke, Illustr. t. 1179.

Lignicola. Karst. Icon. Fasc. 1.

Lilacea. Bres. Fung. Trid. (suppl.)
p. 3.
Bres. Fung. Trid. t. 106,
f. 1.

Lilacina. Quélet. Enchiridion, p. 8.
Boud. Bull. Soc. myc. Fr.
1893, t. 2, f. 2.
(Voy. *Seminuda*.)

Littoralis. Menier. Bull. Soc. myc.
Fr. 1889, p. 173.
Menier, Bull. Soc. myc.
Fr. 1889, t. 17.

Magnusiana. Hennings, in Sacc.
Syll. IX, p. 7.

Martialis. Cooke, in Grev. 16, p. 101.
Cooke, t. 944.

Mastoidea. Fr. Hym. Eur. p. 30.
Barla, Ch. A.-Mar. t. 11,
f. 9-11.
Berkl. Magaz. nat. hist.
I, t. 2, f. 1.
Cooke, t. 24.
Fl. Dan. t. 2144.
Gillet, t. 28.
Krombh. t. 24, f. 17-18.
Letell. t. 610, f. D. E.
Lucand, t. 301.
Roze et Rich. t. 22, f. 4-7.
Viviani, t. 23 (?? ou Ce-
pœstipes).

Medullata. Fr. Hym. Eur. p. 38.
Barla, Ch. A.-Mar. t. 16,
f. 18-22.
Cooke, t. 44.
Fries, Icon. t. 16, f. 2.
Krombh. t. 25, f. 34, 35.

Meleagris. Fr. Hym. Eur. p. 31.
Barla, Ch. A.-Mar. t. 12,
f. 12-14.
Cooke, t. 26.
Lucand, t. 327.
Sowerb. t. 171.

Mesomorpha. Fr. Hym. E. p. 38.
Barla, Ch. A.-Mar. t. 16,
f. 12-17.
Bull. t. 506, f. 1.
Cooke, t. 85.
Gillet, t. 42.
Quélet. Assoc. Fr. av. sc.
1891, t. 2, f. 12.

Sicard, hist. nat. champ.
t. 8, f. 26.

Metulæspora. Fr. H. Eur. p. 32.
Ann. nat. Hist. n. 1182,
t. 18, f. 5.
Cooke, t. 59.

Micropholis. Berk. et Br.
Cooke, t. 943, f. b.

Molybdites. Fr. Hym. Eur. p. 30.

Morieri. Sacc. Syll. V, p. 50.
Gillet, t. 39.

Multifolia. Saccardo, Syll. V, p. 69.

Naucina. Fr. Hym. Eur. p. 34.
Barla, t. 15, f. 1-4. et Ch.
A.-Mar. t. 15, f. 1-4.
Bern. Champ. Roch. t. 4,
f. 3.
Bull. t. 595, f. Q, R, S.
Cooke, t. 15.
Gillet, t. 37.
Kalchbr. t. 2, f. 2.
Krombh. t. 24, f. 20-23.
Lucand, t. 251.
Roze et Rich. t. 8, f. 4-8.
Vitt. Fung. mang. t. 40
(variété).
Vent. t. 48, f. 6.

Noscitata. Saccardo, Syll. V, p. 49.
Britz. Leucospori, f. 131.

Nympharum. Fr. H. Eur. p. 33.

Barla, Ch. A.-Mar. t. 16 bis, f. 10-15.
Kalchbr. Fung. Hung. t. 2, f. 1.

Olivieri. Barla, Rev. myc. 1886, p. 225.
Barla, Ch. A.-Mar. t. 9 bis, f. 6-10.

Parmata. Britz.Derm.Mel. III, p.185.
Britz. Leucospori. f. 140.

Parvannulata. Fr. H. E. p. 37.
Britz. Leucospori, f. 136.
Fr. Icon. t. 16, f. 3.

Pauletii. Fr. Hym. Eur. p. 36.
Barla, Ch. A.-Mar. t. 15, f. 12-15.
Paul. t. 163, f. 1.

Permixta. Barla, Rev. myc. 1886, p. 226.
Barla, Ch. A.-Mar. t. 10, f. 1-4.

Pinguis. Fr. Hym. Eur. p. 39.

Polysticta. Fr. Hym. Eur. p. 37.
Britz. Hym. Augsb. I, t. 1, f. 3.
Cooke, t. 30.
Saund. et Sm. t. 23, f. 5-9.

Prevostii. Roumeg. Revue myc. I, 1879, p. 153.
Roum. Fl. myc. Tarn, t. 8, f. D.
Revuemyc. I,1879,t.4,f.B.

Procera. Fr. Hym. Eur. p. 29.
Barla, Champ. Nice, t. 8 et Champ. A.-Mar. t. 9, f. 1-4 et f. 5 (var. *Fuliginosa.*)
Bauhin, cap. X, p. 826.
Bel. Champ. du Tarn, t.14.
Bolton, t. 23.
Britz. Leucospori, f. 129.
Bull. t. 78, 583.
Curt. Lond. t. 169.
Cooke, t. 21.
Dr Lorins, t. 7, f. 3.
Dufour, Atl. Champ. t. 6.
Eloffe, Champ. t. 10, f. 1.
Escul. Fung. Engl. Badham, t. 2.
Favre - Guill. Neuch. I, t. 23.
Fl. Dan. t. 772.
Gauthier, Champ. t. 15.
Gillet, t. 30.
Gotthold-Hahn, f. 8, 1re édit. et f. 7, 2e édit.
Harz. t. 46.
Hussey, I, t. 80.
Krombh. t. 24, f. 1-12.
Leuba, Champ. com. t. 9.
Moyen, Tr. élém. champ. t. 3, f. 2.
Noulet et Dass. Champ. t. 31, f. A.
Rolland, Bull. Soc. myc. Fr. 1891, t. 1, f. 2.
Roze et Rich. t. 20, f. 1-9.
Schæff. t. 22, 23.

Sicard, Hist. nat. champ.
t. 7, f. 21 et 23 (jeune).
Sowerb. t. 190.
Sverig. Atl. svamp. t. 3.
Vittád. t. 24.
Viviani, t. 8.

Prominens. Fr. Hym. Eur. p. 30.
Barla, Ch. A.-Mar. t. 11,
f. 5-8.
Vivian. Ital. t. 12.

Pyrenæa. Quél. Assoc. Fr. av. sc.
1887, p. 587.
Quél. Assoc. Fr. av. sc.
1887, t. 21, f. 1.

Rhacodes. Fr. Hym. Eur. p. 29.
Barla, Ch. A.-Mar. t. 9 bis,
f. 1-5.
Berkl. Outl. t. 3, f. 6.
Cooke, t. 22.
Gillet, t. 27.
Hussey, II, t. 38.
Krombh. t. 24, f. 15, 16.
Price, f. 104.
Roze et Rich. t. 22, f. 1-3.
Vittad. Fung. mang. t. 20.

Rhacodes puellaris. Fr. H.
Eur. p. 29.

Rorulenta. Fr. Hym. Eur. p. 34.
Barla, Ch. A.-Mar. t. 15,
f. 5-6.
Britz. Leucospori, f. 134.
Krombh. t. 24, f. 20-23.
Vent. t. 48, f. 6.

Vittad. Fung. mang. t. 40
(variété).

Rubella. Bres. Henn. Berl. Hym.
p. 149.

Rugoso-reticulata. Loriz.
Œst. bot. Zeit. 1879, p. 22.

Schulzeri. Fr. Hym. Eur. p. 34.
Kalchbr. t. 2, f. 2.

Seminuda. Fr. Hym. Eur. p. 38.
Ann. Soc. nat. VI, t. 12, f. 1.
Cooke, t. 19, a.
Pat. Tab. t. 203 et 204
(var. *Lilacina*).
Lucand, t. 329.

Serena. Fr. Hym. Eur. p. 38.
Gillet, t. 39 (*Brebissoni*).

Sistrata. Fr. Hym. Eur. p. 37.
Cooke, t. 85, a.
Fr. Icon. t. 15, f. 3.

Sociabilis. Britz. Hym. IV, p. 146.
Britz. Leucospori, f. 260
et 270.

Steinhausii. Saccardo, Syll. V,
p. 45.

Straminella. Fr. Hym. Eur. p. 35.

Terreji. Fr. Hym. Eur. p. 36.
Saund. et Sm. t. 35, f. 1,2,3.

Tuberculata. Fr. Hym. E. p. 35.
Brig. Neap. t. 37, f. 1-3.

Venusta. Fr. Hym. Eur. p. 35.

Vittadini. Fr. Hym. Eur. p. 33.
Bern. Champ. Roch. t. 3, f. 1.
Cooke, t. 36.
Hussey, I, t. 85.
Krombh. t. 27.
Morett. Bot. ital. t. 1.
Vittad. Aman. t. 1.

LEPTONIA

Æmulans. Karst. Symb. myc. Fenn. XIII, p. 3.

Anatina. Fr. Hym. Eur. p. 201.
Bern. Champ. Roch. t. 14, f. 3.
Britz. Hypor. f. 73.
Lucand, t. 358.

Aquila. Fr. Hym. Eur. p. 204.
Fr. Icon. t. 98, f. 3.

Asprella. Fr. Hym. Eur. p. 205.
Britz. Hypor. f. 76.
Cooke, t. 1169.
Quél. Jura, t. 6, f. 4.
Lucand, t. 336.

Bizzozeriana. Sacc. M.V.S. p.25.
Saccardo, M. S. t. 5, f. 4-6.

Bresadolæ. Schulz. in Hedw. 1885, p. 134.

Callimorpha. Fr. H. E. p. 204.

Camelina. Lasch. in Bot. Zeit. 1844, p. 425.

Chalybæa. Fr. Hym. Eur. p. 203.
Bern. Champ. Roch. t. 14, f. 4.
Britz. Hypor. f. 74.
Cooke, t. 335.
Krombh. t. 2, f. 11-16.
Pers. Icon. pict. t. 4, f. 3, 4.
Sowerb. t. 161.

Chloropolia. Fr. H. Eur. p. 205.
Britz. Hypor. f. 24.
Cooke, t. 337.
Fr. Icon. t. 98, f. 2.

Cyanula. Fr. Hym. Eur. p. 202.

Euchlora. Fr. Hym. Eur. p. 204.
Bern. Champ. Roch. t. 17, f. 5.
Britz. Hypor. f. 80.
Gillet, t. 274.
Lucand, t. 335.
Pat. Tab. 111.
Quélet, Jura, t. 6, f. 12.

Euchroa. Fr. Hym. Eur. p. 203.
Britz. Hypor. f. 51.
Cooke, t. 334.
Roze et Rich. Atl. t. 33, f. 21-24.

Formosa. Fr. Hym. Eur. p. 204.
Britz. Hypor. f. 49 (var.)
Cooke, t. 488 (var.)
Fr. Icon. t. 98, f. 1.

Forquignoni. Quél. in Assoc. Fr. av. sc. 1884, p. 279.
Quél. Ass. Fr. av. sc. 1884, t. 8, f. 6.

Gillotii. Quél. Assoc. Fr. av. sc. 1885, p. 446.
Gillot et Lucand, Cat. champ. t. 5, f. 3.
Quél. Assoc. Fr. av. sc. 1885, Grenoble, t. 12, f. 3.

Gorteri. Fr. Hym. Eur. p. 204.

Incana. Fr. Hym. Eur. p. 204.
Cooke, t. 336.
Roumeg. Crypt. illustr. f. 181.
Sowerb. t. 162.

Kervernii. Gillet, Hym. p. 413.
Gillet, t. 275.

Lampropa. Fr. Hym. Eur. p. 202.
Bull. t. 521, f. 1.
Britz. Hypor. f. 21.
Cooke, t. 331.
Gillet, t. 277.
Sicard, Hist. nat. champ. t. 27, f. 146.

Lappula. Fr. Hym. Eur. p. 202.
Fr. Icon. t. 97, f. 2.
Gillet, t. 276.

Lazulina. Fr. Hym. Eur. p. 203.
Britz. Hypor. f. 75.
Cooke, t. 549.

Linkii. Fr. Hym. Eur. p. 201.

Melleo-pallens. Karst. Symb. myc. Fenn. 29, p. 93.

Nefrens Fr. Hym. Eur. p. 205.
Krombh. t. 2, f. 22.

Æthiops. Fr. Hym. Eur. p. 202.
Britz. Hypor. f. 20.
Cooke, t. 332.
Fr. Icon. t. 97, f. 3.
Gillot et Lucand, Cat. champ. t. 4, f. 3.
Lucand, t. 106.

Pallens. Karst. in Hedw. 1890, p.176.

Parasitica. Quél. in Bull. Soc. bot. Fr. 1878.
Quél. Bull. Soc. bot. Fr. 1878, t. 3, f. 6.

Placida. Fr. Hym. Eur. p. 201.
Cooke, t. 330.
Fr. Icon. t. 97, f. 1.

Proludens. Britz. Hypor. p. 139.
Britz. Hypor. f. 50 et 60.

Pyrenaïca. Pat. Tab. n. 430.
Pat. Tab. 430.

Queletii. Boud. in Quél. et Lebret. Champ. p. 8.
Boud. Bull. Soc. bot. Fr. 1878, t. 4, f. 1.

Sarcita. Fr. Hym. Eur. p. 205.
Britz. Hypor. f. 52.

Scabrosa. Fr. Hym. Eur. p. 205.
Fr. Icon. t. 97, f. 4.

Serrulata. Fr. Hym. Eur. p. 203.
Britz. Hypor. f. 23.
Bull. t. 413, f. 1 (var.)
Cooke, t. 333.
Doas et Pat. t. 76.
Gillet, t. 552.
Holmsk. Ot. 2, t. 38.
Roze et Rich. Atl. t. 33,
f. 17-20.
Sicard, Hist. nat. champ.
t. 28, f. 148.

Solstitialis. Fr. Hym. E. p. 202.
Britz. Hypor. f. 22.
Cooke, t. 332.
Kalchbr. t. 12, f. 3.
Lucand, t. 359.

Transmutata. Britz. in Bot.
Centralb. 1893 (extr.) p. 8.
Britz. Hyporrh. f. 166.

Turci. Bres. Fung. Trid. p. 47.
Bres. Fung. Trid. t. 51.

LOCELLINA

Acetabulosa. Sacc. Syll. V, p.
761.
Cooke, t. 345.
Sow. t. 303.

Alexandri Gillet, Hym. p. 429.
Gillet, t. 288.

MARASMIUS

Actinophorus. B. et Br. Journ.
Linn. soc. XIV, p. 33.
Cooke, t. 1136.

Alliaceus. Fr. Hym. Eur. p. 475.
Britz. Mar. f. 16, 19 (var.)
et 38.
Cooke, t. 1128.
Doas et Pat. t. 45.
Dufour, Atl. champ. t. 31.
Fl. Dan. t. 1251.
Jacq. Austr. t. 82.
Kalchbr. Hung. t. 15 (var).
Mich. Gen. t. 78, f. 4.
Paul. t. 122, f. 1.
Sicard, Hist. nat. champ.
f. 49, f. 263.

Amadelphus. Fr. H. E. p. 474.
Bres. Fung. Trid. t. 130,
f. 2.
Bull. t. 550, f. 3.
Britz. Mar. f. 9.
Cooke, t. 1127.
Sicard, Hist. nat. champ.
t. 24, f. 130.

Androsaceus. F. H. E. p. 477.
Bocc. Mus. t. 104.
Bolt. t. 32.
Britz. Mar. f. 12.
Bull. t. 569, f. 2.
Cooke, t. 1129.
Doas et Pat. t. 68.

Fl. Dan. t. 1551, f. 1.
Gillet, t. 548.
Sowerb. t. 94.

Angulatus. F. Hym. Eur. p. 473.
Cooke, t. 1126.
Mich. t. 74, f. 4 (var. *Albida*).
Pers. Myc. Eur. III, t. 26, f. 3, 4.
Pat. Tab. 412.

Aratus. W. G. Smith. in Journ. Bot. 1873, p. 66.
W. G. Smith. Journ. bot. 1873, t. 129, f. 16-20.

Archyropus. F. H. Eur. p. 471.
Britz. Mar. f. 7 et 42.
Cooke, t. 1122.
Gillet, t. 545.
Gonn. et Rab. t. 8, f. 6.
Pers. Myc. Eur. 3, t. 25, f. 4.

Bresadolæ. Schulz. in Hedw. 1885, p. 140.

Broomei. Berkl. et Br. in Ann. nat. h. n. 1785.

Brusinæ. Schulz. in Hedw. 1886, p. 9.

Bulliardii. Quél. in Bull. Soc. bot. Fr. 1877, p. 323.
Bull. t. 569, f. 3.
Pat. Tab. 414.

Buxi. Fr. Hym. Eur. p. 479.
Doas. et Pat. t. 51.

Quél. Vosges et Jur. t. 13, f. 6.
Pat. Tab. 327.

Calopus. Fr. Hym. Eur. p. 472.
Bull. t. 550, f. 1.
Britz. Hym. Südb. IX, Mar. t. 43.
Cooke, t. 1125.
Quél. Vosges et Jura, t. 13, f. 6.

Candidus. Fr. Hym. Eur. p. 474.
Bern. Champ. Roch. t. 43, f. 6.
Bolt. t. 39, f. D.
Cooke, t. 1127.
Lucand, t. 322.
Pat. Tab. 124.

Capillipes. Sacc. F. Ven. Ser. V. p. 162.

Carpathicus. Fr. H. E. p. 470.
Kalchbr. Fung. Hung. t. 2, f. 2.

Cauticinalis. F. H. E. p. 476.
Bres. Fung. Trid. t. 41.
Britz. Mar. f. 18.
Cooke, t. 1134.
Sow. t. 163.

Cepaceus. Fr. Hym. Eur. p. 467.
Mich. t. 78, f. 5.

Chordalis. Fr. Hym. Eur. p. 475.
Bolt. t. 39, f. D.
Bres. Fung. Trid. t. 41.

Cohærens. F. Hym. Eur. p. 137.
Cooke, t. 1128.
(Voyez *Mycena*.)

Corbariensis. Roumeg. Rev. myc.
II, 1880, p. 198.
Revue Myc. 1880, t. 7, f. 5.

Curreyi. B. et Br. in Ann. N. H. n.
1794.
Cooke, t. 1130.

Dispar. Fr. Hym. Eur. p. 471.
Bàtsch. t. 38, f. 210.

Epichloe. Fr. Hym. Eur. p. 479.
Cooke, t. 1136.

Epiphyllus. F. Hym. Eur. p. 479.
Batsch. t. 17, f. 84 (jeune
sujet).
Batt. t. 28, f. E.
Cooke, t. 1137.
Fl. Dan. t. 1194, f. 1.
Pat. Tab. 219.
Pers. Ic. t. 9, f. 7.
Roumeg. Crypt. Illustr.
f. 208.
Sicard, Hist. nat. champ.
t. 22, f. 106.
Sowerb. t. 93.
Tratt. Austr. f. 22.

Epodius. Bres. Fung. Trid. p. 88.
Bres. Fung. Trid. t. 98.

Erythropus. F. H. Eur. p. 470.
Britz. Mar. f. 5.
Cooke, t. 1123.

Fr. Icon. t. 174, f. 2.
Gillet, t. 199.
Pat. Tab. 125 et 577.
Quél. Vosges et Jura,
t. 13, f. 5.

Flaveolaris. F. Hym. E. p. 477.

Flosculus. Quél. in Bull. Soc. bot.
Fr. 1878, p. 289.
Quél. Bull. Soc. bot. Fr.
1878, t. 3, f. 4.

Fœniculaceus. Fr. Hym. Eur.
p. 466.
Ann. h. nat. Bordeaux,
1884; t. 185 ?
Britz. Hym. Südb. IX,
Mar. f. 41.
Guill. Champ. Fr. t. 1,
f. 5.

Fœtidus. Fr. Hym. Eur. p. 473.
Bern. Champ. Roch. t. 43,
f. 4.
Cooke, t. 1134.
Gillet, t. 546.
Sowerb. t. 21.

Fusco-purpureus. Fr. Hym.
Eur. p. 469.
Britz. Mar. f. 3 et 36.
Cooke, t. 1121.
Pers. Ic. t. 4, f. 1-3.

Gelidus. Quélet. in Assoc. Fr. av. sc.
1891, Marseille. p. 467.
Quélet. Assoc. Fr. 1891,
t. 2, f. 13.

* **Globularis**. Fr. Hym. Eur. p. 467.
Britz. Hym. Südb. IX,
Mar. f. 46.
Quélet, Vosges et Jura,
t. 23, f. 6.

Graminum. F. Hym. Eur. p. 477.
Berkl. Outl. t. 14, f. 8.
Bern. Champ. Roch. t. 43,
f. 7.
Britz. Mar. f. 15.
Cooke, t. 1129.
Gillet, t. 198.
Pat. Tab. 325.

Hudsoni. Fr. Hym. Eur. p. 478.
Cooke, t. 1135.
Britz. Hym. Südb. IX,
Mar. f. 35.
Doas et Pat. t. 95.
Gillet, t. 548.
Lucand, t. 121.
Pat. Tab. 326.
Sowerb. t. 164.

Hygrometricus. Brig. F. Neap.
p. 87.
Brig. F. Neap. t. 12, f. 4-7.
Pat. Tab. 631.
Quél. Assoc. Fr. av. sc.
1885, t. 12, f. 14.

Impudicus. F. Hym. Eur. p. 471.
Cooke, t. 1124.
Quél. Assoc. Fr. av. sc.
1885, t. 12, f. 13.

Incarnatus. Quél. Ench. p. 142.

Inodorus. Pat. Tab. anal. n. 523.
Pat. Tab. f. 523.

Insititius. Fr. Hym. Eur. p. 478.
Berkl. Outl. t. 14, f. 6
(var.)
Cooke, t. 1135.

Jubæicola. Cooke, in Grev. 17, p. 16.

Karlii. Rabh. Fung. Eur. 506.
Winter, Die Pilze, f. 515.

Kirchneri. Fr. Hym. Eur. p. 473.

Lagopinus. F. Hym. Eur. p. 474.

Languidus. Fr. Hym. E. p. 473.
Batt. t. 27, f. O.
Britz. Mar. f. 11.
Cooke, t. 1126.
Pat. Tab. 413.
Pers. Myc. Eur. III, t. 26,
f. 6 et f. 2 (var.)

Limosus. Boud. et Quél. in Bull. Soc.
bot. Fr. 1877, p. 323.
Boud. et Quél. Bull. Soc.
bot. Fr. 1877, t. 5, f. 9.

Littoralis. Quél. Champ. Norm.
p. 21.
Bern. Champ. Roch. t. 43,
f. 5.
Quél. et Le Bret. Champ.
Norm. t. 3, f. 11.
Revue myc. 1881, t. 12,
f. 3.

Molyoides. F. Hym. Eur. p. 475.

Britz. Hym. Südb. IX,
Mar. f. 40.
Lucand, t. 11.

Mulleus. Fr. Hym. Eur. p. 466.
Quélet, Jura, t. 13, f. 5.

Nisus. Britz. Hym. Südb. IV. p. 143.
Britz. Hym. Südb. IV,
f. 6.

Oreades. Fr. Hym. Eur. p. 467.
Batsch. t. 21, f. 109?
Bern. Champ. Roch. t. 43,
f. 2.
Bolt. t. 151.
Bull. t. 144 et 528, f. 2.
Britz, Mar. f. 4.
Boyer, Champ. comest.
t. 38.
Cordier, t. 14, f. 3.
Dr Lorins, t. 8, f. 3.
Dufour, Atl. champ. t. 31.
Escul. Fung. Engl. Ba-
dham. t. 7, f. 4, 5.
Fl. Bat. t. 830.
Gillet, t. 202.
Gonn. et Rab. t. 8, f. 3.
Gotthold-Hahn. f. 36, 1re
édit. et f. 62, 2e édit.
Grev. Scot. t. 323.
Krombh. t. 43, f. 11-16.
Moyen, Tr. élém. champ.
t. 5, f. 4.
Noulet et Dass. Champ.
t. 27, f. B.
Pat. Tab. 328.

Rolland, Bull. Soc. myc.
Fr. 1889, I, t. 2, f. 3.
Roze et Rich. Atl. t. 50,
f. 1-4.
Schæff. t. 77.
Sicard, Hist. nat. champ.
t. 12, f. 44 et 45 (dessé-
ché).
Sowerb. t. 247.
Sverig. Atl. svamp. t. 31.
Vittad. t. 10, f. 1.

Oreadoides. Fr. H. Eur. p. 467.

Palmarum. Fr. H. Eur. p. 480.
Brigant. t. 14, f. 1-3.

Perforans. Fr. Hym. E. p. 478.
Batsch. t. 3, f. 10 et 9.
Britz. Mar. f. 14.
Cooke, t. 1130.
Doas et Pat. t. 66.
Hoffm. Nom. t. 4, f. 2.
Schæff. t. 239.

Peronatus. F. Hym. Eur. p. 405.
Berkl. Outl. t. 14, f. 4.
Bolt. t. 58.
Britz. Mar. f. 2.
Cordier. t. 14, f. 2.
Fl. Dan. t. 2018, f. 2.
Gillet, t. 547.
Gonn. et Rab. t. 8, f. 4 (var.)
Pat. Tab. 411.
Roze et Rich. Atl. t. 49,
f. 5-10.
Sowerb. t. 37.

Plancus. Fr. Hym. Eur. p. 468.
  Cooke, t. 1119.
  Paul. t. 103, f. 5, 6.

Polyadelphus. Pat. Tab. anal.
                              p. 150.
  Cooke, t. 1137.
  Pat. Tab. 329.
  (Voyez *Omphalia*.)

Porreus. Fr. Hym. Eur. p. 466.
  Britz. Mar. f. 33.
  Bull. t. 158?
  Cooke, t. 1133.
  Eloffe, Champ. t. 8, f. 3.
  Pat. Tab. 220.
  Purton, Bot. descript. III,
    t. 11.
  Sowerb. t. 81.

Prasiosmus. F. H. Eur. p 468.
  Bull. t. 524, f. 1.
  Cooke, t. 1120.
  Fl. Dan. t. 2020, f. 2.
  Gillet, t. 200.
  Schæff. t. 99.
  Sicard, Hist. nat. champ.
    t. 13, f. 54.

Putillus. Fr. Hym. Eur. p. 470.
  Batsch. t. 3, f. 9, i, e.

Pyramidalis. Fr. H. Eur. p. 468.

Queletii. Schulz. in Hedw. 1885.

Ramealis. Fr. Hym. Eur. p. 474.
  Bernard, Champ. Roch.
    t. 43, f. 4.

Bolt. t. 39, f. D.
  Britz. Mar. f. 10 et 17.
  Bull. t. 336.
  Cooke, t. 1127.
  Mich. t. 74, f. 7.
  Pat. Tab. 123.
  Sicard, Hist. nat. champ.
    t. 23, f. 116.

Recubans. Quél. Ench. p. 146.
  Quél. Jura, t. 13, f. 7.

Rhizophyllus. Fr. H. E. p. 480.
  Brigant. t. 15, f. 3-5.

Rotalis. Berkl. et Br. in Journ. Linn.
                          Soc. XIV, p. 50.

Rotula. Fr. Hym. Eur. p. 477.
  Berkl. Outl. t. 14. f. 7.
  Britz. Mar. f. 13.
  Bull. t. 64 et t. 569, f. 3.
  Cooke, t. 1129.
  Doas. et Pat. t. 65.
  Dufour, Atl. champ. t. 31.
  Fl. Dan. t. 1134.
  Gillet, t. 198.
  Gonn. et Rab. t. 8, f. 8.
  Gotthold-Hahn. f. 43, 1re
    édit. et f. 60, 2e édit.
  Mich. t. 74, f. 5.
  Sicard, Hist. nat. champ.
    t. 23, f. 119.
  Sowerb. t. 95.

Rugulosus. Schulz. et Bres.
  Britz. Hym. Südb. IX,
    Mar. f. 37, 39.

Saccharinus. Fr. H. E. p. 479.
Batsch. t. 17, f. 83.
Britz. Hym. Südb. IX,
Mar. f. 44 et 45.
Cooke, t. 1136.
Quélet, Vosges et Jura,
t. 13, f. 7.

Saxatilis. Fr. Hym. Eur. p. 471.

Schænopus. Kalchb. Ic. sel. Hym.
Hung. p. 45.
Britz. Mar. t. 19.
Kalchbr. t. 25, f. 4.

Schizopus. F. Hym. Eur. p. 476.

Schulzeri. Quél. in Hedw. 1885,
p. 140.

Sclerotipes. Bres. Fung. Trid.
p. 12 et 97.
Bres. Fung. Trid. t. 11,
f. 1.

Scorodonius. F. H. E. p. 472.
Britz. Mar. f. 8.
Cooke, t. 1125.
Cordier, t. 14, f. 1.
Dr Lorins, t. 8, f. 4.
Gotthold-Hahn. f. 44, 1re
édit. et f. 61, 2e édit.
Lenz. f. 17.
Paul. t. 122 bis, f. 2, 3.
Schæff. t. 99.
Sv. Bot. t. 173?
Sverig. Atl. svamp. t. 32.

Scorteus. Fr. Hym. Eur. p. 468.

Batsch. t. 21, f. 109 (var.)
Cooke, t. 1119.

Splachnoides. Fr. Hym. Eur.
p. 478.
Britz. Hym. Südb. IX,
Mar. f. 34.
Cooke, t. 1130.
Fl. Dan. t. 1678, f. 1.

Spodoleucus. Fr. Hym. Eur.
p. 480.
Cooke, t. 1137.

Straminipes. Peck. Rep. p. 26.
(Clitopilus.)
Cooke, t. 960.

Subannulatus. Fr. H. E. p. 465.

Subulatus. W. G. Smith. in Journ.
bot. 1873, p. 66.
Smith. in Journ. bot. 1873,
t. 129, f. 10-15.

Synodicus. Kunze in Fr. Ecl. 1,
n. 2.

Tenerrimus. Wettst. Fl. austr. p. 6.
Wettst. Fl. austr. t. 1,
f. 17-21.

Terginus. Fr. Hym. Eur. p. 469.
Britz. Mar. f. 1.
Cooke, t. 1122.
Fr. Icon. t. 174, f. 4.

Tomentosus. Quél. in Assoc. Fr.
av. sc. 1889, p. 511.
Quél. Assoc. Fr. av. sc.
1889, t. 15, f. 12.

Torquatus. Fr. Hym. E. p. 476.

Torquescens. F. H. E. p. 471.
  Cooke. t. 1124.
  Pat. Tab. 522.
  Quél. Vosges et Jura,
    t. 22, f. 3.

Trichopus. Pass. et Beltr. F. sic.
    nov. 1.

Urens. Fr. Hym. Eur. p. 465.
  Berkl. Outl. t. 14, f. 3.
  Bull. t. 528, f. 1.
  Cooke, t. 1116.
  Eloffe, Champ. t. 9, f. 1.
  Fl. Dan. t. 2018, f. 1 (var.
    Minor).
  Gillet, t. 201.
  Gonn. et Raben. t. 8, f. 1.
  Noulet et Dass. Champ.
    t. 27, f. A.
  Roze et Rich. Atl. t. 49,
    f. 1-4.
  Sicard, Hist. nat. champ.
    t. 49, f. 261.

Vaillantii. Fr. Hym. Eur. p. 472.
  Buxb. Cent. IV, t. 36, f. 2.
  Cooke. t. 1126.
  Vaill. Bot. Par. t. 11,
    f. 21-23.

Varicosus. Fr. Hym. Eur. p. 469.
  Cooke, t. 1121.
  Fr. Icon. t. 174, f. 1.

Versatilis. Fr. Hym. Eur. p. 480.
  Brigant. t. 20, f. 5, 6.

Wynnei. Fr. Hym. Eur. p. 470.
  Berkl. Outl. t. 19, f. 2.
  Gonn. et Rabenh. t. 8, f. 2.
  Pat. Tab. 524.

Xerotoides. F. Hym. E. p. 473.
  Fr. Icon. t. 174, f. 3.

MERULIUS

Aurantiacus. Fr. H. E. p. 591.

Aureus. Fr. Hym. Eur. p. 592.

Carmichælianus. Fr. Hym. E.
    p. 593.
  Grev. Scot. t. 224.

Corium. Fr. Hym. Eur. p. 591.
  Britz. Hym. Südb. IX,
    Polyp. f. 154.
  Bull. t. 402.
  Doas. et Pat. t. 61.
  Grev. Scot. t. 147.
  Sowerb. t. 349.

Crispatus. Fr. Hym. Eur. p. 593.
  Fl. Dan. t. 716, f. 2.

Fugax. Fr. Hym. Eur. p. 593.
  Fl. Dan. t. 2027, f. 2.

Giganteus Sauter. in Hedwig. 1877,
    p. 73.

Himantioides. F. H. E. p. 592.
  Fr. Icon. t. 193, f. 1.
  Pers. Myc. Eur. t. 14,
    f. 3, 4.
  Sowerb. t. 346.

Lacrymans. Fr. Hym. E. p. 594.
H. Baillon, Bot. crypt.
Payer, 2e édit. f. 493.
Britz. Hym. südb. V, f. 85
et IX, Polyp. f. 156.
Cordier, t. 42, f. 2.
Dufour, Atl. champ. t. 65.
Fl. Dan. t. 2026.
Gillet, t. 478 (var.)
Gotthold-Hahn. f. 129, 2e
édit.
Harzer. t. 77.
Hussey, I, t. 3.
Krombh. t. 46, f. 1, 2.
Pat. Tab. 132.
Roumeg. Crypt. illustr.
f. 219 et 229 b.
Sowerb. t. 113 et t. 214.
Sverig. Atl. svamp. t. 70.
Wulf. in Jacq. Misc. t. 8,
f. 2.

Læticolor. B. et Br. Ann. nat.
hist. n. 1681.

Melanoceras. Fr. H. E. p. 594.

Molluscus. Fr. Hym. Eur. p. 592.
Fr. Icon. t. 193, f. 2.
Pers. Myc. Eur. t. 14, f. 1, 2.

Niveus. Fr. Hym. E. p. 592.

Pallens. Fr. Hym. Eur. p. 593.

Papyraceus. F. H. Eur. p. 594.

Petropolitanus. F. Hym. Eur.
p. 591.

Porinoides. Fr. Hym. E. p. 593.
Pers. Myc. Eur. t. 14, f. 7.

Pulverulentus. Fr. Hym. Eur.
p. 594.

Queletii. Schulz. in Hedw. 1885,
p. 145.

Rufus. Fr. Hym. Eur. p. 593.
Pers. Myc. Eur. t. 16, f. 1, 2.

Serpens. Fr. Hym. Eur. p. 593.
Britz. Hym. südb. V, f. 87.
Fr. Icon. t. 193, f. 3.

Spongiosus. Fr. H. Eur. p. 591.
(Var. de *Tremellosus*.)

Squalidus. Fr. Hym. Eur. p. 594.

Tremellosus. Fr. H. E. p. 591.
Britz. Hym. Südb. V, f. 86
et IX, Polyp. f. 155.
Fl. Dan. t. 1553 et 776, f. 1.
Gillet, t. 479.
Hussey, I, t. 10.
Klotzsch. Bor. t. 460.
Sicard, Hist. nat. champ.
t. 59, f. 302.
Sowerby, t. 346 et 349.

Umbrinus. Fr. Hym. Eur. p. 594.
Pers. Myc. Eur. t. 14, f. 5,
6.

MICROCERA

Coccophila. Fr. H. Eur. p. 689.

MONTAGNITES

Candollei. Fr. Hym. Eur. p. 319.
H. Baillon, Dict. bot. tab.
et Bot. crypt. Payer. 2e
édit. f. 560.
Corda, Icon. VI, t. 20,
f. 146.
Expl. scient. Alg. t. 21, f. 1.
Jaczewski, Bull. Soc. myc.
Fr. 1893, t. 3, f. 2.
Pat. Tab. 660.
Roumeg. Crypt. illustr.
f. 196.

Haussknechtii. Rabenh. in
Hedwigia, 1871, p. 24.
Pat. Tab. 661.

Pallasii. Fr. Epicr. p. 241.
Pall. Russ. Reis. II, t. 4,
f. 3.
Revue myc. 1890, t. 107,
f. 386-395.
Sorok. Myc. t. 14, f. 53-57.

MUCRONELLA

Aggregata. Fr. Hym. Eur. p. 629.
Fr. Icon. t. 194, f. 4.

Calva. Fr. Hym. Eur. p. 629.
Alb. et Schwein. t. 10,
f. 8.
Pat. Tab. 680.

Fascicularis. Fr. H. E. p. 629.
Alb. et Schwein. t. 10, f. 9.
Britz. Hym. Südb. V, Hyd.
f. 16.

Subtilis. Karst. Symb. Myc. Fenn.
29, p. 1.

Viticola. Pass. et Beltr. Fung. Sicul.
n. 2.

MYCENA

Acicula. Fr. Hym. Eur. p. 147.
Bolt. t. 39, B.
Britz. Hym. Augsb. I, t. 8,
f. 6 et IX, f. 608.
Cooke, t. 190.
Fr. Icon. t. 85, f. 3.
Pat. Tab. 108.
Schæff. t. 222 et 59, f. 2, 3.

Adonis. Fr. Hym. Eur. p. 134.
Bull. t. 560, f. 2, moins
P. R.
Cooke, t. 185.

Ætites. Fr. Hym. Eur. p. 143.
Britz. Leucospori, f. 106.
Cooke, t. 188.
Fries. Icon. t. 81, f. 5.
Gillet, t. 213.
Schæff. t. 309.

Alcalina. Fr. Hym. Eur. p. 141.
Britz. Leucospori, f. 235.
Cooke, t. 187 et 225.
Fr. Icon. t. 81, f. 3.
Schæff. t. 31, 32.

Alphitophora. Berk. Chall. Exp.
n. 40.

Amicta. Fr. Hym. Eur. p. 144.
Buxb. Cent. IV, t. 31, f. 2.
Britz. Leucospori, f. 108
et 109 (var.)
Cooke, t. 286.
Fr. Icon. t. 82, f. 3.
Gillet, t. 218.
Karst. Ic. sel. II, t. 1, f. 32.

Ammoniaca. F. H. Eur. p. 142.
Britz. Leucospori, f. 104.
Cooke, t. 238.

Amsegetes. Fr. Hym. Eur. p. 146.

Arborea. Schulz. in Bot. Centralb.
1883, XV, p. 5.

Atro-alba. Fr. Hym. Eur. p. 140.
Batsch. t. 14, f. 66 ?
Bolton. t. 137.
Britz. Hym. Südb. IX,
Leucosp. f. 605.

Atro-cyanea. Fr. H. E. p. 141.
Batsch. t. 18, f. 87.
Cooke, t. 236.
Lucand, t. 184.
Gillot et Lucand, Catal.
champ. t. 1, f. 4.

Atro-marginata. F. Hym. Eur.
p. 132.
Britz. Leucospori, f. 226.
Fr. Icon. t. 78, f. 3.

Aurantio-marginata. F. H.
Eur. p. 131.
Britz. Hym. Südb. IX,
Leucosp. f. 603 et 604.
Fl. Dan. t. 1292, f. 2.
Gillot et Lucand, Catal.
champ. t. 2, f. 1.
Lucand, t. 183.

Avenacea. Fr. Hym. Eur. p. 132.

Balanina. Fr. Hym. Eur. p. 130.
Berkl. Mag. zool. bot. I,
t. 15, f. 2.
Cooke, t. 156 (var.)

Benzonii. Fr. Hym. Eur. p. 136.
Fr. Icon. t. 79, f. 2.
Gonn. et Rab. t. 7, f. 14.

Bresadolæ. Schulz. in Hedw.
1885, p. 133.

Bryophila. Vogl. Obs. Agar. p. 17.
Vogl. Obs. Agar. t. 3,
f. 13.

Calorhiza. Bres. Fung. Trid. p. 9,
96.
Bres. Fung. Trid. t. 5,
f. 1.
(Voy. *Myc. Iris.*)

Canescens. Fr. H. Eur. p. 146.
Britz. Hym. Südb. IX,
Leucosp. f. 530.

Capillaris. Fr. Hym. Eur. p. 153.
Britz. Leucospori. f. 245.

Bull. t. 601, f. 2, C.
Cooke, t. 193.
Fl. Dan. t. 2142, f. 1.
Fr. Icon. t. 84, f. 6.
Gillet, t. 223.
Hoffm. Nom. t. 5, f. 2.
Mich. t. 80, f. 10, 11.

Chelidonia. Fr. Hym. Eur. p. 148.
Cooke. t. 207.
Sowerb. t. 385, f. 4.

Chlorantha. F. Hym. E. p. 134.
Bull. t. 560, f. 2. P. R.
Fl. Dan. t. 1614, f. 2.
Fr. Obs. myc. II, t. 5, f. 2.
Lucand, t. 307.

Cimmeria. Fr. Hym. Eur. p. 146.
Krombh. t. 1, f. 29.

Cinerella. Karst. Hattsv. I, p. 113.
Britz. Leucospori, f. 287.

Citrinella. Fr. Hym. Eur. p. 150.
Batsch. t. 18, f. 88.
Britz. Leucospori, f. 243.
Cooke, t. 248.
Fl. Dan. t. 1614, f. 1.
Fr. Icon. t. 84, f. 4.
Pers. Icon. Descr. t. 11,
f. 3.

Citrino-marginata. Gillet.
Hym. p. 266.
Gillet, t. 211.

Cladophylla. F. Hym. E. p. 146.
Britz. Hym. Südb. IX,
Leucosp. f. 610.

Léveillé, Ann. sc. nat.
1841, t. 7, f. 1.

Clavicularis. F. Hym. E. p. 151
Bull. t. 80.
Cooke, t. 208.
Fries. Icon. t. 84, f. 1.

Clavularis. Fr. Hym. E. p. 149.
Batsch. t. 17, f. 81.
(Voir *Myc. corticola*.)

Coccinea. Quél. in Assoc. Fr. av. sc.
1880, p. 663.
Quél. Assoc. fr. av. sc.
1880, t. 8, f. 6.

Codoniceps. Cooke, Illustr. Syst.
ind. VIII, p. 3.
Cooke, t. 952.

Coesio-livida. Bres. Fung. Trid.
p. 73.
Bres. Fung. Trid. t. 79.

Cognata. Bagl. Cens. F. Lig. p. 243.

Cohaerens. F. Hym. Eur. p. 137.
Britz. Leucospori, f. 231.
Cooke, t. 1128 (sub. *Ma-
rasmio*).
Fr. Icon. t. 80, f. 1.
Krombh. t. 3, f. 8.

Collariata. Fr. Hym. Eur. p. 146.
Batsch. t. 17, f. 80.
Britz. Leucospori, f. 110.
Cooke, t. 189.
Fr. Icon. t. 82, f. 5.

Consimilis. Cooke, in Grev. XIX, 1890, p. 41.
Cooke, Illust. Supp. t. 1186.

Coprinoides. Karst. in Grev. VII, 1878, p. 63.

Corticola. Fr. Hym. Eur. p. 152.
Batsch. t. 17, f. 81.
Bern. Champ. Roch. t. 13, f. 3.
Britz. Leucospori, f. 244 et 535.
Bull. t. 519, f. 1 (var.)
Cooke, t. 164.
Fries, Icon. t. 85, f. 2.
Gillet, t. 222.
Lucand, t. 58.
Mich. t. 74, f. 8.
Pat. Tab. 217.
Sicard, Hist. nat. champ. t. 23, f. 121.
Sowerb. t. 243.
Sturm. Heft. 3, t. 2.

Crenulata. Fr. Hym. Eur. p. 131.

Crocata. Fr. Hym. Eur. p. 148.
Cooke, t. 163.
Fl. Dan. t. 1550, f. 1 et 2024, f. 1.
Gillot et Lucand, Cat. champ. t. 1, f. 3.
Knapp. Journ. bot. t. 7.
Lucand, t. 209.

Cruenta. Fr. Hym. Eur. p. 148.
Britz. Hym. Augsb. I, t. 9, f. 2.

Cooke, t. 162.
Fries, Icon. t. 83, f. 2.
Gillet, t. 210.
Sowerb. t. 385, f. 2, 3 (var. à stipe blanc.)

Cyanorhiza. Quél. Champ. Jura, III, p. 8.
Quél. Champ. Jura, III, t. 1, f. 14.

Debilis. Fr. Hym. Eur. p. 145.
Britz. Leucospori, f. 237.
Bull. t. 518, f. P. (à gauche).
Cooke, t. 189.
Fl. Dan. t. 1670, f. 1.
Fries, Icon. t. 82, f. 4.
Gillet, t. 540.
Lucand, t. 8.
Quélet, Jura, t. 14, f. 6.

Dilatata. Fr. Hym. Eur. p. 151.
Bull. t. 563, f. R. S. T.
Fr. Icon. t. 84, f. 3.

Discopa. Fr. Hym. Eur. p. 151.
Cooke, t. 192.
Léveillé. Ann. sc. nat. 1841, t. 14, f. 4.
Pat. Tab. 635.

Dissiliens. Fr. Hym. Eur. p. 141.
Bolt. t. 154.
Cooke, t. 285.
Fries, Icon. t. 81, f. 2.
Mich. Gen. t. 79, f. 5.
Paul. t. 122, f. 8.

Dissimulabilis. Britz. in Bot. Centralb. 1893 (extr.) p. 6.
Britz. Hym. Südb. IX, Leucosp. f. 528.

Echinipes. Fr. Hym. Eur. p. 152.
Batsch. t. 18, f. 94.
Fr. Icon. t. 84, f. 5.
Jungh. in Linn. 1830, t. 6, f. 3.
Lucand, t. 131.

Elegans. Fr. Hym. Eur. p. 131.
Britz. Leucospori, f. 101.
Cooke, t. 284.
Fl. Dan. t. 2024, f. 2.
Gillet, t. 211.

Epiphlœa. Fr. Hym. Eur. p. 146.

Epipterygia. Fr. Hym. E. p. 149.
Bern. Champ. Roch. t. 42, f. 2.
Britz. Hym. Augsb. I, t. 5, f. 2.
Cooke, t. 208.
Dufour, Atl. champ. t. 17.
Fl. Dan. 2078, f. 2 et 2139, f. 2
Gotthold-Hahn, f. 41, 1re édit. et f. 56, 2e édit.
Gillet, t. 208.
Pat. Tab. 215.
Sowerb. t. 92.

Europæa. Karst. Symb. myc. Fenn. (*Hiatula.*) 29, p. 91.

Excisa. Fr. Hym. Eur. p. 137.

Britz. Leucospori, f. 233.
Cooke, t. 148.
Fr. Icon. t. 81, f. 1.

Fagetorum. Fr. Hym. E. p. 138.

Farrea. Fr. Hym. Eur. p. 134.
Fr. Icon. t. 79, f. 4.

Filopes. Fr. Hym. Eur. p. 144.
Batsch. t. 1, f. 2.
Britz. Hym. Augsb. I, t. 2, f. 5.
Bull. t. 320.
Cooke, t. 161.
Fl. Dan. t. 2022, f. 2.
Hoffm. Nom. t. 6, f. 1.
Quél. Ch. Jura, I, t. 4, f. 5.

Flavipes. Fr. Hym. Eur. p. 133.
Cooke, t. 951.
Pat. Tab. 416.
Quél. Ch. Vosges et Jura, II, t. 1, f. 4.

Flavo-alba. Fr. Hym. Eur. p. 135.
Bern. Champ. Roch. t. 12, f. 3.
Britz. Leucospori, f. 229.
Bull. t. 260.
Cooke, t. 159.
Fr. Icon. t. 79, f. 5.
Pat. Tab. 216.
Sicard, Hist. nat. champ. t. 23, f. 120.

Floridula. Quél. in Bull. Soc. bot. Fr. XXIII, 1876, p. 325.

Lucand, t. 356.
Quél. Assoc. franç. av.
  sc. 1880, t. 8, f. 5.
(V. *Collybia floridula* Fr.)

Galericulata. Fr. II. Eur. p. 138.
Batsch. t. 2, f. 4 b.
Bauhin, cap. LXXIII,
  p. 848.
Bern. Champ. Roch. t. 12,
  f. 1.
Britz. Hym. Augsb. I,
  t. 3, f. 3 et Leucospori,
  f. 102 (var.) et X, f. 533
  (var. *spadicea*).
Bull. t. 518, f. C. D. E.
Buxb. Cent. IV, t. 13, f. 1
  (forme *subterranea*).
Cooke, t. 222 (var.)
Fr. Icon. t. 80, f. 2 (var.)
Gillet, t. 217.
Gonn. et Rab. t. 7, f. 8.
Hoffm. Subt. t. 3 (forme
  subterranea).
Hoffm. Nom. t. 4, f. 1.
Krombh. t. 1, f. 31-33.
Pat. Tab. 214 et 317.
Paul. t. 122, f. 7.
Peck. Rep. 23, t. 6, f. 8-14
  (var.)
Price, f. 55.
Schæff. t. 52.
Sicard, Hist. nat. champ.
  t. 22, f. 103.
Sowerb. t. 385, f. 2, 3 et
  t. 166.

Galeropsis. Fr. Hym. Eur. p. 136.
Fr. Icon. t. 79, f. 1.

Galopus. Fr. Hym. Eur. p. 149.
Batt. t. 28, fig. Q.
Berkl. Outl. t. 6, f. 2.
Bern. Champ. Roch. t. 13,
  f. 2.
Britz. Hym. Augsb. I,
  t. 3, f. 6.
Cooke, t. 207.
Dufour, Atl. champ. t. 17.
Fl. Dan. t. 1550, f. 2 et
  1615, f. 2.
Gillet, t. 209.
Gonn. et Rab. t. 7, f. 9.
Gotthold-Hahn, f. 40, 1re
  édit. et f. 57, 2e édit.
Hoffm. Nom. t. 3, f. 2.
Lucand, t. 104.
Pat. Tab. 109.

Gracillima. Lév. Expl. Alg.
Lév. Expl. Alg. t. 31, f. 2.

Gypsea. Fr. Hym. Eur. p. 135.
Britz. Leucospori, f. 230.
Bull. t. 563, f. 4.
Cooke, t. 952.
Gillet, t. 541.

Hiemalis. Fr. Hym. Eur. p. 153.
Britz. Hym. Augsb. I,
  t. 3, f. 1.
Bull. t. 519, f. 1, a et b.
Cooke, t. 164.
Fr. Icon. t. 85, f. 1.

Gillet, t. 222.
Gonn. et Rab. t. 7, f. 6.

Hæmatopus. Fr. II. E. p. 148.
Batt. t. 27. N.
Britz. Leucospori, f. 240.
Cooke, t. 162.
Fr. Icon. t. 83, f. 1.
Gillet, t. 210.

Impromiscua. Britz. in Bot.
Centralb. (extr.) 1873, p. 7.
Britz. Hym. Südb. IX,
Leucosp. f. 607.

Ianthina. Fr. Ilym. Eur. p. 145.
Gillet, t. 220.
Quélet, Ass. fr. av. sc.
1882, t. 11, f. 4.

Inclinata. Fr. Ilym. Eur. p. 139.
Batt. t. 27. A.
Britz. Leucospori, f. 286.
Gillet, t. 214.
Paul. t. 110, f. 2.

Iris. Fr. Ilym. Eur. p. 131.
Berkl. Outl. t. 6, f. 3.
Bres. Fung. Trid. t. 5, f. 1
(var. *Calorhiza*).
Cooke, t. 101.
Gillet, t. 212.
Gonn. et Rab. t. 7, f. 4.
Lucand, t. 306.

Juncicola. Fr. Ilym. Eur. p. 154.
Bull. t. 148, f. D.
Cooke, t. 193.

Fr. Icon. t. 85, f. 6.
Gillet, t. 223.
Mich. t. 80, f. 9.
Paul. t. 105, f. 11.

Lacticularia. Britz. in Bot. Cen-
tralb. (extr.) 1893, p. 7.
Britz, Hym. Südb. IX,
Leucosp. f. 531.

Lactea. Fr. Hym. Eur. p. 135.
Bern. Champ. Roch. t. 53,
f. 5.
Britz. Hym. Augsb. I,
t. 6, f. 2.
Bull. t. 563, f. N. O.
Buxb. C. IV, t. 31, f. 3.
Cooke, t. 159.
Fl. Dan. t. 1845, f. 1.
Fr. Icon. t. 79, f. 3.
Gillet, t. 221.
Lucand, t. 83 (var.)

Lævigata. Fr. Hym. Eur. p. 140.
Bres. Fung. Trid. t. 78.

Lasiosperma. Bres. Fung. Trid.
p. 33.
Bres. Fung. Trid. t. 37, f. 1.

Latebricola. Karst. Ilatlsv. I,
p. 117.
Karst. Ic. sel. II, t. 1, f. 33.

Leptocephala. Fr. Ilym. Eur.
p. 141.
Cooke, t. 187.
Pers. Icon. t. 14, f. 4.

DICT. ICON.   15

Leucogala. Cooke in Grev. XII, p. 41.
Cooke, t. 653.

Limbata. Lasch. in Bot. Zeit. 1849, p. 293.

Lineata. Fr. Hym. Eur. p. 134.
Bull. t. 522, f. 3.
Cooke, t. 185.
Fr. Icon. t. 78, f. 5.
Gillet, t. suppl.
Lucand, t. 277.
Sicard, Hist. nat. champ. t. 22, f. 109.

Lutea. Bres. Fung. Trid. p. 34 et 100.
Bres. Fung. Trid. t. 37, f. 2.

Luteo-alba. Fr. Hym. E. p. 134.
Bolt. t. 38, f. 2.
Cooke, t. 159.
Lucand, t. 254.

Maculata. Karst. Symb. myc. Fenn. 29, p. 89.

Mamillata. Fr. Hym. Eur. p. 151.

Marginella. Fr. Hym. E. p. 131.
Gonn. et Rab. t. 7, f. 4.
Quélet, Jura, II, t. 2, f. 4.

Melanops. Fr. Hym. Eur. p. 136.
West. Not. VII, t. 1, f. 5.

Metata. Fr. Hym. Eur. p. 142.
Bern. Champ. Roch. t. 13, f. 1.

Britz. Leucospori, f. 236.
Buxb. c. IV, t. 15, f. 3.
Cooke, t. 238.
Lucand, t. 185.
Paul. t. 99, f. 8.

Militaris. Karst. Symb. myc. Fen. 29, p. 91.

Mirabilis. C. et Quélet, in Cooke, Handb. Brit. Fung. 2° édit. p. 85.
Cooke, t. 951, f. a.

Montana. Quél. in Assoc. Fr. av. sc. 1889, p. 509.
Quél. Assoc. Fr. av. sc. t. 15, f. 5.

Mucor. Fr. Hym. Eur. p. 152.
Batsch. t. 17, f. 82.
Nees. Syst. f. 187.

Nigricans. Bres. Fung. Trid. p. 33 et 100.
Bres. Fung. Trid. t. 36.

Nivea. Quél. in Bull. Soc. bot. fr. XXIII, 1876, p. 325.
Quél. Bull. Soc. bot. fr. 1876, t. 2, f. 1.

Nucidæ. Fr. Hym. Eur. p. 136.
Brig. Neap. t. 14. f. 4-7.

Olida. Bres. Fung. Trid. p. 73.
Bres. Fung. Trid. t. 79.

Olivaceo-marginata.Massee.
Cooke, t. 959.

Parabolica. Fr. Hym. Eur. p. 139.
Britz. Leucospori, f. 103.

Cooke, t. 224.
Fr. Icon. t. 80. f. 3.
Lucand, t. 232.
Sowerb. t. 165.

Paupercula. F. II. Eur. p. 141.
Cooke, t. 236.

Pelianthina. Fr. II. Eur. p. 130.
Batt. t. 19, f. F.
Berk. Outl. t. 6, f. 1.
Bolt. t. 4, f. 1.
Britz. Hym. Augsb. I,
   t. 10, f. 3.
Cooke, t. 156.
Fl. Dan. t. 1911, f. 1.
Gillet, t. 212.
Pat. Tab. 418.
Quél. Vosges et Jura, I,
   t. 4, f. 6.
Roze et Rich. t. 33, f. 13-
   16.

Pelliculosa. Fr. Hym. E. p. 149.
Cooke, t. 191.

Peltata. Fr. Hym. Eur. p. 142.

Permixta. Britz. Hyporrh. App.
          p. 147.
Britz. Hyporrh. App. f. 105.

Pithya. Fr. Hym. Eur. p. 135.
Fl. Dan. t. 2141, f. 2.
Fr. Icon. t. 79, f. 3 (var.)
Jungh. in Linn. V. t. 6,
   f. 2.

Plicato-crenata. Fr. Hym. E.
          p. 150.

Cooke, t. 248.
Fr. Icon. t. 84, f. 2.
Lucand, t. 255.

Plicosa. Fr. Hym. Eur. p. 142.
Cooke, t. 285.
Fr. Icon. t. 81, f. 4.
Gillet, t. 539.

Plumbea. Fr. Hym. Eur. p. 144.

Polygramma. Fr. H. E. p. 139.
Batsch. t. 17, f. 85.
Britz. Leucospori, f. 234.
Bull. t. 395.
Cooke, t. 223.
Dufour, Atl. champ. t. 17.
Fl. Dan. t. 1615, f. 1 et
   t. 1498.
Gotthold-Hahn. f. 42, 1re
   édit et f. 58, 2e édit.
Jungh. in Linn. V, t. 7,
   f. 1.
Sowerb. t. 222.

Prolifera. Fr. Hym. Eur. p. 137.
Britz. Leucospori, f. 285.
Cooke, t. 235.
Gillet, t. 215.
Sowerb. t. 169.
Vaill. t. 12, f. 3, 4.

Pruinata. Fr. Hym. Eur. p. 136.
Vivian. t. 21, f. 5-9.

Psammicola. B. et Br. Ann. N.
          H. n. 1518.
Cooke, t. 186.

Pseudopura. Cooke in Grev. X,
p. 147.
Britz. Leucospori, f. 228.
Cooke, t. 158.

Pterigena. Fr. Hym. Eur. p. 152.
Berkl. Outl. t. 6, f. 7.
Brigant. t. 35, f. 6.
Cooke, t. 192.
Fr. Icon. t. 85, f. 4.
Gonn. et Rab. t. 7, f. 3.
Lucand, t. 156.
Pers. Myc. Eur. 3, t. 28,
f. 6.

Pullata. Cooke et Berk. in Grev. XI,
p. 69.
Cooke, t. 237.

Punicans. Britz. Hym. Südb. IV,
p. 147.
Britz. Leucospi, f. 283.

Punicella. Fr. Hym. Eur. p. 133.
Brigant. Neap. t. 15, f. 1,
2.

Pura. Fr. Hym. Eur. p. 133.
Batsch. t. 5, f. 20.
Bel, Champ. Tarn. t. 17.
Bres. Fung. Trid. t. 114
(var.)
Britz. Hym. Augsb. I,
t. 7, f. 5 et Leucosp.
f. 227 (var.)
Bull. t. 507.
Cooke, t. 157.
Dufour, Atl. champ. t. 17.
Fl. Batav. t. 1060.

Fl. Dan. t. 1612, 1673, f. 1.
Gillet, t. 219.
Harz. t. 38.
Kalchbr. t, 7, f. 1 (var.)
Larb. t. 13, f. 4.
Pat. Tab. 313.
Paul. t. 119.
Roumeg. Crypt. illustr.
f. 174.
Roze et Rich. Atl. t. 33,
f. 9, 12.
Schæff. t. 303.
Sicard, Hist. nat. champ.
t. 22, f. 107.
Sowerb. t. 72.

Receptibilis. Britz. Hym Südb.
IV, p. 148.
Britz. Hym. Leucospori,
f. 824.

Rigidula. Karst. Hattsv. I, p. 110.

Ræborhiza. Fr. H. Eur. p. 137.
Britz. Leucospori, f. 232.
Fr. Icon. t. 83, f. 4.

Rorida. Fr. Hym. Eur. p. 150.
Cooke, t. 248.
Pat. Tab. 417.
Quél. Vosges et Jura, I,
t. 4, f. 4.

Rosella. Fr. Hym. Eur. p. 132.
Britz. Hym. Augsb. I, t. 2.
f. 2.
Cooke, t. 131.
Fl. Dan. t. 2025, f. 2.

Gonn. et Rab. t. 7, f. 11.
Lucand, t. 207.
Pers. Syn. t. 5, f. 3.
Sicard, Hist. nat. champ.
t. 22, f. 104.

Rubella. Quél. in Assoc. Fr. av. sc.
1883, p. 499.
Pat. Tab. 626.
Quél. Assoc. Fr. 1883,
t. 6, f. 4.

Rubro-marginata. Fr. Hym.
Eur. p 132.
Britz. Leucospori, f. 282.
Cooke, t. 284.
Fr. Icon. t. 78, f. 4.

Rugosa. Fr. Hym. Eur. p. 138.
Bull. t. 518, f. K. M.
Cooke, t. 186.
Krombh. t. 1, f. 31.
Lucand, t. 208.

Saccharifera. Fr. Hym. Eur.
p. 151.
Cooke, t. 249 (var.) et 192
(type).

Sanguinolenta. Fr. Hym. Eur.
p. 148.
Britz. Leucospori, f. 241.
Bull. t. 518, f. P (à droite).
Cooke, t. 163.
Fr. Icon. t. 83, f. 3.
Gonn. et Rab. t. 7, f. 10.
Lucand, t. 178.
Pat. Tab. 316.

Seynii. Quél. in Bull. Soc. bot. Fr.
XXIII, 1876, p. 351.
Bern. Champ. Roch. t. 12,
f. 4.
Quél. Bull. Soc. bot. Fr.
1876, t. 2, f. 9.

Setosa. Fr. Hym. Eur. p. 153.
Cooke, t. 193.
Gillet, t. 223.
Sowerb. t. 302.

Speirea. Fr. Hym. Eur. p. 147.
Cooke, t. 190.
Fr. Icon. t. 78, f. 2.

Stannea. Fr. Hym. Eur. p. 143.
Britz. Leucospori, f. 107.
Cooke, t. 188.
Fr. Icon. t. 82, f. 2.

Stipularis. Fr. Hym. Eur. p. 154.
Fr. Icon. t. 85, f. 5.
Gillet, t. 223.

Strobilina. Fr. Hym. Eur. p. 132.
Cooke, t. 131.
Fl. Dan. t. 2025, f. 1.
Quél. Ass. Fr. 1880, t. 8,
f. 6 (var.)
Sowerb. t. 197.

Stylobates. Fr. Hym. Eur. p. 150.
Berkl. Outl. t. 6, f. 5.
Britz. Hym. Augsb. I,
t. 4, f. 4.
Cooke, t. 249.
Fl. Dan. t. 2025, f. 3.

Hoffm. Nom. t. 6, f. 2.
Pat. Tab. 624.
Pers. Syn. t. 5, f. 4.
Sturm. Deutsch. Fl. t. 29.

Subexcisa. Karst. Symb. myc.
Fen. **29**, p. 90.
(V. *Myc. consimilis*).

Sudora. Fr. Hym. Eur. p. 138.
Cooke, t. 206.
Gillet, t. 216.

Supina. Fr. Hym. Eur. p. 147.
Britz. Leucospori, f. 239.
Fl. Dan. t. 1551, f. 2.
Hoffm. Nom. t. 6, f. 3.

Tenella. Fr. Hym. Eur. p. 147.
Cooke, t. 190.
Raji. Syn. t. 1, f. 2.

Tenerrima. Fr. Hym. Eur. p. 151.
Berkl. Outl. t. 6, f. 6.
Bern. Champ. Roch. t. 54,
f. 4.
Cooke, t. 249.

Tenuis. Fr. Hym. Eur. p. 143.
Bolt. t. 37.
Cooke, t. 160.

Tintinnabulum. Fr. Hym. Eur.
p. 140.
Cooke, t. 124.
Fr. Icon. t. 80, f. 4.
Lucand, t. 233.
Sow. t. 385, f. 1.

Trachelina. Fr. Hym. Eur. p. 152.

Urania. Fr. Hym. Eur. p. 143.
Buxb. C. IV, t. 8, f. 2.

Venustula. Quél. in Ass. Fr. av.
sc. 1882, p. 390.
Quél. Assoc. Fr. av. sc.
1882, t. 11, f. 5.

Viscido-lutea. Schulz. in Bot.
centr. XV, p. 5.

Vitilis. Fr. Hym. Eur. p. 145.
Britz. Leucospori, f. 238.
Bull. t. 518, f. O.
Cooke, t. 189.
Fl. Dan. t. 1615, f. 2.
Price, f. 9.
Sowerb. t. 385, f. 5.

Vitrea. Fr. Hym. Eur. p. 143.
Cooke, t. 160.
Fr. Icon. t. 82, f. 1.

Vulgaris. Fr. Hym. Eur. p. 150.
Berkl. Outl. t. 6, f. 4.
Britz. Leucospori, f. 242.
Cooke, t. 191.
Gillet, t. 208.
Lucand, t. 234.
Pers. Icon. pict. t. 19, f. 3.
Quél. Vosges et Jura, I,
c. 4, f. 7.
Roumeg. Crypt. Illustr.
f. 180.

Wynniæ. B. et Br. Ann. N. H.
(*Hiatula*.)   n. 1772.
Cooke, t. 688.

Zephira. Fr. Hym. Eur. p. 133.
Cooke, t. 158.
Fr. Icon. t. 78, f. 6.

NÆMATELLA

Coccinea. Wettst. Vorarb. Steinm,
I, p. 28.

Encephala. Fr. Hym. Eur. p. 696.
Bref. Unters. VII, t. 8,
f. 20-24.
Willd. Bot. mag. I, t. 4,
f. 14.

Gemmata. Fr. Hym. Eur. p. 697.
Demidoff. Exped. t. 4, f. 1.

Globula. Fr. Hym. Eur. p. 696.
Bref. Unters. VII, t. 8,
f. 14-19.
Corda, Icon. I, f. 299. B.

Nucleata. Fr. Hym. Eur. p. 696.

Rubiformis. Fr. Hym. Eur. p. 696.
Corda, Icon. I, f. 299. A.

Virescens. Fr. Hym. Eur. p. 696.
Bref. Unters. VII, t. 8,
f. 25-28.
Corda, Icon. III, f. 90.
Fl. Dan. t. 1857, f. 1.

NAUCORIA

Abstrusa. Fr. Hym. Eur. p. 257.
Cooke, t. 456.
Fr. Icon. t. 122, f. 2.

Amarescens. Quél. in Assoc. Fr.
av. sc. 1882, p. 393.
Quél. Vosges et Jura, I,
t. 7, f. 4.

Amoena. Fr. Hym. Eur. p. 260.
Batt. t. 15. A.
Britz. Dermini, f. 76.

Anguinea. Fr. Hym. Eur. p. 255.
Cooke, t. 455.
Fr. Icon. t. 122, f. 1.

Arboria. Britz. Hym. Südb. IV, p. 156.
Britz. Hym. Südb. IV,
f. 169.

Arvalis. Fr. Hym. Eur. p. 261.
Batt. t. 28. D.
Britz. Dermini, f. 156.
Cooke, t. 479.
Sicard, Hist. nat. champ.
t. 19, f. 87.

Badipes. Fr. Hym. Eur. p. 259.
Cooke, t. 491.
Fr. Icon. t. 123, f. 3.
Lucand, t. 137.

Camerina. Fr. Hym. Eur. p. 259.
Britz. Dermini, f. 72.
Fr. Icon. t. 124, f. 2.

Carpophila. Fr. H. Eur. p. 265.
Cooke, t. 513.
Fries, Icon. t. 126, f. 4.
Gillet, t. 370.

Centuncula. Fr. Hym. E. p. 255.
Cooke. t. 601.
Kalchbr. t. 17, f. 3.

Cerodes. Fr. Hym. Eur. p. 257.
Batsch. t. 3, f. 8.
Cooke, t. 189.

Christinæ. F. Hym. Eur. p. 254.
Fr. Icon. t. 121, f. 2.

Cidaris. Fr. Hym. Eur. p. 255.
Cooke, t. 451.
Fr. Icon. t. 123, f. 2 (var. minor.)

Conciliascens. Britz. Derm. et Mel. p. 164.
Britz. Derm. et Mel. f. 93.

Conferciens. Britz. Derm. et Mel. f. 163.
Britz. Derm. et Mel. f. 89.

Conspersa. F. Hym. Eur. p. 264.
Bern. Champ. Roch. t. 16, f. 3.
Cooke, t. 512.
Krombh. t. 3, f. 12.
Lucand, t. 365.
Pat. Tab. 643.
Pers. Ic. descrip. t. 12, f. 3.

Cucumis. Fr. Hym. Eur. p. 255.
Cooke, t. 452.
Sowerb. t. 344.

Echinospora. Smith. in Journ. bot. 1873, p. 65.
Smith. in Journ. bot. 1873, t. 129, f. 5-9.

Effugiens. Fr. Hym. Eur. p. 266.
Quél. Vosges et Jura, II, t. 2, f. 3.

Enchymosa. F. H. Eur. p. 256.
Batt. t. 28, f. M.

Erinacea. Fr. Hym. Eur. p. 263.
Batt. t. 28, f. K.
Brig. t. 41, f. 1-5.
Britz. Dermini, f. 46.
Cooke, t. 480.
Gillet, t. 369.
Sowerb. t. 417.

Escharoides. F. H. Eur. p. 264.
Cooke, t. 512.
Schæff. t. 226 (var.)

Festiva. Fr. Hym. Eur. p. 253.
Bres. Fung. Trid. t. 22.
Cooke, t. 966.

Flacca. Karst. Symb. VII, p. 4.
Karst. Icon. select. t. 17.

Fusco-olivacea. C. Roumg. Rev. Myc. XII (1890), p. 28.
Rev. Myc. 1890, t. 92 bis, f. 2.

Glandiformis. Smith in Grevil. XIII, p. 59.
Cooke, t. 490 b.

Graminicola. Fr. H. E. p. 265.
Cooke, t. 513.
Krombh. t. 3, f. 13.
Nees. Syst. f. 186.

Pat. Tab. 641.
Roumeg. Crypt. illustr.
f. 189.

Hamadryas. F. H. Eur. p. 254.
Cooke, t. 965.
Fr. Icon. t. 121, f. 3.

Heliophila. Fr. Hym. E. p. 262.

Hibala. Kalchbr. in Hazl. Comm. ad.
Ic. Hung. ex Sacc. Syll. V, p. 857.
Kalchbr. Icon. Fung. t. 17,
f. 3.

Hilaris. Fr. Hym. Eur. p. 254.

Horizontalis. Fr. H. E. p. 256.
Bull. t. 324.
Cooke, t. 601.
Sicard, Hist. nat. champ.
t. 23, f. 117.
Sow. t. 341.

Hyperella. Fr. Hym. Eur. p. 257.
Batt. t. 28, C.

Innocua. Fr. Hym. Eur. p. 257.
Britz. Dermini, f. 74.
Cooke, t. 489.

Intercepta. Britz. Derm. et Mel.
p. 102.
Britz. Derm. et Mel. f. 85.

Jennyæ. Karst. in Hedw. 1881,
p. 178.

Læta. Lamb. Flor. myc. Belg. I, p. 185.

Lapponica. Fr. Hym. Eur. p. 263.

Latissima. Cooke, Handb. Brit.
Fung. 2e édit. p. 180.
Cooke, t. 482.

Limbata. Fr. Hym. Eur. p. 264.
Batt. t. 28, f. F. G.
Bull. t. 563, f. 2.
Gillet, t. 368, f. 2.

Lugubris. Fr. Hym. Eur. p. 253.
Fr. Icon. t. 124, f. 1.
Lucand, t. 338.

Melinoides. Fr. Hym. E. p. 257.
Batsch. t. 3, f. 8.
Berkl. Outl. t. 9, f. 3.
Britz. Dermini, f. 79.
Bull. t. 560, f. 1, F.
Cooke, t. 457.
Kromb. t. 3, f. 14.

Micans. Fr. Hym. Eur. p. 255.

Miserrima. Karst. Hattsv. I, p. 550.

Myosotis. Fr. Hym. Eur. p. 261.
Cooke, t. 494 (var.)
Fr. Icon. t. 125, f. 1.

Nasuta. Kalchbr. in Wint. Pilz. fl.
I, p. 852.
Cooke, t. 1172, f. b.
Grevillea, VIII, t. 142, f. 9.

Nimbosa. Fr. Hym. Eur. p. 254.
Britz. Dermini. f. 144.

Nucea. Fr. Hym. Eur. p. 258.
Bolt. t. 70.
Cooke, t. 490, A.

Obtusa. Cooke et Mass. in Grev. XVIII,
                                        p. 52.
Cooke, t. 1155.

Pannosa. Fr. Hym. Eur. p. 265.
Quél. Assoc. Fr. av. sc.
1891, t. 2, f. 9.

Pediades. Fr. Hym. Eur. p. 260.
Bern. Champ. Roch. t. 16,
f. 4.
Boud. et Roze, Bull. soc.
bot. Fr. XXVI (1879),
t. 3, f. 1 (sub. *Ptychella
ochracea,* forme anor-
male).
Britz. Dermini. f. 45.
Cooke, t. 492.
Doas. et Pat. t. 1.
Gillet, t. 372.
Letell. t. 675.
Pat. Tab. 346.
Schæff. t. 203.

Pityrodes. Fr. Hym. Eur. p. 265.
Brig. Neap. t. 42, f. 1-3.

Porriginosa. F. H. Eur. p. 263.
Batt. t. 19, f. E.
Cooke, t. 510.

Pusiola. Fr. Hym. Eur. p. 258.
Britz. Dermini, f. 82.
Cooke, t. 457.
Fr. Icon. t. 124, f. 4.
Lucand, t. 161.
Pers. Myc. Eur. t. 25, f. 1.

Pygmæa. Fr. Hym. Eur. p. 256.
Bull. t. 525, f. 2.

Sicard, Hist. nat. champ.
t. 24, f. 129.

Reducta. Fr. Hym. Eur. p. 262.
Fr. Icon. t. 125, f. 3.

Rimulincola. F. H. Eur. p. 256.
Britz. Dermini, f. 155.
Cooke, t. 509.

Rubricata. B. et Br. Ann. nat.
                                  hist. n. 1873.
Cooke, t. 509.

Scolecina. Fr. Hym. Eur. p. 258.
Britz. Dermini, f. 81 et
136 (var.)
Cooke, t. 491.
Fr. Icon. t. 124, f. 1.

Scorpioides. Fr. Hym. Eur. p. 262.

Scutellina. Quél. in Bull. Soc. bot.
                          Fr. XXV, 1878, p. 287.
Quél. Bull. Soc. bot. Fr.
1878, t. 3, f. 5.

Segestria. Fr. Hym. Eur. p. 265.

Semiflexa. Fr. Hym. Eur. p. 256.
Cooke, t. 509.

Semiorbicularis. F.H.E.p.260.
Berkl. Outl. t. 9, f. 4.
Britz. Dermini, f. 89.
Bull. t. 422, f. 1.
Cooke, t. 493.
Gillet, t. 371.
Sicard, Hist. nat. champ.
t. 25, f. 136.

Sideroides. Fr. Hym. Eur. p. 258.
Britz. Dermini, f. 80.
Bull. t. 588.
Cooke, t. 458.
Sicard, Hist. nat. champ.
t. 22, f. 108.

Siparia. Fr. Hym. Eur. p. 263.
Chev. Fl. Par. t. 6, f. 9.
Cooke, t. 480.
Fr. Icon. t. 126, f. 2.
Pat. Tab. 642.

Sobria. Fr. Hym. Eur. p. 263.
Cooke, t. 511 (type et var.
Dispersa).
Gillet, t. 368, f. 1.

Stictica. Fr. Hym. Eur. p. 259.
Britz. Dermini, f. 87.
Fr. Icon. t. 123, f. 1.

Strixpes. Cooke in Grev. XIII, p. 60.
Cooke, t. 478.

Suavis. Bres. Fung. Trid. p. 53.
Bres. Fung. Trid. t. 59.

Subglobosa. Fr. Hym. Eur.
p. 254.
Britz. Dermini, f. 68
(droite).
Cooke, t. 1170, B.

Sublimbata. Fr. Hym. Eur. p. 264.
Fr. Icon. t. 126, f. 1.

Suspiciosa. Britz. Derm. et Mel.
p. 164.
Britz. Derm. et Mel. f. 94.

Tabacella. Sacc. Mich. II, p. 528.

Tabacina. Fr. Hym. Eur. p. 261.
Cooke, t. 493.

Tavastensis. Karst. Hattsv. I,
p. 430.
Karst. Ic. sel. Hym. Fenn.
II, t. 4, f. 40.

Temulenta. Fr. Hym. Eur. p. 262.
Cooke, t. 459.
Fr. Icon. t. 125, f. 2.
Lucand, t. 339.

Tenax. Fr. Hym. Eur. p. 261.
Britz. Dermini, f. 167.
Cooke, t. 617.

Triscopa. Fr. Hym. Eur. p. 259.
Britz. Dermini, f. 86.
Cooke, t. 458.
Fr. Icon. t. 124, f. 3.

Undulosa. Fr. Hym. Eur. p. 261.
Jungh. in Linn. V, t. 6, f. 4.

Vervacti. Fr. Hym. Eur. p. 260.
Batsch. t. 21, f. 108.
Batt. t. 13. F.
Britz. Dermini, f. 84.
Cooke, t. 617.

Vexatilis. Britz. Derm. et Mel. p. 164.
Britz. Derm. et Mel. f. 92
et. 175 (var.)

Wieslandri. Fr. Hym. Eur. p. 264.
Fr. Icon. t. 126, f. 3.

NOLANEA

Acceptanda. Britz. Hypor. p. 140.
Britz. Hypor. f. 26 b.

Araneosa. Quél. in Bull. Soc. bot.
Fr. XXIII, 1876, p. 327.
Quél. Bull. Soc. bot. Fr.
1876, t. 2, f. 3.

Babingtonii. Fr. Hym. Eur.
p. 207.
Cooke, t. 377.
Guill. Champ. Sud-Ouest,
t. 1, f. 3.
Pat. Tab. 429.

Bryophila. Boud. et Roze in Bull.
Soc. bot. Fr. XXVI, 1879, p. 75;
Boud. et Roze, Bull. Soc.
bot. Fr. 1879, t. 3, f. 2.

Carneo-virens. Fr. Hym. Eur.
p. 208.
Jungh. in Linn. V, t. 6,
f. 2.

Cetrata. Fr. Hym. Eur. p. 208.
Bres. Fung. Trid. t. 83
(var.)
Britz. Hypor. f. 35.
Sterb. t. 16.

Clandestina. Fr. Hym. E. p. 207.
Bres. Fung. Trid. t. 83.
Britz. Hypor. f. 54.

Cocles. Fr. Hym. Enr. p. 211.

Cœlestina. Fr. Hym. Eur. p. 210.
Cooke, t. 379.
Fr. Icon. t. 100, f. 2.

Conferenda. Britz. Hypor. p. 140.
Britz. Hypor. f. 26 a.

Cruentata. Quél. in Assoc. Fr. av.
sc. 1885, t. 12, f. 446.
Quél. Assoc. Fr. av. sc.
1885, t. 12, f. 4.

Cuneata. Bres. Fung. Trid. p. 77.
Bres. Fung. Trid. t. 82.

Dissentica. Britz. Hypor. p. 143.
Britz. Hypor. f. 34.

Dissidens. Britz. Hypor. p. 140.
Britz. Hypor. f. 27.

Exilis. Fr. Hym. Eur. p. 210.

Fulvo-strigosa. B. et Br. Ann.
nat. hist. n. 1650.

Fumosella. Wint. Pilzfl. I, p. 853.

Hesperidum. Fr. Hym. E. p. 209.
Brig. Neap. t. 28, f. 1-3.

Hirtipes. Fr. Hym. Eur. p. 209.
Britz. Hypor. f. 36.
Fl. Dan. t. 1730, f. 2.

Icterina. Fr. Hym. Eur. p. 209.
Britz. Hypor. 39.
Cooke, t. 338.
Fr. Icon. t. 99, f. 4.

Ignita. Britz. Hym. Südb. IV, p. 151.
Britz. Hymen. Südb. IV,
f. 79.

Incarnata. Quél. Vosges, Jura, I,
p. 247.
Quél. Vosges, Jura, I,
t. 23, f. 8.

Inflata. Britz. Hym. Südb. IV, p. 150.
Britz. Hym. Südb. IV,
f. 83.

Infula. Fr. Hym. Eur. p. 209.
Buxb. C, IV, t. 28, f. 2.
Fr. Icon. t. 100, f. 1.

Intersita. Britz. Hypor. p. 142.
Britz. Hypor. f. 31.

Juncea. Fr. Hym. Eur. p. 207.
Britz. Hypor. f. 29 et 30
(var.)
Fr. Icon. t. 99, f. 2 (var.)

Kretzschmarii. Fr. Hym. Eur.
p. 210.

Limosa. Fr. Hym. Eur. p. 206.

Macra. Britz. Hym. Südb. IV, p. 150.
Britz. Hym. Südb. IV,
f. 69.

Mammosa. Fr. Hym. Eur. p. 207.
Batsch. t. 2, f. 5.
Bres. Fung. Trid. t. 81.
Britz. Hypor. f. 53.
Bull. t. 526.
Cooke, t. 377.

Fr. Icon. t. 98, f. 4.
Gillet, t. 279.
Quélet. Vosges, Jura, t. 6,
f. 5.
Sicard, Hist. nat. champ.
t. 25, f. 135.

Minuta. Karst. Hattsv. I, p. 281.

Monachella. Quél. in Assoc. Fr. av.
sc. 1882, p. 392.
Britz. Hypor. f. 85.
Quél. Assoc. Fr. av. sc.
1882, t. 11, f. 9.

Nigripes. Fr. Hym. Eur. p. 207.
Cooke, t. 1170, A.
Eloffe, Champ. t. 9, f. 3.
Fr. Icon. t. 99, f. 1.

Papillata. Bres. Fung. Trid. p. 75.
Bres. Fung. Trid. t. 82.

Pascua. Fr. Hym. Eur. p. 206.
Batt. t. 25, E.
Britz. Hypor. f. 25.
Bolt. t. 35.
Buxb. C, IV, t. 21, f. 1.
Cooke, t. 376.
Dufour, Atl. champ. t. 34.
Gillet, t. 278.
Gotthold-Hahn. f. 67, 2e
édit.
Lucand, t. 159.
Roumeg. Crypt. illust.
f. 194.
Schæff. t. 229.

Picea. Fr. Hym. Eur. p. 209.
Britz. Hypor. f. 58.
Cooke, t. 379.
Gillet, t. 281.
Kalchbr. Fung. Hung.
t. 11, f. 2.

Pisciodora. F. Hym. Eur. p. 208.
Cesati, Crypt. ital. I, t. 3,
f. 2.
Cooke, t. 378.
Gillet, t. 280.

Placenda. Britz. Hym. Südb. IV,
p. 150.
Britz. Hym. Südb. IV,
f. 71-72.

Pleopodia. Fr. Hym. Eur. p. 209.
Bull. t. 556, f. 2.
Britz. Hypor. f. 33.
Krombh. t. 2, f. 17-21.

Postuma. Britz. Hypor. p. 143.
Britz. Hypor. f. 37.

Proletaria. F. Hym. Eur. p. 206.
Batt. t. 18, D.
Britz. Hypor. f. 28.

Promiscua. Britz. Hypor. p. 142.
Britz. Hypor. f. 32.

Rubida. Fr. Hym. Eur. p. 210.
Berkl. in Mag. Zool. bot.
I, t. 2, f. 2.
Cooke, t. 340.

Rufo-carnea. Fr. H. E. p. 208.
Cooke, t. 378.
Grevillea, V, t. 77, f. 2.
Gillet. t. 553.

Staurospora. Bres. Fung. Trid.
p. 18.
Bres. Fung. Trid. t. 20,
f. 2.

Subpostuma. Britz. Hypor. p. 143.
Britz. Hypor. f. 38.

Verecunda. Fr. Hym. E. p. 210.
Britz. Hypor. f. 84.
Cooke, t. 340.
Fr. Icon. t. 99, f. 5.

Versatilis. Fr. Hym. Eur. p. 206.
Fr. Icon. t. 98, f. 5.

Vinacea. Fr. Hym. Eur. p. 208.
Fr. Icon. t. 99, f. 3.

Viridifluens. Lasch. in Bot. Zeit.
1844, p. 425.

NYCTALIS

Asterophora. Fr. H. E. p. 463.
Britz. IV, Nyct. f. 9.
Bull. t. 516, f. 1.
Cooke, t. 1132.
Dittm. apud. Sturm. t. 26.
Paulet, t. 190, f. 4.
Quél. Ch. Vosges, Jura,
I, t. 13, f. 4.

Schæff. t. 279.
Sicard, Hist. nat. champ.
t. 60, f. 313.
Sowerb. t. 383.

Caliginosa. Smith. in Journ. bot.
1873, p. 337.
Cooke, t. 1132.

Canaliculata. Fr. II. E. p. 463.
Pers. Ic. t. 14, f. 1.

Cryptarum. Fr. II. Eur. p. 463.

Microphylla. F. II. Eur. p. 464.
Corda, Ic. IV, f. 134.

Nauseosa. Fr. Hym. Eur. p. 463.
Borsz. Fung. t. 6.

Parasitica. F. Hym. Eur. p. 464.
Bolton. t. 155.
Britz. Nyct. fig. 10.
Bull. t. 574, f. 2.
Cooke, t. 1113.
Gillet, t. 140.
Quél. Ch. Vosges et Jura,
I, t. 43, f. 3.
Sowerb. t. 343.

Rhizomorpha. Fuckel. Symb.
Nachtr. II, p. 85.
Fuckel. Symb. Nachtr.
II, f. 39.

Verpoides. F. Hym. Eur. p. 463.

Vopisca. Fr. Hym. Eur. p. 464.

ODONTIA

Alliacea. Fr. Hym. Eur. p. 628.

Ambigua. Karst. Myc. Fen. IX,
p. 51.

Barba Jovis. F. H. E. p. 627.
Bull. t. 481, f. 2.
Pat. Tab. 247.
Sowerb. t. 328.

Bugellensis. F. H. Eur. p. 628.

Cristulata, Fr. Hym. Eur. p. 628.

Fallax. Quél. Enchir. Fung. p. 195.
Nees. Syst. f. 230 a.

Fimbriata. Fr. Hym. Eur. p. 627.
Fr. Icon. t. 196. f. 1.
Roumeg. Crypt. illustr.
f. 227.

Hirta. Fr. Hym. Eur. p. 628.

Hyalina. Quél. in Assoc. Fr. av. sc.
1884, p. 282.

Junquillea. Quél. in Bull. Soc. bot.
XXV, 1878, p. 290.
Pat. Tab. 149.

Lactea. Karst. Myc. Fenn. IX, p. 51.

Livida. Bres. in N. G. Bot. Ital. 1891,
p. 158.

Olivascens. Bres. Fung. Trid. II,
p. 36.
Bres. Fung. Trid. t. 141,
f. 2.

Pruni. Fr. Hym. Eur. p. 628.

Tenerrima. Wettst. in Bot. Centr. 1888, p. 354.

Terrestris. Karst. Myc. Fenn. XII, p. 111.

Velutina. Lamb. Fl. Myc. Belg. I, p. 439.

OMBROPHILA

(Craterocolla Sacc.)

Cerasi. Schum. Saell. II, p. 438.
Bref. Unters. VII, t. 6, f. 9-21.
Tul. Ann. sc. nat. 1872, t. 11.

Lilacina. Wulff. in Jacq. Collect. p. 347.
Quél. Ch. Vosges et Jura, t. 5, f. 12.

Pura. Quél. Enchir. p. 230.

Rubella. Quél. in Assoc. Fr. av. sc. 1882, p. 402.
Pat. Tab. 157.
Quél. Assoc. Franc. 1882, t. 11, f. 17.

OMPHALIA

Abbhorens. B. et Br. Ann. N. h. n. 1751.
Cooke, t. 272, f. c.

Affricata. Fr. Hym. Eur. p. 158.
Fries, Icon. t. 75, f. 1.
Gillet, t. suppl.

Albido-pallens. Karst. Symb. Fenn. 28, p. 38.

Albula. Quélet in Assoc. Fr. congrès de Marseille. p. 416.
Quélet. Assoc. Fr. cong. de Marseille, t. 2, f. 11.

Arenicola. Fr. Hym. Eur. p. 159.
Fr. Icon. t. 76, f. 2.

Atripes. Fr. Hym. Eur. p. 703.

Atro-puncta. Fr. H. E. p. 212.
Cooke, t. 343.
Gillet, t. 282.
Pat. Tab. 223.
(V. *Eccilia atro-puncta.*)

Belliæ. Fr. Hym. Eur. p. 165.
Berkl. Ann. hist. nat. vol. VI, t. 10, f. 1.
Cooke, t. 251.

Bibula. Quél. Enchir. p. 44.
Rolland, Bull. Soc. myc. Fr. 1891, t. 6, f. 1 (var.)

Brunneola. Quél. in Assoc. Fr. av. sc. 1884, p. 278.
Quél. Assoc. Franc. av. sc. t. 8, f. 2.

Buccinalis. Cooke, Handb. 2° édit. p. 96.
Cooke, t. 272.

Bullula. B. et Br. Ann. n. hist. n. 1753.
Brig. t. 16, f. 1.
Cooke, t. 252.

Cæspitosa. Saccardo, Syll. Fung. V, p. 315.
Bolton, t. 41, f. B. ?
Cooke, t. 209, f. B.
(Var. d'*Onisca*.)

Campanella. F. Hym. E. p. 162.
Britz. Hym. Augsb. I, t. 5, f. 3 et 4.
Cooke, t. 273 (type et var.)
Schæff. t. 230.

Camptophylla. Fr. Hym. Eur. p. 163.
Britz. Leucospori, f. 290.
Cooke, t. 210.

Chloro-cyanea. Pat. Tab. anal. p. 145.
Fl. Dan. t. 1672, f. 1.
Pat. Tab. 318.

Chrysoleuca. F. Hym. E. p. 154.
Britz. Leucospori, f. 246.
Sicard, Hist. nat. champ. t. 24, f. 125.

Chrysophylla. Fr. Hym. Eur. p. 156.
Britz. Leucospori, f. 289.
Cooke, t. 1152.
Fr. Icon. t. 74, f. 1.
Gillet, t. suppl.
DICT. ICON.

Cornui. Quél. in Bull. Soc. bot. Fr. XXIV, 1877, p. 319-XXVII.
Quél. Bull. Soc. bot. Fr. 1877, t. 5, f. 1.

Cortiseda. Karst. Symb. Fenn. 28, p. 37.

Costulata. Karst. Bot. centr. 1890, p. 387.

Crispula. Quél. in Assoc. Fr. av. sc. Reims, 1880, p. 663.
Quél. Assoc. Fr. av. sc. 1880, t. 8, f. 4.

Cuneifolia. Karst. Symb. Fenn. 28, p. 37.

Cuspidata. Quél. in Assoc. Fr. av. sc. Reims, 1880, p. 662.
Quél. Assoc. Fr. av. sc. 1880, t. 8, f. 3.
Revue myc. 1882, t. 25, f. 10.

Cyanophylla. F. H. Eur. p. 163.
Britz. Leucospori, 249.
Fries, Icon. t. 77, f. 1.
Gillet, t. 205.
Kalchbr. Hung. t. 7, f. 2.
Quélet. Vosges, Jura. t. 4, f. 1.

Deflexa. Karst. Symb. m. F. et Hattsv. p. 137.

Demissa. Fr. Hym. Eur. p. 160.
Bres. Fung. Trid. t. 35.
Cooke, t. 250.

Detrusa. Fr. Hym. Eur. p. 155.
Fr. Icon. t. 73, f. 1.

16

Directa. B. et Br. Ann. n. h. n. 1931.
Cooke, t. 251.

Dumosa. Fr. Hym. Eur. p. 155.
Fr. Icon. t. 72, f. 1.
Gillet, t. 203.

Epichysium. Fries, Hym. Eur. p. 158.
Britz. Leucospori, f. 247.
Pers. Icon. pict. t. 13, f. 1.

Fibula. Fr. Hym. Eur. p. 164.
Bern. Champ. Roch. t. 13, f. 5.
Britz. Hym. Augsb. I, t. 3, f. 4.
Bull. t. 186, 550, f. 1.
Cooke, t. 274.
Dufour, Atl. champ. t. 17.
Fl. Dan. t. 1071, f. 2 et 1072, f. 2 (var.)
Gillet, t. 206 et 207 (var.)
Gotthold - Hahn, f. 59, 2e édit.
Mich. Gen. t. 73, f. 6.
Pat. Tab. 110.
Quél. Vosges et Jura, t. 4, f. 3.
Roumeg. Crypt. illustr. f. 175.
Sicard, Hist. nat. champ. t. 22, f. 110.
Sowerb. t. 45.

Fuligineo - nigrescens.
Britz. Bot. centralb. 1893 (extr.) p. 7.
Britz. Hym. Südb. IX, Leucosp. f. 611, 612.

Gibba. Pat. Tab. anal. II, p. 26.
Pat. Tab. 560.

Giovannellæ. Bres. Fung. Trid. p. 9 et 96.
Bres. Fung. Trid. t. 5, f. 2.

Glaucophylla. Fr. Hym. Eur. p. 159.
Cooke, t. 959.

Gracilis. Quél. in Assoc. Fr. av. sc. Reims, 1880, p. 662.
Britz. Hym. Südb. IX, Leucosp. f. 624, 625.
Quél. Assoc. Fr. av. sc. 1880, t. 8, f. 2.
Revue myc. 1882, t. 25, f. 9.

Gracillima. Fr. Hym. Eur. p. 165.
Britz. Leucospori, f. 116.
Cooke, t. 252.
Fr. Icon. t. 75, f. 5.
Gillet, t. 204.
Quél. Ass. Fr. 1883, t. 6, f. 3.
Quél. Vosges, Jura, t. 4, f. 2.

Grisea. Fr. Hym. Eur. p. 164.
Bern. Champ. Roch. t. 13, f. 4.
Cooke, t. 210.
Fries, Icon. t. 78, f. 1.

Grisella. Karst. Symb. myc. 29, p. 92.

Griseo-lilacina. Steinh. Anal. Agar. p. 12.
Steinh. Anal. Agar. t. 3, f. 12.

Griseo-pallida. Fr. Hym. Eur. p. 161.
Cooke, t. 241.
Pers. M. Eur. III, t. 28, f. 3.

Hectoris. C. Roumeg. in Rev. myc. IV, 1882, p. 15.
Rev. myc. 1882, t. 25, f. 4 (*Ag. cardinalis.*)

Hepatica. Fr. Hym. Eur. p. 160.
Batsch. t. 38, f. 211.
Bern. Champ. Roch. t. 53, f. 2.
Britz. Hym. Augsb. I, t. 1, f. 5.
Cooke, t. 250.

Hirsuta. Quél. in Assoc. Fr. av. sc. Paris, 1889, p. 509.
Quél. Assoc. Fr. av. sc. 1889, t. 15, f. 8.

Hydrogramma. Fr. Hym. Eur. p. 154.
Bull. t. 564. A.
Cooke, t. 239.
Fries, Icon. t. 71.
Letell. Fig. champ. t. 605.
Sicard, Hist. nat. champ. t. 11, f. 37.

Integrella. Fr. Hym. Eur. p. 165.
Britz. Leucospori, f. 117.
Cooke, t. 252.
Fr. Icon. t. 75, f. 6.
Pers. Icon. t. 13, f. 5.

Kalchbrenneri. Bres. Fung. Trid. p. 32 et 100.
Bres. Fung. Trid. t. 35.

Læstadii. Fr. Hym. Eur. p. 162.
Fr. Icon. t. 74, f. 3.

Leucophylla. Fr. H. Eur. p. 157.
Cooke, t. 288.
Lucand, t. 357.
Fr. Icon. t. 73, f. 4.

Lilacina. Fr. Hym. Eur. p. 160.

Litua. Fr. Hym. Eur. p. 156.
Fries, Icon. t. 72, f. 2.

Maura. Fr. Hym. Eur. p. 156.
Cooke, t. 287.
Fries, Icon. t. 73, f. 2.

Microscopica. Fr. Hym. Eur. p. 165.

Muralis. Fr. Hym. Eur. p. 160.
Cooke, t. 250.
Pat. Tab. 221.
Quélet, Vosges et Jura, t. 23, f. 7 (var.)
Sowerb. t. 322.

Myochroa. Fr. Hym. Eur. p. 161.

Offuciata. Fr. Hym. Eur. p. 156.
Cooke, t. 287.
Fries, Icon. t. 72, f. 3.

Onisca. Fr. Hym. Eur. p. 158.
Bolt. t. 41. C.
Britz. Leucospori, f. 111.
Cooke, t. 209.
Fries, Icon. t. 76, f. 3.

Oniscoides. Karst. Symb. myc.
29, p. 91.

Peculiaris. Britz. Derm. et Mel.
Nachtr. Leucosp. p. 192.
Britz. Leucospori, t. 248.

Philonotis. Fr. Hym. Eur. p. 158.
Cooke, t. 289.
Fries, Icon. t. 76, f. 1.
Lucand, t. 132.

Picta. Fr. Hym. Eur. p. 163.
Batsch. t. 18, f. 86 (var.)
Britz. Leucospori, f. 250.
Cooke, t. 273.
Fl. Dan. t. 1730 (var.)
Fries, Icon. t. 77, f. 4.
Gillot et Lucand, Catal.
champ. t. 3, f. 4.
Lucand, t. 210.
Pers. Myc. Eur. t. 27, f. 2.

Polyadelpha. Fr. Hym. Eur.
p. 165.
Cooke, t. 1137.
Pat. Tab. 329.
(V. *Marasmius polyadel-*
phus).

Postii. Fr. Hym. Eur. p. 157.
Cooke, t. 194 et 1152.
Fr. Icon. t. 74, f. 2.

Pseudo - androsacea. Fr.
Hym. Eur. p. 161.
Britz. Leucospori, f. 113.
Bull. t. 276.
Cooke, t. 241.

Psilocyboides. Karst. myc.
Fenn. III, p. 368.
Karst. Ic. sel. II, t. 1, f. 34.

Ptychophylla. Saccardo, Syll.
Fung. V, p. 322.
Corda in Sturm. t. 5.

Pyxidata. Fr. Hym. Eur. p. 157.
Britz. Hym. Augsb. I,
t. 6, f. 4.
Bull. t. 568. f. 2.
Cooke, t. 194.
Pat. Tab. 636.

Reclinis. Fr. Hym. Eur. p. 163.
Fr. Icon. t. 77, f. 2.
Kalchbr. Hung. t. 7, f. 3.

Retosta. Fr. Hym. Eur. p. 161.
Cooke, t. 272.
Fries, Icon. t. 76, f. 2.

Rustica. Fr. Hym. Eur. p. 159.
Bern. Champ. Roch. t. 56,
f. 2.
Cooke, t. 959.
Gillet, t. suppl.
Lucand, t. 332.
Pers. Obs. myc. I, t. 4,
f. 12 (var.)

Schizoxylon. Fr. Hym. E. p. 162.
Fr. Icon. t. 76, f. 4.

Schwartzii. Pat.Tab.anal. p. 188.
Pat. Tab. 420.

Sciopus. Quél. Jura et Vosges, III,
p. 7.
Quél. Jura et Vosges, III,
t. 1, f. 13.

Scyphiformis. Fr. Hym. Eur.
p. 159.
Batsch. t. 39, f. 214.
Fries, Icon. t. 75, f. 3.

Scyphoides. Fr. Hym. E. p. 156.
Britz. Hym. Südb. IX,
Leucosp. f. 614.
Fries, Icon. t. 75, f. 2.
Pat. Tab. 419.

Setipes. Fr. Hym. Eur. p. 164.
Bern. Champ. Roch. t. 54,
f. 3.
Britz. Leucospori, f. 251.
Bull. t. 560, f. 3.
Fries, Icon. t. 75, f. 4
(var.)

Sphagnicola. Fr. Hym. Eur.
p. 158.
Cooke, t. 289.

Stellata. Fr. Hym. Eur. p. 162.
Britz. Leucospori, f. 114.
Cooke, t. 241.
Sowerb. t. 107.

Striæpilea. Fr. Hym. E. p. 157.
Cooke, t. 288.
Fr. Icon. t. 73, f. 3.

Telmatiæa. B. et Cooke, Handb.
éd. 2, p. 93.
Cooke, t. 240.

Tricolor. Fr. Hym. Eur. p. 159.
Alb. et Schw. t. 9, f. 5.

Umbellifera. Fr. H. Eur. p. 160.
Britz. Hym. Augsb. I,
t. 10, f. 4 et Leucosp.
f. 112.
Cooke, t. 271.
Fl. Dan. t. 1015, A et
1672, f. 1 (var.)
Hedw. Fil. Obs. I, t. 3,
f. A.
Holmsk. Ot. II, t. 34.
Pat. Tab. 222.
Sicard, Hist. nat. champ.
t. 22, f. 112.

Umbilicata. Fr. Hym. Eur. p. 155.
Bolton, t. 17.
Britz. Hym. Augsb. I,
t. 6, f. 5 et Leucospori,
f. 288.
Schæff. t. 207.

Umbratilis. Fr. Hym. Eur. p. 164.
Britz. Leucospori, f. 115.
Cooke, t. 274.
Fries, Icon. t. 77, f. 3
(var. *minor.*)
Gillet, t. 206.

Velutina. Quél. in Assoc. Fr. av. sc.
1885, p. 445.
Quél. Assoc. Fr. av. sc.
1885, t. 16, f. 1.

Ventosa. Fr. Hym. Eur. p. 155.
Bull. t. 564, f. B.

Vesuviana. Fr. Hym. Eur. p. 157.
Brig. t. 43, f. 3-7.

Wynniæ. B. et Br. Ann. and Mag.
Hist. nat. n. 1781.
Grevillea, X, 121, f. A.

PANÆOLUS

Acuminatus. Fr. H. Eur. p. 312.
Batt. t. 22, F.
Cooke, t. 632.
Schæff. t. 202.

Caliginosus. Fr. Hym. Eur.
p. 312.
Britz. Melanospori, f. 75.
Cooke, t. 631.
Jungh. in Linn. t. 6, f. 13.

Campanulatus. Fr. Hym. Eur.
p. 311.
Batsch. t. 2, f. 6.
Bern. Champ. Roch. t. 28,
f. 1-2.
Britz. Melanospori, f. 73
et 101.
Bull. t. 561, f. L.
Buxb. c. IV, t. 13-15
(forma *major*.)

Cooke, t. 629.
Fl. Dan. t. 1959-C (forma
minor.)
ˑPat. Tab. 239.
Quélet, Vosges et Jura,
t. 8, f. 9.
Roumeg. Crypt. illustr.
f. 195.

Cinctulus. Britz. Derm. et Mel.
p. 178.
Britz. Derm. et Mel. f. 121.

Deviellus. Britz. Derm. et Mel.
p. 177.
Britz. Derm. et Mel. f. 79.

Egregius. Massee in Grev. XIII,
1885, p. 91.
Cooke, t. 624.

Exsignatus. Britz. Hym. Südb.
IX, p. 6.
Britz. Hym. Südb. IX,
Melan. f. 231.

Fimicola. Fr. Hym. Eur. p. 312.
Bern. Champ. Roch. t. 29,
f. 3.
Bolt. t. 66, f. 1.
Britz. Melanospori, f. 35.
Buxb. C. IV, t. 28, f. 4.
Cooke, t. 632.

Fimiputris. Fr. Hym. Eur. p. 310.
Batt. t. 28, P.
Berkl. Outl. t. 11, f. 6.
Bolt. t. 57.
Bull. t. 66.

Cooke, t. 625.
Sicard, Hist. nat. champ.
t. 40, f. 211.

Gomphodes. Fr. H. Eur. p. 313.
Batt. t. 23, E.

Guttulatus. Bres. Fung. Trid.
p. 36.
Bres. Fung. Trid. f. 34.

Hypomelas. Fr. H. Eur. p. 313.
Batt. t. 15.

Larchenfeldii. Schulz. Verhandl.
Hermann. 1884, p. 22.
Schulz. Verhandl. Her-
mann. t. 2, f. 2.

Leucophanes. Fr. Hym. Eur.
p. 310.
Berkl. et Br. t. 11, f. 1.
Cooke, t. 925.

Papilionaceus. Fr. Hym. Eur.
p. 311.
Britz. Derm. et Mel. f. 16.
Bull. t. 361, f. M. N.
Cooke, t. 630.
Dufour, Atl. champ. t. 45.
Sicard, Hist. nat. champ.
t. 40, f. 209.

Phalænarum. Fr. Hym. Eur.
p. 310.
Bauhin, Hist. plant. III,
lib. XL, cap. LIX, f. 3.
Bull. t. 58.
Cooke, t. 626.
Paul. t. 121, f. 1.

Queletii. Schulz. in Hedw. 1885,
p. 136.
Britz. Melan. f. 73.

Refellens. Britz. Derm. et Mel.
p. 178.
Britz. Derm. et Mel. f. 80
et 130 (var.)

Remotus. Fr. Hym. Eur. p. 311.
Schæff. t. 210.

Remyi. Kalchb. et Roum. Rev. myc.
II, 1880, p. 154.
Revue myc. 1880, t. 7, f. 2.

Retirugis. Fr. Hym. Eur. p. 310.
Batsch. t. 18, f. 91.
Cooke, t. 627.
Gillet, t. 415.

Scitula. Massee in Grevillea, XV,
1887, p. 65.

Separatus. Fr. Hym. Eur. p. 310.
Berkl. Outl. t. 11, f. 7.
Bern. Champ. Roch. t. 26,
f. 4 et 27.
Bolt. t. 53 (var.)
Britz. Melanospori, f. 71.
Bull. t. 84.
Cooke, t. 623.
Fl. Bat. 820, f. 2.
Gillet, t. suppl.
Pat. Tab. 352.
Price, f. 39.
Sow. t. 131.

Sphinctrinus. Fr. Hym. Eur.
p. 311.
Batt. t. 27, L.

Britz. Melanospori, f. 122-
123.
Buxb. Cent. V, t. 48, f. 2
(var.)
Cooke, t. 628.
Gillet, t. suppl.
Pat. Tab. 118.
Quél. Vosges et Jura,
t. 8, f. 7.

Subbalteatus. Fr. Hym. Eur.
p. 312.
Cooke, t. 631.

Subditus. Britz. Derm. et Mel.
p. 177.
Britz. Derm. et Mel. f. 38.

Subfirmus. Karst. Hedw. 1889,
p. 365.

PANUS

Areolatus. Berkl. Fung. Brit.
Mus. p. 370.
Berkl. Fung. Brit. Mus.
t. 9, f. 3.

Cochlearis. Fr. Hym. Eur. p. 489.
Mich. t. 65, f. 5 et f. 6
(var.)

Conchatus. Fr. Hym. Eur. p. 488.
Britz. Pan. f. 12.
Bull. t. 298 et t. 517; f. O; P.
Cooke, t. 1149.
Cordier, t. 19, f. 1.
Krombh. t. 42, f. 1, 2.

Schæff. t. 43 et t. 44
(jeune sujet).
Sicard, Hist. nat. champ.
t. 49, f. 267.

Cyathiformis. Fr. Hym. Eur.
p. 488.
Schæff. t. 252 et t. 200
(monstr.)

Delastri. Mont. Syll. crypt. n° 466,
p. 149.

Farinaceus. Fr. Hym. E. p. 490.
Cooke, t. 1144.

Farneus. Fr. Hym. Eur. p. 487.
Paulet, t. 24, f. 3, 4.

Flabellulum. Sacc. et Sch. Mich.
I, p. 361.

Fœtens. Fr. Hym. Eur. p. 489.
Bull. t. 517, f. H-N.

Granulatus. B. et Mont. Syll.
crypt. n. 455, p. 148.

Lamyanus. Mont. Syll. crypt. n.
460, p. 147.

Lithophilus. F. Epicr. p. 400.
Batt. t. 24, B.

Patellaris. Fr. Hym. Eur. p. 490.
Cooke, t. 1144.
Fries, Icon. t. 176, f. 3.

Ringens. Fr. Hym. Eur. p. 490.
Fr. Icon. t. 176, f. 2.
Weinm. Syll. t. 2.

Rudis. Fr. Hym. Eur. p. 489.
Demidoff, Voy. t. 1, f. 3.
Doas. et Pat. t, 52.
Gonn. et Rab. t. 12, f. 2.
Hoffm. Ic. anal. t. 22, f. 1
(var.)
Lucand, t. 46.
Pat. Tab. 637.
Quél. Vosges et Jura,
t. 14, f. 1.
Roumeg. Crypt. illustr.
f. 210.

Stevensoni. B. et Br. Ann. N. H.
n. 1796.

Stipticus. Fr. Hym. Eur. p. 489.
Bolton. t. 72, f. 1.
Britz. IV, Panus, f. 7.
Bull. t. 140 et t. 557, f. 1.
Buxb. C. V. t. 10, f. 1.
Cooke. t. 1144.
Cordier, t. 19, f. 2.
Dufour, Atl. Champ. t. 9,
f. 1.
Eloffe, Champ. t. 9, f. 1.
Fl. Dan. t. 832, f. 1 et
t. 1292, f. 1.
Gillet, t. 248.
Gotthold-Hahn. f. 63, 2e
édit.
Krombh. t. 44. f. 13-17.
Noulet et Dass. Champ.
t. 12, f. A.
Roze et Rich. t. 45, f. 11-
12.
Schæff. t. 208.

Sicard. Hist. nat. champ.
t. 24, f. 122.
Sowerb. t. 109.
Tratt. Austr. t, 2.

Torulosus. Fr. Hym. Eur. p. 489.
Batsch. t. 8, f. 33.
Bolt. t. 146 (var.)
Britz. Hym. Südb. IX,
f. 16 et 17.
Cooke, t. 1149.
Gillet t. 249.
Gonn. et Rab. t. 12, f. 4.
Krombh. t. 42, f. 3-5.
Nees. Syst. f. 176.
Paul. t. 26, f. 3, 4.

Urnula. Fr. Hym. Eur. p. 488.

Vaporarius. F. Hym. E. p. 488.

Violaceo-fulvus. Fr. Hym. E.
p. 490.
Batsch. t. 9, f. 39.
Britz. Pan. f. 9.
Lucand, t. 374.
Pers. Myc. Eur. III, t. 24,
f. 4.
Quél. Vosges et Jura, I,
t. 14, f. 2.

PAXILLUS

Alexandri. Fr. Hym. Eur. p. 401.
Cooke, t. 1162.
Gillet, t. 116.
(V. *Clitocybe gilva*.)

Atro-tomentosus. Fr. Hym. E.
p. 403.
Batsch. t. 8, f. 32.
Bern. Champ. Roch. t. 56,
f. 1.
Britz. Hym. IV, Paxillus,
f. 7.
Cooke. t. 876.
Dufour, Atl. Champ. t. 42.
Gillet, t. 360.
Gotthold-Hahn. f. 55, 1ʳᵉ
édit. et f. 82, 2ᵉ édit.
Lucand, t. 18.
Nees. Syst. f. 175.
Paul. t. 33, f. 2, 3.
Quélet. Vosges et Jura,
t. 10, f. 1.
Roze et Rich. Atl. t. 45,
f. 13-16.

Chrysophyllus. Fr. Hym. Eur.
p. 404.

Crassus. Fr. Hym. Eur. p. 404.
(Tapinia.)
Batt. t. 25, f. G.
Cooke, t. 877.

Extenuatus. Fr. Hym. E. p. 402.
Cooke, t. 873.
Fr. Icon. t. 164, f. 2.

Fagi. B. et Br. Ann. N. II. n. 1061.

Giganteus. Fr. Hym. Eur. p. 401.
Cooke, t. 106.
Gillet, t. 100.
Letell. t. 682.
Lucand, t. 82.

Quél. Vosges et Jura, I,
t. 3, f. 3.
Sowerb. t. 244.
Sverig. Atl. svamp. t. 86.
(V. *Clitocybe gigantea*.)

Griseo-tomentosus. Fr. H.
Eur. p. 404.
Gillet, t. 361.
Gillot et Lucand, Catal.
champ. t. 4, f. 2.
Lucand t. 171.

Involutus. Fr. H. Eur. p. 403.
Batsch. t. 13, f. 61.
Berkl. Outl. t. 12, f. 5.
Britz. Hym. IV, Paxillus,
f. 5.
Bull. t. 240 et t. 576, f. 2.
Cooke, t. 875.
Cordier, t. 17.
Dʳ Lorins, t. 12, f. 4.
Dufour, Atl. Champ. t. 41.
Gillet, t. 362.
Gotthold-Hahn. f. 54, 1ʳᵉ
édit. et f. 81, 2ᵉ édit.
Hoffm. Ic. t. 10, f. 2.
Klotzsch. Boruss. t. 391.
Krombh. t. 71, f. 24-26.
Moyen, Tr. élém. champ.
t. 8, f. 1.
Revue myc. 1884, t. 47,
f. B. C. (terat.).
Rolland, Bull. Soc. myc.
Fr. 1891, t. 1, f. 1.
Roze et Rich. t. 47, f. 8-
11.

Schæff. t. 71-72.
Sicard, Hist. nat. champ.
t. 39, f. 206.
Sowerb. t. 56.
Sverig. Atl. svamp. t. 75,
Ventur. t. 42, f. 6, 7.

Ionipus. Quél. in Assoc. Fr. av. sc.
Toulouse, 1887, p. 588.

Lepista. Fr. Hym. Eur. p. 402.
Cooke, t. 872.
Fr. Icon. t. 164, f. 1.
Gillet, t. 565.
Sterb. t. 19, C.

Leptopus. Fr. Hym. E. p. 403.
Cooke, t. 929.
Fr. Icon. t. 164, f. 3.

Lividus. Cooke, in Grev. XVI, 1888,
(Lepista.) p. 45.
Cooke, t. 861.

Nitens. Lambotte, Fr. myc. Belg. I,
p. 284.

Orcelloides. Cooke et Mass. in Grev.
(Lepista.) XVI, 1888, p. 46.
Cooke, t. 874.

Panæolus. Fr. Hym. Eur. p. 402.
Cooke, t. 874.
Hoffm. Ic. t. 10, f. 1.
Roumeg. Crypt. illust.
f. 200.

Panuoides. Fr. Hym. E p. 404.
Berkl. Outl. t. 12. f. 6.
Cooke, t. 878.

Letell. t. 665.
Pat. Tab. 129.
Sowerb. t. 403.

Paradoxus. Quél. Enchirid. p. 96.
Cooke, t. 884.
(Voy. *Flammula para-
doxa* Kalchb.)

Prostibilis. Britz. Hym. Südb. IV,
p. 133.
Britz. Hym. Südb. IV,
f. 6.

Revolutus. Cooke, in Grev. XVI,
(Lepista.) 1888, p. 45.
Cooke, t. 862.

Sordarius. Fr. Hym. E. p. 401.
Buxb. Cent. IV, t. 36, f. 1.
Sterb. t. 20, f. A.

Spilomæolus. F. H. E. p. 402.

Tammii. Fr. Hym. Eur. p. 244.
Gillet, t. 118.
Kalchbr. Fung. Hung.
t. 16, f. 1.
Pat. Tab. 354.
(Voy. *Flammula para-
doxa* Kalchb.)

PENIOPHORA

(V. Corticium.)

Cinerea. Fr. Hym. Eur. p. 654.
Cooke in Grevil. VIII,
t. 123, f. 8.

Fr. Icon. t. 198, f. 4.
Pat. Tab. 251.
Sow. t. 388, f. 3.

Disciformis. Fr. Hym. E. p. 642.
Cooke in Grevil. VIII,
t. 122, f. 2.
Pat. Tab. 250.

Guttulifera. Karst. Finl. Basid.
p. 54.

Hydnoides. Cooke, Massee in Gre-
villea, XVI, p. 77.

Karstenii. Massee Mon. Thel. p. 153.

Limitata. Fr. Hym. Eur. p. 656.
Cooke in Grevil, VIII,
t. 123, f. 7.

Martelliana. Bres. Nouv. Cont.
Fl. Ins. 1890, p. 258.

Pezizoides. Massee Mon. Thel.
p. 141.
Massee, Mon. Theleph.
t. 47, f. 17-19.

Pubera. Fr. Hym. Eur. p. 652.
Bonord. f. 256 ?
Bres. Fung. Trid. t. 145,
f. 1.
Pat. Tab. 152.

Puberula. Karst. Finl. Basid. p. 423.

Quercina. Fr. Hym. Eur. p. 653.
Bull. t. 436, f. 1.

Cooke in Grevil. VIII,
t. 125, f. 13.
Gillet, t. 499.
Grevil. t. 142.
Nees. Syst. f. 253.
Pat. Tab. 252.

Scotica. Massee Mon. Thel. p. 152.

Subdealbata. B. et Br. Ann. n,
h. n. 1823.

Tephra. B. et C. Journ. Linn. soc.
X, p. 336.
Cooke in Grevil. VIII,
t. 123, f. 6.

Velutina. Fr. Hym. Eur. p. 650.
Cooke in Grevil. VIII,
t. 125, f. 15.

PHLEBIA

Albida. Fr. Hym. Eur. p. 625.

Centrifuga. Karst. Symb. VIII,
p. 10.

Contorta. Fr. Hym. Eur. p. 625.
Pers. Myc. Eur. t. 18, f. 5.

Lirellosa. Pers. Myc. Eur. III, p. 2.
Pers. Myc. Eur. t. 18,
f. 2, 3.

Merismoides. Fr. H. E. p. 624.
Gillet, t. 487.
Grev. Scot. t. 280.
Huss. II, t. 44.

Pat. Tab. 133.
Sicard, Hist. nat. champ.
t. 57, f. 289.

Radiata. Fr. Hym. Eur. p. 625.
Sowerb. t. 291.

Vaga. Fr. Hym. Eur. p. 625.

PHOLIOTA

Aculeata. C. Roumeg. in Rev. myc.
XII (1890), p. 28.
Revue Myc. 1890, t. 92
bis, f. 1.

Adiposa. Fr. Hym. Eur. p. 222.
Batsch. t. 8, f. 31 et t. 22,
f. 113.
Berkl. Outl. t. 8, f. 2.
Cooke, t. 353.
Fl. Dan. t. 2078.
Klotzch. in Fl. Bor. t. 471.
Krombh. t. 3, f. 1 et t. 44,
f. 20-21.
Lucand, t. 236.

Ægerita. Fr. H. Eur. p. 219.
Batt. t. 6, E.
Bern, Champ. Roch. t. 17,
f. 6 et 20, f. 2.
Brigant. t. 32, 33, f. 1-4.
Cooke, t. 453.
Gillet, t. 296.
Roze et Rich. Atl. t. 26,
f. 1-4.

Annulata. Fr. Hym. Eur. p. 317.
Krombh. t. 28, f. 13.

Aromatica. Fr. Hym. E. p. 317.
Sowerby, t. 144.

Aurea. Fr. Hym. Eur. p. 214.
Cooke, t. 346 et 347 (var.)
Fl. Dan. t. 1496 (var.)
Fr. Icon. t. 101.

Aurivella. Fr. Hym. Eur. p. 220.
Batsch. t. 22, f. 114 et 115.
Britz. Derm. f. 20.
Cooke, t. 351.
Fl. Dan. t. 2074.
Gillet, t. 298.
Lucand, t. 235.
Saund. et Sm. t. 9.

Blattaria. Fr. Hym. Eur. p. 216.
Cooke, t. 1172.

Brigantii. Fr. Hym. Eur. p. 219.
Brig. t. 46, f. 1-3.

Caperata. Fr. Hym. Eur. p. 215.
Britz. Derm. f. 1.
Cooke, t. 348.
Dufour, Atl. champ. t. 35.
Fl. Dan. t. 1675.
Gillet, t. 290.
Gonn. et Rab. IV, t. 5 (var.)
Gotthold-Hahn. f. 79, 2e
édit.
Krombh. t. 73, f. 10, 12.
Lucand, t. 33.

Capistrata. Fr. Hym. E. p. 218.
Cooke, in Seem. Journ.
Bot. 1863, t. 3, f. 3.
Cooke, Handb. f. 1.
Cooke, t. 364.

Cerifera. Karst. Myc. Fenn. III,
p. 369.

Comosa. Fr. Hym. Eur. p. 220.
Bolt. t. 42?
Cooke, t. 600.
Kalchbr. Icon. t. 13, f. 1.

Confœderans. Britz. Derm. et
Mel. p. 152.
Britz. Derm. et Mel. f. 6.

Confragosa. F. Hym. E. p. 224.
Fr. Icon. t. 105, f. 2.
Larbr. t. X, f. 4.

Cookei. Fr. in Grev. V, 1876, p. 56.
Cooke, t. 354.

Cruentata. Cooke et Smith. in
Grev. XIII, 1884, p. 58.
Cooke, t. 502.

Curvipes. Fr. Hym. Eur. p. 223.
Batt. t. 22, B.
Cooke, t. 370.
Fr. Icon, t. 104, f. 3.

Cylindracea. F. H. Eur. p. 218.
Letell. t. 632 (var.)
Lucand, t. 107.
Noulet et Dass. Champ.
t. 32.

Roumeg. Crypt. illustr.
f. 137.
Roze et Rich. Atl. t. 26,
f. 5-8.

Destruens. Fr. H. Eur. p. 219.
Batt. t. 8, f. H (var.)
Bern. Champ. Roch. t. 20,
f. 1.
Bres. Fung. Trid. t. 84.
Brond. Crypt. Agen. t. 6
et 6 bis, f. 1, 2.
Gillet, t. 297.
Lucand, t. 59.

Dissimulans. B. et Br. Ann. Hist.
nat. n. 1940.
Cooke, t. 371.

Djakovensis. Schulz. in Bot.
Cent. 1883, p. 5.

Dura. F. Hym. Eur. p. 216.
Bolt. t. 67, f. 1.
Britz. Derm. f. 8.
Cooke, t. 423.
Krombh. t. 28, f. 14-22.
Quél. Vosges et Jura, I,
t. 7, f. 8.
Roze et Rich. Atl. t. 25,
f. 1-5.

Erebia. Fr. Hym. Eur. p. 216.
Cooke, t. 358.
Pat. Tab. 644.
Sv. Bot. t. 584.

Erebia × togularis. Britz.
Bot. Cent. 1893 (extr.) p. 9.
Britz. Hym. Südb. IX,
f. 321.

Exsequens. Brirz. Derm. p. 152.
Britz. Derm. f. 12 et 322.

Filamentosa. Fr. H. E. p. 220.
Batsch. t. 7. f. 30.
Britz. Derm. f. 114.
Schæff. t. 209.

Flammans. Fr. Hym. Eur. p. 222.
Cooke, t. 368.
Fr. Icon. t. 104, f. 1.

Fusca. Quél. in Bull. Soc. bot. XXIII,
1876, p. 327-XLIII.
Quél. Bull. Soc. bot. 1876,
t. 3, f. 12.

Gayi. C. Roumeg. in Rev. Myc. II, (1880),
(*P. prominens* Kalchb.)   p. 153.
Revue myc. 1880, t. 7, f. 1.

Gibberosa. F. Hym. Eur. p. 217.

Gregaria. Wettst. Fl. nov. Austr.
p. 9.
Wettst. Fl. nov. Austr.
t. 2, f. 1-3.

Heteroclita. Fr. Hym. E. p. 220.
Cooke, t. 366.
Fl. Bor. t. 386.
Hoffm. Ic. anal. t. 14, f. 2.
Roumeg. Crypt. illustr.
f. 184.

Humicola. Quél. in Assoc. Fr. av.
sc. 1891, p. 466.
Lucand, t. 360.
Quél. Assoc. Fr. av. sc.
1891, t. 2, f. 10.

Junonia. Fr. Hym. Eur. p. 223.
Britz. Derm. f. 146.
Cooke, t. 369.
Sv. Bot. t. 584.
Saund. et Sm. t. 18, fig.
inf.

Kolaënsis. Karst. Myc. Fenn. III,
p. 118.
Karst. Myc. Fenn. t. 3.

Leochroma. F. Hym. E. p. 218.
Cooke, in Seem. Journ.
bot. 1863, t. 3, f. 3.
Cooke, in Handb. f. 2.
Cooke, t. 363.

Lucifera. Fr. Hym. Eur. p. 222.
Bres. Fung. Trid. t. 85.
Krombh. t. 3, f. 2.

Luxurians. Fr. Hym. Eur. p. 219.
Batt. t. 23, B.
Cooke, t. 365.
Paul. t. 146.

Magna. Britz. Derm. et Mel. p. 153.
Britz. Derm. f. 14.

Marginata. Fr. Hym. E. p. 225.
Batsch. t. 37, f. 207.
Britz. Dermini, f. 7.
Cooke, t. 372.

Krombh. t. 73, f. 5-6.
Lucand, t. 188.
Pat. Tab. 188.

Molliscorium. Cooke et Mass. in
Grev. XVII, 1888, p. 1.
Cooke, t. 1171.

Mulleri. Fr. Hym. Eur. p. 221.
Batsch. t. 22, f. 114.
Fl. Dan. t. 831.
Saund et Sm. t. 18, f. 1.

Muricata. Fr. Hym. Eur. p. 223.
Quél. et Lebret. Champ.
t. 1, f. 3.

Muscigena. Quél. in Assoc. Fr. av.
sc. Grenoble, 1885, p. 446.
Quél. Assoc. Fr. av. sc.
1885, t. 12, f. 5.

Mustelina. Fr. Hym. Eur. p. 225.
Cooke, t. 356.
Lucand, t. 87.
Mich. t. 80, f. 6.

Mutabilis. Fr. Hym. Eur. p. 225.
Batsch. t. 38, f. 208.
Berkl. t. 8, f. 3.
Boyer, Champ. com. t. 9.
Britz. Derm. f. 11.
Bull. t. 543, O, P, R.
Cooke, t. 355.
Dr Lorins, t. 8, f. 1.
Dufour, Atl. champ. t. 35.
Favre-Guill. Neuchâtel,
II, t. 9.
Gillet, t. 294.

Gotthold - Hahn. f. 53,
1re édit. et f. 77, 2e édit.
Hussey, II, t. 27.
Krombh. t. 73, f. 7-9.
Lenz. f. 20.
Roumeg. Crypt. illustr.
f. 131.
Schæff. t. 9.
Sicard, Hist. nat. champ.
t. 28, f. 150.
Sverig. Atl. svamp. t. 47.

Mycenoides. Fr. H. Eur. p. 226.
Cooke, t. 503.

Ombrophila. Fr. H. Eur. p. 216.
Britz. Dermini, f. 145.
Cooke, t. 359.
Fr. Icon. t. 103, f. 2.

Ombrophila × togularis.
Britz. Bot. centralb. 1893 (extr.) p. 9.
Britz. Dermini, f. 301.

Paxillus. Fr. Hym. Eur. p. 224.
Batt. t. 9, D.
Bull. t. 543, f. Q.
Paul. t. 148 bis.

Phalerata. Fr. Hym. Eur. p. 224.
Fl. Dan. t. 2077.
Fr. Icon. t. 105, f. 1.
Quélet, Vosges et Jura,
I, t. 7, f. 1.

Phragmatophylla. Gillet,
Hym. p. 433.
Gillet, t. 291.

Præcavenda. Britz. Derm. et
                Mel. p. 152.
  Britz. Derm. et Mel. f. 15
  (Derm.) et 19 (Mel.)

Præcox. Fr. Hym. Eur. p. 217.
  Batt. t. 20, C (var.)
  Berkl. Outl. t. 8, f. 4.
  Bern. Champ. Roch. t. 15,
    f. 3.
  Britz. Derm. f. 3 (var.) et
    f. 117.
  Cooke, t. 360.
  Gillet, t. 292.
  Krombh. t. 55, f. 11-16.
  Letell. t. 608.
  Lucand, t. 160.
  Pat. Tab. 112.
  Roze et Rich. Atl. t. 30,
    f. 14-18.
  Schæff. t. 217, f. 51.

Propinquata. Britz. Derm. et
                Mel. p. 152.
  Britz. Derm. et Mel. f. 9.

Pudica. Fr. Hym. Eur. p. 218.
  Batt. t. 8, A.
  Bull. t. 597, f. 2, R, S et
    L, O.
  Cooke, t. 362.
  Hussey, II, t. 31.
  Letell. t. 664 (var.)
  Pat. Tab. 112.
  Saccardo, M. V. t. 7, f. 1-3
    (var.)
  Sicard, Hist. nat. champ.
    t. 32, f. 167.

DICT. ICON.

Pumila. Fr. Hym. Eur. p. 226.
  Britz. Derm. f. 128 et 356.
  Cooke, t. 503.
  Fr. Icon. t. 105, f. 4.
  Lucand, t. 212.

Radicosa. Fr. Hym. Eur. p. 218.
  Britz. Derm. f. 17.
  Bull. t. 160.
  Cooke, t. 361.
  Gillet, t. 295.
  Krombh. t. 62, f. 6-10.
  Paul. t. 143, f. 1.
  Sicard, Hist. nat. champ.
    t. 25, f. 133.

Reflexa. Fr. Hym. Eur. p. 221.
  Schæff. t. 80.

Rufidula. Fr. Hym. Eur. p. 226.
  Britz. Dermini, f. 127 et
    357.

Secretani. Fr. Hym. Eur. p. 215.

Spectabilis. Fr. H. Eur. p. 221.
  Bern. Champ. Roch. t. 55,
    f. 1.
  Britz. Derm. f. 18.
  Cooke, t. 352.
  Fr. Icon. t. 102.
  Gillet, t. 299.
  Hussey, I, t. 71.
  Krombh. t. 3, f. 3.
  Lucand, t. 108.
  Sicard, Hist. nat. champ.
    t. 12. f. 47.
  Sowerb. t. 77?

17

Sphaleromorpha. Fr. Hym. E. p. 217.
Bull. t. 540, f. 1.
Pat. Tab. 645.
Sicard, Hist. nat. champ. t. 25, f. 131.

Squarrosa. Fr. Hym. E. p. 221.
Bern. Champ. Roch. t. 19. f. 1.
Boyer, Champ. com. t. 10.
Britz. Derm. f. 10 (var.), f. 118 et f. 355 (var).
(V. Verruculosa Lasch.)
Bull. t. 266.
Cooke, t. 367 et 614 (var.) et 471 (var.)
Dufour, Atl. Champ. t. 34.
Eloffe, Champ. t. 10, f. 7.
Gotthold-Hahn. f. 78, 2e édit.
Grev. Scot. t. 2.
Hussey, I, t. 8.
Krombh. t. 3, f. 2 et t. 44, f. 18, 19.
Leuba, Champ. com. t. 11, f. 3-5.
Pat. Tab. 340.
Quél. Assoc. Fr. av. sc. 1891, t. 2, f. 10.
Saund. et Sm. t. 18.
Schæff. t. 61.
Sicard, Hist. nat. champ. t. 29. f. 152.
Sowerb. t. 284.

Strophosa. Fr. Hym. E. p. 217.

Sublutea. Fr. Hym. Eur. p. 224.
Fl. Dan. t. 1192.

Subsquarrosa. F. H. E. p. 221.
Fr. Icon. t. 103, f. 3.

Terrigena. Fr. Hym. Eur. p. 215.
Britz. Derm. f. 16 et f. 353, 354 (var.)
Cooke, t. 349.
Fr. Icon. t. 103, f. 1.
Kalchbr. Hung. t. 14, f. 1.

Tersa. Fr. Hym. Eur. p. 224.

Togularis. Fr. Hym. Eur. p. 216.
Berkl. et Br. t. 9, f. 1.
Britz. Derm. f. 4 (var.)
Bull. t. 595, f. 2.
Cooke, t. 350.
Fr. Icon. t. 104. f. 4.
Gillet, t. 289.
Pat. Tab. 339.

Trichocephala. Trog. in Wint. Pilzfl. I, p. 853.

Tuberculosa. Fr. H. E. p. 223.
Cooke, t. 370.
Fr. Icon. t. 104, f. 2.
Gillot et Lucand, Catal. champ. t. 3, f. 3.
Lucand, t. 131.
Schæff. t. 79.

Unicolor. Fr. Hym. Eur. p. 225.
Britz. Derm. f. 13.
Bull. t. 530, f. 2.

Cooke, t. 356.
Fl. Dan. t. 1071, f. 1.
Gillet, t. 293.

Verruculosa. Fr. H. E. p. 221.

Villosa. Fr. Hym. Eur. p. 222.

PISTILLARIA

Abietina. Fr. Hym. Eur. p. 688.

Aciculata. Dur. et Lév. Expl. Alg. 1847.
Durieu et Léveillé, Expl. Alg. Crypt. t. 32, f. 4.

Aculeata. Pat. Tab. anal. p. 26.
Pat. Tab. 58.

Aculina. Pat. Tab. anal. II, p. 29.
Pat. Tab. 570.
Quél. Assoc. Fr. av. sc. 1880, t. 8, f. 11.

Acuminata. Fr. Hym. Eur. p. 688.
Fuckel. Symb. t. 4, f. 39.
Pat. Tab. 572.

Albo-brunnea. Quélet in Pat. Tab. anal. I, p. 24.
Pat. Tab. 52.

Bellunensis. Speg. in Michelia, II, p. 244.

Boudieri. Pat. Tab. anal. II, p. 30.
Pat. Tab. 573.

Brunneola. Pat. Tab. anal. II, p. 30.
Pat. Tab. 574.

Bulbosa. Pat. Tab. anal. I, p. 206.
Pat. Tab. 473.

Capitata. Pat. Tab. anal. I, p. 27.
(Sphærula.)
Pat. Tab. 60.

Cardiospora. Pat. Tab. anal. I, p. 25.
Pat. Tab. 55.

Carnea. Fr. Hym. Eur. p. 687.

Cinereo-alba. Bonord. Handb. (Scleromitra.) p. 141.
Bonord. Handb. f. 213.

Coccinea. Fr. Hym. Eur. p. 687.
Corda in Sturm. t. 27.
Pat. Tab. 44.

Culmigena. Fr. Hym. Eur. p. 687.
Fr. in Montagne, Ann. sc. nat. 1836, t. 12, f. 2.
Pat. Tab. 265.

Diaphana. Fr. Hym. Eur. p. 688.
Fl. Dan. t. 1783, f. 1.
Pat. Tab. 51.

Fulgida. Fr. Hym. Eur. p. 687.
Pat. Tab. 47.
Sowerb. t. 391.

Furcata. Fr. Hym. Eur. p. 688.

Gracilis. Pat. Tab. anal. II, p. 30.
Pat. Tab. 575.

Granulata. Pat. Tab. anal. I, p. 118.
Pat. Tab. 266.

Hedericola. Cesati in Bot. Zeit. 1855, p. 77.

Helenæ. Pat. Tab. anal. I, p, 26.
Pat. Tab. 57.

Hyalina. Quél. in Assoc. Fr. av. sc.,
(Pistillina.) Reims, 1880, p. 671.
Pat. Tab. 59.
Quél. Assoc. Fr. av. sc.
1880, t. 8, f. 2.

Inæqualis. Fr. Hym. Eur. p. 688.
Pat. Tab. 46.

Incarnata. Fr. Hym. Eur. p. 687.
Pat. Tab. 569.

Maculæcola. Fr. H. Eur. p. 689.
Pat. Tab. 50.

Micans. Fr. Hym. Eur. p. 686.
Ehrenb. Berol. t. 3, f. 2.
Gillet, t. 514.
Hoffm. Germ. t. 7, f. 2.
Pat. Tab. 43 et 44 (var.)

Mucedinea. Boud. in Bull. soc.
Bot. Fr. XXIV, 1877, p. 308-XVI.
Pat. Tab. anal. 571.

Mulleri. Fr. Hym. Eur. p. 686.

Ovata. Fr. Hym. Eur. p. 687.
Pat. Tab. 54.
Sowerb. t. 276.

Patouillardii. Quél. in Pat. Tab.
anal. I, p. 23.
Pat. Tab. 48.

Puberula. Fr. Hym. Eur. p. 688.
Sowerb. t. 334, f. 2.

Purpurea. Worth. in Smith. Journ.
Bot. 1873.
Worth. in Smith. Journ.
bot. 1873, t. 30, f. 10-12.

Pusilla. Fr. Hym. Eur. p. 688.
Pat. Tab. 49.

Queletii. Pat. Tab. anal. I, p. 22.
Pat. Tab. 45.

Quisquiliaris. Fr. H. E. p. 687.
Pat. Tab. 687.
Sowerb. t. 334, f. 1.

Rosella. F. Hym. Eur. p. 688.
Pat. Tab. 53 (var. Ramosa.)

Sagittiformis. Pat. Tab. anal.
I, p. 26.
Pat. Tab. 56.

Sclerotioides. F. H. E. p. 686.
Pers. Myc. Eur. t. 11,
f. 3, 4.

Syringæ. Fr. Hym. Eur. p. 689.
Fuckel. Enum. t. 1. f. 24.

Uliginosa. Crouan, Fl. Finist.
p. 60.

PLATYGLÆA

Effusa. Schroet. Pilz. Schles. p. 384.

Fimicola. Schroet. Pilz. Schles. p. 384.

Nigricans. Schroet. Pilz. Schles. p. 384.

Tiliæ. Bref. Unters. VII, p. 78.
Bref. Unters, VII, t. 4, f. 12-15.

PLEUROTUS

Acerinus. Fr. Hym. Eur. p. 175.
Cooke, t. 291.

Acerosus. Fr. Hym. Eur. p. 178.
Bolton. t. 72, f. 3.
Britz. Leucospori, f. 291 et 613.
Cooke, t. 242.
Fr. Icon. t. 89, f. 2.
Pat. Tab. 423.

Albertini. Fr. Hym. Eur. p. 166.

Algidus. Fr. Hym. E. p. 180.
Brigant. t. 20.
Cooke, t. 260.
Fl. Dan. t. 1552, f. 1, t. 1556, f. 2.
Pers. Myc. Eur. t. 23, f. 5.

Almeni. Fr. Hym. Eur. p. 176.
Fries, Icon. t. 87, f. 3.

Ambiguus. Oudem. in Ann. myc. Nederl. X, p. 10.

Applicatus. Fr. Hym. E. p. 180.
Batsch. t. 24, f. 125.
Bern. Champ. Roch. t. 12, f. 6.
Bull. t. 581, f. 2.
Cooke, t. 516 (var. *Crepidotus epigæus*) et t. 244.
Gillet, t. 240.
Pat. Tab. 519.
Sowerb. t. 301.

Aquifolii. Fr. Hym. Eur. p. 171.
Paul. t. 38.

Arenarius. Lasch. in Bot. Zeit. 1850, p. 438.

Atro-cæruleus. Fr. Hym. Eur. p. 179.
Cooke, t. 243.
Saund. et Sm. t. 6, f. 1.
Schæff. t. 246, f. 3, 8, 9.

Battaræ. Quél. in Bull. Soc. bot. Fr. XXV, 1878, p. 287.
Batt. t. 12, f. A.

Calyptratus. F. H. Eur. p. 167.

Canus. Quél. in Bres. Fung. Trid. p. 35.
Bres. Fung. Trid. t. 37.

Carpini. Fr. Hym. Eur. p. 170.
Barla, t. 24, f. 5-7.
Paul. t. 24, f. 3-7.

Chioneus. Fr. Hym. Eur. p. 181.
Cooke, t. 212.
Pers. Myc. Eur. t. 26, f. 10,
14.

Circinatus. Fr. H. Eur. p. 170.
Cooke, t. 257.
Fr. Icon. t. 88, f. 1.

Cæsio-zonatus. Fr. Hym. Eur.
p. 179.

Columbinus. Quél. in Bres. Fung.
Trid. p. 10 et 97.
Bres. Fung. Trid. t. 6.
Cooke, t. 953.

Coriipellis. Fr. Hym. Eur. p. 169.

Cornucopioides. Fr. H. Eur.
p. 172.
Bull. t. 517, f. P.
Bres. Fung. Trid. II, t. 115.
Lucand, t. 186.
Paul. Ic. t. 28.
Roze et Rich. t. 48, f. 6-9.
Schulzer Icon. t. 8, f. 1.
Viviani, t. 7.

Corticatus. Fr. Hym. E. p. 166.
Bres. Fung. Trid. t. 80
(var. *Tephroticus* Fr.)
Britz. Hym. Augsb. I,
t. 10, f. 5.
Cooke, t. 290.
Pat. Tab. 516.
Saund. et Sm. t. 4.
Schœff. t. 225.

Craspedius. Fr. Hym. E. p. 169.
Cooke, t. 256.
Fr. Icon. t. 86, f. 2.
Paul. t. 44, f. 3 (var.)
Saund. et Sm. t. 7 (var.)

Craterellus. F. H. Eur. p. 182.
Expl. scient. Alg. t. 31,
f. 5.
Pat. Tab. 6.

Cyphelliformis. Fr. Hym. Eur.
p. 180.
Berkl. in Mag. Zool. Bot.
I, t. 15, f. 3.
Cooke, t. 244.
Revue myc. 1883, t. 38,
f. 3.

Decorus. Fr. Hym. Eur. p. 168.
Fr. Icon. t. 60, f. 1.

Dictyorhizus. Fr. H. E. p. 178.
Fl. Dan. t. 1552, f. 2.
Gillot et Lucand, Catal.
champ. t. 4 f. 4.
Lucand, t. 157.

Dryinus. Fr. Hym. Eur. p. 167.
Cooke, t. 226.
Hussey, II, t. 29, 33.
Lucand, t. 81.
Pat. Tab. 517.
Paul. t. 18, f. 3-4.
Schæff. t. 233.
Sicard, Hist. nat. champ.
t. 49, f. 265.
Vent. t. 44, f. 1, 2.

Eryngii. Fr. Hym. Eur. p. 171.
Bern. Champ. Roch. t. 14, f. 1.
Dufour, Atl. champ. t. 18.
Gillet, t. 242.
Letell. t. 693.
Mich. Gen. t. 73, f. 2.
Noulet et Dass. Champ. t. 21. f. A.
Pat. Tab. 521.
Paul. t. 39.
Roze et Rich. Atl. t. 46, f. 4-8.
Sicard, Hist. nat. champ. t. 28, f. 153.
Vittad. Mang. t. 10, f. 2.
Ventur. t. 45, f. 1-3.

Euosmus. Fr. Hym. Eur. p. 174.
Britz. Leucospori, f. 253.
Cooke, t. 196.
Hussey, I, t. 75.

Fimbriatus. Fr. H. Eur. p. 169.
Bolt. t. 61.
Cooke, t. 178.
Sterb. t. 15, B.

Fluxilis. Fr. Hym. Eur. p. 180.
Britz. Leucospori, f. 292.
Cooke, t. 244.

Gadinoides. Stev. Brit. Fung. 1, p. 176.
Cooke, t. 276.

Gemmelari. Fr. H. Eur. p. 175.
Inzenga, Fung. Sicil. t. 7, 8, f. 1.

Geogenius. F. Hym. Eur. p. 175.
Bern. Champ. Roch. t. 13, f. 7.
Bres. Fung. Trid. t. 50.
Mich. gen. t. 65, f. 2.
Paul. t. 25, f. 1, 2 (var. Alba).
Roze et Rich. Atl. t. 45, f. 1-6.

Glandulosus. Fr. H. E. p. 174.
Bull. t. 426.
Gillet, t. 247.
(Var. térat. de P. ostreatus.)

Hobsoni. Fr. Hym. Eur. p. 181.
Cooke, t. 212.

Hymeninus. Dur. Léveil. Expl. Alg. 1847.
Léveillé, Expl. Alg. t. 31, f. 4.

Hypnophilus. Fr. H. E. p. 181.
Britz. Leucospori. f. 118.
Cooke, t. 212.
Letell. t. 706, f. 2.
Pat. Tab. 422.
Pers. Myc. Eur. III, t. 24, f. 5.

Kerneri. Wettst. F. austr. p. 8.
Wettst. F. austr. t. 1, f. 28-32.

Lachnopus. Fr. H. Eur. p. 169.

Lauro-cerasi. B. et Br. Ann. nat. hist. n. 1854.
Cooke, t. 242, f. 1.

Leightoni. Fr. Hym. Eur. p. 179.
Berk. Mag. zool. bot. XIII,
t. 9, f. 1.
Cooke, t. 260.

Leucochius. Britz. in Bot. centr.
1893 (extr.) p. 7.
Britz. Hym. Südb. IX,
f. 323, 550, 621.

Lignatilis. Fr. Hym. Eur. p. 169.
Cooke, t. 257.
Fl. Dan. t. 1797.
Lucand, t. 280.
Saund. et Sm. t. 6, f. 2.
Tratt. Austr. t. 28.

Lignicola. Sacc. M. Ven. Spec.
p. 21.
Sacc. M. Ven. Spec. t. 4,
f. 4-6.

Limpidus. Fr. Hym. Eur. p. 177.
Cooke, t. 276.
Fries, Icon. t. 88, f. 3.
Gillot et Lucand. Catal.
champ. t. 2, f. 4.
Lucand, t. 85.
Pat. Tab. 518.

Lingulatus. Fr. H. Eur. p. 172.
Paul. t. 21, f. 2, 3.
Viviani, t. 19, f. 1.

Luteo-cæsius. Bagl. Cens. Fung.
Lig. p. 244.

Lutincola. Lasch. in Flora 1830,
p. 200.

Mastrucatus. Fr. H. E. p. 179.
Cooke, t. 243.
Lucand, t. 211.
Sowerb. t. 99.

Melanopus. Fr. Hym. E. p. 172.
Inzenga. Sicil. t. 4, f. 3
(var.)

Mitis. Fr. Hym. Eur. p. 177.
Berkl. Outl. t. 6, f. 9.
Britz. Hym. Südb. IX,
Pleur. f. 616.
Cooke, t. 211.
Quélet, Vosges et Jura,
t. 5, f. 1.

Moricola. Fr. Hym. Eur. p. 176.
Paul. t. 17, 18, f. 1 (var.)

Mutilus. Fr. Hym. Eur. p. 173.
Batt. t. 9, f. E.
Cooke, t. 275.
Fr. Icon. t. 88, f. 4.

Myxotrichus. Fr. H. E. p. 179.
Lucand, t. 309.

Nauseoso-dulcis. Karst. Fragm.
Myc. IV, p. 1.

Nebrodensis. Fr. H. E. p. 171.
Gillet, t. 244.
Inzenga, Fung. Sicil. I,
f. 11.
Pat. Tab. 628.

Nidulans. Fr. Hym. Eur. p. 178.
Fries, Icon. t. 86, f. 3.

Lucand, t. 340.
Paul. t. 20, f. 4.
Pers. Ic. et descr. t. 6,
f. 4.

Nivosus. Quél. in Bull. Soc. bot. XXIV,
1877, p. 320-XXVIII.
Quél. Bull. Soc. bot. 1877,
t. 5, f. 2.

Olearius. Fr. Hym. Eur. p. 170.
Barla, t. 24, f. 1-6.
Batt. t. 13, f. A-B.
Gillet, t. 243.
Lucand, t. 266.
Pat. Tab. 630.
Paul. t. 23.
Roumeg. Crypt. illustr.
f. 190 b.
Roze et Rich. Atl. t. 45,
f. 7-10.
Venturi, t. 40, f. 3.
Viviani, t. 50.

Opuntiæ. Fr. Hym. Eur. p. 176.
Exped. sc. Alg. t. 32, f. 1.

Ornatus. Fr. Hym. Eur. p. 168.
Fries, Icon. t. 86, f. 1.
Letell. t. 699.

Ostreatus. Fr. Hym. E. p. 173.
Barrelier, Plant. f. 1267.
Bauhin, Cap. XXXII, p.
834.
Bel, Champ. Tarn. t. 18.
Bern. Champ. Roch. t. 13,
f. 6.

Brig. t. 43, f. 1, 2 et 44,
f. 1, 3 (var.) et t. 45, f. 1-
3 (var.)
Britz. Leucospori, f. 252.
Bull. t. 508.
Bull. Soc. myc. Fr. VIII,
t. 1, f. 3.
Cooke, t. 195 et 196 (var.)
Dr Lorins, t. 12, f. 2.
Dufour, Atl. champ. t. 18.
Eloffe, Champ. t. 8, f. 4.
Escul. Fung. Engl. Bad-
ham. t. 10.
Gillet, t. 246.
Gotthold-Hahn. f. 45, 1re
édit. et f. 64, 2e édit.
Hussey, II, t. 19.
Inzeng. Fung. Sicil. t. 4,
f. 2 (var.)
Jacq. austr. t. 288.
Krombh. t. 41 et t. 2, f. 1.
Letell. t. 695.
Pat. Tab. 5.
Pers. Myc. Eur. t. 25, f. 2.
Revue Myc. 1884, t. 47,
f. D. E. (terat.)
Roze et Rich. t. 47, f. 1-
7.
Sicard, Hist. nat. champ.
t. 29, f. 155.
Sowerb. t. 241.
Sverig. Atl. svamp. t. 46.
Ventur. t. 17 et t. 18 (var.)
Vittad. Mang. t. 4.
Viv. Fung. ital. t. 42 (var.
Insignior).

Pantoleucus. Fr. H. E. p. 172.
Cooke, t. 179 et 275.
Fr. Icon. t. 88, f. 2.

Pardalis. Fr. Hym. Eur. p. 168.
Fries, Icon. t. 8, f. 2.

Parthenopejus. Comes, Atti. soc.
Critt. Ital. 1881, p. 38.
Comes, Atti. soc. Critt.
Ital. 1881, t. 2.
Revue Myc. 1881, t. 12,
f. 5.

Perpusillus. Fr. H. Eur. p. 181.
Buxb. Cent. V, t. 7, f. 3.
Fl. Dan. t. 1295, f. 1.

Petaloides. Fr. Hym. E. p. 175.
Bull. t. 226, 557, f. 2.
Cooke, t. 258.
Pat. Tab. 42 (var.)
Pers. M. Eur. III, t. 25,
f. 6 (var.)
Pers. Obs. I, t. 4, f. 1.
Ventur. t. 44, f. 5-6.

Pinsitus. Fr. Hym. Eur. p. 178.

Planus. Fr. Hym. Eur. p. 177.
Britz. Leucospori, f. 256,
617.

Pometi. Fr. Hym. Eur. p. 173.
Bern. Ch. Roch. t. 44, f. 1
(var.)
Fr. Icon. t. 89, f. 1.
Gillet, t. 241.
Paul. t. 21, f. 1.

Porrigens. Fr. Hym. Eur. p. 178.
Cooke, t. 259.
Saund. et Smith. t. 26.

Pudens. Quélet, in Bull. Soc. bot.
Fr. XXV, 1878, p. 287.
Quélet, Soc. bot. Fr. 1878,
t. 3, f. 10.

Pulmonarius. F. H. E. p. 176.
Britz. Leucospori, f. 255.
Fries, Icon. t. 87, f. 2 (var.)
Quélet, Vosges et Jura,
t. 4, f. 8.

Pulvinatus. F. Hym. Eur. p. 173.

Reniformis. Fr. H. Eur. p. 177.
Cooke, t. 276.
Fr. Icon. t. 89, f. 3.

Revolutus. Fr. Hym. Eur. p. 174.
Cooke, t. 180.

Rivulorum. Pat. et Doass, in Rev.
myc. 8, 1886, p. 26.
Pat. Tab. 520.

Roseo-cinereus. Allesch. Südb.
Pilze. p. 117.

Roseolus. Quél. Champ. Norm.
p. 7.
Quél. Champ. Norm. t. 1,
f. 1.

Ruthæ. B. et Br. Ann. nist. nat.
n. 1754.
Cooke, t. 178 et 654.

Salignus. Fr. Hym. Eur. p. 174.
Britz. Leucospori, f. 254.
Cooke, t. 228.
Letell. t. 687.
Saund. et Sm. t. 4, f. 5.
Tratt. Austr. t. 8.

Sapidus. Fr. Hym. Eur. p. 171.
Cooke, t. 954.
Kalchbr. Icon. t. 8, f. 1.

Semiinfundibuliformis.
Karst. Symb. 19, p. 85.

Septicus. Fr. Hym. Eur. p. 179.
Cooke, t. 259.
Letell. t. 706, f. 1.
Pat. Tab. 627.
Sowerb. t. 321.

Serotinus. Fr. Hym. Eur. p. 176.
Britz. Hym. Südb. IX,
Pleur. f. 623.
Cooke, t. 258.
Fl. Dan. t. 1293, f. 2.
Gillot et Lucand, Catal.
champ. t. 5, f. 2.
Lucand, t. 308.
Pat. Tab. 629.

Severinii. Comes, F. Nap. II, p. 92.
Comes. F. Nap. II, t. 14,
f. 5-8.

Silvanus. Saccardo. Syll. Fung. V,
p. 379.

Spodoleucus. F. H. E. p. 172.
Fries, Icon. t. 87, f. 1.
Paul. t. 20, f. 2, 3, t. 28.

Spongiosus. F. H. Eur. p. 167.
Cooke, t. 253.

Striatulus. F. Hym. Eur. p. 181.
Britz. Hym. Augsb. I, t. 8,
f. 4.
Cooke, t. 212.
Fries, Icon. t. 89, f. 5.
Gillet, t. 240.
Pat. Tab. 106.
Pers. Myc. Eur. III, t. 25,
f. 3.

Subpalmatus. F. H. E. p. 168.
Cooke, t. 255.
Sowerb. t. 62.

Supplicatus. Karst. Symb. myc.
Fen. p. 58.

Subrufulus. Karst. in Britz. Bot.
Centr. 1893 (extr.) p. 7.
Britz. Hym. Südb. IX,
Pleur. f. 6-8.

Tephrotrichus. Fr. Hym. Eur.
p. 166.
(V. *Pl. corticatus.*)

Tessellatus. Fr. H. Eur. p. 168.
Bern. Champ. Roch. t. 15,
f. 1.
Bull. t. 513, f. 1.
Cooke, t. 254.
Cordier, t. 18, f. 1.
Eloffe, Champ. t. 9, f. 2.
Pers. Myc. Eur. III, t. 23,
f. 4.
Sicard, Hist. nat. champ.
t. 26, f. 141.

Tremens. Quél. in Bull. Soc. bot. XXIV, 1877, p. 320-XXVIII.
Quél. Bull. Soc. bot. 1877, t. 5, f. 3.

Tremulus. Fr. Hym. Eur. p. 177.
Bern. Champ. Roch. t. 43, f. 8.
Britz. Hym. Südb. IX, Pleur. f. 619.
Cooke, t. 242.
Lucand, t. 133.
Schæff. t. 224 (exclus. f. 1 et 2.)
Sowerb. t. 242.

Ulmarius. Fr. Hym. Eur. p. 167.
Bern. Champ. Roch. t. 16, f. 1.
Bull. t. 510.
Cooke, t. 227.
Cordier, t. 18, f. 2.
Fr. Atl. svamp. t. 37.
Noulet et Dass. Champ. t. 12, f. B.
Roze et Rich. Atl. t. 46, f. 1-3.
Sicard, Hist. nat. champ. t. 26, f. 140.
Sowerb. t. 67 et 248.
Vittad. Mang. t. 23.

Unguicularis. F. H. E. p. 180.
Britz. Leucospori, f. 258.
Fries, Icon. t. 89, f. 4.
Gillet, t. 240.

Velesiacus. Cesati in Flora 1854, f. 202.

PLUTEOLUS

Aleuriatus. Fr. Hym. E. p. 266.
Fr. Icon. t. 126, f. 5.

Reticulatus. Fr. H. E. p. 266.
Berkl. Outl. t. 9. f. 5.
Cooke, t. 495.
Gillet, t. 373.
Kalchbr. Hung. t. 32, f. 4 (var.)
Pers. Icon. descr. t. 4, f. 4-6.

PLUTEUS

Candidus. Pat. Tab. anal. II, p. 31.
Pat. Tab. 576.

Cervinus. Fr. Hym. Eur. p. 185.
Berk. Ann. nat. hist. t. 9, f. 2 (var.)
Bolt. t. 2 et t. 15.
Britz. Hypor. f. 3 a.
Cooke, t. 301, 302 (var.) 303 (var.) 357 (var.) 565 (var.)
Dufour, Atl. champ. t. 32.
Gillet, t. 260.
Gotthold - Hahn. f. 65, 2e édit.
Kalchbr. Hung. t. 10, f. 2 (var.)
Klotzch. in Fl. Bor. t. 459.
Krombh. t. 2, f. 7-10.
Lucand, t. 103 et 187 (var.)

Pat. Tab. 335.
Paul. t. 134, f. 3 (var.)
Roze et Rich. Atl. t. 35,
f. 4-6.
Saund et Sm. t. 38 (var.)
Schæff. t. 10.
Sowerb. t. 108.
Sturm. t. 28.

Chrysophæus. Fr. Hym. Eur.
p. 188.
Cooke, t. 309.
Gillet, t. 262.
Grev. Scot. t. 173.
Lucand, t. 264.
Pat. Tab. 638.
Roumeg. Crypt. illustr.
f. 177.
Schæff. t. 253.
Sowerb. t. 174.

Cinereus. Quél. in Assoc. Fr. av.
sc. 1885, p. 445.
Ann. sc. nat. Bord. 1884,
t. 1, f. 1.

Creatophyllus. Schulz in Ver-
hande. Zool. bot. Gesell. 1877, p. 1075.
Kalchbr. Fung. Hung.
t. 11, f. 3.

Cyanopus. Quél. in Assoc. Fr.
av. sc. 1882, p. 391.
Quél. Assoc. Fr. av. sc.
1882, t. 11, f. 7.

Drepanophyllus. Fr. Hym. E.
p. 186.
Kalchbr. Fung. Hung.
Ic. t. 11, f. 1.

Ephebeus. Fr. Hym. Eur. p. 186.
Bull. t. 214.
Cooke, t. 517.
Sicard, Hist. nat. champ.
t. 34, f. 181.

Exiguus. Pat. Tab. anal. I, p. 190.
Pat. Tab. 425.

Eximius. Fr. Hym. Eur. p. 186.
Saund. et Sm. t. 28.

Godeyi. Gillet, Champ. Fr. p. 395.

Granulatus. Bres. Fung. Trid.
p. 10.
Bres. Fung. Trid. t. 7.

Hispidulus. F. Hym. Eur. p. 187.
Batsch. t. 6, f. 25.
Britz. Hyporrhid. f. 156.
Cooke, t. 304.
Fr. Icon. t. 90, f. 2.
Gillet, t. 259.

Leoninus. Fr. Hym. Eur. p. 188.
Berkl. Outl. t. 7, f. 4.
Cooke, t. 421.
Gillet, t. 261.
Grevillea, VI, t. 93.
Pat. Tab. 639.
Pers. Icon. descrip. t. 7,
f. 4.
Schæff. t. 48.

Luteo-marginatus. Rolland.
in Bull. Soc. myc. Fr. 1889, p. 167.
Rolland. Bull. Soc. myc.
Fr. 1889, t. 14 bis, f. 1.

Melanodon. Fr. Hym. E. p. 187.

Montellicus. Sacc. Myc. Sp. p. 23.
Saccardo. Mycol. Sp. t. 5,
f. 1-3.

Nanus. Fr. Hym. Eur. p. 187.
Bern. Champ. Roch. t. 17,
f. 2.
Bull. t. 547, f. 3 (var.)
Cooke, t. 305.
Pat. Tab. 334.
Sicard, Hist. nat. champ.
t. 27, f. 143.

Opponendus. Britz. Hyporh.
Südd. II, p. 136.
Britz. Hypor. Südb. f. 5.

Patricius. Fr. Hym. Eur. p. 186.
Kalchbr. Hung. t. 10, f. 2.

Pellitus. Fr. Hym. Eur. p. 187.
Batsch. t. 6, f. 26.
Cooke, t. 597.
Gillet, t. 258.
Quélet, Vosges et Jura,
t. 5, f. 4.

Petasatus. F. Hym. Eur. p. 186.
Berkl. Ann. hist. nat.
XIII, t. 9, f. 2.

Phlebophorus. Fr. Hym. Eur.
p. 188.
Britz. hypor. f. 6.
Cooke, t. 422.
Nees. Syst. f. 202.

Quél. Assoc. Fr. av. sc.
1884, t. 8, f. 4.
Sturm. t. 15.

Plautus. Fr. Hym. Eur. p. 187.
Bres. Fung. Trid. t. 20.

Podospileus. B. et Br. A. n. h.
n. 1856.
Cooke, t. 325.

Præstabilis. Britz. Derm. et Mel.
III, p. 193.
Britz. Hypor. f. 55.

Rigens. Fr. Hym. Eur. p. 186.
Britz. Hypor. f. 3 b.
Paul. t. 134, f. 3.

Roberti. Fr. Hym. Eur. p. 703.
Fr. Icon. t. 90, f. 1.

Roseo-albus. Fr. H. E. p. 188.
Cooke, t. 598.
Fr. in Fl. Dan. t. 1679.

Salicinus. Fr. Hym. Eur. p. 186.
Britz. Hypor. f. 61.
Cooke, t. 1169.

Semibulbosus. Fr. Hym. Eur.
p. 188.
Cooke, t. 518.

Sororiatus. Karts. Myc. Fenn. III,
p. 101.

Spilopus. Berkl. et Br. in Journ.
Soc. Linn. XI, p. 532.
Cooke, t. 325.

Tenuiculus. Quél. in Assoc. Fr. av. sc. 1883, p. 499.
Grevillea, VIII, t. 131, f. 2.
Quél. Assoc. Fr. av. sc. 1883, t. 6, f. 5.

Umbrinellus. Fr. II. E. p. 188.

Umbrosus. Fr. Hym. Eur. p. 186.
Bres. Fung. Trid. t. 116.
Britz. Hypor. f. 4.
Cooke, t. 304.
Pers. Icon. descrip. t. 2, f. 5.

Violarius. Massee in Grevill, 1885, p. 89.
Cooke, t. 518, f. 2.

POLYPORUS

Acanthoides. Fr. II. Eur. p. 540.
Bull. t. 486.
Eloffe, Champ. t. 4, f. 1.
Inzeng. Sic. t. 6, f. 1?
Pers. Ic. pict. t. 6.

Acriculus. Karst. Rev. myc. 1888, p. 73.

Adiposus. Fr. Hym. Eur. p. 550.

Adustus. Fr. Hym. Eur. p. 549.
Batsch. t. 41, f. 226.
Britz. Hym. südb. V, Pol. f. 35 et 34 (var.) et 133.
Bull. t. 501, f. 2.
Fl. Dan. t. 1850, f. 1.
Gillet, t. 577 (var.)

Klotzsch. Bor. t. 472.
Pat. Tab. 142.
Quél. Vosges et Jura, t. 18, f. 2.
Rostk. t. 38.
Sow. t. 231 (var.)

Albo-roseus. Sacc. in Hedw. *(Bjerkandera Karst.)* 1889, p. 366.

Albus. Fr. Hym. Eur. p. 549.
Britz. Hym. südb. V, f. 32.
Bull. t. 433, f. 1.
Price. f. 78.

Alligatus. Fr. Hym. Eur. p. 543.
Sowerb. t. 422.

Alpinus. Saut. in Hedw. 1876, p. 33.

Alutaceus. Fr. Hym. Eur. p. 545.
Rostk. t. 30.

Amorphus. F. Hym. Eur. p. 550.
Gillet, t. 459.
Rostk. t. 12.
Sowerb. t. 423.

Anisoporus. Mont. Syll. p. 156.

Arcularius. F. Hym. Eur. p. 526.
Britz. Polyp. f. 143 et 157.
Gillet, t. 453.
Mich. t. 70, f. 5.
Pat. Tab. 138.
Revue myc. 1883, t. 37; f. 5 (monstr.)

Armeniacus. F. Hym. Er. p. 575.

Asprellus. Fr. Hym. Eur. p. 524.
Paulet et Léveillé, t. 31,
f. 1-3.

Barrelieri. Fr. Hym. Eur. p. 538.
Viviani, t. 28 et 36.

Benzoinus. F. Hym. Eur. p. 554.
Fr. Icon. t. 183, f. 2.
Kalchbr.Icon.Hung. t. 36,
f. 1.

Betulinus. Fr. Hym. Eur. p. 555.
Bolt. t. 159.
Britz. Hym.Südb. V, f. 41.
Bull. t. 312.
Cordier, t. 41, f. 1.
Dufour, Atl. champ. t. 51.
Fl. Dan. t. 1254.
Gillet, t. 462.
Grev. Scot. t. 246.
Rostk. t. 22,
Sowerb. t. 212.

Biennis. Fr. Hym. Eur. p. 529.
Bull. t. 449, f. 1.
Gillet, t. 476.

Borealis. Fr. Hym. Eur. p. 552.
Britz.Hym. Südb. V, f. 38.
Kalchbr. Icon. Hung.
t. 35, f. 2.
Rostk. 4, t. 40.
Schæff. t. 314.

Botryoïdes. Lév. Champ. mus.
Paris, p. 128.

Boucheanus. F. H. Eur. p. 523.
Rostk. 28, t. 7.
Sicard, Hist. nat. champ.
t. 59, f. 301.

Brumalis. Fr. Hym. Eur. p. 526.
Batsch. t. 10, f. 42 a.
Britz. Hym. Südb. V, f. 7-
12 et Polyp. f. 142.
Fl. Dan. t. 1297.
Gillet, t. 454.
Lucand, t. 49.
Pat. Tab. 135.

Bulbipes. Beck. Zur Pilze. Nieder.
V, p. 77.
Beck. Zur Pilz. Nieder.
V, t. 15, f. 2.

Cadaverinus. Fr. H. E. p. 544.
Kalchbr. Icon.Hung.t.35,
f. 1.

Cæruleus. F. Hym. Eur. p. 549.
Fl. Dan. t. 1963, f. 2.

Cæsius. Fr. Hym. Eur. p. 547.
Britz.Hym.Südb. V, f. 22.
Gillet, t. 458.
Sowerb. t. 226.

Calceolus. Bull.
(Voyez *P. varius.*)

Candidus. Fr. Hym. Eur. p. 541.

Carpineus. Fr. Hym. Eur. p. 550.
Sowerb. t. 231.

Cæsio-coloratus. Britz. Hym.
Südb. IX, p. 8.
Britz. Polyp. t. 145.

Casearius. Fr. Hym. Eur. p. 541.
Sterb. t. 12 (var.)

Ceratoniæ. Fr. Hym. E. p. 552.
Risso ex Barla, t. 30,
f. 1-3.

Cerebrinus. B. et Br. Ann. nat.
hist. n. 1800.

Chioneus. Fr. H. Eur. p. 546.
Bern. Champ. Roch. t. 47,
f. 1.
Britz. Polyp. f. 137.
Lucand, t. 74.
Pers. Myc. Eur. II, t. 15,
f. 4-5.

Ciliatulus. Karst. Myc. Fenn. XVIII,
(*Bjerkandera* Karst.) p. 80.
Karst. Ic. sel. II, t. 10,
f. 54.

Ciliatus. Fr. Hym. Eur. p. 527.
Rostk. 4, t. 5.

Cineratus. Karst. Symb. Fenn.
29, p. 103.

Confluens. Fr. Hym. Eur. p. 539.
Barla, t. 29, f. 2, 3.
Britz. Hym. Südb. V,
f. 14.
Dr Lorins, t. 5, f. 6.
Dufour, Atl. champ. t. 49.
DICT. ICON.

Gotthold-Hahn. f. 94, 1re
édit. (mauvais coloris)
et f. 124, 2e édit.
Harz. t. 13.
Lenz. f. 43.
Leuba, Champ. com. t. 36,
f. 2-3.
Moyen. Tr. élém. Champ.
t. 14, f. 3.
Roumeg. Crypt. illustr.
f. 215*.
Schæff. t. 109, 110.
Sverig. Atl. svamp. t. 24.

Conspicabilis. Britz. Hym. Südb.
V, p. 274.
Britz. Hym. Südb. V, f. 69.

Corruscans. Fr. H. Eur. p. 551.

Corylinus. Fr. Hym. Eur. p. 527.
Viviani, t. 1.

Crispus. Fr. Hym. Eur. p. 550.
Rostk. t. 37.

Cristatus. Fr. Hym. Eur. p. 539.
Barrelier, Plant. f. 1271.
Barla, t. 29, f. 4-7.
Britz. Hym. Südb. V,
f. 275.
Krombh. t. 48, f. 15, 16.
Rostk. t. 16.
Roumeg. Crypt. illustr.
f. 215***.
Schæff. t. 113 (var.)

Croceus. Fr. Hym. Eur. p. 548.

Cuticularis. F. Hym. E. p. 551.
Bull. t. 462.

Cyathoides. Fr. Hym. Eur. p. 534.

Cytisi. Britz. Hym. Südb. V, p. 278.
Britz. Hym. Südb. V, f. 51.

Dapsilis. Britz. Hym. Südb. V, p. 274.
Britz. Hym. Südb. V, f. 3.

Destructor. Fr. Hym. Eur. p. 547.
Britz. Hym. Südb. V, f. 30 et 31 (var.)
Krombh. t. 5, f. 8.
Rostk. t. 27 (var.)

Dichrous. Fr. Hym. Eur. p. 550.
Rostk. 4, t. 39.

Dryadeus. Fr. Hym. Eur. p. 553.
Bull. t. 458.
Hussey, I, t. 26.

Elegans. Fr. Hym. Eur. p. 535.
Bolt, t. 83.
Britz. Hym. Südb. V, f. 11.
Bull. t. 46 (var.)
Fl. Dan. t. 1075, f. 1.
Pat. Tab. 137.
Rostk. t. 11.
Sicard, Hist. nat. champ.
t. 55, f. 282.

Epileucus. Fr. Hym. Eur. p. 545.
Britz. Hym. Südb. V, f. 21.
Fl. Dan. t. 1794.

Erubescens. F. H. Eur. p. 554.
Britz. Hym. Südb. V, f. 40.
Rostk. 4, t. 25.

Farinosus. Bref. Unters. VIII, p. 118.
Bref. Unters. VIII, t. 7, f. 12-22.

Favoloides. Doass. et Pat. Rev.
myc. 1881, p. 21.
Revue myc. 1881, t. 18, f. 5.

Fibrillosus. Karst. F. Fenn. exsic.
n. 311.

Fici. Pat. Explor. scient. Tunis. Champ.
(Ganoderma.) p. 4.
Pat. Expl. scient. Tunisie
Champ. t. 2, f. 1 a.

Flabellatus. Bres. in Hedw. 1885, p. 145.

Floriformis. Quélet. in Fung.
Trid. p. 61.
Bres. Fung. Trid. t. 68.

Formatus. Britz. Hym. Südb. V, p. 273.
Britz. Hym. Südb. V, f. 5.

Forquignoni. Quél. in Assoc. fr.
av. sc. 1884, p. 281.
Quél. Assoc. fr. av. sc.
1884, t. 8, f. 12.

Fragilis. Fr. Hym. Eur. p. 546.
Britz. Hym. Südb. V, p. 26.
Fr. Icon. t. 182, f. 2.
Sowerb. t. 387, f. 6 (var.)

Frondosus. Fr. Hym. Eur. p. 538.
Barla, t. 29, f. 1.
Cordier, t. 39, f. 1.
Dr Lorins, t. 6, f. 4.
Escul. Fung. Engl. Bad-
ham. t. 4, f. 1.
Fl. Dan. t. 952.
Hummer. t. 1, f. 5.
Krombh. t. 48, f. 17-20.
Paul. t. 29.
Price, f. 128.
Rostk. t. 18.
Roumeg. Crypt. illustr.
f. 215**.
Schæff. t. 127.
Sterb. t. 28, A.
Sverig. Atl. svamp. t. 44.
Ventur. t. 62, f. 1.

Fuligineus. Fr. Hym. Eur. p. 525.
Bull. t. 469.

Fumosus. Fr. Hym. Eur. p. 549.
Britz. Hym. südb. V, f. 29.
Klotzsch, Bor. t. 392.
Rostk. t. 42.
Sow. t. 227.
Tratt. Austr. t. 3, f. 5.

Fuscidulus. Fr. H. Eur. p. 528.
Bolt. t. 170.
Britz. Polyp. f. 144.

Gillotii. C. Roumeg. Rev. myc. IV
(1882), p. 234.
Revue myc. 1882, t. 32,
f. A, B.
(Var. d'*Annosus*.)

Giganteus. F. Hym. Eur. p. 540.
Bolt., t. 76.
Bres. Fung. Trid. t. 134.
Britz. Hym. Südb. V, f. 71.
Holmsk. Ot. 2, t. 13 (var.)
Hussey, I, t. 82.
Schæff. t. 267.
Sicard, Hist. nat. champ.
t. 55, f. 280.
Sowerb. t. 86.

Gilvus. Fr. Hym. Eur. p. 548.
Sowerb. t. 195.

Hausmanni. Fr. H. Eur. p. 552.

Helveolus. Fr. Hym. Eur. p. 554.
Britz. Polyp. t. 127.
Rostk. t. 35.

Herbergii. Rostk. XXIX, ex. Sacc.
Syll. VI, p. 128.
Rostk. 29, t. 18.
(Var. de *Cuticularis*.)

Heteroclitus. Fr. H. E. p. 544.
Bolt. t. 164. -

Heteroporus. Fr. H. E. p. 543.

Hirtus. Fr. Hym. Eur. p. 536.
Quél. Vosges et Jura,
II, t. 2, f. 7.

Hispidus. Fr. Hym. Eur. p. 531.
Bolt. t. 161.
Britz. Hym. Südb. V, f. 37.
Bull. t. 210 et 493.
Gillet, t. 461.
Grev. Scot. t. 14.

Hussey, I, t. 29, 31.
Krombh. t. 48, f. 7-10.
Pat. Tab. 140.
Quélet, Vosges et Jura.
t. 18, f. 3.
Sicard, Hist. nat. champ.
t. 55, f. 283.
Sowerb. t. 345.

Holmiensis. F. Hym. E. p. 544.
Fr. Icon. t. 181, f. 1.

Imberbis. Fr. Hym. Eur. p. 543.
Bres. Fung. Trid. t. 135.
Bull. t. 445, f. 2.
Kalchbr. Icon. Hung. t. 34,
f. 3.

Imbricatus. Fr. Il. Eur. p. 542.
Britz. Hym. Südb. V, f. 18.
Bull. t. 366 et 418 (var.
Ramosus.)
Letell. t. 626 (var. *Ramosus.*)
Rostk. t. 21.
Sterb. t. 27, B.

Incendiarius. Fr. H. E. p. 527.

Inonotus. Karst. Symb. Myc. Fenn.
IX, p. 49.

Intybaceus. Fr. Il. Eur. p. 538.
Barrelier, Plant. f. 1268.
Bauhin, Hist. plant. cap.
XLV, p. 839.
Britz. Hym. Südb. f. 70.
Fl. Dan. t. 1793.
Hussey, I, t. 6.

Paul. t. 30.
Roze et Rich. Atl. t. 63,
f. 7-8.
Schæff. t. 128 et 119.
Sowerb. t. 87.

Karstenii. Sacc. Syll. IX, p. 170.
Karst. Ic. sel. III, t. 11,
f. 64.

Keithii. B. et Br. Ann. nat. hist.
n. 1430.

Kymathodes. F. H. Eur. p. 550.
Fr. Icon. t. 183, f. 1.
Rostk. 4, t. 24 ?

Laciniatus. Fr. H. Eur. p. 530.
Batt. t. 32, f. A.
Buxb. V. t. 3, f. 2.
Pers. t. 32, f. B. (var.)

Lacteus. Fr. Hym. Eur. p. 546.
Britz. Hym. Südb. V, f. 88.
Fr. Icon. t. 182, f. 1.
Pat. Tab. 244.
Rostk. t. 23 (jeune).
Sowerb. t. 289.

Latisporus. Britz. in Bot. Centr.
1893 (extr.) p. 20.
Britz. Polyp. f. 124.

Lentus. Fr. Hym. Eur. p. 526.
Berkl. Outl. t. 16, f. 1.

Lepideus. Fr. Hym. Eur. p. 526.

Leprodes. Fr. Hym. Eur. p. 535.
Rostk. 4, t. 15.

Leptocephalus. Fr. Hym. Eur.
p. 528.
Jacq. Misc..I, t. 12.
Mich. t. 70, f. 7.
Paul. t. 164, f. 12.

Leucomelas. F. Hym. E. p. 524.
Britz. Hym. Südb. V. f. 6.
Fr. Icon. t. 179, f. 1.
Gillet, t. 451.

Ligoniformis. Bonord. in Hedw.
1876, p. 76.

Lobatus. Fr. Hym. Eur. p. 540.
Britz. Hym. Südb. V, f. 16.
Nees, Syst. f. 217.
Schæff. t. 316 et 317.

Lugubris. Kalchbr. in Rev. myc. IV
(1882), p. 96.
Revue myc. 1882, t. 29,
f. 3.

Maritimus. Quél. in Assoc. fr. av.
sc. 1886, p. 487.
Quél. Assoc. fr. av. sc.
1886, t. 9, f. 8.

Maximus. Fr. Hym. Eur. p. 529.

Melanopus. Fr. Hym. E. p. 534.
Britz. Hym. Südb. V, f. 15.
Rostk. t. 4 et 28, f. 23.

Melinus. Karst. Myc. Fenn. XVIII,
(*Bjerhandera* Karst.)   p. 80.
Karst. Ic. sel. II, t. 10,
f. 55.

Michelii. Fr. Hym. Eur. p. 533.
Michel. t. 61, f. 2.
Rostk. t. 1.

Minimus. Fr. Hym. Eur. p. 536.
Britz. Hym. Südb. V, f. 10.

Mollis. Fr. Hym. Eur. p. 547.
Britz. Hym. Südb. V, f. 27.
Fr. Icon. t. 182, f. 3.

Molluscus. Karst. in Rev. myc.
1887, p. 9.

Nanus. Dur. et Mont. Syll. Crypt.
p. 153, n. 478.

Nidulans. Fr. Hym. Eur. p. 548.
Bull. t. 482.
Gillet, t. 460.
Saund. et Sm. t. 45.

Nummularius. F. H. E. p. 536.
Britz. Polyp. 132.
Bull. t. 124.
Rostk. t. 12.
Sowerb. t. 89 (à droite).

Obscurus. Kalchbr. Fung. Mong.
p. 60.

Occultus. Winter. Pilze. p. 455.

Officinalis. F. Hym. Eur. p. 555.
Bull. t. 296.
Eloffe, Champ. t. 4, f. 3.
Gotthold-Hahn. f. 96, 1re
édit.
Jacq. Misc. II, t. 20 et 21.
Michel. t. 61, f. 1.
Paulet, t. 14? et 15.

Oleæ. Pannizi, in N. Giorn. bot. ital.
1886, p. 65.

Orbicularis. Saut. in Hedw. 1876,
p. 150.

Osseus. Fr. Hym. Eur. p. 541.
Kalchbr. Icon. Hung. t.34,
f. 2.

Ovinus. Fr. Hym. Eur. p. 523.
Britz. Hym. Südb. V, f. 2.
Dr Lorins, t. 5, f. 5.
Dufour, Atl. champ. t. 48.
Favre-Guill. Neuchâtel.
II, t. 25.
Fl. Dan. t. 1618.
Gillet, t. 452.
Gotthold-Hahn. f. 93, 1re
édit. et f. 121, 2e édit.
Harzer, t. 57.
Krombh. t. 52, f. 1, 2.
Lenz, f. 41 et 42.
Moyen, Tr. élém. champ.
t. 14, f. 2.
Muller et Busch. t. 1, f. 2.
Rostk. t. 3 (var.)
Roze et Rich. Atl. t. 62,
f. 1-4.
Schæff. t. 121 et 122.
Sverig. Atl. svamp. t. 8.

Oxyporus. Saut. in Hedw. 1876,
p. 150.

Pallescens. Fr. Hym. E. p. 546.
Britz. Hym. Südb. V, f. 24.
Sowerb. t. 230.

Pallidus. Fr. Hym. Eur. p. 533.
Kalchbr. Ic. Hung. t. 38,
f. 2.

Paradoxus. F. Hym. Eur. p. 555.

Pauletii. Fr. Hym. Eur. p. 541.
Paul. t. 31, f. 4.

Penetralis. Smith. in Journ. bot.
1875, p. 98.
Smith. Journ. bot. 1875,
t. 162, f. 4-8.

Pes capræ. Fr. Hym. Eur. p. 524.
Eloffe, Champ. t. 4, f. 2.
Gillet, t. 450.
Lucand, t. 150.
Pers. Champ. comest. t. 5.
Quélet, Vosges et Jura,
t. 17, f. 2.
Rostk. t. 14.
Roze et Rich. Atl. t. 62,
f. 5-8.
Ventur. t. 12.

Petaloides. F. Hym. Eur. p. 536.

Picipes. Fr. Hym. Eur. p. 534.
Britz. Hym. Südb. V, f. 13.
Dufour, Atl. champ. t. 48
Grev. Scot. t. 202.
Lucand, t. 50.
Pat. Tab. 136.
Pers. Ic. pict. t. 4, f. 1, 2.
Sowerb. t. 89 (gauche).

Pini silvestris. Allesch. Südb.
Pilze. II, p. 28.

Planus. Wallr. Fl. crypt. n. 2943.

Politus. Fr. Hym. Eur. p. 525.
Fr. Icon. t. 179, f. 2.
Krombh. t. 4, f. 19-21.

Ptychogaster. Winter. Pilze.
p. 456.
Corda, Ic. II, t. 12, f. 90.

Puellaris. Kalchbr. Rev. myc. IV
(1882), p. 96.
Revue myc. 1882, t. 29,
f. 2.

Punctiformis. Britz. in Bot. cent.
1893 (extr.), p. 20.
Britz. Polyp. f. 140.

Puniceus. Kalchbr. Rev. myc. IV,
(1882), p. 96.
Revue myc. 1882, t. 29,
f. 4.

Quercinus. F. Hym. Eur. p. 555.
Hussey, I, t. 52.
Krombh. t. 5, f. 3-5 et t. 48,
f. 11-14.

Resinaceus. Bond. Fung. Trid.
(*Ganoderma*.) II, p. 31.
Bres. Fung. Trid. II, t. 137.
(var. *Martellii*.)

Resinosus. F. Hym. Eur. p. 554.
Fl. Dan. t. 1138.
Rostk. 4, t. 34.

Rheades. Fr. Hym. Eur. p. 531.
Bres. Fung. Trid. t. 136.

Roseus. Speg. F. Puigg. n. 106.

Rostkowii. F. Hym. Eur. p. 534.
Bolt. t. 138 (forme anor-
male.)
Rostk. t, 17.

Rubescens. F. Hym. Eur. p. 553.
Fl. Dan. t. 1790, f. 1.
Kalchbr. Icon. Hung.
t. 34, f. 3.

Rubiginosus. Fr. Epicr. p. 460.
Rostk. Polyp. t. 32.

Rubripes. Fr. Hym. Eur. p. 527.
Rostk. 28, t. 16.

Rufescens. Fr. Hym. E. p. 529.
Letell. t. 648.
Sowerb. t. 191 et t. 422.

Rutilans. Fr. Hym. Eur. p. 548.
Pers. Ic. t. 6, f. 4.
Saund. et Sm. t. 45, f. 1-7.

Rutrosus. Fr. Hym. Eur. p. 525.
Rostk in Deut. Fl. H. 28,
t. 22.

Salignus. Fr. Hym. Eur. p. 544.
Bolt. t. 78.
Britz. Hym. Südb. V, f. 33.
Fr. Icon. t. 181, f. 1.
Rostk. 27, t. 2.

Sarrazini. Schulz. in Revue myc.
IV, 1883, p. 257.
Lucand, t. 99.

Scanicus. Fr. Hym. Eur. p. 549.

Schulzeri. Fr. Hym. Eur. p. 556.
Kalchbr. Icon. Hung. t. 34,
f. 1.

Schweinizii. F. Hym. E. p. 529.
Fr. Icon. t. 179, f. 3.
Gillet, t. suppl.
Mich. t. 70, f. 1.
Wahlnb. Sv. bot. t. 720.

Sericellus. Sacc. Fung. Ven, p. 163.
Saccardo, F. ital. t. 106.

Serpula. Karst. myc. Fenn. XVIII.
(Bjerkandera.) p. 79.
Karst. Ic. sel. III, t. 2,
f. 66.

Soloniensis. Fr. Hym. E. p. 553.

Spongia. Fr. Hym. Eur. p. 542.
Britz. Hym. Südb. V, f. 19.
Fr. Icon. t. 180, f. 2.
Lucand, t. 172.
Rostk. 29, t. 18.

Spongiosus. F. H. Eur. p. 548.
Bolt. t. 165.|
Rostk. 4, t. 58?

Spumeus. Fr. Hym. Eur. p. 552.
Sowerb. t. 211.

Squalens. Karst. Myc. Fenn. XVIII,
(Bjerkandera.) p. 79.
Karst. Ic. sel. III, t. 2,
f. 65.

Squamosus. F. Hym. E. p. 532.
Batsch. t. 10, f. 41.

Bolt. t. 77.
Bres. Fung. Trid. t. 133
(var.)
Britz. Hym. Südb. V, f. 8.
Bull. t. 19.
Fl. Dan. t. 983 et 1196.
Gillet, t. 456.
Grev. Scot. t. 207.
Harzer, t. 32.
Hussey, I, t. 33.
Noulet et Dass. Champ.
t. 8.
Rostk. t. 12.
Roze et Rich. Atl. t. 62,
f. 9-12.
Paul. t. 16.
Schæff. t. 101 et 102.
Sowerb. t. 266.
Sterb. t. 13 et 14.
Ventur. t. 37.

Stillativus. Britz. in Bot. Cent.
1893 (extr.), p. 20.
Britz. Polyp. f. 126.

Stipticus. Fr. Hym. Eur. p. 546.
Britz. Hym. Südb. V, f. 25.
Fr. Icon. t. 181, f. 2.

Subsericellus. Karst. Fung.
rar. Fenn. et Sibir. p. 136.

Subsquamosus. Fr. Hym. Eur.
p. 523.
Britz. Hym. Südb. V, f. 1.
Gotthold-Hahn. f. 92, 1re
édit.
Sverig. Atl. svamp. t. 53.

Sulphureus. F. H. Eur. p. 542.
Batt. t. 34, B (var.)
Berkl. Outl. t. 16, f. 3.
Bolton, t. 75.
Britz. Hym. Südb. V,f. 17,
Bull. t. 429.
Cordier, t. 39, f. 2.
Dufour, Atl. champ. t. 50.
Eloffe, Champ. t. 3, f. 8.
Fl. Dan. t. 1019.
Gotthold-Hahn. f. 125, 2°
édit.
Gillet, t. 470.
Grev. Scot. t. 113.
Hussey, I, t. 46.
Inzeng. Sic. I, t. 3, f. 2
(var. *Todari*)
Leuba, Champ. com. t. 36,
f. 1.
Paulet, t. 14 (var.)
Rostk. t. 20.
Schæff. t. 131 et 132.
Sicard, Hist. nat. champ.
t. 56, f. 284.
Sowerb. t. 135.
Sverig, Atl. svamp. t. 88.
Ventur. t. 53, f. 6, 7.

Tephroleucus. Fr. Hym. Eur.
p. 545.
Britz. Hym. Südb. V,
f. 20.
Rostk. t. 26.

Tessulatus. Fr. H. Eur. p. 523.
Mich. t. 71. f. 2.

Testaceus. Fr. Hym. Eur. p. 545.
Britz. Hym. Südb. V, f.23.
Rostk. t. 36 (var.)

Tiliæ. Fr. Hym. Eur. p. 528.
Kalchbr. Fung. Hung.
t. 38, f. 3.

Trabeus. Fr. Hym. Eur. p. 547.
Britz. Hym. Südb. V, f.28.
Rostk. t. 28.

Trogii. Fr. Nov. Symb. p. 50.

Tubæformis. Karst. Symb. ad.
(Polyporellus.) Myc. Fenn. XI, p. 69.
Karst. Ic. sel. II, t. 10,
f. 53.

Tubarius. Quél. in Bull. Soc. bot.
fr. 1878, p. 289.
Quél.Champ.Normandie,
t. 3, f. 12.

Tuberaster. Fr. Hym. E. p. 523.
Batt. t. 24, A.
Jacq. Coll. suppl. t. 8, 9.
Mich. t. 71, f. 1.
Paul. t. 165 et 166.
Ventur. t. 47, f. 6.

Tyrolensis. Sacc. Syll. VI, p. 136.

Umbellatus. Fr. Hym. E. p. 537.
Barrelier, Plant. f. 1269
et 1270 (var.)
Batsch. t. 10, f. 42 b.
Dr Lorins, t. 5, f. 7.
Fl. Dan. t. 1197.
Gillet, t. 469.

Gotthold-Hahn. f. 95, 1ʳᵉ
édit.
Jacq. Austr. t. 172.
Krombh. t. 52. f. 3-9.
Lenz. f. 44.
Moyen, Tr. élém. champ.
t. 14, f. 4.
Quél.Vosges etJura,t.18,
f. 1.
Roze et Rich. Atl. t. 63,
f. 1-6.
Schæff. t. 265, 266 et 111.
Tratt. Aust. t. T.

Varius. Fr. Hym. Eur. p. 535.
Batsch. t. 25, f. 129.
Bolt. t. 168.
Britz. Hym. Südb. V, f. 9
et Polyp. f. 125.
Bull. t. 360 et 445, f. 1.
Buxb. Cent. V, t. 15, f. 2.
Gillet, t. 455.
Gotthold-Hahn. f. 123, 2ᵉ
édit.
Rostk. 28, t. 20 et 24.
Schæff. t. 109 et 110 (var.)
Sicard. Hist. nat. champ.
t. 55, f. 281.
Ventur. t. 57, f. 2.

Venetus. Sacc. Myc. Ven. spec.
p. 52.
Sacc. Myc. Ven. spec.
t. 7, f. 4-6.

Vernalis. Fr. Hym. Eur. p. 527.
Quél. Champ. Norm. t. 3,
f. 13.

Virellus. Fr. Hym. Eur. p. 525.
Ventur. t. 62, f. 2-3.
Viviani, t. 57.

Viscosus. Fr. Hym. Eur. p. 525.

Vossii. Kalchbr. in Vossie, Materialn.
zur Pilz. p. 39.

Weinmanni. F. Hym. E. p. 552.
Britz. Hym. Südb. V, f. 39
et 43.

Xoilopus. Fr. Hym. E. p. 525.
Rostk. t. 10.

POLYSTICTUS

Abietinus. Fr. Hym. Eur. p. 569.
Dicks. Crypt. 3, t. 9, f. 9.
Doas. et Pat. t. 67.
Fl. Dan. t. 2079, f. 2 et
t. 1298.
Gillet, t. 463.
Grev. Scot. t. 226.
Purton, Surgeon. Bot.
descrip. III, t. 13.

Albidus. Fr. Hym. Eur. p. 567.
Britz. Hym.Südb. V, f. 58.
Purton, Surgeon. Bot.
descrip. III, t. 38.
Schæff. t. 124.

Apalus. Fr. Hym. Eur. p. 566.

Apophysatus. Fr. H. E. p. 580.
Rostk. 27, t. 4.

Arcticus. Fr. Epicr. p. 479.

Braunii. Rabenh. in Fung. Europ. n. 2005.

Bresadolæ. Schulz. in Hedw. 1885, p. 145.

Broomei. Rabenh. in Fung. Europ. n. 2004.

Brusinæ. Schulz. in Hedw. 1886, p. 9.

Carbonarius. Fr. H. E. p. 532.
Mich. t. 70, f. 6.

Cinnabarinus. Fr. Syst. myc. I, p. 371.
Britz. Hym. Südb. V, f. 67.
Bull. t. 501, f. 1.
Doas. et Pat. t. 91.
Jacq. Austr. t. 304.
Gotthold-Hahn. p. 127, 2ᵉ édit.
(Voyez *Trametes cinna-barina*.)

Cinnamomeus. Jacq. Collect. I, p. 116.
Bres. Fung. Trid. t. 99.
Jacq. Collect. I, t. 2.

Circinatus. F. Hym. Eur. p. 530.
Fr. Icon. t. 180, f. 1.

Engelii. Harz. in Bot. centr. 1889, I. p. 376.

Extenuatus. Dur. et Mont. Fl. alg. ined. et Syll. crypt. p. 166, n. 532.

Fibula. Fr. Hym. Eur. p. 567.
Sowerb. t. 387, f. 8.

Fuscatus. Fr. Hym. Eur. p. 569.
Rostk. 4, t. 47.

Gossypinus. F. H. Eur. p. 566.

Hirsutus. Fr. Hym. Eur. p. 567.
Britz. Hym. Südb. V, f. 59
et Polyp. f. 150.
Fl. Dan. t. 2079, f. 1 (var.)

Holophæus. Montag. Syll. Crypt. p. 165.

Imitatus. Karst. Symb. myc. XVII, p. 161.

Kalchbrenneri. Fr. Hym. Eur. p. 531.
Kalchbr. Icon. t. 38, f. 1.

Leporinus. F. Hym. Eur. p. 565.
Fr. Icon. t. 186. f. 3.
Rostk. t. 32.

Lithuanicus. Blonski. in Hedw. 1889, p. 281.

Lutescens. F. Hym. Eur. p. 567.
Schæff. t. 136.

Montagnei. Fr. Hym. E. p. 530.
Quél. Vosges et Jura, t. 17, f. 4.

Muscicola. Wettst. Vorarb. Steierm. I, p. 37.

Nigro-zonatus. Saut. in Hedw. 1876, p. 33.

Nodulosus. Fr. Hym. E. p. 566.
  Britz. Polyp. f. 136 (var.
  Effusa) et 146.
  Fr. Icon. t. 187, f. 2.

Perennis. Fr. Hym. Eur. p. 531.
  Bolton, t. 87.
  Britz. Hym. Südb. V, f. 4.
  Bull. t. 28 et 449, f. 2.
  Dufour, Atl. champ. t. 49.
  Fl. Dan. t. 1075.
  Gotthold-Hahn. f. 122, 2e
  édit.
  Hussey, I, t. 51.
  Quélet, Vosges et Jura,
  t. 17, f. 3.
  Rostk. t. 6.
  Schæff. t. 125.
  Sowerb. t. 192.

Peronatus. Fr. Hym. E. p. 532.

Pictus. Fr. Hym. Eur. p. 531.
  Bull. t. 254.
  Mich. t. 70. f. 9.

Polymorphus. Fr. Hym. Eur.
  p. 566.
  Rostk. D. Fl. 4, t. 56.

Pulchellus. Sacc. myc. Ven. spec.
  p. 50.
  Sacc. Myc. Ven. spec.
  t. 7, f. 11-15.

Radiatus. Fr. Hym. Eur. p. 565.
  Britz. Hym. Südb. V, f. 56.
  Klotzsch, t. 461.

Lucand, t. 123.
  Sowerb. t. 196.

Ravidus. Fr. Hym. Eur. p. 566.
  Sowerb. t. 367.

Serialis. Fr. Epic. p. 476.

Simulans. Blonski in Hedw. 1888,
  p. 280.

Stereoides. Fr. Hym. Eur. p. 569.
  Fr. Icon. t. 187, f. 3.

Submenbranaceus. Saut. in
  Hedw. 1876, p. 153.

Subpalmatus. Saut. in Hedw.
  1876, p. 151.

Substriatus. F. H. Eur. p. 532.
  Rostk. t. 9.

Tomentosus. F. H. Eur. p. 530.
  Britz. Hym. Südb. V, f. 66
  et Polyp. f. 141.
  Rostk. 4, t. 7.

Triqueter. Fr. Hym. Eur. p. 565.
  Fr. Icon. t. 187, f. 1.

Tristis. Fr. Hym. Eur. p. 581.

Undatus. Pers. Myc. Eur. p. 90.
  Pers. Myc. Eur. t. 16, f. 3.
  (Voyez *Fomes crypta-*
  rum.)

Velutinus. Fr. Hym. Eur. p. 568.
  Britz. Hym. Südb. V, f. 60
  et Polyp. f. 149.

Versicolor. F. Hym. Eur. p. 568.
Batt. t. 35, A.
Bauhin, Hist. pl. cap. LVI,
p. 842.
Bolt. t. 81.
Britz. Hym. Südb. V, f. 63.
Bull. t. 86.
Dufour, Atl. champ. t. 50.
Eloffe, Champ. t. 3, f. 11.
Fl. Dan. t. 1554.
Hussey, I, t. 34.
Pat. Tab. 143.
Rostk. 4, t. 45, 46, 48 (var.)
et 37, t. 10.
Schæff. t. 263 et 268 ?
Sicard, Hist. nat. champ.
t. 56, f. 285.
Sowerb. t. 229 et 387, f. 7.
Sterb. t. 27, K.

Vulpinus. Fr. Hym. Eur. p. 565.
Kalchbr. Icon. t. 37, f. 1.
Lucand, t. 99.
Revue myc. 1883, t. 38, f. 2.
Rostk. t. 31.

Wynnei. Fr. Hym. Eur. p. 569.

Zonatus. F. Hym. Eur. p. 568.
Batsch. t. 24, f. 127.
Batt. t. 35, B.
Britz. Hym. südb. V, f. 61
et Polyp. f. 151.
. Fl. Dan. t. 2028, f. 2.
Quélet, Vosges et Jura,
t. 18, f. 4.
Rostk. t. 44.
Schæff. t. 269.

PORIA

Agaricicola. Ludw. in Hedw. 1882, p. 145.

Albo-carneo-gilva. Romell. F. exs. scand. n. 17 in Sacc. Syll. IX, p. 192.

Aneirina. Fr. Hym. Eur. p. 575.

Aurantiaca. Sacc. Syll. VI, p. 118.
Rostk. 4, t. 58.

Bathypora. F. Hym. Eur. p. 580.
Rostk. 4, t. 59.

Blepharistoma. B. et Br. Ann. N. H. n. 1434.

Blyttii. Fr. Hym. Eur. p. 571.

Bombycina. Fr. H. Eur. p. 575.
Pers. Myc. Eur. t. 17, f. 2.
Sowerb. t. 387, f. 5.

Bulbosa. Fr. Hym. Eur. p. 579.

Cæsio-alba. Karst. Fragm. myc. IV, p. 1.
Karst. Icon. Hym. Fenn. f. 30.

Callosa. Fr. Hym. Eur. p. 577.

Canescens. Karst. Myc. Fenn. XVIII, p. 88.

Ceciliæ. Roumeg. in Rev. myc. 1888, p. 87.

Chrysoloma. Fr. H. E. p. 574.
Fr. Icon. t. 189, f. 3.

Cincta. Fr. Hym. Eur. p. 575.

Collabefacta. B. et Br. Ann. N.
II. n. 1432.

Collabens. F. Hym. Eur. p. 572.

Contigua. Fr. Hym. Eur. p. 571.
Rostk. 27, t. 5.

Corticola. Fr. Hym. Eur. p. 580.

Crassa. Karst. Finl. Basid. p. 319.

Dentipora. Pers. Myc. Eur. II,
p. 104.

Emollita. Fr. Hym. Eur. p. 571.

Epiptelea. Fr. Hym. Eur. p. 580.

Eupatorii. Malb. et Letend. Champ.
Norm. p. 3.

Eupora. Fr. Hym. Eur. p. 575.
Karst. Ic. sel. III, t. 4,
f. 69.

Expallescens. Karst. Myc. Fenn.
XII, p. 110.

Farinella. Fr. Hym. Eur. p. 579.

Ferrugineo - fusca. Karst.
Myc. Fenn. XVIII, p. 82.
Karst. Ic. sel. II, t. 10, f. 56.

Ferruginosa. Fr. H. E. p. 571.
Britz. Hym. Südb. V, f. 64.
Doas. et Pat. t. 75.
Grev. Scot. t. 155.

Floccosa. Fr. Hym. Eur. p. 572.
Rostk. 27, t. 8.

Fulgens. Fr. Hym. Eur. p. 574.
Rostk. 4, t. 63.

Fusco-carnea. F. H. E. p. 581.

Fusco-lutescens. Fr. Hym.
Eur. p. 570.

Gordoniensis. Fr. Hym. Eur.
p. 579.

Hians. Fr. Hym. Eur. p. 574.

Hibernica. Fr. Hym. Eur. p. 579.

Hybrida. Fr. Hym. Eur. p. 581.
Sowerb. t. 289 et 387, f. 6.

Hymenocystis. B. et Br. Ann.
N. II. n. 1810 bis.

Incarnata. Fr. Hym. Eur. p. 573.
Britz. Hym. Südb. V, f. 36.
Doas. et Pat. t. 53.
Fr. Icon. t. 189, f. 1.
Gillet, t. 471.
Pat. Tab. 558.
Pers. Myc. Eur. II, t. 16,
f. 4.

Inconstans. Karst. Myc. Fenn.
XVIII, p. 81.

Lacera. Karst. Myc. Fenn. XI, p. 69.

Lacrymans. Saut. in Hedw. 1876,
p. 150.

Læstadii. B. et Fr. in Grev. XII,
p. 69.

Lævigata. Fr. Hym. Eur. p. 571.

Late-marginata. Dur. et Mont. Fl. alger.

Lenis. Karst. Myc. Fenn. XVIII, p. 82.
Karst. Ic. sel. III, t. 3, f. 67.

Leonildis. Manc. et Sacc. in Sacc. Syll. VI, p. 301.

Luteo-alba. Karst. Myc. Fenn. XVIII, p. 82.
Karst. Ic. sel. Hym. Fenn. III, t. 3, f. 68.

Macraulas. Fr. H. Eur. p. 573.
Britz. Hym. Südb. V, f. 42.
Rostk. 4, t. 55.

Medulla-panis. Fr. Hym. Eur. p. 576.
Bolt. t. 166, f. C. D. et t. 167, f. 2.
Britz. Hym. Südb. V, f. 65.
Fr. Icon t. 190, f. 2.
Jacq. Misc. t. 11.
Letell. t. 628 et 690, f. 1.

Megalopora. F. H. Eur. p. 581.

Metamorphosa. Fuckel. Symb. II, Nachtr. p. 87.

Micans. Fr. Hym. Eur. p. 573.

Mollusca. Fr. Hym. Eur. p. 578.
Britz. Hym. Südb. V, f. 73.
Fl. Dan. t. 1299.
Sowerb. t. 387, f. 9.

Mucida. Fr. Hym. Eur. p. 577.
Britz. Hym. Südb. V, f. 72.

Nitida. Fr. Hym. Eur. p. 574.
Pers. Obs. 2, t. 4, f. 1.

Nordmanni. Fr. H. Eur. p. 581.

Obducens. Fr. Hym. Eur. p. 577.
Pat. Tab. 17.

Pinguedinea. Gaill. in Herb. Desmaz. ex Sacc. Syll. VI, p. 312.

Placenta. Fr. Hym. Eur. p. 572.
Fr. Icon. t. 188, f. 3.

Punctata. Fr. Hym. Eur. p. 572.

Purpurea. Fr. Hym. Eur. p. 572.
Gillet, t. 471.

Pyrrhopora. Dur. et Mont. Fl. alg. et Syll. crypt. p. 162, n. 515.

Radula. Fr. Hym. Eur. p. 578.

Ramentacea. B. et Br. Ann. N. Hist. n. 1809.

Rennyi. B. et Br. Ann. Nat. H. n. 1433.

Reticulata. F. Hym. Eur. p. 580.
Fr. Icon. t. 190, f. 3.
Hoffm. Crypt. t. 10.
Pers. Ic. pict. t. 16, f. 2.

Rhodella. Fr. Hym. Eur. p. 573.
Bull. t. 442, f. D.
Fr. Icon. t. 189, f. 2.

Rixosa. Karst. myc. Fenn. III, p. 272.

Rostafinskii. Karst. Myc. Fenn. III, p. 274.

Rufa. Fr. Hym. Eur. p. 573.
Rostk. 4, t. 62.

Salleana. Berk. in Grev. XV, p. 25.

Sanguinolenta. Fr. Hym. Eur. p. 578.
Britz. Polyp. f. 152.
Pat. Tab. 454.

Separabilis. Karst. Symb. myc. Fenn. XXV, p. 21.

Sinuosa. Fr. Hym. Eur. p. 576.
Britz. Hym. Südb. V, f. 75.
Fr. Icon. t. 190, f. 1.

Sorbicola. Fr. Hym. Eur. p. 570.

Suberis. Dur. et M. Syll. crypt. p. 162, n. 514.

Subfusco-flavida. F. Hym. E. p. 576.
Rostk. 27, t. 11.

Subgelatinosa. B. et Br. Ann. N. H. n. 1569.

Subspadicea. F. H. E. p. 570.
Rostk. 4, t. 57.

Tenera. Karst. Rev. myc. 1890, n. 47, ex Sacc. Syll. IX, p. 190.

Terrestris. Fr. Hym. E. p. 576.

Umbrina. Fr. Hym. Eur. p. 571.
Rostk. 27, t. 6.

Unita. Fr. Hym. Eur. p. 570.
Fr. Icon. t. 188, f. 2.

Vaillantii. Fr. Hym. Eur. p. 579.
Sowerb. t. 326.

Vaporaria. F. Hym. Eur. p. 579.
Gillet, t. 472.
Pat. Tab. 144 (var.)

Variicolor. Karst. Symb. VIII, p. 10.

Violacea. Fr. Hym. Eur. p. 572.
Britz. Hym. Südb. V, f. 74.
Rostk. 27, t. 3.

Viridans. Fr. Hym. Eur. p. 576.

Vitrea. Fr. Hym. Eur. p. 577.

Vulgaris. Fr. Hym. Eur. p. 577.
Bolt. t. 166, f. a, b.
Letell. t. 690, f. 2.
Rostk. t. 60.

Wirtgeni. Fr. Hym. Eur. p. 570.

Xantha. Fr. Hym. Eur. p. 574.
Pers. Myc. Eur. t. 6, f. 3 et 4.

Xylostromatis. Fuck. myc. Nachtr. II, p. 86.

POROTHELIUM

Fimbriatum. Fr. H. E. p. 595.
Pers. Myc. Eur. t. 6, f. 5 et 6.
Sowerby, t. 387, f. 1.

Friesii. Fr. Hym. Eur. p. 595.
Cooke, f. 69.

Keithii. B. et Br. Ann. nat. hist. n. 1684.

Lacerum. Fr. Hym. Eur. p. 595.
Fr. Icon. t. 192, f. 1.

Stevensoni. B et Br. Ann. nat. hist. n. 1683.

Subtile. Fr. Hym. Eur. p. 595.
Nees, Syst. f. 224.
Schrad. Spic. t. 3, f. 3.

PSALLIOTA

(Pratella.)

Algeriensis. F. Hym. E. p. 283. *(Pilosace.)*
Cooke, t. 618.
Lucand, t. 265.

Arundinetum. Borsch. in Rev. myc. XII (1890), p. 10.
Revue myc. 1890, t. 110, f. 411-415.

Arvensis. Fr. Hym. Eur. p. 278.
Berkl. Outl. t. 10, f. 4.
Bern. Champ. Roch. t. 22.
Boyer, Champ. com. t. 23.
Britz. Melanospori, f. 1.
Bull. t. 514.
Cooke, t. 523 et 584 (var.)
Cordier, t. 20, f. 2.
Dr Lorins, t. 7, f. 6.
Dufour, Atl. champ. t. 42.
Escul. Fung. Engl. Badham. t. 4, f. 3, 4, 5.
Gillet, t. 383.
Gotthold-Hahn. f. 62, 1re édit. et f. 93, 2e édit.
Hussey, I, t. 76, 77.
Krombh. t. 23, f. 11-14, t. 26, f. 9-13.
Lucand, t. 162.
Leuba, Champ. com. t. 17.
Noulet et Dass. Champ. t. 3, f. A.
Paul. t. 134, f. 1, 2.
Quélet, Vosges et Jura, t. 8, f. 1.
Revue myc. 1890, t. 110, f. 408.
Rolland, Bull. Soc. myc. fr. 1889, I, t. 3, f. 1.
Roze et Rich. Atl. t. 10, f. 1-5.
Schæff. t. 310-311.
Sicard, Hist. nat. champ. t. 33, f. 172.
Sowerb. t. 304.
Sverig. Atl. svamp. t. 4.
Tratt. Essb. Schw. t. J.
Vitt. Mang. t. 18.

Augusta. Fr. Hym. Eur. p. 278.
Cooke, t. 521.
Gillet, t. 381.
Lucand, t. 310.

Roze et Rich. Atl. t. 19, f. 1-3.

Schæff. t. 84.

Sverig. Atl. svamp. t. 38.

Bernardii. Quél. in Bern. Champ. Roch. p. 123.

Bern. Champ. Roch. t. 23, f. 1.

Quélet, Bull. soc. bot. Fr. XXV, 1878, t. 3, f. 12.

Roze et Rich. Atl. t. 10, f. 11-14.

Bitorquis. Quél. in Assoc. fr. av. sc. 1883, p. 500.

Pat. Tab. 653.

Quél. Assoc. fr. av. sc. 1883, t. 6, f. 8.

Bresadolæ. Schulz. in Hedw. (*Pilosace.)* 1885, p. 135.

Caldaria. Wettst. F. nov. Austr. p. 7.

Wettst. F. nov. Austr. t. 2, f. 7-10.

Campestris. Fr. Hym. E. p. 279.

Barla, t. 27.

Bauhin, cap. IV, p. 814.

Bel. Champ. Tarn, t. 20.

Berkl. Outl. t. 10, f. 2, 3 (var.)

Bolton, t. 45.

Boyer, Champ. com. t. 22.

Bres. Fung. Trid. t. 60 (**variété** *Villatica*),

Britz. Melanospori, f. 2, 9, 18, 22 et 106 (var.)

Brond. Cr. ag. t. 7.

Cooke, t. 526, 527, 528, 529, 585 (var.)

Cordier, t. 20, f. 1.

Dr Lorins, t. 7, f. 5.

Dufour, Atl. champ. t. 43 et t. 44 (var.)

Eloffe, Champ. t. 6, f. 1.

Gauthier, Champ. t. 14, f. 1, 2, 3.

Gillet, t. 388 et 566 (var.)

Gonn. et Rab. 2, t. 1.

Gotthold-Hahn, f. 59 et 60, 1re édit. (mauvais coloris) et f. 89, 2e édit.

Grev. Scot. t. 161.

Harz. t. 9 (var.)

Hummer. t. 2, f. 9.

Hussey, I, t. 90.

Kromb. t. 23, f. 1-8 et t. 26, f. 14-15 (var.)

Letell. t. 659.

Letell. Avis au peuple, f. 11.

Leuba, Champ. com. t. 18.

Moyen. Tr. élém. t. 6, f. 1 (Var. *Praticola*).

Noulet et Dass. champ. t. 29, f. 3, t. 30, f. B.

Paul. t. 132 (var.)

Revue myc. I, 1879, t. 2, f. 12 (Var. *Haynaldi*).

Rev. myc. IV, 1882, t. 31, f. 3 (terat.)

Rolland, Bull. soc. myc.
Fr. 1889, I, t. 3, f. 2.
Roumeg. Crypt. illustr.
f. 110 et 192.
Roze et Rich. t. 8, f. 14-
15 (var.)
Schæff. t. 33.
Sicard, Hist. nat. champ.
t. 31, f. 165.
Sverig. Atl. svamp. t. 5.
Sowerb. t. 305.
Tratt. t. K.
Vittad. t. 6-8 (var.)
Viv. t. 43, 44, 45... (var.)

Cepæoides. Ces. in Flora. 1853,
p. 200.

Comtula. Fr. Hym. Eur. p. 281.
Britz. Melanospori, f. 135.
Cooke, t. 533 et 532 (var.)
Fr. Icon. t. 130, f. 1.
Lucand, t. 311.
Roze et Rich. t. 18, f. 10-
13.

Cretacea. Fr. Hym. E. p. 279.
Cooke, t. 524.
Lucand, t. 138.
Roze et Rich. t. 10, f. 6-10.
Sicard, Hist. nat. champ.
t. 33, f. 174.
Sv. Bot. t. 596, f. 2.
Sverig. Atl. svamp. t. 39.

Dulcidula. Fr. Hym. Eur. p. 282.
Schulzer. et Kalchbr.
Hung. t. 17, f. 1.

Echinata. Fr. Hym. Eur. p. 282.
Berk. mag. Zool. bot. t. 15,
f. 1.
Brigant. t. 27, f. 1-3.
Cooke, t. 395.
Gillet, t. 389.
Mont. Ann. soc. nat. 1836,
t. 10, f. 3.
Pat. Tab. 341.
Quélet, Bull. soc. bot. Fr.
XXIII, 1876 (var.)
Roth. catal. 2, t. 9, f. 5.
(Voyez *Inocybe echi-
nata*.)

Elvensis. Fr. Hym. Eur. p. 278.
Cooke, t. 522.

Exserta. Fr. Hym. Eur. p. 280.
Vivian. t. 46.

Flavescens. Gillet. Champ. Fr.
p. 564.
Britz. Melanospori, f. 23.
Gillet, t. 384.
Roze et Rich. Atl. t. 17,
f. 17-21.

Fulveola. Fr. Hym. Eur. p. 279.

Geniculata. F. Hym. Eur. p. 283.
Brigant. t. 35, f. 4-3.

Hæmatosperma. Fr. Hym. E.
p. 282.
Batt. t. 10, F.
Britz. Melanospori, f. 3.
Bull. t. 595, f. 1.
Krombh. t. 3, f. 21-26.

Sicard, Hist. nat champ.
t. 33, f. 173.

Hæmorrhoidaria. Fr. Hym.
Eur. p. 281.
Britz. Melanospori, f. 24.
Cooke, t. 531.
Gillet, t. 387.
Kalchbr. Hung. t. 18, f. 1.
Lucand, t. 341.

Haynaldi. Roumeg. Revue myc. I
(1889) p. 145.
Revue myc. I (1879), t. 2,
f. 12.

Lecensis. Harzer. in Bot. centr. 1888,
I, p. 221.

Perrara. Schulz. in Verhandl. Bot.
ges. 1879, p. 493.
Bres. Fung. Trid. t. 89.

Phænix. Fr. Hym. Eur. p. 301.
(Pilosacc.)
Mich. t. 73, f. 1.

Pratensis. Fr. Hym. Eur. p. 279.
Britz. Derm. et Mel. f. 8.
Cooke, t. 525.
Gillet, t. 382.
Krombh. t. 26, f. 19-22.
Roze et Rich. t. 8, f. 9-
13.
Schæff. t. 96.

Prænitens. Beck. Zur Pilz. Nied.
V, p. 83.
Beck. Zur Pilz. Nied. V,
t. 15, f. 9.

Rubella. Gillet, Champ. Fr. 565.
Gillet, t. 385.
Pat. Tab. 654.
Roze et Rich. Atl. t. 18,
f. 1-5.

Rusiophylla. F. H. Eur. p. 282.
Britz. Melanosp. f. 240.

Sagata. Fr. Hym. Eur. p. 281.
Cooke, t. 968.
Fl. Dan. t. 1008, f. 2.

Sanguinaris. Karst. Symb. Fenn.
IX, p. 6.

Semota. Fr. Hym. Eur. p. 282.
Britz. Derm. et Mel. f. 10.
Fr. Icon. t. 131, f. 1.

Setigera. Fr. Hym. E. p. 281.
Paul. t. 132, f. 3-4.

Silvatica. Fr. Hym. Eur. p. 280.
Bern. Champ. Roch. t. 21,
f. 4.
Bres. Fung. Trid. t. 90.
Britz. Melanospori, f. 30.
Cooke, t. 530.
Dufour, Atl. champ. t. 43.
Gotthold-Hahn. f. 61, 1re
édit. (mauvais coloris)
et f. 92 et 90 (var.), 2e
édit.
Krombh. t. 23, f. 9, 10.
Roze et Rich. Atl. t. 18,
f. 6-9.
Schæff. t. 242.

Silvicola. Fr. Ilym. Eur. p. 280.
Gonn. et Rab. II, t. 2.
Krombh. t. 26, f. 8.
Moyen. Tr. élém. champ.
t. 6, f. 2.
Paul. t. 183.
Roze et Rich. t. 12, f. 1-4
et t. 17, f. 1-16 (var.)
Sicard, Hist. nat. champ.
t. 32, f. 168.
Vitt. t. 45, f. med.

Subgibbosa. F. Il. Eur. p. 281.
Cooke, t. 532.

Villatica. Quél. Fl. myc. p. 72.
Bresadola. Fung. Trid.
t. 60.
Brondeau, Crypt. agen.
t. 7, f. 1, 3.
Cooke, t. 585.
Roze et Rich. t. 15, f. 1-6.

Xanthoderma. Genevier. in Bull.
soc. Bot. fr. XXIII (1876), p. 31.
Gillet, t. 386.
Lucand, t. 20.
Roze et Rich. t. 10, f. 5-9.

Zonaria. Brond. in Rev. myc. XIV
(1892), p. 65.
Brond. Crypt. agen. IV,
t. 14, f. 1-3.

PSATHYRA

Barlæ. Bres. Fung. Trid. p. 84.
Bres. Fung. Trid. t. 91.

Bifrons. Fr. Hym. E. p. 307.
Cooke, t. 594.
Fr. Icon. t. 138, f. 2.
Grevillea, V, t. 78, f. 2.
Lucand, t. 21.
Revue myc. 1880, t. 6, f. 2.

Bipellis. Quél. in Assoc. fr. av. sc.
1883, p. 501.
Quél. Assoc. fr. av. sc.
1883, t. 6, f. 9.

Conopilea. F. Ilym. Eur. p. 304.
Britz. Melanospori, f. 67,
69 (var.) et 78.
Cooke, t. 575 et 1158 (var.)
Hoffm. Ic. 7, f. 2.
Jungh. in Linn. t. 6, f. 11·
Lucand, t. 141.

Corrugis. Fr. Ilym. Eur. p. 305.
Britz. Melanospori, f. 62.
Bull. t. 561, f. 1.
Cooke, t. 576 et 592 (var.)
Corda, in Sturm. D. Fl.
19, t. 4.
Gillet, t. 402.
Holmsk. 2, t. 32.

Diffusa. Fr. Ilym. Eur. p. 318.
Batsch. t. 21, f. 111.

Fagicola. Fr. Ilym. Eur. p. 306.

Falkii. Fr. Ilym. Eur. p. 307.

Fatua. Fr. Ilym. E. p. 308.
Bern. Champ. Roch. t. 26,
f. 3.

Britz. Melanospori, f. 53
et 226.
Cooke, t. 595, f. A.
Fl. Dan. t. 830, f. 2.

Fibrillosa. Fr. Hym. Eur. p. 308.
Bern. Champ. Roch. t. 54,
f. 5.
Cooke, t. 575, f. B.

Frustulenta. F. Hym. E. p. 307.
(Phæotus.)
Britz. Melanospori, f. 70.

Glareosa. B. et Br. Ann. n. h.
1883, p. 372.
Cooke, t. 591, f. B.

Gordoni. Fr. Hym. Eur. p. 308.
Cooke, t. 580, f. A.

Gossypina. F. Hym. Eur. p. 309.
Bolt. t. 71, f. 1.
Bull. t. 425, f. 2.
Cooke, t. 612, f. A.
Gillet, t. 569.

Gyroflexa. Fr. Hym. Eur. p. 305.
Batsch. t. 18, f. 90 (var.)
Bern. Champ. Roch. t. 26,
f. 2.
Bull. t. 22 et 525, f. 1.
Cooke, t. 970.
Corda, inSturm. D. Fl. t. 3.
Schæff. t. 211.
Sicard, Hist. nat. champ.
t. 23, f. 118.

Helobia. Fr. Hym. Eur. p. 308.
Cooke, t. 579.
Kalchbr. Icon. t. 17, f. 4.

Laureata. Quél. in Bull. soc. bot.
fr. XXV, 1878, p. 288.
Quél. Bull. soc. bot. Fr.
1878, t. 3, f. 8.
(Var. de *P. noli-tangere.*)

Loscosii. Fr. Hym. Eur. p. 305.

Mastigera. F. Hym. Eur. p. 304.
Berkl. et Br. t. 14, f. 6.
Cooke, t. 591, f. A.

Microrhiza. Fr. H. Eur. p. 309.
Britz. Melanosp. f. 227.
Cooke, t. 596, f. A.
Gotthold-Hahn. f. 95, 2e
édit.

Noli-tangere. Fr. H. E. p. 309.
Britz. Melanospori, f. 45.
Cooke, t. 612, f. B.
Fr. Icon. t. 138, f. 3.
Quél. Bull. soc. bot. Fr.
1878, t. 3, f. 8 (var.)
Sowerb. t. 167.

Obtusata. Fr. Hym. Eur. p. 306.
Bolt. t. 11 (var.)
Britz. Melan. f. 225 et
247.
Cooke, t. 593.
Schæff. t. 60, f. 1-3 (var.)
Vaill. Par. t. 12, f. 5, 6.

Pallens. Karst. Symb. Fenn. XXIX,
p. 102.

Pennata. Fr. Hym. Eur. p. 308.
Bern. Champ. Roch. t. 36,
f. 2 (var.)
Cooke, t. 590, f. B.
Quél. Vosges et Jura, t. 8,
f. 3.

Schulzeri. Quél. in Hedw. 1885,
p. 135.

Semivestita. F. H. Eur. p. 307.
Berkl. et Br. t. 14, f. 5.
Cooke, t. 578.

Solitaria. Karst. Symb. Fenn. XXIX,
p. 102.

Spadiceo-grisea. Fr. Hym. E.
p. 306.
Britz. Melanosp. f. 63 et
220.
Cooke, t. 611.
Fl. Dan. t. 1673, f. 2.
Schæff. t. 237.

Stricta. F. Hym. Eur. p. 305.

Subliquescens. Fr. Hym. Eur.
p. 305.
Fl. Dan. t. 1732, f. 2.

Subnuda. Karst. Symb. myc. Fenn.
X, p. 60.

Supernula. Britz. Derm. et Mel.
p. 176.
Britz. Derm. et Mel. f. 89.

Tenuicula. Karst. Hattsv. I, p. 511.
Karst. Icon. select. t. 28.

Torpens. Fr. Hym. Eur. p. 305.
Britz. Melan. f. 218 et 219.
Fr. Icon. t. 138, f. 1 (var.)
Fl. Dan. f. 2139, f. 1.

Typhæ. Fr. Hym. Eur. p. 307.
Kalchbr. Gomb. t. 1, f. 1.

Urticicola. Fr. Hym. Eur. p. 309.
Cooke, t. 596, f. B.

PSATHYRELLA

Algerica. Dufour, in Rev. gén. bot.
III, 1891, p. 552.
Dufour, Rev. gén. bot.
1891, f. 121.

Arata. F. Hym. Eur. p. 314.
Cooke, t. 636.

Asperella. Quél. et Schulz. in Hedw.
1885, p. 136.

Atomata. Fr. Hym. Eur. p. 315.
Bern. Champ. Roch. t. 25,
f. 5.
Cooke, t. 638.
Pat. Tab. 236.
Saund. et Sm. t. 37, f.
infer.

Biformis. Britz. Derm. et Mel.
p. 180.
Britz. Derm. et Mel. f. 55.

Caudata. Fr. Hym. Eur. p. 314.
Cooke, t. 637.
Gillet, t. supp.
Paul. t. 124, f. 1-2.

Consimilis. Bres. et Henn. in Berl.
Hym. p. 178.

Crenata. Fr. Hym. Eur. p. 315.
Cooke, t. 847.

Deparcula. Britz. Derm. et Mel.
p. 179.
Britz. Derm. et Mel. f. 112.

Dissecta. Britz. Derm. et Mel.
p. 180.
Britz. Derm. et Mel. f. 37.

Disseminata. F. Hym. E. p. 316.
Batsch. t. 1, f. 3.
Batt. t. 27, C.
Bern. Champ. Roch. t. 25,
f. 4.
Britz. Melanospori, f. 29.
Buxb. C. II, t. 50, f. 5.
Cooke, t. 657, f. B.
Fl. Dan. t. 1848.
Gillet, t. 573.
Pat. Tab. 351.
Paul. t. 123, f. 6.
Quél. Vosges et Jura,
t. 8, f. 5.
Schæff. t. 308 (junior).
Sicard, Hist. nat. champ.
t. 42, f. 223.
Sowerb. t. 166.

Divergescens. Britz. Derm. et
Mel. p. 180.
Britz. Derm. et Mel. f. 5.

Empyreumatica. Fr. Hym. E.
p. 315.
Cooke, t. 657, f. A.

Expolita. Fr. Hym. Eur. p. 315.
Britz. Derm. et Mel. f. 128.

Gracilipes. Pat. Tab. anal. p. 106.
Britz. Melanosp. f. 228.
Pat. Tab. 237.

Gracilis. Fr. Hym. Eur. p. 313.
Britz. Melanospori, 74.
Cooke, t. 634.
Gillet, t. 416.
Pat. Tab. 238.
Saund. et Sm. t. 37, a.

Hiascens. Fr. Hym. Eur. p. 314.
Bull. t. 552, F. G.
Cooke, t. 635.

Hydrophora. Fr. H. E. p. 314.
Bull. t. 558, f. 2.
Cooke, t. 655.
Gillet, t. 417.

Impatiens. Fr. Hym. E. p. 313.
Britz. Melanospori, f. 76.

Infida. Quél. in Bull. soc. bot. fr.
XXIII, 1876, p. 329-XLV.
Quél. Bull. bot. fr. 1876,
t. 3, f. 13.

Ligans. Britz. Derm. et Mel. p. 180.
Britz. Derm. et Mel. f. 39.

Perscrutata. Britz. in Bot. cent.
1893 (extr.) p. 13.
Britz. Melanosp. f. 229 et
230.

Prona. Fr. Hym. Eur. p. 315.
Britz. Melanospori, f. 28.
Cooke, t. 656, f. A (type),
f. B. (var.)
Fr. Icon. t. 139, f. 3.
Gillet, t. 571.
Lucand, t. 34.

Squamifera. Karst. Symb. myc.
Fenn. X, p. 60.
Karst. Ic. sel. II, t. 6,
f. 48.

Subatomata. Karst. in Hedw.
1885, p. 72.

Subatrata. Fr. Hym. Eur. p. 313.
Batsch. t. 18, f. 89.
Britz. Melanospori, f. 82
(var.) et 83.
Cooke, t. 633.
Fr. Icon. t. 139, f. 1.
Gillet, t. 572.

Subrosea. Karst. Hattsw. I, p. 524.

Subtilis. Fr. Hym. Eur. p. 316.
Britz. Melanospori, f. 77.

Sulcata. Fr. Hym. Eur. p. 314.

Trepida. Fr. Hym. Eur. p. 314.
Cooke, t. 655.
Fr. Icon. t. 139, f. 2.
Pers. Myc. Eur. III, t. 29,
f. 1.

Umbratica. Peck. Pilzfl. Niede-
roster. III, p. 44,

Valentior. Britz. Derm. et Mel.
p. 180.
Britz. Derm. et Mel. f. 81
et 248.

PSILOCYBE

Agnata. Britz. Derm. et Mel. p. 175.
Britz. Derm. et Mel. f. 68.

Agraria. Fr. Hym. Eur. p. 299.
Cooke, t. 622.
Fr. Icon. t. 137, f. 1.

Ammophila. Fr. Hym. E. p. 299.
Bern. Champ. Roch. t. 25,
f. 2, 3.
Cooke, t. 606, f. B.
Expl. scient. Alg. t. 31.

Areolata. Fr. Hym. Eur. p. 298.
Cooke, t. 570.
Gillet, t. 400.
Lucand, t. 140.
Gillot et Lucand, catal.
Champ. t. 2, f. 2.

Atro-brunnea. F. H. E. p. 297.

Atro-rufa. Fr. Hym. Eur. p. 300.
Britz. Melanospori, f. 24
et 26.
Cooke, t. 571.
Schæff. t. 234.

Bullacea. Fr. Hym. Eur. p. 299.
Britz. Melanospori, f. 114.
Bull. t. 566, f. 2.
Cooke, t. 608, B.
Krombh. t. 3, f. 33, 34.
Pat. Tab. 235.

Callosa. Fr. Hym. Eur. p. 301.
Buxb. C, IV, t. 15, f. 1.
Pers. Myc. Eur. III, t. 27,
f. 3.

Canificans. Cooke, in Grev. 1885,
p. 1.
Cooke, t. 621.

Cano-brunnea. F. H. E. p. 302.
Batsch. t. 20, f. 105.

Cernua. Fr. Hym. Eur. p. 302.
Cooke, t. 574.
Fl. Dan. t. 1005.
Paul. t. 110, f. 3.
Schæff. t. 205.

Chondroderma. B. et Br. ann.
n. h. n. 1538.
Cooke, t. 606, f. A.

Clivensis. Fr. Hym. Eur. p. 303.
Berkl. et Br. t. 14, f. 3.
Britz. Melanospori, f. 61.
Cooke, t. 969.

Compta. Fr. Hym. Eur. p. 301.
Berkl. et Br. t. 14, f. 4.
Cooke, t. 589, f. A.

Coprophila. F. Hym. Eur. p. 299.
Britz. Derm. et Mel. f. 17,
34, 119, 120.
Bull. t. 566, f. 3.
Cooke, t. 608, f. A.
Quélet, Vosges et Jura,
t. 7, f. 6.

Corneipes. F. Hym. Eur. p. 298.
Fr. Icon. t. 136, f. 3.

Delita. Britz. Derm. et Mel. p. 172.
Britz. Derm. et Mel. f. 20
et 33.

Discordans. Britz. Derm. et Mel.
p. 173.
Britz. Derm. et mel. f. 36.

Elongata. Fr. Hym. Eur. p. 298.
Pers. Ic. descr. t. 1, f. 4.

Ericæa. Fr. Hym. Eur. p. 298.
Britz. Melanospori, f. 56
et 210.
Cooke, t. 568 et 588 (var.)
Fr. Icon. t. 136, f. 1 et f. 2
(var.)
Letell. t. 676.

Exerrans. Britz. Derm. et Mel.
p. 174.
Britz. Derm. et Mel. f. 7.

Ferrugineo-lateritia. Vogl. Ill. Agar. ital. p. 4.
Vogl. Illustr. Agar. ital.

Fænisecii. Fr. Hym. Eur. p. 303.
Berkl. Outl. t. 11, f. 5.
Britz. Melanospori, f. 46.
Buxb. C, IV, t. 38, f. 1.
Cooke, t. 590.
Gillet, t. suppl.
Pers. Ic. descr. t. 11, f. 1.

Gilletii. Karst. Hattsv. I, p. 509.
Britz. Melan. f. 244.
Karst. Ic. sel. II, t. 6, f. 46.

Hebes. Fr. Hym. Eur. p. 303.
Cooke, t. 589, f. B.
Fr. Icon. t. 137, f. 3
(Var. *Minor.*)
Pers. Myc. Eur. III, t. 28,
f. 5.

Hygrophila. Fr. Hym. E. p. 302.

Insiliens. Britz. Derm. et Mel. p. 173.
Britz. Derm. et Mel. f. 51.

Interjungens. Britz. Derm. et Mel. p. 175.
Britz. Derm. et Mel. f. 60,
196 et 217.

Libertatis. F. Hym. Eur. p. 300.

Murcida. Fr. Hym. Eur. p. 303.
(Homophron.)
Britz. Hym. Südb. IX,
Melan. f. 246.

Mutabilis. Karst. Symb. Fen. XXIX, p. 101.

Nemophila. Fr. Hym. E. p. 297.

Notha. Britz. Derm. et Mel. p. 173.
Britz. Derm. et Mel. f. 117.

Nuciseda. Fr. Hym. Eur. p. 300.
Britz. Derm. et Mel. f. 6.
Cooke, t. 609, f. B.

Parabilis. Britz. Derm. et Mel. p. 174.
Britz. Derm. et Mel. f. 27.

Particularis. Britz. Derm. et Mel. p. 174.
Britz. Derm. et Mel. f. 72.

Parviducta. Britz. in Bot. cent. 1893 (extr.) p. 13.
Britz. Melanosp. f. 211,
216.

Pellosperma. Voglino. obs. anal. p. 38.
Bull. t. 561, f. 1.
Cooke, t. 577.

Pertinax. Fr. Hym. Eur. p. 297.
Fr. Icon. t. 135, f. 2.

Phænix. Fr. Hym. Eur. p. 301.
Mich. t. 73, f. 1.

Physaloides. F. H. Eur. p. 300.
Britz. Melanospori, f. 115.
Bull. t. 566, f. 1.
Cooke, t. 609, f. A.

Sicard, Hist. nat. champ.
t. 20, f. 90.

Polycephala. Fr. H. E. p. 302.
Bolt. t. 11.
Paul. t. 111, f. 1, 2.

Polytrichi. F. Hym. Eur. p. 298.

Rhombispora. Britz. in Bot.
centr. 1893 (extr.) p. 13.
Britz. Melanosp. f. 221,
222, 223, 224.

Sarcocephala. F. H. E. p. 297.
Britz. Melan. f. 241 et 242.
Cooke, t. 620 (var.) et 567.
Fr. Icon. t. 135, f. 1.

Scobicola. B. et Br. Ann. n. h.
n. 1769.
Cooke, t. 607.

Semilanceata. Fr. Hym. Eur.
p. 301.
Cooke, t. 572 et 573 (var.)
Gillet, t. 401.
Sowerb. 248, f. 1-3.

Simulans. Karst. Symb. VII, p. 5.
Britz. Melan. f. 212, 215,
239.
Karst. Ic. sel. II, t. 6,
f. 47.

Spadicea. Fr. Hym. Eur. p. 302.
(Hombphron.)
Britz. Melanospori, f. 57,
58, 59 (var.) et 245.

Cooke, t. 610.
Schæff. t. 60, f. 4-6.

Squalens. Fr. Hym. Eur. p. 303.,
Fr. Icon. t. 137, f. 2.

Subericæa. Fr. Icon. select. II
p. 36.
Cooke, t. 588.
Fr. Ic. t. 136, f. 2.
Letell. t. 676.

Subuda. Britz. in Bot. cent. 1893
(extr.) p. 13.
Britz. Melan. f. 193 et 243.

Tegularis. Fr. Hym. Eur. p. 301.
Fl. Dan. t. 1958.

Testaceo-fulva. Britz. Derm. et
Mel. p. 173.
Britz. Derm. et Mel. f. 116.

Uda. Fr. Hym. Eur. p. 298.
Cooke, t. 569.

Vicina. Fr. Hym. Eur. p. 304.

PTERULA

Dichotoma. Saut. in Hedw. 1876,
p. 152.

Multifida. P. Hym. Eur. p. 682.
Britz. Hym. Südb. IX,
Clavar. f. 85.
Fr. Icon. t. 200, f. 2.
Pat. Tab. 563.

Subulata. Fr. Hym. Eur. p. 682.
Fr. in Linn. 1830, t. 11, f. 4.

RADULUM

Aterrimum. Fr. Hym. E. p. 624.
Fr. Icon. t. 195, f. 2.

Botrytes. Fr. Hym. Eur. p. 624.

Corallinum. B. et Br. Ann. nat.
hist. n. 1441.

Cyatheæ. Smith. in Journ. bot.
1873 p. 66.
Smith. Journ. bot. t. 130,
f. 5-8.

Deglubens. B. Br. Ann. nat. hist.
n. 1440.

Epileucum. B. et Br. Ann. nat.
hist. n. 1442.

Fagineum. F. Hym. Eur. p. 624.

Fruticum. Karst. in Rev. myc. VI,
1884, p. 214.

Glossoides. F. Hym. E. p. 624.

Lætum. Fr. Hym. Eur. p. 624.
Gillet, t. 491.

Molare. Fr. Hym. Eur. p. 628.
Gillet, t. 489.
Pers. Myc. Eur. t. 22,
f. 1.

Orbiculare. Fr. Hym. E. p. 23.
Grevill. Scot. t. 278.
Roumeg. Crypt. illustr.
f. 226.

Sicard, Hist. nat. champ.
t. 59, f. 304.

Pendulum. Fr. Hym. Eur. p. 623.
Fr. Icon. t. 195, f. 1.

Quercinum. Fr. Hym. E. p. 623.
Gillet, t. 490.
Pat. Tab. 358.
Raji. Syn. t. 1, f. 4.

Schulzeri. Quél. in Hedw. 1885,
p. 146.

Tomentosum. Fr. H. E. p. 624.

RUSSULA

Acris. Steinh. Anal. Agar. p. 17.
Steinh. Anal. Agar. t. 5,
f. 23.

Adulterina. Fr. Hym. E. p. 451.

Adusta. Fr. Hym. Eur. p. 439.
Barla, t. 17.
Batt. t. 13, C.
Bern. Champ. Roch. t. 40,
f. 1 et t. 47, f. 2.
Britz. IV, Russ. f. 5.
Cooke, t. 1051.
Krombh. t. 70, f. 7-11 et
12-13 (var.)
Roze et Rich. t. 41, f. 13-
15.

Æruginea. Fr. Hym. Eur. p. 449.
Britz. Russ. f. 111.

Cooke, t. 1090.
Fr. Icon. t. 173, f. 3.
Krombh. t. 61, f. 3-4?
Lucand, t. 195.
Vent. t. 63, f. 1-4.

Albido-lutescens. Gillet, Tab.
anal. p. 45.

Albo-nigra. Fr. Il. Eur. p. 440.
Cooke, t. 1016.
Krombh. t. 70, f. 16, 17.

Alutacea. Fr. Hym. Eur. p. 453.
Barla, t. 14, f. 1-3.
Bel, Champ. Tarn, t. 26.
Berkl. Outl. t. 13, f. 8.
Bres. Fung. Trid. t. 96
(var.)
Britz. Russ. f. 34.
Cooke, t. 1096 et 1097.
Cordier, t. 29, f. 2.
Dr Lorins, t. 10, f. 4
(var.)
Eloffe, Champ. t. 7, f. 7.
Gauthier, Champ. t. 9,
f. 1.
Gillet, t. 196.
Gotthold-Hahn. f. 26, 2e
édit.
Krombh. t. 64, f. 1-4, t. 1,
f. 21-22 et t. 61, f. 10.
Leuba, Champ. com. t. 26,
f. 1-4.
Letell. t. 683.
Lucand, t. 148 (var.)

Moyen. Tr. élém. champ.
t. 10, f. 4.
Pat. Tab. 513.
Price, f. 36.
Roze et Rich. Atl. t. 44,
f. 10-12.
Sicard, Hist. nat. champ.
t. 45, f. 241.
Vittad. t. 34.

Amæna. Quél. Ench. Fung. p. 134.
Gillot et Lucand, Catal.
champ. t. 2, f. 3.
Lucand, t. 194.
Quél. Assoc. fr. av. sc.
1880, t. 8, f. 10.

Amænata. Britz. Hym. Südb. IV,
p. 142.
Britz. Hym. Südb. IV,
f. 21 et IX, f. 84.

Armeniaca. Cooke, Illust. Syst. ind.
V. 7, p. 5.
Cooke, t. 1064.

Atropurpurea. Krombh. Naturg.
Abbild. Schwamme. IX, p. 6.
Britz. Russ. f. 87 et 104
(Var. Peracris.)
Krombh. t. 74, f. 5-6.

Aurata. Fr. Hym. Eur. p. 452.
Bern. Champ. Roch. t. 41,
f. 3.
Britz. Russ. f. 40 (var.)
Cooke, t. 1080.
Dr Lorins, t. 15, f. 5 (var.)

Dufour, Atl. champ. t. 27.
Gillet, t. 192.
Gotthold-Hahn. f. 25, 2ᵉ
  édit.
Krombh. t. 66, f. 8-11.
Krapf. t. 5.
Lucand, t. 262.
Pat. Tab. 3.
Phœbus, t. 3, f. 4.
Schæff. t. 15, f. 1-3.
Sicard, Hist. nat. champ.
  t. 46, f. 245.

Azurea. Bres. Fung. Trid. p. 20.
Bres. Fung. Trid. t. 24.
Cooke, t. 1088.

Badia. Quél. in Ass. fr. av. sc. Reims,
                1880, p. 668.
Quél. Assoc. fr. av. sc.
  1880, t. 8, f. 9.

Barlæ. Quél. in Ass. fr. av. sc.
              Rouen, 1883, p. 504.
Cooke, t. 1061.
Quél. Assoc. fr. av. sc.
  1883, t. 6, f. 12.

Bresadolæ. Schulz. in Hedw. 1885,
                  p. 139.

Cavipes. Britz. in Bot. Centr. 1893
              (extr.) p. 17.
Britz. Russ. f. 98.

Chamæleontina. Fr. Hym. E.
                      p. 455.
Britz. Russ. f. 81, 95, 97
(Var. *Late-lamellata*).

Cooke, t. 1098.
Gillet, t. 197.

Chlora. Gillet, Hym. suites, Tab.
                                suppl.
Gillet, t. 536.

Cinereo - violacea. Allesch.
                  Suedb. Pilze, p. 87.

Citrina. Gillet, Tab. anal. p. 47.
Britz. Russ. f. 22, 100
  (Var.*Umbonata*) et102.
Cooke, t. 1078.
Gillet, t. 187.

Clusii. Fr. Hym. Eur. p. 449.
Britz. IV, Russ. f. 27.
Cooke, t. 1031.
Paul. t. 75, f. 6-8, B.
Vittad, t. 38, f. 1.

Cærulea. Fr. Hym. Eur. p. 443.
Britz. Russ. f. 3.
Cooke, t. 1057.
Gillet, t. supp. (Var. *Um-
  bonata*).
Krombh. t. 64, f. 10-11
  et t. 68, f. 5-8.
Price, f. 124 (var.)

Consobrina. Fr. Hym. E. p. 447.
Cooke, t. 1055 et1056(var.)
  1057 (var.)
Dʳ Lorins, t. 11, f. 5.
Fr. Icon. t. 176, f. 1.
Lucand, t. 247 (var.)
Pat. Tab. 4.

Roze et Rich. Atl. t. 41,
f. 16-18.

Constans. Britz. Hym. Südb. IV,
p. 141.
Britz. Hym. Südb. IV,
f. 33.

Cruentata. Quél. et Schulz. in
Hedw. 1885, p. 140.

Cutefracta. Cooke, Illustr. Syst.
ind. VII, p. 4.
Cooke, t. 1024 et 1040.

Cyanoxantha. F. H. E. p. 446.
Bauhin, cap. XII, p. 827.
Britz. Hym. Sübd. IV,
Russ. f. 12.
Cooke, t. 1043, 1076, 1077.
Cordier, t. 30.
Dr Lorins, t. 10, f. 3 (var.)
Gauthier, Champ. t. 8,
f. 1.
Gillet, t. 184.
Krombh. t. 67, f. 16-19.
Lucand, t. 169.
Moyen. Tr. élém. champ.
t. 10, f. 3.
Pat. Tab. 320.
Paul. t. 76, f. 1-3.
Phœbus, t. 3, f. 3, 6, 7,
8, 9, 10, 11.
Roze et Rich. t. 42, f. 11-
15.
Schæff. t. 93.
Sicard, Hist. nat. champ.
t. 47, f. 252.

Decolorans. Fr. H. Eur. p. 451.
Cooke, t. 1079.

Delica. Fr. Hym. Eur. p. 440.
Batt. t. 17, A.
Bern. Champ. Roch. t. 42,
f. 1.
Britz. Hym. Südb. IV,
Russ. f. 7.
Cooke, t. 1068.
Gillet, t. 174.
Lucand, t. 146.
Pat. Tab. 514.
Paul. t. 73, f. 1.
Roze et Rich. t. 40, f. 1-4.
Ventur. t. 48, f. 3-4.

Densifolia. Gillet, Hym. p. 231.
Cooke, t. 1017.
Gillet, t. 173.
Lucand, t. 43.
Pat. Tab. 319.

Depallens. Fr. H. Eur. p. 442.
Cooke, t. 1021.
Gillet, t: 182.
Krombh. t. 66, f. 12, 13.
Lucand, t. 261.
Roze et Rich. Atl. t. 44,
f. 1-5.

Drimeia. Cooke, Illust. Syst. ind.
VII, p. 3.
Cooke, t. 1028.
Gillet, t. 195.

Duportii. Phil. in Cooke, Illust.
Syst. ind. VII, p. 5.
Cooke, t. 1042.

Elegans. Bres. Fung. Trid. p. 21.
Bres. Fung. Trid. t. 25.
Cooke, t. 1027.

Elephantina. P. H. Eur. p. 440.
Bolt. t. 28 (figure noire
exclue).
Britz. Russ. f. 36.

Emetica. Fr. Hym. Eur. p. 448.
Barla, t. 4, f. 1-9.
Bel, Champ. Tarn, t. 25.
Bern. Champ. Roch. t. 40,
f. 3.
Boyer, Champ. comest.
t. 34.
Britz. Hym. Südb. IV,
Russ. f. 123 IX, f. 107.
Cooke, t. 1030.
Dʳ Lorins, t. 10, f. 6.
Dufour, Atl. champ. t. 28
(var.)
Gauthier, Champ. t. 9,
f. 3.
Gillet, t. 188.
Gotthold-Hahn. f. 71, 1ʳᵉ
édit. et f. 29, 2ᵉ édit.
Harz. t. 63.
Krombh. t. 61, f. 3-7 (var.)
t. 64, f. 5-6 et t. 66, f. 4-
7 (var.)
Lenz, f. 15.
Letell. Avis au peuple,
f. 4.
Leuba, Champ. com. t. 26,
f. 5-7.

DICT. ICON.

Roumeg. Crypt. Illust.
f. 108.
Roze et Rich. Atl. t. 43,
f. 1-3.
Sicard, Hist. nat. champ.
t. 45, f. 242.
Sverig. Atl. svamp. t. 21.

Esculenta. Pers. Obs. I, p. 103.
Britz. Hym. Südb. IV,
Russul. f. 35.

Expallens. Gillet, Tab. anal. p. 49.
Britz. Russ. f. 108 et 112.
Cooke, t. 1029.
Gillet, t. 195.

Fallax. Fr. Hym. Eur. p. 449.
Britz. Hym. Südb. IV,
Russ. f. 24.
Cooke, t. 1059.
Schæff. t. 16, f. 1; 3.

Farinipes. Britz. in Bot. cent.
1893 (extr.) p. 17.
Britz. Hym. Südb. IX,
Russ. f. 106.

Fellea. Fr. Hym. Eur. p. 447.
Cooke, t. 1058.
Fr. Icon. t. 173, f. 2.
Paul. t. 76, f. 4.

Fingibilis. Britz. in Cooke, Illust.
Syst. ind. VII, p. 5.
Britz. Hymen. Südb. IV,
Russ. f. 32.
Cooke, t. 1048.

20

Fætens. Fr. Hym. Eur. p. 447.
Bel, Champ. Tarn, t. 24.
Britz. Hym. Südb. IV,
Russ. f. 18.
Bull. t. 292.
Cooke, t. 1046.
Dufour, Atl. champ. t. 29.
Eloffe, Champ. t. 7, f. 9.
Gillet, t. 179.
Gotthold-Hahn. f. 69, 1re
édit. et f. 27, 2e édit.
Krombh. t. 70, f. 1-6.
Sicard, Hist. nat. champ.
t. 47, f. 250.
Sowerb. t. 415.
Sverig. Atl. svamp. t. 40.
Ventur. t. 33, f. 1-3.
Viviani, t. 41.

Fragilis. Fr. Hym. Eur. p. 450.
Barla, t. 14, f. 10-12.
Britz. Russ. f. 20, 25; 85
et 88 (var. *Nivea.*) 99
(var. *Grisea*); 101 (var.
Violacea).
Bull. t. 509, f. T. U.
Cooke, t. 1091 et 1060
(var.)
Corda, in Sturm. XI, t. 53.
Dr Lorins, t. 11, f. 2 (var.)
Gillet, t. 189 (var.) et
t. suppl.
Gotthold-Hahn. f. 70, 1re
édit. et f. 28, 2e édit.
Krombh. t. 64, f. 12-18.
Lucand, t. 65 (var.)

Noulet et Dass. champ.
t. 14, f. A.
Pat. Tab. 624.
Roze et Rich. t. 43, f. 4-6.
Sicard, Hist. nat. champ.
t. 46, f. 247.
Vent. t. 33, f. 4, 5.

Furcata. F. Hym. Eur. p. 441.
Barla, t. 16, f. 1-9.
Batsch. t. 14, f. 67.
Britz. Russ. f. 4 et 74.
Bull. t. 26.
Buxb. C. V. t. 47, f. 2.
Cooke, t. 1036, 1086, 1100.
Dr Lorins, t. 11, f. 1 (var.)
Dufour, Atl. champ. t. 30.
Eloffe, Champ. t. 7 et t. 9,
f. 7.
Gauthier, Champ. t. 10,
f. 2.
Gillet, t. 185.
Gotthold-Hahn, f. 67, 1re
édit. et f. 31, 2e édit.
Harzer, t. 54 et t. 63, f. 5.
Krombh. t. 62, f. 1. 2 et
t. 69, f. 18-22.
Letell. Avis au peuple,
f. 6.
Paul. t. 74, f. 1.
Phæbus, t. 4, f. 1, 2.
Rolland, Bull.
Roumeg. Crypt. illustr.
f. 123.
Roze et Rich. Atl. t. 41,
f. 1-3.

Rolland, Bull. soc. myc.
Fr. 1889, I, t. 1, f. 5.
Sicard, Hist. nat. champ.
t. 47, f. 251.
Schæff. t. 94, f. 1.

Fusca. Quél. in Assoc. fr. av. sc.
1886, p. 486.
Quél. Assoc. fr. av. sc.
1886, t. 9, f. 5.

Galochroa. Fr. Hym. E. p. 447.
Bull. t. 509, f. L, M.
Batt. t. 12, f. E.
Cooke, t. 1089.
Sicard, Hist. nat. champ.
t. 46, f. 244.

Granulosa. Cooke, in Grev. 17,
p. 40.
Cooke, t. 1038.

Grata. Britz. in Bot. cent. 1893
(extr.) p. 17.
Britz. Russ. f. 92.

Graveolens. Rom. et Britz. in
Bot. cent. 1893 (extr.) p. 17.
Britz. Russ. f. 85 et 105
(var. *Rubra*).

Grisea. Fr. Hym. Eur. p. 451.
Britz. Hym. Südb. IV,
Russ. f. 39.
Gillet, t. 191.
Krombh. t. 68, f. 15-17.

Heterophylla. F. H. E. p. 446.
Bern. Champ. Roch. t. 40,
f. 2.

Berkl. Outl. t. 13, f. 5.
Bull. t. 509, f. O, P.
Cooke, t. 1044 et 1045.
Escul. Fung. Engl. Bad-
ham, t. 3, f. 3-4.
Fl. Dan. t. 1909.
Gauthier, Champ. t. 8,
f. 3.
Gillet, t. 183.
Hogg. et Johnst. t. 9.
Hussey, I, t. 84.
Paul. t. 75, f. 1-5.
Revue myc. 1882, t. 25,
f. 5 (var. terat. *Lives-
cens*).
Roze et Rich. t. 42, f. 8-
10.
Sicard, Hist. nat. champ.
t. 45, f. 243.

Incarnata. Quél. in Assoc. fr. av.
sc. 1882, p. 396.
Barla, t. 15, f. 11-13.

Integra. Fr. Hym. Eur. p. 450.
Batt. t. 16, D.
Bern. Champ. Roch. t. 41,
f. 2.
Britz. Hym. Eur. IV,
Russ. f. 31.
Cooke, t. 1034, 1093 et
1094 (var.)
Gillet, t. 193.
Harzer, t. 59.
Krombh. t. 66, f. 14-17.
Lucand, t. 97 (var.)

Roze et Rich. Atl. t. 43, f. 13-16.
Schæff. t. 92.
Sowerb. t. 201 (p. part.)
Vent. t. 63, f. 5-6.
Vittad. t. 21.

Lactea. Fr. Hym. Eur. p. 443.
Barla, t. 15, f. 1-10.
Cooke, t. 1070 et 1071 (var.)
Gillet, t. suppl. (var. *Incarnata*).
Krombh. t. 61, f. 1-2.
Lucand, t. 292.
Paul. t. 74, f. 2.
Roze et Rich. Atl. t. 40, f. 9-11.

Lateritia. Quél. in Assoc. fr. av. sc. 1885, p. 449.
Quél. Assoc. fr. av. sc. 1885, t. 12, f. 11.

Lepida. Fr. Hym. Eur. p. 444.
Batsch. t. 3, f. 13.
Britz. Russ. f. 11, 78 et 91 (var. *Rubra*).
Cooke, t. 1072 et 1073 (var.)
Cordier, t. 29, f. 1.
Gauthier, Champ. t. 10, f. 3.
Gillet, t. 176.
Hogg. et Johnst. t. 4.
Hussey, II, t. 32.
Krombh. t. 64, f. 19, 20.

Letell. Avis au peuple, f. 12.
Lucand, t. 291.
Moyen, Tr. élém. champ. t. 10, f. 2.
Pat. Tab. 122.
Quélet, Vosges et Jura, t. 12, f. 2.
Roze et Rich. Atl. t. 44, f. 6-9.
Sverig. Atl. svamp. t. 59.

Lilacea. Quél. in Bull. soc. bot. XXIII, 1876, p. 330-XLVI.
Bres. Fung. Trid. II, t. 128 (var.)
Cooke, t. 1054.
Quél. Bull. soc. bot. 1876, t. 2, f. 8.

Linnæi. Fr. Hym. Eur. p. 444.
Batt. t. XV, E.
Britz. Hym. Südb. IV, Russ. f. 19.
Cooke, t. 1026.
Fr. Icon. t. 172, f. 3.
Gillet, t. 177.
Lucand, t. 147.

Lutea. Fr. Hym. Eur. p. 454.
Britz. Hym. Südb. IV, f. 2, 14, 37, 38.
Cooke, t. 1082.
Gauthier, Champ. t. 9, f. 2.
Gillet, t. 534.
Grevillea, VI, t. 91, f. 1.

Lucand, t. 66.
Pat. Tab. 321.
Phœbus, t. 3, f. 1-2.

Maculata. Gillet, Tab. anal. p. 46.
Cooke, t. 1069.
Quél. et Roze, Bull. soc.
bot. Fr. 1877, t. 5, f. 8.

Minutalis. Britz. Hym. Südb. IV,
p. 140.
Britz. Hym. Südb. IV,
f. 6 et IX, f. 77, 90.

Mollis. Quél. in Assoc. fr. av. sc. la
Rochelle, 1882, p. 397.
Lucand, t. 373.
Quélet. Ass. fr. av. sc.
1882, t. 11, f. 12.

Mustelina. Fr. Hym. Eur. p. 441.
Britz. Russ. f. 103.
Cooke, t. 1018.
Gillet, t. 535.
Krombh. t. 61, f. 8, 9 et
t. 70, f. 18, 19.

Nauseosa. Fr. Hym. Eur. p. 454.
Bres. Fung. Trid. t. 129
(var.)
Britz. Russ. f. 93 (var.
Albida).
Cooke, t. 1147 et 1102(var.)
Lucand, t. 196.
Schæff. t. 16, f. 4.

Nigricans. Fr. Hym. Eur. p. 439.
Barla, t. 17.
Bern. Champ. Roch. t. 40,
f. 1 et t. 47, f. 2.

Britz. Hym. Südb. IV,
Russ. f. 1.
Bull. t. 579, f. 2 et t. 212.
Cooke, t. 1015.
Dufour, Atl. champ. t. 30.
Eloffe, Champ. t. 6, f. 5.
Gillet, t. 172.
Gotthold-Hahn. f. 33, 2e
édit.
Hussey, I, t. 73.
Krombh. t. 70, f. 14, 15.
Quélet, Vosges et Jura,
t. 12, f. 1.
Roze et Rich. t. 41, f. 19-
22.
Seyn. t. 4, f. 4.
Sicard, Hist. nat. champ.
t. 47, f. 253.
Sowerb. t. 36.
Vent. t. 19, f. 1-4 (forme
anormale).

Nitida. Fr. Hym. Eur. p. 452.
Berkl. Outl. t. 13, f. 7.
Britz. Hym. Südb. IV,
Russ. t. 28 et IX, f. 89.
Cooke, t. 1063, 1062 (var.)
et 1095 (var.)
Krombh. t. 66, f. 1-3 et
f. 20-23 (var.)
Lucand, t. 321.
Phœbus, t. 3, f. 5.
Schæff. t. 254.

Ochracea. Fr. Hym. Eur. p. 453.
Cooke, t. 1050.

Gauthier, Champ. t. 8, f. 2.
Gillet, t. 194.
Krombh. t. 68, f. 9-10.
Roze et Rich. Atl. t. 43,
f. 17-20.

Ochroleuca. F. Hym. E. p. 449.
Bern. Champ. Roch. t. 41,
f. 1.
Britz. Hym. Südb. IV,
Russ. f. 26.
Buxb. C. V, t. 45, f. 2.
Cooke, t. 1049 et 1196 (var.)
Krombh. t. 64, f. 7-9.
Lucand, t. 7.
Sowerb. t. 201 (p. parte).

Olivacea. Fr. Hym. Eur. p. 445.
Cooke, t. 1041.
Gillet, t. 537.
Krombh. t. 68, f. 12-13.
Schæff. t. 204.

Olivaceo-violascens. Gill.
Hymén. suites sine descript.
Gillet, t. suppl.

Olivascens. Fr. Hym. E. p. 441.
Britz. Hym. Südb. IV,
Russ. f. 16.
Cooke, t. 1035.
Fr. Icon. t. 172, f. 2.
Krombh. t. 67, f. 11.

Pallescens. Karst. Finl. Basid.
p. 462.

Palumbina. Quél. in Assoc. fr. av.
sc. 1882, p. 396.

Paul. t. 76, f. 2, 3.
Quél. Ass. fr. av. sc. 1882,
t. 11, f. 11.

Pectinata. Fr. Hym. Eur. p. 449.
Britz. Hym. Südb. IV,
Russ. f. 1.
Bull. t. 509, N.
Cooke, t. 1101.
Gillet, t. 538.
Lucand, t. 320.
Noulet et Dass. Champ.
t. 15, f. B et f. A (var.)
Pat. Tab. 620.
Roze et Rich. t. 41, f. 9-12.

Polonica. Steinh. Anal. Agar. p. 18.
Steinh. Anal. Agar. t. 5,
f. 24.

Puellaris. Fr. Hym. Eur. p. 452.
Bres. Fung. Trid. t. 64 et
65 (var. *Leprosa*).
Britz. Russ. f. 83.
Cooke, t. 1065 et 1066
(var.)

Pulchella. Fr. Hym. Eur. p. 453.
Borszcz. Fung. ingr. t. 2.

Pulchralis. Britz. Hym. Südb. IV,
p. 140.
Britz. Hym. Südb. IV,
f. 13 et IX, f. 73.
Cooke, t. 1095.

Punctata. Gillet, Hym. Fr. p. 245.
Cooke, t. 1032 (var.)

Gillet, t. 190.
Pat. Tab. 621.

Purpurea. Gillet, Tab. anal. p. 47.
Cooke, t. 1022.
Gillet, t. 186.

Purpurina. Quél. et Schulz. in
Hedw. 1885, p. 139.

Queletiana. Schulz. in Hedw.
1885, p. 139.

Queletii. Fr. Hym. Eur. p. 448.
Cooke, t. 1028.
Gillet, t. suppl.
Lucand, t. 44.
Pat. Tab. 515.
Quél. Vosges et Jura, t. 24,
f. 6.
Roze et Rich. Atl. t. 41,
f. 4-8.

Raoultii. Quél. in Assoc. fr. av. sc.
1885, p. 449.
Quél. Assoc. fr. av. sc.
1885, t. 12, f. 12.

Ravida. Fr. Hym. Eur. p. 454.
Bull. t. 509, Q.
Sicard, Hist. nat. champ.
t. 46, f. 246.

Rhytipes. Fr. Hym. Eur. p. 445.

Rosacea. Fr. Hym. Eur. p. 442.
Britz. Hym. Südb. IV,
Russ. f. 9; IX, f. 75
(var. *Subcarnea*); f. 76
(var. *Alutaceo-macula-*

ta) et f. 94 (var. *Infun-
dibuliformis*).
Bull. t. 509, Z.
Cooke, t. 1020.
Noulet et Dass. Champ.
t. 16, f. A.

Roseipes. Quél. Ench. Fung. p. 136.
Bres. Fung. Trid. t. 40.
Cooke, t. 1081.

Rubra. Fr. Hym. Eur. p. 444.
Barla, t. 15, f. 1-10.
Britz. Russ. f. 15, 79 et
80.
Cooke, t. 1025 et 1037
(var.)
Dr Lorins, t. 11, f. 3.
Dufour, Atl. champ. t. 29.
Gillet, t. 533.
Gotthold-Hahn. f. 30, 2e
édit.
Krombh. t. 65.
Lucand, t. 246.
Pat. Tab. 512.
Phœbus, t. 3, f. 13.
Roumeg. Crypt. illustr.
f. 114.
Roze et Rich. Atl. t. 43,
f. 10-12.
Schæff. t. 15, f. 4-6.
Sverig. Atl. svamp. t. 49.
Vitt. Mang. t. 38, f. 2.

Sanguinea. Fr. Hym. E. p. 442.
Bull. t. 42.
Cooke, t. 1019.

Eloffe,. Champ. t. 7, f. 10.
Gillet, t. 180.
Lucand, t. 168 (var.)
Noulet et Dass. Champ.
   t. 16, f. B.
Sicard, Hist. nat. champ.
   t. 47, f. 249.

Sardonia. Fr. Hym. Eur. p. 442.
Bres. Fung. Trid. t. 94.
Britz. Hym. Südb. IV,
   Russ. f. 10.
Cooke, t. 1037.
Gillet, t. 181.
Krombh. t. 68, f. 1-4.
Lucand, t. 221.
Rolland, Bull. Soc. myc.
   Fr. 1889, I, t. 2, f. 1.
Schæff. t. 16, f. 5, 6.

Semicrema. F. Hym. E. p. 440.
Britz. Hym. Südb. IV,
   Russ. f. 8.
Cooke, t. 1067.
Fr. Icon. t. 172, f. 1.

Serotina. Quél. in Bull. Soc. bot.
   Fr. XXV, 1878, p. 289.
Cooke, t. 1042.
Quél. Soc. bot. Fr. 1878,
   t. 3, f. 11.

Smaragdina. Quél. in Assoc.
   fr. av. sc. 1885, p. 448.
Quél. Assoc. fr. av. sc.
   1885, t. 12, f. 10.

Sororia. Fr. Hym. E. p. 447.
Fr. Icon. t. 173, f. 1.

Gillet, t. suppl.
Larbr. t. 19, f. 7.

Suavis. Schulz. Verhandl. Zool. bot.
   Gesellsch. 1880, p. 497.
Paul. t. 76, f. 2, 3.
Quél. Assoc. fr. av. sc.
   1882, t. 11, f. 14.

Subfætens. Smith. in Journ. bot.
   1873, p. 337.
Cooke, t. 1047.

Substiptica. Fr. H. Eur. p. 451.

Truncigena. Britz. in Bot. cent.
   1893 (extr.) p. 18.
Britz. Russ. f. 109.

Turci. Bres. Fung. Trid. p. 22.
Bres. Fung. Trid. t. 26.

Vesca. Fr. Hym. Eur. p. 446.
Bres. Fung. Trid. t. 95.
Cooke, t. 1075.
Dr Lorins, t. 10, f. 2 (var.)
Hussey, I, t. 89.
Sverig. Atl. svamp. t. 63.

Veternosa. Fr. Hym. Eur. p. 450.
Britz. Russ. f. 110.
Cooke, t. 1033 et 1092.
Gillet, t. supp.
Krombh. t. 66, f. 18, 19.
Paul. t. 74, f. 3.

Violacea. Quél. in Assoc. fr. av.
   sc. 1882, p. 397.
Lucand, t. 245.

Pat. Tab. 619.
Quél. Assoc. fr. av. sc.
1882, t. 11, f. 13.

Virescens. Fr. Hym. E. p. 443.
Barla, t. 16, f. 10-12.
Berkl. Outl. t. 13, f. 6.
Boyer, Champ. com. t. 33.
Britz. Hym. Südb. IV,
Russ. f. 30.
Cooke, t. 1039.
Cordier, t. 31.
Dr Lorins, t. 10, f. 1.
Dufour, Atl. champ. t. 30.
Eloffe, Champ. t. 7, f. 3.
Gauthier, Champ. t. 10,
f. 1.
Gillet, t. 175.
Gotthold-Hahn. f. 68, 1re
édit. et f. 32, 2e édit.
Hussey, II, t. 11.
Krombh. t. 67, f. 1-10 et
f. 12-15.
Letell. Avis au peuple,
f. 14.
Moyen, Tr. élém. champ.
t. 10, f. 1.
Noulet et Dass. Champ.
t. 14, f. B.
Rolland, Bull. Soc. myc.
Fr. 1889, I, t. 1, f. 4.
Roze et Rich. t. 42, f. 1-7.
Schæff. t. 94 (excepté
f. 1.)
Sicard, Hist. nat. champ.
t. 46, f. 248.

Sturm. Deutsch. Fl. III,
3, t. 31.
Ventur. t. 17, f. 1-2.
Vitt. t. 31.

Virginea. Cooke et Mass. in Grev.
XIX, p. 41.
Cooke, t. 1197.

Vitellina. Fr. Hym. Eur. p. 454.
Batsch. t. 15, f. 72.
Cooke, t. 1112.

Xerampelina. Fr. H. E. p. 445.
Britz. Hym. Südb. IV,
Russ. f. 29 et IX, f. 82.
Cooke, t. 1053 et 1074.
Dufour, Atl. champ. t. 27
(var.)
Gillet, t. 178.
Schæff. t. 214 et 215.

SCHIZOPHYLLUM

Commune. Fr. Hym. Eur. p. 492.
Britz. Augsb. Hym. IV,
Schiz.
Brond. Crypt. Agen. IV,
t. 13, f. 7-9 (var. *Ambi-
guum.*)
Bull. t. 346 et 581, f. 1.
Cooke, t. 114.
Doas. et Pat. t. 4.
Gillet, t. 239.
Grev. Scot. t. 61.
Krombh. t. 4, f. 14-16.

Quélet, Vosges et Jura,
t. 14, f. 3.
Revue myc. 1882, t. 30,
f. 4 (var. *Giganteum*).
Roumeg. Crypt. illust.
f. 211.
Sicard, Hist. nat. champ.
t. 57, f. 287.
Sowerb. t. 183.

Multifidum. Fr. in Berk. F. cegl.
n. 430.
Batsch. t. 24, f. 126.

Mya. Scop. ex Fr. Hym. p. 492.
Scop. Ann. hist. nat. t. 1,
f. 4.

Variabile. Sorok. Rev. myc. XII,
1890, p. 10.
Revue myc. 1890, t. 109,
f. 404.

SCHULZERIA

Rimulosa. Schulz. et Bres. in Bres.
Schulzeria, p. 7.
Avec figure.

Squamigera. Schulz. et Bres. in
Bres. Schulzeria, p. 9.
Avec figure.

SISTOTREMA

Carneum. Fr. Hym. Eur. p. 619.
Bonord. in Fl. Batav.
t. 1095.

Confluens. Fr. Hym. Eur. p. 619.
Bull. t. 453, f. 1.
Grev. Scot. t. 248.
Pat. Tab. 248.
Roumeg. Crypt. illustr.
f. 224.
Sicard, Hist. nat. champ.
t. 58, f. 296.
Sowerb. t. 112.

Membranaceum. Oud. in Hedw.
1879, p. 127.

Occarium. Fr. Hym. Eur. p. 619.
Michel. t. 64, f. 3.

Pachyodon. Fr. Hym. Eur. p. 619.
Gillet, t. 579.

SOLENIA

Amoena. Oudem. Contr. myc. Pays-
Bas, XII, p. 19.

Annulata. Fr. Hym. Eur. p. 597.
Holmsk. Ot. II, t. 13.

Anomala. Fr. Hym. Eur. p. 596.
Doas. et Pat. t. 35.
Pat. Tab. 456.

Candida. Fr. Hym. Eur. p. 596.
Hoffm. D. Fl. II, t. 8, f. 1.

Caulium. Fr. Hym. Eur. p. 597.

Crocea. Karst. Fragm. Myc. XIX, p. 5.

Endophila. Fr. Hym. Eur. p. 705.

Epiphylla. Dur. et Lév. Expl. alg.
Dur. et Lév. Expl. alg.
t. 29, f. 1.

Fasciculata. Fr. Hym. E. p. 596.
Pers. Myc. Eur. t. 12,
f. 8-9.
Sicard, Hist. nat. champ.
t. 60, f. 309.

Granulosa. Fuck. Symb. myc. II,
p. 7.

Grisella. Quél. in Bull. soc. bot. Fr.
XXIV, 1877, p. 329-XXXVII.
Quél. Bull. Soc. bot. Fr.
1877, t. 6, f. 13.

Ochracea. Fr. Hym. Eur. p. 596.
Corda, Ic. III, f. 96.
Hoffm. D. Fl. t. 8, f. 2.

Pallens. Fr. Hym. Eur. p. 596.

Populicola Pat. Tab. anal. I,
p. 201.
Pat. Tab. 457.

Poriæformis. Fr. H. E. p. 597.

Porioides. Alb. et Schw. Consp.
p. 327.
Alb. et Schw. t. 6, f. 6,
a, b, c.

Spadicea. Fr. Hym. Eur. p. 597.

Stipata. Fr. Hym. Eur. p. 597.

Stipitata. Fr. Hym. Eur. p. 597.

Urceolata. Fr. Hym. Eur. p. 597.
Fl. Dan. t. 1077, f. 3.

Villosa. Fr. Hym. Eur. p. 596.
Berkl. Ic. t. 18, f. 4.

SPARASSIS

Crispa. Fr. Hym. Eur. p. 666.
Bail. t. 27.
Cordier, t. 47, f. 1.
Dr Lorins, t. 2, f. 5.
Dufour, Atl. champ. t. 68.
Gillet, t 501.
Gotthold-Hahn. f. 102, 1re
édit. et f. 136, 2e édit.
Hogg. et Johnst. t. 24.
Hummer, t. 1, f. 4.
Jacq. Misc. t. 22, f. 2, 3.
Klotzsch, Bor. t. 463.
Krombh. t. 22, f. 2, 3, t. 5,
f. 17-18.
Moyen, Tr. élém. champ.
t. 16, f. 1.
Rolland, Bull. Soc. myc.
Fr. 1893, t. 5, f. 1.
Roumeg. Crypt. illustr.
f. 237.
Schæff. t. 163.
Sverig. Atl. svamp. t. 17.

Foliacea. Fr. Hym. Eur. p. 666.
St-Amans. Fl. Ag. t. 11.

Laminosa. Fr. Hym. Eur. p. 666.
Krombh. t. 22, f. 1, 4.

Otto Werberbauer, t. 9, f. 2.

Roz. et Rich. Atl. t. 65, f. 18-20.

STEREUM

Abietinum. Fr. Ilym. Eur. p. 643.

Acerinum. Fr. Ilym. Eur. p. 645.

Album. Quél. in Assoc. fr. av. sc. 1882, p. 400.
Quél. Assoc. fr. av. sc. 1882, t. 11, f. 16.

Alneum. Fr. Ilym. Eur. p. 644.

Ambiguum. Karst. in Iledw. 1889, p. 26.

Amphibolum. F. II. Eur. p. 645.

Areolatum. Fr. Ilym. Eur. p. 642.

Aridum. Karst. Finl. Basid. p. 428.

Arcticum. Fr. Ilym. Eur. p. 639.

Avellanum. Fr. Ilym. Eur. p. 642.

Bicolor. Fr. Ilym. Eur. p. 640.
Fr. Icon. t. 197, f. 2.
Karst. Icon. t. 9.

Boreale. Karst. Myc. Fenn. XXIX, p. 104.

Bufonium. Fr. Ilym. Eur. p. 645.

Chailletii. Fr. Ilym. Eur. p. 642.

Conchatum. Fr. Ilym. E. p. 640.

Coryli. Bres. in Rev. myc. 1890, p. 108.

Cotyledoneum. Fr. Ilym. Eur. p. 642.

Crocatum. Fr. Ilym. E. p. 641.

Croceo-ferrugineum. Mass. Monog. Thel. p. 110.
Massee, Monog. Thel. t. 5, f. 9.

Crustosum. Dur. et Lév. Expl. alg.
Durieu et Léveill. Expl. alg. t. 33, f. 5.

Cyclothelis. F. Hym. E. p. 645.

Disciforme. F. Ilym. E. p. 642.
Cooke, in Grev. t. 122, f. 2.
Pat. Tab. 250.
Roumeg. Crypt. illustr. f. 231.

Eberstalleri. Wettst. in Bot. centr. 1888, p. 354.

Ferrugineum. Fr. II. E. p. 640.
Bull. t. 378.

Frustulosum. Fr. II. E. p. 643.

Fuliginosum. F. II. Eur. p. 645.

Gausapatum. Fr. II. E. p. 638.

Glaucescens. F. II. E. p. 644.

Hirsutum. Fr. Hym. Eur. p. 639.
Berkl. Outl. t. 17, f. 7.
Bolton, t. 82, f. C.
Britz. Hym. Südb. V, Thel.
f. 20.
Bull. t. 274.
Fl. Dan. t. 1199.
Gillet, t. 496.
Hussey, I, t. 58.
Krombh. t. 5, f. 13.
Michel. t. 66, f. 2.
Quél. Vosges et Jura, III,
t. 1, f. 15 (var.)
Revue myc. 1886, t. 60,
f. 4, 5 (terat.)
Roumeg. Crypt. illustr.
f. 230.
Sowerb. t. 27.

Insigne. Bres. N. g. bot. Ital. 1891,
p. 158.

Insignitum. Quél. in Assoc. fr.
av. sc. 1889, p. 513.

Laxum. Karst. Finl. Basid. p. 429.

Lilacinum. Fr. Hym. Eur. p. 629.
Batsch, t. 25, f. 131.

Nigrescens. Massee, Monog. Thel.
p. 104.
Massee, Monog. Thel. t. 5,
f. 5.

Ochroleucum. F. H. E. p. 639.

Odoratum. F. Hym. Eur. p. 644.

Pini. Fr. Hym. Eur. p. 643.

Purpureum. F. Hym. E. p. 639.
Britz. Hym. Südb. V, Thel.
f. 14.
Bull. t. 483, f. 2, 3, 4.
Hussey, I, t. 20.
Pat. Tab. 150.
Purton, Surgeon, Bot. des-
crip. II, t. 6 (var.)
Sowerb. t. 388, f. 1 et
t. 412, f. 1 (anom.)
Sicard, Hist. nat. champ.
t. 60, f. 308.

Repandum. Fr. Hym. E. p. 642.
Fr. Icon. t. 197, f. 1.

Rubiginosum. F. H. E. p. 641.
Britz. Hym. Südb. V, Thel.
f. 16.
Fl. Dan. t. 1619, f. 2.
Sowerb. t. 26.

Rufum. Fr. Hym. Eur. p. 644.
Sowerb. t. 388, f. 2.

Rugosum. Fr. Hym. Eur. p. 643.

Sanguinolentum. F. Hym. E.
p. 640.
Britz. Hym. Südb. V, Thel.
f. 15.
Gillet, t. 497.
Grev. Scot. t. 225.
Klotzsch, Bor. t. 381.
Lucand, t. 125.
Pat. Tab. 28.
Sicard, Hist. nat. champ.
t. 60, f. 310.

Schulzeri. Quél. in Hedw. 1885, p. 148.

Spadiceum. F. Hym. Eur. p. 640.
Britz. Hym. Südb. IX,
Theleph. f. 31 et 32.
Bull. t. 483, f. 5.
Fl. Dan. t. 1619.

Speciosum. Fr. Hym. E. p. 638.
Inzenga, Fung. Sic. II,
t. 4, f. 1-3.

Sterile. Fr. Hym. Eur. p. 645.

Stratosum. B. et Br. Ann. nat.
hist. 1883, p. 374.

Striatum. Fr. Hym. Eur. p. 641.

Suaveolens. Fr. H. Eur. p. 644.

Subcostatum. Karst. in Hedw.
1881, p. 178.

Suberosum. Dur. et Lév. Expl.
alg.
Durieu et Lév. Expl. alg.
t. 33, f. 6.

Tabacinum. F. Hym. E. p. 641.
Bolt. t. 174.
Roumeg. Crypt. illustr.
f. 229, a.
Sowerb. t. 25.

Tuberculosum. Fr. Hym. Eur.
p. 644.

Tumulosum. Karst. Symb. VIII,
p. 11.

Vitellinum. Dur. et Léveill. Expl.
alg.
Durieu et Léveill. Expl.
alg. t. 33, f. 4.

Vorticosum. F. Hym. E. p. 639.
Bolt. t. 82, f. D.
Bull. t. 483, f. 1.

STROPHARIA

Accessitans. Britz. Derm. et Mel.
p. 169.
Britz. Derm. et Mel. f. 84
et 206.

Aculeata. Fr. Hym. Eur. p. 289.
Quél. Vosges et Jura, t. 22,
f. 4.

Æruginosa. Fr. Hym. E. p. 284.
Batsch, t. 37, f. 213.
Bern. Champ. Roch. t. 21,
f. 3.
Bolt. t. 143.
Britz. Melan. f. 4.
Cooke, t. 551.
Curt. Lond. t. 309.
Fl. Batav. t. 617.
Fl. Dan. t. 1248.
Gillet, t. 398.
Hussey, I, t. 35.
Klotzsch in Fl. bor. t. 458.
Krombh. t. 3, f. 27, 28 et
t. 62, f. 11-14.
Lucand, t. 312.
Pat. Tab. 231.

Roze et Rich. Atl. t. 33,
f. 1-4.
Schæff. t. 1.
Sicard, Hist. nat. champ.
t. 19, f. 84.
Sowerb. t. 264.

Albo-cyanea. F. H. Eur. p. 284.
Cooke, t. 552.
Gillet, t. suppl.
Lucand, t. 113.
Pers. Myc. Eur. t. 29,
f. 2, 3.
Roumeg. Crypt. illustr.
f. 192.
Roze et Rich. Atl. t. 33,
f. 5-8.
Saund. et Sm. t. 29.

Albo-nitens. F. Hym. E. p. 286.
Britz. Melanospori, f. 136.
Fr. Icon. t. 131, f. 2.

Battarræ. Fr. Hym. Eur. p. 289.
Batt. t. 28, f. H.

Calceata. Fr. Hym. Eur. p. 287.
Schæff. t. 257, f. 1-3.

Capillacea. Gillet, Champ. Fr.
p. 581.

Caput-Medusæ. F. Hym. Eur.
p. 288.
Cooke, t. 540.
Fr. Icon. t. 131, f. 3.

Consentiens. Karst. Fl. Myc.
Fenn. III, p. 139.

Coronilla. Fr. Hym. Eur. p. 285.
Bern. Champ. Roch. t. 24,
f. 3.
Britz. Derm. et Mel. f. 11.
Bull. t. 597, f. 1.
Cooke, t. 535.
Fr. Icon. t. 130, f. 2.
Kalchbr. Hung. t. 17.
Pat. Tab. 232.
Quélet, Vosges et Jura,
t. 14, f. 7.
Roze et Rich. Atl. t. 15,
f. 11-13.
Sacc. M. Ven. t. 4, f. 21-23.
Sicard, Hist. nat. champ.
t. 26, f. 139.

Cothurnata. Fr. Hym. E. p. 290.
Fr. Icon. t. 132, f. 3.

Cotonea. Quél. in Bull. Soc. bot.
Fr. XXIII, 1876, p. 328.
Lucand, t. 217.
Quélet, Bull. Soc. bot. Fr.
1876, t. 2, f. 5.

Depilata. Fr. Hym. Eur. p. 283.
Buxb. C. IV, t. 4 (f. *Major*).
Fl. Dan. t. 1191.

Fusoïdea. Pat. Tab. anal. I, p. 104.
Pat. Tab. 233.

Hypsipa. Fr. Hym. Eur. p. 290.
Cooke, t. 619.
Fr. Icon. t. 132, f. 2.

Indictiva. Britz. Derm. et Mel.
p. 169.
Britz. Derm. et Mel. f. 118.

Inuncta. Fr. Hym. Eur. p. 284.
Buxb. Cent. IV, t. 4 (f. *Minor*).
Cooke, t. 534.
Lucand, t. 313.
Roze et Rich. Atl. t. 15, f. 14-16.
Saund. et Sm. t. 29, f. 6, 7.
Sow. t. 407 et 408 (mélangé avec *Str. semiglobata*.)

Jerdoni. Fr. Hym. Eur. p. 289.
Berk. et Br. t. 14, f. 2.
Cooke, t. 541.

Luteo-nitens. F. H. E. p. 286.
Cooke, t. 604.
Fl. Dan. t. 1057.

Mammillata. F. Hym. E. p. 287.
Gillet, t. 395.
Kalchbr. Hung. t. 16, f. 2.

Medusa. Fr. Hym. Eur. p. 288.
Brigant, Neap. t. 36, f. 1-5.

Melanosperma. F. H. E. p. 285.
Bres. Fung. Trid. t. 61.
Bull. t. 540, f. 2.
Britz. Derm. et Mel. f. 12 (var.) et f. 107 et f. 137.
Cooke, t. 536.
Pat. Tab. 555.
Quél. Vosges et Jura, t. 24, f. 3.
Sicard, Hist. nat. champ. t. 25, f. 132.

Merdaria. Fr. Hym. Eur. p. 286.
Britz. Derm. et Mel. f. 13.
Buxb. C. IV, t. 16, f. 2.
Cooke, t. 537.
Fr. Icon. t. 130, f. 3 (var.)
Gillet, t. 568.
Lucand, t, 139.
Saund. et Sm. t. 25, f. inf.

Obturata. Fr. Hym. Eur. p. 285.
Letell. t. 700.
Paul. t. 104, f. 1 bis.
Roze et Rich. t. 15, f. 7-10.
Sicard, Hist. nat. champ. t. 32, f. 169.
Saund. et Sm. t. 25, f. 1, 2 (f. *Minor*).

Ocreata. Fr. Hym. Eur. p. 288.
Holmsk. Ot. 2, t. 36.
Nees. Syst. f. 168.

Palustris. Fr. Hym. Eur. p. 286.
Quél. Vosges et Jura, t. 23, f. 9.

Percevalii. B. et Br. Ann. h. n. n. 1767.
Cooke, t. 550 et 555 (var.)
Grevillea, VIII, t. 126, f. 1.

Punctulata. Fr. Hym. Eur. p. 289.
Britz. Melanosp. f. 181.
Cooke, t. 587, B.
Kalchbr. Hung. t. 14, f. 1.

Scobinacea. Fr. Hym. E. p. 288.

Semiglobata. F. H. E. p. 287.
Batsch. t. 21, f. 110.

Bern. Champ. Roch. t. 25, f. 1.

Cooke, t. 539.

Curt. I, t. 194.

Gillet, t. 396.

Grev. Scot. t. 344.

Hussey, I, t. 39.

Pat. Tab. 234.

Sowerb. t. 407, 408 (mélangé avec *Str. inuncta.*)

Siccipes. Karst. Symb. myc. Fenn. IX, p. 46.

Spintrigera. F. H. Eur. p. 289.
Cooke, t. 542.
Fr. Icon. t. 132, f. 1.

Squamosa. Fr. Hym. Eur. p. 285.
Berkl. Outl. t. 10, f. 6.
Cooke, t. 553.
Fl. Dan. t. 2077, f. 1, 2 (var.)
Gillet, t. 399.
Lucand, t. 190.
Pat. Tab. 655.
Roze et Rich. Atl. t. 18, f. 14-17.

Stercoraria. Fr. Hym. E. p. 287.
Bern. Champ. Roch. t. 23, f. 3.
Britz. Mel. f. 25 et 31 (var.) et 125.
Bull. t. 566, f. 4.
Cooke, t. 538.
Sowerb. t. 249.

DICT. ICON.

Sulcata. Gill. Champ. Fr. Hym. p. 580.

Sulcatula. Gillet, Champ. Fr. Hym. p. 580.

Thrausta. Fr. Hym. E. p. 286.
Cooke, t. 554 et 555 (var.)
Fl. Dan. t. 2077, f. 2.
Kalchbr. Fung. Hung. t. 15, f. 4.

Versicolor. Fr. Hym. E. p. 284.

Worthingtonii. F. H. E. p. 286.
Cooke, t. 556.
Saund. et Sm. t. 29, f. 1-5.

THELEPHORA

Amansii. Brond. in Rev. Myc. XIV (1892), p. 65.
Brond. Crypt. Agen. IV, t. 12.

Anthocephala. Fr. Hym. Eur. p. 634.
Berkl. Outl. t. 17, f. 4.
Bull. t. 452, f. 1.
Dufour, Atl. Champ. t. 70.
Pat. Tab. 249.
Sowerb. t. 156.

Atra. Fr. Hym. Eur. p. 636.

Atro-citrina. Quél. Vosges et Jura, III, p. 443.
Pat. Tab. 581.
Quél. Voges et Jura, III, t. 11, f. 8.

21

Biennis. Fr. Hym. Eur. p. 636.
Bull. t. 436, f. 2.

Bresadolæ. Schulz. in Hedw. 1885,
p. 147.

Cæsia. Fr. Hym. Eur. p. 638.
(*Tomentella.*)
Nees. Syst. f. 254.
Pat. Tab. 459 et 682.
Pers. Obs. Myc. I, t. 3,
f. 6.

Cæsia. Tul. Ann. sc. nat. 1872.
(*Sebacina.*)
Pat. Tab. 681.

Caryophyllea. P. H. E. p. 634.
Batsch, t. 28, f. 159.
Britz. Hym. Südb. V, Thel.
f. 6.
Saund. et Sm. t. 41, f. 7-12.
Schæff. t. 325.
Schnizl. t. 6.

Chalybea. Bres. et Schulz. in Hedw.
1885, p. 147.
Britz. Hym. Südb. V, Thel.
f. 21.

Clavularis. Fr. Hym. E. p. 634.
Britz. Hym. Südb. V, Thel.
f, 5.
Fr. Icon. t. 196, f. 3.
Fr. Obs. I, t. 1, f. 1.

Contorta. Fr. Hym. Eur. p. 635.
Karst. Ic. sel. t. 8.

Coralloides. Fr. Hym. E. p. 634.
Bull. t. 452, f. 2.

Cristata. Fr. Hym. Eur. p. 637.
Britz. Hym. Südb. V, Thel.
f. 11.
Bull. t. 415, f. 1.
Fl. Dan. t. 2272.
Jungh. Linn. V, t. 7, f. 2.
Pat. Tab. 559.
Sicard, Hist. nat. champ.
t. 63, f. 330.
Sowerb. t. 158.

Crustacea. F. Hym. Eur. p. 637.
Fl. Dan. t. 1851, f. 2.
Pat. Tab. 683.

Diffusa. Fr. Hym. Eur. p. 635.
Fr. Icon. t. 196, f. 4.

Effusa. Bref. Unters. VII, p. 94.
Bref. Unters. VII, t. 5,
f. 20-22.

Elegans. Fr. Epicr. p. 635.
Sowerb. t. 412, f. 1 (f. té-
rat. de *Ster. purpu-
reum*).

Fastidiosa. Fr. H. Eur. p. 637.
Britz. Hym. Südb. V, Thel.
f. 13.
Saund. et Sm. t. 41, f. 1-6.

Frondescens. Fr. H. E. p. 636.

Frondosa. Fr. Hym. Eur. p. 638.

Gelatinosa. Saut. in Hedw. 1876,
p. 152.

Hizingeri. Karst. Symb. ad. Myc.
(Polyozus.)   Fenn. XXIII, p. 2.
   Karst. Ic. sel. III, t. 4,
   f. 70.

Intybacea. Fr. Hym. Eur. p. 635.
   Britz. Hym. Südb. V,
   Thel. f. 9.
   Bull. t. 483, f. 6, 7 et
   t. 278.

Laciniata. Fr. Hym. Eur. p. 636.
   Bolt. t. 173.
   Britz. Hym. Südb. V,
   Thel. f. 10 et IX, f. 29.
   Fl. Dan. t. 1198 et 949.
   Gillet, t. 495.
   Sowerb. t. 213.

Letendreana. Pat. Tab. anal. I,
(Sebacina.)   p. 207.
   Pat. Tab. 474.

Menieri. Pat. Tab. anal. II, p. 32.
(Tomentella.)
   Pat. Tab. 580.

Mollissima. Fr. Hym. E. p. 636.
   Berkl. Outl. t. 17, f. 5.

Multizonata. F. Hym. E. p. 633.
   Berkl. et Br. t. 13, f. 4.
   Britz. Hym. Südb. V,
   Thel. f. 4.

Pallida. Fr. Hym. Eur. p. 633.
   Pers. Icon. et descr. I,
   t. 1, f. 5.
   Revue myc. 1882, t. 30,
   f. 3.

Palmata. Fr. Hym. Eur. p. 634.
   Britz. Hym. Südb. V,
   Thel. f. 7.
   Gillet, t. 580.
   Grev. Scot. t. 46.
   Holmsk. Ot. I, t. 10.
   Krombh. t. 54, f. 24, 25.
   Nees. f. 151.

Perdrix. Hartig. Baumkr. p. 90.
   Hartig. Baumkr. t. 6.

Plurifida. Sacc. Syll. VI, p. 529.

Radiata. Fr. Hym. Eur. p. 633.
   Fl. Dan. t. 469, f. 1.
   Nees. Syst. f. 250.

Sebacea. Fr. Hym. Eur. p. 637.
   Berkl. t. 17, f. 6.
   Britz. Hym. Südb. V,
   Thel. f. 12 et IX, f. 33.
   Fl. Dan. t. 1302, f. 2.
   Letell. t. 607, f. 3.
   Pat. Tab. 155.
   Pers. Clavæf. t. 4, f. 4.
   Tul. Ann. sc. nat. 1872,
   t. 10, f. 6-10.

Sowerbyi. Fr. Hym. Eur. p. 633.
   Pat. Tab. 460.
   Sowerb. t. 155.

Spiculosa. Fr. Hym. Eur. p. 637.

Terrestris. Fr. Hym. E. p. 635.
   Batsch. t. 24, f. 121.

Britz. Hym. Südb. V,
Thel. f. 8 et IX, f. 30
(var.)
Klotzsch, Bor. t. 473.
Nees. Syst. f. 251.

Tuberosa. Fr. Hym. Eur. p. 634.
Grev. Scot. t. 178.

Undulata. Fr. Hym. Eur. p. 633.
Schæff. t. 278?

TRAMETES

Abietis. Karst. Myc. Fenn. X, p. 63.

Bulliardi. Fr. Hym. Eur. p. 584.
Britz. Hym. Südb. V, f. 81.
Bull. t. 310.

Campestris. F. Hym. E. p. 586.
Pat. Tab. 18.
Quélet, Vosges et Jura,
II, t. 2, f. 6.

Carnea. Wettst. F. austr. p. 4.

Cinnabarina. F. Hym. E. p. 583.
Britz. Hym. Südb. V, f. 67
et Polyp. f. 134.
Bull. t. 501, f. 1.
Doas. et Pat. t. 91.
Gotthold-Hahn. f. 127,
2e édit.
Jacq. Austr. t. 304.
(Voyez *Polysticlus cin-
nabarinus.*)

Epilobii. Fr. Hym. Eur. p. 585.

Erubescens. Schulz. in Bot. centr.
1883, p. 4.

Gallica. Fr. Hym. Eur. p. 582.
Bull. t. 421.
Nees. Syst. f. 222.

Gibbosa. Fr. Hym. Eur. p. 583.
Britz. Hym. Südb. V, f. 79.
Fl. Dan. t. 1964.
Gillet, t. 474.
Hussey, II, t. 4.
Lucand, t. 75.
Purton, Surgeon, Bot.
desc. III, t. 14.
Sowerb. t. 194 (var.)

Guyoniana. Mont. Ann. sc. nat.
bot. 1856, p. 33.

Hexagonoides. Fr. Hym. Eur.
p. 585.
Quél. Vosges et Jura,
t. 22, f. 2.

Hispida. Fr. Hym. Eur. p. 583.

Inæqualis. Karst. in Hedw. 1890,
p. 177.

Inodora. Fr. Hym. Eur. p. 584.
Fr. Icon. t. 191, f. 1.

Isabellina. Fr. Hym. Eur. p. 585.

Kalchbrenneri. Fr. in Rabh.
Fung. Eur. n. 1411.

Mollis. Fr. Hym. Eur. p. 585.

Odora. Fr. Hym. Eur. p. 584.
Bolt. t. 162.

Britz. Hym. Südb.V, f. 82.
Pat. Tab. 19.

Odorata. Fr. Hym. Eur. p. 582.
Britz. Hym. Südb.V, f.77.
Schæff. t. 106.

Pini. Fr. Hym. Eur. p. 582.
Britz. Hym. Südb.V, f.76.
Klotzsch. Bor. t. 380.
Lucand, t. 248.
Rostk. t. 50.
Sicard, Hist. nat. champ.
t. 60, f. 307.

Protracta. Fr. Hym. Eur. p. 583.
Fr. Icon. t. 191, f. 3.

Purpurascens. B. et Br. Ann.
N. H. n. 1811.

Rubescens. Fr. Hym. Eur. p.584.
Alb. et Schw. t. 11, f. 2.
Pat. Tab. 21.

Serena. Karst. Symb. VIII, p. 10.

Serialis. Fr. Hym. Eur. p. 585.
Fr. Icon. t. 191, f. 2.

Serpens. Fr. Hym. Eur. p. 586.
Fr. Icon. t. 192, f. 3.
Saund. et Sm. t. 45, f. 8-12.

Suaveolens. Fr. Hym. E. p. 584.
Bot. Zeit. 1859, t. 11, f. 23.
Britz. Hym. Südb. V, f. 80
et Polyp. f. 138.
Cordier, t. 41, f. 2.
Dufour, Atl. champ. t. 48.

Fl. Dan. t. 1849.
Gillet, t. 473.
Gotthold-Hahn. f. 126,
2e édit.
Harz. t. 49.
Hussey, I, t. 43.
Krombh. t. 4, f. 25.
Pat. Tab. 20.
Sowerb. t. 228.
Sterb. t. 27, D.
Tratt. Austr. f. 4.

Suberosa. Fr. Hym. Eur. p. 586.
Britz. Polyp. f. 135.
Sowerb. t. 288.

Terryi. B. et Br. Ann. N. H. n. 1571.

Trogii. Fr. Hym. Eur. p. 583.
Britz. Hym. Südb. V,
f. 78.
Gillot et Lucand, Catal.
champ. t. 4, f. 1.
Lucand, t. 424.

Zonata. Wettst. Vorarb. Steierm. I,
p. 35.

TREMELLA

Alabastrina. Bref. Unters. VII,
p. 129.
Bref. Unters. VII, t. 8,
f. 29-33.

Albescens. Sacc. et Malbr. Mich.
II, p. 305.

Albida. Fr. Hym. Eur. p. 691.
Bref. Unters. VII, t. 5,
f. 14.
Britz. Hym. Südb. V,
Tremell. f. 7.
Bull. t. 386, f. A.
Engl. Bot. t. 2117.
Roumeg. Crypt. illustr.
f. 145.

Atrovirens. Fr. Syst. Myc. II,
p. 232.
Bref. Unters. VII, t. 8,
f. 7-13.
Corda, Ic. F. III, f. 90.

Biparasitica. Fr. Epicr. p. 590.

Clavata. Fr. Syst. Myc. II, p. 218.
Pers. Icon. pict. t. 10, f. 1.

Conglobata. Britz. in Bot. Centr.
1893 (extr.) p. 22.
Britz. Hym. Südb. IX,
Trem. f. 15.

Crypta. Cooke, in Grev. VIII, p. 81.

Culmorum. Cooke, in Grev. VIII,
p. 81.

Dulaciana. Roumeg. in Rev. myc.
1890, p. 1.

Elegans. Fr. Hym. Eur. p. 691.

Epigæa. Fr. Hym. Eur. p. 692.
Berkl. et Br. t. 9, f. 3.

Fimbriata. F. Hym. Eur. p. 690.
Bull. t. 272.
Hoffm. Veg. Crypt. I, t. 7,
f. 1.

Foliacea. Fr. Hym. Eur. p. 690.
Bref. Unters. VII, t. 6,
f. 2.
Britz. Hym. Südb. V,
Bull. t. 406, f. A.
Tremell. f. 5.
Engl. Bot. t. 1452.
Sicard, Hist. nat. champ.
t. 57, f. 292.

Frondosa. Fr. Hym. Eur. p. 690.
Bref. Unters. t. 7, f. 19 et
t. 8, f. 1-6.
Bull. t. 499, f. T.

Grilletii. Boud. in Bull. Soc. bot.
Fr. XXXII, 1885, p. 284.
Boud. Bull. Soc. bot. Fr.
1885, t. 9, f. 4.

Indecorata. F. H. Eur. p. 692.
Fr. Icon. t. 200, f. 4.

Intumescens. F. H. E. p. 691.
Britz. Hym. Südb. V,
Trem. f. 6.
Engl. Bot. t. 1870.

Juniperina. Karst. Fung. Fenn.
Exsicc. 812.

Lutescens. F. Hym. Eur. p. 690.
Bref. Unters. f. 1-12.
Bull. t. 406, f. C. D.

Cordier, t. 48, f. 1.
Gillet, t. 519.
Pers. Ic. et descrip. t. 8,
f. 9.
Quélet, Vosges et Jura,
t. 20, f. 6.

Mesenterica. F. II. E. p. 691.
Bref. Unters. t. 7, f. 13-18.
Britz. Hym. Südb. IX,
Trem. f. 17.
Bull. t. 174.
Cordier, t. 48, f. 2.
Dufour, Atl. champ. t. 76.
Engl. Bot. t. 709.
Fl. Dan. t. 885.
Gillet, t. 518.
Hoffm. Veg. Crypt. I, t. 6,
f. 4.
Hussey, I, t. 27.
Jacq. Misc. I, t. 15.
Schæff. t. 108.

Moriformis. Fr. H. Eur. p. 692.
Engl. Bot. t. 2446.

Neglecta. Tul. in Ann. sc. nat.
1872, p. 222.

Nigrescens. F. Hym. Eur. p. 690.

Nigricans. Fr. Ep. p. 593.

Pinicola. Britz. in Bot. Cent. 1893
(extr.) p. 22.
Britz. Hym. Südb. IX,
Trem. f. 19.

Rubro-violacea. Britz. in Bot.
Centr. 1893 (extr.) p. 22.
Britz. Hym. Südb. IX,
Trem. f. 20.

Sarcoides. Fr. Syst. Myc. II,
p. 215.
Bolt. t. 101, f. 2.
Nees. Syst. f. 143.
Schæff. t. 323, f. 1, 3, 4,
5, 6.
Tul. Carp. III, t. 17, f. 1-6.

Torta. Fr. Hym. Eur. p. 692.

Tubercularia. F. H. E. p. 692.

Uliginosa. Karst. Myc. Fenn. XII,
p. 111.

Versicolor. Fr. Hym. E. p. 693.

Vesicaria. Fr. Hym. E. p. 691.
Bull. t. 427, f. 3.
Engl. Bot. t. 2451.

Violacea. Fr. Hym. Eur. p. 692.
Tulasne, Ann. sc. nat.
1853, t. 12, f. 3-12.

Viscosa. Fr. Hym. Eur. p. 691.
Ann. of. nat. Hist. t. 15,
f. 4.
Britz. Hym. Südb. V,
Tremel. f. 8.
Fl. Dan. t. 1851, f. 1.
Pat. Tab. 475.

TREMELLODON

Auriculatum. F. II. E. p. 618.
Lucand, t. 300.

Gelatinosum. Fr. II. E. p. 618.
Britz. Hym. Südb. V,
Trem. f. 4.
Dufour, Atl. champ. t. 75.
Fl. Dan. t. 717 (var.)
Gillet, t. suppl.
Gotthold-Hahn. f. 101, 1re
édit.
Jacq. Austr. t. 239.
Jacq. Misc. I, t. 9 (var.)
Krombh. t. 50, f. 18-22.
Lucand, t. 375.
Pat. Tab. 61.
Roze et Rich. Atl. t. 65,
f. 12-17.
Schæff. t. 144 et 145.

TRICHOLOMA

Acerbum. Fr. Ilym. Eur. p. 71.
Barla, Ch. A.-Mar. t. 44,
f. 1-5.
Bull. t. 571, f. 2.
Cooke, t. 76.
Gillet, t. 87.
Moyen, Tr. élém. champ.
t. 4, f. 3.
Roze et Rich. Atl. t. 29,
f. 9-12.
Saund. et Sm. t. 48, f. 3.

Sicard, Hist. nat. champ.
t. 17, f. 72.
Ventur. t. 38, f. 7-8.

Adstringens. F. Ilym. E. p. 74.
Britz. Leucospori, f. 266.
Bull. t. 443, f. C-K.

Æstuans. Fr. Ilym. Eur. p. 54.
Barla, Ch. A.-Mar. t. 31,
f. 1-3.
Letell. t. 699.

Albellum. Fr. Ilym. Eur. p. 67.
Barla, Ch. A.-Mar. t. 41,
f. 12-17.
Bauhin, cap. II, p. 814.
Bel, Champ. Tarn, t. 15.
Boyer, Champ. com. t. 14.
Britz. Hym. Augsb. I,
t. 4, f. 1.
Cordier, t. 9, f. 1.
Cooke, t. 229.
Eloffe, Champ. t. 6, f. 3.
Gauthier, Champ. t. 16,
f. 1.
Gillet, t. sup.
Gonn. et Rab. t. 15, f. 3.
Gotthold-Hahn. f. 36, 2^{c}
édit.
Leuba, Champ. com. t. 12,
t. 1-6.
Moyen. Tr. élém. champ.
f. 5, f. 1.
Noulet et Dass. Champ.
t. 25.
Schæff. t. 50 ?

Sicard, Hist. nat. champ.
t. 13, f. 48.
Smith. in Seem. Journ.
t. 46, f. 45.
Sowerb. t. 122.
Tratt. Austr. t. 20.

Albo-brunneum. Fr. Hym. Eur.
p. 51.
Barla, Ch. Nice, t. 12 et
Ch. A.-Mar. t. 27, f. 7-
11.
Bern. Champ. Roch. t. 7,
t. 6-9.
Britz. Leucospori, f. 271.
Cooke, t. 197.
Gillet, t. 61.
Gotthold-Hahn. f. 22, 1ro
édit.
Lucand, t. 78 et 353 (var.)
Schæff. t. 38.
Sowerb. t. 416.
Viviani, t. 32.

Albo-fimbriatum. F. Hym. E.
p. 53.

Album. Fr. Hym. Eur. p. 70.
Batt. t. 20, f. i.
Berkl. Outl. t. 4, f. 6.
Bern. Champ. Roch. t. 3,
f. 2.
Bolton, t. 153?
Bull. t. 536.
Cooke, t. 55.
Fries, Icon. t. 43, f. 1.
Pat. Tab. 615.

Roze et Rich. Atl. t. 39,
f. 8-11.
Schæff. t. 256.

Amethystinum. Fr. Hym. Eur.
p. 68.
Batt. t. 9, G?
Cooke, t. 262.
Gauthier, Champ. t. 16,
f. 2.
Paul. t. 95, f. 9-11.

Amicum. Fr. Hym. Eur. p. 69.
Britz. Leucospori, f. 160.
Fr. Icon. t. 36, f. 1.

Arcnatum. Fr. Hym. Eur. p. 70.
Barla, Ch. A.-Mar. t. 43,
f. 4-7.
Bull. t. 443, f. A. B.
Cooke, t. 218.
Gillet, t. 88.
Sicard, Hist. nat. champ.
t. 10, f. 31.
Sterb. t. 7, C.

Argyraceum. F. Hym. E. p. 58.
Barla, Ch. A.-Mar. t. 36,
f. 14-18.
Bull. t. 443, f. M. N? et
513, f. 2, E. H.
Cooke, t. 165, 641 (var.
Virescens) et 947 (var.
Chrysites).
Gillet, t. 525.
Kalchbr. Hung. t. 4, f. 1.

Atro-cinereum. Fr. Hym. Eur. p. 60.
Barla, Ch. A.-Mar. t. 38, f. 4-6.
Cooke, t. 52.
Fries, Icon. t. 31, f. 2.
Gillet, t. 75.
Lucand, t. 178.

Atro-squamosum. Chev. ex Cooke, in Grev. IX, p. 93.
Cooke, t. 51.

Atrovirens. Fr. Hym. Eur. p. 59.

Auratum. Fr. Hym. Eur. p. 50.
Paul. t. 85, f. 1, 2.

Aureum. Fr. Hym. Eur. p. 317.
Bull. t. 92.

Boreale. Fr. Hym. Eur. p. 67.
Cooke, t. 956.
Fries, Icon. t. 41, f. 1.
Sowerb. t. 283.

Boudieri. Barla in Bull. Soc. myc. IX, 1887, p. 205.
Barla, Ch. A.-Mar. t. 37, f. 12-14.

Bresadolæ. Schulz. in Hedw. 1885, p. 132.

Brevipes. Fr. Hym. Eur. p. 75.
Britz. Hym. Augsb. I, t. 3, f. 2.
Bull. t. 521, f. 2.
Buxb. C. IV, t. 31, f. 1.

Cooke, t. 68.
Eloffe, Champ. t. 8, f. 1.
Fl. Bat. t. 1095.
Klotsch. Fl. Bor. t. 374.
Paul. t. 44, f. 1, 2.
Sicard, Hist. nat. champ. t. 13, f. 49.

Bufonium. Fr. Hym. Eur. p. 63.
Barla, Ch. A.-Mar. t. 40, f. 6-7.
Britz. Leucospori, f. 157.
Bull. t. 545, f. 2.
Cooke, t. 181.
Letell. t. 671.
Pat. Tab. 508.
Roze et Rich. Atl. t. 31, f. 4-6.

Cælatum. Fr. Hym. Eur. p. 66.
Cooke, t. 96.
Fr. Icon. t. 37, f. 2.
Gillet, t. 80.

Cæsariatum. Fr. H. Eur. p. 71.
Britz. Leucospori, f. 275.

Calceolum. Fr. Hym. Eur. p. 73.
Sterb. t. 6, E. F. G.

Carneolum. Fr. Hym. Eur. p. 65.
Fr. Icon. t. 40, f. 3.

Carneum. Fr. Hym. Eur. p. 65.
Bull. t. 533, f. 1.
Cooke, t. 96.
Fries, Icon. t. 40, f. 3.

Pat. Tab. 614.
Saund. et Sm. t. 44, f. 1.

Cartilagineum. F. H. E. p. 60.
Barla, Ch. A.-Mar. t. 38,
f. 6-10.
Bres. Fung. Trid. t. 110
et 111.
Bull. t. 589, f. 2.
Cooke, t. 166.
Fr. Icon. t. 33, f. 1.
Lanzi, Fung. Rom. t. 5.
Lucand, t. 56.
Sicard, Hist. nat. champ.
t. 10, f. 33.
Viv. t. 18.

Centurio. Fr. Hym. Eur. p. 54.
Kalchbr. Icon. t. 4, f. 2.

Cerinum. Fr. Hym. Eur. p. 64.
Cooke, t. 95.
Fr. Icon. t. 39, f. 1.
Gillet, t. 79.

Chrysenterum. F. H. E. p. 64.
Bull. t. 556, f. 1.
Sicard, Hist. nat. champ.
t. 20, f. 92.

Chrysites. Fr. Hym. Eur. p. 58.
Barla, Ch. A.-Mar. t. 36,
f. 19-21.
Batt. t. 19, f. L.

Cinerascens. Fr. H. Eur. p. 73.
Barla, Ch. A.-Mar. t. 45,
f. 11-14.
Britz. Leucospori, f. 164.

Bull. t. 428, f. 2.
Cooke, t. 170.
Sicard, Hist. nat. champ.
t. 10, f. 32.
Viviani, t. 20.

Civile. Fr. Hym. Eur. p. 71.
Barla, Ch. A.-Mar. t. 44,
f. 6-10.
Britz. Leucosp. f. 580.
Fr. Icon. t. 42, f. 1.

Cnista. Fr. Hym. Eur. p. 73.
Bres. Fung. Trid. t. 48.

Cognatum. Fr. Hym. Eur. p. 70.
Bull. t. 589, f. 1:

Colossum. Fr. Hym. Eur. p. 50.
Barla, Ch. A.-Mar. t. 25,
f. 10-12 et t. 26, f. 1-7.
Cooke, t. 75.
Cordier, t. 21.
Fr. Icon. t. 21 et 22.
Lucand, t. 228.

Columbetta. Fr. Hym. Eur. p. 55.
Barla, Ch. A.-Mar. t. 33,
f. 3-7.
Britz. Leucospori, f. 93,
147 et 570 (var.)
Cooke, t. 48.
Fr. Icon. t. 29, f. 2.
Gillet, t. 68.
Gonn. et Rab. t. 15, f. 1.
Krombh. t. 25, f. 6, 7.
Letell. t. 625.
Paul. t. 58.

Quélet, Vosges et Jura,
t. 2, f. 2.
Roze et Rich. Atl. t. 40,
f. 12-15.
Sterb. t. 9, B.

Compactum. F. Hym. Eur. p. 59.
Fr. Icon. t. 35, f. 1.

Conglobatum. F. Hym. E. p. 69.
Barla, Ch. A.-Mar. t. 42,
f. 8-15.
Bres. Fung. Trid. t. 32
(sub. *Clitocybe*).

Congregabile. Britz. Hym. Südb.
IV, p. 147.
Britz. Leucospori, f. 274.

Consequens. Britz. Hyp. et Leuc.
p. 145.
Britz. Hyp. et Leuc. f. 95.

Coryphæum. F. Hym. Eur. p. 48.
Barla, Ch. A.-Mar. t. 27,
f. 1-3.
Bern. Champ. Roch. t. 54,
f. 1.
Bres. Fung. Trid. t. 76.
Vent. t. 36, f. 1-3.

Crassifolium. Fr. H. Eur. p. 61.
Britz. Leucospori, f. 155.
Cooke, t. 92.

Cuneifolium. Fr. H. Eur. p. 61.
Barla, Ch. A.-Mar. t. 38,
f. 7-11.
Batsch. t. 37, f. 206.

Britz. Leucosp. f. 486 et 498
(var. *Cinereo-rimosum*).
Bull. t. 580, a, b.
Cooke, t. 261, 52 et 251
(var.)
Lucand, t. 354.
Sicard, Hist. nat. champ.
t. 17, f. 76.

Cuneiforme. Britz. in Bot. cent.
1893 (extr.) p. 3.
Britz. Hym. Südb. IX
Leucosp. f. 491, 497.

Deliberatum. Britz. Derm. et Mel.
p. 187.
Britz. Leucospori, f. 165.

Dissultans. Karst. myc. Fenn.
III, p. 41.

Duracinum. Cooke in Grev. XII,
p. 41.
Cooke, t. 640.

Effocatellum. Lanzi, F. Rom.
p. 74.
Mauri, in Giorn. arcad.
t. 54.
Viviani, t. 18 et 16 ?
(Voyez *Clitocybe effoca-
tella*.)

Elytroides. Fr. Hym. Eur. p. 62.
Battar. t. 17, f. D.
Fries, Icon. t. 33, f. 2.

Equestre. Fr. Hym. Eur. p. 48.
Barla, Ch. A.-Mar. t. 24,
f. 1-12.

Berk. Outl. t. 4, f. 2.
Brig. Neap. t. 6.
Britz. Leucospori, f. 272.
Bull. t. 92.
Cooke, t. 72.
Dufour, Atl. champ. t. 10.
Eloffe, Champ. t. 6, f. 6.
Gillet, t. 64.
Gonn. et Rabh. t. 13, f. 1.
Gotthold-Hahn. f. 24, 1ᵣᵉ édit. et f. 44, 2ᵉ édit.
Harz. t. 22.
Krombh. t. 68, f. 18-21 et t. 1, f. 16-17.
Lucand, t. 1.
Moyen, Tr. élém. champ. t. 4, f. 1.
Roze et Rich. Atl. t. 32, f. 1-4.
Schœff. t. 41.

Exscissum. Fr. Hym. Eur. p. 75.
Barla, Ch. A.-Mar. t. 47, f. 6-9.
Britz. Leucospori, f. 172.
Cooke, t. 171.
Fr. Icon. t. 44, f. 2.

Fallax. Peck. Rep. p. 74.
Cooke, t. 1151.
Peck. Rep. t. 1, f. 5-8.

Favillare. Fr. Hym. Eur. p. 78.
Britz. Hym. Südb. IX Leucosp. f. 584.

Flavo-brunneum. Fr. H. Eur. p. 51.
Barla, Ch. A.-Mar. t. 27, f. 4-6.
Britz. Leucosp. f. 572 (var. *Compactum*).
Eloffe, Champ. t. 6, f. 10.
Fr. Icon. t. 27, f. 1.
Gillet, t. 57.
Gotthold-Hahn. f. 23, 1ʳᶜ édit.
Letell. t. 707.

Frumentaceum. Fr. Hym. Eur. p. 52.
Barla, Ch. A.-Mar. t. 29, f. 1-3.
Bull. t. 571, f. 1.
Cooke, t. 470.
Sicard, Hist. nat. champ. t. 12, f. 42.

Fucatum. Fr. Hym. Eur. p. 49.
Cooke, t. 73.
Fr. Icon. t. 24, f. 2.

Fulvellum. Fr. Hym. Eur. p. 50.
Bull. t. 555, f. 2.
Cooke, t. 57.
Lucand, t. 152.

Furvum. Fr. Hym. Eur. p. 57.
Britz. Leucospori, f. 264.

Gambosum. Fr. Hym. Eur. p. 66.
Barla, Ch. A.-Mar. t. 41, f. 1-7.

Berkl. Outl. t. 4, f. 5.
Cooke, t. 63.
Dᴿ Lorins, t. 12, f. 1.
Gillet, t. 82.
Gonn. et Rab. t. 18, f. 3.
Gotthold-Hahn. f. 25, 1ʳᵉ
édit. et f. 37, 2ᵉ édit.
Hussey, I, t. 83.
Krombh. t. 63, f. 18-22.
Lenz. f. 13 (var.)
Leuba, Champ. com. t. 13.
Lucand, t. 80.
Sowerb. t. 281.
Sverig. Atl. svamp. t. 9.
Ventur. t. 4.

Gateraudii. Roum. in Rev. myc.
I (1879) p. 153.
Rev. myc. I, 1879, t. 4,
f. A.
Roum. Fl. myc. Tarn, t. 8.

Gausapatum. Fr. H. Eur. p. 57.
Barla, Ch. A.-Mar. t. 35,
f. 1-4.
Paul. t. 89, f. 1 ?

Geminum. Fr. Hym. Eur. p. 61.
Lucand, t. 303.
Paul. t. 40.

Georgii. Fr. Hym. Eur. p. 67.
Barla, Ch. A.-Mar. t. 41,
f. 8-11.
Bauhin, cap. III, p. 814.
Dufour, Atl. champ. t. 10
et t. 11 (var.)

Favre-Guill. Neuchâtel,
I, t. 27.
Fl. Dan. t. 1672.
Krombh. t. 55, f. 9-10.
Pat. Tab. 103.
Rolland, Bull. Soc. myc.
Fr. I, 1887, t 6.
Roze et Rich. Atl. t. 30,
f. 1-8 et f. 9-13 (var.)
Vittad. Fung. mang. t. 12.

Glauco-canum. Bres. Fung.
Trid. p. 7.
Bres. Fung. Trid. t. 2.

Goniospermum. Bres. Fung.
Trid. II, p. 6.
Bres. Fung. Trid. t. 109.

Grammopodium. F. Hym. Eur.
p. 74.
Barla, Ch. A.-Mar. t. 46,
f. 1-7.
Boyer, Champ. com. t. 18.
Britz. Leucospori, f. 168.
Bull. t. 548 et 585, f. 1.
Cooke, t. 98.
Sicard, Hist. nat. champ.
t. 11, f. 39.

Gravabile. Britz. in Bot. cent. 1893
(extr.) p. 3.
Britz. Hym. Südb. IX,
Leucosp. f. 575, 576.

Graveolens. Fr. Hym. Eur. p. 67.
Bull. t. 142.
Cordier, t. 9, f. 2.

Gotthold - Hahn. f. 35,
2ᵉ édit.

Krombh. t. 55, f. 1-6.

Leuba, Champ. com. t. 12,
f. 7-10.

Léveill. Ann. soc. nat.
1843, t. 7, f. 1.

Sicard, Hist. nat. champ.
t. 14, f. 55.

Tratt. Austr. t. 19.

Guernisaci. Crouan. Flor. Finist.
p. 81.
Gillet, t. 63.

Guttatum. Fr. Hym. Eur. p. 54.
Barla, Ch. A.-Mar. t. 31,
f. 9-12.
Britz. Leucospori, f. 146.
Cooke, t. 59.
Schœff. t. 240.

Holoianthinum.Kalchbr.Sziber.
Gomb. p. 7.
Kalchbr. Sziber. Gomb.
t. 1, f. 2.

Hordum. Fr. Hym. Eur. p. 62.
Lucand, t. 79.

Hospitans. Fr. Hym. Eur. p. 78.

Humile. Fr. Hym. Eur. p. 75.
Barla, Ch. A.-Mar. t. 47,
f. 1-5.
Bern. Champ. Roch. t. 9,
f. 1.
Britz. Leucospori, f. 171,
495.

Buxb. Cent. IV, t. 32.

Cooke, t. 99 et 263.

Illecebrosum.Britz. in Bot.cent.
1893 (extr.) p. 2.
Britz. Leucosp. f. 571.

Imbricatum. Fr. Hym. Eur. p.56.
Barla, Ch. A.-Mar. t. 34,
f. 1-7.
Berkl. Outl. t. 4, f. 3.
Britz. Leucospori, f. 149.
Cooke, t. 199 et 60.
Fr. Icon. t. 30.
Gillet, t. 72.
Gonn. et Rab. t. 18, f. 1.
Lucand, t. 2.
Schœff. t. 25.

Immundum. Fr. Hym. Eur. p. 56.
Cooke, t. 61.

Impolitum. Fr. Hym. Enr. p. 55.
Gonn. et Rab. t. 15, f. 2.

Inamœnum. Fr. Hym. Eur. p. 64.
Cooke, t. 77.
Fr. Icon. t. 38, f. 2.
Sowerb. t. 121.

Indetritum. Britz. Hym. Südb. IV,
p. 146.
Britz. Leucospori, f. 273.

Inodermeum. F. Hym. E. p. 57.
Cooke, t. 945.

Interveniens. Karst. Myc. Fenn.
Hym. p. 365.

Ionides. Fr. Hym. Eur. p. 65.
Barla, Ch. A.-Mar. t. 40,
f. 12-13 et 14-17 (var.)
Bolton. t. 41.
Britz. Leucospori, f. 159
(var.), 492 (var. *Mini-
mum*) et 583 (var.)
Bull. t. 533, f. 3 (var.)
Cooke, t. 95.
Fr. Icon. t. 40, f. 1 (var.)
Gillet, t. 81 (var.)
Pat. Tab. 403.
Saund. et Sm. t. 44, f. 1 ?
Sicard, Hist. nat. champ.
t. 20, f. 94.

Irinum. Fr. Hym. Eur. p. 72.
Quél. Vosges et Jura, II,
t. 1, f. 3.

Izarnii. Roum. in Rev. myc. I
(1879), p. 153.
Roum. Fl. myc. Tarn,
t. 7.
Rev. myc. I (1879), t. 3.

Juranum. Fr. Hym. Eur. p. 76.
Britz. Leucospori, f. 267.
Quél. Vosges et Jura, t. 3,
f. 6.

Lætium. Karst. in Hedw. 1889.

Lanicute. Britz. Hym. Südb. IV,
p. 146.
Britz. Hym. Südb. IV,
f. 263, 264.

Lascivum. Fr. Hym. Eur. p. 64.
Britz. Leucospori, f. 158,
488 et 489 (var. *Robus-
tum*).
Cooke, t. 94 et t. 217 (var.)
Fr. Icon. t. 38, f. 1.
Gillet, t. 78.

Lepista. Britz. in Bot. cent. 1893
(extr.) p. 3.
Britz. Leucosp. f. 584.
(Voyez *Paxillus lepista*.)

Leucocephalum. Fr. Hym. E.
p. 71.
Barla, Ch. A.-Mar. t. 33,
f. 8-13.
Cooke, t. 78.
Fr. Icon. t. 43, f. 2.
Sicard, Hist. nat. champ.
t. 20, f. 91.

Lilacinum. Gillet, Ch. Fr. Hym.
p. 113.
Britz. Leucosp. f. 487.
Gillet, t. 80.
Lucand, t. 79.

Linctum. Karst. Myc. Fenn. VI, p. 2.

Lixivium. Fr. Hym. Eur. p. 77.
Cooke, t. 120.
Fr. Icon. t. 45, f. 2.
Sowerb. t. 66.

Loricatum. F. Hym. Eur. p. 60.
Barla, Ch. A.-Mar. t. 38,
f. 1-3.
Fr. Icon. t. 35, f. 2.

Luridatum. Britz. in Bot. centr.
1893 (extr.) p. 2.
Britz. Hym. Südb. IX,
Leucosp. f. 490.

Luridum. Fr. Hym. Eur. p. 54.
Barla, Ch. A.-Mar. t. 31,
f. 4-8.
Brigant, Neap. t. 7.
Britz. Hym. Augsb. I,
t. 2, f. 1.
Cooke, t. 214.
Schæff. t. 69.

Macrorhizum. Fr. Hym. Eur.
p. 58.
Cooke, t. 278.
Kalchbr. Fung. Hung.
t. 3, f. 1.

Maluvium. Fr. Hym. Eur. p. 69.
Batt. t. 20, G.
Bres. Fung. Trid. t. 77.
Britz. Leucospori, f. 161.
Krombh. t. 73, f. 1-4 (var.)
Letell. t. 657.

Melaleucum. F. Hym. E. p. 74.
Barla, Ch. A.-Mar. t. 46,
f. 8-15.
Bern. Champ. Roch. t. 3,
f. 3-4.
Britz. Hym. Augsb. I,
t. 4, f. 2 et Leucospori,
f. 169 (var.), f. 494 (var.
Porphyroleucum).
Bull. t. 443, f. 1 (var.)
Buxb. C. IV, t. 12, f. 2.
DICT. ICON.

Cooke, t. 119 (var.) et 957
(var.)
Fries, Icon. t. 44, f. 1.
Gillet, t. 90.
Lucand, t. 108.
Paul. t. 96, f. 1 (var.)

Metachroum. F. H. E. p. 103.
Pat. Tab. 308.
(Voyez *Clitocybe meta-
chroa*.)

Microcephalum. Karst. in
Hedw. 1881, p. 177.
Karst. Icon. select. t. 12.

Miculatum. F. Hym. Eur. p. 60.

Militare. Fr. Hym. Eur. p. 71.
Cooke, t. 169.

Mirabile. Bres. Fung. Trid. p. 16.
Bres. Fung. Trid. t. 17.

Murinaceum. F. Hym. E. p. 62.
Bull. t. 520.
Cooke, t. 49.
Gillet, t. 76.
Krombh. t. 72, f. 6-18.
Sicard, Hist. nat. champ.
t. 8, f. 27.
Sowerb. t. 106.

Napipes. Krombh. Naturq. Abbild.
p. 22.
Barla, Ch. A.-Mar. t. 37,
f. 10-11.
Krombh. t. 28, f. 23-24.
(Voyez *T. saponaceum*.)

22

Nictitans. Fr. Hym. Eur. p. 50.
Britz. Leucosp. f. 573.
Bull. t. 574, f. 1.
Cooke, t. 56.
Gillet, t. 59.
Hussey, II, t. 46.
Lucand, t. 127.
Sicard, Hist. nat. champ.
t. 10, f. 35.

Nudum. Fr. Hym. Eur. p. 72.
Barla, Ch. A.-Mar. t. 45,
f. 6-10.
Berkl. Outl. t. 4, f. 7.
Bern. Champ. Roch. t. 8,
f. 3.
Boyer, Champ. com. t. 17.
Britz. Leucospori, f. 162
et 163 (var.)
Bull. Soc. Myc. Fr. VIII,
t. 1, f. 1.
Bull. t. 439, f. A.
Cooke, t. 67 et 132 (var.)
Gauthier, Champ. t. 16,
f. 3.
Gillet, t. suppl.
Hoffm. Anal. t. 11, f. 1.
Krombh. t. 71, f. 27-29.
Moyen, Tr. élém. champ.
t. 4, f. 4.
Price. t. 5, f. 35.
Roumeg. Crypt. illustr.
f. 171.
Roze et Rich. t. 34, f. 6-10.
Sicard, Hist. nat. champ.
t. 12, f. 43.

Onichynum. F. Hym. Eur. p. 64.
Barla, Ch. A.-Mar. t. 40,
f. 8-11.
Fr. Icon. t. 39, f. 2.

Opicum. Fr. Hym. Eur. p. 63.

Oreinum. Fr. Hym. Eur. p. 70.
Boyer, Champ. com. t. 20.
Cooke, t. 218.
Pers. M. E. t. 23, f. 1, 2.

Orirubens. Quél. Champ. Jur. et
Vosges, p. 327.
Cooke, t. 90.
Quélet, Vosges et Jura,
II, t. 1, f. 2.

Pœdidum. Fr. Hym. Eur. p. 77.
Cooke, t. 120.
Fr. Icon. t. 46, f. 1.

Panæolum. F. Hym. Eur. p. 73.
Barla, Ch. A.-Mar. t. 45,
f. 15-17.
Bern. Champ. Roch. t. 9,
f. 2, 3.
Britz. Leucospori, f. 166
et 167 (var.) et 496.
Cooke, t. 97.
Fries, Icon. t. 36, f. 2.
Lucand, t. 252.
Sterb. t. 6, f. E. G. (var.)

Patulum. Fr. Hym. Eur. p. 69.
Britz. Leucosp. f. 578.
Cooke, t. 279.
Fr. Icon. t. 37, f. 1.
Saund. et Sm. t. 48, f. 1.

Persicinum. Fr. Hym. E. p. 76.
Fr. Icon. t. 42, f. 2.

Persicolor. Fr. Hym. Eur. p. 65.
Barla, Ch. A.-Mar. t. 40,
f. 14-17.
Fr. Icon. t. 40, f. 1.

Personatum. F. Hym. E. p. 72.
Barla, Ch. A.-Mar. t. 45,
f. 1-5.
Berkl. Outl. t. 5, f. 1.
Bern. Champ. Roch. t. 8,
f. 1-2.
Bolt. t. 147.
Britz. Hym. Augsb. I, t. 3,
f. 5 (var.) et t. 5, f. 1.
Buxb. C. IV, t. 11.
Cooke, t. 66.
Escul. Fung. Engl. Bad-
ham. t. 1, f. 2.
Fl. Dan. t. 1133.
Gillet, t. 85.
Gonn. et Rab. t. 16.
Luçand, t. 102.
Paul. t. 91, f. 1-4.
Roze et Rich. Atl. t. 34,
f. 1-5.
Sowerb. t. 209.
Sverig. Atl. svamp. t. 57.

Pes capræ. Fr. Hym. Eur. p. 68.
Britz. Leucospori, f. 265.
Cooke, t. 946.
Gillet, t. 84.
Schæff. t. 14.
Sterb. t. 9, A.

Pessundatum. F. H. E. p. 51.
Barla, Ch. A.-Mar. t. 28,
f. 9-11.
Bull. Soc. myc. Fr. VIII,
t. 1, f. 2.
Fr. Icon. t. 28.
Gillet, t. 58.
Sterb. t. 8, A.

Phæopodium. Barla, Fl. myc.
ill. p. 60.
Barla, Ch. A.-Mar. t. 46,
f. 16.
Bull. t. 532, f. 2.
(Voy. *Collybia phæopo-
dia* Fr.)

Polioleucum. F. Hym. E. p. 75.
Paul. t. 96, f. 1.

Polyphyllum. F. Hym. E. p. 56.

Porphyroleucum. F. Hym. E.
p. 75.
Britz. Leucosp. f. 494.
Bull. t. 443.
Gillet, t. 91.
(Var. de *T. Melaleucum.*)

Portentiferum. Britz. Hym.
Südb. IV, p. 146.
Britz. Leucospori, f. 262.

Portentosum. F. H. E. p. 48.
Barla, Ch. A.-Mar. t. 25,
f. 1-9.
Cooke, t. 54.
Fr. Icon. t. 24, f. 1.
Gillet, t. 65.

Harz. t. 73.
Lucand, t. 23.
Saund. et Sm. t. 32.

Pravum. Fr. Hym. Eur. p. 65.

Psammopus. F. Hym. E. p. 54.
Barla, Ch. A.-Mar. t. 32,
f. 1-13.
Bern. Champ. Roch. t. 53,
f. 3.
Kalchbr. Hung. t. 3, f. 2.

Putidum. Fr. Hym. Eur. p. 78.
Barla, Ch. A.-Mar. t. 47,
f. 19-22.
Britz. Leucospori, f. 174.
Cooke, t. 172.
Fr. Icon. t. 46, f. 2.

Quinquepartitum. Fr. H. E.
p. 49.
Britz. Leucospori, f. 139.
Cooke, t. 74.
Fr. Icon. t. 25.
Gillet, t. 66.

Raphanicum. Karst. Symb. IX,
p. 39.
Karst. Icon. select. t. 11.

Rasile. Fr. Hym. Eur. p. 77.
Britz. Hym. Südb. IX,
Leucosp. f. 500.

Resplendens. F. Hym. E. p. 49.
Barla, Ch. A.-Mar. t. 33,
f. 1-2.
Britz. Leucospori, f. 141.

Cooke, t. 55.
Fr. Icon. t. 29, f. 1.
Gillet, t. 524.

Russula. Fr. Hym. Eur. p. 52.
Barla, Champ. Nice, t. 13,
f. 11 et 12.
Britz. Leucospori, f. 143.
Cooke, t. 926.
Eloffe, Champ. t. 7, f. 5.
Gillet, t. 60.
Gonn. et Rab. t. 11, f. 3.
Krombh. t. 63, f. 1-12.
Letell. t. 616.
Lucand, t. 128.
Moyen, Tr. élém. champ.
t. 4, f. 2.
Roumeg. Crypt. illustr.
f. 122.
Roze et Rich. t. 28, f. 6-
10.
Schæff. t. 58.
Tratt. Essb. schwamm.
t. G.

Rutilans. Fr. Hym. Eur. p. 53.
Barla, Ch. A.-Mar. t. 29,
f. 4-8.
Bern. Champ. Roch. t. 54,
f. 2.
Bolt. t. 14.
Britz. Leucospori, f. 144.
Buxb. C. V, t. 46.
Cooke, t. 89.
Dufour, Atl. champ. t. 9
(var.)
Fl. Dan. t. 1610.

Gillet, t. 69.
Gonn. et Rab. t. 14, f. 1.
Gotthold-Hahn. f. 29, 1re
édit. et f. 42, 2e édit.
Krombh. t. 63, f. 10-12.
Letell. t. 681.
Lucand, t. 51.
Roze et Rich. Atl. t. 27,
f. 9-12.
Schæff. t. 219.
Sowerb. t. 31.

Salero. Barla, Fl. myc. ill. p. 44.
·Barla, Ch. A.-Mar. t. 28,
f. 5-8.

Sævum. Gillet, Hym. p. 123.
Gillet, t. 86.

Saponaceum. F. Hym. E. p. 59.
Barla, Ch. A.-Mar. t. 37,
f. 1-9 et 10-11 (var.)
Batsch, t. 36, f. 203.
Britz. Leucospori, f. 153
et 154.
Bull. t. 602.
Cooke, t. 91 et 216 (var.)
Dufour, Atl. champ. t. 12.
Fl. Dan. t. 1729.
Fr. Icon. t. 32, fig. sup.
(type) et fig. inf. (var.)
Gillet, t. 74.
Gotthold-Hahn. f. 26, 1re
édit. et f. 41, 2e édit.
Krombh. t. 28, f. 23, 24
(var. *Napipes*).

Lucand, t. 55.
Rolland, Bull. Soc. myc.
Fr. 1891, t. 6, f. 2 (var.)
Roze et Rich. Atl. t. 29,
f. 5-8.
Sicard, Hist. nat. champ.
t. 18, f. 78.

Scalpturatum. F. H. E. p. 55.
Batt. t. 15, F.
Bern. Champ. Roch. t. 6,
f. 1, 2, 3, 4, 5.
Britz. Leucospori, f. 148.
Cooke, t. 215.

Schumacheri. Fr. H. E. p. 69.
Barla, Ch. A.-Mar. t. 42,
f. 6-7.
Cooke, t. 168.
Gillet, t. 89.
Gonn. et Rab. IV, t. 4
(var.)

Sejunctum. F. Hym. Eur. p. 48.
Barla, Ch. A.-Mar. t. 24,
f. 13-16.
Bern. Champ. Roch. t. 4,
f. 4.
Cooke, t. 53.
Fr. Icon. t. 23.
Gillet, t. 67.
Lucand, t. 203.
.Pat. Tab. 506.
Roze et Rich. Atl. t. 32,
f. 5-7.
Sowerb. t. 126.

Sordidum. Fr. Hym. Eur. p. 77.
Barla, Ch. A.-Mar. t. 47,
f. 10-18.
Britz. Leucospori, f. 173.
Buxb. C. IV, t. 12, f. 1.
Cooke, t. 100.
Fl. Dan. t. 1843, f. 2.
Fr. Icon. t. 45, f. 1.
Lucand, t. 153 (var.) et
229.
Quélet, Vosges et Jura,
t. 3, f. 1.
Sicard, Hist. nat. champ.
t. 15, f. 63.
Vogl. Obs. Agar. t. 3,
f. 6 (var.)

Spermaticum. F. H. E. p. 49.
Cooke, t. 87.
Gillet, t. 62.
Lucand, t. 27.
Paul. t. 45.

Stans. Fr. Hym. Eur. p. 52.
Cooke, t. 198.
Fr. Icon. t. 28.

Stiparophyllum. Fr. Hym. E. p. 64.

Strictipes. Karst. Sym. VIII, p. 7.
Karst. Icon. select. t. 21.

Subæquale. Britz. in Bot. centr. 1893 (extr.) p. 3.
Britz. Hym. Südb. IX,
Leucosp. f. 582.

Subimmundum. Britz. in Bot. cent. 1893 (extr.) p. 3.

Britz. Hym. Südb. IX,
Leucosp. f. 483, 574.

Subpulverulentum. F. H. E. p. 76.
Cooke, t. 219.
Hussey, II, t. 39.

Subrancidum. Britz. in Bot. cent. 1893 (extr.) p. 3.
Britz. Hym. Südb. IX,
Leucosp. f. 579.

Sudum. Fr. Hym. Eur. p. 61.
Barla, Ch. A.-Mar. t. 38,
f. 12-14.
Fr. Icon. t. 34, f. 2.

Suevicum. Britz. in Bot. centr. 1893 (extr.) p. 4.
Britz. Hym. Südb. IX,
Leucosp. f. 493.

Sulphureum. Fr. Hym. E. p. 63.
Barla, Ch. A.-Mar. t. 40,
f. 1-5.
Boyer, Champ. com. t. 16.
Britz. Leucospori, f. 156.
Bull. t. 168.
Cooke, t. 62.
Dufour, Atl. champ. t. 9.
Fl. Dan. t. 1910, f. 1.
Gillet, t. 77.
Gonn. et Rab. t. 13, f. 2.
Gotthold-Hahn. f. 27, 1re
édit. et f. 34, 2e édit.
Larbr. t. 12, f. 5.
Leuba, Champ. com. t. 14,
f. 1-4.

Pat. Tab. 507.
Paul. t. 85, f. 3, 4.
Roze et Rich. Atl. t. 31,
f. 1-3.
Sicard, Hist. nat. champ.
t. 14, f. 56.
Sowerb t. 44.

Tenuiceps. Cooke et Mass. Illust.
Syst. ind. VIII, p. 2.
Cooke, t. 1166.

Tenuisporum. Britz. in Bot.
cent. 1893 (extr.) p. 3.
Britz. Hym. Südb. IX,
Leucosp. f. 577.

Terreum. Fr. Hym. Eur. p. 57.
Barla, Ch. A.-Mar. t. 36,
f. 1-13.
Britz. Hym. Augsb. I, t. 2,
f. 3 et Leucospori, fig.
151 (var.) et 152 (var.)
Bull. t. 423, f. 1, et 513,
f. 2, F. G.
Cooke, t. 50 et 165 (var.)
Gillet, t. 73.
Gonn. et Rab. t. 17, f. 2.
Gotthold-Hahn. f. 30, 1re
édit. et f. 39, 2° édit.
Letell. t. 663, f. 6.
Pat. Tab. 307.
Saund et Sm. t. 44, f. 2.
Schæff. t. 64.
Sicard, Hist. nat. champ.
t. 24, f. 126, t. 32, f. 171.
Sowerb. t. 76.
Ventur. t. 45, f. 4, 5.

Testatum. Britz. Derm. et Mel. III,
p. 188.
Britz. Leucospori, f. 170.

Tigrinum. Fr. Hym. Eur. p. 68.
Barla, Ch. A.-Mar. t. 42,
f. 1-5.
Cooke, t. 64.
Fr. Icon. t. 41, inf.
Gillet, t. 83.
Gonn. et Rab. t. 13, f. 2.
Schæff. t. 89.

Transforme. Britz. in Bot. cent.
1893 (extr.) p. 3.
Britz. Hym. Südb. IX,
Leucosp. f. 546.

Triste. Fr. Hym. Eur. p. 58.
Barla, Ch. A.-Mar. t. 35,
f. 9-15.
Bern. Champ. Roch. t. 7,
f. 1-5.
Boyer, Champ. com. t. 19.
Britz. Leucospori, f. 94,
484, 485.
Gillet, t. 71.
Lucand, t. 302.
Saund. et Sm. t. 44, f. 2.

Tumidum. Fr. Hym. Eur. p. 61.
Barla, Ch. A.-Mar. t. 39,
f. 1-5.
Cooke, t. 63.
Krombh. t. 72, f. 1-5.
Lucand, t. 20 et Mém. Soc.
sc. nat. S.-et-L. IV, t. 2.
Sterb. t. 18, E.

Tumulosum. Kalchbr. Hym.Hung. p. 13.
Barla, Ch. A.-Mar. t. 43, f. 1-3.
Kalchb. Ic. t. 5.
(Voyez *Clitocybe tumulosa* Fr.)

Turritum. Fr. Hym. Eur. p. 74.

Unguentatum. F. H. E. p. 57.
Barla, Ch. A.-Mar. t. 35, f. 5-8.
Fr. Icon. t. 31, f. 1.

Urbum. Fr. Hym. Eur. p. 76.
Fl. Dan. t. 1844, f. 1.

Ustale. Fr. Hym. Eur. p. 51.
Barla, Ch. A.-Mar. t. 28, f. 1-4.
Britz. Leucospori, f. 142.
Boyer, Champ. com. t. 21.
Cooke, t. 88.
Fr. Icon. t. 27, f. 2.
Gonn. et Rab. t. 14, f. 2.
Lucand, t. 201.
Roze et Rich. Atl. t. 27, f. 13-16.

Vaccinum. Fr. Hym. Eur. p. 56.
Barla, Ch. A.-Mar. t. 34, f. 8-13.
Batsch, t. 23, f. 116.
Brig. Neap. t. 8.
Britz. Leucospori, f. 150.
Cooke, t. 60.
Dufour, Atl. champ. t. 12.
Gillet, t. 70.

Gonn. et Rab. t. 18, f. 2.
Gotthold-Hahn. f. 28, 1re édit. et f. 40, 2e édit.
Pers. Icon. et descr. t. 2, f. 1-4.

Variegatum. Fr. Hym. E. p. 53.
Barla, Ch. A.-Mar. t. 30, f. 1-7.
Britz. Leucospori, f. 145.
Cooke, t. 642.
Fl. Bat. t. 1035.
Fl. Dan. t. 1910, f. 2.
Gotthold-Hahn. f. 43, 2e édit.
Schæff. t. 21.

Vepallidum. Britz. in Bot. cent. 1893 (ext.) p. 3.
Britz. Leucosp. t. 419.

Violaceo-nitens. F. Hym. E. p. 72.

Virgatum. Fr. Hym. Eur. p. 62.
Cooke, t. 167.
Dufour, Atl. champ. t. 12.
Fr. Icon. t. 34, f. 1.
Gotthold-Hahn. f. 31, 1re édit. et f. 38, 2e édit.

Xanthophyllum. Karst. in Rev. myc. VI, 1890, p. 79.

TROGIA

Crispa. Fr. Hym. Eur. p. 492.
Britz. Hym. Südb. IV, Trogia.

Cooke, t. 1114.
Fl. Dan. t. 1759.
Gillet, t. 251.
Lucand, t. 10.
Pat. Tab. 14.
Pers. Ic. t. 8, f. 7.
Quélet, Vosges et Jura,
t. 14, f. 4.

TUBARIA

Anthracophila. Karst. Symb.
VII, p. 4.
Karst. Ic. sel. II, t. 5,
f. 41.

Autochthona. F. H. E. p. 274.
Boud. Bull. Soc. myc. Fr.
1893, t. 2, f. 3.
Britz. Dermini, f. 105.
Cooke, t. 514.
Grevillea, V, t. 77, f. 4.

Crobula. Fr. Hym. Eur. p. 274.
Britz. Dermini, f. 139.
Cooke, t. 496.

Cupularis. Fr. Hym. Eur. p. 272.
Bull. t. 554, f. 2.
Cooke, t. 602 (var.)
Krombh. t. 3, f. 15-18.
Sicard, Hist. nat. champ.
t. 31, f. 164.

Ecbola. Fr. Hym. Eur. p. 275.

Embola. Fr. Hym. Eur. p. 274.
Cooke, t. 514.

Furfuracea. F. Hym. E. p. 272.
Batsch, t. 19, f. 98.
Bern. Champ. Roch. t. 24,
f. 2.
Britz. Dermini, f. 106.
Bull. t. 535, f. III.
Cooke, t. 603 et 483 (var.)
Gillet, t. 367.
Pat. Tab. 348.

Heterosticha. F. H. E. p. 273.
Britz. Derm. f. 95.

Inconversa. Britz. Derm. et Mel.
p. 166.
Britz. Derm. et Mel. f. 107
et 350.

Inquilina. Fr. Hym. Eur. p. 274.
Cooke, t. 497.

Muscorum. Fr. Hym. E. p. 274.
Britz. Dermini, f. 108.
Hoffm. Nomencl. t. 5, f. 3.

Paludosa. Fr. Hym. Eur. p. 273.
Britz. Dermini, f. 110.
Cooke, t. 484.
Fr. Icon. t. 129, f. 3.

Pellucida. Fr. Hym. Eur. p. 273.
Bull. t. 550, f. 2.
Sicard, Hist. nat. champ.
t. 22, f. 113.

Phæopbylla. Karst. Symb. VIII,
p. 8.

Ptychophylla. Pat.Explor.scient.
Tunisie, p. 2.
Pat. Expl. scient. Tunisie,
Champ. t. 1, f. 1, a, b,
c, d.

Stagnina. Fr. Hym. Eur. p. 273.
Britz. Dermini, f. 111, 253,
349.
Cooke, t. 468.
Fr. Icon. t. 129, f. 2.

Trigonophylla. F. H.E. p. 273.
Cooke, t. 483.
(Var. de T. *Furfuracea*.)

Viscidula. Karst. Hattsv. I, p. 446.

TYPHULA

Cæspitosa. Ces. in Bot. Zeit. 1855,
p. 77.

Candida. Fr. Hym. Eur. p. 685.
Fr. Icon. t. 200, f. 3.

Caricina. Karst. Myc. Fenn. III,
p. 340.
Karst. Icon. select. I, f. 6.

Corallina. Quél. in Assoc. fr. av.
sc. 1883, p. 505.
Pat. Tab. 42.
Quélet, Assoc. fr. av. sc.
1883, t. 6, f. 16.

Crassipes. Fr. Hym. Eur. p. 682.

Elegantula Karst. Not. soc. Fenn.
XI, p. 222.

Erythropus. F. Hym. E. p. 683.
Bolt. t. 43.
Doas. et Pat. t. 89.
Fl. Dan. t. 2030.
Grev. Scot. t. 43.
Pat. Tab. 360.

Euphorbiæ. F. Hym. Eur. p. 684.

Falcata. Karst. in Hedw. 1881,
p. 178.
Karst. Ic. sel. I, f. 20.

Filiformis. Fr. Hym. Eur. p. 685.
Bull. t. 448, f. 1.
Gillet, t. 514.
Sowerb. t. 387, f. 4.

Flavescens. Sauter. in Flor. 1841,
p. 317.

Fuscipes. Fr. Hym. Eur. p. 686.

Gilva. Lasch. in Rabb. Fung. Eur.
n. 619.

Glandulosa. F. Hym. E. p. 685.

Gracilis. Fr. Hym. Eur. p. 686.
B. et Br. t. 8, f. 1.

Gracillima. B. et Br. Ann. nat.
hist. n. 1699.

Graminum. F. Hym. Eur. p. 684.

Grevillei. Fr. Hym. Eur. p. 685.
Pat. Tab. 263.

Gyrans. Fr. Hym. Eur. p. 684.
Batsch, t. 28, f. 164.
Pat. Tab. 262.

Hirsuta. Libert in Grevil. VIII, p. 81.

Incarnata. Fr. Hym. Eur. p. 683.
Grev. Scot. t. 93.
Wild. Ber. t. 7, f. 17.

Lactea. Tul. Carpol. I, p. 106.

Laschii. Fr. Hym. Eur. p. 684.

Limicola. Saut. in Hedw. 1876, p. 130.

Mucor. Pat. Tab. anal. I, p. 206.
Pat. Tab. 472.

Muscicola. F. Hym. Eur. p. 684.
Pers. Obs. II, t. 3, f. 2.

Mycophila. F. Hym. Eur. p. 685.

Neglecta. Pat. Tab. anal. I, p. 206.
Pat. Tab. 471.

Nivea. Pat. Tab. anal. I, p. 22.
Pat. Tab. 42.

Ovata. Karst. Hattsv. II, p. 183.

Peronata. Fr. Hym. Eur. p. 685.

Phacorhiza. Fr. H. E. p. 683.
Cooke, p. 340 avec fig.
Lev. Ann. sc. nat. 1843,
t. 7, f. 1.
Reich. Schr. Nat. freund.
Berl. I, t. 9, f. 4.
Schnizl. in Sturm. D. Fl.
31, t. 12.
Sowerb. t. 233.

Ramealis. Speg. et Roum. in Rev.
myc. II, 1880, p. 15.

Ramentacea. F. H. Eur. p. 685.

Sclerotioides. F. H. E. p. 682.

Stolonifera. Quél. in Assoc. fr.
av. sc. 1883, p. 506.
Pat. Tab. 264.
Quél. Assoc. fr. av. sc.
1883, t. 6, f. 17.

Tenuis. Fr. Hym. Eur. p. 686.
Sowerb. t. 386, f. 5.

Todei. Fr. Hym. Eur. p. 685.

Translucens. B. et Br. Ann. nat.
hist. n. 1589.

Variabilis. F. Hym. Eur. p. 683.
Britz. Hym. Südb. V, Clav.
f. 42,

Villosa. Fr. Hym. Eur. p. 683.
Fl. Dan. t. 1967, f. 2.

VOLVARIA

Bombycina. Fr. Hym. E. p. 182.
Barla, t. 25, f. 1-5.
Brig. t. 34, f. 1-6.
Cooke, t. 293.
Favre-Guill. Neuchâtel,
II, t. 1.
Gillet, t. 253.
Krombh. t. 23, f. 15-21.
Mich. N. gen. t. 76, f. 2.

Pat. Tab. 330.
Plum. Filic. t. 167, f. F.
Schæff. t. 98.

Cellaris. Brond. in Rev. myc.
XIV (1892), p. 64.
Brond. Crypt. Agen. IV,
t. 13, f. 1, 2.

Gloiocephala. F. H. E. p. 183.
Barla, t. 26.
Berkl. Outl. t. 7, f. 3.
Bern. Champ. Roch. t. 5,
f. 4.
Cooke, t. 298.
Dufour, Atl. champ. t. 32.
Gillet, t. 254.
Klotzsch, in Fl. Bor. t. 457.
Letell. t. 623, f. 2 et 645,
f. H, I.
Letell. Avis au peuple, f. 2.
Lucand, t. 333.
Pat. Tab. 224.
Roumeg. Crypt. illustr.
f. 118 et 176 bis.
Roze et Rich. Atl. t. 7.
Saund. et Sm. t. 33, f. 2.
Seyn. Montp. t. 33, f. 12.

Grisea. Quél. in Assoc. fr. av. sc.
1885, p. 445.
Quél. Assoc. fr. av. sc.
1885, t. 12, f. 2.

Hypopithya. F. Hym. E. p. 183.
(Var. de *Parvula* ??)
Pat. Tab. 333.
Quél. Ass. fr. av. sc. 1884,
t. 5, f. 3.

Loveiana. Fr. Hym. Eur. p. 182
Berkl. Outl. t. 7, f. 2.
Cooke, t. 295.
Gillet, t. 252.

Media. Fr. Hym. Eur. p. 184.
Cooke, t. 299.
Fl. Dan. t. 1676, f. 2.
Larbr. t. 9, f. 4.
Letell. t. 623 b.

Murinella. Quél. in Assoc. fr. av.
sc. 1882, p. 391.
Britz. Hypor. f. 62.
Pat. Tab. 424.
Quél. Assoc. fr. av. sc.
1882, t. 11, f. 6.

Parvula. Fr. Hym. Eur. p. 184.
Britz. Hypor. f. 2.
Bull. t. 330.
Cooke, t. 300.
Cordier, t. 6, f. 2.
Gillet, t. 256.
Krombh. t. 3, f. 20.
Pat. Tab. 332 et 333 (var.)
Pers. Obs. II, t. 4, f. 4.
Sicard, Hist. nat. champ.
t. 5, f. 17.
Viviani, t. 11.

Rhodomelas. F. H. E. p. 183.
Paul. t. 151, f. 3.

Speciosa. Fr. Hym. Eur. p. 183.
Bern. Champ. Roch. t. 14,
f. 2.
Cooke, t. 297.

Cordier, t. 6, f. 1.
Fl. Dan. t. 1737.
Gauthier, Champ. t. 5,
    f. 1.
Gillet, t. 255.
Krombh. t. 26, f. 1-8.
Lucand, t. 263.
Pat. Tab. 640.
Rolland, Bull. Soc. myc.
    Fr. 1889, t. 4, f. 3.
Roze et Rich. Atl. t. 9.

Taylori. Fr. Hym. Eur. p. 183.
Cooke, t. 296.
Saund. et Sm. t. 33, f. 1.

Temperata. Stev. Hym. Brit. I, p. 185.
Cooke, t. 300, f. 1.

Viperina. Fr. Hym. Eur. p. 184.
Larbr. t. 9, f. 5.
Pico, Mem. Soc. med.
    Par. 1781, t. 12, f. 4-6.
Paul. Ch. t. 151, f. 4-5.

Volvacea. Fr. Hym. Eur. p. 182.
Barl. t. 25, f. 6-13.
Bern. Champ. Roch. t. 5,
    f. 3.
Britz. Hypor. f. 1.
Bull. t. 262.
Cooke, t. 294.
Fl. Dan. t. 1731, f. 2.
Nees. Act. nat. cur. XVI,
    t. 7.
Pat. Tab. 331.
Sowerb. t. 1 (var.)
Ventur. t. 22.
Viviani, t. 10 et t. 11 (var.)

XEROTUS

Degener. Fr. Hym. Eur. p. 491.
Cooke, t. 1150.
Schæff. t. 243.
Sowerb. t. 210.

Romanus. Fr. Hym. Eur. p. 491.
Michel, t. 79, f. 2.

Tomentosus. Fr. Epicr. p. 491

TABLEAUX

DE

CONCORDANCE

TABLEAU DE CONCORDANCE DE BARRELIER

(Plantæ per Galliam observatæ, Paris, 1714.)

Les chiffres entre parenthèses correspondent aux pages des *Hymenomycetes Europæi* de Fries, 2ᵉ édit.

Numéros des figures.	NOMS FRIESIENS		NOMS DONNÉS PAR BARRELIER
1260	Clavaria aurea..............	(670)	Fungus coralloïdes luteus italicus.
1261	id. botrytis	(667)	id. ramosus crispus violaceus.
1262	id. amethystina........	(667)	id. id. coralloïdes purpureus.
1266	Hydnum coralloïdes........	(607)	id. ramos. abietin. niveus.
1267	Pleurotus ostreatus.........	(173)	id. palmatus.
1268	Merisma intybacea..........	(538)	id. foliatus major carnosior dendroïdes cristatus.
1269	id. umbellata..........	(537)	id. cespitosus ramosus umbellatus major pallido luteus.
1270	id. id.	(537)	id. cespitosus ramosus umbellatus minor albus.
1271	id. cristata...........	(539)	id. ramosus cristatus medius.
1272	id. id. ?..........		id. id. id. angustioribus lobis et crispis.

TABLEAU DE CONCORDANCE DE BATSCH

(*Elenchus Fungorum*, Madgdeburgicæ, 1783.)

Les chiffres entre parenthèses correspondent aux pages des *Hymenomycetes Europæi* de Fries, 2ᵉ édit.

Figures	NOMS FRIESIENS		NOMS DONNÉS PAR BATSCH	
1	Coprinus digitalis....................	(327)	Agaricus	digitalis.
2	Mycena filopes......................	(144)	Agaricus	pilosus.
3	Psathyrella disseminata.............	(316)	id.	tintinnabulum.
4	Collybia radicata....................	(109)	id.	umbraculum.
	Mycena galericulata................	(138)	id.	id.
5	Nolanea mammosa..................	(207)	id.	pratensis.
6	Panœolus campanulatus............	(311)	id.	carbonarius.
7	Naucoria melinoïdes	(257)	id.	lacrimalis.
8	id. cerodes..................	(257)	id.	id.
9	Marasmius perforans...............	(478)	id.	pineti.
10	id. id.	(478)	id.	abietis.
11	Cortinarius cristallinus.............	(350)	id.	barbatus.
12	Hygrophorus virgineus.............	(413)	id.	virgineus.
13	Russula lepida.....................	(444)	id.	sanguineus.
14	Collybia fusipes	(111)	id.	mollis.
15	id. œdematopoda	(112)	id.	hepaticus.
16	Cortinarius spadiceus...............	(339)	id.	spadiceus.
17	id. id.	(339)	id.	ochraceus.

Figures	NOMS FRIESIENS		NOMS DONNÉS PAR BATSCH
18	Entoloma placenta..................	(190)	Agaricus placenta.
19	id. Batschianum..............	(191)	id. murinus.
20	Mycena pura......................	(133)	id. yanthinus.
21	Inocybe auricoma..................	(233)	id. auricomus.
22	Cortinarius varius.................	(338)	id. subgranulatus.
23	Flammula alnicola.................	(248)	id. Rudolphii.
24	Lepiota granulosa..................	(36)	id. granulosus.
25	Pluteus hispidulus.................	(187)	id. hispidus.
26	Pluteus pellitus...................	(187)	id. fuliginatus.
27	Lentinus tigrinus..................	(481)	id. atrosquamosus.
28	Hygrophorus conicus	(419)	id. hyacinthus.
29	Hypholoma fasciculare.............	(291)	id. genensis.
30	Pholiota filamentosa...............	(220)	id. flammans.
31	id. adiposa..................	(222)	id. squarrosus.
32	Paxillus atro-tomentosus	(403)	id. atro-tomentosus.
33	Panus torulosus...................	(489)	id. carneo-tomentosus.
34	Favolus Europæus.................	(590)	id. cantharellus.
35	Cantharellus infundibuliformis......	(458)	id. pruinatus.
36	Craterellus lutescens..............	(630)	id. aurora.
37	Cantharellus aurantiacus...........	(455)	id. pseudo-unctuosus.
38	Crepidotus mollis..................	(275)	id. canescens.
39	Panus violaceo-fulvus	(490)	id. violaceo-fulvus.
40	Collybia plexipes..................	(126)	id. fuliginarius.

Figures	NOMS FRIESIENS		NOMS DONNÉS PAR BATSCH
41	Polyporus squamosus	(532)	Boletus squamosus.
42	id. brumalis	(526)	id. lacteus.
	id. umbellatus	(537)	id. id.
43	Hydnum subsquamosum	(598)	Hydnum subsquamosum.
44	id. repandum	(601)	id. clandestinum.
45	id. nigrum	(605)	id. suberosum.
46	Clavaria pistillaris	(676)	Clavaria pistillaris.
48	id. formosa	(671)	id. fastigiata.
59	Lactarius pargamenus	(430)	Agaricus piperatus.
60	Lactarius ichoratus	(436)	id. ichoratus.
61	Paxillus involutus	(403)	id. involutus.
62	Clitocybe flaccida	(97)	id. libertatis.
63	id. id.	(97)	id. pileatus.
64	id. nimbata	(81)	id. nivosus.
65	id. id.	(81)	id. nimbatus.
66	Mycena atro-alba?	(140)	id. pusillus.
67	Russula furcata	(441)	id. livescens.
68	Lactarius acris	(428)	id. deliciosi varietas.
69	id. cimicarius (Gillet, *Hym.* p. 221)		id. cimicarius.
70	Gomphidius glutinosus	(399)	id. glutinosus.
71	id. id.	(399)	id. glutinosus.
72	Russula vitellina	(454)	id. risigallinus.
73	Cortinarius glaucopus	(344)	id. defossus.

Figures	NOMS FRIESIENS		NOMS DONNÉS PAR BATSCH	
74	Cortinarius subpurpurascens........	(346)	Agaricus subpurpurascens.	
75	Armillaria robusta	(41)	id.	subannulatus.
76	Entoloma clypeatum...............	(194)	id.	atricapillus.
77	Coprinus narcoticus	(329)	id.	narcoticus.
78	id. papillatus	(326)	id.	papillatus.
79	Amanita vaginata..................	(27)	id.	fungites, var.
80	Mycena collariata..................	(146)	id.	griseus.
81	id. corticola..................	(152)	id.	clavularis.
82	Mycena mucor.....................	(152)	id.	mucor.
83	Marasmius saccharinus.............	(479)	id.	saccharinus.
84	id. epiphyllus.............	(479)	id.	squamula.
85	Mycena polygramma?..............	(139)	id.	cynophallus.
86	Omphalia picta....................	(163)	id.	glandiferus.
87	Mycena atro-cyanea...............	(141)	id.	atro-cyaneus.
88	id. citrinella..................	(150)	id.	tenellus.
89	Psathyrella subatrata..............	(313)	id.	subatratus.
90	Psathyra gyroflexa, var.............	(305)	id.	luridus.
91	Panæolus retirugis.................	(310)	id.	carbonarii, var.
92	Clitocybe laccata..................	(108)	id.	ferruginatus.
93	Collybia tuberosa..................	(119)	id.	amanitæ.
94	Mycena echinipes..................	(152)	id.	cæsius.
95	Collybia cirrhata..................	(119)	id.	pallor.
96	Galera hypnorum	(270)	id.	hypni.

Figures	NOMS FRIÉSIENS		NOMS DONNÉS PAR BATSCH
97	Lepiota amianthina	(37)	Agaricus flavo-floccosus
98	Tubaria furfuracea..................	(272)	id. circumseptus.
99	Clitocybe laccata...................	(108)	id. roseus.
100	id. id.	(108)	id. subcarneus.
101	id. cinerascens	(100)	id. cinerascens.
102	id. metachroa	(102)	id. obsolescens.
103	id. obsoleta................	(105)	id. obsoletus.
104	Collybia confluens	(117)	id. tremulus.
105	Psilocybe cano-brunneus	(302)	id. cano-brunneus.
106	Inocybe geophylla..................	(235)	id. candidus.
107	id. rimosa	(232)	id. aurivenius.
108	Naucoria vervacti.................	(260)	id. bulbularis.
109	Marasmius oreades ?	(467)	id. coriaceus.
110	Stropharia semiglobata	(287)	id. semiglobatus.
111	Psathyra diffusa	(318)	id. diffusus.
112	Collybia velutipes..................	(115)	id. sphinx.
113	Pholiota adiposa	(222)	id. adiposus.
114	id. aurivella................	(220)	id. imbricatus.
115	id. id.	(220)	id. aurivellus.
116	Tricholoma vaccinum	(56)	id. impuber.
117	Cortinarius croceus (v. de Cinnamomeus)....	(371)	id. squamulosus.
118	Clitocybe rivulosa.................	(86)	id. neptuneus.
119	Clitopilus mundulus................	(198)	id. alutaceus.

Figures	NOMS FRIESIENS		NOMS DONNÉS PAR BATSCH
120	Cantharellus cibarius	(455)	Agaricus luteolus.
121	Thelephora terrestris	(635)	id. tristis.
122	Crepidotus epibryus................	(277)	id. defluens.
123	Cantharellus (Pleuropus) glaucus....	(460)	id. glaucus.
124	Crepidotus haustellaris..............	(276)	id. Flürstedtiensis.
125	Pleurotus applicatus	(180)	id. applicatus.
126	Schizophyllum commune............	(492)	id. multifidus.
127	Polyporus zonatus	(568)	Boletus coriaceus.
128	Boletus piperatus	(500)	id. ferruginatus
129	Polyporus varius...................	(535)	id. perennis.
130	id. applanatus...............	(557)	id. lipsiensis.
131	Stereum lilacinum..................	(639)	Elvela lilacina.
136	Hydnum repandum.................	(601)	Hydnum carnosum.
146	Cyphella sulphurea................	(665)	Peziza sulphurea.
159	Thelephora caryophyllea	(634)	Clavaria flabellaris.
161	Calocera cornea...................	(680)	id. cornea.
162	id. corticalis	(680)	id. corticalis.
164	Typhula gyrans....................	(684)	id. gyrans.
184	Cortinarius orichalceus	(348)	Agaricus orichalceus.
185	id. olivascens........	(354)	id. olivascens.
186	id. subferrugineus........	(387)	id. subferrugineus.
187	id. latus, var..............	(340)	id. ferrugineus.
188	Hebeloma elatum	(241)	id. elatus.

Figures	NOMS FRIESIENS		NOMS DONNÉS PAR BATSCH
189	Flammula fusa.....................	(247)	Agaricus fusus.
190	Clitocybe cyathiformis?.............	(100)	id. peltigerus.
191	Cortinarius depexus................	(373)	id. subsquamulosus.
192	Hygrophorus glauco-nitens..........	(421)	id. nitens.
193	Clitocybe nebularis	(79)	id. nebularis.
194	id. subalutaceus..............	(84)	id. subalutaceus.
195	Hebeloma fastibile.................	(237)	id. laterinus.
196	Hygrophorus tephroleucus	(411)	id. discors.
197 ab	Cortinarius Bulliardi	(363)	id. senescens.
197 cd	id. collinitus...............	(354)	id. id.
198	Hebeloma fastibile	(237)	id. subtestaceus.
199	id. claviceps	(238)	id. clavus.
200	Hygrophorus virgineus (diverses formes)...	(413)	id. glutineus.
201	Lactarius controversus.............	(423)	id. sanguinalis.
202	id. uvidus	(426)	id. livido-rubescens.
203	Tricholoma saponaceum, var.	(59)	id. madreporeus.
204	Clitocybe subinvoluta	(96)	id. subinvolutus.
205	Lepiota cristata	(32)	id. subantiquatus.
206	Tricholoma cuneifolium	(61)	id. cinereo-rimosus.
207	Pholiota marginata.................	(225)	id. marginatus.
208	id. mutabilis.................	(225)	id. mutabilis.
209	Collybia xanthopus.................	(120)	id. tremulans.
210	Marasmius dispar	(471)	id. dispar.

Figures	NOMS FRIESIENS		NOMS DONNÉS PAR BATSCH
211	Omphalia hepatica..................	(160)	Agaricus subhepaticus.
212	Hygrophorus chrysodon.............	(405)	id. chrysodon.
213	Sthropharia æruginosa.............	(284)	id. beryllus.
214	Omphalia scyphiformis.............	(159)	id. buccinalis.
215	Hygrophorus sciophanus...........	(417)	id. fragilis.
216	Clitopilus orcella..................	(197)	id. obesus.
221	Hydnum compactum	(603)	Hydnum suberosum, var. Spongiosum.
222	id. aurantiacum	(603)	id. id. var. Aurantiacum.
223	Hydnum nigrum	(605)	id. suberosum, var. Cinereum.
224	id. zonatum	(605)	id. zonatum.
225	Polyporus lucidus	(537)	Boletus nitens, var. Crocatus.
226	id. adustus	(549)	id. suberosus, var. Flabelliformis.
227	Dædalea unicolor..................	(588)	id. id. var. Conchiformis.

TABLEAU DE CONCORDANCE DE BATTARRA

(Fungorum agri Ariminensis historia, Faventiæ, 1759.)

Les chiffres entre parenthèses correspondent aux pages des *Hymenomycetes Europæi* de Fries, 2ᵉ édit.

TAB.	Figures	NOMS FRIESIENS	NOMS DONNÉS PAR BATTARRA
I	A	Clavaria Coralloïdes .... (668)	Coralloïdes albida.
	B	id. id.	id. id.
	C	id. amethystina........ (667)	id. amethystina.
	D	id. cristata .... (668)	id. parva, ramosa, lutea.
II			
III	A	Clavaria pistillaris, var. alba . (676)	Clavaria major alba.
IV	A	Amanita cæsarea .... (17)	Elvela Ciceronis.
	B	id. id.	id. id.
	C	id. id.	id. id.
	D	id. coccola .... (18)	Leucomyces pectinatus.
	E	Volvaria parvula............ (184)	id. minimus superne fuscus.
	F	id. id.	id. id. id. id.
V	A	Volvaria bombycina......... (182)	Pseudofarinaceus.
	B	id. id.	id.

TAB.	Figures	NOMS FRIESIENS		NOMS DONNÉS PAR BATTARRA
V	C	Volvaria gloiocephala.........	(183)	Pseudofarinaceus speciosior.
	D	id. id.		id. id. var.
VI	A	Amanita solitaria (sans verrues)	(22)	Leucomyces speciosior.
	B	id. nitida..............	(24)	id. gemmatus.
	C	Armillaria mellea	(44)	Polymyces melleus.
	D	id. id.	(44)	id. id.
	E	Pholiota ægerita..............	(219)	id. vulgatior.
VII	A	Psalliota (Pratella) campestris	(279)	Fungus pileo lato et rotundo.
	B			
	C	id. id. id.	(279)	id. id. id.
	D	Cortinarius lustratus ?	(337)	Leucosphærocephalus.
	E	Armillaria fracida	(47)	Chamæmyces odoratus.
	F			
	G	id. id.	(47)	Mastoleucomyces.
VIII	A	Pholiota pudica..............	(218)	Fungus vagus vulgatissimus.
	B			
	C			
	D			
	E			
	F	Armillaria focalis............	(40)	Sphærocephalus rufus.

TAB.	Figures	NOMS FRIESIENS		NOMS DONNÉS PAR BATTARRA
VIII	G	Armillaria focalis	(40)	Leucomyces reniformis.
	H	Pholiota destruens	(219)	Picromyces tunicatus.
IX	A	Russula nigricans............	(439)	Monomyces carnosus crassus.
	B			
	C	Cortinarius turgidus ?........	(360)	Monomyces ventricosus.
	D	Pholiota paxillus	(224)	Fungus carnosus pileolo elato.
	E	Pleurotus mutilus............	(173)	Omphalomyces mutilatus.
	F	Collybia contorta............	(112)	Polymyces simplex phalliformis.
	G	Tricholoma amethystinum ? ..	(68)	Myomyces amethystinus.
	H	Hygrophorus leporinus.......	(412)	id. variegatus.
	I	Collybia laxipes	(115)	Monomyces pedunculo longissimo.
X	A	Lepiota mastoïdea	(30)	Mastocephalus.
	B			
	C			
	D	Armillaria rhagadiosa........	(44)	Polymyces pileolo rhagadiis vitiato.
	E	Psalliota hæmatosperma......	(282)	id. tomentosus rufus.
	F	Armillaria morio............	(45)	Hystero-sphærocephalus.
XI	A			Polymyces pedunculo spirali.
	B	Armillaria mellea	(44)	id. apicibus nigris.
	C			id. pedunculis rigidis.

TAB.	Figures	NOMS FRIESIENS	NOMS DONNÉS PAR BATTARRA
XI	D E F	Armillaria mellea .... (44)	Polymyces cinereus. id. proboscidem referens. id. croceus.
XII	A B	Pleurotus Battaræ. (Sacc.Syll. V. Agar. p.350.)	Omphalomyces tubam referens.
	C D	Lentinus tigrinus............. (481)	id. pileo plerumque truncato.
	E	Russula galochroa .... (447)	id. albidus.
	F	Gomphidius glutinosus ? ..... (399)	id. margine coccineo.
XIII	A B	Pleurotus olearius .... (170)	Polymyces phosphorus (var.)
	C	Russula adusta.............. (439)	Omphalomyces margine livido.
	D	Lactarius circellatus .... (426)	id. circellatus acris.
	E	id. id.	id. cinereus acris.
	F	Naucoria vervacti........... (260)	Monomyces pileo elato.
XIV	A	Cantharellus cibarius........ (455)	Alectorolophoides scrobicolatum.
	B	Panus conchatus .... (488)	id. sulcis crispis.
	C	Cantharellus cibarius........ (455)	id. costulis rectis.
	D	id. id.	Polymyces ascalus.
	E	id. id.	id. phosphorus.

TAB.	Figures	NOMS FRIESIENS		NOMS DONNÉS PAR BATTARRA.
XV	A	Naucoria amœna	(260)	Monomyces margine aureo.
	B	Panæolus hypomelas	(313)	id. sulcis nigerrimis.
	C	Russula pectinata	(449)	Omphalomyces margine pectinato.
	D	Hebeloma fastibile	(237)	Picromyces albidus.
	E	Russula Linnæi	(444)	Omphalomyces coccineus.
	F	Tricholoma sculpturatum	(55)	Monomyces flavo-rufus.
XVI	A	Lactarius aurantiacus	(432)	Omphalomyces acris scyphum referens.
	B	Lactarius capsicoïdes	(429)	Monomyces piperatus tumidus.
	C	Collybia butyracea	(113)	Picromyces atro-rufus.
	D	Russula integra	(450)	Monomyces crassus pileolo plano.
	E			
	F	Clitopilus mundulus	(198)	Omphalomyces nanus albidus.
	G	Clitocybe cardarella	(80)	id. fuscus.
	H			
XVII	A	Russula delica	(440)	Omphalomyces crassus.
	B	id. id.	(440)	Myomyces spurius.
	C	Pholiota radicosa (sans anneau).	(218)	Monomyces jujubinus.
	D	Tricholoma elytroïdes	(62)	Myomyces pedunculo lemniscato.
XVIII	A			
	B	Inocybe sindonia	(234)	Monomyces galericulo mammoso.

TAB.	Figures	NOMS FRIESIENS		NOMS DONNÉS PAR BATTARRA
XVIII	C	Inocybe hiulca	(232)	Monomyces pileolo acuminato.
	D	Nolanea proletaria	(206)	Hydrophorus acumine villoso nigro.
	F	Hypholoma appendiculatum..	(296)	Monomyces pileolo discisso.
	G			
	H	Clitocybe laccata	(108)	Omphalomyces utrimque sulcatus.
	I			
XIX	A	Tricholoma murinaceum	(62)	Myomyces sulcis undulatis.
	B	Hygrophorus coccineus	(417)	Hydrophorus multicolor.
	C	Tricholoma portentosum	(48)	Monomyces hispidus.
	D	Hygrophorus obrusseus	(419)	Hydrophorus lucide luteus.
	E	Naucoria porriginosa	(263)	Monomyces porrigine crocea.
	F	Mycena pelianthina	(130)	Hydrophorus amethystinus.
	G	Pholiota radicosa	(218)	Monomyces pusillus.
	H			
	I			
	L	Tricholoma chrysites	(58)	Monomyces maluvium referens.
	M			
XX	A	Collybia longipes	(110)	Myomyces phalliformis.
	B			
	C	Pholiota præcox (var.)	(217)	Fungus margine fimbriato.
	D	Entoloma speculum	(197)	Hydrophorus pileolo luxuriante.

TAB.	Figures	NOMS FRIESIENS		NOMS DONNÉS PAR BATTARRA
XX	E F G H	Entoloma speculum	(197)	Hydrophorus pileolo luxuriante.
		Tricholoma maluvium	(69)	Monomyces maluvium referens alter.
	I L	Thricholoma album	(70)	Monomyces albidus pileolo luxuriante.
	M	Clitocybe gangrenosa	(80)	Monomyces pulvinatus lividus.
XXI	A B C	Lentinus friabilis	(485)	Monomyces aureus pectiniformis.
	D	Clitocybe hortensis	(90)	Hydrophorus sordidus luxurians.
	E	Hygrophorus psittacinus	(420)	id. psittacoïdes.
	F	Hebeloma longicandum	(241)	Monomyces præaltus.
XXII	A	Collybia nummularia	(120)	Polymyces simplex venustus.
	B	Pholiota curvipes	(223)	id. id. tomentosus luteus.
	C	Flammula inopa	(249)	id. id. melleus.
	D			
	E	Hypholoma silaceum	(290)	Monomyces tricolor.
	F	Panæolus acuminatus	(312)	Bulla rictu nigricante.
	G N	Pholiota curvipes	(223)	(Battarra en fait une var. de la fig. D.)

TAB.	Figures	NOMS FRIESIENS		NOMS DONNÉS PAR BATTARRA
XXIII	A	Flammula azyma	(250)	Polymyces simplex rufus.
	B	(F.sup.) Cantharellus tubiformis.	(457)	id. id. fasciatus.
		(Fig. inf.) Pholiota luxurians.....	(219) .	id. id. luxurians.
	C	Cantharellus ?		id. umbilicatus rufus.
	D	Hypholoma epixanthum	(291)	id. simplex squalidus.
	E	Panæolus gomphodes	(313)	Gomphos atro-rufus.
XXIV	A	Polyporus tuberaster	(523)	Ceriomyces.
	B	Panus lithophilus (Fr. epicr. 400)..		Lithodermomyces.
XXV	A			
	B			
	C	Marasmius oreades...........	(467)	Hydrophorus rarioribus sulcis.
	D	id. id.	(467)	id. id. id.
	E	Nolanea pascua	(206)	id. cinereus.
	F	Paxillus crassus	(404)	id. caulem fatigans.
	G	id. id.	(404)	id. crassus rufus.
XXVI	A	Coprinus flocculosus	(323)	Hydrophorus campaniformis.
	B	id. comatus............	(320)	. id. comatus.
	C	id. clavatus...........	(321)	id. clavam referens.
	D	id. atramentarius (jeune) .	(322)	id. oris laceris.
	E	id. id.	(322)	id. id

TAB.	Figures	NOMS FRIESIENS		NOMS FRIESIENS
XXVI	F	Coprinus atramentarius	(322)	Hydrophorus oris laceris.
XXVII	A	Mycena inclinata	(139)	Bulla margine denticulato.
	B			
	C	Psathyrella disseminata.......	(316)	Bulla cæspitosa utrimque sulcata.
	D	Coprinus plicatilis...........	(331)	id. utrimque sulcata disco albo.
	E	Psathyra gyroflexa..........	(305)	id. campaniformis utrimque sulcata.
	F			
	G	Coprinus micaceus..........	(325)	Hydrophorus oris laceris alter.
	H	id. id.	(325)	id. id.
	I	Lepiota inoculata	(39)	Fungus pedunculo inoculato.
	K	id. id.		id. id. id.
	L	Panæolus sphinctrinus	(311)	Bulla stercoraria campaniformis.
	M			
	N	Mycena hæmatopa...........	(148)	Hydrophorus maluvium referens alter.
	O	Marasmius languidus........	(473)	Bulla colore inconstanti.
	Q	id. androsaceus	(477)	id. pedunculo ligneo.
	R	id. id.	(477)	id. id. id. altera.
XXVIII	A	Collybia extuberans..........	(123)	Bulla verecunda.
	B	id. id.	(123)	id. oculata.
	C	Naucoria hyperella..........	(257)	id. pileolo pleno acuminato.
	D	id. arvalis.............	(261)	id. platicephala.

TAB.	Figure	NOMS FRIESIENS		NOMS DONNÉS PAR BATTARRA
XXVIII	E	Marasmius epiphyllus	(479)	Bulla narcissiformis nivea.
	F	Naucoria limbata	(264)	id. pileolo tomentoso.
	G	id. id.	id.	id. id. id.
	H	Stropharia Battaræ	(289)	id. caule squamoso.
	I			
	K	Naucoria erinacea	(263)	id. rufa hispida.
	L			
	M	Naucoria enchymosa	(256)	id. pileolo maculato.
	N			
	O			
	P	Panæolus fimiputris	(310)	id. cernua extuberante pileolo.
	Q	Mycena galopus	(149)	id. procera.
	R			
	S			
	T	Galera lateritia	(267)	id. lateritia pileolo glandiformi.
	X			
	Y			
	Z			
XXIX	A	Boletus edulis	(508)	Ceriomyces crassus.
	B	id. id.	id.	id. id.
	C	id. striatipes	(502)	id. pileolo fornicato.
	D	id. id.	id.	id. crassus (var.)

TAB.	Figures	NOMS FRIESIENS		NOMS DONNÉS PAR BATTARRA
XXX	A	Boletus versipellis............	(515)	Ceriomyces phragmites rufus.
	B	id. id.	id.	id. id. id.
	C	id. asprellus	(514)	id. id. cinereus.
	D	id. badius	(499)	Ceriomyces crassus (var.)
	E			
	F	id. subtomentosus.......	(503)	Ceriomyces jujubinus.
	G			
XXXI				
XXXII	A	Polyporus laciniatus	(530)	Agaricum album terrestre medullam panis referens.
	B	Thelephora intybacea	(635)	Agaricus tubæ Fallopianæ instar laciniatus.
XXXIII	A			
	B			
	C	Hydnum ramaria.............	(608)	Agaricus barbatus.
	D			
	E			
	F			
	G			
	H			
XXXIV	A	Polyporus sulphureus	(542)	Agaricus squamosus glaber.

TAB.	Figures	NOMS FRIESIENS		NOMS DONNÉS PAR BATTARRA
XXXIV	B	Polyporus giganteus.........	(540)	Agaricus speciosus.
XXXV	A	Polystictus versicolor........	(568)	id. squamis iridiformibus.
	B	id. zonatus...........	id.	id. cinereus margine albo.
	C	id. id. (jeune) ...	(568)	id. id. id.
	D	Fomes lucidus (var.).........	(537)	id. fulvus semipateram *referens.*
	E	id. marginatus..........	(561)	id. igniarius margine aureo.
	F	Dædalea aurea..............	(587)	id. aureus dædalæis sinibus.
XXXVI	A	⎫		id. dryoschæus.
	B	⎮		id. id.
	C	⎬ Fomes lucidus..............	(537)	id. dactyloïdes.
	D	⎮		id. dryoschæus.
	E	⎭		id. quercinus ascalus.
XXXVII	A			
	B			
	C	Fomes gelsorum	(562)	Agaricus pulvinar referens.
	D			
	E	Fomes fomentarius..........	(558)	id. pedis equini facie.
	F	id. id.	id.	id. igniarius phalloïdeus.
	G	id. connatus.............	(563)	id. lignosus informis.

TAB.	Figures	NOMS FRIESIENS		NOMS DONNÉS PAR BATTARRA.
XXXVIII	A	Dædalea quercina...........	(586)	Agaricus dædalæis sinibus excavatus.
	B	id. id.	id.	id. id. id. id.
	C	Schizophyllum commune.....	(492)	id. lamellatus cinereus.
	D	id. id.	id.	id. id. id.
	E	Dædalea unicolor............	(588)	id. dædalæis sinibus minoribus.
	F	id. id.	id.	id. id. id. id.
	G	Fomes connatus.............	(563)	id. squamosus dædalæis sinibus minoribus.
	d	Schizophyllum commune.....	(492)	id. pectunculi forma elegans.
XXXIX	A	Clitopilus orcella............	(197)	Orcella senensibus.
	B	id. id.	id.	id. id.

TABLEAU DE CONCORDANCE DE BAUHIN

(*Historia plantarum*, III, lib. XL, Ebroduni, 1641.)

Les chiffres entre parenthèses correspondent aux pages des *Hymenomycetes Europæi* de Fries, 2ᵉ édit.

INDICATION DES FIGURES	NOMS FRIESIENS		NOMS DONNÉS PAR BAUHIN
Cap. II, p. 824....	Tricholoma albellum...	(67)	Fungi verni *mousseron* dicti.
id. III, p. 824 ...	id. Georgii....	(67)	id. D. Georgii, colore exalbidi...esculenti, pratenses.
id. IV, p. 824 ...	Psalliota campestris....	(279)	Fungus campestris, albus superne, inferne rubens.
id. VII, p. 826...	Tricholoma columbetta	(55)	id. magnus totus albus, sine succo lacteo, edulis, columbettes Monthelg.
id. VIII, p. 826..	Amanita phalloïdes	(18)	Fungi albi venenati viscidi.
id. IX, p. 826....	Clitocybe maxima	(93)	Fungus nemorum amplus, interdines albus, etc.
id. X, p. 826	Lepiota procera........	(29)	Fungi longissimo pediculo, candicantes sed maculati, esculenti.
id. XII, p. 827 ...	Russula virescens.	(443)	id. sylvarum asperi, esculenti, I ex albo virescens.
	id. cyanoxantha..	(446)	id. id. II ex cæruleo nigrescens.
id. XIII, p. 828 .	Russula		Fungi silvarum esculenti... ex fusco rubens.
id. XIX, p. 830 ..	Coprinus..............	(324)	
id. XX, p. 830 ...	Lactarius deliciosus....	(431)	Fungi sylvestres esculenti cervini, I villosus puniceus.
id. XXII, p. 831..	Fistulina hepatica......	(522)	id. fere sine pediculo, coloris ex rufo fusci, esculenti, in arborum candicibus notei soliti.
id. XXIII, p. 831.	Amanita cæsarea	(17)	id. lutei magni, dicti I oseron speciosi.
id. XXVII, p. 832.	Cantharellus cibarius ..	(455)	Fungus luteus sive pallidus, « chanterelle » dictus etc.
id. XXIX, p. 833 .	Boletus scaber........	(515)	Fungus porosus, magnus, crassus.

INDICATION DES FIGURES	NOMS FRIESIENS		NOMS DONNÉS PAR BAUHIN
Cap. XXXII, p. 834.	Pleurotus ostreatus	(173)	Fungi plures simul albi, ad arborum radices, esculenti.
id. XXXIII { p. 835 / p. 836	Hypholoma fasciculare. id. id.	(291) id.	id. multi ex uno pede perniciosi.
id. XXXIX, p. 837	Clavaria flava	(666)	Fungus ramosus flavus et albidus.
id. XLV, p. 839	Polyporus intybaceus	(538)	id. intybaceus.
id. XLIX, p. 841	Hirneola auricula Judæ.		id. auricula Judæ, etc.
id. LI, p. 841	Amanita muscaria	(20)	Fungi venenati muscarii dicti.
id. LVI, p. 842	Polystictus versicolor	(568)	id. cerasorum, coloris varii, perniciosi.
id. LIX. p. 843	Cortinarius		Fungi bulboso pediculo 1 pallidus maculatus.
id. LXIX { p. 846. / p. 847.	Clitocybe laccata Panœolus phalænarum.	(108) (310)	Fungi parvi varii.
id. LXX. p. 847	Omphalia pyxidata	(157)	Fungi parvi lutei ex clypeiformes albi, lethales.
id. LXXII, p. 847.	Hygrophorus niveus	(414)	Fungus albus niveus.
id. LXXIII, p. 848	Mycena galericulata	(138)	

TABLEAU DE CONCORDANCE DE BOLTON
(*History of Fungusses*, Halifax, 1788-1791.)

Les chiffres entre parenthèses correspondent aux pages des *Hymenomycetes Europæi* de Fries, 2ᵉ édit.

Numéros des planches	NOMS FRIESIENS		NOMS DONNÉS PAR BOLTON	
1	Russula olivascens	(441)	Agaricus integer.	
2	Pluteus cervinus	(185)	id.	latus.
3	Lactarius subdulcis	(437)	id.	lactifluus.
4	Mycena pelianthina	(130)	id.	denticulatus.
	Hygrophorus eburneus	(406)	id.	eburneus.
5	Flammula fusa	(247)	id.	pomposus.
6	Entoloma rhodopolium	(195)	id.	repandus.
7	Lepiota cristata	(32)	id.	cristatus.
8	Lentinus cochleatus	(484)	id.	cornucopioides.
9	Lactarius thejogalus (var. B.)	(432)	id.	deliciosus.
10	Cortinarius		id.	castaneus.
11	Psilocybe polycephala	(302)	id.	membranaceus.
12	Clitocybe viridis	(85)	id.	cœruleus.
13	Cortinarius irregularis	(394)	id.	irregularis.
14	Tricholoma rutilans	(53)	id.	serratus.
15	Pluteus cervinus	(185)	id.	concinneus.
16	Armillaria mellea	(44)	id.	elasticus.
17	Omphalia umbilicata	(155)	id.	umbilicatus.

BOLTON.

377.

Numéros des planches	NOMS FRIESIENS		NOMS DONNÉS PAR BOLTON
18	Galera conferta	(268)	Agaricus confertus.
19	Armillaria laricina	(44)	id. laricinus.
20	Coprinus fimetarius, (var. pullatus)	(324)	id. pullatus.
21	Lactarius piperatus	(430)	id. piperatus.
22	Clitocybe gilva	(95)	id. cinnamomeus.
23	Lepiota procera	(29)	ld. annulatus.
24	Coprinus extinctorius	(324)	id. extinctorius.
25	id. atramentarius (var. luridus)	(322)	id. luridus.
26	id. aphtosus	(323)	id. domesticus.
27	Amanita rubescens	(23)	id. muscarius.
28	Russula elephantina ?	(440)	id. elephantinus.
29	Hypholoma fasciculare	(291)	id. fascicularis.
30	Stropharia æruginosa	(284)	id. politus.
31	Coprinus hemerobius	(332)	id. campanulatus.
32	Marasmius androsaceus	(477)	id. androsaceus.
33	Inocybe plumosa	(228)	id. plumosus.
34	Clitocybe infundibuliformis	(93)	id. infundibuliformis.
35	Nolanea pascua	(206)	id. fissus.
36	Mycena pura, var.	(133)	id. rubens.
37	Mycena tenuis	(143)	id. tenuis.
38	1 Amanita vaginata	(27)	id. trilobus.
	2 Mycena luteo-alba	(134)	id. luteo-albus.
39	A Marasmius epiphyllus	(479)	id. umbelliferus.

Numéros des planches	NOMS FRIESIENS		NOMS DONNÉS PAR BOLTON
39	B Mycena acicula	(147)	Agaricus clavus.
	C Coprinus radiatus..................	(330)	id. radiatus.
	D Marasmius ramealis...............	(474)	id. candidus.
40	Clitocybe clavipes	(79)	id. mollis.
41	A Clitocybe tortilis....................	(109)	id. tortilis.
	B Omphalia cæspitosa (Sacc. Syll. v. Agar. p. 313)		id. purpureus.
	C id. onisca....................	(158)	id. cespitosus.
42	Pholiota comosa	(220)	id. villosus.
43	Typhula erythropus..................	(683)	id. rigidus.
44	Coprinus fimetarius..................	(324)	id. fimetarius.
45	Pratella campestris	(279)	id. campestris.
46	Amanita muscaria...................	(20)	id. nobilis.
47	id. strobiliformis...............	(21)	id. verrucosus.
48	id. phalloïdes (var. alba)........	(18)	id. vernalis.
49	id. vaginata....................	(27)	id. pulvinatus.
50	Lepiota cœpestipes	(35)	id. luteus.
51	¹Galera spartea.....................	(269)	id. atro-rufus.
	²Lepiota amianthina	(37)	id. croceus.
52	Cortinarius hircinus.................	(362)	id. violaceus.
53	Panæolus separatus (var. major)......	(310)	id. ciliaris.
54	Coprinus atramentarius..............	(322)	id. striatus.
55	Paxillus onvolutus	(403)	id. adscendens.
56	Hygrophorus pratensis...............	(413)	id. fulvosus.

Numéros des planches	NOMS FRIESIENS		NOMS DONNÉS PAR BOLTON	
57	Panæolus fimiputris	(310)	Agaricus	clypeatus.
58	Marasmius peronatus	(465)	id.	peronatus.
59	Clitocybe infundibuliformis	(93)	id.	sordidus.
60	Lactarius acris	(428)	id.	acris.
61	Pleurotus fimbriatus	(169)	id.	fimbriatus.
62	Cantharellus cibarius	(455)	id.	cantharellus.
63	Clitocybe laccata (var. amethystina)	(108)	id.	amethystinus.
64	Clitocybe laccata	(108)	id.	farinaceus.
65	Bolbitius fragilis	(334)	id.	equestris.
66	¹Panæolus fimicola	(312)	id.	varius.
	²Psathyrella gracilis	(313)	id.	cuspidatus.
67	¹Pholiota dura	(216)	id.	durus.
	²Hygrophorus puniceus	(419)	id.	aurantius.
68	id. obrusseus	(419)	id.	laceratus.
69	Entoloma clypeatum	(194)	id.	mammosus.
70	Naucoria nucea	(258)	id.	nuceus.
71	¹Bolbitius titubans	(334)	id.	aquosus.
	²Crepidotus mollis	(275)	id.	lateralis.
72	¹Panus stipticus	(489)	id.	betulinus.
	²Claudopus variabilis	(213)	id.	flabellatus.
	³Pleurotus acerosus	(178)	id.	planus.
73	Dædalea quercina	(586)	id.	quercinus.
74	Hydnum squalinum	(612)	Boletus obliquus.	

Numéros des planches	NOMS FRIESIENS		NOMS DONNÉS PAR BOLTON
75	Polyporus sulphureus	(542)	Boletus tenax.
76	id. giganteus	(540)	id. elegans.
77	id. squamosus	(532)	id. squamosus.
78	id. salignus	(544)	id. albus.
79	Fistulina hepatica	(522)	id. hepaticus.
80	Polyporus igniarius	(559)	id. igniarius.
81	Polyporus versicolor	(568)	id. versicolor.
	a Sternum hirsutum	(639)	id. auriformis.
82	b id. id.	id.	id. id.
	c id. id.	id.	id. id.
	d, e id. vorticosum	id.	id. id.
83	Polyporus elegans	(535)	id. lateralis.
84	Boletus subtomentosus	(503)	id. luteus.
85	id. luridus	(511)	id. bovinus.
86	id. scaber	(515)	id. procerus.
87	Polyporus perennis	(531)	id. subtomentosus.
88	Hydnum repandum ?	(598)	Hydnum imbricatum.
89	id. repandum (v. rufescens)	(601)	id. repandum.
90	id. auriscalpium	(607)	id. auriscalpium.
103	Craterellus cornucopioides	(631)	Peziza cornucopioides.
105	id. lutescens	(630)	id. undulata.
107	Hirneola auricula Judæ	(695)	id. auricula.
110	Clavaria fusiformis	(676)	Clavaria pistillaris.

Numéros des planches	NOMS FRIESIENS		NOMS DONNÉS PAR BOLTON	
111	Clavaria fragilis......................	(675)	Clavaria gracilis.	
112	[1] Typhula erythropus..................	(683)	id.	gyrans.
	[2] Clavaria muscoïdes	(667)	id.	fastigiata.
113	id. cinerea.....................	(668)	id.	coralloïdes.
114	id. muscoïdes..................	(667)	id.	muscoïdes.
115	id. rugosa......................	(669)	id.	elegans.
135	Collybia velutipes....................	(115)	Agaricus velutipes.	
136	Armillaria mellea....................	(44)	id.	fusco-pallidus.
137	Mycena atro-alba	(140)	id.	atro-albus.
138	Polyporus (forma terat.)..............		Boletus rangiferinus.	
139	Amanita aspera	(24)	Agaricus myodes.	
140	Armillaria mellea	(44)	id.	congregatus.
141	id. id.	(44)	id.	melleus.
142	Coprinus oblectus....................	(321)	id.	oblectus.
143	Stropharia æruginosa.................	(284)	id.	cyaneus.
144	Lactarius chrysorheus	(428)	id.	zonarius.
145	Clitocybe cyathiformis	(100)	id.	cyathoïdes.
146	Panus torulosus (var.)................	(489)	id.	carnosus.
147	Tricholoma personatum	(72)	id.	bulbosus.
148	Flammula inopoda	(249)	id.	ramoso-radicatus.
149	id. flavida	(248)	id.	flavidus.
150	Cortinarius cinnamomeus	(270)	id.	cinnamomeus.
151	Marasmius oreades	(467)	id.	oreades.

Numéros des planches	NOMS FRIESIENS		NOMS DONNÉS PAR BOLTON
174	Stereum tabacinum	(641)	Helvella nicotiana.
177	Cantharellus muscigenus	(460)	id. membranacea.

TABLEAU DE CONCORDANCE DE BULLIARD

(*Histoire des Champignons*, Paris, 1791.)

Les chiffres entre parenthèses correspondent aux pages des *Hymenomycetes Europæi* de Fries, 2ᵉ édit.

Numéros des planches	NOMS FRIESIENS		NOMS DONNÉS PAR BULLIARD
2	Amanita phalloïdes	(18)	Agaricus bulbosus.
4	Boletus striatipes ? (ex Kickx.)	(502)	Boletus luteus.
7	Polyporus lucidus	(537)	id. obliquatus.
14	Lactarius rufus ? (ex Kickx.)	(433)	Agaricus necator.
17	Collybia aquosa	(122)	id. aquosus.
19	Polyporus squamosus	(532)	Boletus juglandis.
22	Psathyra gyroflexa	(305)	Agaricus digitaliformis.
26	Russula furcata	(441)	id. bifidus.
28	Polyporus perennis	(531)	Boletus coriaceus.
30	Hypholoma elæodes	(291)	Agaricus amarus.
34	Hydnum erinaceum	(608)	Hydnum erinaceum.
36	Collybia contorta	(112)	Agaricus contortus.
38	Lentinus Dunalii	(481)	id. mollis.
42	Russula sanguinea	(442)	id. sanguineus.
46	Polyporus elegans	(535)	Boletus elegans (var.)
48	Amanita solitaria	(22)	Agaricus solitarius.
50	Hygrophorus conicus	(419)	id. croceus.
54	Flammula vinosa	(244)	id. vinosus.

Numéros des planches	NOMS FRIESIENS		NOMS DONNÉS PAR BULLIARD
56	Collybia nummularia..................	(120)	Agaricus hariolorum.
58	Panæolus phalænarum...............	(310)	id. papilionaceus.
60	Boletus edulis......................	(508)	Boletus edulis.
62	Cantharellus cibarius	(455)	Agaricus cantharellus.
64	Marasmius rotula....................	(477)	id. androsaceus.
66	Panæolus fimiputris..................	(310)	id. fimiputris.
68	Coprinus niveus	(325)	id. stercorarius.
70	Lentinus tigrinus	(481)	id. tigrinus.
74	Fistulina hepatica....................	(522)	Boletus hepaticus.
76	Collybia œdematopus	(112)	Agaricus fusiformis.
78	Lepiota procera......................	(29)	id. colubrinus.
80	Mycena clavicularis..................	(149)	id. plicatus.
82	Polyporus fulvus ? (ex Kickx).........	(559)	Boletus igniarius.
84	Panæolus separatus (var.)	(310)	Agaricus nitens.
86	Polyporus versicolor..................	(568)	Boletus versicolor.
88	Coprinus fimetarius..................	(324)	Agaricus cinereus.
90	Collybia dryophila (var. teratol.)	(122)	id. repens.
92	Tricholoma aureum	(317)	id. aureus.
94	Coprinus congregatus................	(328)	id. congregatus.
96	Cortinarius firmus (var.)	(386)	id. araneosus.
98	Amanita vaginata	(27)	id. vaginatus.
100	Boletus luridus	(511)	Boletus tuberosus.
102	Collybia ramosa.....................	(115)	Agaricus ramosus.

Numéros des planches	NOMS FRIESIENS	NOMS DONNÉS PAR BULLIARD
104	Lactarius zonarius .... (425)	Agaricus lactifluus zonarius.
106	Collybia fusipes .... (111)	id. fusipes.
108	Amanita verna .... (19)	id. bulbosus vernus.
110	Cortinarius turbinatus .... (346)	id. turbinatus.
112	Hypholoma piluliforme .... (296)	id. piluliformis.
114	Polyporus squamosus (ex Kickx.) ...... (532)	Boletus polymorphus.
118	Hygrophorus eburneus .... (406)	Agaricus eburneus.
120	Amanita cæsarea .... (17)	id. aurantiacus.
122	id. muscaria .... (20)	id. pseudo-aurantiacus.
124	Polyporus nummularius .... (536)	Boletus nummularius.
128	Coprinus ephemerus .... (331)	Agaricus momentaneus.
134	Psalliota campestris .... (279)	id. edulis.
138	Coprinus tomentosus .... (325)	id. tomentosus.
140	Panus stipticus .... (489)	id. stypticus.
142	Tricholoma graveolens .... (67)	id. mouceron.
144	Marasmius oreades .... (467)	id. pseudo-mouceron.
148	A-C Collybia clavus .... (123)	id. clavus.
	D Mycena juncicola .... (154)	id. id.
152	Claudopus variabilis .... (213)	id. sessilis.
156	Hydnum scrobiculatum .... (604)	Hydnum cyathiforme.
158	Marasmius porreus ? .... (466)	Agaricus alliaceus.
160	Pholiota radicosa .... (218)	id. radicosus.
162	Cortinarius dolabratus ? .... (394)	id. roseus.

Numéros des planches	NOMS FRIESIENS		NOMS DONNÉS PAR BULLIARD
164	Coprinus atramentarius	(322)	Agaricus atramentarius.
166	Nyctalis asterophora	(463)	id. lycoperdonoides.
168	Tricholoma sulphureum	(63)	id. sulphureus.
170	Stropharia æruginosa	(284)	id. cyaneus.
172	Hydnum repandum	(601)	Hydnum repandum.
174	Tremella mesenterica	(691)	Tremella chrysocoma.
176	Clitocybe viridis	(85)	Agaricus odorus.
178	Flammula conissans	(249)	id. pulverulentus.
186	Omphalia fibula	(164)	Agaricus fibula.
188	Hygrophorus virgineus	(413)	id. ericeus.
194	Hypholoma lacrymabundum	(293)	id. lacrymabundus.
198	Clitocybe laccata (var.)	(108)	id. amethysteus.
200	Lactarius piperatus	(430)	id. lactifluus acris.
202	Hygrophorus puniceus	(419)	id. coccineus.
206	Coprinus picaceus	(323)	id. picaceus.
208	Craterellus tubæformis (ex Kickx)	(457)	id. cornucopioides.
210	Polyporus hispidus	(551)	Boletus hispidus.
212	Russula nigricans	(439)	Agaricus nigricans.
214	Pluteus ephebeus	(186)	id. villosus.
216	Crepidotus palmatus	(275)	id. palmatus.
222	Clavaria aurea	(670)	id. coralloides.
224	Lactarius subdulcis	(437)	id. lactifluus dulcis.
226	Pleurotus petaloides	(175)	id. petaloides.

Numéros des planches	NOMS FRIESIENS		NOMS DONNÉS PAR BULLIARD
232	Collybia longipes	(110)	Agaricus longipes.
236	Boletus scaber (var.)	(515)	Boletus aurantiacus.
240	Paxillus involutus	(403)	Agaricus contiguus.
244	Clavaria pistillaris	(276)	Clavaria pistillaris.
246	Coprinus micaceus	(325)	Agaricus micaceus.
248 {	A B Clitocybe brumalis	(103)	id. cyathiformis.
	C id. obbata	(101)	id. id.
250	Cortinarius violaceus	(360)	id. araneosus violaceus.
254	Polyporus pictus	(531)	Boletus fimbriatus.
256	Collybia tuberosa	(119)	Agaricus tuberosus.
258	Hygrophorus glutinifer	(407)	id. glutinosus.
260	Mycena flavo-alba	(135)	id. pumilus.
262	Volvaria volvacea	(182)	id. volvaceus.
264	Clavaria inæqualis	(674)	Clavaria bifurca.
266	Pholiota squarrosa	(221)	Agaricus squamosus.
268	Cortinarius castaneus	(391)	id. castaneus.
272	Tremella fimbriata	(690)	Tremella verticalis.
274	Stereum hirsutum	(639)	Auricularia reflexa.
276	Omphalia pseudo-androsacea	(161)	Agaricus pseudo-androsaceus.
278	Thelephora intybacea	(635)	Auricularia caryophyllea.
282	Lactarius plumbeus	(429)	Agaricus lactifluus plumbeus.
286	Clitocybe catinus	(99)	id. infundibuliformis.
288	Cantharellus muscigenus	(460)	id. muscigenus.

Numéros des planches	NOMS FRIESIENS		NOMS DONNÉS PAR BULLIARD
290	Auricularia mesenterica	(686)	Auricularia tremelloides.
292	Russula fœtens	(447)	Agaricus piperatus.
296	Polyporus officinalis	(555)	Boletus laricis.
298	Panus conchatus	(488)	Agaricus conchatus.
308	Hebeloma crustuliniforme	(241)	id. crustuliniformis.
310	Trametes Bulliardi	(584)	Boletus suaveolens.
312	Polyporus betulinus	(555)	id. betulinus.
316	Amanita aspera	(24)	Amanita verrucosa.
320	Mycena filopes	(144)	Agaricus filopes.
324	Naucoria horizontalis	(256)	id. horizontalis.
328	Boletus castaneus	(517)	Boletus castaneus.
330	Volvaria parvula	(184)	Agaricus volvaceus minor.
332	Boletus elegans	(497)	Boletus annularius.
336	Marasmius ramealis	(474)	Agaricus ramealis.
344	Collybia velutipes	(115)	id. nigripes.
346	Schizophyllum commune	(492)	id. alneus.
348	Entoloma ardosiacum	(191)	id. ardosiaceus.
352	Dædalea quercina	(586)	id. labyrinthiformis.
354	Clavaria cinerea (teratol.)	(668)	Clavaria coralloides cinerea.
358	A B Clavaria crispula	(673)	id. muscoides.
	D E id. fastigiata	(667)	id. fastigiata.
360	Polyporus varius	(535)	Boletus calceolus.
362	Lepiota amianthina	(37)	Agaricus ochraceus.

Numéros des planches	NOMS FRIESIENS		NOMS DONNÉS PAR BULLIARD
364	Amanita ovoidea	(18)	Agaricus ovoideus-albus.
366	Polyporus imbricatus	(542)	Boletus imbricatus.
369	Boletus cyanescens	(517)	id. cyanescens.
370	Inocybe lanuginosa	(227)	Agaricus lanuginosus.
374	Lepiota cepæstipes	(35)	id. cretaceus.
377	Armillaria mellea	(44)	id. annularius.
378	Stereum ferrugineum	(640)	Auricularia ferruginea.
379	Boletus felleus	(516)	Boletus felleus.
382	Entoloma lividum	(189)	Agaricus lividus.
385	Boletus æreus	(508)	Boletus æreus.
386	Tremella albida	(691)	Tremella cerebrina.
388	Inocybe rimosa	(232)	Agaricus rimosus.
390	Hydnum coralloides	(607)	Hydnum ramosum.
392	Hypholoma appendiculatum	(296)	Agaricus appendiculatus.
393	A Boletus subtomentosus	(503)	Boletus communis.
	B C Boletus pruinatus	(504)	id. id.
394	Lenzites flaccida	(493)	Agaricus coriaceus.
395	Mycena polygramma	(139)	id. polygrammus.
398	Flammula fusa	(247)	id. hybridus.
400	Clitocybe nebularis	(79)	id. pileolarius.
401	Fomes nigricans	(558)	Boletus ungulatus.
402	Merulius corium	(591)	Auricularia papyrina.
403	f. 1 Collybia collina	(119)	Agaricus arundinaceus.

Numéros des planches	NOMS FRIESIENS		NOMS DONNÉS PAR BULLIARD
405	Lepiota clypeolaria....................	(32)	Agaricus clypeolarius.
406	A Tremella foliacea...................	(690)	Tremella mesenteriformis.
	B-D Tremella lutescens...............	(690)	id. id.
408	Dædalea unicolor	(588)	Boletus unicolor.
409	Hydnum ferrugineum (var.)...........	(603)	Hydnum squamosum.
411	f. 1 Collybia ventricosa...............	(120)	Agaricus ventricosus.
	f. 2 id. clusilis.................	(129)	id. umbilicatus.
412	Hydnum caput-Medusæ	(608)	Clavaria caput-Medusæ.
413	f. 1 Leptonia serrulata	(203)	Agaricus columbarius.
	f. 2 Entoloma sericeum..............	(196)	id. sericeus.
414	Dædalea cinerea (ex Kickx)..........	(588)	Cellularia cyathiformis.
415	f. 1 Thelephora cristata	(637)	Clavaria laciniata..
	f. 2 Ceratium hydnoides (Syst. III, 294).		id. byssoides.
418	Polyporus imbricatus	(542)	Boletus ramosus.
419	Hydnum cinereum	(604)	Hydnum cinereum.
420	f. 1 Exidia glandulosa...............	(691)	Tremella glandulosa.
421	Trametes gallica.....................	(582)	Boletus favus.
422	f. 1 Naucoria semiorbicularis et arvalis?	(260)	Agaricus semiorbicularis.
	f. 2 Collybia esculenta...............	(121)	id. perpendicularis.
423	f. 1 Tricholoma terreum	(57)	id. argyraceus.
	f. 2 Entoloma repandum.............	(190)	id. repandus.
425	f. 1 Bolbitius titubans	(334)	id. titubans.
	f. 2 Psathyra gossypinus.............	(309)	id. gossypinus.

Numéros des planches	NOMS FRIESIENS		NOMS DONNÉS PAR BULLIARD
426	Pleurotus glandulosus	(174)	Agaricus glandulosus.
427	f. 2 Hirneola auricula Judæ	(695)	Tremella auricula Judæ.
428	f. 1 Tricholoma leucocephalum (ex Kickx)	(71)	Agaricus leucocephalus.
	f. 2 id. cinerascens	(73)	id. cinerascens.
429	Polyporus sulphureus	(542)	Boletus sulphureus.
	f. 1 Cortinarius jubarinus	(393)	Agaricus araneosus nitidus.
	f. 2 id. anomalus	(369)	id. id. proteus.
431	f. 3 id. Bulliardi	(363)	id. id. id.
	f. 4 id. camurus	(367)	id. id. rimosus.
	f. 5 id. tabularis	(366)	id. id. helveolus.
433	f. 1 Polyporus albus	(549)	Boletus salicinus.
	f. 2 id. fraxineus	(565)	id. fraxineus.
434	Collybia dryophila	(122)	Agaricus dryophilus.
436	f. 1 Corticium quercinum	(653)	Auricularia corticalis.
	f. 2 Thelephora biennis	(636)	id. phylacteris.
437	f. 1 Coprinus extinctorius	(324)	Agaricus extinctorius.
	f. 2 id. digitalis	(327)	id. deliquescens.
439	Tricholoma nudum	(72)	id. nudus.
	f. 1 Dædalea quercina	(586)	id. labyrinthiformis.
442	f. A C Lenzites trabea	(494)	id. id.
	f. D Polyporus rhodellus	(573)	id. id.
	f. 2 Lenzites abietina	(495)	id. abietinus.
443	fig. nig. Tricholoma adstringens	(74)	id. arcuatus.

Numéros des planches	NOMS FRIESIENS		NOMS DONNÉS PAR BULLIARD
443	Tricholoma argyraceum.............. fig. stip. squam. Tricholoma arcuatum.	(58) (70)	Agaricus arcuatus. id. id.
445	f. 1 Polyporus varius................. f. 2 id. imberbis	(535) (543)	Boletus calceolus. id. imberbis.
448	f. 1 Typhula filiformis .... f. 2 Clavaria rugosa	(685) (669)	Clavaria filiformis. id. rugosa.
449	f. 1 Polyporus biennis .... f. 2 id. perennis.............	(529) (531)	Boletus biennis. id. coriaceus.
451	f. 1 Boletus parasiticus.............. f. 2 id. piperatus..............	(505) (500)	id. parasiticus. id. piperatus.
452	f. 1 Thelephora anthocephala.......... f. 2 id. coralloides...........	(634) id.	Clavaria anthocephala. id. coriacea.
453	f. 1 Sistotrema confluens .... f. 2 Hydnum velutinum...............	(519) (604)	Hydnum sublamellosum. id. hybridum.
454	Polyporus igniarius (moins C E) .... f.. C E Polyporus ribis	(559) (560)	Boletus igniarius. id. id.
455	f. 2 Dacrymyces roseus .... f. 3 id. deliquescens	(698) id.	Tremella cinnabarina. id. deliquescens.
458	Polyporus dryadeus.................	(553)	Boletus pseudo-igniarius.
459	id. lucidus................	(537)	id. obliquatus.
461	Cantharellus infundibuliformis ?.......	(458)	Helvella tubæformis.
462	Polyporus cuticularis	(551)	Boletus cuticularis.
463	f. 1 Clavaria fragilis	(675)	Clavaria cylindrica.

Numéros desplanches	NOMS FRIESIENS		NOMS DONNÉS PAR BULLIARD
463	f. 4 Calocera cornea	(680)	Clavaria aculeiformis.
464	Fistulina hepatica.....................	(522)	Fistulina buglossoides.
465	f. 1 Thelephora undulata	(633)	Helvella crispa.
	f. 2 Cantharellus cinereus	(458)	id. hydrolips.
469	Polyporus fuligineus..................	(525)	Boletus polyporus.
473	f. 3 Craterellus lutescens	(457)	Helvella cantharelloides.
478	Polyporus cryptarum..................	(566)	Boletus cryptarum.
	f. 1 Hydnum membranaceum	(613)	Hydnum membranaceum.
481	f. 2 Odontia barba Jovis	(627)	id. barba Jobi.
	f. 3 Hydnum auriscalpium.............	(607)	id. auriscalpium.
482	Polyporus nidulans	(548)	Boletus suberosus.
	f. 1 Stereum vorticosum..............	(639)	Auricularia reflexa.
483	f. 2 3 4 Stereum purpureum...........	id.	id. id.
	f. 5 Stereum spadiceum	(640)	id. id.
	f. 6 7 Thelephora intybacea...........	(635)	id. caryophillea.
486	Polyporus acanthoides	(540)	Boletus acanthoides.
489	f. 1 Boletus scaber	(515)	id. scaber.
	f. 2 id. id. (var.)..............	id.	id. id.
	f. 1 id. luridus..................	(511)	id. rubeolarius.
490	f. 2 id. lividus..................	(519)	id. lividus.
	f. 3 id. chrysenteron.............	(502)	id. chrysenteron.
491	f. A B Dædalea confragosa............	(587)	id. labyrinthiformis.
	f. C D Polyporus fomentarius..........	(558)	id. ungulatus.

Numéros des planches	NOMS FRIESIENS		NOMS DONNÉS PAR BULLIARD
493	Polyporus hispidus....................	(551)	Boletus hispidus.
494	Boletus edulis	(508)	id. edulis.
496	f. F G H Clavaria amethystina	(667)	Clavaria amethystina.
	f. L M id. canaliculata .:.......	(678)	id. coralloides.
	f. N id. Krombholzii	(669)	id. id.
	f. O P Q id. muscoides	(667)	id. id.
497	Fistulina hepatica.	(522)	Fistulina buglossoides.
498	f. 1 Cantharellus retirugus............	(460)	Helvella retiruga.
	f. 2 id. muscigenus	(460)	Agaricus muscigenus.
499	f. T Tremella frondosa	(690)	Tremella laciniata.
501	f. 1 Trametes cinnabarina	(583)	Boletus coccineus.
	f. 2 Polyporus adustus................	(549)	id. pelleporus.
	f. 3 Dædalea unicolor	(588)	id. unicolor.
505	Cantharellus cibarius	(455)	Agaricus cantharellus.
506	f. 1 Lepiota mesomorpha	(38)	id. mesomorphus.
	f. 2 id. clypeolaria..............	(32)	
507	Mycena pura.......................	(133)	id. roseus.
508	Pleurotus ostreatus..................	(173)	id. dimidiatus.
509	f. L Russula galochroa..............	(447)	
	f. N id. pectinata	(449)	
	f. O P id. heterophylla............	(446)	Agaricus pectinaceus.
	f. Q id. ravida	(454)	
	f. T U id. fragilis.................	(450)	

Numéros des planches	NOMS FRIESIENS		NOMS DONNÉS PAR BULLIARD	
509	f. Z Russula rosacea	(442)	Agaricus pectinaceus.	
510	Pleurotus ulmarius	(167)	id.	ulmarius.
511	Bolbitius hydrophilus	(333)	id.	hydrophilus.
512	Amanita vaginata	(27)	id.	vaginatus.
513	f. 1 Pleurotus tessulatus	(168)	id.	tessulatus.
	f. 2 Tricholoma terreum	(57)	id.	argyraceus.
514	Psalliota arvensis	(278)	id.	edulis.
515	Collybia radicata	(109)	id.	longipes.
516	f. 1 Nyctalis asterophora	(463)	id.	lycoperdoides.
	f. 2 Collybia fusipes	(111)	id.	fusipes.
517	f. H N Panus fœtens	(489)		
	f. O P id. conchatus	(488)	id.	dimidiatus.
	f. C D E Mycena galericulata	(138)		
	f. K M id. rugosa	id.		
518	f. O id. vitilis	(145)	Agaricus fistulosus.	
	f. P gauche id. debilis	id.		
	f. P droite id. sanguinolenta	(148)		
519	f. 1 Mycena hiemalis	(153)	Agaricus corticalis.	
	f. 2 Collybia velutipes	(115)	id.	nigripes.
520	Tricholoma murinaceum	(62)	id.	murinaceus.
521	f. 1 Leptonia lampropa	(202)	id.	glaucus.
	f. 2 Tricholoma brevipes (jeune)	(75)	id.	brevipes.
522	f. 1 Collybia stipitaria	(116)	id.	caulicinalis.

Numéros des planches	NOMS FRIESIENS		NOMS DONNÉS PAR BULLIARD	
522	f. 2 Inocybe grata	(233)	Agaricus caulicinalis.	
	f. 3 Mycena lineata (var.)	(134)	id.	id.
523	Clitocybe molybdina	(89)	id.	molybdocephalus.
524	f. 1 Marasmius prasiosmus	(468)	id.	aliaceus.
	f. 2 Entoloma sericellum	(194)	id.	inodorus.
	f. 3 Hygrophorus conicus (var.)	(419)	id.	croceus.
525	f. 2 Naucoria pygmea	(256)	id.	pygmeus.
	f. 3 Hypholoma pyrotrichum	(293)	id.	lacrymabundus.
526	Nolanea mammosa	(207)	id.	sericeus.
527	Cortinarius hæmatochelis	(378)	id.	hæmatochelis.
528	f. 1 Marasmius urens	(465)	id.	urens.
	f. 2 id. oreades	(467)	id.	pseudo-mouceron.
529	f. 1 Lactarius pyrogalus	(427)	id.	pyrogalus.
	f. 2 id. torminosus	(422)	id.	torminosus.
530	f. 1 Stropharia æruginosa	(284)	id.	cyaneus.
	f. 2 Pholiota unicolor	(225)	id.	unicolor.
	f. 3 Lepiota amianthina	(37)	id.	ochraceus.
531	f. 1 Cortinarius helvolus	(379)	id.	helvolus.
	f. 2 id. psammocephalus	(384)	id.	psammocephalus.
532	f. 1 Inocybe piriodora	(228)	id.	pyriodorus.
	f. 2 Collybia phæopodia	(114)	id.	phæopodius.
533	f. 1 Tricholoma carneum	(65)	id.	carneus.
	f. 2 Cortinarius leucopus	(395)	id.	leucopus.

Numéros des planches	NOMS FRIESIENS		NOMS DONNÉS PAR BULLIARD	
533	f. 3 Tricholoma ionides...............	(65)	Agaricus	ionides.
534	Entoloma clypeatum...................	(194)	id.	phonospermus.
535	f. 1 Galera tenera	(267)	id.	tener.
	f. 2 Clitocybe undulata	(82)	id.	undulatus.
	f. 3 Tubaria furfuracea................	(272)	id.	squarrosus.
536	Tricholoma album	(70)	id.	leucocephalus.
	A G Lenzites betulina.................	(493)		
537	J K L Lenzites variegata	id.	id.	coriaceus.
	M Dædalea quercina..................	(586)		
	N O P Q Dædalea cinerea..............	(588)		
538	Lactarius controversus...............	(423)	id.	acris.
	A B C D E M G H N Lactarius piperatus.	(430)		
539	f. B Hygrophorus glutinifer	(407)	id.	glutinosus.
	f. C E id. leucophæus	(408)	id.	id.
	f. 1 Pholiota sphaleromorpha	(217)	id.	sphaleromorphus.
540	f. 2 Stropharia melanosperma	(285)	id.	melanospermus.
	f. 3 Armillaria mellea................	(44)	id.	annularius.
541	f. 1 Lenzites abietina.................	(495)	id.	abietinus.
	f. 2 id. tricolor.................	(494)	id.	tricolor.
542	f. D Coprinus nycthemerus	(330)	id.	ephemerus.
	f. E-H L id. radiatus.............	id.	id.	radiatus.
	f. M id. stercorarius	id.	id.	stercorarius.
543	f. O P R Pholiota mutabilis...........	(225)	id.	annularius.

Numéros des planches	NOMS FRIESIENS		NOMS DONNÉS PAR BULLIARD	
543	f. Q Pholiota paxillus	(224)	Agaricus	paxillus.
544	f. 1 Cortinarius caninus	(368)	id.	caninus.
	f. 2 id. biformis	(383)	id.	biformis.
	f. 2? id. irregularis	(394)	id.	lamprocephalus.
545	f. 1 Hygrophorus psittacinus	(420)	id.	psittacinus.
	f. 2 O Tricholoma bufonium	(63)	id.	sulphureus.
546	Hebeloma crustuliniforme	(241)	id.	crustuliniformis.
547	f. 1 Entoloma fertile	(193)	id.	phonospermus.
	f. 2 Hebeloma capniocephalum	(242)	id.	capniocephalus.
	f. 3 Pluteus nanus	(187)	id.	pyrrhospermus.
548	Tricholoma grammopodium	(74)	id.	grammopodius.
549	Cortinarius collinitus	(354)	id.	mucosus.
	f. D Cortinarius mucosus	(355)	id.	id.
550	f. 1 E Marasmius calopus	(472)	id.	fibula.
	f. 1 Omphalia fibula	(164)	id.	id.
	f. 2 Tubaria pellucida	(273)	id.	pellucidus.
	f. 3 Marasmius amadelphus	(474)	id.	amadelphus.
551	f. 1 D-F Clitocybe ericetorum	(99)	id.	ericetorum.
	f. 2 Hygrophorus eburneus	(406)	id.	eburneus.
552	f. 1 Galera ovalis	(268)	id.	campanulatus.
	f. 2 F G Psathyrella hiascens	(314)	id.	hiascens.
	f. 2 (p. part.) Coprinus plicatilis	(331)	id.	striatus.
553	Clitocybe inversa	(96)	id.	infundibuliformis.

Numéros des planches	NOMS FRIESIENS	NOMS DONNÉS PAR BULLIARD
554	f. A (B. major) Flammula apicrea ...... (249)	Agaricus lignatilis.
	f. 2 Tubaria cupularis .... (272)	id. cupularis.
555	f. 1 Inocybe phæocephala .... (231)	id. phajocephalus.
	f. 2 Tricholoma fulvellum .... (50)	id. fulvus.
556	f. 1 Tricholoma chrysenterum .... (64)	id. chrysenterus.
	f. 2 Nolanea pleopodia .... (209)	id. pleopodius.
	f. 3 Clitocybe odora .... (85)	id. odorus.
557	f. 1 Panus stipticus .... (489)	id. stipticus.
	f. 2 Pleurotus petaloides .... (175)	id. petaloides.
558	f. 1 Coprinus deliquescens .... (327)	id. deliquescens.
	f. 2 Psathyrella hydrophora .... (314)	id. hydrophorus.
559	f. 1 Lactarius flexuosus .... (427)	id.· azonites.
	f. 2 Lactarius plumbeus .... (429)	id. plumbeus.
	f. 1 A B H Galera sphagnorum .... (270)	id. melinoides.
	f. 1 C-E Galera hypnorum .... id.	id. hypnorum.
560	f. 1 F Naucoria melinoides .... (257)	id. melinoides.
	f. 2 Mycena adonis .... (134)	id. adonis.
	f. 3 Omphalia setipes .... (164)	id. tentatula.
	f. 1 Psathyra corrugis .... (305)	id. pellospermus.
561	f. 2 L Panæolus campanulatus .... (311)	id. papilionaceus.
	f. 2 M N Panæolus papilionaceus .... (311)	id. id.
562	Flammula alnicola .... (248)	id. amarus.
563	f. 1 Bolbitius conocephalus .... (334)	id. conocephalus.

Numéros des planchés	NOMS FRIESIENS		NOMS DONNÉS PAR BULLIARD
563	f. 2 Naucoria limbata	(264)	Agaricus fimbriatus.
	f. 3 N O Mycena lactea	(135)	id. pumilus.
	f. 3 R S id. dilatata	(154)	id. dilatatus.
	f. 4 id. gypsea	(135)	id. fistulosus.
564	f. A Omphalia hydrogramma	(155)	id. hydrogrammus.
	f. B J F id. ventosa	id.	id. ventosus.
565	Coprinus micaceus	(325)	id. micaceus.
566	f. 1 Psilocybe physaloides	(300)	id. physaloides.
	f. 2 id. bullacea	(299)	id. bullaceus.
	f. 3 id. coprophila	id.	id. coprophilus.
	f. 4 Stropharia stercoraria	(287)	id. stercorarius.
567	f. 1 Lactarius camphoratus	(437)	id. camphoratus.
	f. 2 id. theiogalus	(432)	id. theiogalus.
	f. 3 id. fuliginosus	(434)	id. azonites.
568	f. 1 Clitocybe pruinosa	(101)	id. cyathiformis.
	f. 2 Omphalia pyxidata	(157)	id. pyxidatus.
569	f. 1 A-C Collybia clavus	(123)	id. clavus.
	f. 1 H-P id. ocellata	id.	id. id.
	f. 2 Marasmius androsaceus	(477)	id. epiphyllus.
	f. 3 id. rotula	id.	id. androsaceus.
570	f. 1 Clitocybe laccata	(108)	id. amethysteus.
	f. 2 (fig. minores) Hygrophorus miniatus	(418)	id. coccineus.
	f. 2 S Y X Hygrophorus coccineus	(417)	id. id.

Numéros des planches	NOMS FRIESIENS		NOMS DONNÉS PAR BULLIARD	
571	f. 1 Tricholoma frumentaceum	(52)	Agaricus frumentaceus.	
	f. 2 Tricholoma acerbum	(71)	id.	acerbus.
572	Collybia butyracea	(113)	id.	butyraceus.
573	f. 1 Clitopilus orcella	(197)	id.	orcella.
	f. 2 Clitocybe geotropa	(96)	id.	geotropus.
574	f. 1 Tricholoma nictitans	(50)	id.	fulvus.
	f. 2 Nyctalis parasitica	(464)	id.	parasiticus.
575	f. E Clitocybe candicans	(88)	id.	cyathiformis.
	f. I G id. expallens	(100)	id.	id.
	f. M etc. id. cyathiformis	id.	id.	id.
576	f. 1 Inocybe tricholoma	(236)	id.	gnaphaliocephalus.
	f. 2 Paxillus involutus	(403)	id.	contiguus.
577	f. D G H M Amanita mappa	(19)	id.	bulbosus.
	f. E F Amanita recutita	id.	id.	id.
578	Cortinarius iliopodius ?	(385)	id.	ileopodius.
579	f. 1 Hebeloma sinuosum	(237)	id.	repandus.
	f. 2 Russula nigricans	(439)	id.	nigrescens.
580	f. A B Tricholoma cuneifolium	(61)	id.	ovinus.
	f. C-R Hygrophorus ovinus	(415)	id.	id.
581	f. 1 Schizophyllum commune	(492)	id.	alneus.
	f. 2 Pleurotus applicatus	(180)	id.	epixylon.
	f. 3 Claudopus variabilis	(213)	id.	sessilis.
582	f. 1 Coprinus ephemeroides	(328)	id.	ephemeroides.

Numéros des planches	NOMS FRIESIENS		NOMS DONNÉS PAR BULLIARD	
582	f. 2 Coprinus comatus	(320)	Agaricus	typhoides.
583	Lepiota procera	(29)	id.	colubrinus.
584	Lactarius quietus	(431)	id.	dycmogalus.
585	f. 1 Tricholoma grammopodium	(74)	id.	grammopodius.
	f. 2 Collybia hariolorum	(117)	id.	hariolorum.
586	f. 1 Cortinarius arenatus	(365)	id.	psammocephalus.
	f. 2 A B id. iliopodius	(385)	id.	ileopodius.
	f. 2 K M P id. incisus	(384)	id.	id.
587	f. 1 Hygrophorus pratensis	(413)	id.	ficoides.
588	Naucoria sideroides	(258)	id.	sideroides.
589	f. 1 Tricholoma cognatum	(70)	id.	arcuatus.
	f. 2 Tricholoma cartilagineum	(60)	id.	cartilaginosus.
590	Entoloma fertile	(193)	id.	phonospermus.
591	Clitopilus orcella	(197)	id.	orcella.
592	Cortinarius iliopodius	(385)	id.	ileopodius.
593	Amanita strobiliformis	(22)	id.	solitarius.
594	Collybia platyphylla	(110)	id.	grammocephalus.
595	f. 1 Psalliota hæmatosperma	(282)	id.	aimatospermus.
	f. 2 Pholiota togularis	(216)	id.	togularis.
	f. 3 Armillaria ramentacea	(42)	id.	ramentaceus.
596	f. 1 Cortinarius craticius	(364)	id.	aimatochelis.
	f. 2 id. collinitus	(354)	id.	mucosus.
597	f. 1 Stropharia coronilla	(285)	id.	coronillus.

Numéros des planches	NOMS FRIESIENS		NOMS DONNÉS PAR BULLIARD	
597	f. 2 Pholiota pudica	(218)	Agaricus pudicus.	
	f. 1 Cortinarius orellanus	(371)	id.	purpureus.
598	f. 2 A id. violaceus (ex Kickx)	(360)	id.	araneosus.
	f. 2 B C id. bivelus id.	(375)	id.	id.
599	Inocybe destricta	(232)	id.	rimosus.
	f. Q R S Cortinarius torvus	(376)		
600	f. Z Y Cortinarius subnotatus (Tab. anal. Gil., 103)		id.	araneosus.
	f. X W T Cortinarius licinipes (var.)	(376)		
	f. 1 Flammula gymnopodia	(244)	id.	gymnopodius.
601	f. 2 Mycena capillaris	(153)	id.	lacteus.
	f. 3 Cantharellus cupulatus	(458)	id.	helvelloides.
602	Tricholoma saponaceum	(59)	id.	argyrospermus.

TABLEAU DE CONCORDANCE DE KROMBHOLZ
(*Champignons représentés dans l'atlas*, Prag. 1831-47.)

Les chiffres entre parenthèses correspondent aux pages des *Hymenomycetes Europæi* de Fries, 2ᵉ édit.

TABLE	Figures	NOMS FRIESIENS		NOMS DONNÉS PAR KROMBHOLZ	
I	1-5	Amanita vaginata...........	(27)	Agaricus vaginatus	1 pileolo albido. 2 pileolo livide.
	6	id. phalloides..........	(18)	id.	phalloides (var. b.)
	7,8	id. rubescens..........	(23)	id.	cinereus.
	9	Lepiota excoriata	(30)	id.	excoriatus.
	10,11	id. colubrina...........	(34)	id.	colubrinus.
	12	id. granulosa..........	(36)	id.	granulosus.
	13	Armillaria mellea	(44)	id.	melleus.
	14,15	Hygrophorus eburneus.......	(406)	id.	eburneus.
	16,17	Tricholoma equestre	(48)	id.	flavo-virens.
	18-20	Lepiota acutesquamosa	(31)	id.	trichochtoides.
	21,22	Russula alutacea	(453)	id.	alutaceus (pileo rubro).
	23,24	Lactarius theiogalus........	(432)	id.	theiogalus.
	25-28	Clitocybe infundibuliformis...	(93)	id.	gibbus.
	29	Mycena cimmeria	(146)	id.	cimmerius.
	30	Cortinarius helvelloides	(380)	id.	carneus.
	31-33	Mycena galericulata.........	(138)	id.	galericulatus.
	34-38	Clitocybe fragrans	(105)	id.	fragrans.

TABLE	Figures	NOMS FRIESIENS		NOMS DONNÉS PAR KROMBHOLZ
II	1	Pleurotus ostreatus	(173)	Agaricus ostreatus.
	2-6	Clitopilus prunulus	(197)	id. prunulus.
	7-10	Pluteus cervinus....:........	(185)	id. pluteus.
	11-16	Leptonia chalybæa	(203)	id. chalybæus.
	17-21	Nolanea pleopodia	(209)	id. pleopodius.
	22	Leptonia nefrens	(205)	id. nefrens.
	23	Cortinarius bivelus..........	(375)	id. bivellus.
	24, 25	id. violaceus	(360)	id. violaceus.
	26	id. variicolor	(338)	id. variicolor.
	27	. id. argentatus	(360)	id. argentatus.
	28-30	id. sanguineus	(370)	id. sanguineus.
	31, 32	id. Krombholzii	(395)	id. leucopus.
	33, 34	Flammula sapinea..........	(251)	id. sapineus.
III	1	Pholiota adiposa	(222)	id. adiposus.
	2	id. squarrosa..........	(221)	id. squarrosus.
	3	id. spectabilis..........	id.	id. rhubarbarinus.
	4	Cortinarius collinitus....:.....	(354)	id. collinitus.
	5	id. id. (var. mucosus)		id. mucosus.
	6, 7	Hygrophorus ceraceus	(417)	id. ceraceus.
	8	Mycena cohærens	(137)	id. cohærens.
	9-11	Inocybe lanuginosa	(227)	id. lanuginosus.
	12	Naucoria conspersa..........	(264)	id. conspersus.

TABLE	Figures	NOMS FRIESIENS		NOMS DONNÉS PAR KROMBHOLZ
III	13	Naucoria graminicola	(265)	Agaricus graminicola.
	14	id. melinoides	(257)	id. melinoides.
	15-18	Tubaria cupularis	(272)	id. cupularis.
	19	Lentinus vulpinus	(486)	id. vulpinus.
	20	Volvaria parvula	(184)	id. volvaceo-pusillus.
	21-26	Psalliota hæmatosperma	(282)	id. hæmatospermus.
	27, 28	Stropharia æruginosa	(284)	id. æruginosus.
	29	Hypholoma lacrymabundum..	(293)	id. lacrymabundus.
	30-32	Collybia ventricosa	(120)	id. ventricosus.
	33, 34	Psilocybe bullacea	(299)	id. bullaceus.
	35	Coprinus comatus	(320)	id. comatus.
IV	1, 2	Coprinus soboliferus	(322)	id. costatus.
	3, 4	Gomphidius glutinosus	(399)	id. glutinosus.
	5-7	id. viscidus	(400)	id. rutilus.
	8-10	Cantharellus tubæformis	(457)	Cantharellus tubæformis.
	11-13			id. crassipes.
	14-16	Schizophyllum commune	(492)	Schizophyllum commune.
	17-18	Cyclomyces fuscus (exotique).		Cyclomyces australis.
	19-21	Polyporus politus	(525)	Polyporus lacteus.
	22-24	id. lucidus	(537)	id. lucidus.
	25	Trametes suaveolens	(584)	id. suaveolens.
	26, 27	Boletus asprellus	(514)	Boletus cinereus.

TABLE	Figures	NOMS FRIESIENS		NOMS DONNÉS PAR KROMBHOLZ
IV	28-30	Boletus castaneus...........	(517)	Boletus castaneus.
	31-34	id. strobilaceus	(513)	id. squarrosus.
	35-37	id. flavidus.............	(498)	id. velatus.
V	1,2	Dædalea quercina...........	(586)	Dædalea betulina.
	3-5	Polyporus quercinus........	(555)	Polyporus suberosus.
	6,7	Polystictus sanguineus (exotique)		id. sanguineus.
	8	Polyporus destructor........	(547)	id. destructor.
	9,10	Fistulina hepatica...........	(522)	Fistulina hepatica.
	11	Hydnum violascens	(602)	Hydnum violascens.
	12	id. candicans..........	(606)	id. tomentosum.
	13	Stereum hirsutum...........	(639)	Thelephora hirsuta.
	14,15	Clavaria cristata	(668)	Clavaria cristata.
	16	Cora gyrolophia (exotique)....		Gyrolophium elegans.
	17,18	Sparassis crispa.............	(666)	Sparassis crispa.
	19	Clavaria fistulosa	(677)	Clavaria ardenia.
VII	1-11	Boletus regius	(508)	Boletus regius.
VIII	1-12	Amanita cæsarea............	(17)	Amanita cæsarea.
IX	1-20	id. muscaria	(20)	id. muscaria.

TABLE	Figures	NOMS FRIESIENS		NOMS DONNÉS PAR KROMBHOLZ
X	1-5	Amanita rubescens............	(23)	Amanita rubescens.
	6	id. vaginata (v. fulva)...	(27)	id. id.
	7-8	id. id.	id.	id. id.
XI	1-9	Lactarius deliciosus ....:	(431)	Agaricus deliciosus.
XII	1-6	id. insulsus	(424)	id. insulsus.
	7-14	id. chrysorheus	(428)	id. zonarius.
XIII	1-14	id. pubescens	(424)	id. pubescens.
	15-23	id. torminosus	(422)	id. torminosus.
XIV	1-9	id. pyrogalus..........	(427)	id. pyrogalus.
	10-12	id. fuliginosus.........	(434)	id. fuliginosus.
	13,14	id. violascens	(429)	id. violascens.
	15,16	id. hysginus	(426)	id. vietus.
	17,18	id. trivialis............	(426)	id. trivialis.
XXII	2,3	Sparassis crispa.............	(666)	Sparassis crispa.
	1,4	id. Laminosa..........	id.	id. brevipes.
XXIII	1-8	Psalliota campestris.........	(279)	Agaricus campestris.
	9,10	id. sylvatica...........	(280)	id. sylvatica.

TABLE	Figures	NOMS FRIESIENS		NOMS DONNÉS PAR KROMBHOLZ	
XXIII	11-14	Psalliota arvensis	(278)	Agaricus edulis.	
	15-21	Volvaria bombycina	(182)	id.	bombycinus.
XXIV	1-12	Lepiota procera	(29)	id.	procerus.
	13, 14	id. gracilenta	(30)	id.	gracilentus.
	15, 16	id. rhacodes	(29)	id.	subtomentosus.
	17, 18	id. mastoidea	(30)	id.	mastoides.
	19-23	id. naucina	(34)	id.	sphærosporus.
	24-30	id. excoriata	(30)	id.	excoriatus.
XXV	1-5	Hygrophorus virgineus	(413)	id.	virgineus.
	6, 7	Tricholoma columbetta	(55)	id.	sericeus.
	8-14	Armillaria luteo-virens	(41)	id.	stramineus.
	15-20	id. robusta (v. minor)	id.	id.	robustus.
	21-25	id. ramentacea	(42)	id.	ramentaceus.
	26-30	Lepiota cristata	(32)	id.	clypeolarius.
	31-33	Armillaria rhagadiosa	(44)	id.	ochroides.
	34, 35	Lepiota medullata	(38)	id.	ermineus.
XXVI	1-8	Volvaria speciosa	(183)	id.	speciosus.
	9-13	Psalliota arvensis	(278)	id.	edulis.
	14, 15	id. campestris	(279)	id.	vaporarius.
	16, 17	Annularia lævis	(184)	id.	levis.

TABLE	Figures	NOMS FRIESIENS		NOMS DONNÉS PAR KROMBHOLZ
XXVI	18-22	Psalliota pratensis	(279)	Agaricus spodophyllus.
XXVII	1-15	Lepiota Vittadini.....,......	(33)	id. Vittadini.
XXVIII	1-3	Amanita phalloides..........	(18)	Amanita virescens.
	4-10	id. id.		id. bulbosa alba.
	11,12	id. id.		Agaricus vaginatus albus.
	13			id. annulatus.
	14-16	Pholiota dura...............	(216)	id. obturatus.
	17-22	id. id.	id.	id. obturatus rimosus.
	23,24	Tricholoma saponaceum......	(59)	id. napipes.
XXIX	1-5	Amanita cariosa.............	(24)	Amanita cinerea.
	6-9	id. recutita............	(19)	id. tomentella.
	10-13	id. pantherina.........	(21)	id. pantherina.
	14-17	id. excelsa	id.	id. ampla.
	18-21	Lepiota acutisquamosa.......	(31)	id. aspera.
XXX	13,14	Amanita vaginata	(27)	id. spadicea.
	15-21	Coprinus comatus	(320)	Agaricus comatus.
XXXI	1-15	Boletus edulis...............	(508)	Boletus edulis.

TABLE	Figures	NOMS FRIESIENS		NOMS DONNÉS PAR KROMBHOLZ
XXXII	1-11	Boletus versipellis	(515)	Boletus aurantiacus.
	12, 13	id. id. (var.)......	id.	id. rufus.
XXXIII	1-12	id. luteüs	(497)	id. annulatus.
XXXIV	1-10	id. elegans	id.	id. flavidus.
	11-14	id. granulatus ......:...	(498)	id. circinans.
	15-18	id. variegatus	(501)	id. subtomentosus.
XXXV	1-6	id. scaber..............	(515)	id. scaber.
	7-9	id. cyanescens..........	(517)	id. cyanescens.
	10-15	id. pachypus	(506)	id. pachypus.
XXXVI	1-7	id. æreus...............	(508)	id. æreus.
	8-11	id. mitis	(499)	id. mitis.
	12-16	id. badius..............	id.	id. glutinosus.
	16-18	id. id.	id.	id. spadiceus.
	19, 20	id. spadiceus...........	(503)	id. tomentosus.
	21-24	id. rubellus	(518)	id. rubellus.
XXXVII	1-7	id. calopus.............	(506)	id. calopus.
	8-11	id. subtomentosus.......	(503)	id. crassipes.
	12-15	id. purpureus	(511)	id. sanguineus rhodoxanthus,

TABLE	Figures	NOMS FRIESIENS		NOMS DONNÉS PAR KROMBHOLZ	
XXXVII	16-20	Boletus piperatus	(500)	Boletus piperatus.	
XXXVIII	1-6	id. satanas	(510)	id. sanguineus.	
	7-10	id. lupinus	id.	id. erythropus.	
	11-17	id. luridus	(511)	id. luridus.	
XXXIX	1-4	Lactarius volemus	(435)	Agaricus ichoratus.	
	5-9	id. tithymalinus	(436)	id. tithymalinus.	
	10, 11	id. flammeolus	id.	id. flammeolus.	
	12-15	id. rufus	(433)	id. rufus.	
	16-18	id. glyciosmus	(434)	id. glyciosmus.	
	19, 20	id. mitissimus........	(437)	id. mitissimus.	
	21-24	id. camphoratus.......	id.	id. camphoratus.	
XL	1-9	Lactarius quietus 5, 6, 7 (1, 2, 3, 4, 8, 9 douteux)	(431)	id. testaceus.	
	10-12	Lactarius quietus (var.)	id.	id. rufo-flavidus.	
	13, 14			id. subdulcis.	
	15, 17, 18	Lactarius serifluus...........	(436)	id. gynæcogalus.	
XLI	1, 5, 7	Pleurotus ostreatus	(173)	id. ostreatus.	
	2, 3, 4, 6	id. id.	id.	id. salignus.	
XLII	1, 2	Lentinus flabelliformis	(487)	id. flabelliformis.	

TABLE	Figures	NOMS FRIESIENS		NOMS DONNÉS PAR KROMBHOLZ	
XLII	3-5	Panus torulosus	(489)	Agaricus carneo-tomentosus.	
	6-8	Collybia lancipes	(112)	id.	fusiformis.
	9-11	id. fusipes	(111)	id.	crassipes Sch. fusipes Bull.
	12-16	Hypholoma pyrotrichum	(293)	id.	lacrymabundus.
XLIII	1	Flammula taraxaxi..........	(319)	id.	taraxaci.
	2-6	Armillaria mellea	(44)	id.	melleus.
	7-10	Hygrophorus pratensis	(413)	id.	pratensis.
	11-16	Marasmius oreades..........	(467)	id.	oreades.
	17-20	Clitocybe laccata............	(108)	id.	farinaceus.
XLIV	1-3	Hypholoma sublateritium	(290)	id.	lateritius.
	4-5	id. fasciculare	(291)	id.	fascicularis.
	6-9	Collybia velutipes...........	(115)	id.	nigripes.
	10-12	Inocybe rimosa	(232)	id.	rimosus.
	13-17	Panus stipticus	(489)	id.	stipticus.
	18,19	Pholliota squarrosa	(221)	id.	squarrosus.
	20,21	id. adiposa............	(222)	id.	adiposus.
XLV	1-11	Cantharellus cibarius	(455)	Cantharellus cibarius.	
	12	id. cinereus........	(458)	id.	cinereus.
	13-17	Craterellus clavatus..........	(632)	id.	clavatus.
	18	id. cornucopioides ...	(631)	id.	cornucopioides.

TABLE	Figures	NOMS FRIESIENS	NOMS DONNÉS PAR KROMBHOLZ
XLVI	1, 2 3-6 7-9 10-13	Merulius lacrymans.......... (594) Cantharellus Friesii.......... (455) id. infundibuliformis (458) Craterellus cornucopioides ... (631)	Merulius lacrymans. Cantharellus aurantiacus. id. lutescens. id. cornucopioides.
XLVII	1, 2	Fistulina hepatica........... (522)	Boletus hepaticus.
XLVIII	1-6 7-10 11-14 15, 16 17-20	Boletus subtomentosus (var.). (503) id. radicans Krombholz.. id. Polyporus hispidus.......... (551) id. quercinus......... (555) id. cristatus.......... (539) id. frondosus......... (538)	id. radicans. Polyporus hispidus. id. suberosus. id. cristatus. id. frondosus.
XLIX	1-7	Hydnum imbricatum......... (598)	Hyduum imbricatum.
L	1-9 10, 11 12 13, 14 15-17 18-22	id. repandum.......... (601) id. ferrugineum .... (603) id. compactum........ id. id. cœruleum.......... (602) id. auriscalpium .... (607) Tremellodon gelatinosum..... (618)	id. repandum. id. ferrugineum. id. compactum. id. cinereum. id. auriscalpium. id. gelatinosum.

TABLE	Figures	NOMS FRIESIENS		NOMS DONNÉS PAR KROMBHOLZ	
LI	1-3	Hydnum erinaceum	(608)	Hydnum erinaceum.	
	4-7	id. coralloides	(607)	id. coralloides.	
	8-12	id. diversidens	(609)	id. diversidens.	
LII	1, 2	Polyporus ovinus	(523)	Polyporus ovinus.	
	3-9	id. umbellatus	(537)	id. umbellatus.	
LIII	1-3	Clavaria botrytes	(667)	Clavaria botrytis.	
	4	id. coralloides (v. alba)	(668)	id. coralloides (v. alba).	
	5-7	id. aurea	(670)	id. formosa.	
	8	id. spinulosa	(671)	id. flava.	
	9, 10	id. cinerea	(668)	id. grisea.	
	11, 12	id. cristata	id.	id. palmata.	
	13	id. id.	id.	id. cristata	
	14-17	id. Krombholzii	(669)	id. Kunzei.	
	18	id. fumosa	(676)	id. fumosa.	
	19, 20	id. inæqualis	(674)	id. aurantiaca.	
	21	id. rosea	(674)	id. rosea.	
	22, 23	id. muscoides	(667)	id. corniculata.	
LIV	1-11	id. pistillaris	(676)	id. pistillaris.	
	12	id. ligula	id.	id. ligula.	
	13-17	id. rugosa	(669)	id. rugosa.	

TABLE	Figures	NOMS FRIESIENS		NOMS DONNÉS PAR KROMBHOLZ	
LIV	18-20	Clavaria Krombholzii	(669)	Clavaria grossa.	
	21, 22	id. formosa.	(671)	id. formosa.	
	23	id. stricta	(673)	id. stricta.	
	24, 25	Thelephora palmata.	(634)	Merisma fœtida.	
LV	1-6	Tricholoma graveolens.	(67)	Agaricus mouceron.	
	7, 8	Clitopilus prunulus	(197)	id. Sowerby.	
	9, 10	Tricholoma Georgii.	(67)	id. popinalis.	
	11-16	Pholiota præcox.	(217)	id. præcox.	
	17-22	Entoloma rhodopolium	(195)	id. rhodopolius.	
LVI	1-4	Lactarius piperatus.	(430)	id. Listeri.	
	5-7	id. controversus (var.) .	(423)	id. rubellus.	
	8, 9	id. viridis (var.).	(429)	id. chloroides.	
	10-14	id. pallidus.	(431)	id. pallidus.	
LVII	1-3	id. pergamenus	(430)	id. piperatus.	
	4-6	id. id.	id.	id. pergamenus.	
	7-9	id. aspideus	(424)	id. uvidus.	
	10-13	id. vellereus.	(430)	id. vellereus.	
	14, 15	id. uvidus (var. pallidus)	(426)	id. argematus.	
LVIII	1-6	id. scrobiculatus	(422)	id. scrobiculatus.	

TABLE	Figures	NOMS FRIESIENS		NOMS DONNÉS PAR KROMBHOLZ
LVIII	7-10	Lactarius aspideus	(424)	Agaricus aspideus.
	11-13	id. cilicioides (var.)	(422)	id. intermedius.
	14-15	Clitopilus orcella	(197)	id. orcella.
LXI	1,2	Russula lactea	(443)	id. (Russula) lacteus.
	3,4	id. emetica (v. olivacea)	(448)	id. id. emeticus (var. C.)
	5-7	id. id. (v. badia)	id.	id. id. id. (var. B.)
	8,9	id. mustellina	(441)	id. id. fallax.
	10	id. alutacea	(453)	id. id. alutacea.
	11-14	Hygrophorus eburneus	(406)	id. nitens.
LXII	1,2	Russula furcata	(441)	id. furcatus.
	3-5	Hebeloma fastibile	(237)	id. spiloleucus.
	6-10	Pholiota radicosa	(218)	id. radicosus.
	11,12	Stropharia æruginea	(284)	id. cyaneus Bolt. glaucus Wild.
	12-14	id. id.	id.	id. æruginosus.
	15-17	Gomphidius glutinosus	(399)	id. viscidus.
	18-20	id. id.	id.	id. glutinosus.
	21	Collybia velutipes	(115)	id. velutipes.
LXIII	1-9	Tricholoma russula	(52)	id. russula.
	10-12	id. id.	id.	id. aureus.
	13-17	Gomphidius roseus	(400)	id. glutinosus roseus.

TABLE	Figures	NOMS FRIESIENS		NOMS DONNÉS PAR KROMBHOLZ		
LXIII	18-22	Tricholoma gambosum	(66)	Agaricus Pomonæ.		
LXIV	1-4	Russula alutacea	(453)	id.	(Russula) alutaceus.	
	5, 6	id. emetica..............	(448)	id.	id.	atropurpureus
	7-9	id. ochroleuca	(449)	id.	id.	ochroleucus.
	10, 11	id. cærulea	(443)	id.	id.	cæruleus.
	12-18	id. fragilis	(450)	id.	id.	fragilis.
	19, 20	id. lepida	(444)	id.	id.	rosaceus.
LXV	1-24	id. rubra................	id.	id.	ruber.	
LXVI	1-3	id. nitida	(452)	id.	(Russula) cupreus.	
	4-7	id. emetica	(448)	id.	id.	aurorus.
	8-11	id. aurata..............	(452)	id.	id.	aurantiicolor.
	12, 13	id. depallens............	(442)	id.	id.	luteo-violaceus.
	14-17	id. integra	(450)	Agaricus (Russula) cinereo-purpureus et memnon.		
	18, 19	id. veternosa...........	id.	Agaricus (Russula) persicinus.		
	20-23	id. nitida	(452)	id.	id.	punctatus.
LXVII	1-10	id. virescens...........	(443)	id.	æruginosus.	
	11	id. olivascens	(441)	id.	olivascens.	
	12-15	id. virescens...........	(443)	id.	virescens.	
	16-19	id. cyanoxantha........	(446)	id.	cyanoxanthus.	

TABLE	Figures	NOMS FRIESIENS		NOMS DONNÉS PAR KROMBHOLZ
LXVII	20-22	Clitocybe odora............	(85)	Agaricus odorus.
LXVIII	1-4	Russula sardonia...........	(442)	id. (Russula) citrinus.
	5-8	id. cærulea.............	(443)	id. id. cæruleus.
	9,10	id. ochracea............	(453)	id. id. alutaceus.
	12,13	id. olivaceus...........	(445)	id. id. id.
	15-17	id. grisea..............	(451)	id. id. id.
	18-21	Tricholoma equestre........	(48)	id. flavovirens.
LXIX	1-6	Lactarius turpis...........	(423)	id. necator.
	7-9	id. blennius........	(425)	id. blennius.
	10-17	Amanita phalloides..........	(18)	Amanita viridis.
	18-22	Russula furcata.............	(441)	Agaricus furcatus.
LXX	1-6	id. fœtens	(447)	id. (Russula) fœtens.
	7-11	id. adusta	(439)	id. id. nigricans.
	12,13	id. id. (var.)	id.	id. id. adustus.
	14,15	id. nigricans...........	(439)	id. id. nigrescens.
	16,17	id. albonigra...........	(440)	id. id. albo-niger.
	18,19	id. mustellina..........	(441)	id. id. subfusco-aurantiacus.
LXXI	1-4	Armillaria robusta..........	(41)	id. robustus.
	5-9	Cortinarius violaceus?.......	(360)	id. ionus.

TABLE	Figures	NOMS FRIESIENS		NOMS DONNÉS PAR KROMBHOLZ	
LXXI	10, 11	Cortinarius ?		Agaricus arachnoideus.	
	12-15	id. cinnamomeus	(370)	id. cinnamomeus.	
	16, 17	id. variicolor	(338)	id. variecolor.	
	18, 19	id. olivascens........	(354)	id. olivæcolor.	
	20-23	id. ?		id. spadochrus.	
	24-26	Paxillus involutus............	(403)	id. involutus.	
	27-29	Tricholoma nudum..........	(72)	id. nudus.	
LXXII	1-5	id. tumidum.........	(61)	id. tumidus.	
	6-18	id. murinaceum	(62)	id. murinaceus.	
	19, 20	Clitocybe laccata	(108)	id. amethysteus.	
	21-23	id. elixa..............	(91)	id. elixus.	
	24, 25	Hygrophorus hypotejus.......	(410)	id. hypotejus.	
	26, 27	Collybia radicata............	(109)	id. radicatus.	
LXXIII	1-4			id. croceo-viridis.	
	5, 6	Pholiota marginata..........	(225)	id. mutabilis.	
	7-9	id. mutabilis	(225)	id. caudicinus.	
	10-12	id. caperata	(215)	id. caperatus.	
	13-15	Cortinarius mucosus ,,......	(355)	id. mucosus.	
	16-18	id. collinitus........	(354)	id. collinitus.	
	19-21	id. torvus	(376)	id. torvus.	

TABLE	Figures	NOMS FRIESIENS		NOMS DONNÉS PAR KROMBHOLZ
LXXIV	1-7	Boletus felleus..............	(516)	Boletus felleus.
	8, 9	id. impolitus............	(509)	id. dulcis.
	10, 11	id. id.	id.	id. suspectus.
	12, 13	id. strobilaceus..........	(513)	id. strobiloides.
LXXV	1-6	id. bovinus..............	(499)	id. bovinus.
	7-14	id. variegatus	(501)	id. variegatus.
	15-19	id. fragrans.............	(509)	id. xanthoporus.
	20, 21	id. id. (var.)	id.	id. xanthoporus sanguineo-maculatus.
LXXVI	1-5	id. subtomentosus.......	(503)	Boletus subtomentosus.
	6-9	id. sericeus.............	(509)	id. sericeus.
	10, 11	id. collinitus............	(498)	id. inunctus.
	12-14	id. obsonium	(509)	id. leoninus.
	15-17	id. chrysenteron........	(502)	id. pascuus.
	18, 19	id. aquosus	(520)	id. aquosus.

TABLEAU DE CONCORDANCE DE LETELLIER

(*Atlas, Figures de Champignons*, Paris, 1829-42.)

Les chiffres entre parenthèses correspondent aux pages des *Hymenomycetes Europæi* de Fries, 2° édit.

Numéros des planches	NOMS FRIESIENS	NOMS DONNÉS PAR LETELLIER
603	Gomphidius viscidus............ (400)	Agaricus rutilus.
604	Boletus granulatus.............. (498)	Boletus granulatus.
605	Clitocybe phyllophila .... (87)	Agaricus phyllophilus.
606	Boletus lividus.................. (519)	Boletus brachyporus.
607	1 Corticium incarnatum .... (654)	Thelephora incarnata.
	2 Hypochnus sambuci........... (660)	id. sambucina.
	3 Thelephora sebacea .... (637)	id. sebacea.
608	Pholiota præcox .... (217)	Agaricus præcox.
610	A B Lepiota excoriata .... (30)	id. excoriatus.
	D E id. mastoidea .... (30)	
611	Collybia fusipes.................. (111)	id. cryptarum.
612	Boletus erythropus.............. (511)	Boletus luridus erithropus.
614	id. impolitus................ (509)	id. dulcis.
616	Tricholoma russula .... (52)	Agaricus russula.
617	Cortinarius urbicus .... (376)	id. arachnostreptus.
618	id. cinnamomeus (var.) .. (370)	id. cinnamomeus (v. semi-sang.)
623	a Volvaria gloiocephala.......... (183)	a id. gloiocephalus.
	b id. media .... (184)	b id. sericocephalus.

Numéros des planches	NOMS FRIESIENS		NOMS DONNÉS PAR LETELLIER
624	Lactarius volemus	(435)	Agaricus volemus.
625	Tricholoma columbetta..........	(55)	id. columbetta.
626	Polyporus imbricatus............	(542)	Polyporus ramosus.
628	id. medulla-panis........	(576)	id. medulla-panis.
630	1 Corticium læve................	(649)	Athelia lævis.
	2 id. cæruleum...........	(651)	id. cærulea.
	3 id. roseum	(650)	id. rosea.
	4 id. sulphureum	(650)	id. citrina.
631	Amanita phalloides..............	(28)	Agaricus insidiosus.
632	Pholiota cylindracea (var.)	(268)	id. attenuatus.
633	Lactarius deliciosus.............	(431)	id. deliciosus.
634	Cortinarius albo-cyaneus........	(368)	id. anomalus incurvus.
639	Amanita pantherina	(21)	id. pantherinus.
640	id. excelsa	id.	id. excelsus.
641	Boletus pachypus...............	(506)	Boletus pachypus.
643	Clitocybe anapacha	(90)	Agaricus anapachus.
644	Agaricus romaleus	(318)	id. romaleus.
645	Volvaria gloiocephala...........	(183)	id. gloiocephalus.
646	Cortinarius elegantior...........	(348)	id. fulgens.
647	Gomphidius glutinosus	(399)	id. viscidus.
648	Polyporus rufescens	(529)	Sistotrema rufescens.
651	Cortinarius cærulescens.........	(345)	Agaricus callochrous.
652	id. cinnamomeus........	(370)	id. cinnamomeus.

Numéros des planches	NOMS FRIESIENS		NOMS DONNÉS PAR LETELLIER
653	Lepiota furnacea	(33)	Agaricus furnaceus.
654	Boletus cyanescens	(517)	Boletus cyanescens.
657	Tricholoma maluvium	(69)	Agaricus palomet.
658	Clitocybe fragrans	(105)	id. fragrans.
659	Psalliota campestris	(279)	id. campestris.
663	Tricholoma terreum	(57)	id. myomyces.
664	Pholiota pudica (v. alba)	(218)	id. pudicus.
665	Paxillus panoides	(404)	id. croceo-lamellatus.
666	Boletus crocipodius	(520)	Boletus crokipodius.
669	Clitocybe fumosa	(90)	Agaricus fumosus.
670	id. geotropa	(96)	id. gilvus.
671	Tricholoma bufonium	(63)	id. sulphureus.
675	Naucoria pediades	(260)	id. arvalis.
676	Psilocibe ericæus	(298)	id clivulorum.
677	Amanita rubescens	(23)	id. verrucosus.
678	Boletus luridus	(510)	Boletus luridus.
681	Tricholoma rutilans	(53)	Agaricus rutilans.
682	Paxillus giganteus	(401)	id. giganteus minor.
683	Russula alutacea	(453)	id. alutaceus.
684	Craterellus sinuosus	(681)	Cantharellus sinuosus.
687	Pleurotus salignus	(174)	Agaricus salignus.
688	Crepidotus mollis	(275)	id. canescens.
689	Cortinarius bivelus	(375)	id. bivelus.

Numéros des planches	NOMS FRIESIENS		NOMS DONNÉS PAR LETELLIER
690	1 Polyporus medulla-panis	(571)	Polyporus bibulus.
	2 Polyporus vulgaris............	(577)	Polyporus vulgaris.
693	Pleurotus Eryngii...............	(171)	Agaricus Eryngii.
694	Cortinarius decipiens...........	(396)	id. decipiens.
695	Pleurotus ostreatus............	(173)	id. dimidiatus.
699	Tricholoma æstuans............	(54)	id. æstuans.
700	Stropharia obturata............	(285)	id. obturatus.
701	Hypholoma violaceo-atrum	(295)	id. violaceo-ater.
705	Hygrophorus erubescens........	(407)	id. erubescens.
706	1 Pleurotus septicus............	(179)	id. septicus Fr. chioneus Pers.
	2 id. hypnophilus.........	(181)	id. perpusillus Fr. hypnophilus Pers.
707	Tricholoma flavo-brunneum.....	(51)	id. flavo-brunneus.
708	1 Clavaria cinerea	(668)	Clavaria cinerea Bull. fuliginea Pers.
	2 id. cristata	id.	id. cristata (var.)

TABLEAU DE CONCORDANCE DE PAULET
(*Iconographie des Champignons*, Paris, 1855.)

AVIS

L'*Iconographie des Champignons* de Paulet, revue par Léveillé, étant un ouvrage assez répandu à cause de ses nombreuses planches, de son texte français et de son prix relativement modique, je crois utile d'en donner la concordance. Mais ce travail, quels que soient les soins que j'y ai apportés, ne vaudra jamais rien : je ne me le dissimule pas ; tout dans cet ouvrage laissant à désirer, dessins, couleurs, descriptions et observations. Une synonymie de Paulet, en dehors de celle de Fries, sera toujours mauvaise, c'est incontestable.

Je n'ai pas eu la prétention de mieux faire que Fries ; mais j'ai seulement voulu appeler l'attention sur certaines planches laissées dans l'oubli et sur de bien plus nombreuses encore mauvaises ou douteuses. Ce travail montrera aux nouveaux adeptes en mycologie, qui auraient malheureusement ce livre entre les mains, que dans la plupart des cas, on ne peut mettre que des points d'interrogation devant les Icones de Paulet.

La table qui suit indique les changements qu'a apportés J.-H. Léveillé dans l'ordre numérique des planches des premiers exemplaires de Paulet. Au moyen de cette table les possesseurs de l'atlas de ces anciens exemplaires pourront se servir aisément de ce tableau de concordance.

Les planches	deviennent la planche	Les planches	deviennent la planche	Les planches	deviennent la planche
I et V	I	XVII	XIV	XCI et LXXXV	XCI
III et XI	III	XVII bis	XV	XCVII et LXVI	XCVII
IV et CXXXI	IV	XIX	XVI	XCVII fig. 3 et 4	XCVII bis
VI	V	XX bis	XVII	CXII	CXII bis
VII	VI	XXI	XVIII	CXXII et CIV	CXXII bis
VIII	VII	XXII bis	XIX	CXLVIII ter	CXXXI
IX et X	VIII	XXII	XX	CXL	CXL bis
XII	IX	XXIII	XXI	CXLVIII	CXLVIII bis
XIII	X	LXIX bis	XXII	CLVI bis	CLVI ter
XIV	XI	XXIV bis	XXIII	CXXIX bis	CLXVI bis
XV	XII	LI	L	CXC bis	CXCVI
XVI	XIII	L	LI		

Les chiffres entre parenthèses correspondent aux pages des *Hymenomycetes Europæi* de Fries, 2ᵉ édit.

Planches et Figures.	NOMS FRIESIENS	NOMS DONNÉS PAR PAULET	
		EN FRANÇAIS	EN LATIN
I			
1, 2	Dædalea quercina........ (586)	Labyrinthe étrille..........	Agaricus quercinus.
3–5	Schizophyllum commune . (492)	La petite coquille Petoncle.....	Hyponevris multifida.
II			
1	Dædalea quercina (var.).. (586)	Labyrinthe Rocher..........	Agaricus quercinus.
2-4	id. id. id. .. id.	id. chapeau	id. tectulum.
5	Lenzites sæpiaria........ (494)	Agaric de St-Cloud	id. resupinus.
III			
1	? ?	Lobier subéreux	Xylometron lobatum.
2	Polyporus abietinus ??.... (569)	Agaric épineux............	id. spinosum.
3, 4	*(Polypore exotique)*	id. sanguin	id. sanguineum.
5	Auricularia mesenterica.. (646)	Gélatineux à soies..........	Tremella mesenterica.
6, 7	Tremellodon gelatinosum. (618)	id. à papilles........	id. hydnoides.
IV			
1	Polystictus versicolor..... (568)	Agaric à feuilles de rose.......	Agaricus versicolor.
2	id. id. ? (var) id.	id. iris en entonnoir......	id. infundibulum.
3	id. id. ? (var) id.	id. en coupe	id. cyathiformis.
4, 5	Hydnum scrobiculatum .. (604)	id. en creuset.........	id. concrescens.
VI			
1	Fomes igniarius ? .... (559)	Agaric amadou couleur de feu ..	Pyreium igniarium.
2, 3	id. fomentarius (préparé). (558)	id. plat ordinaire ..	id. fomentarium.

PAULET

429

Planches et Figures.	NOMS FRIÉSIENS	NOMS DONNÉS PAR PAULET	
		EN FRANÇAIS	EN LATIN
VII			
1	Fomes fomentarius....... (558)	Sabot ligneux	Pyreium ungulatum.
2-4	id. id. .... id.	id.	id. lignosum.
VIII			
1, 2	Polyporus lucidus .... (537)	Agaric amadou verni ou Ag. truelle	id. vernicosum.
3-5	Fomes fomentarius ?..... (558)	Sabot subéreux............	id. fomentarium.
IX			
1-5	Fistulina hepatica........ (522)	Langue ou foie de bœuf......	Dendrosarcos hepaticus.
X	Polyporus hispidus....... (551)	Chair du pommier ou Agaric-pomme	id. rutilenis.
XI	Merisma sulphurea....... (542)	Agaric flamme	id. imbricatus.
XII			
1-4	Polyporus betulinus...... (555)	Faux agaric blanc..........	Agaricum conchatum.
5	Merisma sulphurea ...... (542)	Agaric styptique..........	id. stypticum.
XIII	Polyporus squamosus .... (532)	Oreille ou coquille tigrée de l'orme	Polyporus ulmi.
XIV	Polyporus officinalis ?.... (555)	Agaric du mélèze purgatif.....	Agaricum purgans.
XV	id. id. (desséché) id.	id. id.	id. id.
XVI	Trametes suaveolens..... (584)	Agaric blanc à odeur d'iris....	id. suaveolens.

Planches et Figures.	NOMS FRIESIENS	NOMS DONNÉS PAR PAULET	
		EN FRANÇAIS	EN LATIN
XVII XVIII	Agaricus allochrous Pers. (176)	Oreille du noyer	Dendrosarcos juglandis.
1	id. id. .... id.	id.	id. id.
2	id. id. .... id.	Coquille de l'aulne	id. alni.
3,4	Pleurotus dryinus (var.).. (167)	id. du chêne.........	id. quercinus.
XIX XX	id. spodoleucus ... (172)	Coquille noire du hêtre	id. nigrescens.
1	id. salignus....... (174)	La cuiller des arbres.......	id. cochlearis.
2,3	id. id. .... id.	Coquille du marronnier d'Inde ..	id. hippocastani.
4	id. nidulans ...... (178)	Jonquille du chêne	id. mollis.
XXI 1	id. pometi .... (173)	Langue du pommier	id. pometi.
2,3	id. lingulatus ..... (172)	id. du noyer	id. lingulatus.
XXII	Lactarius rufus .... (433)	Rougeole à lait âcre	Hypophyllum torminosum.
XXIII XXIV	Pleurotus olearius .... (170)	Champignon phosphorique	Dendrosarcos phosphoreus
1,2	id. id. (var.).. id.	Oreille de l'olivier	id. oleæ.
3,4	Panus farneus .... (487)	id. du chêne vert	id. ilicis.
5-7	Pleurotus carpini .... (170)	id. du charme	id. carpini.

Planches et Figures.	NOMS FRIESIENS	NOMS DONNÉS PAR PAULET	
		EN FRANÇAIS	EN LATIN
XXV 1,2	Pleurotus geogenius (v. albo) (175)	Le demi-entonnoir..........	Hypophyllum semi-infundibulum.
3	Lactarius ?..............	L'entonnoir zoné...........	id. zonale.
XXVI 1,2	Clitopilus prunulus....... (197)	Raquette blanche ou petite mamelle	Dendrosarcos mamola.
3,4	Panus torulosus .... (489)	Chair de Bavière...........	id. Bavariæ.
XXVII 1,2	Pleurotus ostreatus....... (173)	Peuplière brune...........	id. populeus.
3	Claudopus depluens...... (214)	La famille Petoncle.........	id. depluens.
XXVIII 1-3	Pleurotus cornucopioides. (172)	Corne d'abondance..........	id. cornucopiæ.
XXIX 1,2	Merisma frondosa........ (538)	Bouquet des chènes	Polyporus frondosus.
XXX 1-4	id. intybacea....... id.	Polypore coquiller..........	id. multiconcha.
XXXI 1-3	Polyporus asprellus...... (524)	Escudarde ou Savatelle-truffe ...	Scutiger tuberosus.
4	id. Pauletii .... (541)	Savatelle baie-brune	id. badius.
XXXII 1,2	Hydnum occidentale ..... (606)	Escudarde épineuse	id. spinosus.
XXXIII 1	id. subsquamosum . (598)	id. papillée	id. subsquamosus.
2,3	Paxillus atro-tomentosus . (403)	id. feuillets terre-d'ombre.	id. hypophyllum.

Planches et Figures.	NOMS FRIESIENS		NOMS DONNÉS PAR PAULET	
			EN FRANÇAIS	EN LATIN
XXXIII 4	Hydnum auriscalpium.... (607)		Escudarde cure-oreille........	Scutiger auriscalpium.
XXXIV 1-3	id. fragile .... (599)		id. couleuvre	id. maculatus.
XXXV 1, 2	id. repandum ...... (601)		Chevrotine..............	Hypothele repanda.
3	? ?		Grande chevrette de Suisse	id. squammata.
4	id. pusillum........ (606)		Chevrette en éventail	id. flabelliformis.
XXXV bis	id. violascens ...... (602)		id. bleue à odeur d'iris de Florence	id. indigofera.
XXXVI 1-5	Cantharellus cibarius..... (455)		Girole ou Chanterelle	Hyponevris cantharellus.
XXXVII 1	id. infundibuliformis (458)		Gyrole pruinée	id. pruinata.
2, 3	id. rufescens .... (456)		id. en fuseau	id. rufescens.
4-6	Tricholoma cnista ? ...... (73)		id. dentelle ou blanche	id. dentella
XXXVIII	Pleurotus aquifolii .... (171)		Champignon du houx ou g^de Girole	Hypophyllum aquifolii.
XXXIX 1-3	Pleurotus eryngii .... (171)		Oreille de chardon..........	id. eryngii.
XL 1-3	Tricholoma geminum .... (61)		Les Jumeaux cannelle	id. geminum.

Planches et Figures.	NOMS FRIESIENS		NOMS DONNÉS PAR PAULET	
			EN FRANÇAIS	EN LATIN
XLI 1, 2	Tricholoma columbetta...	(55)	Nombril blanc	Hypophyllum umbilicatum.
XLII 1, 2	id. militare......	(71)	Pain de vache	id. vaccinum.
3, 4	id. nudum	(72)	Pied de chèvre lavure de chair...	id. caprinum.
XLIII 1, 2	id. auratum	(50)	Doré de Rouergue ou Rouergat..	id. ruthense.
XLIV 1, 2	id. brevipes......	(75)	La Tortue..............	id. testudo.
3	Pleurotus craspedius (var.).	(169)	Manchettes grises	id. plicatum.
XLV 1-3	Tricholoma spermaticum.	(49)	Ailes de pigeon ou champignon spermatique	id. spermaticum.
XLVI	id. columbetta...	(55)	Le Blanc d'argent	id. undulatum.
XLVII 1, 2	Pluteus cervinus ?........	(185)	Le Cheviller roux	id. fibula.
3, 4	Hygrophorus virgineus...	(413)	id. blanc ou cheville en coin	id. cuneatum.
XLVIII 1	Collybia lancipes.........	(112)	Grand clou rayé de Meudon.....	id. clavus.
2	id. id. .... id.		Clou moyen de Sénard	id. senardinum.
XLIX 1, 2, 3	id. id. .... id.		Clou gercé du bois de Boulogne ..	id. lacerum.

Planches et Figures.	NOMS FRIESIENS		NOMS DONNÉS PAR PAULET	
			EN FRANÇAIS	EN LATIN
L				
1-4	Collybia contorta........	(112)	Chênier ventru	Hypophyllum fusipes.
LI				
1	Clitocybe molybdina ?	(89)	Tête de crapaut (sic.)	id. caput bufonis.
2, 4	Armillaria scruposa......	(42)	Darmus des Provenceaux	id. provinciale.
3, 4 bis	Cantharellus Friesii ?.....	(455)	Fausse girole jumelle........	id. gemellum.
LII				
1-3	Hebeloma crustuliniforme (var.)..	(241)	Roux ravier de Vincennes.....	id. raphanoides.
LIII				
1	? ?		Chapeau de Sénard	id. allipes.
2	Hebeloma fastibile (var.)..	(237)	Champignon prune de Monsieur..	id. pruinatum.
LIV				
1, 2	Cortinarius renidens......	(392)	Bossillon doré ou Doré bulbuleux.	id. auricolor.
3, 4	id. ?	....	Roux clair	id. fulvum.
5	Inocybe ?	....	Champignon réglisse salé	id. glycyrrisatum.
LV				
1	Hypholoma velutinum (var.)	(293)	Feuille morte.............	id. xerampelinum.
2, 3	Tricholoma quinquepartitum (var.)	(49)	Champignon à 5 parts	id. quinquepartitum.
LVI				
1, 2	Entoloma turbidum (var.)?.	(195)	La Souris rose	id. murinoroseum.
LVII				
1, 2	Tricholoma russula.......	(52)	Champignon lie de vin	id. vinaceum.
3, 4	Russula furcata..........	(441)	Vert des bois.............	id. virens.

Planches et Figures.	NOMS FRIESIENS		NOMS DONNÉS PAR PAULET	
			EN FRANÇAIS	EN LATIN
LVIII 1, 4 LIX	Tricholoma columbetta...	(55)	Faux mousseron blanc ou Mousseron sauvage des bois.	Hypophyllum decipiens.
1, 2 3, 4	Tricholoma gausapatum ?. ? ?	(57)	Basset de cave .... La Saucoupe peau douce	
LX LXI	Russula rubra	(444)	Entonnoir rouge bord	id. laccatum.
1, 2	Paxillus involutus........	(403)	Entonnoir des fossés........	id. fossarum.
LXII LXIII	id. id. ...... id.		Le Verre à patte...........	id. scyphus.
1	id. id. ...... id.		Entonnoir des jardins........	id. infundibuliforme.
2-4 LXIV	Clitocybe garidelli	(98)	Pinede des Provenceaux.......	id. garidelli.
1, 2 LXV	Russula delica ?..........	(440)	Colombettes de J. Bauhin	id. columbare.
1	Craterellus ?		Entonnoir pied de chèvre de Bondi	id. pes capræ.
2-5 LXVI	Clitocybe tuba	(99)	Trompettes blanches	id. tubæforme.
1, 2	Clitocybe membranacea..	(94)	Blanc d'ivoire mortel........	id. eburneum.
3	id. gyrans........	(106)	Gyrole trompeuse ou trompette...	id. gyrans.

Planches et Figures.	NOMS FRIESIENS		NOMS DONNÉS PAR PAULET	
			EN FRANÇAIS	EN LATIN
LXVII 1, 2	Clitocybe ?		Entonnoir vénéneux	Hypophyllum fistulosum.
LXVIII 1, 4	Lactarius controversus...	(423)	Laiteux poivré blanc	id. piperatum.
2, 3	id. piperatus	(430)	id. id.	id. id.
LXIX 1	Lactarius umbrinus?.....	(429)	Laiteux poivré terre d'ombre ...	id. umbrinum.
2	id. id. ?.....		id. noir........	id. nigrum.
3, 4	id. viridis........	id.	id. vert........	id. viride.
LXX 1, 2	Lactarius ?..............		Le Mouton	id. villosum.
3, 4	id. luridus........	(426)	Laiteux zoné de Vaillant......	id. fasciatum.
LXXI 1-4	id. theiogalus	(432)	id. doré ou laiteux briqueté.	id. lateritium.
LXXII 1, 2	id. pyrogalus (var.).	(427)	id. cheville..........	id. prægnantissimum
3, 4	id. id. id. .		Nombril laiteux	id. rufum.
5, 6	id. crampylus (var.)	(423)	Champignon du cerf	id. cervinum.
7, 8	id. aspideus ?......	(424)	Laiteux rougissant	id. pudibundum.
LXXIII 1	Russula delica ?.........	(440)	Le Prévat blanc	id. album.
2	? ?		id. lilas	id. lilacinum.

Planches et Figures.	NOMS FRIESIENS	NOMS DONNÉS PAR PAULET	
		EN FRANÇAIS	EN LATIN
LXXIV			
1	Russula furcata .... (441)	Le Prévat verdoyant.........	Hypophyllum integrum (virescens).
2	id. lactea .... (443)	id. au tour	id. id. (columnare).
3	id. veternosa .... (450)	La grande Rougeotte ou Prévat cerise pâle	id. id. (russula).
LXXV			
1-5	id. heterophylla..... (446)	La Bisolte..............	id. livescens.
6-8	id. Clusii .... (449)	La Rougeotte ordinaire.......	id. russula.
LXXVI			
1	id. cyanoxantha..... (446)	Champignon des dames	id. viridans.
2, 3	id. id. ..... id.	La Gorge de pigeon........	id. cyanoxanthum.
4	id. fellea........... (447)	Jaunote et blanchote	id. luteo-album.
LXXVII			
1	Cortinarius violaceus ? ... (360)	Le Plateau tricolor ou Violet évêque	id. tricolor.
2	id. id. ? ... id.	Le petit Violet ou Plateau de S. Lucie	
3	Hebeloma elatum .... (241)	Le soyeux noisette.........	id. setigerum.
3 bis, 4	Clitocybe viridis .... (85)	Le Plateau bleu de ciel ou turquoise	id. cœruleum.
LXXVIII			
1, 2	Clitopilus prunulus....... (197)	Le Plateau farineux	id. farinulentum.
3	Tricholoma nudum....... (72)	id. violet améthysto ...	id. ianthinum.
LXXIX			
1-5	Clitocybe nebularis ...... (79)	id. gris odorant	id. cucurbitinum.
LXXX			
1-3	Lactarius pallidus ?? ..... (431)	Rougeole à lait doux........	id. lactifluum.

Planches et Figures.	NOMS FRIESIENS	NOMS DONNÉS PAR PAULET	
		EN FRANÇAIS	EN LATIN
LXXXI			
1, 2	Lactarius ichoratus ?..... (222)	Rougeole à lait, rousse.......	Hypophyllum ichoratum.
3-5	id. sanguifluus .... (431)	Rougillon des Toulouzains	id. sanguifluum.
LXXXII			
1-3	Hebeloma sinapizans..... (240)	Moutardier de Sénard........	id. sinapizans.
4	Entoloma madidum ...... (192)	Champignon térébinthe.......	id. terebinthinaceum.
LXXXIII			
1, 2	Cortinarius ?.............	Satiné marron	id. fusco-castaneum.
LXXXIV			
1, 2	Entoloma lividum ?....... (189)	L'Étoile grise.............	id. stellatum.
3-5	Cortinarius ?.............	Le Chênier dur............	id. coriaceum.
LXXXV			
1, 2	Tricholoma auratum ..... (50)	Le Doré soufré	id. aureo-sulphureum
3, 4	id. sulphureum.. (63)	Le Citron	id. citrinum.
LXXXVI			
1-3	Cortinarius ?.............	Limace gorge de pigeon	id. limacinum.
4, 5	Hygrophorus psittacinus . (420)	Petit perroquet ou petit aurore et bleu	id. psilacinum.
LXXXVII			
1, 2	Gomphidius testaceus ?... (400)	Le Roux glaireux	id. viscidum.
3	? ? ...	Le Glaireux balayeur	id. scoparium.
4	? ? ...	id. rayouné	id. radiatum.
LXXXVIII			
1, 2	Hypholoma velutinum ?... (293)	Rousselet marron	id. cinnamomeum.

Planches et Figures.	NOMS FRIESIENS	NOMS DONNÉS PAR PAULET	
		EN FRANÇAIS	EN LATIN
LXXXVIII 3, 4	Hypholoma velutinum ? .. (293)	Rousselet noir	Hypophyllum flavo-atrum.
LXXXIX 1-3	Tricholoma gausapatum ?. (57)	Le Chartreux ou Velucatti de Vaillant	id. villosum.
4, 5	? ? ?.	Œil de corneille	id. corvinum.
CX 1, 2	Hypholoma sublateritium. (290)	Champignon aurore des arbres . . .	id. fulgens.
3	id. ?	id. souci du noyer	id. calthuca.
4, 5	Mycena galericulata ? . . . . (138)	id. du chêne	id. lepidum.
XCI 1-4	Tricholoma personatum ?. (72)	id. de l'orme	id. ulmicola.
5, 6	Inocybe sambucina ? . . . . . (234)	id. du sureau	id. sambucinum.
XCII 1-4	Entoloma lividum ? . . . . . . (189)	id. tout blanc	id. totum album.
5, 6	Psalliota campestris (var.) (279)	id. de couche marron tar- dil non colleté.	id. pseudocampestre.
XCIII 1, 2	Cortinarius firmus . . . . (386)	Toupie pelure d'oignon	id. turbinatum.
3	Cortinarius violaceo-cinereus (Gillet Hym.) (478)	Champignon violet	id. violaceum.
4, 5	Russula ?	Moule de bouton	id. lobuliforme.
6	? ?	Champignon masqué ou Mascarille.	id. personatum.
7	Tricholoma psammopus . . (54)	Bolet trompeur	id. lepidopus.
8, 9	id. oreinum ? . . . . (70)	Basset ou Téteron	id. depressum.

Planches et Figures.	NOMS FRIESIENS	NOMS DONNÉS PAR PAULET	
		EN FRANÇAIS	EN LATIN
XCIV			
1-4	Armillaria scruposa (sans anneau). (42)	Mousseron d'armas ou Macaron d. prés	Hypophyllum scriblita.
5, 6	Tricholoma graveolens ?.. (67)	id. prunele d'Italie	id. prunulum.
7-12	id. albellum...... id.	id. isabelle de Suisse	id. rotundius.
13-18	id. id.	id. de Bourgogne	id. muscicola.
XCV			
1-8	id. id. ...... (67)	Vrai mousseron blanc de France ..	id. aromaticum.
9-11	Tricholoma amethystinum (68)	Mousseron palomette des Béarnois.	id. palumbinum.
XCVI			
1, 2	id. polioleucum .. (75)	Jambier blanc	id. medium.
3, 4	Inocybe ?	id. réglisse	id. glycyphyllum.
XCVII			
1, 2	Collybia platyphylla...... (110)	Parasol aqueux.	id. fissum.
3	id. clava........... (123)	Petit bijou blanc de lait	
4	Mycena ?................	Le Colimaçon	
5	id.	La petite Girolle de Vaillant ...	
XCVII bis			
1, 2	Collybia radicata........ (109)	Parasol visqueux..........	id. radicosum
XCVIII			
1, 2	Russula ?	id. rayé	id. striatum.
3, 4	?	id. papyracé..........	id. papyraceum.
5, 6	?	id. olivâtre	id. olivaceum.
7, 8	Marasmius rotula........ (477)	Champignon androsacé	id. rotula.

Planches et Figures.	NOMS FRIESIENS	NOMS DONNÉS PAR PAULET	
		EN FRANÇAIS	EN LATIN
XCIX			
1, 2	Cortinarius colus........ (391)	Quenouille montée.........	Hypophyllum colus.
3	Entoloma rhodopodium... (195)	Satiné soyeux cendré	id. cineritium.
4-6	Mycena ?..............	Éteignoir blanc de lait	id. extinctorium.
7	Psilocybe physaloides ?... (300)	id. brun............	id. brunneum.
8	Mycena metata (var.)..... (142)	Le Surmousse..	id. hypnorum.
C			
1, 2	⎫	La Quenouille à fossette	id. colus.
3, 4	⎬ Cortinarius ?...........	Champignon améthiste (grand)..	Agaricus ianthinus.
5, 6	⎭	id. (petit) ..	id. amethystinus.
C bis	Lentinus suffrutescens ... (484)	Champignon des tombeaux ou du	Hypophyllum radiosum.
CI		sapin	
1	Collybia ?..............	Racinier tord feuillets roux	id. tortile.
2, 3	id. longipes........ (110)	id. cotonneux feuillets blancs	id. lanuginosum.
4	id. ?	id. blanc et roux	id. rotulaceum.
CII			
1-3	Hypholoma appendiculatum .... (296)	Mousseron d'eau ou petits chapeaux	id. aquosum.
4-6	Cortinarius cristallinus... (350)	Faux mousseron blanc de lait ...	id. lacteum.
CIII			
1-4	Marasmius oreades....... (467)	Mousseron d'automne ou M. godaille	id. odoratum.
5, 6	id. plancus....... (468)	id. tire-bourre ou M. cheville	id. clavatum.

Planches et Figures.	NOMS FRIESIENS		NOMS DONNÉS PAR PAULET	
			EN FRANÇAIS	EN LATIN
CIV				
1, 2	Tricholoma equestre ?....	(48)	L'Étoile polaire	Hypophyllum equestre.
3, 4	Pholiota præcox (sans anneau).	(217)	Faux mousseron godaille	id. pseudo-muscosum
5, 6	Naucoria pediades ?......	(260)	Sphinx ou faux mousseron pleureux	id. sphinx.
6 bis	Stropharia coronilla.....	(285)	Fausse boule de neige	id. pseudoglobulosum
7-9	Collybia collina	(119)	Godet monté	id. excelsum.
CV				
1-3	Collybia esculenta.......	(121)	Clou doré	Agaricus clavus.
4-8	Clitocybe laccata ?	(108)	id. doré rose	id. rosellus.
9, 10	Marasmius ?.............		Tête d'épingle rouge.........	id. abietis.
10 bis	Mycena acicula	(147)	id. rousse.........	id. tenellus.
11	id. juncicola........	(154)	id. safranée	id. junci.
12	Marasmius epiphyllus ?...	(479)	id. du chêne.......	id. ilicinus.
CVI				
1	Psilocybe ericæa ?.......	(298)	Serpent noisette et noir	Hypophyllum longipes.
2, 3	Naucoria pediades	(260)	id. id.	id. id.
4-6	Psilocybe ericæa ?.......	(298)	Champignon noisette	id. pallido-rufescens.
7	Hygrophorus miniatus....	(418)	Sang des marais..........	id. sanguineum.
CVII				
1 2 3 4, 5	} Hypholoma epixanthum ..	(291)	Tête de soufre	id. sulphuratum.

Planches et Figures.	NOMS FRIESIENS		NOMS DONNÈS PAR PAULET	
			EN FRANÇAIS	EN LATIN
CVIII 1, 2	Hypholoma elæodes	(291)	Têtes de feu olivâtres	Hypophyllum fasciculare.
CIX	id. sublateritium (var.).	(290)	id. soufrées	id. lateritium.
CX 1	Bolbitius hydrophilus	(333)	Têtes fauves	id. epidendrum.
2	Mycena inclinata	(139)	Têtes bai-brunes	id. spadiceum.
3	Psilocybe cernua	(302)	Têtes blanches et noires	id. bicolor.
CXI 1, 2	id. polycephala	(302)	Bouton d'or	id. polycephalum.
3	Collybia ramosa	(115)	Petit Chapeau d'argent	id. argenteum.
CXII	Clitocybe geotropa	(96)	G^d allier de Suisse et de Franc.-Comté	id. helveticum.
CXII bis	Hygrophorus virgineus . . .	(413)	Bouton plateau blanc de lait . . .	id. lacteum.
CXIII 1, 2	Clitocybe opaca	(93)	Grand mamelonné blanc	id. papillare majus.
3, 4	id. id.	id.	Petits id.	id. id. minus.
CXIV 1, 2	Entoloma clypeatum	(194)	Crotin de cheval	id. papillare fimus equinus.
3, 4	Collybia dryophila (var.) . .	(122)	Pied bot, satin pâle	id. id. amblypos.
5	Leptonia lampropa	(202)	Petit bouton lilas	id. id. lilacinum.
6, 7	Inocybe geophylla	(235)	Petit bouton blanc à feuillet roux.	id. id. bicolor.

Planches et Figures.	NOMS FRIESIENS	NOMS DONNÉS PAR PAULET	
		EN FRANÇAIS	EN LATIN
CXV			
1-4	? ? ...	Mamelonnés bistres (gr. et petits).	Hypophyllum fuliginosum.
5, 6	Entoloma madidum ...... (192)	Mamelon ardoise	id. papillo-ardosiacum
CXVI			
1-3	Tricholoma terreum...... (57)	Mamelon souris	id. myomyces.
CXVII			
1-3	? ? ...	Mamelle dorée et raiée	id. papillare aureum.
2, 4	Inocybe rimosa ?........ (232)	Éteignoir doré tige brune	id. id. auratum.
5, 6	Psilocybe ?..............	Nyctalopique	id. id. nyctalopicum.
CXVIII	Collybia lancipes ?........ (112)	Racinier mamelle de chair	id. radicato-mammosum.
CXIX			
1-6	Mycena pura............ (133)	Carnés de Vaillant	id. subrubens.
CXX			
1, 2, 6		Grand cône aurore de Tournefort.	
3		Petit cône doré	
4, 5	Hygrophorus conicus..... (419)	Mamelon aurore	id. conicum.
7, 8		Aiguille ou flèche rouge......	
9, 10	? ? ...	Vert des orties............	id. virqum.
CXXI			
1	Panæolus phalænarum ... (310)	Bonnet romain	id. pileatum.
2	Galera tenera ?.......... (267)	id. d'argent à feuillets roux.	id. acuminatum.
3	Psathyrella subatrata ?... (313)	id. de matelot.........	id. nauticum.

Planches et Figures.	NOMS FRIESIENS		NOMS DONNÉS PAR PAULET	
			EN FRANÇAIS	EN LATIN
CXXII				
1	Mycena galericulata......	(138)	Têtes de carpe...........	Hypophyllum cyprinum.
2	id. dissiliens	(141)	Touffe savonière	id. saponarium.
3	? ?	.	Timbres violets...........	id. tintinnabulum.
CXXII bis				
1	Marasmius alliaceus......	(475)	Allier de montagne........	id. alliaceum.
2-3	id. scorodonius...	(472)	Petit Allier.............	id. id. (minus).
CXXIII				
1	Psilocybe Fœnisecii ?.....	(303)	Champignon des plantes potagères.	id. olerum.
2	Psathyrella hydrophora ?.	(314)	id. de la chicorée.....	id. chicorii.
3	Mycena atro-cyanea......	(141)	Hydrophore soyeux	id. sericeum.
4	id. id.		Champignon de Mithridate ·....	id. mithridaticum.
5,6	Psathyrella disseminata ..	(316)	Clochettes raiées	id. campaniforme.
7,8	Coprinus congregratus ...	(328)	Dez à coudre............	id. digitatum.
9-13	Mycena galopa (jeune)....	(149)	·Petits Œufs bruns.........	id. ovatum.
CXXIV				
1,2	Psathyrella caudata	(314)	Champignon du fumier.......	id. fimetarium.
3,4	id. id.		id. id.	id. id.
5,6	Psathyra corrugis?.......	(305)	Clochettes ou petits bonnets....	id. pileolum.
7	Coprinus extinctorius.....	(324)	Éteignoir à l'encre	id. extinctorium.
CXXV				
1	id. fuscescens......	(322)	Mamelle à l'encre	id. atramentarium.
2	id. niveus..........	(325)	Œufs à la neige et à l'encre...	id. oviparum.

Planches et Figures.	NOMS FRIESIENS		NOMS DONNÉS PAR PAULET	
			EN FRANÇAIS	EN LATIN
CXXVI 1-3	Coprinus micaceus.......	(325)	Bonnets raiés à l'encre	Hypophyllum pileatum.
CXXVII 1, 2	id. comatus........	(320)	Bouteille à l'encre	id. oviforme.
CXXVIII 1-6	id. id.	id.	Champignon typhoïde ou masse d'eau	id. typhoides.
CXXIX 1-3	id. atramentarius ..	(322)	Touffes argentées	id. arg'enteum.
CXXX 1-11	Psalliota campestris......	(279)	Champignon ordinaire ou de couche	id. campestre.
CXXXI	Pholiota paxillus.........	(224)	Grand Canellier de Fontainebleau .	id. cinnamomeum.
CXXXII 1, 2 3, 4	Psalliota campestris (var.) id. setigera	(280) (281)	Champignon des caves ...... id. de couche marron ..	id. cryptarum. id. setigerum.
CXXXIII 1-3 4, 5	id. silvicola........ id. arvensis........	(280) (278)	Boule de neige........... id.	id. globosum. id. id.
CXXXIV 1, 2 3	id. id. .... Pluteus cervinus (v. rigens)..	id. (185)	Pâturon blanc........... Champignou de couche, bâtard ..	id. exquisitum. id. umbrosum.
CXXXV 1-3	Lepiota rhacodes ....,	(29)	Coulemelle...............	id. columella.

Planches et Figures.	NOMS FRIESIENS		NOMS DONNÉS PAR PAULET	
			EN FRANÇAIS	EN LATIN
CXXXV bis				
1-5	Lepiota excoriata ?......	(30)	Coquemelle des prés	Hypophyllum globoso-cameratum.
CXXXVI				
1, 2	id. clypeolaria.......	(32)	Coulemelle d'enu	id. colubrinum.
3, 4	id. id.	id.	Petite Coulemelle	id. concentricum.
CXXXVII				
1, 2	Pholiota squarrosa ?......	(221)	Tigré des arbres...........	Hypodendrum squarrosum.
CXXXVIII				
1, 2	id. squarrosa.......	id.	Champignon aurore du hêtre ...	id. fagi.
3, 4	id. ægerita	(219)	Coulemelle du chêne	id. quercus.
CXXXIX				
1-4	id. cylindracea	(218)	Collet blanc du saule........	id. salicinum.
CXXXIX bis				
1, 2	Armillaria mucida........	(46)	Collet muqueux du hêtre	id. mucidum.
CXL				
1, 2	Cortinarius hæmatochelis.	(378)	Fuseau rubanier...........	Hypophyllum fasciolatum.
CXL bis				
1-3	Pholiota caperata	(215)	Plateau à collet...........	id. platycephalum.
CXLI				
1, 2	Amanita Personii	(25)	Géant, ou grand Collet blanc...	id. giganteum.
CXLII				
1-3	Pholiota caperata	(215)	Régulier doré	id. helvolus.
4-6	id. ombrophila......	(216)	id. fauve	id. unicolor.

Planches et Figures.	NOMS FRIESIENS	NOMS DONNÉS PAR PAULET	
		EN FRANÇAIS	EN LATIN
CXLIII			
1	Pholiota radicosa........ (218)	Amande amère	Hypophyllum amygdalinum.
2	Mycena galericulata ? .... (138)	Savonier...............	id. saponarium.
CXLIV			
1-7	Armillaria morio........ (45)	Champignon du mûrier blanc ..	id. arboris mori.
CXLV			
1-5	Pholiota ægerita ?....... (219)	id. du peuplier......	Hypodendrum populneum.
CXLVI			
1-3	id. luxurians .... id.	id. soyeux du chêne...	Hypophyllum sericeum.
CXLVII			
1, 2	Flammula alnicola (jeune) (248)	id. de l'aulne......	Hypodendrum croceo-sulphureum.
CXLVIII			
1-3	Armillaria mellea........ (44)	Tête de Méduse	Hypophyllum polymyces.
CXLIX			
CL	? ?	Grand Parasol blanc	id. umbella.
1, 2	Lepiota naucina .... (34)	Oronge gercée	id. scissum.
3	Amanita vaginata (cygnea) (27)	id. satinée et rayée	id. elatum.
4, 5	Stropharia semiglobata ?.. (287)	Petite oronge cire jaune	id. cereum.
CLI			
1	Amanita vaginata (var.) .. (27)	Oronge sucrée	id. saccharatum.
2	id. id. (cygnea) id.	id. satinée..........	id. sericeum.
3	Volvaria rhodomelas ..... (183)	id. des vignes..........	id. vinearum.

Planches et Figures.	NOMS FRIESIENS	NOMS DONNÉS PAR PAULET	
		EN FRANÇAIS	EN LATIN
CLI 4-5	Volvaria viperina .... (184)	Oronge serpent ou O. souris ...	Hypophyllum anguineum.
CLII 1	? ?	id. croix de Malthe	id. crux melitensis.
2	Amanita porphyria ?...... (19)	id. couleuvre	id. colubrinum.
CLIII 1, 2	id. praetoria .... (26)	id. tannée ou marron	id. castaneum.
3-5	Volvaria regia ?? .... (184)	id. coquemelle..........	id. cucullatum.
CLIV 1-3	Amanita caesarea......... (17)	id. vraie	id. caesareum.
CLV 1-4	id. phalloides....... (18)	id. ciguë, jaunâtre	id. virosum.
CLVI 1, 2	id. id. ?...... id.	id. ciguë, très verte......	id. id.
3, 4	id. verna.......... id.	id. ciguë blanche ou du printemps	
CLVI bis 1, 2	Amanita solitaria........ (22)	id. peaucière de Picardie ...	id. pellitum.
CLVI ter	id. virosa (var. blanche).. (18)	id. de neige...........	id. niveum.
CLVII 1-3	id. muscaria........ (20)	Fausse oronge	id. muscarium.
CLVIII 1, 2	id. mappa.......... (19)	Oronge blanche ou citron	id. albo-citrinum.

Planches et Figures.	NOMS FRIESIENS		NOMS DONNÉS PAR PAULET	
			EN FRANÇAIS	EN LATIN
CLVIII				
3	Amanita gemmata........	(28)	Orange dorée, perlée	Hypophyllum nitido-guttatum.
CLIX				
1-4	id. excelsa.........	(21)	id. visqueuse, dartreuse	id. maculatum.
CLX				
1, 3	id. spissa ?	(23)	id. perlée...........	id. margaritiferum.
2	id. pantherina	(21)	id. id.	id id.
CLXI				
1-4	id. rubescens.......	(23)	id. vineuse...........	id. vinosum.
CLXII				
1	id. strobiliformis ...	(21)	id. pomme de pin	id. strobiliforme.
2	id. nitida..........	(24)	id. à facettes de diamant ..	id. adamantinum.
CLXIII				
1, 2	Lepiota Pauletii	(36)	id. à pointes de rape	id. radula.
3	Amanita echinocephala...	(22)	id. à pointe de trois quart..	id. tricuspidatum.
CLXIV				
1, 2	Polyporus leptocephalus .	(528)	Le petit Polypore sec........	Polyporus umbilicatus.
3, 4	id. leucomelas ?...	(524)	Polypore charbonn° ou Porcelet brun	id. carbonarius.
5, 6	id. perennis ?.....	(531)	id. zoné	id. fasciatus.
CLXV				
1, 2	id. tuberaster.....	(523)	Pierre à Champignon d'Italie ...	id. tuberaster.
CLXVI				
1, 2	id. id.	id.	Champignons développés de la truffe pierreuse	id. id.

Planches et Figures.	NOMS FRIESIENS		NOMS DONNÉS PAR PAULET	
			EN FRANÇAIS	EN LATIN
CLXVI bis 1-3	Boletus luteus............	(497)	Cèpe pineau colleté.........	Tubiporus anulatus.
CLXVII 1-3	id. edulis............	(508)	Cèpe franc, tête rousse.......	id. edulis.
CLXVIII 1-4	id. id. ?..........	id.	id. tête noire	id. ustulatus.
CLXVIII bis 1,2	id. id.	id.	Cèpe de Fontainebleau et de Bordeaux	id. esculentus.
CLXIX 1,2	Boletus ?...............		Cèpe de juillet ou Mousseux de limaces	id. julii mensis.
3,4	id. ?...............		Cèpe vineux	id. rubescens.
CLXX	id. æstivalis?........	(510)	Cèpe royal ou grand Mousseux d'été	id. æstivalis.
CLXXI 1	id. id. ?........	id.	Petit mousseux d'été	id. spumosus.
2,3	id. obsonium	(509)	Obson ou Cèpe obson	id. obsonium.
CLXXII 1	id. subtomentosus...	(503)	Marbré feuille morte	id. marmoratus (major).
2	id. id. ...	id.	id. bistré	id. id. (fuliginosus).
3	id. id. ...	id.	id. olivâtre	id. id. (minor).
4-6	id. chrysenteron.....	(502)	id. de plusieurs couleurs ...	id. id. (multicolor).
CLXXIII 1,2	id. ?................		Moucheté verdâtre	id. guttatus (major).

Planches et Figures.	NOMS FRIESIENS		NOMS DONNÉS PAR PAULET	
			EN FRANÇAIS	EN LATIN
CLXXIII 3, 4	Boletus ?................		Petit moucheté...........	Tubiporus guttatus (minor).
CLXXIV 1-3	id.	radicans ?........ (503)	Cèpe éraillé longue tige	id. longipes.
4-6	id.	badius ?......... (499)	id. perroquet........	id. psittacinus.
CLXXV 1, 2	id.	edulis ? .... (508)	Cèpe commun ou Poturon roux ...	id. autumnalis.
CLXXVI	id.	luridus .... (511)	Oignon de loup	id. cepa.
CLXXVII 1	id.	albus ? (Gil., Rev. myc. 1881, p. 5)	Cèpe blanc	id. albus.
2, 3	id.	luridus.......... (511)	Cèpe livide	id.¹ livido-rubricosus.
CLXXVIII 1, 2	id.	scaber .... (515)	Cèpe fuseau............	id. fusipes.
3	id.	badius ?......... (499)	Cèpe longe creux	id. fistulosus.
CLXXIX	id.	pachypus ?....... (506)	Cèpe cordon rouge dit Bouze de vache	id. extensus.
CLXXX 1, 2	id.	luridus ?........ (511)	Pineau moyen dit Gâteau de loup .	id. ruffo-rubricosus.
CLXXXI 1, 2	id.	?................	id. jaunâtre dit Pain de loup .	id. mutabilis.
3, 4	id.	sanguineus ...... (500)	id. tête rouge	id. erythrocephalus.

Planches et Figures.	NOMS FRIESIENS	NOMS DONNÉS PAR PAULET	
		EN FRANÇAIS	EN LATIN
CLXXXII			
1, 2	Boletus ?...............	Pineau jaune............	Tubiporus flavo-sulphureus.
3, 4	id. ?...............	Petit cèpe agathe ou Cornaline...	id. castaneus.
5	id. ?...............	Pied rouge ou Pineau trois couleurs	id. erythropus.
6, 7	id. ?...............	Càpillon	id. parvulus.
CLXXXIII			
1, 2	id. ?...............	Cèpe soufré	id. sulphuratus.
3	id. ?...............	Cèpe à bras	id. brachiatus.
4, 5	id. ?...............	Cèpe en cheville velouté......	id. subtomentosus.
CLXXXIII bis			
1, 2	id. ?...............	Cèpe peaussier ou à verrues	id. pellitus.
CLXXXIV			
1, 2	Hirneola auricula Judæ... (695)	Oreille de Judas..........	Peziza auricula.
CLXXXV			
1, 2	Polyporus varius........ (525)	Grande oreille de cochon......	Fungoides hyosotis.
CLXXXVI			
3	Tremella mesenterica .... (691)	Le Nostoch jaune des arbres....	Tremella undulata.
CLXXXVII			
3	Craterellus cornucopioides (631)	Trompette des morts	Omoriza cornucopioides.
CXC			
4	Nyctalis astérophora ..... (463)	Bouton des champignons......	Sphæropus fungorum.
CXCII			
5	Clavaria pistillaris ?...... (676)	Petit pilon	Clavaria ligula.

Planches et Figures.	NOMS FRIESIENS	NOMS DONNÉS PAR PAULET	
		EN FRANÇAIS	EN LATIN
CXCII 6	Clavaria pistillaris ? ...... (676)	Gros pilon	Clavaria pistillaris.
CXCIII	Hydnum erinaceum ...... (608)	Le Hérisson.............	Hydnum erinaceum.
CXCIV 1, 2	Clavaria amethystina..... (667)	Barbe de chèvre ordinaire	Clavaria coralloides.
3	id. ?	id. id.	id. id.
4	id. flava ? .... (666)	id. id.	id. id.
4 bis	id. botrytes .... (664)	Poule ou Gallinole	id. purpurascens.
5	id. muscoides ...... (667)	Petite Griffe	id. laciniata.
CXCV 1	Hydnum ?...............	Corne de cerf	id. cornu cervi.
2	id. ?...............	Chevelure des arbres	id. hydnoides.
3,4	id. caput Medusæ? . (608)	Houpe des arbres	id. multicoma.

(Commentatio de fungis clavariæformibus, Lipsiæ, 1797.)

Les chiffres entre parenthèses correspondent aux pages des *Hymenomycetes Europæi* de Fries, 2ᵉ édit.

Planches	Figures	NOMS FRIESIENS		NOMS DONNÉS PAR PERSOON
I	1	Clavaria pyxidata	(669)	Clavaria pyxidata.
	2	id. coralloides	(668)	id. macropus.
	3	id. falcata	(678)	id. falcata.
	3 bis	id. inæqualis	(674)	id. angustata.
	4	id. argillacea	(675)	id. flavipes.
	5	Calocera viscosa	(680)	id. viscosa.
	6	Clavaria coralloides	(668)	id. macropus (var. furcata).
II	1	Thelephora laciniata	(636)	Merisma laciniatum (var. obtusum).
	2	Clavaria rugosa	(669)	Clavaria grossa.
	3	id. mucida	(679)	id. mucida.
	4	id. cristata	(668)	id. fallax (forma cristata).
III	5	id. tenacella	(675)	id. tenacella..
	6	Pistillaria pusilla	(688)	id. pusilla.
	7	Clavaria byssiseda	(673)	id. byssiseda.
	8	id. pistillaris	(676)	id. pistillaris (var. bifida).
	9	id. id.	id.	id. id. monstrosa.

Planches	Figures	NOMS FRIESIENS		NOMS DONNÉS PAR PERSOON
IV	1	Clavaria stricta	(673)	Clavaria stricta.
	2	id. fragilis............	(675)	id. gracilis.
	3	id. cristata	(668)	id. trichopus.
	4	Thelephora sebacea	(637)	Merisma serratum.
	5	Clavaria fastigiata	(667)	Clavaria pratensis.

TABLEAU DE CONCORDANCE DE PERSOON

(*Icones et Descriptiones Fungorum*, Paris, 1793.)

Les chiffres entre parenthèses correspondent aux pages des *Hymenomycetes Europæi* de Fries, 2ᵉ édit.

Planches	Figures	NOMS FRIESIENS		NOMS DONNÉS PAR PERSOON
I	1	Inocybe geophila (var.)	(235)	Agaricus affinis.
	2	Cortinarius croceo-cæruleus..	(352)	id. croceo-cæruleus.
	3	Thelephora pallida	(633)	Craterella pallida.
	4	Psilocybe elongata	(298)	Agaricus elongatus.
	5	Hebeloma petiginosum	(243)	id. rufipes.
II	1-4	Tricholoma vaccinum	(56)	id. rufus.
	5,6	Pluteus umbrosus	(186)	id. umbrosus.
III	3,4	Cantharellus cinereus	(458)	Merulius cinereus.
	5	Clavaria striata	(675)	Clavaria striata.
	6	id. formosa	(674)	id. formosa.
IV	1-3	Marasmius fusco-purpureus..	(469)	Agaricus fusco-purpureus.
	4-6	Pluteolus reticulatus	(266)	id. reticulatus.
	7	Flammula sapinea	(251)	id. picreus.
V	1,2	Collybia confluens	(117)	id. confluens.

Planches	Figures	NOMS FRIESIENS		NOMS DONNÉS PAR PERSOON
V	3,4	Hebeloma firmum............	(238)	Agaricus firmus.
VI	1	Cantharellus tubæformis.....	(457)	Merulius villosus.
	2	Entoloma sericeum..........	(196)	Agaricus sericeus.
	3	Polyporus rutilans..........	(548)	Boletus rutilans.
	4	Pleurotus nidulans..........	(178)	Agaricus nidulans.
	5	Tricholoma virgatum........	(62)	id. virgatus.
VII	3,4	Pluteus leoninus............	(188)	id. leoninus.
	5	Cortinarius albo-cyaneus.....	(368)	id. incurvus.
VIII	7,8	Trogia crispa...............	(492)	Merulius crispus.
	9	Tremella lutescens..........	(690)	Tremella lutescens.
IX	1-3	Hydnum spadiceum..........	(603)	Hydnum spadiceum.
	6	Clavaria crocea.............	(671)	Clavaria crocea.
	7,8	Marasmius epiphyllus........	(479)	Helotium melanopus.
XI	1	Psilocybe Fœnisecii..........	(303)	Agaricus Fœnisecii.
	3	Mycena citrinella............	(150)	id. citrinellus.
XII	3	Naucoria conspersa..........	(264)	id. conspersus.
	4	Mycena leptocephala........	(141)	id. leptocephalus.

Planches	Figures	NOMS FRIESIENS	NOMS DONNÉS PAR PAULET
XIII	1-3	Gomphidius viscidus......... (400)	Agaricus gomphus.
	5	Omphalia integrella.......... (165)	id. integrellus.
XIV	1	Nyctalis canaliculata......... (463)	Merulius canaliculatus.
	2	Hydnum strigosum .... (611)	Hydnum parasiticum.
	4	Claudopus byssisedus........ (214)	Agaricus byssisedus.

TABLEAU DE CONCORDANCE DE PERSOON

(Icones pictæ rariorum Fungorum, Paris, 1803.)

Les chiffres entre parenthèses correspondent aux pages des *Hymenomycetes Europæi* de Fries, 2ᵉ édit.

Numéros des Planches	NOMS FRIESIENS		NOMS DONNÉS PAR PERSOON
1	f. 3, 4 Collybia tenacella	(121)	Agaricus tenacellus.
2	f. 1, 2, 3 Collybia butyracea	(113)	id. leiopus.
4	f. 1, 2 Polyporus picipes	(534)	Boletus infundibuliformis et melanopus.
	f. 3, 4 Leptonia chalybæa	(203)	Agaricus chalybeus.
5	f. 1-3 Lepiota carcharias	(36)	id. carcharias.
6	Polyporus acanthoides	(540)	Sistotrema rufescens.
7	f. 1, 2 Radulum orbiculare	(623)	Hydnum s. Odontia flexuosa.
	f. 3, 4 Clitocybe fumosa	(91)	Agaricus fumosus.
8	f. 3 Marasmius terginus	(469)	id. leptopus.
	f. 4 Inocybe lanuginosa	(227)	id. cervicolor.
10	f. 1 Dacryomyces fragiformis	(698)	Tremella fragiformis.
	f. 2 Tremella clavata (Fr.Syst.myc.,II, p. 218.)		id. clavata.
	f. 3 Dacryomyces deliquescens	(498)	id. lacrymalis.
13	f. 1 Omphalia epichysium	(158)	Agaricus epichysium.
	f. 2 Clitocybe hirneola	(82)	id. obliquus.
14	f. 1 Cortinarius bolaris	(364)	id. bolaris.
	f. 2 Inocybe geophila	(235)	id. argillaceus.
15	f. 1 Inocybe dulcamara	(228)	id. uniformis.

PERSOON

461

Numéros des planches	NOMS FRIESIENS		NOMS DONNÉS PAR PERSOON
15	f. 2 Inocybe lucifuga..........	(234)	Agaricus dulcamarus.
16	f. 1 Poria terrestris..........	(576)	Poria terrestris.
	f. 2 id. reticulata..........	(580)	id. fugax.
	f. 1 Hydnum rufescens	(601)	Hydnum rufescens.
19	f. 2 Marasmius fœtidus	(473)	Agaricus venosus.
	f. 3 Mycena vulgaris..........	(150)	id. vulgaris.

TABLEAU DE CONCORDANCE DE PERSOON

(*Mycologia Europæa*, Erlangæ, 1822.)

Les chiffres entre parenthèses correspondent aux pages des *Hymenomycetes Europæi* de Fries, 2ᵉ édit.

Planches	Figures	NOMS FRIESIENS		NOMS DONNÉS PAR PERSOON
VI	3, 4	Poria xantha................	(574)	Polyporus holoporus.
	5, 6	Porothelium fimbriatum......	(595)	Hydnum fimbriatum.
VII	6	Cyphella muscigena..........	(663)	Thelephora vulgaris.
XI	1, 2	Pistillaria sclerotioides.......	(686)	Phacorrhiza sclerotioides.
XII	8, 9	Solenia fasciculata...........	(596)	Solenia fasciculata.
XIII	1	Craterellus lutescens........	(630)	Merulius xanthopus ?
	2	id. ochreatus........	(631)	Craterellus ochreatus.
XIV	1, 2	Merulius molluscus..........	(592)	Xylomyxon molluscum.
	3, 4	id. himantioides	id.	id. croceum.
	5, 6	id. umbrinus	(594)	id. taxicola.
	7	id. porinoides..........	(593)	id. paucirugum.
XV	1, 2	Clavaria pistillaris	(676)	Gomphus conicus.

Planches	Figures	NOMS FRIESIENS		NOMS DONNÉS PAR PERSOON
XV	4, 5	Polyporus chioneus	(546)	Polyporus candidus.
XVI	1, 2	Merulius rufus..............	(593)	Xylomyxon isoporum.
	3	Polyporus cryptarum........	(566)	Polyporus undatus.
	4	id. incarnatus........	(573)	id. cruentus.
XVII	1	Boletus volvatus............	(518)	Boletus volvatus.
	2	Poria bombycina............	(575)	Polyporus laneus.
	3	Hydnum crinale	(613)	Hydnum castaneum (var.)
XVIII	1	Dædalea quercina (var.)......	(586)	Dædalea quercina, III, p. 9.
	2, 3	Phlæbia lirellosa B. et Br. An. nat. hist. n. 1973		id. lirellosa, III, p. 2.
	4	Poria?......................		
	5	Phlæbia contorta............	(625)	Ricnophora carnea.
XIX	1	Boletus strobilaceus..........	(513)	Boletus squarrosus.
XX	1-3	Boletus flavidus..............	(498)	id. velatus.
	4-6	Hydnum fusipes..............	(600)	Hydnum fusipes.
XXI		Hydnum subsquamosum	(598)	id. badium.
XXII	1	Radulum molare............	(623)	Sistotrema molare.

Planches	Figures	NOMS FRIESIENS		NOMS DONNÉS PAR PERSOON
XXII	2	Hydnum Weinmanni.........	(613)	Hydnum griseum.
	3	id. pinastri............	(614)	id. abietinum.
XXIII	1, 2	Tricholoma oreinum	(70)	Agaricus testudineus.
	3	Clitocybe		
	4	Pleurotus tessulatus	(168)	id. juglandinus.
	5	id. algidus	(180)	id. cynotis.
XXIV	1-3	Crepidotus alveolus	(275)	id. bubalinus.
	4	Panus violaceo-fulvus.......	(490)	id. elatinus.
	5	Pleurotus hypnophilus	(181)	id. variabilis var. hypnophilus.
XXV	1	Naucoria pusiola............	(258)	id. lœvis.
	2	Pleurotus ostreatus	(173)	id. ostreatus (var. gyrinus).
	3	id. striatulus	(181)	id. epixylon (v. cocoodes).
	4	Marasmius archyropus	(471)	id. archyropus.
	5	Pleurotus petaloides.........	(175)	id. spathulatus.
XXVI	1	Coprinus Hendersonii	(329)	id. Hendersonii.
	2	Marasmius languidus (var.)...	(473)	id. grossulus.
	3, 4	id. angulatus........	id.	id. angulatus.
	5	Coprinus narcoticus.........	(329)	id. narcoticus.
	6	Marasmius languidus........	(473)	id. grossulus.

Planches	Figures	NOMS FRIESIENS		NOMS DONNÉS PAR PERSOON
XXVI	7	Clitocybe parilis..............	(95)	Agaricus cimicarius.
	8	Pleurotus applicatus.........	(180)	id. epixylon (var. carpineus.)
	9	Crepidotus pezizoides........	(277)	id. trichotis.
	10, 11	Claudopus variabilis..........	(213)	id. variabilis (var. chioneus.)
XXVII	1	....		
	2	Omphalia picta	(163)	
	3			
	4	....		id. trochæus.
	5	Clitocybe fragrans	(105)	id. fragrans.
XXVIII	1, 2	Hygrophorus nemoreus	(413)	id. nemoreus.
	3			
	4			
	5	Psilocybe hebes..............	(303)	id. hebes.
	6	Mycena pterigena...........	(152)	id. filicinus.
XXIX	1	Psathyrella trepida..........	(314)	id. trepidus.
	2, 3	Stropharia albo-cyanea	(284)	id. albo-cyaneus.

TABLEAU DE CONCORDANCE DE PERSOON
(*Observationes Mycologicæ*, Lipsiæ, 1796.)

Les chiffres entre parenthèses correspondent aux pages des *Hymenomycetes Europæi* de Fries, 2ᵉ édit.

Planches	Figures	NOMS FRIESIENS		NOMS DONNÉS PAR PERSOON
		PARS I		
III	1	Cantharellus bryophilus......	(460)	Agaricus bryophilus.
	6	Thelephora cæsia	(638)	Corticium cæsium.
IV	1, 2	Pleurotus petaloides.........	(175)	Agaricus anomalus spathulatus.
	12	Omphalia rustica	(159)	id. ericetorum.
V	3	Pleurotus mitis..............	(177)	id. mitis.
VI	8, 9	Thelepohora anthocephala....	(634)	Craterella ambigua.
	10	id. id. (var.)	id.	id. id. (var. B.)
		PARS II		
III	1	Clavaria spinulosa...........	(671)	Clavaria spinulosa.
	2, 3	Typhula muscicola........,....	(684)	id. muscicola.

PERSOON

467

Planches	Figures	NOMS FRIESIENS		NOMS DONNÉS PAR PERSOON
IV	4, 5	Volvaria parvula............	(184)	Amanita pusilla.
V	8, 9	Mycena stannea............	(143)	Agaricus griseus.
	12	Claudopus variabilis.........	(213)	id. variabilis.

TABLEAU DE CONCORDANCE DE PERSOON

(*Traité sur les Champignons comestibles,* Paris, 1819.)

Les chiffres entre parenthèses correspondent aux pages des *Hymenomycetes Europæi* de Fries, 2ᵉ édit.

Planches	Figures	NOMS FRIESIENS		NOMS DONNÉS PAR PERSOON
I	1-3	Amanita cæsarea............	(17)	Amanita aurantiaca.
II	1	id. mappa (jaune).......	(19)	id. bulbosa.
	2	id. id. (blanche).....	id.	id. id.
	3	id. phalloides	(18)	id. id.
III	1, 2	Polyporus pes capræ..:......	(524)	Polyporus pes capræ.

TABLEAU DE CONCORDANCE DE SCHÆFFER

(*Fungorum qui in Bavaria et in Palatinatu circa Ratisbonam nascuntur Icones*, Erlangæ, 1800)

Les chiffres entre parenthèses correspondent aux pages des *Hymenomycetes Europæi* de Fries, 2ᵉ édit.

Planches	NOMS FRIESIENS		NOMS DONNÉS PAR SCHÆFFER
1	Stropharia æruginosa	(284)	Agaricus viridulus.
2	Hygrophorus conicus	(419)	id. conicus.
3	Cortinarius cinereo-violaceus	(361)	id. violaceus.
4	id. croceus	(371)	id. croceus.
5	Lactarius ædematopus	(436)	id. lactifluus.
6	Coprinus truncorum	(326)	id. truncorum.
7	id. ovatus	(320)	id. ovatus.
8	id. clavatus	(321)	id. cylindricus.
9	Pholiota mutabilis	(325)	id. mutabilis.
10	Pluteus cervinus	(185)	id. cervinus.
11	Lactarius deliciosus	(431)	id. deliciosus.
12	id. torminosus	(422)	id. torminosus.
13	Clitocybe laccata	(108)	id. laccatus.
14	Tricholoma pes capræ	(68)	id. multiformis.
15	f. 1-3 Russula aurata (452) / f. 4-6 id. rubra (444)		id. emeticus.
16	f. 1-3 id. fallax (449) / f. 4 id. nauseosa (forme anormale) (454)		id. id.

Planches	NOMS FRIESIENS	NOMS DONNÉS PAR SCHÆFFER
16	f. 5-6 Russula sardonia . . . . (442)	Agaricus emeticus.
17	Coprinus fuscescens. . . . . (322)	id. fuscescens.
18	Lepiota excoriata . . . . (30)	id. excoriatus.
19	id. id. . . . . id.	id. id.
20	Amanita phalloides (v. citrina) . . . . . (18)	id. citrinus.
21	Tricholoma variegatum . . . . (53)	id. granulatus.
22	Lepiota procera. . . . . (29)	id. procerus.
23	id. id. . . . . id.	id. id.
24	Cortinarius fulmineus. . . . . (347)	id. sericeus.
25	Tricholoma imbricatum . . . . (56)	id. vaccinus.
26	Inocybe fastigiata. . . . . (231)	id. fastigiatus.
27	Amanita muscaria. . . . . (20)	id. muscarius.
28	id id. . . . . id.	id. id.
29	Lentinus lepideus . . . . (481)	id. squamosus.
30	id. id. . . . . id.	id. id.
31	Mycena alcalina . . . . (141)	id. plicatus.
32	id. id. . . . . id.	id. brunneus.
33	Psalliota campestris . . . . (279)	id. campestris.
34	Cortinarius cœrulescens . . . . (345)	id. cœrulescens.
35	Flammula flavida . . . . (248)	id. flavidus.
36	Gomphidius glutinosus . . . . (399)	id. glutinosus.
37	Armillaria aurantia . . . . (41)	id. aurantius.
38	Tricholoma albo-brunneum. . . . . (51)	id. striatus.

Planches	NOMS FRIÉSIENS	NOMS DONNÉS PAR SCHÆFFER
39	Hygrophorus eburneus............ (406)	Agaricus lacteus.
40	Cortinarius damascenus............ (387)	id. punctatus.
41	Tricholoma equestre.............. (48)	id. aureus.
42	Cortinarius varius .... (338)	id. varius.
43	Panus conchatus.................. (488)	id. flabelliformis.
44	id. id. .... id.	id. id.
45	Collybia dryophila .... (122)	id. melleus.
46	Coprinus comatus................ (320)	id. porcellaneus.
47	id. id. .... id.	id. id.
48	Pluteus leoninus.................. (188)	id. leoninus.
49	f. 1-5 Hypholoma fasciculare........ (291)	
	f. 6, 7 id. sublateritium ..... (290)	id. lateritius.
50	Tricholoma albellum.............. (67)	id. pallidus.
51	Pholiota togularis................ (216)	id. cereolus.
52	Mycena galericulata.............. (138)	id. galericulatus.
53	Cortinarius glaucopus............ (344)	id. glaucopus.
54	id. ochroleucus.......... (366)	id. ochroleucus.
55	Gomphidius viscidus .... (400)	id. rutilus.
56	Cortinarius traganus .... (362)	id. amethystinus.
57	Lenzites betulina (var.)........... (493)	id. quercinus.
58	Tricholoma russula .... (52)	id. russula.
59	f. 1 Naucoria pediades .... (260)	
	f. 2, 3 Mycena acicula?.......... (147)	id. clavus.

Planches	NOMS FRIESIENS		NOMS DONNÉS PAR SCHÆFFER
59	f. 5 Collybia esculenta.............	(121)	Agaricus clavus.
60	f. 4-6 Psilocybe spadicea...........	(302)	id. spadiceus.
61	Pholiota squarrosa.................	(221)	id. floccosus.
62	Tricholoma nictitans ?.............	(50)	id. incertus.
63	f. 4-6 Galera vittæformis	(269)	id. campanulatus.
	La planche, excepté 4-6 Galera miniophila..	(270)	
64	Tricholoma terreum	(57)	id. terreus.
65	Clitocybe inversus	(96)	id. incurvus.
66	Coprinus micaceus.................	(325)	id. lignorum.
67	Coprinus atramentarius	(322)	id. fugax.
68	id. id. id.		id. id.
69	Tricholoma luridum..............	(54)	id. luridus.
70	Galera tener	(267)	id. tener.
71	Paxillus involutus (var.)...........	(403)	id. lateralis.
72	..id. id.	id.	id. id.
73	Lactarius rufus	(433)	id. rubescens.
74	Armillaria mellea	(44)	id. obscurus.
75	Clitocybe opipara	(83)	id. roseus.
76	Lenzites sæpiaria	(494)	id. hirsutus.
77	Marasmius oreades	(467)	id. caryophylleus.
78	Clitopilus prunulus...............	(197)	id. albellus.
79	Pholiota tuberculosa	(223)	id. tuberculosus.
80	id. reflexa..................	(221)	id. pilosus.

Planches	NOMS FRIESIENS	NOMS DONNÉS PAR SCHÆFFER
81	Cortinarius armeniacus............ (387)	Agaricus armeniacus.
82	Cantharellus cibarius............. (455)	id. chantarellus.
83	Lactarius piperatus .... (430)	id. amarus.
84	....	id. giganteus.
85	Amanita vaginata .... (27)	id. plumbeus.
86	id. id. .... id.	id. id.
87	Collybia fusipes.................. (114)	id. crassipes.
88	id. id. .... id.	id. id.
89	Tricholoma tigrinum .... (68)	id. tigrinus.
90	Amanita pantherina .... (21)	id. maculatus.
91	id. rubescens.............. (23)	id. pustulatus.
92	Russula integra .... (450)	id. ruber.
93	id. cyanoxantha .... (446)	id. cyanoxanthus.
94	f. 1 Russula furcata .... (441) f. 2-6 Russula virescens .... (443)	id. virescens.
95	1 et 7 Amanita cæsarea .... (17) 2-6 id. vaginata.......... (27)	id. fulvus.
96	Psalliota pratensis .... (279)	id. pratensis.
97	Hygrophorus nitidus .... (408)	id. nitidus.
98	Volvaria bombycina.............. (182)	id. bombycinus.
99	Marasmius scorodonius .... (472)	id. alliatus.
100	Coprinus cinereus................ (324)	id. cinereus.
101	Polyporus squamosus............ (532)	Boletus juglandis.

Planches	NOMS FRIESIENS		NOMS DONNÉS PAR SCHÆFFER
102	Polyporus squamosus	(532)	Boletus juglandis.
103	Boletus versipellis	(515)	id. rufus.
104	id. scaber (var.)	id.	id. bovinus.
105	id. olivaceus	(506)	id. olivaceus.
106	Trametes odorata	(582)	id. annulatus.
107	Boletus luridus....................	(511)	id. luridus.
108	id. impolitus	(509)	id. reticulatus.
109	Polyporus varius	(535)	id. aurantius.
110	id. id. (var.)	id.	id. id.
111	id. umbellatus	(537)	id. pileatus.
112	Boletus subtomentosus	(503)	id. crassipes.
113	Polyporus cristatus	(539)	id. flabelliformis.
114	Boletus luteus	(497)	id. luteus.
115	id. variegatus	(501)	id. aureus.
116	Fistulina hepatica.................	(522)	id. hepaticus.
117	id. id.	id.	id. id.
118	.id. id.	id.	id. id.
119	id. id.	id.	id. id.
120	id. id.	id.	id. id.
121	Polyporus ovinus	(523)	id. ovinus.
122	id. id.	id.	id. id.
123	Boletus granulatus................	(498)	id. flavorufus.
124	Polystictus albidus................	(567)	id. albidus.

Planches	NOMS FRIESIENS		NOMS DONNÉS PAR SCHÆFFER	
125	Polystictus perennis	(531)	Boletus coriaceus.	
126	Boletus spadiceus..................	(503)	id.	ferrugineus.
127	Polyporus intybaceus	(538)	id.	ramosissimus.
128	id. id.	id.	id.	id.
129	id. id.	id.	id.	id.
130	Boletus appendiculatus............	(530)	id.	appendiculatus.
131	Polyporus sulphureus.............	(542)	id.	caudicinus.
132	id. id.	id.	id.	id.
133	Boletus pruinatus	(504)	id.	cupreus.
134	id. edulis	(508)	id.	bulbosus.
135	id. id.	id.	id.	id.
136	Polystictus lutescens..............	(567)	id.	versicolor.
137	Fomes ungulatus..................	(558)	id.	ungulatus.
138	id. fomentarius.................	id.	id.	id.
139	Hydnum cyathiforme..............	(606)	Hydnum cyathiforme.	
140	id. imbricatum	(598)	id.	imbricatum.
141	id. repandum (var.)..........	(601)	id.	rufescens.
142	id. coralloides	(607)	id.	coralloides.
143	id. auriscalpium..............	id.	id.	auriscalpium.
144	Tremellodon gelatinosum	(618)	id.	gelatinosum.
145	id. id.	id.	id.	id.
146	Hydnum compactum excepté 4, 7 ...	(603)	id.	floriforme.
147	f. 1 Irpex pendulus	(620)	id.	crispum.

Planches	NOMS FRIESIENS		NOMS DONNÉS PAR SCHÆFFER
147	f. 2-6 Hydnum velutinum	(604)	Hydnum crispum.
157	Craterellus lutescens..............	(630)	Elvela tubæformis.
163	Sparassis crispa	(666)	id. ramosa.
164	Craterellus clavatus..............	(632)	id. carnea.
165	id. cornucopioides	(631)	id. cornucopiæ.
166	id. id.	id.	id. punctata.
168	Tremella mesenterica	(691)	id. mesenterica.
169	Craterellus pistillaris.............	(632)	Clavaria pistillaris.
170	Clavaria cristata	(668)	id. albida.
171	id. ligula....................	(676)	id. ligula.
172	id. lilacina	(667)	id. purpurea.
173	id. muscoides	id.	id. corniculata.
174	Calocera viscosa	(680)	id. flammea.
175	Clavaria flava....................	(666)	id. flava.
176	id. botrytes	(667)	id. acroporphyrea.
177	id. condensata	(672)	id. rubella.
200	Panus cyathiformis (monstr.)	(488)	Agaricus cyathiformis.
201	Coprinus atramentarius	(322)	id. rufo-candidus.
202	Panæolus acuminatus	(312)	id. acuminatus.
203	Naucoria pediades	(260)	id. pusillus.
204	Russula olivacea..................	(445)	id. olivaceus.
205	Psilocybe cernuus	(302)	id. farinulentus.
206	Cantharellus cibarius	(455)	id. alectorolophoides.

Planches	NOMS FRIESIENS		NOMS DONNÉS PAR SCHÆFFER
207	Omphalia umbilicata	(155)	Agaricus umbilicatus.
208	Panus stipticus	(489)	id. semipetiolatus.
209	Pholiota filamentosa	(220)	id. filamentosus.
210	Panæolus remotus	(311)	id. helvolus.
211	Psathyra gyroflexa	(305)	id. pallescens.
212	Clitocybe infundibuliformis	(93)	id. infundibuliformis.
213	Crepidotus mollis	(275)	id. mollis.
214	Russula xeramphelina	(445)	id. xerampelinus.
215	id. id.	id.	id. id.
216	Coprinus fimetarius	(324)	id. margaritaceus.
217	Pholiota precox	(217)	id. candicans.
218	Cortinarius prasinus	(348)	id. prasinus.
219	Tricholoma rutilans	(53)	id. rutilans.
220	Collybia collina	(119)	id. collinus.
221	Hebeloma fastibile	(237)	id. gilvus.
222	Mycena acicula	(147)	id. acicula.
223	Cortinarius fasciatus	(399)	id. fasciatus.
224	Pleurotus tremulus	(177)	id. tremulus.
225	id. corticatus	(166)	id. candidus.
226	Naucoria escharoides (var.)	(264)	id. pulverulentus.
227	Lactarius scrobiculatus	(422)	id. scrobiculatus.
228	id. cilicioides	id.	id. crinitus.
229	Nolanea pascua	(206)	id. pyramidatus.

Planches	NOMS FRIESIENS		NOMS DONNÉS PAR SCHÆFFER
230	Omphalia campanella	(162)	Agaricus fragilis.
231	Dædalea quercina (var.)	(586)	id. dubius.
232	Hygrophorus niveus...............	(414)	id. niveus.
233	Pleurotus dryinus.................	(167)	id. dimidiatus.
234	Psilocybe atrorufa	(300)	id. atrorufus.
235	Lactarius flexuosus	(427)	id. fuscus.
236	Collybia tenacella................	(121)	id. grifeus.
237	Psathyra spadiceo-grisea..........	(306)	id. spadiceo-griseus.
238	Hygrophorus penarius.............	(406)	id. nitens.
239	Marasmius perforans.............	(478)	id. androsaceus.
240	Tricholoma guttatum..............	(54)	id. guttatus.
241	Amanita mappa..................	(19)	id. bulbosus.
242	Psalliota silvatica	(280)	id. silvaticus.
243	Xerotus degener	(491)	id. degener.
244	Amanita vaginata	(27)	id. hyalinus.
245	id. prætoria (var.)...........	(26)	id. badius.
246	Pleurotus atrocœruleus	(179)	id. alneus.
247	Cortinarius triformis ?...........	(382)	id. cæsareus.
248	Lentinus suffrutescens	(484)	id. tubæformis.
249	id. id. .... id.		id. id.
250	Collybia pulla...................	(114)	id. pullus.
251	Hebeloma truncatum..............	(242)	id. truncatus.
252	Panus cyathiformis	(488)	id. cyathiformis.

Planches	NOMS FRIESIENS		NOMS DONNÉS PAR SCHÆFFER
253	Pluteus chrysophæus..............	(188)	Agaricus chrysophæus.
254	Russula nitida	(452)	id. purpureus.
255	Collybia dryophila ?..............	(333)	id. ochraceus.
256	Tricholoma album..................	(70)	id. albus.
257	f. 1-3 Stropharia calceata	(287)	id. lacer.
	f. 4 Inocybe rimosa ?	(232)	
258	Amanita muscaria.................	(20)	id. cæsareus.
259	Collybia ædematopa..............	(112)	id. ædematopus.
260	Cortinarius subnotatus (monstr.) ...	(372)	id. monstrosus.
261	Amanita rubescens................	(23)	id. myodes.
262	Fomes pinicola....................	(561)	Boletus fulvus.
263	Polystictus versicolor	(568)	id. variegatus.
264	Fomes deformis	(536)	id. deformis.
265	Polyporus umbellatus	(537)	id. pileatus.
266	id. id.	id.	id. id.
267	Polyporus giganteus...............	(540)	id. mesentericus.
268	Polystictus versicolor ?............	(568)	id. atro-fuscus.
269	id. zonatus	id.	id. multicolor.
270	Fomes pinicola (var.).............	(561)	id. semi-ovatus.
271	Hydnum scabrosum................	(599)	Hydnum striatum.
272	id. melaleucum.............	(606)	id. pullum.
273	id. squamosum ...	(598)	id. squamosum.
275	Craterellus cornucopioides (jeune) ?.	(631)	Elvela tubulosa.

Planches	NOMS FRIESIENS		NOMS DONNÉS PAR SCHÆFFER
276	f. 4 Craterellus cochleatus	(632)	Elvela purpurascens.
	La planche (excepté f. 4), Crat. clavatus	id.	
277	Cyphella infundibuliformis	(665)	id. infundibuliformis.
278	Thelephora undulata	(633)	id. floriformis.
279	Nyctalis asterophora	(463)	id. clavus.
281	Polyporus brumalis (desséché)	(526)	id. pileus.
285	Clavaria aurea	(670)	Clavaria flavescens.
286	id. stricta	(673)	id. pallida.
287	id. aurea	(670)	id. aurea.
288	id. rufescens	id.	id. rufescens.
289	f. 1 Clavaria anomala...............	(673)	id. cornuta.
	f. 2 Calocera ?.....................		
290	Clavaria pistillaris	(676)	id. gemmata.
291	id. rugosa	(669)	id. laciniata.
301	Hygrophorus psittacinus	(420)	Agaricus psittacinus.
302	id. coccineus	(417)	id. coccineus.
303	Cortinarius quadricolor	(378)	id. rubellus.
304	id. helvelloides	(380)	id. carneus.
305	Clitocybe aggregata...............	(90)	id. aggregatus.
306	id. id.	id.	id. id.
307	Hygrophorus cinereus	(413)	id. clavæformis.
308	Psathyrella disseminata	(316)	id. minutulus.
309	Mycena ætites....................	(143)	id. umbelliferus.

Planches	NOMS FRIESIENS		NOMS DONNÉS PAR SCHÆFFER
310	Psalliota arvensis	(278)	Agaricus arvensis.
311	id. id.	id.	id. id.
312	Hygrophorus limacinus............	(409)	id. limacinus.
313	id. leporinus	(412)	id. miniatus.
314	Polyporus borealis	(552)	Boletus albus.
315	Boletus calopus	(506)	id. terreus.
316	Polyporus lobatus.................	(540)	id. cristatus.
317	id. id.	id.	id. id.
318	Hydnum repandum	(601)	Hydnum flavidum.
323	Tremella sarcoides (Fr. Syst. Myc. II, p. 215) excepté f. 2		Elvela purpurea.
324	id. id.	id.	id. id.
325	Thelephora caryophyllea	(634)	id. caryophyllea.
326	Clavaria anomala..................	(673)	Clavaria digitella.

TABLEAU DE CONCORDANCE DE SOWERBY

(*English fungi*, London, 1797-1815.)

Les chiffres entre parenthèses correspondent aux pages des *Hymenomycetes Europæi* de Fries, 2ᵉ édit.

Planches	NOMS FRIESIENS		NOMS DONNÉS PAR SOWERBY
1	Volvaria volvacea	(182)	Agaricus volvaceus.
2	Lepiota cæpestipes	(35)	id. cæpestipes.
7	Gomphidius glutinosus	(399)	id. glutinosus.
8	Hygrophorus hypothejus	(410)	id. limacinus.
9	Cortinarius collinitus	(354)	id. collinitus.
10	Clitocybe fragrans	(105)	id. fragrans.
14	Lepiota clypeolaria	(32)	id. clypeolarius.
19	id. amianthina	(37)	id. croceus.
20	Hygrophorus ceraceus	(417)	id. ceraceus.
21	Marasmius fœtidus	(473)	id. fœtidus.
25	Stereum tabacinum	(641)	Auricularia tabacina.
26	id. rubiginosum	id.	id. ferruginea.
27	id. hirsutum	(639)	id. reflexa.
31	Tricholoma rutilans	(53)	Agaricus xerampelinus.
32	Hygrophorus virgineus	(413)	id. virgineus.
33	1° Galera tenera	(267)	id. tener.
	2° Clitocybe vernicosa (var.)	(84)	id. flavidus.
34	Boletus piperatus	(500)	Boletus piperatus.

Planches	NOMS FRIESIENS		NOMS DONNÉS PAR SOWERBY
36	Russula nigricans	(439)	Agaricus elephantinus.
37	Marasmius peronatus	(465)	id. peronatus.
40	Calocera cornea	(680)	Clavaria cornea.
41	Flammula velutina	(293)	Agaricus lacrymabundus.
42	Clitocybe odora	(85)	id. odorus.
43	Cortinarius sanguineus	(370)	id. sanguineus.
44	Tricholoma sulphureum	(63)	id. sulfureus.
45	Omphalia fibula	(164)	id. fibula.
46	Cantharellus cibarius	(455)	id. cantharellus.
47	id. infundibuliformis	(458)	id. cantharelloides.
48	Collybia radicata	(109)	id. radicatus.
56	Paxillus involutus	(403)	id. contiguus.
58	Fistulina hepatica	(522)	Boletus hepaticus.
61	Clitocybe geotropus	(96)	Agaricus pileolarius.
62	Pleurotus subpalmatus	(168)	id. palmatus.
66	Tricholoma lixivium	(77)	id. compressus.
67	Pleurotus ulmarius	(167)	id. ulmarius.
68	Lentinus tigrinus	(481)	id. tigrinus.
71	Hygrophorus penarius	(406)	id. nitens.
72	Mycena pura	(133)	id. roseus.
73	Hydnum imbricatum	(607)	Hydnum imbricatum.
74	Craterellus cornucopioides	(631)	Peziza cornucopioides.
75	id. crispus	id.	Helvella floriformis.

Planches	NOMS FRIESIENS		NOMS DONNÉS PAR SOWERBY
76	Tricholoma terreum	(57)	Agaricus terreus.
77	Pholiota spectabilis	(221)	id. aureus.
81	Marasmius porreus	(466)	id. alliaceus.
82	Hygrophorus psittacinus	(420)	id. psittacinus.
86	Polyporus giganteus	(540)	Boletus imbricatus.
87	id. intybaceus	(538)	id. frondosus.
88	id. ulmarius	(562)	id. ulmarius.
89	fig. gauche, Polyporus picipes (534) fig. droite, id. nummularius (536)		id. nummularius.
90	Clavaria fragilis	(675)	Clavaria cylindrica.
92	Mycena epipterygia	(149)	Agaricus nutans.
93	Marasmius epiphyllus	(479)	id. squamulus.
94	id. androsaceus	(477)	id. androsaceus.
95	id. rotula	id.	id. rotula.
96	Bolbitius fragilis	(334)	id. equestris.
97	Claudopus variabilis	(213)	id. niveus.
98	Crepidotus mollis	(275)	id. mollis.
99	Pleurotus mastrucatus	(179)	id. echinatus.
100	Armillaria mellea	(44)	id. stipitis.
102	Cortinarius multiformis	(343)	id. turbinatus.
103	Lactarius torminosus	(422)	id. torminosus.
104	id. vellereus	(430)	id. Listeri.
105	Gomphidius glutinosus	(399)	id. rutilus.

Planches	NOMS FRIESIENS		NOMS DONNÉS PAR SOWERBY
106	Tricholoma murinaceum	(62)	Agaricus murinaceus.
107	Omphalia stellata	(162)	id. buccinalis.
108	Pluteus cervinus	(185)	id. latus.
109 •	Panus stipticus	(489)	id. flabelliformis.
110	Boletus versipellis	(515)	Boletus aurantiacus.
111	id. edulis	(508)	id. edulis.
113	Merulius lacrymans	(594)	id. lacrymans.
114	Femsjonia luteolaria	(695)	Peziza radiculata.
121	Hygrophorus cossus	(406)	Agaricus cossus.
122	Tricholoma albellum	(67)	id. albellus.
123	Clitocybe dealbata	(88)	id. dealbatus.
124	Inocybe geophylla	(235)	id. geophyllus.
125	Cortinarius evernius	(377)	id. impuber.
126	Tricholoma sejunctum	(48)	id. sejunctus.
127	Collybia dryophila	(122)	id. dryophilus.
128	Bolbitius titubans	(334)	id. titubans.
129	Collybia fusipes	(111)	id. crassipes.
130	Cortinarius bulbosus	(375)	id. bulbosus.
131	Panæolus separatus	(310)	id. semiovatus.
132	Polyporus igniarius	(559)	Boletus igniarius.
133	id. fomentarius	(558)	id. fomentarius.
134	id. lucidus	(537)	id. lucidus.
135	id. sulphureus	(542)	id. sulfureus.

Planches	NOMS FRIESIENS		NOMS DONNÉS PAR SOWERBY
141	Hygrophorus pratensis	(413)	Agaricus miniatus.
142	Clitocybe opaca	(93)	id. opacus.
143	Clitopilus prunulus	(197)	id. pallidus.
144	Pholiota aromatica	(317)	id. aromaticus.
145	Collybia velutipes	(115)	id. velutipes.
152	Dacrymyces chrysocomus	(699)	Peziza chrysocoma.
156	Thelephora anthocephala	(634)	Clavaria anthocephala.
157	Clavaria condensata	(672)	id. muscoides.
158	Thelephora cristata	(637)	id. laciniata.
161	Leptonia chalybœa	(203)	Agaricus columbinus.
162	id. incana	(204)	id. murinus.
163	Marasmius cauticinalis	(476)	id. cauticinalis.
164	id. Hudsoni	(478)	id. pilosus.
165	Mycena parabolica	(139)	id. galericulatus.
166	Psathyrella disseminata	(316)	id. major.
167	id. noli-tangere	(309)	id. xylophilus.
168	Lentinus cochleatus	(484)	id. confluens.
169	Mycena prolifera	(137)	id. proliferus.
170	Coprinus picaceus	(323)	id. picaceus.
171	Lepiota meleagris	(31)	id. meleagris.
172	Clitocybe elixa	(91)	id. elixus.
173	Cortinarius hinnuleus	(380)	id. hinnuleus.
174	Pluteus chrysophæus	(188)	id. mollusculus.

Planches	NOMS FRIESIENS		NOMS DONNÉS PAR SOWERBY	
175	Boletus scaber	(515)	Boletus scaber.	
176	Hydnum repandum	(601)	Hydnum repandum.	
181	Dædalea quercina	(586)	Agaricus quercinus.	
182	Lenzites betulinus	(493)	id.	betulinus.
183	Schizophyllum commune	(492)	id.	alneus.
184	Armillaria milla	(44)	id.	millus.
185	Clitocybe flaccida	(97)	id.	flaccidus.
186	id. inversa	(96)	id.	lobatus.
187	id. laccata	(108)	id.	amethystinus.
188	Coprinus atramentarius	(322)	id.	fimetarius.
189	id. comatus	(320)	id.	cylindricus.
190	Lepiota procera	(29)	id.	procerus.
191	Polyporus rufescens	(529)	Boletus biennis.	
192	id. perennis	(531)	id.	perennis.
193	Dædalea angustata	(587)	id.	angustatus.
194	Trametes gibbosa (var.)	(583)	id.	sinuosus.
195	Polyporus gilvus	(548)	id.	impuber.
196	id. radiatus	(565)	id.	radiatus.
197	Mycena strobilina	(132)	Agaricus coccineus.	
199	Calocera viscosa	(680)	Clavaria tuberosa.	
201	Russula { integra / ochroleuca	(450) / (449)	} Agaricus integer.	
202	Lactarius deliciosus	(431)	id.	deliciosus.

Planches	NOMS FRIESIENS	NOMS DONNÉS PAR SOWERBY
203	Lactarius circellatus .... (426)	Agaricus zonarius.
204	id. subdulcis .... (437)	id. lactifluus.
205	Cortinarius cinnamomeus .... (370)	id. cinnamomeus.
206	Collybia conigena .... (118)	id. spinipes.
207	Inocybe scaber .... (228)	id. scaber.
209	Tricholoma personatum .... (72)	id. violaceus.
210	Xerotus degener .... (491)	id. turfosus.
211	Polyporus spumeus .... (552)	Boletus spumeus.
212	id. betulinus.............. (555)	id. betulinus.
213	Thelephora laciniata .... (636)	Auricularia caryophyllea.
214	Merulius lacrymans .... (594)	id. pulverulenta.
215	Clavaria ardenia .... (677)	Clavaria ardenia.
221	Flammula hybrida .... (250)	Agaricus hybridus.
222	Mycena polygramma.............. (139)	id. polygrammus.
223	Cortinarius cyanopus .... (338)	id. glaucopus.
224	id. sublanatus............ (364)	id. sublanatus.
225	Boletus sanguineus .... (500)	Boletus communis.
226	Polyporus cæsius .... (547)	id. albidus.
227	id. fumosus................ (549)	id. salicinus.
228	Trametes suaveolens.............. (584)	id. suaveolens.
229	Polyporus versicolor............. (568)	id. versicolor.
230	id. pallescens.............. (546)	id. pelleporus.
231	id. carpineus .... (550)	id. carpineus.

Planches	NOMS FRIESIENS		NOMS DONNÉS PAR SOWERBY
232	Clavaria fragilis (var.)	(675)	Clavaria gracilis.
233	Typhula phacorrhiza	(683)	id. phacorrhiza.
234	Clavaria fusiformis	(674)	id. fusiformis.
235	id. id. (var. teratol.)	id.	id. rugosa.
241	Pleurotus ostreatus	(173)	Agaricus ostreatus.
242	id. tremulus	(177)	id. tremulus.
243	Mycena corticola	(152)	id. corticalis.
244	Paxillus giganteus	(401)	id. giganteus.
245	Lactarius plumbeus	(429)	id. Listeri.
246	Collybia maculata	(112)	id. carnosus.
247	Marasmius oreades	(467)	id. pratensis.
248	f. 1, 3 Psilocybe semilanceata	(301)	id. semiglobata.
	f. 2 Pleurotus ulmarius	(167)	id. ulmarius.
249	Agaricus (Galera ?) pilipes	(318)	id. pilipes.
250	Boletus lupinus (var.)	(510)	Boletus rubeolarius.
252	Hydnum coralloides	(607)	Hydnum coralloides.
253	Clavaria fragilis et inæqualis mélangées.	(674)	Clavaria vermiculata.
261	Coprinus micaceus	(325)	Agaricus congregatus.
262	id. fimetarius (vieux)	(324)	id. stercorarius.
	id. niveus (B minor)	(325)	
264	Stropharia æruginosa	(138)	id. æruginosus.
265	Boletus flavus	(497)	Boletus luteus.
266	Polyporus squamosus	(532)	id. squamosus.

Planches	NOMS FRIESIENS		NOMS DONNÉS PAR SOWERBY
267	Hydnum auriscalpium	(607)	Hydnum auriscalpium.
276	Pistillaria ovata	(687)	Clavaria polymorpha.
277	Clavaria pistillaris	(676)	id. herculanea.
278	f. inf. Clavaria rugosa	(669)	id. coralloides.
281	Tricholoma gambosum	(66)	Agaricus graveolens.
282	Galera hypnorum	(270)	id. acicula.
283	Tricholoma boreale ?	(67)	id. monstrosus.
284	Pholiota squarrosa	(221)	id. floccosus.
285	Hypholoma fasciculare	(291)	id. fascicularis.
286	Amanita mappa	(19)	id. muscarius.
287	Collybia racemosa	(119)	id. racemosus.
288	Polyporus cytisinus	(562)	Boletus tuberosus.
289	id. lacteus ??	(546)	id. hybridus.
290	Auricularia mesenterica	(646)	Auricularia corrugata.
291	Phlebia radiata	(625)	id. aurantiaca.
301	Pleurotus applicatus	(180)	Agaricus applicatus.
302	Mycena setosa	(153)	id. setosus.
303	Locellina acetabulosa (Sacc. Syll., p. 761)		id. acetabulosus.
304	Psalliota arvensis	(278)	id. Georgii.
305	id. campestris	(279)	id. campestris.
321	Pleurotus septicus	(179)	id. pubescens.
322	Omphalia muralis	(160)	id. muralis.
323	Inocybe rimosa	(232)	id. rimosus.

Planches	NOMS FRIESIENS		NOMS DONNÉS PAR SOWERBY
324	Hypholoma appendiculatum	(296)	Agaricus appendiculatus.
325	Dædalea unicolor	(588)	Boletus unicolor.
326	Polyporus Vaillantii	(579)	id. medulla panis.
327	Hydnum membranaceum	(613)	Hydnum membranaceum.
328	Odontia barba Jovis	(627)	id. barba Jovis.
333	Clavaria acuta	(679)	Clavaria acuta.
334	f. 1 Pistillaria quisquiliaris	(687)	id. obtusa.
	f. 2 id. puberula	(688)	
341	Naucoria horizontalis	(256)	Agaricus horizontalis.
342	Clitocybe inornata	(80)	id. inornatus.
343	Nyctalis parasitica	(464)	id. parasiticus.
344	Naucoria cucumis	(255)	id. fuscipes.
345	Polyporus hispidus	(551)	Boletus velutinus.
346	Merulius tremellosus (plus âgé que celui de la planche 349.)	(591)	id. arboreus.
349	Merulius tremellosus	id.	Auricularia papyrina.
350	Corticium cærulescens	(651)	id. phosphorea.
353	Clavaria inæqualis	(674)	Clavaria herbarum.
361	Lentinus vulpinus	(486)	Agaricus vulpinus.
362	Hebeloma mesophœum	(240)	id. planus.
363	Clitocybe cyathiformis	(100)	id. sordidus.
364	Coprinus plicatilis	(331)	id. plicatilis.
365	Inocybe sindonia	(234)	id. pallidus.

Planches	NOMS FRIESIENS		NOMS DONNÉS PAR SOWERBY
366	Clitocybe vernicosa	(84)	Agaricus flavidus.
367	Polyporus ravidus................	(566)	Boletus heteroclitus.
368	id. variegatus	(563)	id. variegatus.
381	(f. coccinea) Hygrophorus coccineus.	(417)	Agaricus aurantius.
382	Lentinus lepideus (monstr.)........	(481)	id. tubæformis.
383	Nyctalis asterophora	(463)	id. lycopérdonoides.
384	1 Cortinarius scutulatus	(377)	id. araneosus.
	3 Collybia velutipes	(115)	
	f. 1 Mycena tintinabulum	(140)	id. tintaculum.
385	f. 2, 3 Mycena cruenta	(148)	id. adonis.
	f. 4 Mycena chelidonia	(148)	id. pumilus.
	f. 5 id. vitilis	(145)	id. tenuis.
386	f. 5 Typhula tenuis	(686)	Clavaria tenuis.
	f. 1 Porothelium fimbriatum	(595)	Fibrillaria stellata.
	f. 4 Typhula filiformis	(685)	Clavaria filiformis.
387	f. 5 Polyporus bombycinus	(575)	Boletus terrestris.
	f. 6 id. fragilis (var.)........	(546)	id. hybridus.
	f. 8 id. fibula..............	(567)	id. fibula.
	f. 9 id. molluscus...........	(578)	id. latus.
	f. 1 Stereum purpureum...........	(639)	Auricularia persistens.
388	f. 2 id. rufum...............	(644)	id. lævis.
	f. 3 Corticium cinereum	(654)	id. cinerea.
391	Pistillaria fulgida	(687)	Clavaria minuta.

Planches	NOMS FRIESIENS		NOMS DONNÉS PAR SOWERBY
403	Paxillus panuoides................	(404)	Merulius lamellosus.
407	Stropharia semiglobata et inuncta		Agaricus virosus.
408	mélangés dans les deux planches........	(387 et 284)	
412	1 Stereum purpureum (teratol.)	(635)	Auricularia elegans.
413	Cantharellus aurantiacus..........	(455)	Agaricus subcantharellus.
414	Inocybe fibrosa...................	(231)	id. fibrosus.
415	Russula fœtens	(447)	id. incrassatus.
416	Tricholoma albo-brunneum	(51)	id. compactus.
417	Naucoria erinacea................	(263)	id. lanatus.
418	Lenzites sæpiaria	(494)	id. boletiformis.
419	Boletus edulis	(508)	Boletus solidus.
420	id. granulatus.............	(498)	id. lactifluus.
421	id. porphyrosporus ?.........	(514)	id. fusco-albus.
422	Polyporus rufescens..............	(529)	id. rugosus.
423	id. amorphus	(550)	id. irregularis.
424	Dædalea vermicularis	(589)	id. resupinatus.

ADDENDA ET CORRIGENDA

AMANITA

Arida, ad.[1] Britz. Leucosp.
f. 477 (var.)

Aureola, ad. Barla, Ch.
A.-Mar. t. 3, f. 7-11.

Baccata, ad. Barla, Ch.
A.-Mar., t. 7, f. 10-13.

Bellula, Britz. Hym. Südb.
IX, p. 2.
Britz. Leucosp. f. 127,
475, 476.

Boudieri, Barla, Soc. myc.
Fr. III, 1887, p. 195.
Barla, Ch. A.-Mar. t. 6,
f. 10-12.

Cæsarea, ad. Pers. Traité
Champ. t. 1, f. 1-3.

Coccola, ad. Barla, Ch.
A.-Mar. t. 1, f. 1-3 et
t. 8, f. 10-13.

Echinocephala, ad. Barla,
Ch. A.-Mar. t. 8, f. 5-9.

Eliæ, ad. Barla, Ch. A.-Mar.
t. 3 bis, f. 5-9.

Gemmata, ad. Barla, Ch.
A.-Mar. t. 7, f. 4-6.

Insidiosa, loc. Let. s. B.
t. 531, leg. Let. Ann. sc.
nat. 1835, p. 35.
Ad. Let. Icon. t. 631.

Junquillea, ad. Barla, Ch.
A.-Mar. t. 7, f. 7-9.
Britz. Leucosp. f. 404.

Leiocephala, ad. Lucand,
t. 351 (var. Ovoidea).

Lepiotoides, ad. Barla,
Ch. A.-Mar. t. 8 bis.

Mappa, ad. Barla, Ch. A.-
Mar. t. 1, f. 10-12 et
t. 6, f. 4-9.

---

1. Ad. = adde = ajoutez; del. = dele = effacez; loc. = loco =
au lieu de; leg. = lege = lisez.

Britz. Leucosp. f. 119, 122, 123 (var.), 473, 481, 482, 563.
Pers. Champ. com. t. 2, f. 1-2.

Muscaria, *ad.* Britz. Leucosp. f. 124 et 326 (var.)
Bull. t. 122.

Nitida, *ad.* Barla, Ch. A.-Mar. t. 6, f. 1-3.
Britz. Leucosp. f. 551.

Ovoidea, *ad.* Barla, Ch. A.-Mar. t. 2.
Lucand, t. 351 (var. *Leiocephala*).

Pantherina, *ad.* Barla, Ch. A.-Mar. t. 3 bis, f. 1-4.
Britz. Leucosp. f. 125 et 471, 472 (var.).

Phalloides, *ad.* Barla, Ch. A.-Mar. t. 1, f. 4-6 (var. *Citrina*).
Britz. Leucosp. f. 121 (var.), 329, 293, 327, 405 (var. *Citrina*)
Pers. Champ. com. t. 2, f. 3.

Porphyria. *ad.* Barla, Ch. A.-Mar. t. 3, f. 5-6.
Britz. Leucosp. f. 230, 274, 470.

Recutita, *ad.* Barla, Ch. A.-Mar. t. 8, f. 1-4.
Britz. Leucosp. f. 562, 564 (var.)

Rubescens, *ad.* Barla, Ch. A.-Mar. t. 5, f. 1-6.

Russuloides, Britz. Hym. Südb. X, p. 159.
Britz. Leucosp. f. 626.

Solitaria, *ad.* Barla, Ch. A.-Mar. t. 4, f. 5-8.

Spissa, *ad.* Barla, Ch. A.-Mar. t. 5, f. 7-11.

Strangulata, *ad.* Barla, Ch. A.-Mar. t. 7, f. 1-3.

Strobiliformis, *ad.* Barla, Ch. A.-Mar. t. 4 bis.
Britz. Leucosp. f. 544.

Vaginata, *ad.* Britz. Leucosp. f. 128, 414.
Gillet, t. suppl. (var.)

Verna, *ad.* Barla, Ch. A.-Mar. t. 1, f. 7-9 et t. 4, f. 1-4.

Vernalis, *ad.* Britz. Leucosp. f. 328.

Virosa, *ad.* Barla, Ch. A.-Mar. t. 3, f. 1-4.

ARMILLARIA

Aurantia, *ad.* Barla, Ch. A.-Mar. t. 19, f. 6-9.
Britz. Leucosp. f. 418.

Bulbiger, *ad.* Britz. Leucosp. f. 332, 343.
Grevil. V, t. 77, f. 1.

Caligata, *ad.* Barla, Ch. A.-Mar. t. 18, f. 7-13.

Caussetta, Barla, Soc. myc. Fr. III, 1887, p.140.
Barla, Ch. A.-Mar. t. 18, f. 1-6.
Barla, Champ. Nice, t. 9, f. 1-10.

Constricta, *ad.* Barla, Ch. A.-Mar. t. 19, f. 13-16.

Focalis, *ad.* Britz. Leucosp. f. 417, 421.
Lucand, t. 376.

Fracida, *ad.* Barla, Ch. A.-Mar. t. 23, f. 9-11.

Imperialis, *ad.* Barla, Ch. A.-Mar. t. 20, f. 1-3.
Britz. Leucosp. f. 138, 469.

Laqueata, *ad.* Barla, Ch. A.-Mar. t. 23, f. 1-3.

Laschii, *ad.* Barla, Ch. A.-Mar. t. 20, f. 4-7.

Luteovirens, *ad.* Barla, Ch. A.-Mar. t. 19, f. 1-5.
Britz. Leucosp. f. 344.

Mellea, *ad.* Barla, Ch. A.-Mar. t. 21 et 22 (type et var.)
Bolton, t. 16.

Mucida, *ad.* Barla, Ch. A.-Mar. t. 23, f. 4-8.
Britz. Leucosp. f. 334.

Pleurotoïdes, *loc.* Lucand et Gillot, Catal. *leg.*
Gillot et Lucand, Catal.

Ramentacea, *ad.* Barla, Ch. A.-Mar. t.19, f.10-12.
Britz. Leucosp. f. 402.

Rhagadiosa, *ad.* Barla, Ch. A.-Mar. t.20, f.8-11.

Robusta, *ad.* Barla, Ch. A.-Mar. t. 17, f. 5-7.
Britz. Leucosp. f.568 (var.)

Squamea, *ad.* Barla, Ch. A.-Mar. t. 17, f. 1-4.

Subcava, *ad.* Britz. Leucosp. f. 297.

Subdehiscens, Britz. Hym. Südb. VIII, p. 3.
Britz. Leucop. f. 325, 422.

Tumescens, *ad.* Gillet, t. suppl.

BOLBITIUS

Boltonii, *ad*. Britz. Melanosp. f. 261.

Vitellinus, *ad*. Britz. Melanosp. f. 249.
Gillet, t. suppl.

BOLETUS

Badius, *ad*. Britz. Bolet. f. 38.

Bovinus, *ad*. Britz. Bolet. f. 5, 36, 47, 50.

Calopus, *ad*. Britz. Bolet. f. 14, 40.

Chrysenteron, *ad*. Britz. Bolet. f. 64-66.

Collinitus, *ad*. Britz. Bolet. f. 63.

Flavidus, *ad*. Britz. Bolet. f. 62.

Flavus, *ad*. Britz. Bolet. f. 57.

Fragrans, *ad*. Britz. Bolet. f. 33.

Fusipes, *ad*. Gillot et Lucand, Catal. t. 6, f. 4.

Gilletii, *loc*. Sacc. et Cub., *leg*. Sacc. Sylloge, VI, p. 46.

Guttatus, *ad*. Britz. Bolet. f. 59.

Lambottei, *loc*. Sacc. et Cub. *leg*. Sacc. Sylloge, VI, p. 46.

Laricinus, *ad*. Britz. Bolet. f. 56.

Leguei. Boud. Bull. soc. myc. X, 1894, p. 62.
Boud. Bull. soc. myc. X, 1894, t. 2. f. 1.

Lividus, *ad*. Britz. Bolet. f. 45, 60.

Lorinseri, *ad*. Britz. Bolet. f. 58.

Lupinus, *ad*. Britz. Bolet. f. 52.
Gillet, t. suppl.

Mitis, *ad*. Britz. Bolet. f. 37.
Gillet, t. suppl.

OEreus, *ad*. Britz. Bolet. f. 41.

Pachypus, *ad*. Britz. Bolet. f. 67.

Pruinatus, *ad.* Gillet, t. suppl.

Purpureus, *ad.* Britz. Bolet. f. 72.

Radicans, *ad.* Britz. Bolet. f. 39.

Rutilus, *ad.* Britz. Bolet. f. 71.

Satanas, *ad.* Britz. Bolet. f. 63, 93.

Scaber, *ad.* Britz. Bolet. f. 69 (var.)

Schoberi, *loc.* Flor. m. Nederl. *leg.* Oudem. Flor. m. Nederl.

Sistotrema, *ad.* Britz. Bolet. f. 34.

Slavonicus, *loc.* Sacc. et Cub. *leg.* Sacc. Sylloge, VI, p. 17.

Striæpes, *ad.* Bull. t. 4.

Sulphureus, *ad.* Britz. Bolet. f. 32.

Variegatus, *ad.* Britz. Bolet. f. 31.

Viscidus, *ad.* Britz. Bolet. f. 54 (var.)

CALOCERA

Subsimplex. Britz. Hym. Südb. X, p. 179.
Britz. Tremel. f. 22.

Viscosa, *ad.* Britz. Tremel. f. 8.
Pers. Com. Fung. Clav. t. 1, f. 5.

CANTHARELLUS

Cinereus, *ad.* Britz. Canth. f. 14.
Pers. Icon. et descr. t. 3, f. 3, 4.

Crassipes, *loc.* Dufour, Rev. gen. bot. 1891, *leg.* Dufour, Rev. gen. bot. 1889.

Hougtoni, *ad.* Grevil. V, t. 76, f. 1.

Leucophæus, *ad.* Britz. Canth. f. 11.

Lutescens, *ad.* Britz. Canth. f. 13 b.

Rufescens, *ad.* Britz. Canth. f. 12.

Tubæformis, *ad.* Britz. Canth. f. 13 a.

Pers. Icon. et descr. t. 6, f. 1.

Umbonatus, *ad.* Britz. Canth. f. 15 et Leucosp. f. 279, 385 ?
Gillet, t. suppl.

CLAUDOPUS

Byssisedus, *ad.* Britz. Hypor. f. 42, a, b, *del.*
Pers. Obs. t. 5, f. 8, 9.

Defluens, *ad.* Britz. Hypor. f. 93.

Reptans, Britz. Hym. Südb. IX, p. 9.
Britz. Hypor. f. 157.

Translucens, *ad.* Britz. Hypor. f. 168.

Variabilis, *ad.* Britz. Hypor. f. 153 (var.) et Dermini, f. 419.
Pers. Obs. myc. II, t. 5, f. 12.

CLAVARIA

Anomala, *ad.* Britz. Clav. f. 53.

Arctata, *ad.* Britz. Clav. f. 66.

Argillacea, *ad.* Britz. Clav. f. 75.
Loc. Pers. Comm. t. 1, f. 4, *leg.* Pers. Comm. de Fung. Clav. t. 1, f. 4.

Cinerea, *ad.* Britz. Clav. f. 47.

Condensata, *ad.* Britz. Clav. f. 72.

Coralloides, *ad.* Britz. Clav. f. 48.
Pers. Com. Fung. Clav. t. 1, f. 2, 6.

Corrugata, *ad.* Britz. Clav. f. 80, 81.

Crispula, *ad.* Britz. Clav. f. 52, 73.

Cristata, *loc.* Pers. Comm. t. 2, f. 4, *leg.* Pers. Comm. Fung. Clav. t. 2, f. 4 et t. 4, f. 3.

Crocea, *loc.* Pers. Icon. t. 11, f. 6, *leg.* Pers. Icon. et descr. t. 9, f. 6.

Curta, *ad.* Britz. Clav. f. 46, 65.

Dissipabilis, *ad.* Britz. Clav. f. 55.

Falcata, *loc.* Pers. Comm. t. 1, f. 3, *leg.* Pers. Comm. Fung. Clav. t. 1, f. 3.

Flaccida, *ad.* Britz. Clav. f. 82.

Flavipes, *ad.* Britz. Clav. f. 57.

Formosa, *loc.* Pers. Ic. et descr. t. 3, f. 5, *leg.* f. 6.

Formosula, *ad.* Britz. Clav. f. 51, 74.

Fragilis, *ad.* Britz. Clav. f. 58.
Pers. Com. Fung. Clav. t. 4, f. 2.

Fumosa, *ad.* Britz. Clav. f. 76.

Gracilis, *ad.* Britz. Clav. f. 74.

Inæqualis, *ad.* Britz. Clav. f. 54.
Loc. Pers. Comm. t. 1, f. 3, *leg.* Pers. Comm. Fung. Clav. t. 1, f. 3 bis.

Juncea, *ad.* Britz. Clav. f. 59.

Kunzei, *ad.* Britz. Clav. f. 86.

Lilacina, *ad.* Britz. Clav. f. 63.

Mucida, *loc.* Pers. Comm. t. 2, f. 3, *leg.* Pers. Com. Fung. Clav. t. 2, f. 3.

Muscoïdes, *ad.* Britz. Clav. f. 44, 45 (var.)

Oblectanea. Britz. Hym. Südb. X, p. 179.
Britz. Clav. f. 87.

Pistillaris, *ad.* Pers. Com. Fung. Clav. t. 3, f. 8, 9.

Pseudoflava. Britz. Hym. Südb. VIII, p. 14.
Britz. Clav. f. 62.

Pyxidata, *loc.* Pers. Comm. t. 1, f. 1, *leg.* Pers. Com. Fung. Clav. t. 1, f. 1.

Rivalis. Britz. Hym. Südb. VI; p. 33.
Britz. Clav. f. 49.

Rufescens, *ad.* Britz. Clav. f. 70 (var.)

Rugosa, *ad.* Britz. Clav. f. 68 (var.)
Pers. Com. Fung. Clav. t. 2, f. 2.

Stricta, *loc*. Pers. Comm. t. 4, f. 1, *leg*. Pers. Com. Fung. Clav. t. 4, f. 1.

Subtilis, *ad*. Britz. Clav. f. 69.

Tenacella, *loc*. Pers. Comm. t. 3, f. 5, *leg*. Pers. Com. Fung. Clav. t. 3, f. 5.

Vermicularis, *ad*. Britz. Clav. f. 56.

CLITOCYBE

Aggregata, *loc*. Britz. Hym. Augsb. I, t. 6, f. 1 et Leucospori, f. 197, *leg*. Britz. Leucosp. f. 278, 506 (var.)

Albido-gilva. Britz. Hym. Südb. IX, p. 4. Britz. Leucosp. f. 553.

Alpestris, Britz. Hym. Südb. VIII, p. 4. Britz. Leucosp. f. 441 (var.), 442.

Amara, *ad*. Barla, Ch. A.-Mar. t. 50, f. 1-9.

Ambigua, *ad*. Britz. Leucosp. 519 (var.), 615 (var.)

Arnoldi. Boud. Bull. soc. myc. X, 1894, p. 60. Boud. Bull. soc. myc. X, 1894, t. 1, f. 2.

Brumalis, *ad*. Barla, Ch. A.-Mar. t. 63, f. 1-6.

Calathus, *ad*. Britz. Leucosp. f. 357.

Candicans, *ad*. Barla, Ch. A.-Mar. t. 52, f. 16-20.

Candida, *ad*. Barla, Ch. A.-Mar. t. 58, f. 10-14.

Cantharelloïdes, *ad*. Britz. Leucosp. f. 657.

Catina, *ad*. Barla, Ch. A.-Mar. t. 61, f. 3-5. Britz. Leucosp. f. 510.

Cerussata, *ad*. Barla, Ch. A.-Mar. t. 51, f. 24-28.

Cinerascens, *ad*. Britz. Leucosp. f. 596.

Coffeata, *ad*. Barla, Ch. A.-Mar. t. 53, f. 1-8. Britz. Leucosp. f. 309, 516.

Connata, *ad*. Barla, Ch. A.-Mar. t. 54, f. 5-9. Britz. Leucosp. f. 276 (var.) Lucand, t. 355.

Curtipes, *ad.* Barla, Ch. A.-Mar. t. 49, f. 9-11. Britz. Leucosp. f. 439.

Cyathiformis, *ad.* Barla, Ch. A.-Mar. t. 62, f. 6-10. Britz. Leucosp. f. 202, 203, 313, 315, 440 (var.), 514 (var.)

Dealbata, *ad.* Barla, Ch. A.-Mar. t. 52, f. 21-28. Britz. Leucosp. f. 307, 396.

Decastes, *ad.* Barla, Ch. A.-Mar. t. 53, f. 9-12.

Diatreta, *ad.* Britz. Leucosp. f. 214. *Loc.* Lucand et Gillot, *leg.* Gillot et Lucand.

Ditopa, *ad.* Britz. Leucosp. f. 592, 593.

Dothiophora, *ad.* Barla, Ch. A.-Mar. t. 49, f. 12-15.

Echinosporus. Britz. Hym. Südb. IX, p. 6. Britz. Leucosp. f. 512, 518, 594 (var.)

Ectypa, *ad.* Gillet, t. suppl.

Effocatella, *ad.* Barla, Ch. A.-Mar. t. 54, f. 1-4.

Ericetorum, *ad.* Barla, Ch. A.-Mar. t. 62, f. 1-5.

Expallens, *ad.* Barla, Ch. A.-Mar. t. 62, f. 11, 12. Britz. Leucosp. f. 354, 586, 587 et 590 (var.), 177.

Flaccida, *ad.* Barla, Ch. A.-Mar. t. 60, f. 9-12. Britz. Leucosp. f. 353, 588 (var.)

Fragrans, *ad.* Barla, Ch. A.-Mar. t. 63, f. 14-20.

Fritilliformis, *ad.* Britz. Leucosp. f. 340.

Fumosa, *ad.* Pers. Icon. pict. t. 7, f. 4.

Gangrenosa, *ad.* Britz. Leucosp. f. 433, 435.

Geotropa, *ad.* Barla, Ch. A.-Mar. t. 59. Britz. Leucosp. f. 585, 465 (var.)

Gigantea, *ad.* Barla, Ch. A.-Mar. t. 56.

Gilva, *ad.* Barla, Ch. A.-Mar. t. 58, f. 7-9. Bolt. t. 22. Britz. Leucosp. 197 (var.), 436, 437.

Grumata, *ad.* Barla, Ch. A.-Mar. t. 64, f. 21, 23.

Hirneola, *ad.* Britz. Leucosp. f. 554.
Pers. Icon. pict. t. 13, f. 2.

Incilis, *ad.* Britz. Leucosp. f. 351.

Indigula, *ad.* Britz. Leucosp. f. 501.

Infundibuliformis, *ad.* Barla, Ch. A.-Mar. t. 57, f. 1-5.

Inornata, *ad.* Barla, Ch. A.-Mar. t. 49, f. 1-6.

Inversa, *ad.* Barla, Ch. A.-Mar. t. 60, f. 6-8.
Britz. Leucosp. f. 200, 204 (v. *Atracta*), 499, 502, 503 (var.), 509 (var. *Atracta*.)

Isabella, *ad.* Britz. Leucosp. f. 361.

Laccata, *ad.* Barla, Ch. A.-Mar. t. 64, f. 1-16 (type et var.)
Britz. Leucosp. t. 4, f. 3 (var.) et f. 652.
Bull. t. 198 (var.)

Lentata, Britz. Hym. Südb. IX, p. 4.
Britz. Leucosp. f. 595.

Lentiginosa, *ad.* Britz. Leucosp. f. 597 (var.)

Luscina, *ad.* Britz. Leucosp. f. 348.

Maxima, *ad.* Barla, Ch. A.-Mar. t. 55.

Membranacea, *ad.* Barla, Ch. A.-Mar. t. 57, f. 6-8.

Metachroa, *ad.* Barla, Ch. A.-Mar. t. 63, f. 7-13.
Lucand, t. 379.

Mollicula, *ad.* (V. *Cantharellus umbonatus*).

Mortuosa, *loc.* Britz. Leucosp. f. 214, *leg.* f. 362, 299, 517 (var.)

Nebularis, *ad.* Barla, Ch. A.-Mar. t. 48, f. 1-9.

Nubila, *ad.* Britz. Leucosp. f. 363.

Obbata, *ad.* Barla, Ch. A.-Mar. t. 62, f. 13-19.
Britz. Leucosp. f. 312.

Obola, *ad.* Britz. Leucosp. f. 360.

Obsoleta, *ad.* Barla, Ch. A.-Mar. t. 63, f. 21-28.
Britz. Leucosp. f. 317.

Odora, *ad.* Barla, Ch. A.-
Mar. t. 51, f. 10-15.

Odorula, *ad.* Britz. Leu-
cosp. f. 588, 589 (var.)

Opaca, *ad.* Gillet, t. suppl.

Orbiformis, *ad.* Britz.
Leucosp. f. 633.

Panizzii. Barla, Ch. A.-
Mar. p. 75.
Barla, Ch. A.-Mar. t. 61,
f. 1, 2.

Parilis, *ad.* Barla, Ch. A.-
Mar. t. 58, f. 1-6.
Britz. Leucosp. f. 352.

Pervisa, *ad.* Britz. Derm.
et Mel. f. 505.

Phyllophila, *ad.* Barla,
Ch. A.-Mar. t. 52, f. 1-6.

Pithyophila, *ad.* Barla,
Ch. A.-Mar. t. 52, f. 7-10.
Britz. Leucosp. f. 393, 395,
631, 650 (var.)

Polia, *ad.* Barla, Ch. A.-
Mar. t. 48, f. 10-12.

Proxima, *ad.* Barla, Ch.
A.-Mar. t. 64, f. 17-20.

Pruinosa, *ad.* Britz. Leu-
cosp. f. 210, 315, 511,
591 (var.), 598 (var.)

Rivulosa, *ad.* Barla, Ch.
A.-Mar. t. 51, f. 16-23.
Britz. Leucosp. f. 349, 513
(var.)

Sinopica, *ad.* Barla, Ch.
A.-Mar. t. 57, f. 16-19.
Britz. Leucosp. f. 507 (var.)

Socialis, *ad.* Barla, Ch.
A.-Mar. t. 49, f. 7, 8.

Splendens, *ad.* Barla, Ch.
A.-Mar. t. 60, f. 1-5.

Squamulosa, *ad.* Barla,
Ch. A.-Mar. t. 57, f. 9-12.
Britz. Leucosp. f. 350.

Suaveolens, *ad.* Barla,
Ch. A.-Mar. t. 62, f. 20,
24.

Subalutacea, *ad.* Barla,
Ch. A.-Mar. t. 50, f. 10-
15.

Tornata, *ad.* Barla, Ch.
A.-Mar. t. 52, f. 11-15.
Britz. Leucosp. 387.

Trullæformis, *ad.* Barla,
Ch. A.-Mar. t. 57, f. 13-
15.
Britz. Leucosp. f. 377,
628 (var.), 640 (var.)

Tuba, *ad.* Britz. Leucosp.
f. 515 (var.)

Tumulosa, ad. Britz. Leucosp. t. VI, f. 1 et f. 191.

Umbro-marginata. Britz. Hym. Südb. IX, p. 4. Britz. Leucosp. f. 504, 538.

Venustissima, ad. Britz. Leucosp. f. 630.

Vermicularis, ad. Barla, Ch. A.-Mar. t. 60, f.13-18; del. Britz. Leucosp. f. 195.

Vernicosa, ad. Britz. Leucosp. f. 438.

Vibecina, ad. Britz. Leucosp. f. 358, 632 et f. 206 (var.)

Viridis, ad. Barla, Ch. A.- Mar. t. 51, f. 1-9.

CLITOPILUS

Cancrinus, ad. Britz. Hypor. f. 167, 161 (var.)

Carnoso - tenax. Britz. Hym. Südb. IX, p. 8. Britz. Hypor. f. 165.

Cretatus, ad. Grevil. V, t. 77, f. 3.

Mirificus. Britz. Hym. Südb. IX, p. 8. Britz. Hypor. f. 155, 169.

Nidus-avis, ad. Britz. Hypor. f. 89.

Orcella, ad. Britz. Hypor. f. 106, 118 (var.)

Popinalis, ad. Britz. Hypor. f. 95, 120.

Recollectus. Britz. Hym. Südb. IX, p. 8. Britz. Hypor. f. 164.

Subignitus. Britz. Hym. Südb. VIII, p. 6. Britz. Hypor. f. 122.

COLLYBIA

Admissa, ad. Britz. Leucosp. f. 446, 548, 556.

Aquosipes. Britz. Hym. Südb. IX, p. 6. Britz. Leucosp. 545, 547.

Aurorea, ad. Britz. Leucosp. f. 398.

Butyracea, ad. Britz. Leucosp. f. 530 (var.)

Cessans, *ad*. Britz. Leucosp. f. 372.

Cirrhata, *ad*. Grevil. V, t. 82, f. 3.

Clusilis, *ad*. Britz. Leucosp. f. 370.

Collina, *ad*. Britz. Leucosp. f. 338.

Confluens, *ad*. Gillet, t. suppl.
Loc. Pers. Icon. pict. *leg.* Pers. Icon. et descr.

Dryophila, *ad*. Britz. Leucosp. f. 624, 522 (var.) Bull. t. 90 (var. terat.)

Ephippium, *ad*. Britz. Leucosp. f. 364.

Erosa, *ad*. Britz. Leucosp. f. 371.

Esculenta, *ad*. Britz. Leucosp. f. 445.

Exsculpta, *ad*. Britz. Leucosp. f. 602.

Extuberans, *ad*. Britz. Leucosp. f. 320.

Fusipes, *ad*. Britz. Leucosp. f. 560, 49 (var.)

Hariolorum, *ad*. Gillet, t. suppl.

Ingrata, *ad*. Britz. Leucosp. f. 635.

Inolens, *ad*. Britz. Leucosp. f. 319 (v. *Umbonata*.)

Lactea, *ad*. Britz. Leucosp. t. IV, f. 2.

Longipes, *ad*. Britz. Leucosp. f. 318.

Macilenta, *ad*. Britz. Leucosp. f. 367.

Maculata, *ad*. Britz. Leucosp. f. 444 (var.)

Micheliana, *ad*. Britz. Leucosp. f. 311.

Misera, *ad*. Britz. Leucosp. f. 524 (var.)

Myosura, *ad*. Britz. Leucosp. f. 310, 557-559, 599.

Nitellina, *ad*. Britz. Leucosp. f. 525, 600.

Nummularia, *ad*. Britz. Leucosp. f. 521.

Ocellata, *ad*. Britz. Leucosp. f. 368.

Ozes, *ad*. Britz. Leucosp. f. 321.

Phæopodia, *ad.* Britz. Leucosp. f. 634.

Platyphylla, *ad.* Britz. Leucosp. f. 443 (var).

Pulla, *ad.* Britz. Leucosp. f. 365.

Stercocephala. B. et C. Ann. nat. hist. art. 1859. Britz. Leucospori, f. 636.

Stipitaria, *loc.* Britz. Hym. Augsb. I, t. 9, f. 3, *leg.* Britz. Leucosp. t. IX, f. 4.

Stolonifera, *ad.* Britz. Leucosp. f. 460.

Succinea, *ad.* Britz. Leucosp. f. 366 et 601 (var.)

Tenacella, *ad.* Britz. Leucosp. f. 459.

Velutipes, *del.* Batt. t. 22, C; *ad.* Bull. t. 344 et 519, f. 2.

Ventricosa, *ad.* Britz. Leucosp. f. 523.

Xylophila, *ad.* Gillet, t. suppl.

COPRINUS

Atramentarius, *loc.* Britz. Melanosp. f. 90, *leg.* f. 96.

Congregatus, *ad.* Britz. Melanosp. f. 232.

Deliquescens, *ad.* Britz. Melanosp. f. 201, 260.

Digitalis, *ad.* Britz. Melanosp. f. 174, 205.

Dilectus, *ad.* Britz. Melanosp. f. 234.

Fimetarius, *ad.* Britz. Melanosp. f. 170.

Flocculosus, *loc.* Batt. t. 25, f. A, *leg.* t. 26, f. A.

Hendersonii, *ad.* Gillet, t. suppl.

Marculentus. Britz. Hym. Südb. IX, p. 13. Britz. Melanosp. f. 237, 238.

Micaceus, *ad.* Britz. Melanosp. f. 171.

Niveus, *ad.* Britz. Melanosp. f. 204.

Nycthemerus, *ad.* Britz. Melanosp. f. 172.

Oblectus, *ad.* Gillet, t. suppl.

Plicatilis, *ad.* Britz. Melanosp. f. 175.

Pseudonycthemerus.
Britz. Hym. Südb. IX,
p. 13.
Britz. Melanosp. f. 250.

Soboliferus, *ad.* Gillet, t.
suppl.

Superiusculus, *ad.* Britz.
Melanosp. f. 173.

Tardus, *ad.* Britz. Mela-
nosp. f. 233.

Tomentosus, *ad.* Britz.
Melanosp. f. 235, 236.

CORTICIUM

Disciforme. Fr. Hym. Eur.
p. 642.
Cooke in Grevil. t. 12, f. 2.
Pat. Tab. 250.

Giganteum, *ad.* Britz. Te-
leph. f. 43.

CORTINARIUS

Acutus, *ad.* Britz. Cortin.
f. 224, 293.

Albo-violaceus, *ad.* Britz.
Cortin. f. 263, 308, *del.*
f. 53.

Anfractus, *ad.* Britz. Cor-
tin. f. 43.

Annexus, *ad.* Britz. Cortin.
f. 95, 247.

Anomalus, *ad.* Britz. Cor-
tin. f. 197, 274, 309.
Gillet, t. suppl. (var.)

Apparens, *ad.* Britz. Cor-
tin. f. 62 (f. *Major*) et
f. 198 (f. *Minor.*)

Argentatus, *ad.* Britz.
Cortin. f. 291 (var.)
Gillet, t. suppl.

Armeniacus, *ad.* Britz.
Cortin. f. 314.

Armillatus, *ad.* Britz. Cor-
tin. f. 174.

Arquatus, *ad.* Britz. Cor-
tin. f. 183.

Azureus, *ad.* Britz. Cortin.
f. 196.

Balteatus, *ad.* Britz. Cor-
tin. f. 230.

Benevalens, *loc.* Britz.
Hym. Südb. IV, f. 126,
leg. Britz. Cortin. f. 126.

Bivelus, *ad.* Britz. Cortin.
f. 268.

Blandulus, *loc.* Britz. Hym.
Südb. IV, f. 96, *leg.*
Britz. Cortin. f. 96.

Bolaris, ad. Britz. Cortin. f. 172.

Bovinus, ad. Britz. Cortin. f. 180.

Bresadolæ, ad. Britz. Cortin. f. 7.

Brunneus, ad. Britz. Cortin. f. 248, 284.

Cærulescens, ad. Britz. Cortin. f. 253.

Camurus, ad. Britz. Cortin. f. 230.

Candelaris, ad. Britz. Cortin. f. 215.

Caninus, ad. Britz. Cortin. f. 264.

Castaneus, ad. Britz. Cortin. f. 320, 321.

Centrifugus, ad. Britz. Cortin. f. 254.

Cinereo - violaceus, ad. Britz. Cortin. f. 188, 326.

Claricolor, ad. Britz. Cortin. f. 229.
Gillet, t. suppl.
Lucand, t. 367.

Cliduchus, ad. Britz. Cortin. f. 297.

Cohabitans, ad. Britz. Cortin. f. 292.

Collinitus, ad. Britz. Cortin. f. 307.

Colus, ad. Britz. Cortin. f. 232.

Colymbadinus, ad. Britz. Cortin. f. 276.

Concinnus, ad. Britz. Cortin. f. 272.

Consobrinus, ad. Britz. Cortin. f. 296.

Corrosus, ad. Britz. Cortin. f. 299.

Corruscans, ad. Britz. Cortin. f. 261.

Crassus, ad. Britz. Cortin. f. 281.

Croceo - cœruleus, ad. Britz. Cortin. f. 163, 302.

Cumatilis, ad. Britz. Cortin. f. 161.

Cyanopus, ad. Britz. Cortin. f. 182.
Lucand, t. 391.

Cypriacus, ad. Lucand, t. 371.

Damascenus, ad. Britz. Cortin. f. 277, 316.

Delibutus, ad. Britz. Cortin. f. 186.

Depressus, ad. Britz. Cortin. f. 225.

Dibaphus, ad. Britz. Cortin. f. 256.

Dilutus, ad. Gillet, t. suppl.

Divulgatus, leg. Britz. Cortin. f. 117.

Dolabratus, ad. Gillet, t. suppl.

Eflictus, loc. Britz. Hym. Südb. IV, f. 37, leg. Britz. Cortin. f. 37.

Elegantior, ad. Britz. Cortin. f. 301.

Emarginatus, leg. Egerminatus, Britz. Cortin. f. 39.

Emunctus, ad. Britz. Cortin. f. 168, 176.

Epipoleus, ad. Britz. Cortin. f. 325 (var.) Gillet, t. suppl.

Evernius, ad. Britz. Cortin. f. 200, 201.

Fasciatus, ad. Britz. Cortin. f. 286, 289.

Finitimus, ad. Britz. Cortin. f. 282.

Firmus, ad. Britz. Cortin. f. 179.

Fistularis, loc. Britz. Hym. Südb. f. 99, leg. Britz. Cortin. f. 99.

Flexipes, ad. Britz. Cortin. f. 211, 222, non 38.

Friesii, ad. Britz. Cortin. f. 262.

Fucatophyllus, ad. Britz. Cortin. f. 330.

Fucilis, ad. Britz. Cortin. f. 199.

Fucosus, loc. Britz. Hym. Südb. leg. Britz. Cortin.

Fundatus, ad. Britz. Cortin. f. 313.

Fusco - violaceus. Britz. Hym. Südb. IV, p. 124. Britz. Cortin. f. 44, 45, 189.

Gentilis, ad. Britz. Cortin. f. 207, 208.

Germanus, ad. Britz. Cortin. f. 136, 223, 279, non f. 137.

Glaucopus, ad. Lucand, t. 369.

Grallipes, ad. Britz. Cortin. f. 45.

Helvolus, ad. Britz. Cortin. f. 204.

Herpeticus, ad. Britz. Cortin. f. 162.

Hinnuleus, ad. Britz. Cortin. f. 205, 206, 209.

Hircosus, loc. Britz. Hym. Südb. leg. Britz. Cortin.

Hœmatochelis, ad. Britz. Cortin. f. 243, 281, non f. 103.
Paul. t. 140, non 111.

Imbutus, ad. Lucand, t. 392.

Impennis, ad. Britz. Cortin. f. 215.
Lucand, t. 370.

Infucatus, ad. Gillet, t. suppl.

Insignis, loc. Britz. Hym. Südb. leg. Britz. Cortin.

Interspersellus, loc. Britz. Hym. Südb. leg. Britz. Cortin.

Inurbanus, ad. Britz. Cortin. f. 315.

Isabellinus, ad. Britz. Cortin. f. 319.

Lætior, ad. Britz. Cortin. f. 318.

Largus, ad. Britz. Cortin. f. 323.

Lepidopus, ad. Britz. Cortin. f. 328.

Malachius, ad. Britz. Cortin. f. 327.

Melleifolius, ad. Britz. Cortin. f. 273.

Multivagus, ad. Britz. Cortin. f. 303.

Nexuosus, loc. Britz. Hym. Südb. leg. Britz. Cortin.; ad. Gillet, t. suppl.

Obtusus, ad. Britz. Cortin. f. 278 (var.)

Ochroleucus, ad. Britz. Cortin. f. 310.

Olivascens, ad. Britz. Cortin. f. 304.

Opimatus, ad. Britz. Cortin. f. 259.

Opimus, ad. Gillet, t. suppl.

Orellanus, ad. Britz. Cortin. f. 270.

Orichalceus, ad. Britz. Cortin. f. 64.

Percognitus, *ad.* Britz. Cortin. f. 252.

Politulus, *ad.* Britz. Cortin. f. 257.

Porphyropus, *ad.* Britz. Cortin. f. 300.

Recensitus, *loc.* Britz. Hym. Südb. *leg.* Britz. Cortin.

Redactus, *loc.* Britz. Hym. Südb. *leg.* Britz. Cortin.

Redii, *ad.* Britz. Cortin. f. 287.

Riederi, *ad.* Britz. Cortin. f. 148, 251.

Rigens, *ad.* Britz. Cortin. f. 290.
Lucand, t. 393.

Rubellus, *ad.* Britz. Cortin. f. 283.

Salor, *ad.* Britz. Cortin. f. 280.

Scaurus, *ad.* Britz. Cortin. f. 255.
Gillet, t. suppl.

Scutulatus, *ad.* Britz. Cortin. f. 312.

Sebaceus, *ad.* Lucand, t. 368.

Separabilis, *loc.* Britz. Hym. Südb. *leg.* Britz. Cortin.

Sororius, *ad.* Britz. Cortin. f. 294.

Spadiceus, *ad.* Britz. Cortin. f. 295.

Sporadicus, *loc.* Britz. Hym. Südb. *leg.* Britz. Cortin.

Stillatitius, *ad.* Britz. Cortin. f. 306.

Subferrugineus, *ad.* Britz. Cortin. f. 285.

Submyrtillinus, *ad.* Britz. Cortin. f. 265.

Subpurpurascens, *ad.* Britz. Cortin. f. 260, 324.

Tophaceus, *loc.* Lucand, Gillot, Cat. *leg.* Gillot et Lucand.

Torvus. Britz. Cortin. 177, non 93.

Turmalis, *ad.* Britz. Cortin. f. 250.
Gillet, t. suppl.

Unimodus, *loc.* Britz. Hym. Südb. *leg.* Britz. Cortin.

Uraceus, *ad.* Britz. Cortin. f. 288 (var.)

Urbicus, *ad.* Britz. Cortin. f. 269.

Vibratilis, *ad.* Britz. Cortin. f. 305.

CRATERELLUS

Crispus, *ad.* Britz. Thel. f. 23, 35.

Lutescens, *ad.* Britz. Thel. f. 45, 46 (var.) Bull. t. 208.

Sinuosus, *ad.* Britz. Thel. f. 28, 36. Gillet, t. suppl.

CREPIDOTUS

Alveolus. Pers. Myc. Eur. III, t. 24, f. 1-3, non f. 2.

Berberis. Britz. Hym. Südb. IX, p. 12. Britz. Dermini, f. 381.

Inhonestus, *ad.* Britz. Dermin. f. 421.

Pezizoides, *ad.* Britz. Dermin. f. 241.

DACRYOMYCES

Deliquescens, *ad.* Britz. Tremel. f. 21. Pers. Icon. pict. t. 10, f. 3.

Fragiformis, *ad.* Britz. Tremel. f. 18.

Multiseptatus, *ad.* Britz. Tremel. f. 16.

Roseus. Fr. Hym. Eur. p. 698, non 693. Bull. t. 455, f. 2.

DÆDALEA

Cinerea, *ad.* Britz. Polyp. f. 122. Bull. t. 414 (ex Kickx. form. terat.)

Quercina, *ad.* Britz. Polyp. f. 153.

Unicolor, *ad.* Batt. t. 38, E. Bull. t. 408.

ECCILIA

Atro-punctata. (V. *Omphalia atro-punctata.*)

Parkensis, *ad.* Britz. Hypor. f. 170.

ENTOLOMA

Accline, *ad.* Britz. Hypor. f. 116.

Appositinum, *loc.* Britz. Hym. Südb. *leg.* Britz. Hypor.

Aprile, *ad.* Britz. Hypor. f. 117.

Ardosiacum, *ad.* Britz. Hypor. f. 144.

Bloxami, *ad.* Britz. Hypor. 141, 142, 143 (var.)

Cordæ, *ad.* Britz. Hypor. f. 159, 177.

Costatum, *ad.* Britz. Hypor. f. 46.

Elaphinum. Britz. Hypor. f. 71.

Griseo - cyaneum, *ad.* Britz. Hypor. f. 104 et 87 (var.)

Holophæum, *ad.* Britz. Hypor. f. 176.

Illicibile, *loc.* Britz. Hym. Südb. *leg.* Britz. Hypor. f. 65, 140 (var.)

Jubatum, *ad.* Britz. Hypor. f. 172, 173.

Lividum, *ad.* Britz. Hypor. f. 123.

Mediocre. Britz. Hym. Südb. IX, p. 8. Britz. Hypor. f. 146.

Pleropicum, *ad.* Britz. Hypor. f. 81.

Porphyrophæum, *ad.* Britz. Hypor. f. 139 (var.)

Praticola. Britz. Hym. Südb. IX, p. 8. Britz. Hypor. f. 160.

Sericeum, *ad.* Pers. Icon. et descr. t. 6, f. 2.

Sericellum, *ad.* Britz. Hypor. f. 103.

Sinuatum, *ad.* Britz. Hypor. f. 162, 163 (var.)

Speculum, *ad.* Britz. Hypor. f. 108.

Sublividum. Britz. Hym. Südb. VIII, p. 5. Britz. Hypor. f. 114.

Turbidatum. Britz. Hym. Südb. VIII, p. 5. Britz. Hypor. f. 119.

EXIDIA

Plicata, *ad.* Britz. Tremel. f. 24.

FLAMMULA

Alnicola, *ad.* Britz. Dermin. f. 246.

Apicrea, *ad.* Britz. Dermin. f. 379.

Azyma, *del.* Bull. t. 530, f. 1.

Carbonaria, *ad.* Britz. Dermin. 247, 280, 282.

Decussata, *ad.* Britz. Dermin. f. 378.

Delimis, *ad.* Britz. Dermin. f. 345.

Filia, *ad.* Britz. Dermin. f. 224.

Flavida, *ad.* Britz. Dermin. f. 343.

Gymnopodia, *ad.* Britz. Dermin. f. 415.

Helomorpha, *ad.* Britz. Dermin. f. 191.

Hybrida, *ad.* Britz. Dermin. f. 417 (sensu Lucand.)

Lenta, *ad.* Gillet, t. suppl.

Liquiritiæ, *ad.* Britz. Dermin. f. 225.

Lubrica, *ad.* Britz. Dermin. f. 70, 71, 376.

Ochrochlora, *ad.* Lucand, t. 363.

Paradoxa, *ad.* Britz. Dermin. f. 248.

Penetrans, *ad.* Britz. Dermin. f. 416.

Picrea, *ad.* Britz. Dermin. f. 190, 346 (var.)

Sapinea, *ad.* Britz. Dermin. f. 192, 226.
Grevil. VI, t. 91, f. 2.
Pers. Icon. et Descr. t. 4, f. 7.

Scamba, *ad.* Britz. Dermin. f. 273.
Lucand, t. 364.

Spumosa, *ad.* Britz. Dermin. f. 223.

FOMES

Annosus, *ad.* Britz. Polyp. f. 98.

Applanatus, *ad.* Britz. Polyp. f. 128.

Fomentarius, *ad.* Britz. Polyp. f. 105, 167.

Fraxineus, *ad.* Britz. Polyp. f. 97.

Igniarius, *ad.* Britz. Polyp. f. 47 (var.), 148.

Marginatus, *ad.* Britz. Polyp. f. 147.

Nigricans, *ad.* Britz. Polyp. f. 130, 162.
Bull. t. 401.
Gillet, t. suppl.

Pinicola, *ad.* Britz. Polyp. f. 129.

Ribis, *ad.* Britz. Polyp. f. 115.

Ulmarius, *ad.* Gillet, t. suppl.

GALERA

Apala, *ad.* Lucand, t. 366.

Aquigena. Britz. Hym. Südb. VIII, p. 8.
Britz. Dermin. f. 294, 300 (var.)

Conferta, *ad.* Britz. Derm. f. 295, 374.

Ovalis, *ad.* Britz. Derm. f. 157.

Pityria, *ad.* Britz. Leucosp. f. 390.

Pygmæo-affinis, *ad.* Britz. Dermin. f. 194.

Siliginea, *ad.* Britz. Dermin. f. 380.

Spartea, *ad.* Britz. Dermin. f. 410.

Sphærobasis, *ad.* Britz. Melan. f. 165.

Spicula, *ad.* Britz. Dermin. f. 409.

Vittiformis, *ad.* Lucand, t. 387.

GOMPHIDIUS

Glutinosus, *ad.* Britz. Gomphid. f. 14.

Gracilis, *ad.* Britz. Gomphid. f. 9, 11. •

Maculatus, *ad.* Britz. Gomphid. f. 12.

Viscidus, *ad.* Britz. Gomphid. f. 10.
Pers. Icon. et Descr. t. 13, f. 1-3.

HEBELOMA

Arcuatifolium. Britz.
Hym. Südb. X, p. 164.
Britz. Dermin. f. 411.

Birrum, ad. Britz. Dermin.
f. 372.

Capniocephalum, ad.
Britz. Dermin. f. 401.

Crustuliniforme, del.
Batt. t. 47.
Paul. t. 52, non 152.

Exalbidum. Britz. Hym.
Südb. IX, p. 11.
Britz. Dermin. f. 51, 187,
375.

Fastibile, ad. Britz. Dermin. f. 64 (var.), 172 et
219 (var.)

Lævatum. Britz. Hym.
Südb. IX, p. 11.
Britz. Dermin. f. 382.

Longicaudum, ad. Britz.
Dermin. f. 189 (var.),
405.

Magnimamma, ad. Britz.
Dermin. f. 221.

Medianum, ad. Britz. Dermin. f. 337.

Mesophæum, ad. Britz.
Dermin. f. 179, del. f. 68.

Metratum, ad. Britz. Dermin. f. 59.

Nudipes, ad. Britz. Dermin.
f. 52, 55, 220.
Gillet, t. suppl.

Odoratissimum. Britz.
Hym. Südb. VIII, p. 8.
Britz. Dermin. f. 312.

Petiginosum, ad. Britz.
Dermin. f. 402.

Præfinitum. Britz. Hym.
Südb. IX, p. 11.
Britz. Dermin. f. 373.

Punctatum, ad. Britz. Dermin. f. 279.

Senescens, ad. Britz. Dermin. f. 403, 404.

Sinuosum, ad. Britz. Dermin. f. 281.

Spoliatum, ad. Britz. Dermin. f. 222.

Stockesii (del. sp.) (V. *Nudipes*).

Strophosum, ad. Britz.
Dermin. f. 188.

Testaceum, ad. Britz. Dermin. f. 338.

Truncatum, ad. Britz. Dermin. f. 196, 274 (var.)

Versipelle, ad. Britz. Dermin. f. 340, 339 (var.)

HYDNUM

Compactum, ad. Britz. Hydn. f. 20, 28, 68.

Coralloides, ad. Britz. Hydn. f. 18. Gillet, t. suppl.

Corrugatum, ad. Britz. Hydn. f. 24, 50.

Cyathiforme, ad. Britz. Hydn. f. 65, 66.

Decolorosum, ad. Britz. Hym. Südb. VIII, p. 14. Britz. Hydn. f. 34.

Ferrugineo-album. Britz. Hym. Südb. X, p. 177. Britz. Hydn. f. 63.

Ferrugineum, ad. Britz. Hydn. f. 19, 41. Gillet, t. suppl.

Fragile, ad. Britz. Hydn. f. 35.

Fuligineo-violaceum, ad. Britz. Hydn. f. 25, 26, 44, 51.

Fusipes, ad. Britz. Hydn. f, 24, 37, 48, 49.

Hirtum, ad. Britz. Hydn. f. 67 (var.)

Melaleucum, ad. Britz. Hydn. f. 23, 31.

Nigrum, ad. Britz. Hydn. f. 22, 30.

Rufescens, ad. Gillet, t. suppl. Pers. Icon. pict. t. 19, f. 1.

Scrobiculatum, ad. Britz. Hydn. f. 62.

Spadiceum. Pers. Icon. et descr. t. 9, f. 1-3.

Strigosum. Pers. Icon. descr. t. 14, f. 2, non t. 14, f. 1.

Suaveolens, ad. Britz. Hydn. f. 27, 39.

Subsquamosum, ad. Britz. Hydn. f. 17.

Velutinum, ad. Britz. Hydn. f. 21, 60, 61 (var.)

Zonatum, ad. Britz. Hydn. f. 29, 64 (var.)

HYGROPHORUS

Arbustivus, *ad.* Britz. Hygr. f. 47.

Aureus, *ad.* Britz. Hygr. f. 82.

Capreolarius, *ad.* Britz. Hygr. f. 55.

Ceraceus, *ad.* Britz. Hygr. f. 88 (var.), 98 (var.)

Chlorophanus, *ad.* Britz. Hygr. f. 74, 96, 97.

Cinereus, *ad.* Britz. Hygr. f. 62 a.

Coccineus, *ad.* Gillet, t. suppl. non 133.

Coibilis, *ad.* Britz. Hygr. f. 100.

Discoideus, *ad.* Britz. Hygr. f. 57, 81.

Eburneus, *ad.* Britz. Hygr. f. 68 et 79. Bull. t. 118.

Erubescens, *ad.* Britz. Hygr. f. 50, 54.

Facessitus, *loc.* Britz. Hym. Südb. IV, p. 18, *leg.* Britz. Hygr. f. 18.

Hyacinthinus, *ad.* Britz. Hygr. f. 51.

Hypothejus, *ad.* Britz. Hygr. f. 99.

Irrigatus, *ad.* Britz. Hygr. f. 64 a, 64 b (var.)

Lætus, *ad.* Britz. Hygr. f. 65, 94.

Ligatus, *ad.* Britz. Hygr. f. 78.

Limacinus, *ad.* Britz. Hygr. f. 56. Saund. et Sm. t. 28, non 20.

Livido-albus, *ad.* Britz. Hygr. f. 84, 85 (var.) et 86. Gillet, t. suppl.

Miniatus, *ad.* Britz. Hygr. f. 60, 95, non 27. Gillet, t. 133.

Mucronellus, *ad.* Britz. Hygr. f. 27, 66, 67 (var.)

Nitratus, *ad.* Britz. Hygr. f. 49. Lucand, t. 396.

Niveus, *ad.* Britz. Hygr. f. 59, 72, 73 (var.)

Olivaceo-albus, *ad.* Britz.
Hygr. f. 83.
Grevil. V, t. 82, f. 2, non 1.

Ovinus, *ad.* Britz. Hygr.
f. 90.

Penarius, *ad.* Britz. Hygr.
f. 52, 80.

Pratensis, *ad.* Britz. Hygr.
f. 58, 62 b.

Psittacinus, *ad.* Britz.
Hygr. f. 34 a, 34 b (var.),
61 (var.)

Puniceus, *ad.* Bull. t. 202.

Rubro-fibrillosus. Britz.
Hym. Südb. X, p. 171.
Britz. Hygr. f. 101.

Sciophanus, *ad.* Britz.
Hygr. f. 92, 93.

Streptopus, *ad.* Lucand,
t. 372.

Tephroleucus, *ad.* Britz.
Hygr. f. 48.

Virgineus, *ad.* Britz. Hygr.
f. 70, 71, 87 (var.)

HYPHOLOMA

Appendiculatum. Britz.
Melan. f. 49, non 48.

Assimilans, *ad.* Britz. Me-
lan. f. 207, 209 (var.)

Britzelmayri, *ad.* Britz.
Melan. f. 159, 199. (V.
Pholiota.)

Cascum, *ad.* Britz. Melan.
f. 208.

Dispersum, *ad.* Britz. Me-
lan. f. 255, 256.

Epixanthum, *ad.* Britz.
Melan. f. 151, 253.

Expromptum. Britz. Hym.
Südb. VI, p. 26.
Britz. Melan. f. 159.

Hydrophilum, *ad.* Britz.
Melan. f. 156.

Silaceum, *ad.* Britz. Melan.
f. 188.

INOCYBE

Abjecta, *ad.* Britz. Dermin.
f. 414.

Absistens, *del.* et Mel. *ad.*
f. 304.

Adæquata, *loc.* Britz.
Derm. et Mel. *leg.* Britz.
Melan. f. 25, 35 (var.),
130 (var.), 256, 360 (var.)

Adunans, *del.* et Mel. *ad.* f. 388.

Æmula, *del.* et Mel. *ad.* f. 263, 303, 264 (var.), 253 (var.), 249 (var.)

Albidula, *loc.* Britz. Hym. Südb. f. 164, *leg.* Britz. Dermin. f. 164.

Alienella, *del.* et Mel. *ad.* f. 260.

Analogica, *loc.* Britz. Hym. Südb. f. 148, *leg.* Britz. Dermin. f. 148, 266.

Asinina, *ad.* Britz. Dermin. f. 209, 244.

Assimilata, *ad.* Britz. Dermin. f. 276, 278.

Asterospora, *ad.* Britz. Dermin. f. 269, 270 et 370 (var.)

Auricoma, *ad.* Britz. Dermin. f. 389.

Cæsariata, *ad.* Britz. Dermin. f. 217, 313, 314 et 320 (var.) Lucand, t. 385.

Capucina, *ad.* Britz. Dermin. f. 162.

Castaneo-lamellata. Britz. Hym. Südb. VIII, p. 7. Britz. Dermin. f. 267, 268.

Cincinnata, *ad.* Lucand, t. 384.

Confusula, *ad.* Britz. Dermin. f. 272.

Curreyi. Britz. Dermin. f. 116, 131, non 151.

Deglubens, *ad.* Britz. Dermin. f. 312, 315 (var.)

Descissa, *ad.* Britz. Dermin. f. 336.

Destricta, *ad.* Britz. Dermin. f. 211.

Duella. Britz. Hym. Südb. IX, p. 10. Britz. Dermin. f. 369.

Dulcamara, *leg.* Pers. Icon. pict.

Eutheles, *ad.* Britz. Dermin. f. 255 b.

Farcta. Britz. Hym. Südb. IX, p. 10. Britz. Dermin. f. 377.

Favorabilis. Britz. Hym. Südb. IX, p. 10. Britz. Dermin. f. 361.

Flavido - lilacina. Britz.
Hym. Südb. III, p. 155
et VIII, p. 7.
Britz. Dermin. f. 40, 317.

Fraudans, ad. Britz. Dermin. f. 328.

Geophylla, ad. Britz. Dermin. f. 413 (var.)

Hiulca, ad. Britz. Dermin. f. 261.

Ignobilis. Britz. Hym.
Südb. X, 194.
Britz. Dermin. f. 183.

Incarnata, ad. Britz. Dermin. f. 213.

Inedita, leg. Britz. Dermin. f. 27, 143, 254.

Inscripta. Britz. Hym.
Südb. VIII, p. 7.
Britz. Dermin. f. 214, 319.

Lacera, ad. Britz. Dermin. f. 386.

Lanuginosa, leg. Pers. Icon. pict.

Lucifuga, ad. Britz. Dermin. f. 184.

Merletii, ad. Britz. Dermin. f. 178.

Mixtilis, ad. Britz. Dermin. f. 392, 393, 394.

Mutatoria. Britz. Hym.
Südb. IX, p. 9.
Britz. Dermin. f. 325.

Nitidiuscula. Britz. Hym.
Südb. VIII, p. 7.
Britz. Dermin. f. 316.

Obscura, ad. Britz. Dermin. f. 362, 363, 364.

Perbrevis, ad. Britz. Dermin. f. 365.

Plumosa, ad. Britz. Dermin. f. 323, 324, 358.

Posterulata, ad. Britz. Dermin. f. 210.

Præpostera, ad. Britz. Dermin. f. 312.

Prætervisa, ad. Britz. Dermin. f. 271, 397-399 (var.)

Pseudoscabella. Britz.
Hym. Südb. VIII, p. 7.
Britz. Dermin. f. 318, 367, 391.

Pyriodora, ad. Britz. Dermin. f. 208 (var.)

Rennyi, ad. Britz. Dermin. f. 371.

Scabella, ad. Britz. Dermin. f. 383 (sensu Cooke), 384 (var.)

Scabra, ad. Britz. Dermin. f. 207, 359.

Servata, ad. Britz. Dermin. f. 255 a.

Squamigera, loc. Hym. Südb. leg. Dermin.

Subignobilis. Britz. Hym. Südb. VIII, p. 7. Britz. Dermin. f. 265.

Subinsequens, ad. Britz. Dermin. f. 390.

Trechispora, ad. Britz. Dermin. f. 257.

Tricholoma, ad. Britz. Dermin. f. 218.

IRPEX

Candidus, ad. Gillet, t. suppl.

Obliquus, ad. Britz. Hydn. f. 33.

LACTARIUS

Camphoratus, ad. Britz. Lact. f. 69.

Chrysorrheus, ad. Britz. Lact. f. 58.

Circellatus, ad. Gillet, t. suppl.

Conditus, ad. Britz. Lact. f. 47.

Controversus, ad. Britz. Lact. f. 70.

Flexuosus, ad. Bull. t. 559, f. 1.

Fuliginosus, ad. Britz. Lact. f. 66.

Helvus. Britz. Lact. f. 53, non 30.

Homænus, ad. Britz. Lact. f. 67.

Hysginus, ad. Britz. Lact. f. 30, 41.

Insulsus, ad. Britz. Lact. f. 51.

Lignyotus, ad. Lucand, t. 397.

Mammosus, ad. Britz. Lact. f. 65.

Piperatus. Paul. t. 68, f. 2, 3, non t. 68, f. 3-4.

Pubescens, ad. Britz. Lact. f. 50.

Roseo-zonatus, ad. Britz. Lact. f. 42.

Rubescens, ad. Britz. Lact. f. 43.

Rufus. Paul. t. 22, non 22 bis.

Serifluus, ad. Britz. Lact. f. 48.

Subumbonatus, ad. Britz. Lact. f. 52.

Theiogalus, ad. Britz. Lact. f. 68.

Torminosus, ad. Britz. Lact. f. 57 (var.)

Turpis, ad. Britz. Lact. f. 54, 56 (var.)

Utilis, ad. Britz. Lact. f. 66.

Vietus, ad. Britz. Lact. f. 64.

Violascens, ad. Britz. Lact. f. 46.

Viridis. Paul. t. 69, f. 3-4, non f. 4-5.

Zonarius, ad. Britz. Lact. f. 59.

LENTINUS

Adhærens, ad. Britz. Lent. f. 21.

Castoreus, ad. Britz. Lent. f. 19.

Cochleatus, ad. Britz. Lent. f. 16, 18 (var.)

Flabelliformis, ad. Britz. Lent. f. 13.

Lepideus, ad. Britz. Lent. f. 14, 15.

Omphalodes, ad. Britz. Lent. f. 17.

Tigrinus, ad. Britz. Lent. f. 10.

Ursinus, ad. Gillet, t. suppl.

LENZITES

Abietina, ad. Britz. Lenz. f. 5.

Flaccida, ad. Britz. Lenz. f. 6.

Sepiaria. Britz. Lenz. f. 2, non t. 2.

Tricolor, ad. Britz. Lenz. f. 4.

LEPIOTA

Amianthina, ad. Britz. Leucosp. f. 295.

Augustana, ad. Britz. Leucosp. f. 415.

Cepæstipes, *ad.* Britz. Leucosp. f. 333 et 480 (var.)

Cinnabarina, *ad.* Britz. Leucosp. f. 294.

Clypeolaria, *ad.* Britz. Leucosp. f. 120.

Erminea, *ad.* Britz. Leucosp. f. 566.

Gracilenta, *ad.* Britz. Leucosp. f. 565.

Granulosa, *ad.* Britz. Leucosp. f. 408 et 569 (var.)

Hispida, *ad.* Gillet, t. suppl.

Illinita, *ad.* Gillet, t. suppl.

Lenticularis, *ad.* Britz. Leucosp. f. 401.

Medio-flava. Boud. Bull. Soc. myc. X, 1894, p. 59. Boud. Bull. Soc. myc. X, 1894, t. 1, f. 1.

Noscitata, *ad.* Britz. Leucosp. f. 479.

Pinguis, *ad.* Britz. Leucosp. f. 403, 410.

Polysticta, *loc.* Britz. Hym. Augsb. *leg.* Britz. Leucosp. t. 1, f. 3 et f. 409.

Rhacodes, *ad.* Britz. Leucosp. f. 331.

Sociabilis, *ad.* Britz. Leucosp. f. 478.

LEPTONIA

Anatina, *ad.* Britz. Hypor. f. 125, 127, 128 (var.), 98.

Chloropolia, *ad.* Britz. Hypor. f. 105.

Euchroa, *ad.* Lucand, t. 383.

Formosa, *ad.* Britz. Hypor. f. 82.

Lampropa, *ad.* Britz. Hypor. f. 90, 99, 134-139 (var.)

Lazulina, *ad.* Britz. Hypor. f. 126.

Nefrens, *ad.* Britz. Hypor. f. 88.

Placida, *ad.* Gillet, t. suppl.

MARASMIUS

Amadelphus, *loc.* Britz. Mar. f. 9, *leg.* f. 27.

Calopus, *ad.* Britz. Mar. f. 26.

Candidus, *ad.* Britz. Mar.
f. 9.

Epiphyllus, *ad.* Bolt. t. 39,
A; *loc.* Pers. Ic. t. 9, f. 7,
leg. Pers. Icon. et descr.
t. 9, f. 7, 8.

Erythropus, *ad.* Britz.
Mar. f. 23, 24.

Fœtidus, *ad.* Britz. Mar.
f. 30.
Pers. Icon. pict. t. 19, f. 2.

Fusco - purpureus, *leg.*
Pers. Icon. et descr. t. 4,
f. 1-3.

Globularis, *ad.* Britz. Mar.
f. 21.

Impudicus, *ad.* Lucand,
t. 395.

Menieri. Boud. Bull. Soc.
myc. X, 1894, p. 61.
Boud. Bull. Soc. myc. X,
1894, t. 1, f. 4.

Porreus, *ad.* Gillet, t. 200.

Prasiosmus, *ad.* Britz.
Mar. f. 35.
Gillet, t. suppl. non t. 200.

Ramealis, *ad.* Britz. Mar.
f. 31.

Rugulosus, *ad.* Britz. Mar.
f. 7, 20, 29.

Schœnopus, *ad.* Britz.
Mar. f. 28 a.

Terginus, *ad.* Pers. Icon.
pict. t. 8, f. 3.

Torquescens, *ad.* Britz.
Mar. f. 25.

Varicosus, *ad.* Britz. Mar.
f. 22.

MERULIUS

Guillemoti. Boud. Bull.
Soc. myc. X, 1894, p. 63.
Boud. Bull. Soc. myc. X,
1894, t. 2, f. 2.

Petropolitanus, *ad.* Britz.
Polyp. f. 139.

Pinorum. Britz. ·Hym.
Südb. X, p. 175.
Britz. Polyp. f. 168.

MYCENA

Acicula, *ad.* Britz. Leu-
cosp. f. 468.

Atro-cyanea, *ad.* Britz.
Leucosp. f. 467.

Balanina, *ad.* Gillet, t.
suppl.

Canescens, *ad.* Britz. Leu-
cosp. f. 532.

Cladophylla, *ad.* Britz. Leucosp. f. 609 (var.)

Dissiliens, *ad.* Britz. Leucosp. f. 448.

Fagetorum, *ad.* Britz. Leucosp. f. 549.

Hiemalis, *ad.* Britz. Leucosp. f. 244.

Lævigata, *ad.* Britz. Leucosp. f. 447 (var.)

Leptocephala, *loc.* Pers. Icon. t. 14, f. 4, *leg.* Pers. Icon. et descr. t. 12, f. 4.

Luteo - alba, *ad.* Britz. Leucosp. f. 462.

Peltata, *ad.* Britz. Leucosp. f. 399. Gillet, t. suppl.

Permixta, *ad.* Britz. Leucosp. f. 526.

Plicato-crenata, *ad.* Gillet, t. suppl.

Pulcherrima. Peck. XXIII, Rep. p. 83. Britz. Leucosp. f. 534.

Pura, *ad.* Bolt. t. 36 (var.) Gillet, t. suppl. (var.)

Receptibilis, *loc.* f. 824, *leg.* f. 284.

Rubro-marginata, *ad.* Lucand, t. 380.

Rugosa, *ad.* Britz. Leucosp. f. 375.

Sanguinolenta, *ad.* Britz. Leucosp. f. 606.

Stannea, *ad.* Britz. Leucosp. f. 527. Pers. Obs. myc. II, t. 5, f. 8, 9.

Sudora, *ad.* Lucand, t. 381.

Tintinnabulum, *ad.* Britz. Leucosp. f. 316.

Vitrea, *ad.* Britz. Leucosp. f. 449 (var.) Gillet, t. suppl.

Vulgaris, *ad.* Britz. Leucosp. f. 450.

Zephira, *ad.* Britz. Leucosp. f. 373. Gillet, t. suppl.

NAUCORIA

Albido - lamellata. Britz. Hym. Südb. VIII, p. 7. Britz. Dermin. f. 275.

Anguinea, *ad.* Gillet, t. suppl.

Badipes, *ad.* Britz. Dermin. f. 233.

Camerina, *ad.* Britz. Dermin. f. 332, 333.

Cerodes, *ad.* Britz. Dermin. f. 229.

Cidaris, *ad.* Britz. Dermin. f. 228 (var.)

Escharoides, *ad.* Britz. Dermin. f. 239.

Inattenuata. Britz. Hym. Südb. IX, p. 11. Britz. Dermin. f. 341.

Intercepta, *ad.* Britz. Dermin. f. 334, 336.

Lugubris, *ad.* Britz. Dermin. f. 249.

Micans, *ad.* Britz. Dermin. f. 326, 327.

Nimbifera. Britz. Hym. Südb. VIII, p. 8. Britz. Dermin. f. 290, 291 (var.)

Pediades, *ad.* Britz. Dermin. f. 235, 240.

Pygmæa, *ad.* Britz. Dermin. f. 251.

Reducta, *ad.* Britz. Dermin. f. 252.

DICT. ICON.

Scolecina, *ad.* Lucand, t. 386.

Sideroides, *ad.* Britz. Dermin. f. 230, 232, 292.

Subglobosa, *ad.* Britz. Dermin. f. 289.

Sublimbata, *ad.* Britz. Dermin. f. 193.

Suspiciosa, *ad.* Britz. Dermin. f. 288, 347.

Tabacina, *ad.* Britz. Dermin. f. 180, 335.

Temulenta, *ad.* Britz. Dermin. f. 237, 342, 352, 351 (var.)

Triscopa, *ad.* Britz. Dermin. f. 293, 330, 331.

Vervacti, *ad.* Britz. Dermin. 236.

Vexatilis, *ad.* Britz. Dermin. f. 283-287 (var.)

NOLANEA

Acceptanda, *ad.* Britz. Hypor. f. 112.

Clandestina, *ad.* Britz. Hypor. f. 129, 101 (var.)

54

Conferenda, *ad.* Britz. Hypor. f. 111.

Dissidens, *ad.* Britz. Hypor. f. 109.

Ignita, *ad.* Britz. Hypor. f. 121.

Inflata, *ad.* Britz. Hypor. f. 130.

Infula, *ad.* Britz. Hypor. f. 92.

Juncea, *ad.* Britz. Hypor. f. 151, 134, 30 (var.), 150 (var.)

Macra, *ad.* Britz. Hypor. f. 133.

Pascua, *ad.* Britz. Hypor. f. 110.

Pellucida. Britz. Hym. Südb. IX, p. 9. Britz. Hypor. f. 147.

Promiscua, *ad.* Britz. Hypor. f. 152.

Rufo-carnea, *ad.* Britz. Hypor. f. 94.

Staurospora, *ad.* Britz. Hypor. f. 148.

Subacceptanda. Britz. Hym. Südb. VIII, p. 6. Britz. Hypor. f. 124.

Submissa. Britz. Hym. Südb. VIII, p. 6. Britz. Hypor. f. 102, 131.

Vinacea, *ad.* Britz. Hypor. f. 132.

NYCTALIS

Asterophora, *ad.* Gillet, t. suppl.

Canaliculata, *leg.* Pers. Icon. et descr. t. 14, f. 1.

OMPHALIA

Alpina. Britz. Hym. Südb. IX, p. 7. Britz. Leucosp. f. 257, 536.

Camptophylla, *ad.* Britz. Leucosp. f. 466.

Chrysophylla, *ad.* Britz. Leucosp. f. 537.

Epichysium, *ad.* Britz. Leucosp. f. 539.

Gracillima, *ad.* Britz. Leucosp. f. 461.

Grisea, *ad.* Britz. Leucosp. f. 378, 529.

Hepatica, *ad.* Britz. Leucosp. f. 464.

Hydrogramma, *ad.* Lucand, t. 382.

Integrella, *leg.* Pers. Icon. descr. t. 13, f. 5.

Muralis, *ad.* Britz. Leucosp. f. 451.

Philonotis, *ad.* Britz. Leucosp. f. 302.

Pyxidata, *ad.* Britz. Leucosp. f. 324.

Scyphoides, *ad.* Britz. Leucosp. f. 376.

Tricolor, *ad.* Britz. Leucosp. f. 541.

PANÆOLUS

Acuminatus, *ad.* Britz. Melan. f. 179.

Campanulatus, *ad.* Britz. Melan. f. 160.

Cinctulus, *ad.* Britz. Melan. f. 258.

Deviellus, *ad.* Britz. Melan. f. 161.

Fimicola, *ad.* Britz. Melan. f. 14.

Fimiputris, *ad.* Britz. Melan. f. 122, 123.

Papilionaceus, *del.* Britz. Derm. et Mel. f. 16.

Queletii, *del.* Britz. Melan. f. 73.

Refellens, *ad.* Britz. Melan. f. 265.

Separatus, *ad.* Britz. Melan. f. 148.

PANUS

Cyathiformis, *ad.* Britz. Panus, f. 11.

PAXILLUS

Involutus, *ad.* Bolt. t. 55. Britz. Paxillus, f. 10 (var.)

Ionipus, *ad.* Lucand, t. 394.

Leptopus, *ad.* Britz. Paxillus, f. 15.

Panuoides, *ad.* Britz. VI, Paxillus, f. 8.

Prostibilis, *ad.* Paxillus.

PHOLIOTA

Blattaria, *ad.* Britz. Dermin. f. 198, 385.

Breviata. Britz. Hym. Südb. X, p. 166. Britz. Dermin. f. 412.

Britzelmayri. Britz. Hym. Südb. IV, p. 153. Britz. Dermin. f. 52, 159, 199. (V. *Hypholoma*.)

Confæderans, *ad.* Britz. Dermin. f. 308, 309.

Cookei, *ad.* Grevil. V, t. 82, f. 1.

Destruens, *ad.* Britz. Dermin. f. 14, 200.

Erebia, *ad.* Britz. Dermin. f. 198, 302, 321.

Flammans, *ad.* Britz. Dermin. f. 201.

Heteroclita, *ad.* Britz. Dermin. f. 420.

Mustelina, *ad.* Britz. Dermin. f. 185.

Mycenoides, *ad.* Britz. Dermin. f. 243.

Phalerata, *ad.* Britz. Dermin. f. 145.

Præcavenda, *ad.* Britz. Dermin. f. 305, 306, 307 (var.)

Propinquata, *ad.* Britz. Dermin. f. 311.

Spectabilis, *ad.* Britz. Dermin. f. 242.

Sphaleromorpha, *ad.* Britz. Dermin. f. 316.

Sublutea, *ad.* Britz. Dermin. f. 202.

Subsquarrosa, *ad.* Britz. Dermin. f. 2.

Togularis, *ad.* Britz. Dermin. f. 5.

PISTILLARIA

Pusilla, *ad.* Pers. Com. fung. clav. t. 3, f. 6.

Sclerotioides, *loc.* f. 3, 4, *leg.* f. 1, 2.

PLEUROTUS

Acerosus, *ad.* Britz. Leucosp. f. 542.

Chioneus, *ad.* Britz. Leucosp. f. 622.

Cæsio-zonatus, *ad.* Britz. Leucosp. f. 455.

Corticatus, *ad.* Britz. Leucosp. f. 379, 380 (var.)

Juglandis. Kalchbr. Wint. Pilzfl. I, p. 858. Britz. Leucosp. f. 383, 382 (var.)

Mitis, *leg*. Britz. Leucosp.
f. 616, *ad*. Pers. Obs.
myc. I, t. 5, f. 3.

Ornatus, *ad*. Britz. Leucosp. f. 540.

Ostreatus, *ad*. Britz. Leucosp. f. 381.

Petaloides, *ad*. Britz. Leucosp. f. 322, 456.
Pers. M. Eur. III, t. 25,
f. 5 (var.), non f. 6.

Porrigens, *ad*. Britz. Leucosp. f. 651.

Serotinus, *ad*. Britz. Leucosp. f. 543.

Striatulus, *leg*. Britz. Leucosp. t. 8, f. 4.

Subrufulus,   *ad*.   Britz.
Leucosp. f. 618.

Tremulus, *ad*. Britz. Leucosp. f. 292, 382.

Ulmarius, *ad*. Britz. Leucosp. f. 653.

Violaceospermus. Britz.
Hym. Südb. X, p. 162.
Britz. Leucosp. f. 656.

PLUTEUS

Ephebeus, *ad*. Britz. Hypor. f. 115 (var.)

Leoninus, *ad*. Britz. Hypor. f. 107, 171.

Occultus.   Britz.   Hym.
Südb. VI, p. 15.
Britz. Hypor. f. 86.

Rigens, *ad*. Britz. Hypor.
f. 158.

Romellii. Britz.   Hym.
Südb. VIII, p. 5.
Britz. Hypor. f. 113.

Umbrosus, *ad*. Pers. Icon.
descr. t. 2; f. 5 et 6.

POLYPORUS

Acanthoides,   *ad*.   Britz.
Polyp. f. 90, 93.

Amorphus, *ad*. Britz. Polyp. f. 119.

Betulinus, *ad*. Britz. Polyp. f. 123.

Brumalis, *ad*. Britz. Polyp.
f. 108, 109, 110 (var.)

Cæsio - coloratus,   *ad*.
Britz. Polyp. f. 171.

Cristatus, *loc*. Britz. Hym.
Südb. V, f. 275, *leg*.
Britz. Polyp. f. 68.

Fumosus, *ad*. Britz. Polyp.
f. 34, 35, 404.

Giganteus, *ad.* Gillet, t. suppl.

Lacteus, *ad.* Britz. Polyp. f. 120.

Leucomelas, *ad.* Britz. Polyp. f. 163.

Pallescens, *ad.* Britz. Polyp. f. 170.

Pes capræ, *ad.* Britz. Polyp. f. 89.
Pers. Champ. comest. t. 3, *non* t. 5.

Picipes, *ad.* Britz. Polyp. f. 164.

Rutilans, *loc.* Pers. Ic. t. 6, f. 4, *leg.* Pers. Icon. et descr. t. 6, f. 3.

Rutrosus, *ad.* Britz. Polyp. f. 91.

Salicinus. Fr. Hym. Eur. p. 560.
Britz. Polyp. f. 49 a, 131.

Squamosus, *ad.* Britz. Polyp. f. 112.
Bull. t. 114.

Testaceus, *ad.* Britz. Polyp. f. 165.

Umbellatus, *ad.* Britz. Polyp. f. 92.

Varius, *ad.* Britz. Polyp. f. 111.

Weinmanni, *ad.* Britz. Polyp. f. 161.

POLYSTICTUS

Abietinus, *ad.* Britz. Polyp. f. 116.

Hirsutus, *ad.* Britz. Polyp. f. 103.

Lutescens, *ad.* Britz. Polyp. f. 99.

Nodulosus, *ad.* Britz. Polyp. f. 95.

Pictus, *ad.* Britz. Polyp. f. 107.

Radiatus, *ad.* Gillot et Lucand, Catal. t. 6, f. 2.

PORIA

Callosa, *ad.* Britz. Polyp. f. 121.

Placenta, *ad.* Britz. Polyp. f. 100.

Terrestris, *ad.* Pers. Icon. pict. t. 16, f. 1.

Vitrea, *ad.* Britz. Polyp. f. 102.

PSALLIOTA

Campestris, *ad.* Bull.
t. 134 (var.)
Britz. Melan. f. 254.

Segregata. Britz. Hym.
Südb. VI, p. 24.
Britz. Melan. f. 141.

Silvicola, *ad.* Britz. Melan.
f. 106.
Paul. t. 133, *non* 183.

PSATHYRA

Bifrons, *ad.* Britz. Melan.
f. 167.

Conopilea, *ad.* Gillet, t.
suppl.

Corrugis, *ad.* Britz. Melan.
f. 262, non 62, et f. 117
(var.)

Dendrophila. Britz. Hym.
Südb. III, p. 176.
Britz. Melan. f. 127.

Falkii, *ad.* Britz. Melan.
f. 147.

Gyroflexa, *ad.* Britz. Me-
lan. f. 134.

Mastigera, *ad.* Britz. Me-
lan. f. 166.

Pennata, *ad.* Britz. Melan.
f. 178.

Persimplex. Britz. Hym.
Südb. VI, p. 25.
Britz. Melan. f. 146.

Subobtusata. Britz. Hym.
Südb. VIII, p. 9.
Britz. Melan. f. 200.

PSATHYRELLA

Algerica, *loc.* 1891, *leg.*
1889.

Arata, *ad.* Britz. Melan.
f. 251.

Atomata, *ad.* Britz. Melan.
f. 263.

Biformis, *ad.* Britz. Melan.
f. 62.

Expolita, *ad.* Britz. Melan.
f. 164, 180, 252.

Gracilis, *ad.* Britz. Melan.
f. 162, 168.

Prona, *ad.* Britz. Melan.
f. 163.

Subligans. Britz. Hym.
Südb. VIII, p. 9.
Britz. Melan. f. 202.

Trepidula. Britz. Hym.
Südb. VIII, p. 10.
Britz. Melan. f. 203.

PSILOCYBE

Agnata, *ad.* Britz. Melan. f. 198.

Atro-brunnea, *ad.* Britz. Melan. f. 142.

Atro-rufa, *ad.* Britz. Melan. f. 257.

Bullacea, *leg.* Britz. Melan. f. 154, non 114.

Cano-brunnea, *ad.* Britz. Melan. f. 157.

Cernua, *ad.* Britz. Melan. f. 183.

Coprophila, *ad.* Britz. Melan. f. 114 (var.)

Corneipes, *ad.* Britz. Melan. f. 264.

Discordabilis. Britz. Hym. Südb. VIII, p. 9. Britz. Melan. f. 189.

Discordans, *ad.* Britz. Melan. f. 190.

Elongata, *ad.* Britz. VI, Clav. f. 50.

Ericæa, *ad.* Lucand, t. 388.

Examinata. Britz. Hym. Südb. VI, p. 26. Britz. Melan. f. 145.

Particularis, *ad.* Britz. Melan. f. 195.

Parviducta, *ad.* Britz. Melan. f. 214.

Physaloides, *ad.* Britz. Melan. f. 192.

Recognita. Britz. Hym. Südb. VI, p. 25. Britz. Melan. f. 155.

Semilanceata, *ad.* Britz. Melan. f. 144.

Squalens, *ad.* Britz. Melan. f. 158.

Uda, *ad.* Britz. Melan. f. 143, 194, 152 (var.), 153 (var.), 561 (var.) Lucand, t. 390.

RADULUM

Orbiculare, *ad.* Pers. Icon. pict. t. 7, f. 1, 2.

RUSSULA

Adulterina, *ad.* Britz. Russ. f. 46.

Albo - nigra, *ad.* Britz. Russ. f. 55.

Amænata, *ad.* Russ.

Azurea, *ad.* Lucand, t. 399.

Britzelmayri. Britz. Hym. Südb. VIII, p. 12. Britz. Russ. f. 54.

Consobrina, *ad.* Gillet, t. suppl. (var.)

Constans, *ad.* Britz. Russ. f. 52, 66.

Decolorans, *ad.* Britz. Russ. f. 53.

Densifolia, *ad.* Britz. Russ. f. 113.

Depallens, *ad.* Britz. Russ. f. 61, 115.

Emetica. Britz. Russ. 23, non 123.

Esculenta, *ad.* Britz. Russ. f. 59.

Fallax, *ad.* Britz. Russ. f. 45, 68, 69.

Fellea, *ad.* Britz. Russ. f. 44. Lucand, t. 400.

Fragilis, *ad.* Gillet, t. suppl. (var.)

Galochroa, *ad.* Britz. Russ. f. 72.

Graveolens, *ad.* Britz. Russ. f. 116.

Grisea, *ad.* Britz. Russ. f. 70.

Heterophylla, *ad.* Britz. Russ. f. 41, 58.

Incarnata, *ad.* Britz. Russ. f. 39 ?

Ochroleuca, *ad.* Britz. Russ. f. 51. Gillet, t. suppl.

Olivascens, *ad.* Lucand, t. 398.

Pectinata, *ad.* Britz. Russ. f. 17, *non* 1, et 50.

Puellaris, *ad.* Britz. Russ. f. 48.

Purpurea, *ad.* Britz. Russ. f. 114.

Queletii, *ad.* Britz. Russ. f. 57.

Sanguinea, *ad.* Britz. Russ. f. 49, 62 (var.)

Subfœtens, *ad.* Gillet, t. suppl.

Vesca, *ad.* Britz. Russ. f. 43, 56.

Xantophæa. Boud. Bull. Soc. myc. X, 1894, p. 60. Boud. Bull. Soc. myc. X, 1894, t. 1, f. 3.

Xerampelina, *ad.* Britz. Russ. f. 42.

STEREUM

Abietinum, *ad.* Britz. Teleph. f. 34.

Conchatum, *ad.* Britz. Teleph. f. 41.

Ferrugineum, *ad.* Britz. Teleph. f. 38.

Pini, *ad.* Britz. Teleph. f. 39.

Rubiginosum, *ad.* Britz. Teleph. f. 44.

Tabacinum, *ad.* Britz. Teleph. f. 40.

STROPHARIA

Æruginosa, *ad.* Bolt. t. 30. Bull. t. 170 et 530, f. 1.

Hypsipa, *ad.* Britz. Melan. f. 176.

Indictiva, *ad.* Britz. Melan. f. 184, 185.

Obturata, *ad.* Britz. Melan. f. 150.

Semiglobata, *ad.* Britz. Melan. f. 187 (var.)

Umbonescens. Sacc. Sillog. Agar. p. 1021. Britz. Melan. f. 186.

THELEPHORA

Anthocephala, *ad.* Britz. Teleph. f. 25. Pers. Obs. myc. I, t. 6, f. 8, 9, 10 (var.)

Coralloides, *ad.* Britz. Teleph. f. 24.

Diffusa, *ad.* Britz. Teleph. f. 26.

Laciniata, *ad.* Pers. Com. Fung. Clav. t. 2, f. 1.

Radiata, *ad.* Britz. Teleph. f. 36.

Undulata, *ad.* Bull. t. 465, f. 1.

TRAMETES

Hispida, *ad.* Gillet, t. suppl.

Mollis, *ad.* Britz. Polyp. f. 114.

Suberosa, *ad.* Britz. Polyp. f. 78.

Trogii, *ad.* Gillet, t. suppl.

TREMELLA

Clavata. Pers. Icon. pict. t. 10, f. 2, *non* f. 1.

Foliacea, ad. Britz. Tremel. f. 5, 26, *del*. Britz... et Tremel...

Indecorata, ad. Britz. Tremel. f. 23.

Mesenterica, ad. Britz. Tremel. f. 25.

TREMELLODON

Auriculatum, ad. Gillot et Lucand, Catal. t. 6, f. 3 (var.)

TRICHOLOMA

Albellum, ad. Britz. Leucosp. f. 453 (var.)

Album, ad. Britz. Leucosp. f. 272, 555.

Arcnatum, *leg*. **Arcuatum**, ad. Britz. Leucosp. f. 303.

Atro - squamosum, ad. Britz. Leucosp. f. 339.

Cælatum, ad. Britz. Leucosp. f. 637...

Cartilagineum, ad. Gillet, t. suppl.

Cognatum, ad. Britz. Leucosp. f. 341.

Cuneiforme, ad. (V. *Inamænum* ?)

Equestre, ad. Britz. Leucosp. f. 336, 655 (var.)

Exscissum, ad. Britz. Leucosp. f. 233, 374 (var.), 430.

Flavo - brunneum, ad. Britz. Leucosp. f. 263.

Frumentaceum, ad. Britz. Leucosp. f. 301, 654.

Gigantulum. Britz. Hym. Südb. VIII, p. 3. Britz. Leucosp. 412.

Graveolens, ad. Britz. Leucosp. f. 428.

Ignorabile. Britz. Hym. Südb. VIII, p. 3. Britz. Leucosp. f. 463.

Immundum, ad. Britz. Leucosp. f. 346, 413, 576, 627 (var.)

Impolitum, ad. Britz. Leucosp. f. 158. Gillet, t. suppl.

Inamænum, *ad.* Gillet, t. suppl.

Irinum, *ad.* Britz. Leucosp. f. 1.
Lucand, t. 378.

Lanicute, *ad.* Britz. Leucosp. f. 411.

Leucocephalum, *ad.* Bull. t. 428, f. 1.

Luridum, *ad.* Britz. Leucosp. f. 420.
Gillet, t. suppl.

Luteolospermum. Britz. Hym. Südb. X, p. 160.
Britz. Leucosp. f. 647.

Molicellum. Britz. Hym. Südb. X, p. 160.
Britz. Leucosp. f. 646.

Orcinum, *ad.* Britz. Leucosp. f. 638.

Panæolum, *ad.* Gillet, t. suppl.

Persicinum, *ad.* Britz. Leucosp. f. 308.
Gillet, t. suppl.

Pessundatum, *ad.* Lucand, t. 377.

Polioleucum, *ad.* Britz. Leucosp. f. 305.

Pravum, *ad.* Britz. Leucosp. f. 159, 427.

Putidum, *ad.* Britz. Leucosp. f. 648.

Quinquepartitum, *ad.* Paul. t. 55, f. 2, 3 (var.)

Saponaceum, *ad.* Britz. Leucosp. f. 161, 425.

Sejunctum, *ad.* Britz. Leucosp. f. 337.

Selectum. Britz. Hym. Südb. VI, p. 11.
Britz. Leucosp. f. 342, 400, 306 (var.), 432 (var.)

Spermaticum, *ad.* Britz. Leucosp. f. 345.

Stans, *ad.* Britz. Leucosp. f. 298, 300.

Strictipes, *ad.* Britz. Leucosp. f. 639, 457 (var.)

Subpulverulentum, *ad.* Britz. Leucosp. f. 431.

Suevicum, *ad.* Britz. Leucosp. f. 267.

Sulphureum, *ad.* Britz. Leucosp. f. 426.

Terreum, *ad.* Britz. Leucosp. f. 424 (var.)

Tigrinum, ad. Britz. Leucosp. f. 392.

Turritum, ad. Britz. Leucosp. f. 304, 429.

Virgatum, ad. Pers. Icon. et descr. t. 6, f. 5.

TROGIA

Crispa, ad. Britz. Trogia, f. 20.
Pers. Icon. et descr. t. 8, f. 7, 8.

TUBARIA

Anthracophila, ad. Britz. Leucosp. f. 369.

Inquilina, ad. Britz. Dermin. f. 195.

Paludosa, ad. Britz. Dermin. f. 297.
Lucand, t. 389.

Pellucida, ad. Britz. Dermin. f. 298.

Stagnina, ad. Britz. Dermin. f. 348, 353.

TYPHULA

Muscicola. Pers. Obs. II, t. 3, f. 2 et 3.

Subphacorrhiza. Britz. Hym. Südb. VIII, p. 15.
Britz. Clav. f. 77.

VOLVARIA

Hypopithya, ad. Britz. Hypor. f. 43.

Parvula. Pers. Obs. II, t. 4, f. 4 et 5.

TABLE DES MATIÈRES

—✣—

Autun. — Imp. Dejussieu.